上海文艺人才基金特别支持

何晴
影视剧作选

何晴／著

SELECTION OF
TELEVISION
DRAMAS

上海人民出版社

代 序

第一次听说要出这本书的时候，我简直有一种惶恐的感觉。因为我一直觉得，剧本虽然是影视的基础，但毕竟不等同于真正的文学作品，它是为拍摄服务的，出来的成片才是最后与观众面对面的，而在剧本和成片之间，有多少被修改的、被损害的、当然也有被提升的东西，根本不为人知。

我就在拒绝和犹豫之间，度过了两年光阴。这两年也是我自己写作比较辛苦的时候，毕竟人到中年了，家务繁重，而年轻时候的激情和灵感已经慢慢消退，写作靠的更多是咬牙坚持。

很多次，在根本坚持不下来的时候，我就开始想，我是什么时候走上编剧这条路的？这条寂寞的不归之路。

我出生于一个影视世家，大家族里很多亲人都从事影视业，有编剧、导演、摄影、演员、剪辑、影评人、影视教学者……基本囊括了各个工种，有时候我们在一起开玩笑说，可以成立一家行业很全的影视公司了。而我的姥爷陈荒煤，则是我们这棵家族树的根。

姥爷在新中国成立以后，1952年调入文化部电影局，从事新中国电影方面的领导工作，主要是抓剧本创作。他在"文革"时遭到了严重的迫害，在冤狱里度过了漫长的岁月，一次发高烧，打了过多的链霉素导致耳聋。出狱以后，本来就不多话的他更加沉默寡言。而我出生在1974年，"文革"末期，是我们家第三代中的第一个孩子。两岁时爸爸带我去重庆，给了老人无尽的安慰，听说我走了以后，姥爷感伤地跟姥姥说：不知道我这辈子还能看到何晴吗？因为此言，爸妈把我送到了他们的身边。

我的姥姥张昕是北京电影学院教表演的教授，她的古文学养深厚，我承欢膝下，自小就背了很多古诗词，感受到了最初的声韵的美，建立了早期的对文学的热爱。1978年，姥爷平反，我们全家回到北京，很快住进了新修的部长楼，家里第一件事，是在文学所帮助下，买了很多书架，有些书是从重庆运回来的，有些书是二姨三姨她们购买的，很快就装满了。我记得整个客厅和餐厅之间都是书架隔开的，姥爷的书房里更是两面书墙。回忆那段童年生活，我就是经常缩在姥爷书房的单人沙发上，如饥似渴地读各种书。姥姥和两个姨也不限制我，什么书我都看，抓起来就看。

渐渐的，"文革"后的电影开始复苏，各个电影制片厂都会把准备拍摄的剧本送到家里给姥爷审阅，我也就好奇地开始阅读电影剧本，好像很自然的，就接受了小说、诗歌、散文、剧本这些不同的文学格式，从来不觉得它们之间有什么不一样。姥爷看我经常看剧本，也不会觉得一个小孩子看有什么不妥，还会认真地问我，你觉得这个剧本怎么样？那一个呢？……现在想想，我姥爷大概是把我当成白居易但求"老妪能解"的那个不识字的老太太，多问问意见总是好的，但当时我很得意，总能挖空心思说出个一二三四，以求姥爷笑着给我一点儿零食吃。

我一直喜欢读书和写作，从初中开始在报纸杂志上发表文章，所以自然而然，在进入高三之后，我就准备报考北京电影学院的文学系了。考试很顺利，我成为了北京电影学院文92剧作专业的一个学生。那一届我们班招的学生比往届多，有16个，按照电影学院的师生比，光专业剧作老师就给我们班配了三位：王迪老师、黄丹老师、张珧老师。老师们教给我们剧作理论，也教给我们团队合作，如何有趣地写作和生活，还有最重要的做人。我们同学之间也建立了深厚的友谊。无法忘记那些彻夜的长谈，因为艺术观念不同产生的争吵……电影学院四年，在上千部电影的滋养下，在系统的科班教学中，电影的圣殿之门缓缓开启，让我眼花缭乱。

但是，没想到，学的理论越多，就越不敢写作，很长一段时间，除了完成作业，我什么都不写，总觉得写得不好，也对自己失去了信心。1996年大学毕业以后，我分配到了上海大学的影视学院，做教学工作，完全和写作不沾边了。而就在这个时候，我才发现，我内心深处是多么渴望能有机会坐下来写剧本，自由地创作。但是20世纪90年代还不是一个职业自由选择的时代，我有些苦闷。

感谢我的两位恩师，黄海芹老师和李亦中老师。黄海芹老师找到了我，要把我从大学调到她领导的永乐影视公司文学部，当时上海大学不愿意放人，是把我要到影视学院的李亦中教授体谅和帮助了我，完成了职业转换。我1997年调到了永乐公司。除了担任责编工作之外，黄老师一直鼓励我继续写作。而当时的永乐生机勃勃，创作氛围特别好，杨玉冰、江平两位总经理，亲切又勇于为年轻人提供机会，1998年，我跟随永乐大部队深入九江抗洪前线采访，与同事邢佳、汪启楠合作，写出了第一部电视剧（上下集）《太阳升起》。不久之后，我们仨小孩儿又写出了电影剧本《胖墩夏令营》，很快摄制完成，还获得了当年童牛奖的提名。

黄海芹老师认为电视剧写作是很有意思的，这多少扭转了我当时认为只有电影剧本是艺术的想法。她把我介绍给了香港的作家梁凤仪，参与香港的团队电视剧写作，我跟小兄弟汪启楠一起，参加了各种通宵达旦的剧本会议，听他们怎么安排人物设计，每一集放四个相对完整的事件，每一场戏怎么写出高潮……这对满脑子剧作理论而缺乏实战经验的我，是全新的创作体验。那几年，我参与了根据梁凤仪小说改编的《我心换你心》、《九记饭馆》、《无情海峡有晴天》、《豪门惊梦》几部长篇电视剧的写作。

完成了理论学习和实战练兵，我进入创作的大好时光，先是与王宛平老师一起完成了电视剧《我的泪珠儿》（根据张欣同名小说改编），和何明一起完成了电视剧《爱就爱了》；与好友张琪合作电视剧《俏女冲冲冲》……

那些年是电视剧高速发展的时代，我渐渐感觉到电视剧篇幅太长，人物众多，需要思想的火花碰撞，我学习了香港的电视剧团队写作模式，也开始组建自己的团队，我的合作伙伴有我的妹妹何明、闺蜜刘禹彤、兄长万盾、好朋友谢菁……我们之间首先有深厚的感情，互相之间的了解，同声同气，常常是一个形容词说出来，大家就对这个人物立刻产生了理解和共鸣。这种合作方式真的是太愉快了，虽然电视剧写作是超长跑，很容易疲倦，但我们彼此之间的默契和友谊，使得一切都变得能够承受。这段时间，我们与大唐辉煌影视公司合作，完成了《鲜花朵朵》（根据刘迪同名小说改编）、《爱的多米诺》；与北广传媒影视公司合作，完成了《原谅》、《买房夫妻》（根据李霄凌同名小说改编）；与华录百纳合作，完成了《暖男的爱情和战争》；与柠萌影业合作，完成了《小别离》（根据鲁引弓同名小说改编）……虽然，这中间有很多很多的艰难，很多次都觉得熬不过去了，但是看到剧本顺利地拍摄出来，在电视台播出，一些作品的收视率很高，会在报纸杂志上看到观众自发的影评，特别是写知青生活的《原谅》播出后，辗转收到了东北知青观众的来信，真的是很感动，简直有一种天下皆知音的感觉。又觉得人生幸福，莫过于此。

除了电视剧写作之外，我与我的先生朱枫导演合作，为电影频道完成了三部电影：《星期天的玫瑰》、《我爱杰西卡》、《春蚕》（改编自茅盾先生同名小说）。其中《我爱杰西卡》得到了百合奖一等奖、华表奖等荣誉；《春蚕》获得了百合奖二等奖，而茅盾先生的哲嗣韦韬先生评论说，此片是《春蚕》的数次改编中最成功的一次。这些温暖的话，永存心底。

这些年帮助我的人有很多，每每念及此，心存感激，我合作过的制片人刘亚辉、徐晓鸥、胡伟跃、王辉……合作过的导演们、演员们，都是我的良师益友，在人生道路中遇见他们，遇见自己发自内心热爱的剧本创作，让我感到自己生活的意义所在。

因为如此，最后我终于同意将近二十年的影视作品精选出书，这是我几乎半生心血的凝集，也是对我人生中所有帮助过我的人的一次感恩。

最后，感谢上海文化基金会拨款资助，感谢我的编辑张晓玲女士，感谢数次帮我申请这个项目的上海电影评论学会秘书长黄一庆先生。

最要感谢的是我的家人，父母和孩子们，你们给我的爱，是我力量的源泉。

何　晴

何晴，1974 年出生，1996 年毕业于北京电影学院文学系编剧专业。现任上海电影集团创作人才中心编剧。国家一级编剧。

中国电影家协会会员，中国电影文学学会会员，上海电影家协会会员。中国电视剧编剧协会会员。

电视剧作品有：

2015 年，40 集电视连续剧《小别离》

2014 年，34 集电视连续剧《暖男的爱情和战争》

2013 年，34 集电视连续剧《爱的多米诺》

2011 年，34 集电视连续剧《买房夫妻》

2009 年，34 集电视连续剧《鲜花朵朵》

2007 年，24 集电视连续剧《原谅》

2005 年，24 集电视连续剧《爱就爱了》

2004 年，24 集电视连续剧《我的泪珠儿》

2003 年，20 集电视系列剧《俏女冲冲冲》

2002 年，35 集电视连续剧《豪门惊梦》

2001 年，20 集电视连续剧《锦绣前程》

2000 年，24 集电视连续剧《我心换你心》

1999 年，30 集电视连续剧《无情海峡有晴天》

电影及数字电影编剧作品有：

《胖墩夏令营》

《星期天的玫瑰》

《我爱杰西卡》

《春蚕》

获奖情况：

上海首届十大广电新人（1998 年）

《胖墩夏令营》获童牛奖提名

《我爱杰西卡》获电视电影百合奖一等奖，政府奖

《春蚕》获电视电影百合奖二等奖

《我的泪珠儿》获得当年京沪两地收视贡献奖

《鲜花朵朵》获得广电总局 2010 年度中国优秀电视剧奖，江苏、吉林、成都电视台电视剧收视优秀奖。

《爱的多米诺》获得 2014 年度电视剧制片协会十大优秀电视剧奖

《小别离》剧本获得 2015 年上海市宣传部重点项目称号

目　录

一、电影剧本部分

喜剧，诙谐地描写一群小胖墩在夏令营里减肥，并与两个想盗窃国家珍稀动物的小偷做斗争的故事。影片得到小朋友的热烈欢迎，并得到当年童牛奖最佳影片的提名。

描写上海这个城市一天里，几对夫妻和恋人的故事，有的夫妻感情濒于破裂，有的在重重迷雾中寻找自己，有的却在艰难中坚守着家庭和爱。最后，他们戏剧性地相逢了，并得到各自的人生启迪。

描写上海的白领"熟女"杰西卡的情感生活，这部剧本融合了对现代女性感情、生活的多方面思考。由中央电视台电影频道投拍，不仅获得翌年的第五届百合奖优秀影片一等奖，而且还获得最佳女演员奖和最佳导演奖，播出后，反响热烈，互联网上的评论、留言一时有上百篇之多，即使在国内最专业级的电影学术刊物《电影艺术》上也刊登了北京大学艺术系教授的专论，给予影片较好的评价，此后，在第十一届政府华表奖的评选中，又获华表奖优秀电视电影奖。

春蚕 /149

改编自茅盾小说，为了改编这部作品，我数次重读《春蚕》，并将《秋收》《残冬》对照起来反复研究、细读，最后，理清了思路，认为应该将这三部曲进行有机的融合，一是完善剧本结构，二是可以更加鲜明地将老通宝一家的经历和遭遇提升出来，达到控诉旧中国黑暗制度的目的。

《春蚕》的经典重拍经历许多困难终于破茧而出，得到第八届百合奖二等奖，从最后的完成片来看，颇令自己感到欣慰的是基本实现了"既不颠覆经典，也不重复前人"的创作理念，这也在我的创作历程中留下了值得总结和纪念的一页。

二、电视剧剧本部分

小别离 /200

改编自同名小说，以现在的初中小留学生潮为背景展开的现代都市剧，以三个家庭为主线，展示了各阶层不同的悲欢离合，这是多年来第一部直击初中教育和留学潮的题材，人间那么多种爱，唯有父母对子女的爱指向别离，此岸彼岸，去留都是爱。剧本获得上海市委宣传部2015年度重大文艺创作资助项目，演员有黄磊、海清、陈数、TFBOYS等，并在2016年8月15日开播，迅速成为话题热剧。

暖男的爱情和战争 /226

讲述一个暖男爸爸的逆袭，由当红男星林永健扮演的爸爸离国十几年，忽略女儿的成长，导致海归后与女儿格格不入，父亲奋力修正自我，在无数痛苦的纠结中，终于与女儿和解。这部剧由华录百纳投资，在中韩两地拍摄完成，倾注了这些年我对儿童教育和亲子关系的理解。2015年4月在广东、贵州卫视播出，两家卫视虽然不是一线卫视，但电视剧仍进入全国收视率前十，可以说是出人意料，得到行内好评。

爱的多米诺 /280

写的是老北京一个四合院里一家人的悲欢离合，是一部充满了爱情、亲情、温情的家庭浪漫喜剧，此剧在地方台、卫视播出时全国收视率排名一直稳居前三，一路火爆，获中国广播电视协会颁发的第十届全国电视制片业十佳优秀电视剧奖。

买房夫妻 /312

讲述从 20 世纪 80 年代开始，一对有追求有理想的知识分子夫妻在分房、买房过程中的悲欢离合，最后妻子被物欲异化，买了别墅却失去了相濡以沫的丈夫。我在创作中一直感受到创作也需要情怀，深感电视剧写作也应该融入对世人的悲悯，融入对社会的思考。主演小陶虹和王千源把人物刻画得栩栩如生，导演真实地再现了那段历史，制作精良，是我从业以来个人最喜欢的一部剧。在北京卫视等电视台播出，在山东、天津电视台播出一直拿到收视冠军，而卫视的收视率一直稳居全国前六名。

鲜花朵朵 /376

改编自同名小说，现在的家庭越来越小，这种有七个姐妹的大家庭渐渐退出了现实的舞台。这可能也是观众爱看的原因之一。大家庭的生活比较闹腾，热火朝天，有争吵有和谐，但是一切都还是有血肉亲情的爱，特别丰富。

我希望这些人物都很真实，接地气，就像生活在我们身边，同时又希望能写得各有所貌，所以确实很难。我始终抓住大时代中，母亲和七个女儿的命运这个主题，她们的生活、爱情、命运和时代紧紧联系，很有质感。在吉林卫视、安徽卫视及全国十数家地方电视台播出，在播出第二天，就稳稳坐上了收视率冠军的宝座，并引发热潮，在所有地区都拿到收视率前三名。海清和张嘉译作为搭档再一次合作，为本剧增色不少。获得广电总局颁发的 2010 年度中国优秀电视剧奖，并获得江苏卫视、吉林卫视、成都电视台颁发的电视剧收视优秀奖。

原谅 /440

描写知青题材的电视剧。讲述了因为那个时代造成的两代人的悲剧，但因为大家的宽容，"原谅"了一切。也得到了幸福。写作时我查阅了大量的资料，将"以情动人"放在首位，并细细地道来，展现那个时代的生活质感。在吉林卫视等电视台播出后，收视率居高不下，好评如潮，光我本人就收到来自全国各地观众许多感人的来信，认为真实地展现了那个时代，这是对创作者最好的报答。

我的泪珠儿 /503

编剧王宛平老师与我合作，改编自张欣的同名小说，改编过程非常艰难，几度推翻重来，最终才选定以悬疑的方式进行剧情，并有保留地放弃了原著中的主题，赞美了母爱，赞美了宽容的力量。播出后，各地收视率不断飙高，在京沪两地都打破了收视纪录。

一

电影剧本部分

胖墩夏令营

编剧： 何晴、邢佳、汪启楠

导演： 何伟

主要演员： 季军、韦力、丁其斌等

　　喜剧，诙谐地描写一群小胖墩去夏令营减肥，路上两个盗窃国家生物基地克隆蜥蜴的小偷躲到了车上，不小心将装蜥蜴的包和胖墩装肉松的包混在一起，无奈之下只能以厨师身份混进夏令营，想偷回蜥蜴。但胖墩们在减肥之余，发现了这个企图，与两个小偷展开了一场斗智斗勇，将两个坏蛋整得苦不堪言，最后两个小偷被公安人员抓获。小胖墩们也锻炼了斗志，减了不少体重。

　　影片得到小朋友的热烈欢迎，并得到当年童牛奖最佳影片的提名。

1. 大宇家，内，晨

　　闹钟响，一只胖乎乎的小手入画。

　　胖乎乎的大宇拿起闹钟迷迷糊糊地看了一眼。

　　大宇晕晕地将闹钟一放，一蒙头睡下，片刻，他猛然跃起。

　　大宇使出全身的力气大喊起来：啊——

2. 大宇父母卧室，内，晨

大宇的父母听到大宇的叫声后，也吓得猛然跃起。

3. 大宇家客厅，内，晨

大宇焦急万分地撞开自己的房门，边叽咕边冲向卫生间。

大宇带着哭腔：都怪你，你说闹钟是八点的，可现在都九点了……

身材细瘦的大宇妈忙着准备给大宇的早饭：妈是放心不下你，不想让你去减肥夏令营，妈在身边你都天天早上起不来床，要是离开妈，谁管你呀……

大宇从卫生间冲出：我就是要去，我不要你烦我。

大宇险些跟端着牛奶和面包的妈妈撞到一起，大宇妈非常灵巧地一个转身躲过。

大宇疯狂收拾着东西。大宇妈焦急地要给儿子喂早饭。

大宇妈：儿子，快吃一口，快快，妈的好宝贝。

大宇胖乎乎的小手不停地往兜里塞着东西，然后冲出门去。

4. 学校操场，外，晨

碧空下，绿茵场上，大宇在前面跑，大宇妈还拿着早饭在后面追。许多小胖子在家长的陪伴下涌向主席台。

出片名：胖墩夏令营。

一台秤放在地上，张营长满面笑容地招呼胖墩们排队登记，称体重。

一对双胞胎姐妹相互推让着，谁都不肯上秤。

张营长：大凤，你是姐姐，你先上。

被指的小凤一指大凤：她才是大凤。

小凤娇羞地凑近张营长：女孩子的体重是秘密，不能随便让别人知道。

张营长：好，尊重隐私权，我一个人悄悄看。

小胖子王中想偷看，大凤帮妹妹一挡，王中又想从下面看，被他奶奶一把拉回来，在他口袋里拼命塞好吃的，嘴里还不停地嘱咐着。

王中奶奶：一个人在外面，要省着点吃，记住自己躲起来悄悄吃……

边上王中妈妈气得要命：马上就要称体重了，你还给他塞东西吃！

奶奶生气：怎么？让孩子补营养还错了？我又没让你吃咯！

妈妈：他都胖成皮球了，再说这是减肥夏令营，还吃！

王中烦了：你们回家吵架好吧！

王中说着上了秤，胖墩墩的小脚踩在秤上。

医生边报数边记录着：四十八公斤……

王中调皮地将扶在桌子上的手一松，秤的指针一下跃到五十六公斤。

医生只好重新记录。

王中得意地下了秤，去领迷彩军装，大宇过来准备称体重，大宇妈居然还拿着牛奶和面包求儿子吃一口。

张营长无奈地看着这对母子。

这时，小胖子们自动闪开了一条道，一个重量跟日本相扑手差不多的胖墩一步步向主席台走来。

小胖墩们都看傻了，敬仰地看着这个胖墩。

大脚一踏，相扑上了秤。秤的指针一下指到了一百公斤以外，哆嗦了一阵，秤坏了。

大家惊呆的脸。

相扑腼腆地：对不起，我叫林晓晓，体重二百八十斤。我不想来，他们非让我来不可。

张营长看着还在给孩子们塞食物的家长，无奈地拿起了麦克风。

张营长：大家注意了，家长们注意了，不要再给孩子们带吃的了，咱们这

届减肥夏令营的总重量已经达到五千公斤了！

树荫下，一个戴着黑框眼镜的小胖子维嘉跟他同样戴着一样的黑框眼镜的爸爸默默地站在一起。

爸爸拿出一本厚厚的书：这本书很有趣，讲的全是古生物知识，里面有爸爸的最新研究成果，今天是你的生日，爸爸当成生日礼物送给你。（见儿子低头不语）你应该明白爸爸的心意……

维嘉：可是我不想当什么古生物专家，我喜欢电脑。

看见爸爸期待的眼神，维嘉只好接过了书。

维嘉走过大凤小凤和她们爸妈身边，大小凤的妈妈对着两个女儿在交待着。

妈妈：下星期这个夏令营结束，你们就去英语夏令营，然后是电脑夏令营，然后是美术夏令营……

大小凤一起说：然后是数学夏令营，然后是生物夏令营，你们把钥匙拿走吧，我俩不用回家了，直接开学返校！

大小凤的爸妈尴尬地笑着。

大宇妈开始抹眼泪：我买了五斤牛肉干在这箱子里，你饿了就吃……

张营长开始招呼小胖子们上车，家长们一拥而上。提出各种问题"你们给他们吃什么""活动到底有没有安全保障""那里会不会有狼啊"……

5. 车上，内，日

车上的胖墩们沉重地看着下面可怕的家长们。

大宇：我小的时候上幼儿园，妈妈每天都要哭，还买了高倍望远镜监视我。

王中：你妈这样的人可以当间谍。

大宇：你奶奶也很可怕。

果真，车下，王中奶奶已经哭成了泪人，手在空中不停地抓。

王中吓得往后缩。

这时，车门口跑上来一个十多岁的小姑娘，非常漂亮，身材苗条。

相扑先喊了起来：你搞错了吧，我们是减肥夏令营……

小姑娘：我就是来减肥的。

王中：什么？你瘦的像根草，还减肥？再减就没有了！

胖墩们都跟着起哄。

张营长：这是沙瑜同学，她在学芭蕾，超重一公斤，所以，她也是来减肥的。

胖墩们哀叹起来。

大宇见妈妈在敲打车窗，急了。

大宇：营长，赶快开车吧！

大客车启动，在家长们依依不舍中远去。

6. 中国生化中心，内，晨

戒备森严的中国生化中心基地，门猛地被推开，维嘉爸爸匆匆而入，他推开一扇扇敞亮的玻璃门，按着一个个密码键。

手在快速地按着密码。

维嘉爸爸快速划过一道道门窗。

维嘉爸爸步入实验室，一些工作人员在忙碌着，他走向里间。

透过前景的试管，显微镜，可见维嘉爸去拉开了冰柜的门。

冰柜门打开，里面空的。

维嘉爸呆住了！半晌，他大叫起来。

维嘉爸：报警！快报警！

各种信号伴随着警报声在相互联络。

一道道门被关上。

警卫人员赶到，手持对讲机在联络。

警察拉起了红色警戒带。

警察在拍照。

一只镊子夹出被嚼过的泡泡糖。

7. 公路，外，日

一辆旧车疾驶而去。

一张嘴吐出一个泡泡糖。阿元边吹着泡泡糖边开车，阿乌则紧紧地抱着一个箱子，上面放着一台笔记本电脑。

车已经开入山区，忽然，车出现了故障。

阿乌大骂：你个笨蛋！干嘛去偷这种破车！你想让警察抓住我们啊？

阿元：这、这、这你就不懂了！越是破破烂烂，别、别、别人就越不会怀疑！

阿乌：少废话，赶紧修车！

阿元下车，打开车盖，半个身子钻进车缸里检修。

阿乌小心翼翼地打开箱子，看了看里面，是一只绿色的四脚蛇，阿乌充满感情地看着。然后小心翼翼关上，打开电脑开始操作。

阿元满身油污地出来：真、真是搞不懂，费了九、九、九牛二虎之力，就、就偷一只小、小四脚蛇、蛇。

阿乌：你懂个屁！这是普通的四脚蛇吗？它身上有从恐龙蛋化石中提取的基因片段，它是条转基因四脚蛇！你懂吗？转基因！

阿元：不、不、不懂。

阿乌：没文化！这条四脚蛇，别人用多少黄金都换不来！

阿元：想不到乌、乌、乌大哥，你如此学识渊渊渊渊……

阿乌：说博。

阿元：啊就渊博！

阿乌：真费劲！啊，联系上了，我来谈价。

电脑上显示着往来的界面。

阿乌正得意忘形时忽然收敛了笑容。原来，透过后视镜，可见一辆警车往这里开来。

阿乌马上关机，示意阿元往后看，阿元紧张地不知所措，但越紧张，车子越发动不起来。

阿元阿乌对着车连捶带踹，警车开过，警察回头看着他们。

阿乌阿元气都不敢喘。

警车掉过头来，警察下车走了过来。

阿乌迅速打开了箱子，将四脚蛇一把抓起，塞进了自己的内衣。

警察向里看着他们俩。

8. 大客车上，内，日

王中：哇，你们俩长得这么像，是不是克隆出来的？

大凤小凤不理王中，王中继续胡说。

王中：如果是克隆出来的，那么，究竟谁是原体？谁是复体？

相扑在睡觉，嘴边流着口水。维嘉在漫不经心地翻看着爸爸给他的生物书。

小凤说王中：你和皮球长得那么像，是不是从皮球里克隆出来的？如果是的话，那么皮球是原体，你是复体？

王中：算了，不跟你们说了！

大宇在座位上坐立不安，想小便了，他看着沙瑜在自己面前不停地喝水。

清澈的矿泉水冒着气泡。

大宇急得直呲牙。

9. 公路，外，日

阿元：警察同志，车坏了，这毛病还不不不好找。

阿乌被四脚蛇咬了一口，大叫起来。

警察过来问：怎么了？

阿乌被咬的无法忍受，把头顶在阿元肩上，一会又用牙咬着阿元的胳膊，阿元也叫了起来，阿乌急忙挤出微笑。

阿乌：警察同志，我是阑尾炎犯了，太疼了……

这时正好大客车开过，警察冲司机招手，车停了。

张营长下车，警察跟她商量起来。

大宇撞下来，急匆匆去上厕所。

10. 大客车，内，日

阿乌阿元一边向警察致谢，一边匆匆上了大客车。

张营长组织胖墩们：上厕所的，都抓紧时间了。

许多胖墩们下车上厕所，阿乌阿元赶紧坐到最后一排。

阿乌龇牙咧嘴将身体里的四脚蛇拉出来，长长地出了一口气。

阿乌将四脚蛇放进了箱子，把箱子放到行李架上。

阿乌的箱子和大宇的箱子正好放在一起，两个相同的箱子。

阿乌坐下，掀开自己内衣，看着肚子上被咬破的地方。

阿元：我我我还以为，你你，是装的呢，没想到、到，真咬、咬啊。

阿乌骂：你还能想到什么，除了吃！

11. 医院外，外，日

大客车开到医院门口停下，阿乌和阿元相互搀扶下车，连连挥手答谢。

车开走了，他俩刚装模作样向医院走了两步，阿乌忽然想了起来，大叫："箱子！"

两人同时大叫：啊！

12. 大客车上，内，日

大宇回头发现阿元阿乌在追车，听他们在叫"箱子"。

大宇起身去拿行李架上的箱子，将自己的箱子扔了下去。

王中在一边配合着，发出了子弹射出的声音"嗖——"。

13. 公路，外，日

一只大箱子从天而降。阿元阿乌像守门员一样重重地扑在地上，四只手都向上接着，可箱子却掉在了一边的地上。

落地的箱子将地上的尘土拍起。

阿乌阿元慢慢抬起了脏乎乎的脸。

阿乌：完了，完了，五百万被活活摔死了……

阿元：啊，有五百万啊……

阿乌：我的五百万，我的钱……

阿乌边说边向箱子爬去，他打开箱子一看，马上闭上了眼睛。

里面全是牛肉干。

阿元：真奇怪，这四脚蛇、蛇、蛇，怎么变肉了，好恶心啊，以后我再也不吃肉干了。

阿乌看清楚果然是牛肉干，上前就给了阿元一个大巴掌。

阿乌：你就知道吃！现在怎么办！

阿乌气得发疯，不停地打着阿元，阿元急了，回手就是一巴掌，打得阿乌直接飞进了路边的沟里。

阿乌：你他妈还真打我啊，你等着瞧！

阿元不好意思地搓着手：谁让你打个没完没了。

阿元赶紧把阿乌拉了出来，在他身上拍着灰。

透过前景不断划过的车流，可见阿元阿乌在路边拦车，两人都急坏了，可就是没有车停下。

14. 公路，黄昏，外

一条刚刚下过雨的公路像蜿蜒的银河盘山而上，大客车像一只小虫在这条公路上爬行。

15. 夏令营营地，黄昏，外

黄昏的夕阳中，大客车慢慢停在了依山傍水的营地。

车打开，小胖墩们依次下车，看着这新奇的地方。

刘教官跑了过来，张营长跟他握手。

张营长：孩子们，集合了！这就是刘教官，从现在起，你们的一切训练活动都由他来负责。刘警官是非常出色的特警。他曾经一个人抓住过七个罪犯。

小胖墩们好崇拜的样子，都听傻了，拼命鼓掌。

小刘非常严肃：同学们，从现在起，我就是你们的总指挥，我要求你们一切行动听指挥，能做到吗？

胖墩们很不习惯地稀稀拉拉地轻声答：能。

小刘大吼：声音不够大！能不能？

胖墩们齐声回答：能！

小刘教官：听我的口令，以我……集合，向右看齐！

大小胖墩呆滞，老实地听着口令，慢半拍的动作。

小刘很不满意地皱着眉，检阅着这支胖兵。

相扑、大宇、维嘉、王中都非常认真地挺直着腰板，大家的目光都随着小刘的动作而动。

王中：刘叔叔，你打过真枪吗？

小刘非常严厉地：归队。

王中：哇，你好凶啊。

小刘：现在我们来选一名班长，希望大家能自我推荐。

所有的孩子都低下头去，一片寂静。

小刘边踱步边审视大家说：怎么，全哑了，当班长，为大家服务，难道不好吗？

王中从兜里掏出一颗金纸包的巧克力，他捅了大宇一下，顺手将巧克力抛向空中，大宇出手如闪电。

大宇一把将巧克力抓住。

小刘正好转身看见：很好。

大宇向王中显示着自己的动作神速。

小刘：大宇同学很有勇气，以后就让他当班长了。

大宇傻了，他狠狠瞪了王中一眼。

王中笑：这是好事情嘛。

小刘的讲话在继续：从今以后，我们就是一个完整的集体了。大家要团结，明白吗？团结！

胖墩们：明白！

小刘：现在第一项任务是搭建帐篷。

一堆搭建帐篷的工具被扔在地上。

一顶顶帐篷被老师和胖墩们一块儿抖开，孩子们懒散地干着。

胖墩们使劲手拉着手，有个胖墩抱着另一胖墩的腰在向后拉着。

被拉的胖墩说：你拉绳子呀，抱我腰干什么？

那个胖墩笑眯眯地说：一样。

没等说完，只听"唰"的一声，他把人家的裤子给撕开了，自己坐在地上。

大家一片笑声。

胖墩们把绳子绞在一根铁钉上。

大宇在铲土。

相扑坐在地上，懒洋洋地钉桩，搬着各种东西的胖墩们在他的面前穿梭。

小刘：起立！哪有坐着干活的，从今以后，要站有站相，坐有坐相，不能像从前，一有机会就坐下不动。

相扑艰难地爬了起来。

大小凤和沙瑜抱着被子向帐篷走去。

帐篷里，维嘉在安装床板，小凤跑过来和他一起搬床板。

16. 营地边河边，外，黄昏

美丽的黄昏夕阳下，胖墩们欢呼着冲进小河，在河里洗澡。

开始大家还有些不好意思，你看看我，我看看你。

王中：啊！我们都是重量级。（他冲着另一胖墩）哎呀，你还羞羞答答穿着衣服干什么？

王中说完就往他脸上击水。

大家互相扬起水来。欢呼着，笑着。

金色的湖水。

17. 帐篷、内、黄昏

王中躺在床上晃动着：这也叫床啊！

相扑：不叫床叫什么，快点起来，别耽误我的时间，一会就要开饭了。

王中一跃而起：相扑，你帮我干活怎么样？

相扑：我凭什么帮你干，你又不是没长手。

王中：我给你钱啊。

相扑：我凭什么要你的钱？

王中：因为你帮我铺床啊，你想，你帮我铺床，我就要给钱，这叫礼尚往来，你说对不对！

相扑晃晃头：哦，那好吧！

一块床板不平，维嘉把爸爸送给他的那本书垫在了下面。

大宇见张营长出现在门口，就跑过去，把张营长拉到帐篷的窗口处。

大宇：报告张营长，我有件事想找您。

张营长：什么事？

大宇回头四下看看：我，能不能一个人睡一个地方？

张营长：为什么？你不愿意和同学们在一起吗？营地里没有多余的地方呀！

大宇脸涨得通红，却说不出口。

张营长不解地望着大宇。

18. 食堂、内、黄昏

一碗碗热气腾腾的饺子被胖墩们端走。

胖墩们狼吞虎咽地吃着水饺。有的连走带吃，等坐下时已经没几个了。门外跑进来的孩子们咽着口水，焦急地等待着。

相扑边吃边数着数。

王中边吃边对沙瑜说：你怎么叫鲨鱼呐，谁给你取的，鲨鱼是要吃人的，怎么起了个吃人的名字。

小刘：吃饭时不许说话。

王中吓得赶快低头吃起来，大小凤见后偷偷乐着。

相扑仍在数着数。

19. 帐篷、内、夜

相扑用手捏算着。

大宇：你在数什么？

相扑：他少给了我一个。

王中一下跃起：什么少了一个？

相扑：饺子，平时我吃饺子一定要吃满八十个，少了一个我都睡不着，今天就偏偏少了一个，我睡不着了。

维嘉：这是条件反射。

王中：没关系，你如果实在饿的话，就啃手指好了，手指头最好吃了，包你啃一会就不饿了。

大宇：少出馊主意，还是老老实实睡吧，睡着了就不饿了。

相扑：我不睡，我就是想不通，为什么少给我一个。

大宇：想不通也得睡，这是命令！

相扑：你命令谁呀？

大宇：命令你！

王中：注意团结，你这个班长还是我选出来的呐。

大宇白了王中一眼。

王中忽然跃起：我们干脆去偷回我们的零食，怎么样？

大家一听，都起身响应着。

维嘉不动声色地说：那叫拿回自己的东西，不叫偷。

大家都说：对对，维嘉说得对，这叫拿。

20. 张营长的帐篷内、内、夜

张营长的帐篷，门被悄悄推开，王中的小脑袋伸了进来，他慢慢地向张营长的床头走去。

王中的小手怎么也够不到墙上挂着的钥匙。

张营长醒了，迷迷糊糊中看到了王中。

王中吓坏了，张营长却笑了起来。

张营长：嘿，小不点真可爱。

王中呆住了。

张营长：你真像个小天使。

王中低头看看自己一身的白色睡衣，猛然醒过来。

王中：对，我是小天使，我飞错了，怕吓着您，今天没安翅膀，我要飞回去了。

王中赶紧匆匆而去。

张营长笑了：这个小鬼头。

21. 帐篷，内、夜

王中慌张地跑了进来，正在焦急等待的胖墩们一跃而起。

相扑：怎么样，成功了？

王中：那当然，想吃什么吧？巧克力，蛋糕，冰淇淋……

王中一边说，一边把一个个碗放好。

胖墩们被王中的叙述弄得神魂颠倒，个个张嘴痴痴笑着，看着他忙乎。

王中端着空碗，拿空勺自己品尝起来。

王中：真不错，太棒啦！味道真好……来，每个人吃一勺。

胖墩们情不自禁地围上来，每个人都张嘴，带着迷醉的笑容，吃着空气。

相扑挡不住诱惑，慢慢走了过来，王中把勺子用力一挖，好像弄了满满的一勺递过来，相扑张大嘴将勺子一口咬住，王中怎么都拉不回来。

相扑把一次性勺子一点点咬了个粉碎。

王中这回真的傻了：怎么样？

相扑：挺脆的。

相扑说完就回床上睡觉了。胖墩们看得捧腹直乐。

大宇：怎么样，没玩过人家吧，你还嫩呢，小不点。

22. 国家安全部门，内，夜

一双手在不停地敲打着键盘。

维嘉爸爸和一群公安干警守候在各种仪器前。

电脑屏幕上没有什么信号。

警察甲：是不是信号太弱，收不到？

维嘉爸：不会的，这是一条转基因蜥蜴，它染色体的第 75 号基因片段是从恐龙蛋化石中提取培植出来的，它能产生极强的生物电波，这种电波在目前其他动物身上都没有发现过。

23. 营地，外（大宇梦境），黄昏

滴水落地的声音，金灿灿的湖水边，站着一排胖墩在拧衣服，水声很响。

大宇惊恐地看着。拼命跳来跳去。

到处是流动的水。水已经吞没了大宇的脚。

24. 男生帐篷，内，夜

大宇的脚一缩，醒了，他明白自己又尿床了。

大宇羞愧又茫然。

边上，睡着的相扑还在说着梦话。

相扑：还差我一个饺子……

25. 营地，外，晨

刘教官的哨子吹响了。小胖墩们懒洋洋又无奈地走出来。

王中一看，相扑和大宇不在，赶紧回帐篷找他们。

26. 男生帐篷，内，晨

王中跑回男生帐篷，看见相扑还在呼呼大睡，王中上前叫他，推他，可无论怎么弄，相扑就是不醒。

王中累得气喘吁吁，忽然心生一计，于是在相扑耳边大叫起来。

王中：相扑，开饭了，吃大排！

相扑从梦里一跃而起：我要八块！不，要九块！补上昨天少我的那个饺子！

王中把相扑拉出门去。一回头，看到另一边，大宇的床上，大宇还坐在那里低着头弄着自己的被子，他不知道怎么盖住尿湿的床。任王中怎么叫，大宇都一言不发坐着不动。

刘教官跑进了男生帐篷：大宇！

大宇慢慢站起来：到。

刘教官：你没听到集合号吗？身为班长，为什么第一天早上集合就睡懒觉迟到？

大宇：我没睡懒觉，我醒得挺早的。

刘教官：那你为什么不出操集合？

大宇不说话，都快哭了。

刘教官似有所悟：快出来集合吧。

27. 营地，内，晨

营地，胖墩们在跑步训练，但有的偷懒，有的跑不动像在走路，有的干脆停了下来。刘教官气坏了，大叫一声"集合！"

刘教官向胖墩们训话：这个夏令营不仅仅是为了让你们减肥，更主要的是培养你们锻炼的习惯，改变你们的生活方式，减掉你们心里的负担，去掉毛病！过于肥胖固然是问题，但真正的问题在你们的内心，内心不能懒惰，向自

我挑战！明白了吗？

　　胖墩们都沉默不语，只有沙瑜大声说"明白！"

　　小凤冲沙瑜翻了个白眼。

　　沙瑜：我刚学芭蕾的时候，怎么都不能竖起脚尖，别的同学都能完成空中打击的动作了，可我连基本动作都做不了。有一天早上我对自己说，今天就是把脚练断了，也要站起来，结果到了晚上我真的成功了，因为我下了决心。

　　刘教官：沙瑜同学说出了我们夏令营的宗旨，培养你们的自立、自强、自信！我相信你们，一定会战胜自己！

28. 铁索桥，外，日

　　相扑在大家鼓励下走上桥去，可刚踏上桥面他就无论如何不肯再往前走了。

　　相扑闭上眼睛不敢往下看，手紧紧抓住铁索。但还是一步步向前挪去。

29. 独木桥，外，日

　　大宇咬紧牙关走独木桥，忽然他脚下一滑，掉到了水中，疼得他直咧嘴。

　　刘教官：自己爬起来！

30. 悬网，外，日

悬网，王中悬在半空中无论如何不敢再往上爬，地下的胖墩们和一个辅导员拼命地大声鼓励他。

王中就是不肯动：不，不，我不……

31. 操场，外，日

全体胖墩集合，在大太阳底下训练站姿。

刘教官一个个纠正着。

维嘉的眼镜滑落在鼻尖上，可他仍然认真地敬礼，不去管它。

32. 训练山地，外，日

山林中，胖墩们已经崩溃，累得一屁股坐下就不肯起来了。

王中哭了：我不练了，我不要战胜自己，我要回家……

刘教官：那好吧，你一个人先站在边上哭吧！大家听着，让王中一个人留在这里哭！太不像个男子汉了！——全体起立！立正，向右转——天哪，竟然有人转错了！看来你们是累傻了！继续下一个训练——匍匐前进。

大家累得张着嘴，眼睛呆滞无神。

刘教官大叫：马上行动！

胖墩们只好一个个坚持着开始练习匍匐前进，从仍然在有气无力地哭着的王中身边经过，刘教官看都不看他一眼。

王中哭着哭着，自觉无趣，看着大家都在往前爬，只好乖乖地也开始爬了。

一张大网下，胖墩们慢慢地爬着。

大宇又想上厕所了，但前面的相扑爬得很慢很慢，大宇急了，用手拼命推相扑。

相扑生气了：你干什么？

大宇：你能不能快点？

相扑：再快，再快我就死了！

大宇无奈：求求你了，我要尿裤子了……

相扑一听马上努力加快了速度：坚持，你要坚持住啊。

大家终于气喘吁吁爬到了终点，大宇提着裤子就跑。

33. 树林，外，日

大宇跑进山林，赶紧小便，好了以后终于笑了。

就在这时，他看见树林深处有个人影掠过。

大宇操起一根棍子跟在后面，那背影鬼鬼祟祟，很像阿乌。

大宇抡起棍子：站住！你这个贼！举起手来！

那人一回头，竟然是大宇的妈妈。

大宇一下呆住了。

大宇妈：大宇！

大宇：你怎么来了？

大宇妈：妈不放心啊，特意来看我的宝贝，妈怕你晚上不敢上厕所，特意给你带了一个折叠痰盂，你没尿床吧？尿了妈帮你洗床单……

大宇：我都不需要，我挺好的，你快回去吧，要让同学们看见，我多丢人啊，我还是班长呢……

大宇妈立刻喜出望外：什么？我儿子当上班长了？太好了，我就说我儿子最有出息！

大宇烦恼地：什么出息不出息的，妈我求你快走吧，你再待下去，我就不活了！呜呜……我怎么这么倒霉，走到哪儿你跟到哪儿，呜呜……从小我就被大家笑话，呜呜……

大宇妈无奈地看着伤心欲绝的儿子：好好好，妈走。

34. 营地，外，日

刘教官叫全体集合，胖墩们已经溃不成军，大宇急匆匆跑进队伍。

刘教官：今天的任务完成得不错！你们相互鼓励，相互支持，战胜了自我，我给你们打八十分！事实证明，只要你们树立信心，咬咬牙就能过去！困难来了，迎上去，不退缩，你们就是好样的！

胖墩们认真兴奋地听着教官的评语。

35. 山林，外，日

阿乌阿元已经来到了山林里。

阿元：你你你怎么知道这些小胖胖胖子在这里？

阿乌：直觉！懂吗？直觉！

远处传来的声音让他们俩猛然回头。远处一群胖墩说说笑笑地在刘教官带领下向山下走去。阿乌阿元一脸狂喜。

阿元兴奋地：直直直……

阿乌：直觉！

阿元：啊就直觉！

阿乌：走！——过两天不交货，别说丢了五百万，警察都得把咱们抓住了。

36. 食堂，内，日

马师傅在端汤，所有的孩子整齐端坐。

刘教官：谁都不许先吃，必须听到命令！

大家等。

刘教官点点头，这才吹响了哨子。

大家狼吞虎咽地吃了起来。

马师傅乐呵呵地要给大家加饭加菜，被张营长制止。

张营长：不能加，就这点分量。要减肥，除了运动，还必须减少食量，只能给他们加汤。

相扑又起身去盛汤。

马师傅：相扑，你可是第十九碗了。

相扑：那天你还少我一个饺子呢！

37. 营地，外，日

王中坐在草地上，看着眼前热闹的景象。

胖墩们分为男孩女孩两个阵营，正在玩游戏，互相发起集团进攻。

大家都很开心，笑着。

王中叫来了相扑：相扑，你说，我对你好不好？

相扑：嗯，好。

王中：匍匐前进的时候，刘教官说我不像男子汉，我一定要做一件男子汉的事情给他看看！相扑，你就是我们的大王，你一定要帮我。

相扑：怎么帮？

王中拿出一听可乐，打开，又拿出一包包的药倒进去。

王中：这是感冒药，这是治拉肚子的，这是治中暑的……这些都是我奶奶带给我的。

相扑：这么多药啊？你都放在可乐里干什么？

王中郑重地：我要喝下去，这么苦的药我都不怕，刘教官还敢说我不像男子汉？相扑，你等下陪我去刘教官那里好不好，我要当着他的面喝下去，要是药太苦了，我喝不下去，你就要在边上拧我，这样可以提醒我像个男子汉。

相扑答应了，认真点头。

38. 指挥部，内，日

张营长、刘教官正在跟食堂马师傅说话，后景，医生在为几个小胖子涂红药水。

张营长：好，那就这样，晚上是什么菜？

马师傅：红烧排骨和西红柿炒鸡蛋。

张营长：还是不要红烧，清蒸排骨吧，少吃点油利于减肥。

马师傅点头：嗯，放点豆豉清蒸。

张营长对刘教官：小刘啊，今天第一天训练，是不是有点太猛了？（营长指指正在涂红药水的几个孩子）他们还是孩子。

刘教官：受点皮肉之伤不算什么。

张营长：可万一出了更大的事，我可怎么跟家长交待？

刘教官：我会当心的，我希望他们能坚强，能更独立。现在的孩子都太娇气了……

正说着，王中和相扑进来了，王中端着可乐。

张营长：哟，你们有什么事吗？

刘教官瞪着二人：怎么还不睡午觉？

王中被刘教官的眼神看得有点撑不住了。

刘教官：怎么不说话？

王中把可乐往桌子上一放：我，我……我没事。

张营长：没事就回去睡觉吧，下午还要训练呢。

王中和相扑转身就跑，马师傅正好也起身。

马师傅：我去准备晚饭。

马师傅看到桌子上打开的可乐还是满的，就拿起来，边走边喝了下去。

39. 营地，外，日

相扑不屑地：你真没用，我还没来得及拧你，你就已经逃跑了。

王中：不逃跑怎么办，你没看见刘教官那双眼睛啊，瞪着我的时候真是吓死人了。

相扑：你真不是男子汉。

王中：你别这么说我，我好伤心的。

相扑：就说。

王中：那我给你钱，我给你当奴隶，你别告诉别人，好不好？

40. 男生帐篷，内，日

一个小胖墩边喝水边问大宇：我怎么不见你喝水啊？

大宇把被褥卷起来：我不想喝。

大宇说着又把自己脱得只剩下一个小裤衩，躺在了空床板上。

另一小胖墩笑了：哎，还是大宇聪明，这样多凉快啊！

几乎所有的胖墩们都学大宇，卷起铺盖卷，脱得只剩下短裤，光着身子躺在空床板上，还一起唱起了健康歌："脖子扭扭，屁股扭扭。"

大宇闭眼想着自己的烦心事。

维嘉没有随大家躺下睡觉，而是在看书，他闻到一种怪味，是大宇的床发出来的，他走过去，却在大宇床底下看见一只折叠痰盂。

维嘉：这是什么？

大宇一睁眼，急了，跳起来就要抢。

维嘉却还在研究：这是什么科研项目吗？

边上王中抢过了痰盂，拿给大家看，大家一个传一个，还唱着健康歌打拍子，大宇气急败坏，于是一把将始作俑的维嘉给摁倒了。

维嘉被摔疼了：你干嘛打人啊？

大宇：我就打你！

于是两个人在地上滚来滚去打了起来，大家上前想把他俩分开，却越来越乱，成了一场混战。

41. 夏令营指挥部，内，日

沙瑜气喘吁吁跑进来：报告！张营长，刘教官，不好了不好了，男生帐篷里打起来了。

张营长和刘教官急忙跟着沙瑜往外跑。

42. 男生帐篷，内，日

张营长、刘教官还有几个辅导员匆匆跑进来，沙瑜站在后面，却看见男生帐篷里一片和谐，大宇和维嘉已经搂在一起了。

张营长回头看着沙瑜。

沙瑜愣住了。

王中冲沙瑜偷偷做了个鬼脸：告状精。

这时医生冲了进来：不好了不好了，马师傅说是喝了一听可乐以后上吐下泻，你们快去看看吧！

王中和相扑面面相觑。

43. 营地，外，日

营地来了一辆车，大家正在把马师傅抬上车去。医生也跟了上去。

大家都挥手送行。

相扑瞪了一眼王中，王中一脸难受。

44. 山林，外，黄昏（大宇梦境）

大宇到处找小便的地方，可是厕所，树边，到处都有人。

大宇急得要命。

45. 男生帐篷，内，夜

刘教官在叫大宇起床：大宇，大宇。

大宇醒来。

刘教官小声地：出去上厕所吧。

46. 湖边，外，夜

大宇在小便，刘教官打着手电等他。

大宇感激地：谢谢刘教官。

刘教官：没关系，早上你没出操，我就猜出来了。

大宇羞愧地低头。

刘教官：你知道我小时候最怕什么吗？

大宇摇摇头。

刘教官：我也最怕晚上起夜起不来，就画地图——尿床了。

大宇惊讶地：你也是啊？

刘教官：是啊，后来我发誓一定要战胜尿床，于是我想了很多办法，像你这样，光着床板，坐着睡……可白天就会没精神。后来我就天天跑步，三个月时间就好了。

大宇敬佩地看着刘教官。

47. 夏令营指挥部，内，夜

小刘进门。

张营长关切地问：孩子们怎么样？

刘教官：都睡着了，个个累得睡着了都直哼哼。

48. 指挥部，外，夜

阿鸟和阿元偷偷摸到窗户底下偷听着。

49. 指挥部，内，夜

张营长叹口气：今天马师傅和孙医生都走了，咱们这里还需要一名厨师和一名医生，我已经给总部打过电话了。明天就会派人过来。

这时，响起了敲门声。

刘教官打开门一看，竟然是大宇妈。

大宇妈一脸喜悦：营长，教官，我可以当厨师的。

张营长惊愕：请问您是……

大宇妈：我就是厨师，你们不必再找人啦！

张营长：你怎么这么面熟？

刘教官：你怎么知道我们需要厨师啊？

大宇妈：我饭烧得很好的，保证孩子们爱吃，我们家大……

大宇妈险些说漏了嘴。

50. 夏令营指挥所，内，夜

阿鸟、阿元仍在偷听着。

51. 夏令营指挥所，内，夜

刘教官猛地击了下桌子：我明白了，你是学生的家长。

大宇妈妈还想解释：不不，我……

张营长：刘大宇，你是大宇妈！你这么晚怎么来的？

大宇妈一听委屈地哭了：我白天就来了，我实在不放心大宇一个人在外面……

大宇妈越说越伤心。张营长和刘教官都无奈地看着大宇妈在哭着。

52. 夏令营营地，外，夜

随着打键盘的声音，我们可见阿乌在树丛里打着电脑，阿元用手电给阿乌照明。

阿乌：笨蛋，把手电凑近一些，好极了，一个厨师，一个医生，那我们明天就变成厨师和医生，我们的五百万就要到手了。

53. 夏令营营地，外，晨

一轮红日刚刚露出山顶。

小溪缓缓地流淌着。

树上的小鸟欢快地鸣叫。

一排胖墩在刷牙，竹筒里流出清澈的水。

几个胖墩在张营长带领下，自己动手在一起做饭。

两只胖乎乎的小手在拌黄瓜。

小家伙们自己品尝着黄瓜：不错，好吃。

沙瑜在独木桥上摆了一个优美的造型，大家为她热烈鼓掌。

大家各种说笑，开心极了。

这时，一个小胖墩持枪（木头）带着一个人上来，找到刘教官。

小胖墩：报告！这个人偷偷越过边境，准备送吃的，被我抓获。

一看，还是大宇妈妈。

大宇气得无语，又心疼妈妈。

刘教官上前无奈地：大宇妈妈，昨天晚上不是跟你说了吗，你这样做，其实是害了孩子。

张营长：对啊，你作为家长首先要相信，孩子们可以管理好自己，他们完全有能力战胜困难，因为他们不只是一个人，而是一个强大的集体，他们会相互帮助的。

大宇妈抬头看着儿子，看着儿子身边围绕着友好的伙伴们，她终于明白了。

54. 彩弹中心，外，晨

一发彩弹击中面罩。一群胖墩在练习射击。

战壕中，分成两组的胖墩在战斗，互相射击。

见孩子们一一击中目标，刘教官高兴得手舞足蹈，连续做了几下拳击的动作，看到孩子们看着自己笑，刘教官自悔失常，急忙又装出一本正经的面孔来。

小凤翻越障碍过不去，面色痛苦地使劲挣扎。

刘教官大声鼓励着，小胖墩们也一起鼓励着她。

小凤咬牙坚持，一次不行，再来，又一次不行，终于翻越过去。

大家为她热烈鼓掌。

一辆汽车开来，阿乌阿元两个人像换了个人，从车上下来，冒充成工作人员，笑眯眯走来。

55. 男生帐篷，内，日

打完仗的胖墩们有的去洗脸，有的脏着脸蛋就扑到了床上。

王中跳进来：快快，去洗脸啊。

大宇闭着眼睛呻吟：我可没劲再动了，你们现在就是抬着我把我卖了，我也绝对不反抗了。

相扑痛苦地抱着肚子：奇怪，我怎么又饿了。自从那天少吃了一个饺子，每顿饭吃了都跟没吃一样，这样下去我可惨了。

王中叹息：谁叫你把我的巧克力都吃了，不然这时候还能拿出来救急。

大宇神往：要是在家里，我就可以吃我妈做的"飞向火星"。就是油炸鸡翅配上甜甜的西红柿。

相扑直咽口水。

大宇忽然跳了起来：我怎么忘了，我还有五斤牛肉干呢！

呼啦一声，几乎所有的胖墩都叫着大宇的名字拥了过来。

大宇开心地笑着，把箱子打开，却看见那只蜥蜴，大宇吓得大叫一声，又把箱子关上了。

56. 男生帐篷，内，日

大家紧张地看着大宇。

相扑紧张地：怎么了大宇？

大宇哆嗦着：蛇！蛇！肉干变成了蛇！

相扑：我看看。

相扑打开箱子，也大叫一声关上了箱子。

57. 中国生化中心，日，内

所有人都异口同声地：信号又出现了！快！哎，又没有了！

58. 男生帐篷，内，日

男生们被吓得往门口挤，在一边看书的维嘉推推眼镜，走了过来。

维嘉：让我看看。

维嘉打开箱子，箱子里静静卧着一只蜥蜴。

维嘉镇静地：大惊小怪的，这叫蜥蜴，又叫四脚蛇。大家过来看看。

59. 中国生化中心，内，日

电脑屏幕上的信号这次比较稳定。

维嘉爸爸：迅速锁定电波方向。

各种仪器打开，各种显示器闪动。

60. 男生帐篷，内，日

大宇好奇地：奇怪，怎么会是蜥蜴呢？

王中在一边：大宇，这肯定是你妈精心设计的刺激疗法，就是经常不断地吓唬你一下，这样胖子就会出汗，汗一多就减肥，哇——你妈好酷呀。

大宇：胡说！我妈才不会这样！

相扑好奇地去摸蜥蜴。

王中：相扑，有毒啊！

维嘉：别瞎说，蜥蜴没有毒。

男生们这才彻底松弛下来。

大宇：维嘉，你说我能培养它当侦查员吗？

维嘉：异想天开。

维嘉严肃地关上了箱子。

61. 中国生化中心，内，日

电脑信号又断了。

工作人员遗憾地：又断了，再有两三分钟就可以锁定目标了。

维嘉爸：继续监视。

62. 夏令营营地，外，日

已经混进来当厨师的阿乌戴着厨师帽，一边洗菜，一边对着淘米的阿元挤眉弄眼。

阿乌：找到宝贝了吗？

阿元愁眉苦脸摇头。

这时，他俩突然听见了孩子们的喧闹声。两人闻声而去。

营地一侧，大宇已经带着蜥蜴出来，在给它找吃的。一群孩子围着大宇。

王中：大宇，你知道给它吃什么吗？

大宇：肯定是小虫子。

小凤：大宇小心，它会咬人的。

大宇：怎么可能呢！

大宇索性把蜥蜴放在自己脸上，引起孩子们一阵惊呼。

不远处，阿乌阿元一眼看到了大宇脸上的蜥蜴，两人高兴地互相击掌，阿元还兴奋地翻了个跟斗。阿乌赶紧给了阿元一巴掌，示意他不要失态。

阿乌阿元慢慢地走了过去。

此时，小凤已经拿到了蜥蜴，正拿着吓唬胆小的王中，追着他一圈圈跑，王中吓得躲在维嘉和沙瑜的后面。

维嘉冷静地：王中不要怕，蜥蜴没有毒，也不咬人。

沙瑜对小凤：你别吓唬王中了，他胆子小。

小凤不高兴地看着沙瑜：那你敢拿吗？

沙瑜也吓得退后了一步。

小凤有一种胜利者的感觉转向维嘉：维嘉，你那么聪明，就是不爱说话。你应该多说话。

维嘉：我愿意在电话里说。

沙瑜：那就在我们之间装一部土电话，有事可以及时商量。

维嘉：好哇，我来研究一下。

小凤一听沙瑜的要求这么容易就被满足了，心里有些不平衡了。

小凤：那我也要装。

维嘉答应了。

63. 中国生化中心，内，日

警察匆匆而来，维嘉爸爸兴奋地汇报。

维嘉爸爸：目标已经锁定……

警察：对，就在西南郊区外四十七公里处的大青山。大青山，丛林密布，很难找啊。

维嘉爸爸急切地：那么就多派些人去吧。

64. 夏令营营地，外，日

阿元收敛起满脸的笑容，过去一脸讨好地对着小凤。

阿元：小、小朋友，你手里拿的是什么？让我看、看，看看可以吧？

小凤：这是四脚蛇。

说完小凤就把蜥蜴扔给了阿元，阿元却立刻吓得浑身发抖。

阿乌嫌弃地看了一眼阿元，刚要伸手去拿。

一只小胖手非常迅速地把蜥蜴从阿元手中夺走了，原来是大宇。

大宇生气地：这是我的宠物，我还要培养它当侦察员呢！你们别给我瞎摸瞎玩儿的，会玩死的！

大宇端着宝贝转身走，阿乌急忙跟上去。

阿乌：再让我看看，卖给我吧，我给你钱。

大宇生气：我不要钱。

阿乌一看大宇要走，急了，阿元也冲了上来。

阿元：抢——抢过来！

阿乌也是急了，冲上去真要抢，大宇见他来势凶猛，立即把蜥蜴递给了相扑，阿乌转身很凶恶地冲向相扑，相扑又把蜥蜴递给了下一个小胖墩。

阿乌像大海捞针一样不知道往哪个方向找。

阿乌走到哪里，哪里的小胖墩们就冲他一摊开手"没有"。

胖墩们晃起了屁股唱起了健康歌，每个人都伸长了舌头对阿乌做鬼脸。

阿乌气急败坏，猛地向孩子们冲过去，孩子们见阿乌冲过来，忽然闪开让路，他们背后是湖，阿乌果然直接掉湖里去了。

小胖墩们欢呼着散去。

没想到阿乌不会游泳，头一露一沉，阿元一看大事不好，赶紧要脱衣服下水救人，阿乌却已经挣扎着爬到断桥边，一把抓住，身子向上一跃，木板被他压得翘了起来。

阿元正好跑到断桥的另一端准备跳下水，没想到翘起的木板正好击中了他的下巴。阿元重重地摔在地上。

阿乌由于木板翘起又滑落水中，木板回落。

阿元刚迷迷糊糊站起来，又被回落的木板击中头顶，又倒下了。

65. 男生帐篷，内，夜

男生正在欢呼，原来，他们与女生帐篷之间的土电话接通了。

土电话里传来了女生的欢呼声。

维嘉也终于露出了笑容，这是严肃的维嘉第一次笑。

66. 女生帐篷，内，夜

女孩围在一起凑着土电话，在听男生帐篷的欢呼声，女生高兴地唱起了歌"对面的女孩看过来……"

67. 男生帐篷，内，夜

男生也高兴地唱起了歌。一片欢歌笑语。

相扑更是练起了俯卧撑，肚皮底下还点了支蜡烛，腰背处还有王中的小脚做压力。

相扑一高兴，也唱起了歌，王中捂住了耳朵。

王中：我求求你了，相扑，你别唱歌了，鬼哭狼嚎的。

相扑不高兴了，不做俯卧撑了，就要唱歌。还凑近了王中的耳朵唱。

王中捂住耳朵，到处跑。边跑边骂相扑。

相扑也生气了，居然拿着灭虫剂追王中，王中头一低，灭虫剂喷向了窗口。

68. 男生帐篷外，外，夜

阿元、阿乌在窗口下面趴着偷听，阿元忽然被灭虫剂喷向了眼睛，他顿时满地打滚，阿乌拼命捂住他的嘴，阿元急忙跑远，夜里传来他鬼哭狼嚎的声音。

阿乌跟着跑了。

69. 男生帐篷，内，夜

帐篷里，大宇等人抢过相扑的灭虫剂，把两人拉开，王中生气了。

王中：相扑，我对你这么好，掏心掏肺，你竟然拿这个来喷我，我跟你绝交！

王中说完，不顾大家的叫声，伤心地跑出了帐篷。

70. 营地，外，夜

夜里，王中缩在山坡的树后，伤心地小声哭着。

营地，大家打着手电，在张营长和刘教官的带领下到处寻找王中。

大宇：报告，这边没有王中。

别的小分队也一一汇报：我们也没有找到王中。

张营长和刘教官也有些焦急了。

黑夜里，王中听到大家在找自己，不由得藏得更深了。

王中赌气地自言自语：让你们找不到。

大家叫王中的声音在黑夜里此起彼伏。

相扑不由难过起来：王中出来吧，都是我不好，我对不起你，你是男子汉，就原谅我吧……

相扑哭出了声，许多女孩子也不由也哭了起来。

王中不由感动了，但他还是很犹豫要不要站出来。

王中自言自语：我现在出来也太没面子了……我还是回帐篷去等着你们吧……

71. 男生帐篷，内，夜

王中慢慢走回帐篷，躲在一边。听外面还在哭，自己也实在难过。

王中自言自语：真傻，我已经回来了，你们别哭了……

就在他刚要起身出门的时候，只见两个黑影慢慢爬了进来，王中立刻迅速爬进了床底下。

是阿元跟着阿乌进了帐篷，阿元在抽泣着，哭得很伤心。

阿乌很烦：你他妈的起什么哄，你哭什么。

阿元：我从小就不能听人哭，现在也不能听小孩哭，他们一哭，哭，哭，我就要哭……

阿乌给了阿元一巴掌：不许哭！快干正事！

两人立刻在男生帐篷里翻找起来。

王中紧紧靠在床下的墙角处，大气都不敢喘。

王中透过床沿可以看到，两个人的腿在乱走，许多东西被他们扔在地上。

阿元被大宇的箱子拌了一下，险些摔倒，但他没注意，继续去别的床上翻了。

撞倒的箱子开了，蜥蜴自己爬了出来。

王中紧张万分地看着爬过来的蜥蜴。

阿乌急了：阿元你找到了没有？

阿元：没，没，没……

阿乌：没有！笨蛋！哎，这不是我的箱子吗，跟那小胖子的长得一样！

两人大喜，冲过去一看，箱子开着，空空如也。

阿乌：坏了，五百万，我的五百万跑了……

王中紧张地听着他们的对话。

小蜥蜴爬向王中，接着又向外爬去，王中紧张极了，想制止小蜥蜴出去被阿乌阿元找到，但又不敢碰蜥蜴。只能轻轻吹气，阻止着小蜥蜴。

眼看小蜥蜴要爬出去了，王中横下一条心，只能战战兢兢地把小蜥蜴抓住，放在自己手心里。

阿乌阿元开始跪下，检查床底下。

王中浑身颤抖。

就在这个时候，外面哨声响了，阿乌阿元赶紧溜了出去。

王中紧张得快哭了。

小蜥蜴好奇地看着他。

王中赶紧从床底下捧着蜥蜴跑了出来：我在这儿，我在这儿……

大家一拥而入：王中！王中！可找到你了……

王中顾不上别的，赶紧把蜥蜴递给大宇。

王中：大宇！快收好你的宝贝！那两个坏蛋又来抢了！

说完，王中浑身瘫软，大凤赶紧上前把他抱住。

72. 营地，外，夜

一堆熊熊燃烧的篝火。

张营长：这是一件从坏到好的事情，虽然王中同学负气出走，使得大家虚惊了一场，但从另一方面，让我们通过此事看到了你们身上的美德，平时难以发现的闪光之处。

每个人都认真地听着张营长在讲，篝火照亮了孩子们的脸庞。

张营长：你们都有一颗爱心，你们很珍惜这个集体，你们懂得了关心别人，你们体验到平时无法体验到的真诚、勇敢。

大家开心地鼓掌。

王中还依偎在大凤怀里，他很享受被姐姐搂着的感觉。

刘教官：我只想说，你们都是好样的。你们身上反映出现在少有的团队精神。

刘教官转向王中：王中，就凭你在这么黑的夜里敢一个人走上一圈，我就认为你是一个合格的男子汉！

王中喜出望外，跳起来跟相扑击掌。

73. 山林，外，晨

晨曦，胖墩们爬上山来，大宇大声喊着每一个人的名字，山谷里久久回荡着每个人的名字。

74. 训练基地，外，日

胖墩们在进行跨越训练。他们已经灵活多了，也自信多了。

一个个胖墩飞越战壕。

一个个胖墩灵活地跳入掩体。

一个个胖墩从炮楼飞身跃下。

他们轮流骑着自行车在河边训练，阳光下，河水衬着他们开心的脸庞。

大宇仰头松开车把手，自由地飞翔着。

75. 夏令营指挥所，内，日

电话响起，刘教官拿起电话。

刘教官：喂？哪位？

76. 食堂，内，日

阿乌装出了一个声音在打电话：喂？刘教官吗？我们是总部，今天有一个紧急会议，对，请你立即赶到。再让所有的老师到张营长办公室开会。

阿乌挂了电话，看着阿元，阿元在对着一个转动的竹笼打拳击。

阿乌：不要打了！收拾弹药包！我们必须发动总攻了！

77. 夏令营营地，外，日

大宇看着蜥蜴，王中忽然想起了什么，跟大宇和相扑说着。

王中：那两个新来的厨房大师傅为什么老是想要这个蜥蜴啊？那天晚上我躲在床底下，看见他们来翻来找，还说什么五百万。

相扑：要不我们去跟刘教官说吧。

大宇答应着，三人一起走向刘教官处。

78. 营地外，外，日

刘教官已经骑车出了营地。三个孩子赶来，只看到他的背影。

79. 夏令营指挥所，内，日

张营长见老师和辅导员们都进来了，莫名其妙。

张营长：开会？开什么会？小刘走了？谁通知的？

就在这时，阿乌阿元全身披挂冲了进来。

阿乌：举起手来！不许动！

阿元却因为冲得太猛，当场摔倒在地。他狼狈地从地上爬起来。

张营长：乌医生，元师傅，这一大清早你们开什么玩笑？你们还以为自己是小孩子啊？赶快去准备饭吧，我这儿还忙着呢。

阿乌急了：这不是开玩笑，这是绑架，真正的绑架。

张营长满不在乎地站起来，顺手抢过阿元的枪。

张营长：哎呀，你们这些年轻人搞什么名堂，咦，这把玩具手枪倒很逼真，很像样嘛？

张营长边说，边拿枪向两个人比划。

阿乌阿元吓得要命，东躲西藏。

张营长：你们这些年轻人哪，就是喜欢暴力游戏，你们应该读读苏霍姆林斯基的书，要用爱心去教育……

说着，张营长把枪拍在桌子上，阿乌上前一把夺过枪。

阿乌：闭嘴！你们都给我好好听着，不是哄你们玩儿！

阿元把一个炸药包放在了桌子上。

这下张营长和老师们的脸色变了。

80. 夏令营营地，外，日

哨声大作。胖墩们急忙跑出来集合，却发现吹哨的是阿元。而阿乌站在阿元身后的木墩上，双手叉腰。

孩子们齐问：张营长，刘教官呢？

阿乌：他们开会去了，今天的训练由乌老师我来带领！

阿元：快快快把五百万交出来。

阿乌赶紧打断阿元：同学们是这样的，夏令营有纪律，不能养动物，大宇快把蜥蜴交出来。

王中赶紧用手拉大宇的衣服，大宇明白了。

大宇：昨天晚上回宿舍以后，发现屋里乱七八糟的，我的蜥蜴丢了。

阿乌一惊：那还不赶紧回去找。

阿元：五百万丢了……

阿乌给了阿元一巴掌：去去去去！

所有的同学们一块学着阿元：去去去去！

阿乌注视着孩子们的动向：阿元！你站在制高点上看着他们，这样看得全。我去看看那几个老师，顺便跟货主联系。

81. 男生帐篷，内，日

几个人凑在一起，听王中说着，一起商量。

王中：其实，蜥蜴被大宇藏起来了。这两个人肯定是坏人，咱们现在怎么办？

大宇领着大家到了一个角落，蜥蜴在里面藏着。

维嘉忽然想起了什么，从床板底下抽出了那本爸爸送的生物书。

维嘉飞快地翻书。

王中不解地：维嘉，现在看书没用了，关键是看乌医生和元师傅是不是坏人。

大宇：是啊，他们要蜥蜴干什么呢？做药用吗？

王中：那也不会五百万啊。

维嘉：对，它就值五百万。

大家全惊了，维嘉举起了书，书中有一张维嘉爸爸和这只蜥蜴在一起的照片。

维嘉：这是我爸爸最新研究的成果，它不是一般的蜥蜴，它身上有恐龙的基因。

胖墩们发出哇的声音。

王中：你爸爸好酷啊。

相扑：轻点轻点，咱们不要让那两个坏人听到。

大家紧张起来，各说各的主张。

相扑：我们快去报告张营长。

王中：还是去找刘教官。

大宇：要我说就谁都不报告，这是一个大好机会，我认为，我们应该大干一场，让老师和教官们看看我们的能耐！

大家听听说的都有理，一时又乱了套。

大宇哎呦叫了一声：我一急就要上厕所。

82. 夏令营指挥所外—内，外—内，日

大宇跑出来上厕所，见他捂着小肚子的样子，阿元也没多说，批准了。

大宇跑到指挥所外，往里一看，顿时惊呆了。

张营长嘴被塞住，双手反捆在椅子上，她使劲挣扎着，其他几个老师都分散着被绑在不同的地方。

83. 山路，外，日

刘教官在山路上骑着破自行车。往山下总部骑去。

84. 女生帐篷，内，日

女生们还在找蜥蜴，一边找一边发牢骚。

大凤：叫他们不要养宠物，非要养。

女生甲：就是，跑了还要大家帮着找。

正说着，土电话响了。

小凤跑去接电话：什么？你再说一遍！（小凤大吃一惊）大家静一下！出事了！现在召开紧急电话会议！

女孩子们立刻拥上来，挤在一起听电话。

85. 男生帐篷，内，日

大宇对着电话：张营长和所有的老师都被抓了，刘教官被骗出了营房，下落不明。现在，一切都只能靠我们自己了！

大宇挂上土电话，小胖墩们悲壮地听着。

大宇：你，你，你，你们三个，把刚才咱们找到的蜥蜴拿出来迷惑坏人元师傅，让他离开我们这里，我们好分配任务，跟女生宿舍一起备战！

三个小胖墩跑了出去。

86. 帐篷外，外，日

大宇派出的三个小胖墩，拿着三四只蜥蜴，围着阿元。

阿元果真看糊涂了：哎，这个、这个像。嗨，这个吧？

小胖墩甲一本正经：到底是哪个？要不你叫它一声，看它会不会答应你。

阿元越来越糊涂，索性一拍脑袋。

阿元：你们，你们在这里等、等，等着！我去问问！

阿元摘下帽子，把几个蜥蜴放进去，如获至宝地跑着去找领导阿乌了。

87. 男生帐篷，内，日

大宇在分配任务：好，分工全部完成！对了，差点忘了最关键的问题，蜥蜴由谁来守护！

大宇扫视了一下大家，小胖墩们挺直胸膛，满脸庄严。

大宇庄重地：王中。

王中吓一跳：到。

大宇：这个重要的任务交给你，由你来守护蜥蜴。

王中快哭了：报告首长，我能不能出钱，不干这事啊？

相扑：现在都什么时候了，你还说这话？

大宇：就是，刘教官都表扬你是一个真正的男子汉了！

维嘉：再说了，上次你不是保护过它吗？它对你一定有感情！

王中顿时满脸骄傲：好！保证完成任务！

88. 女生帐篷，内，日

男女生们在女生帐篷里汇合了。

维嘉：就这样，我们应该充分利用地形，地物，采用乱石术，火攻术，利用弓箭手和火炮手来牵制敌人，这样通讯组就可以利用时间与警方联系。

大家都跃跃欲试。

大宇一挥手：同志们，考验我们的时候到了！

大凤：要不要我们举手立誓？

大宇：好，我们举手立誓：靠我们自己，救出张营长，保卫夏令营！今天的口号是：锻炼身体，保卫营地，锻炼肌肉，除去害敌！

小胖墩们一起立誓。大家一个传一个的击手。嘴里发出了像火箭一样的声音。

89. 食堂，外，日

阿元在给阿乌看那几个蜥蜴，阿乌气得给了阿元一巴掌。

阿乌：你是不是蠢啊？这几个看个头，看颜色，哪个像啊？你上当了！赶紧回去看看，那些小胖墩们要跑了！

90. 一组蒙太奇，外，日

相扑用南瓜做了两个大锤子。

大宇在收集女孩子们的皮筋，一把弹弓做成了。

孩子们在齐心协力堆石头。

到处都在装土电话。

一个胖墩在树上观察。

一排整齐的彩弹枪被一支支拿下，小胖墩们一个个持枪冲出枪库。

胖墩们扛着弹箱向山坡跑去。

阿元在男生宿舍前大喊大叫：你们，们，给我，我，回回回来！你们给我的是假，假，假的！

阿元想追，大凤拉开彩弹枪就打了他一枪。

阿元疼得转身就跑，小凤却又出现，拿枪对准了他。

阿元：这么快、快，又克隆出来一个……

91. **食堂外，内，日**

阿乌在电脑上紧张地跟货主联系，阿元气喘吁吁跑了进来。

阿元：头、头……不得了了，胖子们都跑、跑了！

阿乌就像没听见一样：好好，联系上了。（阿乌把电脑盖上，这才转向阿元怒骂）你这个吃货！你除了吃还能干啥！你给我看着电脑，我去看看！我就不信，几个小胖子，还能翻天？！

阿元一屁股坐下。窗口，露出了维嘉和王中的脸。

维嘉捅捅王中，王中点点头，一个人走向了阿元。

王中：元师傅。

阿元警觉地看着王中。

王中绽放了一个纯洁的笑容：你猜我来找你做什么？

阿元：不、不、不知道。

王中：我带你去拿蜥蜴啊！

阿元立刻大喜过望：真、真、真……

王中：真的！

说完，王中在前面带路，阿元立刻跟上了。

等他们俩走了，维嘉迅速溜进去，打开了电脑。

电脑屏幕上打出了"中国生化中心"的字样，又出现一排字"请输入密码"。

维嘉紧张操作着。

92. **警车上，内，日**

维嘉爸爸和警察们坐在警车上。

维嘉爸爸：信号时断时续，大青山丛林密布，我真担心出什么问题。

警官：放心吧，大青山附近已经布置了很多警力。

93. **女生帐篷外，外，日**

两个女孩打着手势。

树上放哨的胖墩用土电话在联络。

94. **女生帐篷，内，日**

阿乌急匆匆开门进来，见里面也空无一人，气得骂着就出门了。

95. 彩弹中心，日，外

小胖墩们在彩弹中心拼命发出声音，阿乌果然上当，跑到了射击场。没想到，一阵乱枪打来。阿乌惨叫着四处乱跑，跑进了帐篷。

门在后面立刻被关上。

阿乌还没反应过来，就被更多的彩弹打中，他四处躲闪，也躲不过子弹。

就在这个时候，帐篷门被撞开，彩弹停止了。阿元跑了进来。

阿乌：哎呀阿元啊，你可救了我了……

阿元：箱、箱子！王中、中说蜥蜴就在箱、箱、箱……

阿乌听懂了，立刻冲过去找到了箱子，阿元也扑过来，两人打开了箱子。

两人的脸被弹出的白石灰喷得鬼哭狼嚎，无法睁开眼睛，像没头苍蝇一样乱撞。

阿乌急了，拔出手枪大喊着。

阿乌：我要杀了你们，小兔崽子们！

话没说完，两人撞在一起，都摔倒了。

相扑提着自己做的南瓜大锤冲进来，抡起来就砸，阿乌一声惨叫，持枪的手被相扑的大锤击中，南瓜被砸成两半。

相扑掉头就跑了出去，剩下两人在帐篷里哀嚎。

96. 帐篷外，外，日

一个女孩打着手势。

一把砍刀将绳子砍断。

小胖墩们一起拼命地拉倒帐篷。

帐篷轰地一声倒下，将二贼压在底下。

大宇：乱石手！

大宇的手往前一指，一块块石头飞向倒塌的帐篷，砸得阿乌阿元惨叫声声，渐渐没了动静。

大宇挥手，胖墩们停止了行动。

大宇带领大家慢慢地小心翼翼地走进帐篷。在帐篷前停住了。

静静的帐篷，忽然间，一把尖刀刺破帐篷，阿乌阿元跳了出来。

胖墩们大叫，撒腿就跑。

97. 山林，外，日

胖墩们吓得在山林中飞奔，跑进了掩体，一个个坐在地上大喘着。

大宇：太可怕了，这俩贼真经打啊。

相扑鼓励大宇：别怕，他们追过来，咱们还有武器呢！

土电话发出了声音：野猪进入山林，野猪进入山林。

大宇赶紧爬起来用望远镜一看。

阿乌阿元跑到了山下。

大宇一挥手。

几个胖墩合力将一卷像地毯一样的厚布拉起，阿乌阿元顿时摔倒，一拉到头，两人进了滚筒。

两人在滚筒里被拉得飞快地转动着。

胖墩们用力拉着，卷筒飞快地转动。

胖墩们用力太大，摔倒了，一个压着一个。

而卷筒直接从山上滚到了河里。

阿乌阿元惨叫着掉到了河里。

所有山上的孩子都举枪欢呼起来。

大宇一挥手：快！我们去救张营长！

98. 夏令营指挥所，内，日

张营长的手被解开，嘴上的胶布被撕开。

老师们也一个个被解救出来。

张营长一下把孩子们抱在怀里：孩子们，你们太棒了！咱们快离开这里。

老师们指挥着孩子们往外撤。

99. 山林，吊桥处，外，日

老师和孩子们跑向吊桥，身后，阿乌阿元满身水淋淋地从河里爬出来，继续追了过来。

大宇：弓箭手！射！

弓箭手们齐发弹弓，阿乌阿元被击中，阿元急了，要开枪。被阿乌按住。

阿乌：你不怕给警察报信啊！

大宇：相扑，你负责断后，大家快过吊桥，然后咱们把桥拆了。

相扑：我害怕过吊桥……

大家接二连三地过吊桥，相扑紧张地看着，吊桥在晃动，剧烈地晃动。

大宇等大叫：相扑，你能行！

阿乌阿元已经快冲过来了。

相扑忽然心生一计，他倒退着走，一边走一边拆下吊桥的木板扔在水里。

阿乌阿元气急败坏地叫着：你干嘛！

已经过桥的弓箭手们继续用弹弓，用地上的石头向阿乌阿元发射炮弹。

相扑已经把桥拆了一大半，老师们也过来帮他，他非常自信，大胆地走完了剩下的吊桥。

阿乌阿元无奈地看着。

阿乌：你瘦，你攀着铁链过去。

阿元：我不不不，不敢，敢……

阿乌：你想想五百万。

阿元拼命摇头：不要、要、要了……

阿乌气得给了阿元一巴掌，自己一咬牙，准备攀铁链过桥。

大宇：火炮手！

一个胖墩将一支安上了两个轮子的双响子点燃，点燃后，下面的轮子在皮筋的作用下缓缓向一个白色塑料管里爬去。

胖墩们捂住耳朵，兴奋地等着那声巨响。但双响子掉到了地上，在地上乱转起来。

大宇上前一步，大胆地拿过双响子点燃，用弓箭将双响子射向阿乌。

双响子飞速向阿乌飞来，阿乌大叫一声，人滑落下来，一把抓住了最下面的铁链。

阿乌看着下面的深渊，吓坏了。

阿乌大叫：阿元救命！

阿元一见，急忙冲上桥去，拉住了阿乌的手。

阿元死命把阿乌往上拉着。

就在这时，又一支双响子呼啸而来，阿元大叫一声，松开了手，双手抱头。

阿乌惨叫着摔下山谷。

小胖墩们欢呼着。

张营长：孩子们，你们真勇敢。

100. 山林，外，日

一根树杈将阿乌的衣服勾住。阿乌被倒立着吊在半空，他已经吓昏过去了。

阿元跌跌撞撞从上面跑来，从上面放下一根绳子救阿乌。

101. 食堂，内，日

维嘉还在破解密码，都快哭了。

维嘉：都快一个小时了，到底是什么密码啊……

维嘉突然想了起来：对，是爸爸的生日加上我的生日！

小胖手在键盘上敲打着。

电脑接入了网站。

维嘉兴奋地一挥拳头。

102. 警车，内，日

维嘉爸也兴奋地大叫起来：蜥蜴在胖墩夏令营！在维嘉那里！

103. 公路，外，日

警车飞速掉头，呼啸着飞速而去。

104. 山林，外，日

胖墩们欢呼着，王中拿出了蜥蜴，大家一边看，一边开心着。

忽然，一个声音响了起来。

阿乌：把手举起来。

大家回头一看，惊呆了，遍体鳞伤的阿乌和阿元拿着手枪对准他们。

阿乌：阿元，你看着他们！王中，你拿着蜥蜴给我过来！

见黑洞洞的枪口和狰狞的贼，老师和孩子们都不敢说话，王中刚要往前走，被张营长一把拉住。

张营长：放开孩子，让我来！

阿乌却冲上来，一把抓住王中，拎了过来。

阿元用一张大网，把老师孩子们罩了起来。

阿乌狞笑着要抢蜥蜴的时候，王中却忽然低头在阿乌手上咬了一口，阿乌惨叫的时候，王中已经抱着蜥蜴盒子灵活地跑开了。

孩子们大叫：王中快跑！

阿乌、阿元死命追去。

105. 训练场，外，日

王中像个小球一样从山上跑来。阿乌、阿元在后面拼命追赶。眼看就要追上来了，王中紧急之中爬上了悬网。

王中拼命向上爬，他此时也顾不上害怕了。

阿乌、阿元也爬了上来。

王中不顾一切地往上爬，午后的阳光一片白。

两个贼也拼命爬。

爬得太高，三个人太重，悬网的一侧底柱翘了起来。

悬网明显开始倒下，在阿乌、阿元和王中的大叫中，悬网倒了。就在倒下的那一瞬间，王中抬手抓住了一根大树叉。

阿乌、阿元重重摔倒在地上。

王中悬吊在半空中。

两人爬起来，发现王中在树上吊着，就开始死命地晃树。

王中紧闭双眼，拼命地叫妈妈——

阿乌、阿元仍然拼命摇着树。阿乌使劲摇着，忽然有一只手拍他肩膀，他回头一看，是刘教官。

刘教官还没等阿乌反应过来，伸手就是重重一拳，阿乌被击倒在地。

阿元急忙从地上捡起一根木棍，朝刘教官打来，刘教官劈面抢过木棍，一扔，一拳上去，将阿元也打倒。

阿乌趁着刘教官去捆绑阿元的时候，撒腿就跑。

刘教官捆上了阿元。

阿元坦白着：别、别打我、啊，都是那小子干、干的，他叫阿乌，还叫乌贼、贼，他经常犯法、法，死有余辜。

阿乌抱着一个炸药包从指挥所里冲了出来。

就在这时，警车赶到了，所有的警察冲下了车。大家都向这里聚拢过来。

阿乌背对着镜头，炸药包漏了，漏了一地的药，他却浑然不知，抱着跟大家对峙。

老师和警察们把孩子们护住。

刘教官看到阿乌背后的炸药包漏了，顿时心生一计，从口袋里摸出了打火机，打燃以后扔向了阿乌背后。

打火机在空中飞了一道漂亮的弧线。

打火机落地点燃了掉在地上的炸药，炸药冒着青烟向阿乌逼去。阿乌一回头，点燃的炸药向他逼近，吓得他抱着炸药包就往河边跑去。

就在炸药要爆炸的瞬间，阿乌跳进了河里。

阿乌喝了一肚子的水，他大叫救命，当他站起来，才发现这一段河水很浅，只到他的腿肚子。

警察们在持枪等待他上岸。

阿乌像个落汤鸡一样低下了头。

大家欢呼着，维嘉爸爸一把搂住了维嘉。

忽然，相扑想了起来。

相扑：王中呢？

刘教官三下五除二爬上树，把王中背了下来，王中昏迷了，大家都哭了，上前叫他。

大凤：王中，你醒醒……

张营长：医生呢？快叫救护车。

这时王中悠悠醒转：叫什么，我就是睡着了……

大家放心了，哄堂大笑起来。

王中把贴着胸口的小盒子打开，蜥蜴在里面完好无损。他把它转交给了大宇，大宇交给维嘉，维嘉又给了爸爸。

警察不由也笑了：这件事，孩子们可是立了大功了！

106. 营地门口，外，日

胖墩们将警察叔叔和维嘉爸爸等送到了门口，看着他们将阿乌、阿元押上了警车。维嘉爸爸递给儿子一本书，维嘉打开一看，笑了，是一本电脑书。

大家接受警官和维嘉爸的握手致谢，胖墩们一个个敬着神气的军礼。

警车开远了。

胖墩们笑着，冲镜头挥手。

胖墩们欢笑着一起跑向了树林，镜头跟着他们的脚往前跑，到了树林往上摇。

一棵棵大树，一整片森林……

（全剧终）

星期天的玫瑰

编剧： 何晴
导演： 朱枫
主要演员： 赵屹鸥、周笑莉、潘虹、郝平、王霞、张先衡、祝希娟等

　　一部群像戏，描写上海这个城市里，就在同一天，几对夫妻和恋人奇妙穿插在一起的故事，有的夫妻感情濒于破裂，有的恋人面临分手，有的几十年互相思念却在老了以后仍然不能相聚，有的在重重迷雾中寻找自己，有的却在艰难中坚守着家庭和爱。最后，他们戏剧性地相逢了，并得到了各自的人生启迪。

1. 司马亮家，内，晨

　　凌乱的卧室，但看得出当时是精心设计过的，床上睡着司马亮的妻子张东昭。司马亮裹着毯子睡在隔壁沙发上。

　　床头的闹钟响了。

　　司马亮嘟囔着翻了一个身。

　　张东昭睁开双眼，这是一个漂亮的女人，即使早上起来没有化妆也是

如此。

张东昭慵懒地伸懒腰，掀开被子起来，刷的一声拉开了窗帘，阳光一下子照了进来。

司马亮很不满地啧了一声，蒙上头试图继续睡。

东昭开了电视。

司马亮一跃而起，把电视关了。

正梳头的东昭冷冷地看了他一眼。

司马亮：我有电视恐惧症，别大早上刺激我。

东昭像没听见一样，走过来又开了电视。

司马亮再次把电视关上。

东昭漠然地又开了电视。

司马亮狠狠关上电视，干脆把插头给拔了，把电线缠在自己腰上，还系了个死结。

东昭嘲弄地：可笑。

两人毫不示弱地对视着。电话响了，但两人谁都没有动。

司马亮绷了一会儿，绷不住了，刚要伸手，东昭已经轻捷地抄起了电话。

东昭：喂？（声音温柔起来）刘台？啊，您又让我做特别节目，感谢领导信任。

司马亮冷笑。

东昭：可是今天星期天，我休息的……啊，对对，任务重要。

东昭脸上的表情与甜蜜的声音形成了有趣的对比。

东昭挂上电话，内心实在气愤，抓起电话又一次狠狠挂上。

司马亮脸上浮起一丝笑意。

东昭一字一顿地："天涯有约"原定今天晚上八点播出的节目有问题要临时撤下来，必须马上加班，赶制特别节目，要给大家看见一对真正的爱人。

司马亮带笑不笑：别提这破节目了，不就一保媒拉纤的吗？弱智。

东昭急了：我们和别的征婚节目可不一样，一个月前就在棚里录好了，这次刘台说了，要在生活中直接抓拍活生生的东西，我们要给大家看到真正感人的爱情。

司马：是吗？真正的爱情，我们好像好伟大好伟大哦。

东昭冷笑：是啊，你当然什么都看不上啦。要都像你，那轮谁下岗啊？

司马被戳到痛处，动作幅度很大地穿衣服。

司马：张主任，你总不见得公报私仇吧？个人感情和工作是两回事，我相信你一定能分清。

东昭打开冰箱拿出牛奶、鸡蛋、面包，给自己做早饭。

司马也走进厨房，用小锅煮泡饭，从好几个泡菜坛子里分别夹泡菜。

两人走到餐桌前，各吃各的。

东昭嫌恶地看着正在吃糖蒜的司马。司马拿过牛奶盒子，要往自己的泡饭里倒。东昭一把抢过牛奶盒。

东昭：各超市都有售，六元五角一盒。

司马火了：张东昭，请你弄清楚，你坐着喝牛奶的凳子是我买的，用来喝牛奶的杯子是我买的，包括你冰牛奶的冰箱，热牛奶的微波炉都是我买的。

东昭：是吗？但你这个泡菜坛子是我买的，如果我没记错的话。有本事你给砸了？

司马亮终于咆哮了，一把捧起泡菜坛子。

司马亮：没错，是我老丈人给我的，你以为我不敢砸？我是舍不得那点泡菜汤！

2. 蓝海家，内，晨

镜头从司马亮家的窗口摇至隔壁窗口推近。

一张脸在窗口露了一下又拉上了窗帘。

蓝海家很凌乱，一副刚搬家的样子。

蓝海在电脑上记日记：四月八日，星期天，少云，阳光很淡。今天是清清的生日，她已经向我下了最后通牒，要我捧着七十七朵玫瑰在一千个人面前向她下跪求婚。我觉得这简直是在要我的命。

蓝海从电脑材料库里选出一朵玫瑰贴在日记上。

蓝海又拿起桌子上的一个西藏经轮转了两圈，神经质地走到镜子前举着，练习下跪求婚的动作。

3. 楼道电梯口，内，晨

司马和东昭在等电梯，司马摁钮。

司马：来了。

东昭：是上的！

电梯门打开，蓝海一个箭步从后窜出，闪进电梯。

司马：这是上的。

蓝海刚反应过来，门已经关上。

一会儿，电梯下来门又打开，蓝海尴尬一笑，司马夫妇走进电梯。

司马：你是905新搬进来的吧？

蓝海点点头。

司马：我是903的司马亮，叫我司马好了。

东昭嫌弃地看他一眼，嫌他多嘴的样子。

蓝海点点头。

4. 采访车，内，晨

司马和东昭都坐在前排，东昭趁着红灯，往脸上描眉毛。手机响了。

东昭：喂，张曼啊？

5. 张曼家卧室，内，晨

张曼的卧室，她已经醒了，被子胡乱摊在床上，两眼看着天花板发呆。

张曼：姐，我死定了，我还没来例假，我怎么办啊？

6. 采访车，内，晨

东昭一下坐直了：什么？你那个混蛋男朋友呢？今天去新加坡？想跑？没那么容易！拖住他！让他结婚！马上去机场！你怎么那么蠢啊？

司马感兴趣地看看东昭：小曼的男朋友要去新加坡？

东昭白了他一眼。

7. 张家，内，晨

张曼绝望地挂上电话，愣了半天才起床，推开门走过餐厅。

东昭和张曼姐俩的父亲老张在认真地写毛笔书法。

老张：小曼，赶紧洗脸刷牙，我买了油条，今天你不是要去送李林吗？

张曼径直走进卫生间，坐在马桶上，镜头对准张曼的脸，她好像下了很大的决心，鼓起勇气低下头去。

再抬头时，张曼一脸绝望。

8. 电视台大楼外，外，晨

司马亮和东昭的车进大门。

9. 张家，内，晨

老张敲卫生间的门：喂，张曼，你在里面怎么这么长时间？

门开了，张曼脸色苍白地走出来。

老张：快吃早饭啊，大早上你又怎么了？不是还要去机场吗？抓紧时间！快吃饭吧！你来看，李林要走了，我也没什么送他，特地给他写了一幅字：长风破浪会有时，直挂云帆济沧海。

张曼：行了爸，别显摆你的几个字了。

老张：这是李白的名句，抒发了他远大的抱负和志向。

张曼：不喜欢，行不？都什么时代了，还李白呢。

老张：你不喜欢，说不定李林喜欢呢。

张曼：别给人塞破烂了，人家行李多着呢。

老张：咳。对了，你今天给你姐打个电话，她跟司马亮还离不离婚了？

张曼：嗯。

老张：别应付我啊，你们姐妹都是这样，一个结了婚又要离，还有一个就是拖着不结。

张曼：嗯。

老张：这下好了，李林要走了，你说你怎么办？叫你早结婚你不结……咳，你们姐俩到底怎么回事，我都快急死了。

张曼被惹怒了：对，您自己搞了二十几年婚外恋，我妈才去世一年多，你就不安分，你替我急，省省吧，替你自己急吧！

老张无奈苦笑：你又乱说，什么婚外恋，我和吴爱珍清清白白，从来没有做过半点对不起你妈的事。

张曼收好包准备出门：是，你们还青梅竹马呢。

老张：我们是打小在一起，可四八年打仗逃难，我们一失散就是几十年，那都是万恶的旧社会……

张曼不依不饶：对，害得她给人当佣人，你倒成了知识分子，所以你们不合适！姐姐说过了。

老张：知识分子就是应该和劳动人民相结合。

张曼：谁说的？

老张：毛主席。

张曼：行行行，我不跟你争，你去说服我姐就行。

一声门响，张曼走了，老张在原地发呆。

10. 电视台电梯内，内，日

司马和东昭像路人一样站着。叮咚一声，十层到了，门一开，进来几个他们的同事，司马和东昭以迅雷不及掩耳之势凑到一起，装出一种亲热无比的样子。

同事A：哟，恩爱夫妻又一块上班来了？

同事B：东昭，你今天不是休息吗？

东昭：台长让我加班做"天涯有约"的特别节目。

同事A：不用做了，你们俩上屏幕献身一把不就行了？

两人笑，很有默契地互相看了一眼。

11. 办公室内，内，日

司马在检查机器，准备录像带，电池。

东昭：今天分三个组，老郭和小王去浦东拍集体婚礼，朱旋和任巧巧还是不变，张铁今天献血，司马就还是一个人。我的车给你。你们都自己抓新闻吧，关于我们节目本身，没什么好说的了，最近台里要缩编，这个节目对大家都是考核。

众人都愁眉苦脸。

司马：这个月我们策划了好几个选题，都给毙了嘛。

东昭翻了他一眼，不屑于搭理。

12. 电视台门口，外，日

司马将自己的拍摄器材搬上车，拨通手机。

司马：喂？张曼，我开车送你去浦东机场吧？我上班？不耽误。你别管了。复兴路单行道，你在东湖路口等着，五六分钟我就到。

13. 车里，内，日

司马：你那个阿林去哪儿来着？

张曼：新加坡。

司马：几点起飞？

张曼：九点。

司马：呵，生离死别啊，去哪儿不行啊，非去个新加坡。

张曼：不知道。

司马：年轻人要看世界，那应该去欧罗巴，要晒太阳享福呢，就应该去澳大利亚，去新加坡干嘛，巴掌大个地方。

张曼：留学。

司马：留学？去挣钱吧？对了，听东昭说过，李林他妈在新加坡吧？哎，不是另外嫁人了吗？

张曼：他妈想接他出去。

司马：那李林不成了油瓶了。哎，他恋母吗？

张曼：我能不坐你的车吗？

司马：你看你这人，别生气啊，我是为你好，你想，他这一去，至少三四年，孔雀东南飞，以后怎么办，就算他把你接到新加坡……

张曼：我才不想去呢。

司马：得，那就得了。

张曼：现在我都不知道怎么办，以后……（苦笑）我不想让他去，可能吗？

司马：那我就不明白了，他心这么狠？

张曼忽然用手捂住了脸。

司马：哎呀，你可别这样，我就见不得这个。

14. 机场，内，日

司马拿出摄像机跟上。

张曼：你干嘛？

司马：妹子，今天我们台里要做一个专题，要给大家看到真正的爱情，嗨，是不是挺傻的啊？

张曼：知道你还说。

司马：嘿嘿，我觉得你挺合适的，所以借着送你，我顺便把活儿也干了。

张曼：什么？！我求你了！司马，别拿我开心成吗？

司马：我琢磨了一个早上，就你合适，主题特别向上，今日送情郎出国求学，他日学成归来双双为国争光。这多好。

张曼怒了：司马亮，你混蛋，拿你小姨子开心，你有劲吗？

司马悻悻然：轻点，轻点，别误会啊，我不拍还不成吗？你不知道，现在混口饭吃有多难。

张曼白了司马一眼，径自走进候机大厅。

15. 车里，内，日

司马亮沿着机场路开着，车里放着新闻。

简要新闻若干，司马一脸郁郁。

16. 候机大厅，内，日

高大英俊的阿林与张曼相拥。

阿林哀求着：我妈只有我一个儿子……其实我妈是为我们好，她让我出国不是对你有意见，其实她挺喜欢你的。

张曼不说话。

阿林：我知道你不想让我走，别难过了，我会每天给你写信的……我妈说了，等我回来我们就结婚。

张曼忍无可忍：你能不能不提你妈？

阿林怔怔地看着张曼。

张曼叹口气：阿林，我好像怀孕了。

阿林慌了：这，这不可能吧……

张曼更加悲伤，用劲搂住了阿林，不肯放手。

张曼：别走，我求你了，我心里害怕……

广播在催登机了。

阿林急忙挣开张曼，匆匆在她脸上一吻。

阿林：拿掉，去医院拿掉。啊，听我的话，我们以后会再有的，啊？我走了。

阿林要走，张曼拉住他，阿林有些急了。

张曼塞给他一封信：起飞了再看。

17. **街道，车内，内，日**

司马开着采访车，与东昭在通电话。

司马：你猜我一早去了哪儿？机场！送张曼！你先别急，我这就是工作。喂喂，手机信号不好，好了好了，我是想送恋人出国留学也是很好的选题嘛。行行，你不用发火，他们也没让我拍。

18. **电视台办公室，内，日**

张东昭气不打一处来：我说司马亮，你开着台里的采访车是让你出活儿的！

19. **车内，内，日**

司马悻悻：我也不是开去兜风。这不才九点出头，到处都没上班嘛。

20. **飞机上，内，日**

阿林坐在飞机上，一脸凄惨，在等待飞机起飞。

21. **出租车上，内，日**

张曼坐上一辆出租车。

司机：小姐，去哪儿？

张曼失魂落魄，没听见。

司机：请问小姐去哪儿？

张曼：回家。

司机苦笑：家在哪儿？

张曼如梦初醒。

22. 飞机上，内，日

飞机还没有起飞。

广播：飞机马上就要起飞了，请旅客们不要离开座位……

阿林打开张曼刚刚给他的信。

张曼画外音：阿林……

23. 出租车内，内，日

张曼戴着墨镜，面无表情。

张曼画外音持续：这是我们之间的最后一封信了，最后的，一切，我是不会出国的，也不会等到你回来的一天……

街边树木飞速掠过，浦东的楼宇高耸入云。

张曼画外音：我对你的感情，还有可能有的孩子，比起你的远大前程来说根本算不了什么，我没有信心等下去了，我们还是结束在这个时刻最好。

24. 飞机上，内，日

阿林木然，他忽然想站起来，被附近的空姐死活拦住。

空姐：先生请坐好！马上要起飞了！

飞机滑动。

阿林无奈地坐回原处。

飞机冲天而起。

25. 张家小区，外，日

张曼在小区门口下了出租车。

司机下车，在小区门口包子铺买包子。

26. 张家，内，日

门铃响，老张去开门，原来是一个老太太，爱珍。

老张有些惊慌：爱珍，你，你怎么来了？

爱珍：对不起。

老张：不不，我的意思是本来我要去看你的……你进来坐吧！（看见爱珍有些迟疑，立刻解释了一句）她们都不在……

爱珍有些受伤：不用了，我就是来跟你说一句，我要走了。

老张惊讶地：你要走？去哪儿？

爱珍：我……

这时有人开门进来，是张曼。大家都愣了一下。

爱珍笑笑：小曼回来了？

张曼点点头，不说话。

老张小声地：我们还是出去走走吧？

爱珍点点头。

张曼：别，还是我走吧。爸，吴阿姨大老远来一次不容易，你留她多坐坐。

张曼把门带上，走了。

27. 张家小区门口，外，日

张曼驻足四望，一时不知该往哪里去。

在车中吃包子的司机摁了摁喇叭。

张曼：哟，师傅，你还没走？

司机：早上五点出来，一点东西还没吃呢。

张曼上车。

28. 出租车，内，日

司机：心情不好，还是去外滩好，滨江大道现在修得真漂亮，心里不高兴去那儿更好，心情一会儿就好了。

张曼：要是心情还不好呢？

司机：看看黄浦江上的轮船，怎么会不开心呢？

张曼：还是不开心呢？

司机：那就只有跳黄浦江了。

29. 街道，外，日

司马从公厕出来，回到停在路边的采访车前。

灰色的街道，灰色的建筑物，行色匆匆的人们。

司马有些茫然地站在人行道上，背靠着灰色的闸门，掏出一根烟。

一个男人：哎，朋友！

司马没反应，那男人走过来拍拍他的肩膀。

男人：我要开门了。

司马这才意识到自己挡住了人家花店的门，一回头，叫了起来。

司马：沈阿明！

沈阿明：司马亮！

司马亮：你怎么在这里？

沈阿明：混饭吃嘛！

沈阿明走过去卷起了闸门，无数盛开的鲜花扑面而来。

30. 花店，内，日

司马亮一边摆弄机器，一边与沈阿明聊天。

沈阿明：你选我这儿蹲点准没错儿。

司马亮：平时谈恋爱的小青年来买花的多不多？

沈阿明：那当然，谈恋爱靠什么，不就靠"花"嘛！

司马亮：那我今天开糊就看你这里有没有戏啦，最好有结婚扎花车什么的。

沈阿明：那可不好说了，要是情人节春节啊，我这里这个热闹啊，笑歪嘴的，哭得死去活来的，我见多了。今天？那可不一定啊。

司马亮：今天不是星期天吗？没准也有节目呢。

沈阿明：等等看吧。

司马亮笑笑。

沈阿明搬起一个大花篮：来，帮我一下，好。

司马亮：这里就你一个人啊？

沈阿明：以前我弟弟帮我。现在我又雇了个女的。（沈压低声音）长得还蛮漂亮的。嘿，今天怎么回事，九点半了还不来。

31. 医院，内，日

医院，金娣手脚利索地为病床上的丈夫换衣服。

金娣抬起头，是一张很忧郁很美的脸，但是岁月和愁苦在她脸上留下了痕迹。

刘建国：西装带来了吗？我今天穿西装。

金娣点点头。

刘建国：赶快上班去吧，已经迟到了……

金娣：知道了，我到门口去接儿子，你自己当心，等下吃午饭的时候，多吃点儿，别都留给贝贝。

刘建国苦笑：贝贝在长身体呢，吃了有用的。我吃了都是浪费。

金娣：再胡说！

金娣走到门口，又折回来，将丈夫的被子掖好，才离去。

32. 医院门口，外，日

金娣在门口焦急张望着，好不容易看到了十二岁的儿子，赶紧跑过去。

金娣：怎么回事，你怎么才来？妈妈要迟到了！

贝贝委屈地：早上我去菜市场买甲鱼的，被咬了手。

金娣心疼地抓起儿子的手，贝贝的一个手指被他自己粗粗地包了起来。金娣在儿子头上摸了一下。

金娣：……乖啊，要听话，不要光顾着玩儿，多陪陪爸爸。热饭盒的时候当心，别烫着。

儿子点点头。

金娣：乖啊，要是爸爸叫你吃甲鱼……

儿子：我不吃，等他吃完再吃。

金娣挤出一个笑容，目送儿子离去。

33. 花店，内，日

金娣急匆匆跑进花店。

沈阿明：你怎么回事啊，迟到了晓得哦？快把思南路那家大花篮做好。

金娣急忙挪动一个大筐，很费劲。

司马亮上前帮忙。

金娣又从里间捧出一大桶盛开的红玫瑰，放在门口的架子上。

司马亮感兴趣地：能告诉我这花篮是什么人定的吗？

金娣像没听见一样，从屋子里继续将做好的花篮花束拿出来。

沈阿明：人家记者问你话呢，这是我同学，电视台记者。（对司马亮）算了算了，她不喜欢讲话，活倒做得蛮好！（压低声音）别看她有模有样的，命不好……

金娣走进来，听见老板这样说话，重重地将花篮往地上一顿。

沈阿明心疼了：轻点，轻点……

34. 美发店，内，日

蓝海一本正经地坐在理发椅上。

美发师将蓝海的头发理成一边倒。

镜子里，美发师征询的表情。

蓝海迟疑地盯着镜子半天，忽然做个手势，要美发师将他的头发倒向另一边。

油光鲜亮的蓝海走出美发厅，站在了大街上。

35. 花店，内，日

沈阿明和金娣在忙碌，司马亮在一边采访买花的小姑娘。

司马亮：是给男朋友买花吗？

小姑娘白了他一眼：为什么？

司马亮尴尬地笑笑。

36. 街道，外，日

蓝海脚步匆匆，穿过川流不息的街道。

37. 花店，内，日

蓝海冒冒失失闯进来，一下子撞到花架上，花没撞坏，一桶水撞翻了，幸好他自己躲得快。

蓝海：老板！好了没有？好了没有？

沈阿明：好了好了。（对司马）就是他要七十七朵玫瑰。（对男孩）你这生意太难做了朋友！七种颜色的玫瑰花，我费了多多少少的心思……

蓝海开始出汗了，他好像很紧张，西装很合身，但是因为他不好好待着，显得局促。

司马亮：小伙子，买花还买得这么复杂啊？

蓝海：是你？司马？

司马：905？

蓝海笑了：蓝海。

司马亮：你要求婚啊？

蓝海六神无主：书上就这么写的，求婚要这么求的，七十七朵，七种颜色各十一朵……没办法，真的没办法。

司马亮打趣：很浪漫啊。

蓝海不停地擦汗：光求婚也就算了。她还要我当着至少一千人的面……要命啊，七十七朵容易，哪来这么多人？

沈阿明：哎，我帮你出个主意，到八万人体育场去。

蓝海魂不守舍：今天有比赛吗？

沈阿明：下个月就有了。

蓝海又开始擦汗：来不及了，必须今天，今天是我女朋友生日。

金娣捧着花束递过来，蓝海接过来就走。

沈阿明急了：哎！钞票！四百二十！

蓝海又昏头昏脑回来，扔了五张一百元在台上，转身又走，刚走到门口又转回来。

蓝海：还得数数，还得数数。

蓝海开始数玫瑰，没几朵就晕了。

金娣走了过来：你别着急，你求婚成功以后让你女朋友自己数，这每朵花不都包着玻璃纸套吗？拆一朵数一朵。

蓝海像抓住了救命稻草：好好好。

蓝海走到门口，一秒钟就转回来，求助地看着金娣。

蓝海：我怎么求婚啊？

金娣笑了：你喜欢她吗？想跟她永远在一起吗？

蓝海认真地点头。

金娣：那就这么告诉她，只要是你真心说的话，她总会感动的，感动了，就答应了。

金娣的话像是有一种使人安静的力量，蓝海平静了许多，点了点头。司马亮已经背上了机器。

司马亮：我说兄弟，不要慌嘛，这种事我送你一句话——无私才能无畏！

蓝海：什么意思？

司马亮：就是私心杂念别太多，不就是开口说句话吗？怕什么？我陪你去。

沈阿明嘎嘎笑着：叫他帮你求好了。

金娣：老板不要开玩笑了，他很老实的。

蓝海冲金娣笑了笑，真跟着司马亮一起走了。

38. 外滩，外，日

美丽的外滩，风很大，来往的行人很多。

司马亮拎着机器大踏步走在前面，蓝海一路小跑地追。

司马亮停下：就这儿吧。

蓝海有点两眼发直：……换……换个地方行吗？

司马亮：你要是不敢，换哪儿都一样。

蓝海拿着花束的手开始发抖。

司马：你不介意我拍你们吧？今天晚上有可能播出的。

蓝海：对，不如你把我求婚拍下来，晚上放一遍，全市有一千多万人，至少会有一千人看到吧？

司马亮语重心长：不要再幻想了！打电话给她！

蓝海拨电话：喂？啊是我，你现在能来外滩吗？就在喷水池上面。（蓝海神经质地关上电话）完了，完了，我完了。

司马：她不愿意来啊？

蓝海：她说她马上来。

司马亮有些好笑。

蓝海：我真不知道这有什么意思，我从小就胆子小，一看见人多就害怕……我……

司马亮：那你怎么追上她的？

蓝海：是她追我的！现在又要考验我！早知道这么辛苦……哎，你同情我吗？

司马摇摇头：你不要这样，爱情是很享受很美丽的，不要弄得像受苦刑一样。

蓝海：你当年受过这折磨吗？

司马亮：还好，没有。

蓝海：你太太真好。

司马亮哭笑不得。

蓝海：我还有多少时间？十分钟？

司马亮：台词想好了吗？

蓝海机械地：我爱你，你能嫁给我吗？

司马等待着，蓝海不说话了。

司马亮：没了？！

蓝海：没了。

司马：太没想象力了，背诵点诗意的东西，发挥一下……裴多菲那首《我愿是激流》会背吗？

蓝海忽然站起来：……她她她……她来了……

司马亮急忙开机。

39. 喷水池边，外，日

一个漂亮的女孩子清清，迫不及待地飞跑过来，裙子，长发，神采飞扬。

40. 外滩，外，日

蓝海第一反应是转身想跑，司马亮一把把他揪回来。

清清上了楼梯，看见了蓝海，兴奋地站住了，青春的笑脸。

清清：嗨。

蓝海嘴唇发涩：嗨。

清清：我来了。

蓝海忽然想起司马亮：这是电视台的记者，我家邻居。要拍我们的。

清清兴奋地：你把电视台也叫来啦。

司马亮：你好，打扰你们了，别管我，当我是空气。

清清笑了，期待地看着蓝海。

蓝海站在那里，像是要晕倒。

清清等待着。

蓝海艰难地：亲爱的……

清清激动的脸。

蓝海：…………求求你，别折磨我了好吗？

清清脸色逐渐青了。

蓝海：回去，回去我向你求一百遍，现在不行，不行。

司马亮都急了，清清转身就走，蓝海还是低着头。

蓝海：真正的爱情不在这些地方……

司马亮一把拽过蓝海：别傻了，气走了她你就没老婆了！

蓝海吓了一跳，条件反射一样马上单腿下跪。

蓝海：我爱你，你嫁给我好吗？

边上早就没有了清清，一些看热闹的人哄笑起来。

司马急忙拽他起来：去追啊，她跑了！

41. 街道，外，日

清清哭泣地跑过来。蓝海气喘吁吁地在后面追。蓝海终于追上了清清。清清用劲甩开他的手。

司马居然还在一边追着拍摄。

清清：你放开我！

蓝海：你别这样，你知道我是喜欢你的。

清清：我不信！你证明给我看了吗？你一直就是敷衍我，都是我对你好，你从来就没有向我表示过，连爱都没说过，只有这一次机会了，结婚以后你再也不会说了……我为什么要嫁一个不爱我的人？

蓝海：我心里是对你好的。

清清：我看不见。

清清招手叫了出租车，坐进了车里。

清清：师傅，开车！

蓝海抓着车门：我只是不会说话！

司机同情地看着蓝海。

司马亮上前，抓着车门。

司马亮：你总得给他机会吧？你走了，他表现给谁看啊？

清清还是不动。

司马亮：他练习了好多天了，刚才只是紧张，他真的会说出来的！

清清看着司马，司马真诚地看着她。

清清下车了：行，再给你一次机会，你要是还不敢说的话，我们就分手！

42. 南滨江露天咖啡座，外，日

咖啡店里，清清和蓝海对坐。司马亮很尴尬地陪坐在一边，一脸谄媚的笑。

司马亮：蓝海，怎么样，想好没有？

蓝海气愤：她还没逼我呢，你急什么？

司马：嘿嘿。

清清用小勺搅着杯子里的咖啡。

蓝海：好，你说我怎么说？

清清扔下小勺就要走，被眼疾手快的司马亮一把抓住。

司马亮：别走别走，我来帮他想想，哎，大话西游那段台词。

蓝海：说的人太多了。

司马亮：不多不多。

蓝海：曾经有一份爱放在我面前的时候，我没有去珍惜，直到失去后才追悔莫及，如果再给我一次机会，我想对你说我爱你！如果要在这份爱上加一个期限的话，我希望是一万年！

司马：清清，够感动吗？

清清：为什么一点心里话都没有？

蓝海：我还没发挥呢。

司马亮：哎，等会儿，我还没开机呢。

司马亮急忙开机。

蓝海：我的情绪都被你破坏了。（蓝海又酝酿了一会儿）是这样的，除开上面的话，我还要说，如果你没有嫁给我的话，我心中的遗憾和痛苦将折磨我整整一万年。

清清：什么叫除开上面的话？我不懂。

蓝海声情并茂：我想对你说我爱你。如果要在这份爱上加一个期限的话，我希望是一万年！如果你没有嫁给我的话，我心中的遗憾和痛苦将折磨我整整一万年。

清清憋了一分钟，喜笑颜开。

蓝海：行了吗？

清清温柔地：行了。

蓝海长吁一口气。

司马亮在拍：行了，本世纪初最感人的求婚宣言。

清清：走啊。

蓝海：不是行了吗？还去哪儿啊？

清清：你有没有搞错？去人多的地方啊。把这些话当着一千个人的面再说一次。

蓝海痛苦的脸。抱着脑袋低下了头。

清清：走啊，我要让全世界人都知道我有多么幸福。走啊。

蓝海不动。

清清：走吧。你听见没有？

蓝海：我不去。

清清怒：你说什么？

蓝海疲倦地：求求你，别作了。我受不了了。

清清站起来就走。

43. 南滨江外滩，外，日

张曼坐在长椅上发呆，戴了副墨镜呆呆地瞪着远处。她看着司马和蓝海追着清清而去。

突然有人走到她面前站定，张曼回头，逆光下一时看不清楚，过了一会才辨认出来。

张曼：老郝，你怎么在这儿？

那个叫老郝的中年人背着好几个相机，笑眯眯地看着张曼。

老郝：我还想问你呢，戴了墨镜就以为认不出你了？

44. 咖啡馆，内，日

老郝和张曼一起走进酒吧，在窗口坐下来。

小姐：请问要什么？

老郝：红茶。你呢？

张曼：要随便。

小姐离去。

张曼：你最近都在忙什么呢？

老郝：我去年在交大拿了个在职的 MBA，现在就认这个，没办法。

张曼：你发财啦？私家车都开上了。

老郝：人只要坚持等待，运气总会来的，这就是我老郝的座右铭。

张曼：除开发财，你还有什么别的运气？

老郝：今天看见你了嘛。

张曼一瞪眼。

老郝：……啊，哎，我开摄影图片展了，在锦江宾馆，我请你去看。

张曼：真成了摄影名家了？我记得你说过，办摄影展是你的梦想。

老郝感动地：张曼，你记得我说的话？

张曼一笑。

老郝：嗨，还不是现在有了点钱，花钱买的。

张曼：有孩子了吗？

老郝：以后会有的，首先得有老婆。

张曼：你都老么咔哧眼了，还不赶紧娶老婆。

老郝：我还没参加你的婚礼呢。

张曼：我结婚和你有什么关系啊。

老郝：有关系，只要你还没嫁人，我就要一天天等下去。

张曼撇了一下嘴。

老郝：你打算什么时候和阿林……

张曼：别再跟我提这个人了。

老郝声音很大地：他怎么你了？！

张曼吓一跳：他去新加坡了。

老郝：……我对你这么多年，你应该明白……我前几年是想忘记你，不联系你，可今天居然在大街上见到你……我想还是……

张曼看了老郝一眼。

老郝：给我一个机会吧。我，对了，我在南京路上已经买好房子了，还在莘庄买了别墅，我只想请你去住，不不，请你当女主人……

张曼什么都没说，眼睛一瞪。

老郝吓得赶紧改口：……你，你爸爸已经退休了吧，他还好吧。

45. 张家，内，日

老张有些笨拙地拿碗和勺子，给爱珍盛了一碗红枣莲子汤。

老张：低头弄莲子，莲子清如水。

爱珍：一起吃。……对不起啊，又惹张曼生气了。

老张忽然委屈起来：噢，她生气怎么了？她管得着吗？以前是她们妈管，后来东昭管，现在又轮着她了。

爱珍：我刚想跟你说，我侄子写信来，问我愿意不愿意去无锡。

老张：去无锡干什么？

爱珍：他刚生了个女儿。

老张反应激烈：那不是让你去当老妈子吗？

爱珍：他小时候是我带大的，一直带到他上初小我才出来。我现在一个人过，他想到我，让我去当老妈子，说养我老，我已经谢天谢地了。

老张呆呆地坐在那里。

他面前的莲子汤已经凉了。

爱珍站起来：我先走了。

老张急忙拉住她：爱珍！今天我们去新雅吃饭好吗？

爱珍：为什么？

老张有些苦涩：今天是什么日子，你知道吗？

爱珍苦笑一下。

老张：阴历三月十五，咱们就是这天走散的。

爱珍：……还说这些干什么。

老张：没有四八年逃难，我们一定会在新雅摆喜酒的。

爱珍沉默。

46. 新雅粤菜馆，内，日

爱珍迟疑地站在门口，老张拉她。

爱珍：太浪费了。

老张：我们一辈子都已经浪费了。

小姐把他们迎了进去：老先生，太太，里面请。

两人感情复杂地对视一眼。

两人进来，坐在窗边，饭店里放着老歌《玫瑰玫瑰我爱你》。

老张：周璇唱的，你以前最喜欢这首歌。

爱珍看着窗外：现在的年轻人穿得真少。

老张：你那时候不也是，冬天旗袍下面也不穿棉裤的。

爱珍笑了，老张抬头，看见门外一对年轻人跑了过去，是蓝海和清清。

47. 街道，外，日

清清在前面跑，蓝海还捧着那束花，紧紧跟着。

蓝海和清清还在纠缠不清。

蓝海：要不下跪就算了，学狗叫，我学狗叫行吗？

清清不理他，这时跑到车站，正好一辆公共汽车停下，清清跳了上去。

蓝海紧跑几步，跳上已经起步的车。

司马亮扛着机器气喘吁吁跟着，眼看车子开了，他无奈地停了下来。

48. 街道另一侧，外，日

司马找到自己的采访车，发动了车，向公共汽车追去。

49. 公共汽车上，内，日

车上很挤，蓝海费劲地向清清挤过去，但是挤不过去，被顶在了门口。

蓝海拼命踮脚，看清清。

清清故意不理他，自己看着窗外。

蓝海无奈地缩了回来。

车到站了，忽然有人喊"钱包！我的钱包没了！"

车门已经开了，有个人蹿了出去。站在车门的蓝海没反应，那人撞了他一下，跑了。

群众甲：那是小偷！抓住他！

蓝海这才反应过来。

群众乙责怪地：你在门口怎么不挡住他！

群众丙：小伙子反应这么慢，刚才追小姑娘倒蛮快的嘛。

蓝海"噌"地蹿下了车。清清吃惊地看着。

50. 街道，外，日

街上人来人往。百货广场前停着一辆大篷车，上有横幅"精神文明宣传车"。车上有文艺演出，有许多人在围观。

蓝海狂追小偷。

蓝海终于追上小偷，两人扭打在一起。

蓝海明显不经打，但死死缠住了小偷。清清赶到，看见蓝海吃了下风，脱下高跟鞋就猛打小偷。

后面的群众追上了，小偷束手就擒。

蓝海被打得鼻青脸肿，清清心疼地扑上去。蓝海不顾自己的伤，先去给清清拿来鞋，给她穿上。

蓝海：花呢？花呢？

地上，一束鲜花已经不成样子了。

后面的几个群众忽然上来拉蓝海走。

清清急了：你们干什么？

51. 广场大篷车，外，日

　　主持人激动地：精神文明，见义勇为在我们生活中，每天都在发生，我们现在向大家介绍一位刚出炉的平民英雄！

　　在掌声中，蓝海被簇拥着推到了舞台中间。蓝海一个人对着话筒，紧张地说不出话来。他看着台下的清清。

　　蓝海：小偷不是我一个人抓住的。是大家抓的，还有我的女朋友清清……我没什么好说的。

　　司马亮赶到，把车停在不远处，拎着摄像机就赶了过来。

　　蓝海说完要走，被主持人死活拉住，让他再说点什么。

　　蓝海推辞：我真的没什么说的……

　　主持人：想说什么说什么，你心里想说什么说什么。

　　有人献上花来，蓝海接过来，忽然说了起来。

　　蓝海：今天是我女朋友清清的生日，清清，我们结婚吧！

　　众人震惊中，蓝海忽然跪了下来。

　　哄堂大笑。

　　清清的眼泪流了下来。

　　笑声慢慢变成了掌声。

52. 采访车内，内，日

　　司马硬着头皮给东昭打电话。

　　司马：我在花店就盯上这小子了，就是咱们楼905的那个。多巧，我一眼就看出这小子有戏。

53. 东昭办公室，内，日

　　东昭很高兴，感兴趣地听着。

　　东昭：啊，捧七十七朵玫瑰，当着两千人下跪求婚，有点意思，这是不是就算八零后的新新人类了啊？

54. 采访车内，内，日

　　司马：就在那大篷车上，你猜怎么着，那小子真的一腿跪了下去，多棒！人？有！人多了去了，精彩吧？什么？马上把带子送过来？嗨，我还没说完呢，我不是停车吗？等我赶过去，晚一步，正好没拍上！

55. 电视台东昭办公室，内，日

东昭的脸都气得绿了。

东昭：你是真傻还是假傻啊？司马记者，我可不可以这么认为，整个一上午，你是一事无成？晚上八点播出，除去机房和审片，你自己算算还有几个钟头？什么？伤害了你的尊严？你当记者就没有尊严，你就得像狗一样去哀求人家让你拍！对，就是像狗一样，人家把你从屋子里赶出来，你就得再从窗户里爬进去！

东昭对着电话大怒：司马亮，我真为你感到羞耻！

56. 街道—民政局登记处，外—内，日

司马开车在街上晃悠。

司马点烟，看见巡警，赶紧将烟掐灭。

司马忽然来了灵感，将车开进民政局。

司马亮下车，向门卫示意。

司马亮：电视台的。

门卫：又是电视台的？不是来过了吗？

司马亮往里张望一下，果真看到朱璇和任巧巧说笑着走了出来，司马刚想躲，两人已经看到了他。

朱璇：嘿，你也来了？收工了？顺利吗？

司马：还行。我路过这儿，听说你们在，过来看看，顺吗？

任巧巧兴奋：今天还真是巧，一个美国人，迷上金山农民画，今天和一个金山农家女喜结良缘，还有一对更绝，台湾老兵，找到五十年前的老情人，也来登记结婚，我们的小标题名字都想好了——天涯共此时！

朱璇：人家中央台有这个名字了。

任巧巧：那就叫爱到永远。好像有点酸啊？

司马亮：干脆叫爱到金山县吧？

朱璇：别瞎起哄。你去哪儿？

司马亮：我还要去搂空镜头。你们去哪儿？

朱璇往右指：我们回台里赶节目。

司马亮赶紧往左指：我去外滩，回头见。

朱璇：哎，你老婆好像今天不太高兴，你就不能让着她点儿？

司马亮：你现在说话怎么像我老丈人似的？

朱璇：谁是你老丈人！

57. 森林公园，外，日

老张牵了头毛驴慢慢走，驴上坐着爱珍。

爱珍：还是下来吧！年纪这么老了，还出洋相。

老张：坐着吧，十五块钱能骑一个小时呢，有四十年没坐毛驴了吧？

爱珍：哪止啊！

老张：有次你骑驴摔下来，你爹还揍了我一顿，说我没带好你。

爱珍：你就是没带好我嘛。

老张不吭声。

爱珍：几点了？

老张：早着呢。

爱珍：别太晚，张曼还要回家吃晚饭吧？

老张：没事，我现在想得开，儿孙自有儿孙福，张曼这么大了，也管不了她，她连我都要管，还管不了她自己？

58. 老郝家，内，日

老郝在放唱片：再坐一会儿吧？我刚煮好咖啡。这张唱片不错吧？老爵士。朋友从美国给我带来的，记得我们第一次跳舞，那有好多年了吧？在你们学校食堂，大夏天的挤那么多人！五毛钱门票，还有好多人给的是饭菜票……我记得那天热得要命，我请你跳第一支舞，那只曲子是……《冬天里的一把火》！你穿的是一件白衣服，就像一朵百合花……

张曼听得眼睛恍惚起来。

老郝越坐越近：我请你的时候，我的手都有点发抖，你直笑，是吗？

张曼：是啊，你一个劲地抖。

老郝：后来，我从你们学校出来，大晚上的我在街上又跑又跳，后来才知道你有男朋友。你们俩郎才女貌，我就不敢再想什么……

张曼忽然：为什么不敢想？

老郝忽然激动地站了起来：我……我心里对你……你是知道的。

张曼突然地：要是你，你会甩下我出国吗？

老郝激动地：绝对不会，我只要跟你在一起，我哪里都不会去！十年了，张曼，我没有对任何女孩子动心过……我……我们能在一起吗？

张曼怔怔地看着他，缓缓地点了点头。

老郝欣喜若狂。

张曼：我可能怀孕了，你陪我去医院检查好吗？

老郝一惊，腾地一下站了起来，张曼脸色一凉。

没想到老郝把两个枕头垫在张曼腰底下：你怎么不早说，来，靠着这个舒服。我给你做点吃的，然后就陪你去医院。

张曼的眼圈慢慢红了。

59. 马路—花店，外，日

司马亮开车到处瞎逛，看见情人模样的人在路边，就放慢车速，盯着他们看，似乎想看出什么名堂。

投入的情人醒悟过来。

情人甲：看什么看，没看过啊？

司马亮悻悻地开车离去。

司马亮逛来逛去，又路过花店，看见金娣在门口卸花，很吃力的样子。

司马亮有些不忍，把车倒回花店门口，下来帮金娣的忙。

60. 花店，外，日

金娣扒着盒饭。

司马亮：老板呢？

金娣：送花没回来。

司马亮：哎，这么晚才吃饭？你们蛮辛苦的。

金娣：还好。

司马亮指着金娣用来喝水的一个卡通塑料杯。

司马亮：这是你儿子的吧？

金娣：是我儿子给我买的。

司马亮：是灌篮高手。

金娣笑了：他喜欢卡通，以前他爸爸星期天常带他出去写生。

司马亮：是吗？

金娣掏出小本子，递给司马亮。

金娣：这些都是他画的。这三只小猪他说是我们一家，这是我，这是他爸爸，这是他自己。

司马亮：有点小天才嘛。你给他请辅导老师吗？

金娣不好意思地：太贵了……他爸爸有时教他的，他爸爸以前是上海中学毕业的，年轻的时候还想考美院呢。

司马亮有些心不在焉：考了吗？

金娣：他当了登山运动员，这是我们全家的照片。

金娣掏出小本子里的照片。

相片特写：清秀的儿子、微笑的金娣、英俊魁梧的丈夫。

金娣又掏出一串钥匙，给司马看一个小猪钥匙坠。

金娣：这个小猪挺滑稽的吧？贝贝手工课上自己做的。

司马亮接过钥匙仔细看了看：小家伙蛮有天才的嘛！

金娣：你工作做好了吗？

司马长叹一声：哪有那么容易啊。哎，你说，到底什么是真正的爱情？

金娣笑了：我怎么知道。

司马：那你和你老公呢？算是爱情吗？

金娣愣了一下：不算的不算的。我们就是在一起过日子，时间长了，怎么分都分不开了。

司马感兴趣地：你们怎么认识的？

金娣：……我爸爸去世的那天，我在路上边走边哭……是我丈夫看见了，就送我回去了，然后我们就好了，结婚，生儿子，再后来，他就生病了。

司马听得很仔细，他想说什么，却没有说出口。

金娣勉强地一笑，眼圈红了，她急忙掩饰着低头，用筷子拨拨饭。

金娣：我没功夫想什么是爱情的，我只希望他能好起来，不要死，能和我太太平平一辈子……

这时有个女人在门口叫金娣。

女人：金娣，电话！医院里的。

金娣慌忙擦擦眼泪站起来：来了，来了。

61. 病房，内，日

卡通画的特点。

拉开，是在画画的贝贝。

刘建国画外音：画完了？

贝贝：画完了。

刘建国的手接过画。

画页上，父亲棱角分明的脸。

刘建国：画得蛮好的，不过把我画得太胖了，我现在哪里有这么胖。不真实嘛，艺术最需要真实。

贝贝：你不是说艺术也需要想象吗？

刘建国：那当然，十五年前，我和你妈妈去云南，有一天，我们来到梅里雪山脚下……

贝贝：爸爸，我都听过好多遍了，我什么时候能去看雪山就好了。

刘建国：一定带你去的，等到夏天，你放暑假的时候，一定带你去！

贝贝懂事地：不要，爸爸，等你身体好了再去。

小护士来送药了。

62. 医生办公室，内，日

小护士走进办公室，周医生正在打电话。

周医生：下周四再做一次肾透析。哦，两万元医疗费不能再拖了，再拖下去，我也不好说话了。

63. 花店，内，日

金娣在接电话。

金娣：好好，我已经在想办法了，已经筹到一万八了，能不能再和院方谈谈，再缓一个星期？

64. 办公室—妇产科门口，内，日

周医生：不能再拖了，否则影响下一步治疗，麻烦就大了。肾功能衰竭是什么后果，我想你也明白。这样，先带一万八来，剩下的这点缺口我们再帮你凑凑，能减免的尽量减免。

周医生走出办公室，在走廊里镜头带到了老郝和张曼。

老郝陪着张曼走到妇产科门口。

张曼抬头看看。

张曼：老郝，我腿都软了。

老郝：别怕，啊？就是做个检查。

张曼：万一有了呢？手术会疼啊。

老郝思考一下，他忽然拉住了张曼的手。

老郝：……你要是害怕，就别打掉，我会把他当成自己孩子的！

张曼一怔。

张曼：你为什么对我这么好？

老郝：让你轻装上阵嘛。

老郝扶着张曼，将她送到门口。

张曼精神好像好了一点，她走了进去。

65. 老郝家小区，外，日

老郝开着私家车带张曼回家。

车开进了郝家所在的小区。

66. 老郝家客厅，日，内

老郝家，张曼拿着一张化验单，喜滋滋地左看右看就是舍不得放手。

老郝端来一杯牛奶：别看了。

张曼：老郝，我真怕弄错了，万一又变出一个阳性来，我肯定去跳黄浦江。

老郝：错不了，快喝。

老郝将牛奶递给张曼。

张曼定定地看着老郝，忽然站起来，缓缓贴到他怀里。

（叠化）老郝和张曼在爵士乐中起舞，节拍很慢，两个人越贴越近。

张曼主动地搂住了老郝，老郝在她发际轻吻。

（叠化）老郝和张曼在卧室的床上翻滚。

老郝在轻轻解开张曼的衣扣。

67. 出租车，外，日

一辆出租车停在路边。

驾驶员接过后座递来的车钱。

68. 路边电话亭，内，日

路边电话亭，一只手摘下电话机，投进去一元硬币。

69. 老郝家卧室，内，日

老郝和张曼依偎在床上。

老郝深情地看着张曼。

老郝：张曼，我会让你幸福的，一直到永远。

张曼默默点头。

老郝：嫁给我，好吗？

张曼愣住。这时她的手机响了，他们都没有注意。

老郝：我为你准备了好长好长时间了，几乎已经失去信心了……我知道我配不上你，可是我会好好地爱你……相信我。

张曼怔怔地看着老郝。

老郝：十年了，我一直爱你，没有任何希望地等着，但我相信，只要等待就会有机会。真是老天有眼，让我等到了……

张曼忽然地：我再问你一遍，让你抛下我出国，你去吗？

老郝：不去！跟你在一起，我哪儿都不去！

两人缠绵在一起。

张曼的手机又响了，张曼挣扎地接起电话。

70. 公用电话亭，内，日

公用电话亭，阿林在打电话。

阿林：新加坡今天大风无法降落，我们的飞机飞了不到一个小时就回来了，在机场又等了几个小时，张曼，我都想明白了，你说得对，世界上没有什么比我们在一起更重要，就分开这几个小时，我心里就像刀割一样，让出国留学去见鬼吧，张曼，你现在在哪儿？我马上就要见到你，一分钟都不能等了……

阿林很激动，话越说越快。

71. 老郝家卧室，内，日

张曼合上手机，默默无语。

老郝关切地：怎么了？

张曼翻身，把头深深埋进枕头里。

72. 老郝家客厅，日，内

张曼坐在地毯上，一句话都说不出来。

老郝也无话可说。

老郝突然地：张曼，我知道你心里还是喜欢他……你走吧……你心里还是喜欢他的。

张曼抬头。

张曼：不，他想明白了，我还想明白了呢，他说走就走，明明是对我一点感情都没有……

老郝：可是他不是回来了吗？

张曼：……

老郝好像一下子老了好几岁。

老郝：我不要紧的……我已经等了你好多好多年了，本来没什么希望，我长得难看，也不会说话，本来是配不上你的……今天能这样，我已经很满足了……

张曼脸色一沉：你什么意思？

老郝慌了：不，我……

张曼长长地叹气。

张曼：老郝，你在医院跟我说那些话的时候，我就决定嫁给你了。

老郝：可是，我只是因为……那我觉得自己配不上你，如果你带着孩子嫁给我的话，多少心理平衡了，结婚以后不会老觉得低你一头了……

张曼一怔。

老郝：……真的，我就是这么想的。所以你别觉得我是什么好人。

老郝勉强地对着张曼一笑。

老郝：要不，我先送你回家。

张曼摔门而去。

老郝赶紧追了出去。

73. 森林公园，外，日

老张、爱珍坐在长凳上晒太阳。

少年儿童在远处玩耍。

老张和爱珍羡慕地看着正在跑的年轻人。

老张：年轻是好，跑得快。

爱珍眯着眼睛看了一会儿。

爱珍：就是。我们是没有这时候了。

老张：冷吗？我怕你吹了风，头疼。

老张有些羞涩地伸手搂搂爱珍。

爱珍不好意思：这么多人。

老张：咳，明天又走了……

两个人都不说话了。

爱珍勉强笑着。

爱珍：走吧，你该回去给张曼烧饭了。

老张默然。他看着爱珍，眼光有好多难过、不舍、凄凉。

爱珍：要是再年轻一次就好了。

老张：现在我们也不老啊！

爱珍：还不老？大半辈子都过去了……

老张：是啊，大半辈子都过去了……（忽然激动起来）爱珍！今天我们就玩它个痛痛快快！走，咱们去外滩！情人墙！晚上我们再去浦东，到东方明珠上面去吃饭！

爱珍笑了。

爱珍：老小孩一样。

老张却忽然认真起来。

老张：爱珍，我想……

爱珍：想什么？

老张：干脆，我们去杭州玩几天吧？

爱珍嗔怪：疯了？

老张：我们都几十年了，还没一起出去玩过呢！

爱珍：怎么没有？上次……

老张苦笑：上次刚出上海，就被他们追回来了。

爱珍：那也算出去了嘛。

老张：胡说，那怎么算！这次我们干脆去远点，咱们去北京，咱们坐飞机去！

爱珍：好了，越说越离谱了。

老张激动起来。

老张：爱珍！我这一辈子窝窝囊囊的，就没像过男人！今天我决定了，出去！咱们无论如何出去玩一次！

爱珍：那东昭和张曼都会不开心的。

老张豪爽的：她们管不着我！

爱珍：越说越不像了。那……咱们不成私奔了吗？

老张一拍手。

老张：对，爱珍你这个词说得太好了，就是私奔！我琢磨好多年了，想跟你一起走，就是没想到私奔这个词！今天我们就私奔了！

74. 花店，内，日

花店里，司马亮的呼机响了。

司马亮看了一下，开始找手机，没有。

金娣：隔壁有公用电话的。

司马亮：不用，手机可能落车上了。啊，我先走了，拜拜。

金娣：再见。

司马亮走到采访车上。

司马亮从座位上找到手机。他好像很不愿意打这个电话，犹豫了半天。

司马亮：喂？啊，我把手机落在车上了。啊？我在哪个方向？我，我正在找方向呢。

75. 电视台东昭办公室，内，日

东昭：司马大记者，还是我给你提供一个方向吧。下午四点半政协礼堂还有一场集体婚礼，你早点去准备，别又差了一步。

76. 采访车上，内，日

司马亮：又是集体婚礼？都拍了八百遍了，没意思透了。

77. 电视台东昭办公室，内，日

东昭：有意思的你倒是自己找啊，四点半政协礼堂，爱去不去！

东昭气得一把挂上了电话。

东昭欲哭无泪，把桌子上自己跟司马亮的相片一把扔进废纸篓。

任巧巧乖乖地将一杯咖啡递给东昭。

东昭自觉失态，暧昧地笑笑。

78. 采访车上，内，日

司马亮自言自语：干嘛不去？我去！

司马亮郁闷地将烟头扔到窗户外面。

一个老头将一张罚款单递了进去。

司马亮笑着看老头，不发一言。

老头被盯着有点发毛。

司马亮这才慢悠悠掏出五块钱，给了老头。

79. 咖啡馆，内，日

老郝在满面愁容地抽烟。

阿林神情激动。

阿林：老郝！我不跟她说，我说你是怎么回事儿？乘人之危？你太缺德！

老郝吓得说不出话来。

阿林上前一步。

阿林：你说话呀！

老郝：不不不，我如果知道你回来，我怎么也不会……

张曼伤心：老郝！用不着吓成这样，你哪点不如他了。

老郝：他长得比我漂亮。

张曼气呼呼地盯了阿林一眼。

老郝缓缓回头。

老郝：张曼，既然他回来了，要不我还是先走吧。

张曼伤心失望地一闭眼。

老郝离去。

80. 采访车，内，日

司马亮无精打采地开着车。

这时一辆去机场的民航大巴士从司马亮面前驶过。

老张和爱珍赫然坐在其中。

路口红灯，采访车和民航大巴并成一排。

司马亮抬头发现老张、爱珍。

司马亮：奇怪，老丈人？

81. 东昭办公室，内，日

电话响，任巧巧接听后递给东昭。

巧巧：司马。

东昭赌气：不接！

巧巧：主任说不接，好，我跟她说。

任巧巧又把话筒递给东昭：司马亮说有要紧事。

东昭还不接：问他有什么要紧事？

巧巧：主任问你有什么要紧事？

任巧巧犹豫了一下回复东昭：他说要给你汇报有关丈人老头的事。

东昭气得一把接过了话筒。

82. 采访车，内，日

司马也大着火气说话：绝对没看错，民航班车，还有吴阿姨，哎，以后少用这种口气说话，训孙子哪，还不是你们家那堆破事，电话爱接不接，我、我怎么了？我就是这种工作态度，大不了不就是下岗吗？你吓唬谁呢。

司马亮气呼呼地关上手机，把手机塞进衣兜，忽然眉头一皱，掏出一串钥匙来，金娣的钥匙。上面的小猪在晃悠。

司马犹豫了一下，毅然把车调了个头。

83. 东昭办公室，内，日

东昭又拿起了电话。

东昭：喂，张曼？你在哪里？你知道爸爸去哪里了？他和吴爱珍在一起你知道不知道？……

84. 咖啡馆，内，日

阿林气势汹汹地站在一旁。

张曼在接电话：姐，我现在心情不好，我不想知道爸爸的事儿，也不想跟你说话。再见。

张曼关上手机。

阿林：我们才分开了几个小时，怎么就成了这样？

张曼：我并不觉得只有几个小时，我觉得很长。

沉默。

张曼：我不是说得很清楚吗？

阿林：清楚什么？你不是说我要是走了就算分手，我这不是回来了吗？

啊？

张曼：可你走过了。

阿林：可我最终还是回来了！

两人互相瞪着。

张曼：好多事情，你错过一步，就是全错了。

阿林：总得看在我们的孩子份上吧。

张曼：我们没有孩子。

阿林一愣。

张曼：老郝陪我去医院查的。

阿林一下子发作：好啊，原来从一开始你们就在骗我，想给我按个套！让老郝陪你去检查？！干吗叫他陪你？我一走你们就搞在一起！你们以前就有什么猫腻吧？啊？

张曼看着阿林，一脸的陌生，不解，痛心。

阿林：我他妈就是个笨蛋！被人戴了绿帽子还不知道！……

啪的一声，张曼打了阿林一个耳光。她痛苦地转过身。

张曼背对着阿林低声说：随你怎么想好了。

阿林：知道吗？我这个人最不能容忍就是欺骗。我绝对没有想到，张曼你竟然会骗我！

阿林摔门而出。

张曼留下眼泪。

一只手搭在了张曼的背上。

张曼大叫：你不是走了吗？为什么又回来？

没有回答。

张曼缓缓回头，竟然是老郝。

老郝：是我，张曼。

张曼怔怔地看着老郝。

张曼疲倦地：你不是走了吗？

老郝：我……我在门外一直没走，看见他走了……我跟你说过，一个人只要耐心死等，运气迟早总会来的。

张曼瞪着老郝，老郝还是那么真诚地看着张曼……

张曼哭哭笑笑地扑进老郝的怀里。

85. 花店，内，日

金娣在整理花卉。

司马亮又回来了。

金娣：又来了？

司马亮掏出钥匙串：你的宝贝小猪，刚才一糊涂揣我自己口袋了。

金娣擦擦手接过钥匙。

沈老板进来了，见了司马就嚷。

沈老板：大记者还在这儿，今天我这里怎么样？

司马：今天你的生意不错，我的运气全跑你那儿去了。

沈老板：这就不是我说你们知识分子是呆子了，怪不得你们效益不好，赚不到钞票，不是我沈阿明自己吹，别看我没读过书，要是我来开电视台，保证发财！哎，你等一会，我买包烟就回来。

沈阿明风风火火地出去了。

司马、金娣相视一笑。

金娣：我们沈老板挺热心的。去年我下岗后找了很多地方都不要，年龄大了，又没有什么技术，小沈要了我，每个月七百块，生意好了有时还给奖金。

司马看见金娣在修剪枯残的玫瑰。

司马亮：你花倒修剪得不错的。

金娣：这些花都是客人挑剩的，扔掉挺可惜的。

金娣把几支修剪过的残花束成一束，问司马。

金娣：好看吗？

司马笑着点点头。

金娣：每天这里不要的话，我都拿到医院去的。

司马：你这样的生活，你心里觉得……觉得不平衡吗？

金娣一愣：不平衡？为什么？

司马：别人……别人都没有你这么累。

金娣：习惯了。这是我的命。我丈夫……他对我一直很好的。有时候我太累了，压着他的胳膊就睡着了，几个小时呢，他动都不动一下……

金娣脸上出现了一种光芒。

金娣：其实，他有时候脾气很大的，我知道他是身体不舒服，又想着我这样，他难过……我一点都不生气的，我老想着他以前没病的时候，我们从来不吵架的。

沈阿明进来了。

金娣看看表，起身，局促不安地看着老板。

金娣：沈老板，不好意思，我今天有点事儿，要先走了。

沈老板不高兴了：什么？你说什么？现在就要走？

金娣点点头，看着沈老板凶巴巴的样子有点慌。

沈老板：天还没黑，可能还有生意！

金娣：沈老板，我家真有事，实在对不起。

沈老板：你家有什么事？你男人身体不好也不是一天两天的了，就今天晚上急。

金娣低头不吭声。

沈老板火了：走走走，阴着个脸，谁还上这儿买花儿啊，快走！

金娣出门。

沈老板：站住，你拿几枝玫瑰干什么？想白拿啊？

金娣迟疑了一下，放下玫瑰，跑了出去。

沈老板冲到门口：干脆明天也别来了。

司马：小沈，生这么大气，犯得着吗？

沈老板：你看我这给气的。

沈老板缓过气来：唉，要说人她还真不错，是个好人。不过话说回来，我对她也不赖啊，本来我这不缺人，我看她人老实，刚下岗不容易，就让我弟弟别干了，我说一个大老爷们整天在花堆里算怎么回事儿啊。我说你走，嘿，我还真把他送走了，我花了大价钱把他送到外国去了，去了那……那叫塞浦路斯，乍一听还以为是非洲，其实是正儿八经的欧洲。

司马拿起金娣丢下的花。

司马亮：我走了，今儿谢谢你，这花我买了，钱搁这儿。

沈老板：几枝破花，啥钱不钱啊，我知道，你要去追金娣，你这人心好，没办法。再拿上几枝好的。哎，让她明天早点啊。

86. 街上，外，日

金娣边走边抹泪，听到汽车喇叭声，一回头，原来司马开着车已经在身后了。

司马：上来吧，我送你，去哪儿？

金娣客气：瑞金路，不用了，我自己去。

司马：快点儿，车多，别让警察把我逮了。

金娣匆忙上车。

司马：这花你拿上。

金娣：真不好意思，多少钱？

司马：几枝花，拿着吧，啥钱不钱的。

金娣：哪有这样啊，我这花送人，哪能你掏钱，多少钱？我给你。

司马：是小沈送你的，他让你明天早点来。

金娣笑了。

金娣：我还是下去吧，你赶紧去忙你的事儿吧。

司马：天都快黑了，还能有什么事？

金娣：那你明天接着忙呢？

司马哼了一声：明天恐怕也没得事忙了。

金娣：怎么？

司马：下岗了呗。

金娣：又开玩笑。我们没有文凭没有技术，所以下岗，你们知识分子怎么还下岗，人家都说电视台效益很好的。

司马：我们部门要裁员，这次节目谁做得不好，谁就下岗，我瞎忙活一天，一事无成，我要是领导也非得被我自己气死。

金娣：你运气不好。

司马叹气：是啊，人活在世上有时候真得凭运气。……送玫瑰花给丈夫，说明你们很恩爱。我老婆对我说过好多次，她说她一年就要在她生日那天送她一枝玫瑰花就足够了，其他礼物什么都不要，可我没有一次记得。

金娣：你的工作太忙了。

司马亮：那你怎么记得？

金娣：我们……不一样的。他身体不好……

金娣有些哽咽，她掩饰着，转头看着窗外。

司马亮忽然眼睛一亮。

司马：哎，金娣，我能采访你和你丈夫吗？

金娣：不不不，我不会演电影的，再说，放出来这么多人看见，难为情死了。

司马：不是叫你演，纪录片嘛，要的就是真实，你该怎么样就怎么样嘛。刚才你跟我说的就很好的，就这么说就行了！好吗？

金娣：不行，不行。

87. 机场，内，日

老张、爱珍依偎在候机厅里。

爱珍：我们就真这么私奔啊？

老张：都到这时候了，还能是假的啊？

爱珍：东昭和张曼会急死的。

老张：就是要让她们急一急才好。

爱珍：还是给她们打个电话好。

老张：我不是跟你说了好几遍了吗？一给她们打电话，我们肯定都走不了了嘛！你现在怎么比你做小姑娘的时候烦多了！

爱珍：死老头子，德行！

老张：飞机到北京才两个小时，到北京住下了再给她们打电话，让她们惊喜惊喜。

爱珍：要不要买两袋方便面路上吃。

老张：说话小声些，让人笑话！飞机上有蛋糕。

爱珍：时间差不多了，可以进去了吧？

老张点点头起身：走吧。

东昭怒气冲冲地跑了过来。

东昭：爸爸！

面对如神兵天将的张东昭，老张和爱珍顿时手足无措。

东昭：你们这是干什么？啊？

被东昭的大声吓了一跳，老张手里的包啪地掉到了地上，东西散落一地，老张和爱珍急忙蹲下去捡。东昭怒气未歇，无奈地蹲了下去帮着捡。

老张捡眼镜盒的手，特写，不停地抖动着。

东昭注意到了。一愣。手上捡东西的速度放缓了。

东昭慢慢站了起来，她看着父亲衰老的样子，眼睛里明显流露出犹豫和辛酸。

老张直起了腰，下意识地把爱珍往身后拉。

老张有点结巴：是我……我拉你吴阿姨去的，你别怪她。

东昭：……

老张：你别生气……我……我们……

东昭长叹一声：爸爸，你的手怎么了？

老张：哦，老是发抖。好长时间了，没事的。

东昭定定地看着父亲和爱珍，声音明显低了下来。

东昭：……你们，你们身边钱够吗？

老张慢慢镇定下来：够，我们有建行的龙卡。

东昭从自己包里拿出钱包，把钱全拿出来。

东昭：再拿上一点吧，多玩几天。

老张低声说：你不反对我们啦？

东昭：婚姻当然应该是自由的，别人无法干涉。

老张和爱珍如释重负地笑了。

老张：东昭！你说得真好！

东昭：你们快进去吧。

老张将进安检的时候，东昭叫住了他。

东昭：爸，我决定和司马亮离婚了。

老张急了：司马亮还是不错的……

东昭：他太没有上进心了，我受不了，爸，你也知道婚姻谁也不能勉强。婚姻是自由的，别人无法干涉。（勉强一笑）你们快进去吧，吴阿姨，你多照顾我爸了。

爱珍：东昭，谢谢你！

东昭目送二老离去。

88. 医院病房，内，日

病房里已经一屋子人。金娣的丈夫刘建国躺在床上。

金娣后面跟着司马亮。

司马亮已经开了摄像机，在拍摄着。

金娣回头：记者，你真的别拍了，我跟你说，不是那么回事。

司马：你管你做事，我拍我的，我就是想拍最普通的夫妻！只有最普通的夫妻才可能有真正的爱情。

金娣欲言又止。

刘建国费力地坐起来。

金娣：记着，我们……我们今天是办离婚的。

司马亮一惊。

民政局干部：好了吗？

金娣：贝贝，去，出去跟护士阿姨玩一会儿，啊？

小护士急忙上前拉走了贝贝。

民政局干部：那……现在开始吧？

刘建国勉强坐起来，金娣急忙去扶他，建国费劲地将自己的头发向后梳理一下，尽量使自己精神一点。

民政局干部：刘建国、金娣于1980年×月×日结婚

……

双方协议离婚……

特予批准。

上海市民政局

2001年4月8日

民政局干部：现在批是批了，但还没签字，你们再最后考虑一下，现在反悔还来得及。

刘建国一沉吟，痛苦地摇了摇头，抹了抹眼睛转过身去。

民政局干部把离婚协议交给刘建国，刘建国微笑着签了字，手有些颤抖。
金娣没有看见递过来的离婚协议。
周医生提醒地：金娣。
金娣哭着签了字。

89. **街道，内，黄昏**
司马亮驱车疾行。
车开进电视台。

90. **电视台剪辑房，内，黄昏**
司马亮把素材带放进编辑机，开始剪片子。

91. **小面馆，内，夜**
东昭在漠然地吃一碗面。眼泪在眼眶里打转。

92. **电视台，内，夜**
台长在审节目。
台长：马上送过去，还有十五分钟，撤掉你们原来那个。上这个！
台长回头拍拍司马亮。
台长：干得不错。东昭呢？
任巧巧：她今天不舒服先走了，有事让我顶着。哦，司马，这是东昭留给你的信。
司马随手把信塞进了兜里。
台长：好，我签字就行了！明天再跟她解释一下，说是我换了她选好的节目。

93. **花店，内，夜**
众人还在无聊地看电视。
老板终于忙完了。
老板：好好，来，一个个来……都怪我那个临时工，她今天跑了，真是没办法……
老板无意中看了一眼电视，大叫起来。

老板：咦！金娣？她怎么上电视了？！
周围的人都被吸引了过来。

电视上。
民政局干部：这种事我们民政局反复讨论了很多次，也没有先例，以往离婚都有夫妇双方感情确实已破裂一条，他们的感情没有破裂，而且很好……
刘建国：我们感情确实很好，但我得的是肾衰竭，这个病是没有前途的，这么多年了，我根本无法尽到做丈夫的职责，不光是尽不到，还一直拖累她……我不希望一直等到我死再让她背着寡妇的名声再去嫁人……
刘建国擦眼泪。
医生：他的病情很严重，像他这种病需要静心休养，可他的精神压力很大，这对治疗很不利。
刘建国：这是我最大的心病，这件事办好了，我心里的石头放下来了，就是现在闭眼，我也安心了。
金娣：他提过很多次了，我不同意，一直不同意。
民政局干部：我们调解过好多次，我们也很矛盾。
医生：但愿这样做会减轻他的精神负担，这样至少对治疗来说是有好处的。
刘建国：这些年来，人不像人、家不像家的。都是因为我，我对金娣说，我求你们了！
儿子：我很可怜我爸爸，也很可怜我妈妈。
刘建国：我希望金娣尽快能找一个好人家，她还年轻，形象也可以，我这病可短可长，如果再拖个几年走，我把她也拖老了，何苦呢？我们都是唯物主义者，我这病是不可能好的了。这是一个心照不宣的事实。

金娣：我开始想不通，现在同意了。对我来说，和以前没什么两样，和他夫妻快十年了，以前怎样对他，以后还是怎样，再说他这边也离不开人的。我不会离开他的，永远不会……

司马亮（问刘建国）：你还爱你妻子吗？

刘建国一下子不说话了。

刘建国很缓慢很缓慢地：……爱……

刘建国的眼泪一下涌了出来。

金娣伸手为他擦去眼泪。

金娣和丈夫签字的镜头。定格。

金娣把玫瑰送给丈夫。

丈夫捏住金娣的手，金娣把丈夫的手贴在自己脸上。

电视上反复播放着这几个镜头，并用特技做成慢动作。定格。

94. 小面馆，内，夜

利用电视屏幕转场，镜头拉开到小面馆里的电视机。

看着节目，东昭流下眼泪。

电视机屏幕上司马亮在评说：在节奏日益加快的生活中，我们很多人都逐渐迷失了自身，都市的爱情变得越来越像神话，而今天，我们的主人公却要利用离异来见证他们的爱情……但愿生活中我们普通人的爱能少一分沉重，多一些浪漫……

95. 机舱，内，夜

飞机拔地而起。

机舱里，老张、爱珍甜蜜地靠在一起。

乘务员发给爱珍报纸，爱珍又给老张递上报纸和放大镜，这时才发现老张已经靠在她肩头睡着了。

老张打起了香甜的呼噜。

96. 街道，内，夜

夜晚的大街，熙熙攘攘，到处都是双双对对的恋人，还有卖花的姑娘。

司马亮边走边看东昭给他留的条。

张东昭（画外音）：司马亮，我对你很失望，对你，对工作，对这个家，我感到很累。今天我不回来了，你不用来找我，我回自己家住一段时间。药放在床头柜上，你好自为之吧。张东昭。

司马亮落寞地走在街上，任很细的雨丝飘在身上。

有一个卖花的姑娘上前兜售：先生要花吗？要玫瑰花吗？

司马亮出神地疾走。

97. 花店门口，外，夜

司马亮在街上下意识地走着，忽然有人叫他一声。

沈老板：大记者！

司马亮一回头，才察觉正好路过花店，花店里还有很多人在挑花。

司马亮：哦，沈老板，生意好吗？

沈老板：怎么能不好呢？这世界上这么多男人女人。哦，刚才看了你的节目了，做这个纪录片你能耙多少分啊？

司马笑笑。

沈老板：别急着走，挑点花回去嘛。送两枝玫瑰给太太嘛，拿去，我不要你钱。

司马亮摇摇头：从前她想要的时候，我总忘了给她买，现在我想买，她也不会要了。

这时，司马亮的眼睛忽然亮了。

花店里，走出一个熟悉的影子，是东昭。

东昭犹豫了一下，走了过来，离司马两步远的地方，她还是站住了。

两人深深地对视着。

司马犹豫着想要走过去，却久久不能迈步。

身边的行人不时地从他们身边掠过。

司马低声地：东昭，我现在给你买花，你还要吗？

东昭嘴唇动动，什么都没说，眼睛里含着眼泪，展开了一个笑容。

98. 大街，外，夜

夜晚的街道很温暖，湿湿的，很漂亮，到处都是一对一对的情人，到处都是卖花的姑娘。

小姑娘的声音很甜很好听：买花吗？要玫瑰花吗？

（全剧终）

我爱杰西卡

编剧： 何晴
导演： 朱枫、刘志新
主要演员： 郑萍、赵锦焘、郝平

描写上海的白领 "熟女"杰西卡的情感生活，杰西卡是个能干的职场精英，却被渣男欺骗感情，被爸妈催婚。在谈判桌上偶遇中专生文凯，虽然文凯总是和杰西  卡唱反调，但谈判的最终成功让杰西卡改变了对文凯的看法，并想找一个合适的机会为自己的偏见向文凯道歉。自此以后，多次的巧遇似乎是命运给他俩提供了相爱的机遇，但年龄、学历各方面的差距让杰西卡忧虑重重，此时杰西卡又因为攀岩，钻石王老五苏总向她展开了爱的追求。两人之间，何去何从，杰西卡陷入了迷茫……

1. 清晨晴朗的天空，有鸽群优雅地飞过。

2. 杰西卡家，内，晨

穿着睡衣刚起床的一个女子——我们的主人公杰西卡，头发还没梳理，戴着有框眼镜，看上去姿色平庸的样子，在阳台上一丝不苟地做柔软体操。

杰西卡一个收势，神清气爽，在窗台上开始仔细地伺候几盆绿油油的芦

荟。松土、浇水，掐下一些嫩尖，晒在一个大的盘子里。将另一个盘子里已经晒干切片的小心包在了餐巾纸里。

3. 街道，外，晨

　　繁华的都市清晨，街上，车如流水，人流匆匆。

　　路口的红绿灯闪烁着，由绿灯跳成了红灯。

　　等待着的人们急忙穿过马路。

　　人流中，有走得特别快的一些年轻人，一看就知道是小白领，打扮得精致，脸上还有点优越感。

　　许多双高跟鞋频率很高地敲击着地面。

　　有一双高跟鞋频率惊人，简直是在跳踢踏舞。

　　镜头摇上来，已经摘了框镜、换上了中性套裤装、头发抹了摩丝纹丝不乱的杰西卡，意气风发的样子，飞速地过了马路，不停地超过身边的人，而且是越来越快。

　　杰西卡像旋风一样刮进了商务楼。

4. 商务楼大堂——电梯，内，日

　　杰西卡眼看电梯门要关上，她奋不顾身地挤了进去。

　　每到一层，都有人要下去，还没下完，站在门边上的杰西卡就像疯子一样拼命地按关门键。

　　有人给她白眼，她也视而不见。

　　到了她的楼层，电梯门还没开全，她已经飞快地冲了出去。

5. 某外企公司，内，日

杰西卡快速刷卡，坐到自己座位上，先是从包里拿出晒干的芦荟叶子，泡在杯子里冲热水，然后立即手脚不停地开电脑、整理文件。

一个妩媚的卷发女子走过：嗨，杰西卡。

杰西卡：嗨，露茜。

露茜：今天你怎么这么晚？

杰西卡敏感地：我又没迟到。

露茜：可你平时都提前半个小时嘛。哎呀，主管还没来呢，你等会再开工行不行？！工作狂。

露茜看见主管进来，立即溜走了。

女主管脸色严肃地进来，对所有人视而不见，唯独对杰西卡展开一个微笑。

主管：各位，上周我要的企划案，有人做出来吗？

员工甲轻声叨唠：不是说后天才要的吗？

杰西卡举了一下手：我做完了。

主管和颜悦色地看着杰西卡，接过厚厚的企划书。

各个员工对杰西卡露出愤恨的表情。

6. 餐厅（可以是公司附近的快餐厅）、内，午

众白领三五成群，聚在一起边吃饭边聊天，还不时发出笑声。只有杰西卡一个人孤零零吃着自己面前的饭。

杰西卡好像很习惯被冷落的样子。一边看手中的报纸，一边独自吃饭。

露茜坐下：杰西卡。

杰西卡竟然微微有些受宠若惊。

露茜：跟你说了好多次啦，别跟群众为敌。

杰西卡委屈地：可我是做完了呀。我昨天晚上做到两点！今天早上差点没起来。

露茜：真是无知者无畏，你就是这种讨人厌还不自知的人，所以除开我没人理你啊。

杰西卡委屈地苦笑一下。

露茜起劲地：哎，听说你男朋友买了淮海路的豪宅？你们哪来那么多钱？

首付几成？

　　杰西卡嘟囔了一句：他自己买的，跟我没关系。

　　露茜：跟我还来这套，什么时候装修结婚？

　　杰西卡：八婆！你要是兼职巫婆就好了！我就不用郁闷了。

　　露茜：怎么？还没向你求婚？

　　杰西卡低声：我不知道他怎么想的，平时对我也不错，可就是不提结婚的事。

　　露茜：喂，有没有搞错，都一年多了，你还搞不定？

　　杰西卡一脸茫然，和工作时的干练自信完全不同。

　　露茜叹气：你呀，在这方面真是弱智得可以。还老去攀岩啊？只长肌肉，不长大脑！

　　杰西卡：锻炼身体嘛。

　　露茜：那你去跳健美操，练瑜伽，或者游泳。男人最讨厌一身肌肉的女人！

　　杰西卡屈起手臂，看看自己的肌肉。

　　露茜拧不开饮料的盖子，杰西卡接过来，利索地拧开了。

7. 酒吧、内、黄昏

　　杰西卡坐在靠窗的座位上，郁郁地看着窗外。她回头，看看成双成对的情侣，有些失落和寂寞的样子。

　　一个披着长发、很艺术很另类的男人走进来，一脸的潇洒不羁，他坐到杰西卡后面，伸手捂住她的双眼。

　　杰西卡顿时一脸幸福，看得出来，她是真的很喜欢这个男人。

　　杰西卡：凯文！你来了？

　　凯文笑着在她头发上亲了一下，坐下。

　　凯文：昨天晚上我一夜没睡好，猜猜为什么？

　　杰西卡笑着摇头。

　　凯文：笨！因为想你啊！

　　凯文伸手要咖啡。

　　凯文：卡布基诺。这位小姐只喝玫瑰花茶。（他对杰西卡）你喜欢的每一样东西，都在我心中挥之不去。

　　杰西卡愣了一下，欲言又止。

凯文：怎么了宝贝？我知道，你生气了，是不是？我最近真的很忙，等这一阵忙完，我一定好好陪你。

杰西卡：可你总是很忙。

凯文：艺术家总是很忙。

杰西卡：我知道，所以我想了很久，你尽管忙你的，要去西藏采风也好，留在上海创作也好，我可以调休一个月，把房子装修了。

凯文：房子？你也买房了？

杰西卡：……

凯文：你有跟我说过吗？我好像没这个印象啊。

杰西卡：……我是说，你新买的房子！

凯文惊讶地：你要装修我的房子？

杰西卡鼓起勇气：既然买了房，为什么空着，还要花钱租房住呢？这钱交按揭不好吗？……你也知道的，我其实也不是逼你结婚啊，我爸妈都烦死了……我想，哪怕我们先搬到一起……

凯文温柔地一笑：亲爱的，相爱就一定要结婚吗？婚姻是爱情的坟墓，我们现在这样不是挺好吗？

杰西卡：我下个月就三十了，我觉得这样一点都不好。

凯文：除了婚姻，给你的是我全部的爱啊！

杰西卡难过地：可我有时候觉得，你从来没爱过我。就说这玫瑰花茶，我一喝就胃疼，我告诉你无数次，可你还是每次都点给我！

凯文尴尬地笑笑。

凯文：啊，我想起来了，你只爱喝你自己晒的什么芦荟茶。

杰西卡：是，你不爱喝。我上次去你家，你都扔在桌子上，都干了。

凯文：太苦了。

杰西卡：清火的。

8. 杰西卡家，内，夜

杰西卡疲倦地推开门，把包一扔，疲惫地躺在了床上。

门铃忽然响了起来。

杰西卡无奈，站起来去开门。

杰西卡的爸妈带着一个中年男人涌了进来。

杰西卡：爸！妈！你们干什么？

杰父：等会告诉你。（对男人）喏，全装修的，地段又好，我们只收一千五！

杰西卡怒：你说什么？

杰母：囡囡啊，过来过来，不要吵，等下告诉你的！

杰西卡被妈妈拉到一边，中年男人则四处张望，还拉开杰西卡的卫生间看了一眼。

杰父兴冲冲地送那人出去。

杰西卡愤怒地：你们又搞什么鬼？！

杰母：囡囡！看见我们惊喜吧？

杰西卡：这个莫名其妙的人从哪里来的？

杰父转了回来：囡囡！这么大的好事你怎么不早点告诉我们？

杰母：不过呢，我也理解你的，一定是想挑个正式的日子来告诉我们吧？

杰西卡：什么乱七八糟的！你们两个是不是又发神经了。

杰父：露茜都跟我们说了，还瞒着我们呢，你这孩子。

杰西卡：说什么？

杰母：你要结婚了呀。新房买的还是淮海路的。

杰西卡顿时气得脸发白。

杰父：所以啊，我和你妈商量了，这套房子空着也没意思，索性租出去算了，这样每个月你就不用贴我们钱了。

杰西卡：你们……

杰母：我知道，房子是外公指名给你的，我不用你办过户。

杰父：那个文凯还是蛮有良心的。

杰母：老年痴呆！是凯文！

杰父：对对，凯文。囡囡，下个月你就三十了，我和你妈商量着，要给你办桌寿酒！

杰母：是啊，三十不做，四十不发！

杰西卡被逼得大叫起来：你们不要烦了！

杰西卡用劲将父母推出门去。

9. 攀岩俱乐部，内，日

攀岩俱乐部，有人在攀岩，有人在做保护运动。

杰西卡走进俱乐部的大门，跟保护员打着招呼。

保护员：杰西卡，我正找你，下周有个比赛，你去吧？

杰西卡摇头：不，我最讨厌比赛。

保护员摇头：可惜，你要去，女子组冠军肯定是你的。

杰西卡笑笑，把包放下，脱下外套，露出里面穿的紧身背心，从包里掏出自己随身带来的攀岩鞋穿上，又掏出安全带系上，走到保护员身前。

杰西卡：大屋檐！

保护员：行啊你，一上来就爬大屋檐！

保护员将身上的安全带和杰西卡的安全带系好，杰西卡开始攀岩，她身手敏捷，动作柔韧而优美。

岩壁上的杰西卡停下来，用胳膊擦去额头上的汗，将手伸向身后安全带上系的镁粉囊，又换手抹镁粉，继续攀岩，动作灵敏矫捷。

一个中年男子从门口走了进来，一眼看见了正在攀岩、动作很美的杰西卡，他停了下来，欣赏地看着。

杰西卡浑然不觉，忽然脚下一个不稳，往下落了几分。

保护员抓紧了保护绳。

保护员：怎么样？

杰西卡：我重来！

保护员将杰西卡放了下来，杰西卡咬牙又重新开始，这次的动作非常矫捷灵敏有力，最后一跃，终于登上了大屋檐。

攀岩馆里，一阵掌声。

那个男人不觉一笑。

10. 杰西卡公司，内，日

主管在召集会议，一脸严肃。

主管：合同已经签了，对方又反悔，这个单跑了，这个季度奖金谁都别拿！我不追究责任，现在的问题是谁去挽回？

主管环视各位。

众人齐齐低头。

杰西卡想想，举了一下手。

主管：又是杰西卡！你们就不知道向她学学？（微笑对杰西卡）明天走可以吗？

杰西卡：我现在就走。资料给我，另外，还要一个机械部的资深工程师。

主管：好，我最放心你。我的车你开走，到苏州也就一个钟头。

主管转换了对杰西卡的微笑，冷冷地看着大家。

主管：散会。

杰西卡利索地收拾东西，跟主管走了出去。

几个女孩撇嘴。

甲：简直像走狗。

乙：工作狂，神经病。

露茜听得直摇头。

11. 车内，内，日

杰西卡坐在司机座上，车门被打开，一个年轻的大男孩坐了进来，打扮得很随意，脚上穿着球鞋，在吸软包装的红茶。

男孩：你好。我叫文凯，机械部的。

杰西卡：杰西卡。

杰西卡有些不满地扫扫文凯的打扮。

文凯：到底是白领啊，还叫个外国名字，美国人从伊拉克救出来的女兵就叫这名字。还有一本书，叫《小狗杰西卡》，你看过没有？

文凯自来熟，还递给杰西卡一个软包装的红茶。

杰西卡冷冷地：谢谢，我不要。

杰西卡拿出自己的杯子，透明的，可以看见里面绿绿的芦荟。

文凯很好奇地看看。

文凯：你喝的是什么？好像不是茶叶。

杰西卡：芦荟。

文凯：啊，芦荟还能当茶喝啊？在哪里买的？我也买点送给我爷爷。

杰西卡严肃地：买不到。

文凯好像也无所谓，兴致很高地吹声口哨。

文凯：咱们自己开车去？挺酷的。

杰西卡：你们机械部没别人了？

文凯：不是只要一个人吗？

杰西卡：这么大的单子，你们主管倒蛮相信你！

文凯听出讽刺的意思，笑笑，没说话。

杰西卡严肃地看着他，继续提问。

杰西卡：你是不是刚毕业？

文凯：毕业两年。

杰西卡：你单独出去谈过工程吗？有这方面的经验吗？

文凯被她弄得有些光火，忍耐着掏出手机，拨号递给她。

文凯：我建议你直接跟我们主管谈，他会详细向你介绍我的履历。

杰西卡悻悻，推开电话，狐疑地看看他，发动了车子。

文凯：我还有点事，你先拐到南大吧。多谢！

12. 校园门口，外，日

文凯与一个年轻女孩缠绵着告别，女孩噘着嘴，眼圈红红的，拉着文凯的手不肯放。

文凯：小梨，乖，后天就回来的……

小梨恋恋不舍，文凯也恋恋不舍。

车窗摇下，露出杰西卡不耐烦的脸。

小梨：说好明天陪我去的……

文凯：我会争取回来的……

两人又抱在一起，吻别。

杰西卡看着，一脸烦躁。

两人又互相痴痴地看着。

杰西卡按响了喇叭。

文凯和小梨像没听见一样。

杰西卡恶狠狠地按着。

一声接一声地按喇叭，弄得文凯有点尴尬，推开小梨，但小梨又眼泪汪汪贴上来，文凯只好又站住。

杰西卡索性下车，抱着双臂，冷冷看着两人。

文凯和小梨终于识相地分开了。

杰西卡回到车里，发动了车子。

小梨：这个女人怎么这么变态？

文凯：谁知道。

13. 高速公路，外，日

杰西卡开的车在高速公路上行驶。

两边的绿化带和农田恬静美丽。

14. 车内，内，日

杰西卡一脸严肃地开车，文凯觉得有点僵，干笑两声搭讪。

文凯：杰西卡，你车开得不错嘛。

杰西卡没搭理他。

文凯：开了多长时间了？

杰西卡：一年。

文凯：我也想去考个本，就是老没空。哎，你说开车难学吗？

杰西卡：不难。

文凯被杰西卡的不冷不热弄得索然无味。

文凯干脆闭上了眼睡觉。

杰西卡伸手开了音响，交响乐轰然而起。

文凯瞪了杰西卡一眼。

杰西卡神采飞扬起来，眉眼舒展。

文凯闭眼照睡。

文凯很快睡着了，还打起了小呼噜。

杰西卡不满地看着他，伸手关小了交响乐。

文凯动了一下，眼睛睁开。

文凯：我从小就这样，一听古典音乐就睡觉。所以我们要谈工作的话，你最好把这玩意关了。

杰西卡：我从小也有这毛病，不听古典音乐精神就集中不了，关了的话，出车祸你别怪我。

文凯：得，得，I 服了 You!

杰西卡：你们主管跟你说了是什么问题吗？

文凯：说了。

杰西卡：等会谈判的时候你要以专业人士的身份多表态，证明我们公司完全有能力接这个单。

文凯：嗨，说实话，咱们公司这点水平，还真够呛。

杰西卡：你什么意思？

文凯：没什么意思。

杰西卡不满地看了文凯一眼。

文凯浑然不觉，已经在手机上发起了短信息。

文凯：哎，这个信息你看过吗？缘分是前世临终时感情的延续，缘分是此生轮回前不变的誓言，缘分是你我曾说过的幸福约定，缘分是再做人时还能相遇的美好梦想，猿粪就是猴子的粑粑！

文凯哈哈大笑。

杰西卡面无表情：我不觉得有什么好笑。

文凯笑不起来了。他看看杰西卡，觉得很不可理喻。

15. 某大公司总经理办公室，内，日

一西装中年男子坐在大班台后，与杰西卡和文凯谈话。

杰西卡正襟危坐，将自己包里的文件都拿出来一一放好。

杰西卡：刘总，毕竟我们已经签订了初步意向，您单方面撤单……

刘总：大家都是明白人，我们最注重的是工程质量。

杰西卡：我们公司一定可以完全胜任。这是我们工程部的工程师。

杰西卡看了一眼文凯，文凯却不说话。

刘总：胜任不胜任不是我和你说了算的……撤单的事，我会给予一定的赔偿。

文凯：赔偿？那很好啊。

杰西卡大惊失色，看着文凯。

文凯：说实话，您对我们公司的问题看得很准，我们是不一定能做下来，您肯赔偿的话，真是皆大欢喜。

杰西卡愤怒地踢了文凯一脚。

文凯一激灵，闭了嘴。

杰西卡：不过，您在整个华东地区，乃至全国，都很难找到能完全胜任的公司，相比之下，我们公司的素质可能还是最高的，我们都做不下来，别人就更难说了。

刘总笑笑，看着他们。

文凯：你怎么知道人家做不下来？

杰西卡怒极：你……

文凯：我们顶多也就算个前五名，怎么算是最好。

杰西卡：但我们公司一定比其他几家价钱便宜。

文凯：那是因为我们进的设备是二手货。不过，这套设备在德国服务的时间很短，比国产的设备质量好。

杰西卡脸涨得通红，看着文凯，真不知道世界上有如此讨厌之人。

刘总爽朗地笑了起来。

刘总：让我再考虑一下，两位，在公司吃个便饭吧？

杰西卡勉强挤出笑脸：不了，多谢，我们回公司还有事。

16. 车内，内，日

杰西卡铁青着脸，把车开得飞快。

文凯：哎，你怎么不听交响乐了？

杰西卡不说话。

文凯：不会吧，为公司的事也生这么大的气。

杰西卡：你为什么要这么说？表示你与众不同吗？

文凯：我说的是实话。

杰西卡咆哮：实话也不能这么说啊！如果这个单子飞了，公司损失多少你知道吗？

文凯不服气地：那就可以欺骗吗？

杰西卡气急：你！你为了跟女朋友早日见面，不惜一切代价毁掉我们的工程，我要是你们工程部的头，一定叫你回家！可耻！

文凯：胡说八道！你这是污蔑！

杰西卡：小人。

文凯：你呢，变态狂。

说中了杰西卡的痛处，她猛地急刹车，文凯的额头一下撞到了前面的玻璃上。文凯怒瞪着她，她也瞪着文凯。

边上，几辆车鸣笛呼啸而过。

杰西卡：下去！

文凯：下去就下去，我就是走回去，也不跟个老阿姨听交响乐回去！

文凯拎包就走。

杰西卡气得手脚哆嗦。

17. 高速公路，外，日

杰西卡将车开得一溜烟走了。

灰尘里，文凯狠狠踢了一块石头，指手画脚地骂着什么。

18. 车内，内，日

杰西卡也气得脸色发青，她猛地开了音响，把交响乐开到最大，在激昂的音乐中，她发狠地踩着油门。

19. 市区街道，外，黄昏

杰西卡的车驶入车流。

透过前面的车窗玻璃，可以看见她疲倦的面容。

20. 公司车库，内，黄昏

杰西卡将车开进公司车库。

车里，杰西卡长叹一声，疲倦地把头靠在方向盘上休息片刻，才拿起自己的包和东西下车。

21. 办公室，内，黄昏

杰西卡凄惶地坐在空无一人的办公室里，一脸沮丧。

她拉开抽屉，拿出镜子，照照自己的脸。

杰西卡喃喃地：变态狂，老阿姨。

她的手机响了起来，杰西卡半天没去接听，手机坚持地响。

杰西卡：……喂？啊，遥遥。什么，下个月你结婚？……好，我来的。啊，凯文不一定有空，他要去西藏采风，尽量吧。我？快了，快了，好，拜拜。

杰西卡把手机一扔。

杰西卡：快了，快完蛋了。

杰西卡想了想，在电话上拨号。

话筒里传来凯文温和的声音。

凯文（画外）：你好，我是凯文，我现在不方便接电话，请你留言。

杰西卡沉默着，听到"嘟——"的长声，她好像没任何反应，过了一会，她将电话挂上了。

22. 街道，外，夜

灯火中，杰西卡孑然一人，身影格外孤单。

她路过婚纱店，羡慕地看着里面漂亮的新娘。

23. 杰西卡家，外—内，夜—晨

杰西卡家的阳台，是市区的高层，可以看见万家灯火。

杰西卡坐在躺椅上，郁郁地看着天空。

杰西卡从冰箱里拿出小瓶的青柠朗姆酒，不断地喝。

她歪歪扭扭地走进来，倒在床上。

透明的窗帘，渐渐露出曙光。

杰西卡乱七八糟地睡在床上，枕头、被单都掉在了地上。

闹钟不停地响着，杰西卡终于醒了。

杰西卡看了一眼闹钟，吓得一跃而起。

24. 办公室，内，日

杰西卡冲进办公室，所有的同事都抬头看她，如看怪物。

甲：哇，她也会迟到。

乙：黄浦江水倒流了。

杰西卡急忙坐到自己桌前。

主管走到她面前。

主管：杰西卡。

杰西卡勉强一笑。有些嗫嚅。

杰西卡：我……

主管：你这次的事情办得真漂亮。

杰西卡：我……

主管：我已经通知了财务，这个月的奖金给你发双份，年底另有奖励。

杰西卡脸上阴晴不定，不知道主管什么意思。

主管：各位，杰西卡把这笔单子成功地挽回了，大家为她鼓掌庆贺。

同事们一起鼓掌。

杰西卡还是一脸诧异。

25. 餐厅，内，午

杰西卡还是一个人孤寂地坐在桌子边，看见露茜进来，她急忙招呼露茜坐过来。露茜左看右看，硬着头皮走了过来。

露茜：现在还跟你吃饭，我真是佩服我自己。

杰西卡傻傻地看着她。

露茜：我说你为什么看不清楚主管的阴险面目呢？她根本就是利用你，你这么能干，早就能升职了，都是她在拦着你啊，到了上面你的功劳就全是她的功劳了，你怎么还这么傻！

杰西卡闷闷地：露茜，我不在乎这个。我是真心喜欢工作的。

露茜无奈地耸耸肩。

露茜：没有一个人不恨你！你的奖金发双份，大家都要扣一半。

杰西卡：所以，我真的不知道怎么回事，昨天我们明明跟人家谈僵了呀。

露茜：可我听说的版本是，你力挽狂澜，和那个工程师一搭一档，一个白脸，一个红脸，把公司的正反两面都说得很充分，所以人家签了单。

杰西卡大张着嘴。

露茜皱眉：别这样，一点不淑女……

露茜话音未落，杰西卡已经站起来向外跑去。

26. 工程部门口，内，日

杰西卡匆匆而来。

文凯在门里一下看见了她，急忙躲闪，还抓了一个同事。

文凯：哎，那个女人问起我，你就……

文凯俯在他耳边低语，同事心领神会地点头。

文凯闪身躲了起来。

杰西卡走进工程部，看见了那个同事，立即上前问他。

杰西卡：请问文凯在吗？

同事一脸惊诧：咦，他不是跟你一起去苏州了吗？

杰西卡一愣，一脸尴尬。

27. 酒吧，内，黄昏

杰西卡和凯文对面坐着，杰西卡哀求地对他说着什么。

杰西卡：我知道感情在乎过程不在乎结果，可是总得有个结果吧？我真的不是逼你结婚，只是希望大家能安定下来，毕竟不是小孩子了……

凯文：杰西卡，我早就跟你说过，四十岁之前我不想结婚。求你了，别逼我了好吗？难道我的爱还不够吗？

凯文敷衍地拍拍杰西卡的手，杰西卡难过地拉着他的手。

杰西卡：凯文……

忽然一个年轻女孩子走了过来。

年轻女孩子：凯文！

凯文：小莉……

小莉愤愤扫了杰西卡一眼，拿起凯文面前的卡布基诺，泼在他身上。

杰西卡目瞪口呆。

众人侧目。

小莉转身就走，凯文不顾自己的狼狈相，急急追了出去。

众人目光又落在杰西卡身上，杰西卡一脸的尴尬。

杰西卡：看什么看，有什么好看的？是我先认识他的……

有人笑。

杰西卡匆匆扔下一张一百元，逃一样跑了。

28. 街道，外，黄昏

杰西卡跑了出来，忽然，她看见了什么，愣住了。

不远处，凯文正拉着小莉，在说着什么，和与杰西卡在一起的完全不一样，凯文那样认真而急切。

杰西卡孤独地看着，一动也不动，任周围的人来来往往，撞得她几乎站不住脚……

29. 攀岩俱乐部，内，晨

杰西卡脸上全是汗水，她在发泄自己极度的郁闷，发疯一样往上面爬着，一个大跳跃，一下攀到了顶上。

岩壁下面传来一阵掌声。

杰西卡就跟没听见一样，顺着安全带荡下来。

上次那个男人在下面欣赏地注视着她。

男人微笑着：你好，认识一下，我叫苏平。

杰西卡还是跟没听见一样，转身走了。

苏平看着她的背影，笑了。

30. 另一酒吧，内，夜

杰西卡在听露茜倾诉。

露茜大谈新交的男友。

杰西卡和她争了起来。

杰西卡：结婚了，再出花头就是不正经。

露茜：就是有了情人才知道什么是爱情。

杰西卡：赶快和他分手，否则我报告你老公。

露茜：怪不得人家说嫁不出去的老姑娘变态，自己不爽还不让别人痛快。

杰西卡：你光顾自己爽，社会风气就被你们这些人败坏了。

露茜变脸：那你就去树你的牌坊，做社会的楷模好了。

露茜扬长而去。

酒吧的另一角落。

文凯和小梨还有两三个朋友在聊天说笑。

这边，一肚子气的杰西卡在自斟自饮，已经烂醉的样子。

一男孩：文凯，洗手间去不去？

文凯：神经病啊，这种地方一起去干吗？

小梨：阿勇，你是同志吧？

众人爆笑，阿勇讪讪离去。

洗手间，杰西卡摇摇晃晃走了出来，正好阿勇路过，杰西卡一个不稳，倒在阿勇身上。

阿勇吓得像女人一样尖叫起来，拼命想逃。

杰西卡紧紧抓着阿勇。

阿勇无奈地半拖半抱，将杰西卡带到自己桌前。

阿勇：救命啊，救命啊。

众人又爆笑起来。

小梨：你怎么弄来的？

阿勇：她自己生扑上来的呀！一身的酒味！哎呀，我是有洁癖的呀。

众人笑得更开心，文凯叫大家闭嘴。

文凯：人家喝醉了，有什么可笑的？

文凯忽然认出了杰西卡，愣了一下。

小梨也认了出来。

小梨：哎，这不是你们公司那个凶女人吗？是虐待狂哎。啧，真是没想到，还酗酒啊。

阿勇：啊，原来虐待狂长得是这个样子啊。

杰西卡趴在桌上，已经睡着了，眉眼安静，像个小女孩。

文凯犹豫了一下。

文凯：只好这样了，我送她回去，你们在这儿等我吧？

文凯拍拍杰西卡：喂，你家在哪里？……

杰西卡根本不说话。

小梨：给你们公司打个电话，问问咯。

31. 杰西卡家楼道，内，夜

文凯把杰西卡架出电梯，走到她家门口。

文凯：杰西卡，钥匙呢？啊？

杰西卡还是没醒，什么都不知道。

文凯无奈，从她包里拿钥匙，却不知道是哪一把，只好一把一把地试。

边上，一个老太太走过，戒备地看着文凯。

文凯有些紧张，他试来试去，却偏偏哪一把都打不开。

老太太更戒备了，瞪着文凯。

文凯汗都快下来了，杰西卡半糊涂地往他怀里靠靠。

杰西卡：……我冷……

文凯只好抱紧她。

老太太以为他们是情侣，放心地笑笑，走开了。

文凯这才松口气，钥匙对了，门开了。

32. 杰西卡家，内，夜

文凯将杰西卡放在她床上，准备走。

杰西卡叫了起来：我要喝水。

文凯无奈，倒水给她。

33. 楼道，内，夜

杰西卡的宝货爸妈又来了，高高兴兴地，在电梯门口看见刚才那个老太太。

老太太：喔唷，吴家爸爸，吴家妈妈，有个男孩和你女儿一起回来的，两人很甜蜜的！

两人顿时大喜，杰父要往里面冲，被杰母一把拉住，两人对着拉衣服，捋头发地忙了起来。

34. 杰西卡家，内，夜

文凯给杰西卡喝完水，又准备走，看见了杰西卡床头贴的各种各样日本动画片的海报，不由一笑。

文凯好奇地翻着杰西卡桌子上丢得乱七八糟的DVD，都是日本的动画片集，《棋魂》、"hunter X hunter"、《最游记》，文凯大喜。

文凯：她这里居然有这么多动画片！对不起，我要照单全收了！

文凯喜笑颜开地把动画片塞进自己的怀里，开了门，刚要出去，被站在门口的兴高采烈的杰父和杰母吓了一跳。后退一步。

两人对文凯展开春花一样的笑容。

杰母：你好！

杰父：你好凯文！

杰母：老年痴呆！是文凯！

文凯大吃一惊！

文凯：你们……

杰母：我们是杰西卡的爸妈！也是你未来的岳父岳母！

文凯瞠目结舌。

杰父：怎么这么浓的酒味啊？哎呀，囡囡喝酒了！啧啧，一个女孩子，喝成这个样子！文凯啊，你怎么不管管她啊。

文凯：不不，我想你们是误会了……

文凯话音未落，杰西卡忽然醒了，哭了起来。

杰西卡：凯文……你别离开我……

文凯：杰西卡！我是文凯！

杰西卡：不！我知道你想甩了我……

杰父杰母脸上渐渐晴转多云，又多云转阴。

杰西卡：你为什么骗我？为什么？

文凯：不不不，你好好看看我，你误会了……

杰西卡：我没误会！你不想跟我结婚，你要跟小莉结婚，你骗了我……

杰父把拳头捏响了。

杰西卡哭诉完，又倒下睡着了。

文凯看着杰父和杰母，脸露恐怖之色，一步一步往后退着……

杰父：好啊，说吧，你到底娶不娶她？

文凯：你们误会了，我……

杰母：老头子，跟这种人没什么客气的，打！

杰父一拳挥过去，文凯急忙躲闪，杰母抓起门后的长柄扫把，塞给杰父，杰父疯子一样扑打出去。

文凯吓得飞奔而逃，动画片集洒了一地，在十万火急的情况下，文凯还将动画片集捡了起来，落荒而去。

切换，清晨。

杰西卡和衣躺在沙发上，慢慢醒了过来。

杰母急忙跑了过来。

杰母：囡囡，你醒了。（忽然哭起来）我苦命的孩子啊……

杰西卡无奈地坐起来，看着她。

杰父：囡囡，没关系的，这种没良心的人，我们不要他！

杰母：老年痴呆，你说的倒简单，囡囡都三十了，就这么放过他啊？不结婚，那个租房子的人怎么办？我们都跟别人讲了，我们怎么办？

杰父：所以这个凯文，哦，是文凯，真不是东西！我昨天打得太轻了！

杰母：我昨天应该把拖把给你的！打死他！

杰西卡：天哪，你们打谁了？

杰父：文凯嘛。

杰母：凯文！

杰父：文凯！

杰西卡极其无奈地用枕头压在自己头上。

35. 杰西卡公司工程部门口，内，黄昏

下班了，杰西卡站在工程部门口，等着文凯。

文凯走了出来，他看见杰西卡，就像没看见一样。

杰西卡怯生生地：文凯……

文凯一脸怒气地停了下来。冷淡地看着她。

文凯：干什么？

杰西卡：我……

杰西卡从自己包里拿出塑料袋装的芦荟茶。递给文凯。

文凯：干什么？

杰西卡看文凯不接，有些手足无措地收回来，尴尬地涨红了脸。

杰西卡：你上次说要送你爷爷的，这个是我晒的，老人喝了清火……

文凯愣了一下。

杰西卡：对不起，上次在苏州，我不应该那么凶的……

文凯：没关系。

杰西卡：还有昨天……我……

来接文凯下班的小梨走了过来，看见杰西卡，顿时气不打一处来。

小梨：喂，你这个女人怎么回事啊？文凯到底怎么得罪你了？一而再，再而三地欺负他！

杰西卡：……对不起……

小梨：把他扔在高速公路上就算了，你自己喝得烂醉，他把你送回去，还要打他一顿！

文凯：算了，走吧。

小梨：以后别让我们看见你才好！

小梨拉着文凯就走，文凯回头看看。

文凯：你骂她干嘛，喝醉了嘛，又失恋。

小梨：你怎么这么没出息，你是不是喜欢被别人欺负啊？

文凯：我是觉得，没必要跟一个女人计较。

小梨：原来你这么伟大，我倒是没想到，失敬失敬。

文凯不说话了。

杰西卡站在那里，拿着那包芦荟茶，一动没动。

36. 攀岩俱乐部，内，晨

杰西卡换好了装备，在压腿，做伸展运动。

她开始爬一个岩壁，中途停下来，站稳了，靠在岩壁上，两手都没扶岩壁，放松地甩着双手。

旁边，苏平从杰西卡身边爬过去，他也站定了，扶好岩壁，向下笑着看看杰西卡。

杰西卡也不甘示弱，继续向上攀。

两人几乎是同时到了顶。

苏平：杰西卡，你好像又有进步。

杰西卡冷淡地看看他。没说话。慢慢悠悠地荡了下来。

苏平：来，我们比一次！

杰西卡看看苏平，好胜心被激发出来。

杰西卡和苏平两人系好了安全带，一个保护员站在一边掐着表。

保护员：预备，开始！

两人开始攀，实力不相上下，但在最后一秒，杰西卡一个猛地跳跃，比苏平先摸顶。

下面一阵掌声。

两人都一起顺着安全带荡下来，一边荡，苏平一边冲杰西卡竖竖大拇指。

杰西卡放松了戒备，和苏平聊了起来。

杰西卡：我体力不行，只有第一次能发挥技术，再来一次动作就变形了。

苏平：女孩子嘛，像你这样就很不容易了。你怎么会喜欢攀岩呢？

杰西卡：让我有一种征服的快感，还有，每次爬上顶，我就觉得自己像飞起来了……

杰西卡神往的样子，苏平笑着看她。

37. 杰西卡办公室，内，日

钟指五点，快下班了，同事们都不安心了，只有杰西卡还在电脑前专注地工作着。

杰西卡喝水，看了一下表，想想，站了起来，找露茜。

杰西卡：露茜，今天周末，你还有什么事，我给你做吧。

露茜：哎呀你可真是大救星，我正着急呢，儿子拉肚子，他奶奶五分钟一个电话叫我回去！谢了。

露茜把手里的东西一股脑地塞给杰西卡。

杰西卡看看文件，又看看表，又走到其他同事那里。接下许多要做的文件，同事们喜笑颜开。

杰西卡坐回自己座位，开始奋力工作，同事们纷纷下班离开，办公室里，只留下她一个人。

天色渐渐暗了，杰西卡在电脑前拼命打字，丝毫没觉得累。

38. 街道，外，黄昏

下班的人群匆匆，起风了，乌云密布。

39. 杰西卡办公室，内，夜

杰西卡已经把工作全完成了，她伸个懒腰，冲了一包方便面，吃了一口，就没有了一点胃口。她站起来去卫生间，把方便面倒了。

杰西卡对着镜子，看看自己疲倦的面容，叹了一口气。她把冷水浇在自己脸上，卸掉了残妆。

40. 商务楼门口，内，夜

飘泼大雨，驶过的出租车都有人。

杰西卡站在门口一筹莫展，只好看着雨雾出神。

文凯打着手机也走过来了，明显地是在安慰另一头不开心的小梨。

文凯：……你别生气嘛……是我不好，可我也不知道今天会让我加班……没有出租车，一部都没有，我真的赶不过来……小梨，你别生气啊，小梨！

文凯悻悻地挂上了电话。

杰西卡和文凯打个照面。两人都有些尴尬，但还是互相点头招呼。

文凯：加班？

杰西卡：嗯，你也加班？

文凯：维修一部机器。谁知道就到了这个时候。雨下得这么大。

杰西卡：是啊，强台风过境。

两人无话可说，继续看雨。

文凯：我看这雨，一时半会停不了了。

杰西卡：你吃饭了吗？

文凯：没有。本来约了一帮朋友去青浦，吃野生螃蟹的，那边都开吃了，我现在又过不去了。

杰西卡：那，我们一起去吃个饭吧？……我一直想好好向你道个歉的。

文凯犹豫了一下。

杰西卡：不行就算了。

文凯：走吧。

41. 较高档餐厅，内，夜

看着点的菜，文凯一脸震惊。

文凯：我说杰西卡，其实我也没真生气，你不用搞得这么隆重。

杰西卡端起酒杯。

杰西卡：Cheers！

杰西卡一饮而尽。

文凯：你好像挺爱喝酒的。

杰西卡：一醉解千愁嘛。

文凯笑了：不至于吧？

杰西卡又给自己倒了一杯。

杰西卡：文凯，谢谢你陪我吃饭。你知道吗？今天是我三十岁生日。

文凯：……那，你不应该加班啊。

杰西卡：我就是特意加班的。不然跟谁过生日呢？男朋友，吹了，女朋友，全都结婚过二人世界了，我爸我妈，你也见识过了。本来我打算把这日子彻底忘了，唉，还是没忘掉。

文凯：生日怎么能忘？

杰西卡：你今年多大？

文凯：二十三。

杰西卡：多好啊。你是用不着忘。我二十三岁的时候，最爱过生日了，什么蛋糕鲜花烛光晚餐，好热闹，从来没想到还会有一天三十岁，谁知道，一眨眼的工夫，就三十了，我还是什么都没有，什么都没改变。

杰西卡郁郁地喝酒。

文凯：你也太悲观了，还记得《棋魂》吗？佐为的出现是为了使小光走上围棋之路，而小光的出现又是为了小亮能成为棋圣。

杰西卡点点头：道理我懂，每个人都有一个命中注定的人为你付出，你的那个他迟早会出现的。

文凯狡黠地看着杰西卡：想不到啊，你也喜欢看动画片。

杰西卡大惊：我才不看呢，谁会看那些给初中生看的日本动画片？

文凯：你真的不看动画片？

杰西卡：当然不看，这些都是我从杂志上看到的。

文凯将口袋里的动画片集掏出来。

文凯：既然这样，这些动画片也不还给你了，反正你也不看。

杰西卡一把将动画片抓住。

文凯：我送你回家，在你桌子上拿的。

杰西卡一看已经被活捉，干脆摆出一副死皮赖脸的样子来。

杰西卡：我就是喜欢看动画片，就是不成熟，就是幼稚，怎么了？

文凯赞许地看着杰西卡：我说你怎么嫁不出去，这么喜欢看动画片，心理年龄顶多只有二十岁，怎么会懂得男人？

杰西卡气得直瞪眼：你……

文凯：现在我觉得你这个人还不错哎，最起码心里还有梦想，还有追求。

杰西卡苦笑：梦想，追求？到了三十岁，你会发现这些都是可笑的词语。

窗外，大雨渐渐停了。

文凯：雨停了。

杰西卡：你还去青浦？

文凯：去，有什么办法，小梨动不动发脾气，我今天要不赶过去，她又该闹了。

杰西卡羡慕地：你们真好。

文凯：也烦啊，老要哄着，宠着，一不小心，她就不开心了。

杰西卡：那是因为她喜欢你嘛。……你吃饱了吗？

文凯点头，杰西卡招手叫买单。

侍者：八百六十八。

杰西卡低头掏钱包，忽然愣住了，在包里到处翻。

杰西卡尴尬地：我的钱包……

文凯愣住了。

42. **街道，外，夜**

雨后的街道，文凯气呼呼地走在前面，杰西卡在后面追。

杰西卡：文凯，对不起，我会还你钱的……

文凯挥手：算了算了，我不要了。

杰西卡：我真的会还给你的……

文凯挥手叫了一辆的士，钻进去走了。

杰西卡愣在那里，车开走了。

忽然，杰西卡使劲地追着车。

杰西卡：等等！等等！

杰西卡气喘吁吁地跑了过去。

文凯探出头来看着杰西卡。

文凯：什么事？

杰西卡：不好意思，能再借我点钱回家吗？

43. 工程部，内—外，日

杰西卡有些怯生生地走进来，文凯看见她，一愣。

杰西卡：文凯。我来还你钱。

文凯连连摆手：谢了，谢了，我不要了。

杰西卡僵在那里。

杰西卡：那，我下次再请你吃饭。

文凯：免了，免了。

边上的人都在看笑话，杰西卡挺窘的，半天，她走了出去。

杰西卡带上门，很难过地站在那里，这时她听见里面一阵爆笑。

甲（画外音）：文凯，你被这个老阿姨缠上了？

乙（画外音）：我女朋友是她办公室的，这个女人就喜欢工作，把工作当情郎。

丙（画外音）：可惜到今天都没升上去，白辛苦！

文凯推门走出来，看见杰西卡站在那里听，顿时难堪起来。

杰西卡看着他，冷冷的，目光如刀。

文凯：你……你……

杰西卡定定地看着文凯，眼泪夺眶而出。她转身跑了。

文凯愣愣地看着。

44. 攀岩俱乐部，内，黄昏

杰西卡像是在发泄一样，狠命地往上爬着。

杰西卡下地，苏平走了过来。

苏平：杰西卡。

杰西卡：什么事？

苏平：你今天好像有心事？

杰西卡勉强笑笑，没说话。

苏平：有什么需要我帮忙，你尽管说。

杰西卡礼貌地摇头，离去。

苏平深思地看着她的背影。

45. 杰西卡家，内，日

露茜坐在沙发上，苦口婆心地劝杰西卡。

杰西卡：你的那块巧克力呢？

露茜：跑了，变心了，移情别恋了。

杰西卡：真的？

露茜：咳，老娘真想骂一句粗话！

杰西卡：什么？

露茜：男人啊，没一个是好东西！

杰西卡：本来就是不对，看你上次提到他那样子，嗲是嗲得骨头也快酥掉了。

露茜：不是我说你，一个女人，最重要的就是嗲，你太像男人婆了，你看看你的衣服，除了裤装，还是裤装，男人对你就没有怜香惜玉之心。所以呢，就嫁不出去。你还去攀岩啊？

杰西卡点头。

露茜：啧，看看你胳膊上的肌肉，真难看。看看你的背，越来越厚了，好吧，我看你也是改不了了，这样吧，相亲吧。

杰西卡瞪圆眼睛。

露茜：这是把自己嫁出去的快速通道！

杰西卡：不不不，我看我还是当单身贵族算了。

露茜嗤之以鼻：别说那么好听，什么单身贵族，女光棍罢了。

杰西卡：你说话怎么那么难听。

露茜：我这叫忠言逆耳！你以为你十八岁啊，说单身是时髦加前卫。

杰西卡：我可不愿意相亲，被人家看来看去。

露茜：你也可以看他们呀。就这么定了，我来安排！我老公手里还有几个货，让我想想，先见哪个呢？

46. 茶坊门口，外，黄昏

杰西卡穿着一套束手束脚的裙装，还装了长长的假发，被露茜拉着，走进酒吧。

一个打扮得极其讲究近于油头粉面的男人殷勤地站起来。

杰西卡倒抽凉气。第一反应是想跑，却被露茜紧紧拉着。

47. 街道，外，夜

文凯和小梨手拉手在逛马路。

迎面走来一对情侣，是熟人。大家都很惊喜，互相招呼着。

情侣女：咦，今天真巧，都半年没见了。

小梨：就是嘛。

情侣男：上礼拜你们在轻舞飞扬吃饭，我正好陪着客户出去，也没打招呼。

文凯和小梨的脸色都变了。

小梨：哪天？

情侣男：忘了？就那天，强台风。

文凯拼命冲他使眼色，情侣女知道事情不对，急忙换话题。

情侣女：去前面喝杯茶吧？

小梨：不用了，我们还有事。拜拜。

文凯苦笑。

情侣男女：拜拜。

已经变脸的小梨飞快地走了，文凯急忙去追她。

情侣女：你这个笨蛋，大脑进水小脑养鱼！

情侣男：我怎么知道，我真以为是小梨呀！

48. 街道一角，外，夜

文凯气喘吁吁地拉住了小梨。

文凯：你听我说啊，你听我解释啊小梨！

小梨：怪不得那天那么晚才过来，还说加班！

文凯：真是加班呀，雨又大，没车，一个小时都没一辆空车！

小梨：你如果真爱我的话，你就是开直升飞机也会过来的！

文凯：……

小梨：好，你说，是哪个女人？

文凯：就是杰西卡嘛，她非说要向我道歉……唉，别提了，吃完以后她又说没带钱包，我还莫名其妙地买了单。

小梨：你活该！

文凯：别生气了，好吗？

小梨看看文凯。

小梨：哼，说实话，要真是跟这个杰西卡一起吃饭，我也就懒得生气了。反正你跟她肯定没什么花头。

文凯：真的真的，我没骗你。

小梨：这个女人也真讨厌！三八兮兮的，神经病。

文凯：你也别这么说，其实她也蛮可怜的。

小梨本来已经安静了，一听这话，又火了。

小梨：好啊，你既然这么心疼她，你去找她好了！

小梨又跑了，文凯追了几步，累得站住了。

49. 电影院门口，外，夜

无聊的文凯买了一张票，走进去。

50. 小厅，内，夜

小厅里，在放一部动画片，只有文凯和另外一个观众，两人的笑声一个赛一个响，一个赛一个傻。

影片完，文凯站起来，看了一眼那个观众，咦，竟然是杰西卡。

杰西卡还是那套相亲的打扮，对着空白的屏幕，还在回味无穷地笑。

文凯：杰西卡！

杰西卡看见文凯，一愣，收拾包，要走。可是一着急，东西掉了一地，还有的滚到了前排。

文凯手脚伶俐地帮她捡。不断把口红、钥匙、镜子等东西递给杰西卡。

杰西卡检查完，很焦急地继续在地上找。

文凯：还有什么？

杰西卡：还有我攀岩俱乐部的会员证。

文凯捡起一张证件，好奇地看了一眼，顿时傻笑起来。

文凯：哈哈，杰西卡，原来你原名吴月芳啊，哈哈哈……

杰西卡一把抢过来，气愤地瞪了文凯一眼。

文凯笑得前仰后合。

杰西卡终于也忍不住了，笑了。

51. 影城门口—花坛，外，夜

文凯和杰西卡一起走出来。买了两瓶水。

两人坐在花坛的椅子上，文凯怎么也拧不开矿泉水的盖子，杰西卡接过来，一下就拧开了。

文凯目瞪口呆。

杰西卡：攀岩练出来的。

文凯：I 服了 You!

文凯喝水。

文凯：杰西卡，下次你给我点芦荟茶，我问我爷爷了，他说他要喝的。

杰西卡：啊，那要等几天了，我把芦荟新分了盆，还要长几天呢。

文凯：工序很复杂吗？

杰西卡：不复杂，把叶子去掉刺，切成薄片再晒干。

文凯：哎，你喜欢《千与千寻》？

杰西卡：你怎么知道？我最喜欢宫崎骏！

文凯一挥手：我也是！早知道你也看动画就好了，我们能好好聊聊。我猜你喜欢樱桃小丸子。

杰西卡拼命点头。

文凯：一看就是青春期没满足，多傻呀。

杰西卡笑：你呢，蜡笔小新？

文凯：错！我不喜欢！不过有个短信挺逗乐的，你看过吗？小丸子问老师，我姐姐十八了会怀孕吗？老师说会啊。那奶奶八十了会怀孕吗？老师说不会，太老了。小丸子说那我八岁会吗？老师说不会，你太小了，边上的蜡笔小新说话了，你看，我说没事吧！

两人一起笑了。

杰西卡：哎，怎么没跟女朋友一起来？

不说还好，一说文凯大吐苦水。

文凯：别提了。她实在是太难伺候了。一点不对，就发脾气，在大街上甩下我就跑，我一天到晚维修机器，也是体力活，下了班陪她逛街就很累了，哪有心情有体力陪她长跑？其实有什么好生气的，都是小事。

杰西卡：女孩子都是这样。

文凯：我看不是，也有挺爽气的，像你，就不会这么闹。

杰西卡：那当然，我闹也没用啊。跟谁闹？

文凯一怔。想了想，小心翼翼地安慰她。

文凯：杰西卡，你别计较那些人的话，世界上好多人都这样，如果有人跟他们过得不一样，他们就不舒服。

杰西卡叹气：我也想跟他们过得一样啊，交个男朋友，结婚生孩子，可不顺心嘛，只好拼命工作啦。我不知道，其实我比他们惨多了，为什么还要嘲笑我？

文凯看着郁郁的杰西卡，说不出话来。

文凯：今天你的发型蛮怪的。

杰西卡一把拽掉假发。

文凯哈哈大笑起来，杰西卡也笑了。

文凯：你戴假发干吗？

杰西卡：别提了，被露茜强迫去相亲，这是她帮我设计的造型。

文凯：那人怎么样？

杰西卡：唉。

文凯：感觉很怪吧？

杰西卡：你说，男人到底喜欢什么样的女人？是不是那种看上去很有女人味的？

文凯挠头：这个……我也说不好。这样吧，我去多问几个哥们，总结一个答案给你。

杰西卡：行。不过你可别让人家知道是我问的。

杰西卡忽然愣住了，文凯顺着她的目光看过去，凯文温存地扶着上次那个小莉的肩膀，走向了影城。文凯不认识他们，但是看见杰西卡的脸色，什么都明白了。

文凯：脱掉外衣！

杰西卡不解地看着他。

文凯：听我的，脱啊。

杰西卡不愿意，文凯帮着她脱下西装外套，露出里面穿的紧身背心，显出了她瘦而有形的身材，文凯随手弄乱她的头发，又把她颈上的小丝巾拿下来，在她头上扎一下。杰西卡一下变了模样。

文凯在她耳朵边说了几句，推她走向他们。

52. 影城售票处，内，夜

凯文正和小莉商量着买什么电影，忽然，他看见一个美女，眼睛直了。

杰西卡高抬着头，从他身边走过。高傲地一回头，装成无意地看见了他们。

杰西卡摘下墨镜，矜持地一笑。

杰西卡：凯文。

凯文看傻了。

凯文：杰西卡……我们好久不见了……

杰西卡看都不看小莉，冷艳地一笑。

杰西卡：是吗？以后你别老给我发信息了。我没空回。

远处传来叫杰西卡的声音。杰西卡一回头。

门外停车场，文凯靠着一辆大奔叫杰西卡。

杰西卡走了出去。

凯文惊讶地看着杰西卡妖娆的背影，看着她走向文凯和大奔。

小莉忽然暴怒，往凯文头上打了一下。

小莉：看什么看！你这个花痴！！

53. 车边，外，夜

看着凯文狼狈地追着小莉跑出来，杰西卡和文凯一起笑了起来。

54. 杰西卡办公室，内，日

露茜兴冲冲地走到杰西卡身边。

露茜：哎，昨天那个怎么样？人家看上你了。

杰西卡：求求你了，别再提这事了行吗？

露茜：人家有什么不好？一个月两万，还有自己的公司。说实话，我都没想到他会看上你。

杰西卡：我们没话说。

露茜：说说就有了，结婚生了孩子，话就更多了。再见一次吧？他说请你去大剧院听歌剧。

杰西卡：露茜！你就别管我了行吗？

露茜：杰西卡，不是看在你我多年朋友的份上，谁管你！再往后，人家给你介绍的可就都是离过婚的人了！你真是不可救药！

看着生气的露茜，杰西卡一阵茫然。

55. 杰西卡家，内，夜

杰西卡穿着睡衣靠在床头，无聊地翻着手里的杂志，电话响了。

杰西卡：喂？

56. 文凯家，内，夜

一间小房间，乱七八糟的，文凯也躺在床上。手里的遥控器一个劲地换着台。

文凯：杰西卡，我是文凯。我帮你问了好几个哥们，好像大家是喜欢淑女哎。

57. 杰西卡家，内，夜

杰西卡：完了，那我是嫁不出去了。看样子还是得去相亲。

58. 文凯家，内，夜

文凯：我陪你去怎么样？我装着不认识，在一边帮你看看。

文凯笑起来了，坐起来兴奋地挥手。

文凯：我可以以男人的眼光帮你筛选，一眼能看出来他心里什么花花肠子，免得又遇见一个陈世美。

59. 杰西卡家，内，夜

杰西卡笑：无聊！你太无聊了！你跟小梨和好了吗？

60. 文凯家，内，夜

文凯：反正今天和好明天又吵，就那么回事吧。我爷爷在崇明，想见她一面，她就是不去，我挺生气的。……对啊，我爸妈在外地，他们这辈子特别苦，我想拼命挣钱，让他们过好日子。

61. 杰西卡家，内，夜

杰西卡有些感动：你爸妈算是生了个好儿子。不像我爸妈，天天抱怨我不结婚，让他们操心……算了，还是去相亲吧，你真的陪我去啊？

62. 茶坊，内，日

杰西卡和一个有点秃顶的男人坐在一起，文凯戴着帽子坐在另一张桌子边。

杰西卡装着回头，看看文凯。

文凯皱着眉，连连摇头。

切换，另一天，另一张桌子，一个男人殷勤地为杰西卡拉开椅子，杰西卡又回头看文凯。

文凯点点头。

男人小心翼翼地接过杰西卡手里的包，要放在椅子上，又担心有灰，还吹吹，才放。

杰西卡又回头看文凯，文凯拼命地摇头摆手。

切换，另一天，窗边的桌子，一个长发的男人神采飞扬向杰西卡说着什么，杰西卡一脸入迷。

文凯见杰西卡不看他，急了，故意走过去，装成在他们桌子上撞了一下。

杰西卡抬头，文凯严肃地冲她摇头。

63. 餐厅，内，午

杰西卡和文凯一起吃着饭。

杰西卡：你怎么比我还挑？我觉得那个摄影的挺好。

文凯嗤之以鼻：一看就是跟你那个凯文一个样，什么搞艺术的，其实都是花心大萝卜。你怎么不知道吸取教训啊？

杰西卡：露茜生气了，她说她手里没货了。

文凯：我找找我的关系，肯定有的。

杰西卡：我攀岩的时候，有个男的对我挺好。

文凯：哪天我去看看。

杰西卡：算了，我觉得我肯定是自作多情。好像二十五岁以后，就没男的正眼看过我。

文凯：喏，这就是你的第一个问题，不自信！

杰西卡虚心接受，点头。

文凯：其次，你不要老那么傻乎乎，对人家有问必答的，要给人神秘感。比如吧，你这个吴月芳的名字，你要告诉别人，别人肯定嘲笑你，恋爱也没法谈了。男的说，月芳，我爱你。傻吧？我爱杰西卡，多顺呢。

杰西卡和文凯一起笑了起来。

64. 公司工程部，内，日

文凯在最里面的角落里，蹲在地上找资料。

外面几个同事在说笑，文凯听得愣住了。

甲（男、画外音）：真的，文凯就是迷上老阿姨了。

乙（画外音）：那文凯的女朋友怎么办？

甲（画外音）：谁知道。

乙（画外音）：没想到文凯这么蠢啊，他以前不是很讨厌这个杰西卡吗？

甲（画外音）：没准这个女的会什么妖功，不然又老又丑的，白送给人家也没人要。这个文凯我老早看他不顺眼了，你别看他表面大大咧咧，其实很有心计的！这种人最坏！

文凯气得摔下手里的东西就走了出去。

众人看见文凯出来，尴尬地停了笑，只有背对着文凯的甲还在多嘴多舌。

甲：哎，不过话说回来，人家都说越是这种女人，越是风情万种……

甲看见众人尴尬的样子，回头，看见眼中喷火的文凯。

文凯一把抓过甲，一拳打过去。

办公室里顿时乱成一团。

65. 影城外花坛，外，黄昏

文凯和杰西卡坐在一起，文凯自觉地将手里的矿泉水给杰西卡，杰西卡帮他拧开。

杰西卡：你也太冲动了，为这种人丢了饭碗多不值得。

文凯：怕什么，我跟一个哥们说好了，到他的公司去。当总经理。

杰西卡：真的？

文凯：哈哈，一共我们俩，一个董事长，一个总经理。

杰西卡：……文凯，真对不起。

文凯：你说什么呢？我就是看不惯欺负女人的人，跟你没关系。再说我本来就想趁着年轻自己闯闯，爱因斯坦二十六岁发明相对论，诸葛亮二十七岁挂帅三军，硅谷的名言是，三十岁之前不发财，一辈子就发不了财。我一定会干出一番事业的。到时候，人家采访我，我就告诉他们，这都多亏年轻的时候，为一个叫杰西卡的人打了一架。

杰西卡笑了。

杰西卡：文凯，有你这个弟弟挺好的，以后咱们还是多联系吧。

文凯点点头。

66. 文凯家，内，夜

小梨在生气，噘着嘴。她对面，文凯闷头不响。

小梨：你说话呀，你到底为什么辞职？

文凯：不为什么。

小梨：那你打算怎么办？

文凯：不是跟你说了嘛，跟阿黄一起开一家公司。

小梨：你说得倒容易！有资金吗？有客户吗？你为什么这么冲动啊？就是要跳槽，也要找好下家再跳啊！你倒是说话呀！

文凯还是不说话。

小梨：文凯！我真不知道你到底在想什么。我看我们还是分手吧，我再也受不了你了！

小梨气得将手里的杯子一砸，关门走了。

文凯抬起头，叹了一口气。

67. 攀岩俱乐部，内，日

杰西卡已经换好了衣服和鞋，在一边等着。

苏平走了过来。

苏平：等保护员？

杰西卡：是啊，今天人这么多。

苏平：我来吧。

杰西卡：谢谢了。

苏平和杰西卡做了准备，开始攀岩。

杰西卡摸顶以后，顺着安全带荡下来。

踩在地上的时候，杰西卡一个不小心，脚扭了，她疼得叫了一声，苏平急忙扶住她。

苏平：快活动一下脚腕。伤得厉害吗？

杰西卡：还好。

苏平：都怪我没保护好你。

杰西卡：不不不，我没事。

苏平：怎么没事？我等了好多天，才等来这么一个机会，你怎么能说没事？

杰西卡一怔，看见苏平深情的目光，说不出话来。

68. 俱乐部外，外，夜

苏平开来自己的车，将杰西卡扶上了车。

69. 车内，内，夜

苏平将一个枕头垫在杰西卡腰下。又为她调整座位。

杰西卡很不适应这种殷勤，有些无措的样子。

苏平：我去买冰水，给你镇镇疼。然后我们再去医院。

杰西卡：不不不，别麻烦了，你还是送我回家吧。我抹上点红花油，睡一觉起来就好了。我没那么娇气。

苏平怜爱地看着她。

苏平：杰西卡，你是女人，就应该娇气。应该有人宠你。

杰西卡傻了眼，不知道怎么说。

苏平深情地看着她。

70. 杰西卡家，内，夜

杰西卡脚上被包成一个大棉花套，她在激动地打电话。

杰西卡：真的，还没有人对我这么好过，怎么好？哎呀说不出来，反正吧就是很体贴很体贴，我心里特别激动，他走的时候，我心怦怦地跳，你说，这是不是爱情？

71. 文凯家，内，夜

文凯耐心地听着杰西卡的电话。

文凯：不，不一定是爱情。你寂寞时间太长了，偶尔有人对你好一点，你就以为是爱情了。我看不是。

72. 杰西卡家，内，夜

杰西卡很生气。

杰西卡：那他对我呢？他为什么对我这么好？我崴了脚，除开他也没人关心我啊。他还说他明天早上接我上班呢，反正至少你没说过吧。

73. 文凯家，内，夜

文凯：那有什么，我明天接你上班好了。这人到底想什么你知道吗？也许他寂寞，也许他找刺激，总之，你根本不了解他，可能他儿子都会打酱油了。杰西卡，你对爱情太没经验了，记住，切莫将心轻许人！……真的，我不骗你，你在爱情上的智商大概只有五岁。

74. 杰西卡家，内，夜

杰西卡更生气了。

杰西卡：我当你是好朋友，有了好消息想跟你分享，你干吗这么说呢！我都三十岁了，又不是智障！

75. 文凯家，内，夜

文凯也生气了。

文凯：你怎么不是智障，你就是智障。老是被男人骗，还对男人这么轻信！……哎！喂？喂？

话筒里传来忙音，那边的杰西卡一怒之下挂了电话。

文凯愣了愣，将电话挂上。有些发呆，眼光里渐渐浮现了很淡的惆怅。

76. 杰西卡家，内，夜

杰西卡摔了电话，气得一跃而起，碰到了伤口，倒吸一口凉气。

杰西卡嘟囔：神经病，完全是神经病。

杰西卡歪歪扭扭地走向桌子，上面是她采下来的芦荟叶子，她小心地用小刀割下上面的刺。

77. 杰西卡楼下，外，晨

杰西卡楼下，文凯骑着一辆自行车，等在她的楼下。他正大口大口吃着手里的早点。

杰西卡扶着墙一步一步走出来。

文凯看见了她的狼狈相，一笑，刚要打招呼，忽然，停在前面苏平的车门开了，苏平走了出来。

文凯愣了一下。

苏平微笑：杰西卡，早。

杰西卡脸上浮现羞涩喜悦的笑容。

杰西卡：你真的来了？真是太麻烦你了。

苏平：我希望你能一直这么麻烦我。

苏平殷勤小心地扶杰西卡上了车。

文凯一直呆呆地看着。

车里，苏平和杰西卡说笑着，苏平为杰西卡系上安全带，然后发动了车子。

车开出了文凯的视线，他还呆呆地看着。

78. 酒吧，内，夜

文凯看看坐在对面闷声不响的小梨，勉强挤出一丝笑容。

文凯：你怎么了？不开心？

小梨不说话。

文凯：我今天跑了几家公司，有一家很好，答应给我回音的。

小梨不说话。

文凯：你是不是担心我找不到工作？不会，我交大毕业，又有工作经验，我不会让你跟我吃苦的。

小梨还是不说话。

文凯：小梨！

小梨抬头，看着他。

小梨：你到底为什么辞职？

文凯皱眉：不是跟你说了一万次了吗，我不想干了！

小梨：你还骗我！我今天碰到你们办公室的丽娜了，她说，你是为那个杰西卡跟人打架，被解雇的！

文凯不说话了。

小梨哭了。

小梨：文凯，我们好了一年了，我有时候是喜欢作，可我心里是喜欢你的。我告诉你，我就受不了你骗我，还是为了一个女人骗我！

文凯：小梨……

小梨：你别叫我！自从你认识这个女人，你就变了。你要是喜欢她，你就去追她吧，我又不在乎！

小梨把自己的包拿过来，一股脑倒出许多小东西，首饰，化妆品，小玩意，统统倒在文凯面前。

小梨：都是你给我买的，我还给你！

小梨站起来，跑了。

文凯茫然地看看她，又看看眼前的一堆东西。

79. 苏平车内，内，夜

苏平的车泊在路边，车内，放着交响乐，杰西卡享受地听着。

苏平：真没想到你也爱听。

杰西卡笑笑，苏平温和地摸摸她的头发。

苏平：杰西卡，我有一种感觉，好像我活到今天，都是为了在等你。

杰西卡怔怔地看着苏平，忽然没头没脑地说了一句话。

杰西卡：你知道吗？一个一直在冰天雪地的人是不会冻死的，但你如果给了他温暖，再让他回到严寒里，他就非死不可了。

苏平：傻瓜。

苏平搂过杰西卡，要吻她。

杰西卡略略躲闪，苏平只吻到她的面颊。

苏平：你怎么了？

杰西卡：啊，没什么。——只是太快了，我不适应。

苏平：我会给你时间适应的。

80. 杰西卡家，内，夜

杰西卡湿着头发，从浴室里走了出来。她检查了一下桌子上做好的芦荟茶。

杰西卡犹豫片刻，拨电话。

杰西卡：喂？文凯？我是杰西卡。……我想告诉你，芦荟茶做好了。明天我们一起吃饭好吗？

81. 文凯家，内，夜

文凯苦笑一下。

文凯：对不起，我可能没空。我要去找工作。

82. 杰西卡家，内，夜

杰西卡：啊，是这样。那好吧，我先放在冰箱里，等周末有空再说了。嗯，再见。

杰西卡和文凯之间变得很客气，她有些失落地挂上了电话。

杰西卡又想想，拨通了苏平的手机。

杰西卡：喂，苏平？我想问你一件事，你那里需要工程师吗？

83. 苏平办公室，内，日

一间气派的办公室，秘书领着文凯走进来。

秘书：苏总请您稍等片刻。

秘书关上门离开，文凯好奇地走到窗边看风景。

落地玻璃窗前，整个城市好像都在脚下。

身后门响，苏平走了进来。

苏平：文凯？

文凯点头：您好。

苏平：坐吧。（看表）我只有五分钟时间，就不寒暄了。我叫秘书查了一下，你的学历和履历我都很满意，你愿意到我们公司来上班吗？我想委派你做工程部的副主任，试用期三个月，月薪一万八千。

文凯有些不相信自己的耳朵。

苏平：回去考虑一下，尽快给我答复。

文凯：苏总，谢谢你。

苏平：没关系。

文凯：不过我很好奇，你们是怎么知道我的呢？是猎头公司？

苏平笑：猎头公司只会对高层的人感兴趣。是我女朋友托我的。

文凯：你女朋友？

苏平：对啊，杰西卡。

文凯一下愣住了。

84. 杰西卡家，内，夜

杰西卡在熨衬衣，电话响了，杰西卡把熨斗放好，跳起来坐在沙发上，接听。

杰西卡：喂？

85. 文凯家，内，夜

文凯冷冷地：喂？我是文凯。

86. 杰西卡家，内，夜

杰西卡：真巧，我刚想给你打电话呢。

87. 文凯家，内，夜

文凯：给我打电话干什么？炫耀你找了个大款？可以来怜悯我了？叫你男朋友赏我一个工作？

88. 杰西卡家，内，夜

杰西卡愣住了，不知道文凯的火气为什么这么大。

杰西卡：文凯，你怎么了，你别误会啊，我是真心想帮助你，何况你有这个能力。

89. 文凯家，内，夜

文凯：我不需要你的帮助！我能靠我自己吃饭，我不要别人廉价的同情。

文凯听着对面没有声音的话筒，平静了一下自己。

文凯：对不起，请你转告你男朋友，谢谢他的好意。也祝贺你，终于找到了如意郎君。再见。

文凯挂上了电话。

90. 杰西卡家，内，夜

杰西卡举着话筒，听着挂断的忙音，半天没动。

91. 餐厅，内，午

露茜和杰西卡面对面吃饭，杰西卡吃得很慢。

露茜：怎么了？难得你这么淑女。

杰西卡笑笑。

露茜：看来只有爱情才能改变人啊。怎么样，激动吧？真没想到你啊，一直嫁不出去，原来在等着当太太呢。

杰西卡：你可真够三八的。

露茜：飞上枝头变凤凰。也不枉我多年在你身上的苦心啊。

杰西卡叹气：露茜，为什么我天天盼着谈恋爱，真的谈了，好像也没想象的那么幸福呢？

露茜：你少装酷。

杰西卡：真的。

露茜：你不喜欢他？

杰西卡：……喜欢吧，我想应该是喜欢的。

露茜：你呀，一把年纪了，还指望要死要活的爱？能嫁成这样就是上上大吉了，看来攀岩还有好处啊，至少能攀岩的人都是有钱人。

杰西卡：露茜！拜托你正常一点好不好？

露茜：是你在不正常嘛。你可要好好打起精神来，殷勤点，别让这到嘴的鸭子又飞了。你已经三十了，大姐！

杰西卡愁苦地看着露茜。

露茜：这次你再嫁不出去，你这辈子就泡汤了。对他好一点，抓住他的心！

杰西卡：怎么抓？

露茜：你可真笨！明天不是周末吗？你们总要约会吧？你就做贤惠状，买菜，到他家做饭去嘛。你不是还学过三级厨师班吗？养兵千日，用兵一时！要抓住男人的心，就先抓住他的胃！

92. 菜市场，外，晨

杰西卡在买菜，买了鱼、虾和几样蔬菜。

93. 杰西卡家，内，晨

杰西卡对着镜子仔细地化妆，换衣服。

杰西卡对一身白的自己不满意，又换上一身黑。

杰西卡还是不满意，又换上一身牛仔服。

床上已经堆了一堆的衣服。还不停地有衣服扔过来。

杰西卡整个人都快埋进了衣柜里。

94. 苏平家门口，外，晨

杰西卡最后还是穿着刚才买菜的衣服，提着各种菜，有些忐忑地按响了门铃。

一个女人的声音：找谁？

杰西卡：啊，请问苏平住在这里吗？

门开了，一个穿着睡衣面容姣好的女人站在门里，是露茜。

杰西卡愣了。

苏平：谁找我？

苏平穿着睡衣，睡眼惺忪地走出来，看见杰西卡，一怔。

杰西卡傻站着，自己的小包掉了，她也浑然不觉。半晌，她勉强笑笑，回头就走。

95. 小区，外，日

杰西卡行色匆匆，露茜追了上来。

露茜：杰西卡，你的包！

杰西卡站住。

露茜：我不知道你们好，真的。

杰西卡笑笑，又走。

露茜：其实我已经和他分手了，真的。

杰西卡：这是你的事。

露茜急得快哭出来了：其实我觉得你们挺合适的，真的，以前我还想给你们介绍的，可是你不要，去年秋天我说要给你介绍一个成功男士，你不肯去见，假清高，还说成功男士都是白痴。

杰西卡：露茜，快回去吧。

露茜：我真的不是故意想伤害你。

杰西卡：你已经伤害到我了。

露茜也火了：你不相信拉倒！反正我也要走了，告诉你，我已经跟我老公办加拿大移民了，本来想明天到公司告诉你的，现在我决定明天也不用再去单位了，好让你眼不见心净！

96. 小区垃圾站，外，日

杰西卡狠狠地将手里的菜扔进垃圾箱。

97. 杰西卡家，内，日

杰西卡发泄地将两只鞋子踢上了天，又暴打沙发坐垫，最后狠狠地拨电话。

杰西卡：喂？我是杰西卡！……你，你找到工作了吗？

杰西卡说着说着，变成了哭腔。

98. 文凯家，内，日

文凯睡眼惺忪地在接杰西卡的电话。

文凯：找到了，下礼拜就上班……出什么事了？……你别哭啊……你哭什么啊……你等着，我这就过来。

99. 杰西卡家，内，日

杰西卡坐在床上，已经哭得一塌糊涂，文凯在沙发上无奈地看着她。

杰西卡不停地抽着餐巾纸擦眼泪，地上已经一堆废纸了。

杰西卡又抽，盒子空了。随手把盒子一扔。

文凯起身，又找了一盒新的递给杰西卡。

杰西卡越想越伤心。越哭越伤心。

文凯：行了，你这么哭也没用啊，要不要我去帮你打他一顿？

杰西卡抽噎着：……他练攀岩的……你打不过他……

文凯：那你就更别哭了。

杰西卡也哭累了，渐渐停了下来。

杰西卡：文凯，我真不明白，人家都说爱情是洋葱，剥啊剥，总有一片会流眼泪，可我为什么剥每一片都流泪呢？

杰西卡又要哭了。

文凯：拜托你了，不是失恋都要这么难过的吧？

杰西卡：你当然不难过了，你又不知道这滋味。

文凯：我怎么不知道？我和小梨也分手了。

杰西卡想了想，将手里的纸巾盒递给文凯。

杰西卡：你要不要哭？

文凯：我才不哭呢，告诉你，如果一个人不珍惜你，你就根本不要伤心，否则就是对自己的惩罚。

杰西卡：你说得倒简单，你这么年轻，当然会有大把的女孩子等你，可我呢？人老珠黄，徐娘半老，受一次打击就老好多……

文凯：那你就多哭哭，脸上的皮肤会越来越滋润的。

杰西卡立刻不哭了。

文凯：能为感情哭就是奢侈啦，如果你像我这样，要为下个月的房租哭的

话，保证炼成铁石心肠了。

杰西卡叹气，站了起来。

杰西卡：你知道吗，我从小时候起，就最爱做结婚的游戏了，我总以为，一长大，就会有个白马王子拿着玫瑰来向我求婚……

文凯有些想笑。

杰西卡认真地说下去。

杰西卡：他说嫁给我吧，我就笑，但是不说话，等他着急了，再问我的时候，我就说，好吧。可是我们要相爱一辈子，永远不分开……这世界上，真的有好多诱惑，可我总想有干净的婚姻，为了自己爱的人，就是走到天涯海角，多穷我也愿意……

杰西卡失落地摇头。

杰西卡：没有，没有这样的男人，文凯，我这人三十岁了还这么愚蠢，真是活该。

文凯看着杰西卡，眼睛里渐渐浮出了柔情，他想说什么，但犹豫着开不了口。

杰西卡长叹一声，利索地站了起来。

杰西卡：好了，我好了。陪我去楼下麦当劳吃饭行吗？我好饿。

100. 快餐厅，内，日

杰西卡和文凯面对面坐着在吃饭，文凯又在念短信给她听。

文凯：当今三大惹不起：喝酒不吃菜的，光脖子扎领带的，骑自行车八十迈的。

杰西卡笑。

文凯：当代四大傻：恋爱不成上吊的，没病没灾吃药的，合同签完无效的，看着短信傻笑的！哎，杰西卡，你一下占了三大傻呀，你看，恋爱不成上吊，看着短信傻笑，没病没灾还吃药。

杰西卡不干了：我吃什么药了？

文凯：芦荟啊。

杰西卡：哎呀，我做好的芦荟茶，忘记给你了。等会你上楼拿吧。

101. 路边，外，日

杰西卡和文凯一起走了出来，文凯忽然看见路边有个卖花的小店。

文凯：……杰西卡，你等我一会好吗？我去买样东西。

102. 花店，内，日

文凯急匆匆地走了进去，向卖花的小姑娘招呼着。

文凯：我要一束红玫瑰。

小姑娘：对不起先生，今天的玫瑰卖完了。

文凯一愣：卖完了？今天又不是情人节。

小姑娘：真的，刚才有个先生把所有的玫瑰都买走了。哦，还有一些挑剩下的，喏。

文凯无奈地走过去，在几朵品相不太好的玫瑰里挑了一枝。然后用自己外衣裹住，从外面看不出来。

103. 路边，外，日

杰西卡给自己买了个冰激淋，吃得很高兴。

文凯有些紧张地走了过来。

杰西卡没心没肺地认真吃冰激淋，也不看文凯一眼。

杰西卡：买什么啊，这么长时间。

文凯：啊，没什么。

两人并肩走回小区。

文凯鼓足了勇气。

文凯：你知道小梨她为什么离开我吗？

杰西卡：不知道啊。我怎么会知道。

文凯：……她说，她说我喜欢的是你。

文凯红着脸说完这句话，几乎是屏住了呼吸，等待着杰西卡的回答。

杰西卡诧异地看着文凯，嘴张得很大。

文凯紧张地等待着。

杰西卡忽然没心没肺地哈哈大笑起来。笑得简直喘不过气。

文凯恼羞成怒：你笑什么？

杰西卡笑够了，擦擦眼泪。

杰西卡：哎呀，小梨可真是幽默啊，连分手都能开这么大的玩笑。

文凯真的生气了，他瞪着杰西卡。

文凯：你真觉得有这么可笑吗？

杰西卡大大咧咧地：当然了，难道你不觉得可笑吗？你喜欢我，这怎么可能，她是不是看多了电视里的姐弟恋啊？我觉得我们都差不多母子恋了。

文凯脸都气青了。他看着杰西卡，一字一顿地。

文凯：杰西卡，你是个混蛋。

杰西卡被骂傻了，文凯转身就走。

杰西卡百思不得其解的样子，看着文凯走了。

104. 杰西卡家楼道，内，日

杰西卡闷闷地出了电梯，忽然，她看见自家门口站着苏平。

杰西卡一愣。

苏平：……我等你半天了。

杰西卡冷冷地：有事？

苏平：杰西卡，我对你是真心的。

杰西卡冷笑一声。

苏平：一个三十八岁的男人，你不能指望我一直守身如玉吧？但是我自从认识了你，就在了断我以前的一切。露茜是我以前的女朋友，自从认识了你，我就和她分手了。她昨天晚上来收拾东西……我对不起你的是，不应该答应她再住一晚上。

杰西卡：我不想听这些，你让开吧。我要进去。

苏平：你的钥匙包落在我家门口了……

杰西卡：我有备用的，你不用专程送回来。

杰西卡一边没好气地说，一边从门框上摸出自己的钥匙开门。

苏平：对不起，我开了你的门。……放了些东西进去。

推开门的杰西卡傻了，她小小的房间里，除开玫瑰，还是玫瑰，到处都是玫瑰。

苏平：我买下了你家附近所有的玫瑰……一共九百九十九朵。杰西卡，我爱你。

杰西卡傻在了那里。

105. 杰西卡家楼下，外，日

文凯又走了回来，他看看自己手里那一朵玫瑰，深呼吸一口，走进了大楼。

106. 杰西卡家门外，外，日

电梯门打开了，文凯正准备走出来，他一眼就看见了开着的房门，站着的苏平和杰西卡，还有那满满一房间的玫瑰。

　　文凯站住了，他没有动。

　　电梯门静静地关上了。

107. 杰西卡家楼下，外，日

　　文凯走了出来，在一个垃圾桶前，他把这朵玫瑰撕碎了，扔了进去。然后，头也不回地走了。

108. 杰西卡家，内，夜

　　杰西卡在一屋子的玫瑰花里，默默拨通了电话。

　　电话通了，杰西卡半天没说话。

109. 文凯家，内，夜

　　文凯：喂？……

110. 杰西卡家，内，夜

　　杰西卡：文凯？……我是杰西卡。

　　沉默。

　　杰西卡：我……可能要结婚了。

111. 文凯家，内，夜

　　文凯：是吗？祝贺你。……你跟他说了你从小就想说的话吗？

112. 杰西卡家，内，夜

　　杰西卡：……没有，事到临头，我全忘了。……我好像根本没有想象中那么幸福，不过，把自己嫁出去，总是一件好事吧？

113. 文凯家，内，夜

　　文凯：对，当然是好事。

　　沉默。

　　文凯叹息了一声：祝贺你……再见。

　　文凯默默放下了话筒，他怔了很久很久，忽然，他像疯子一样跑了出去。

114. 街道，外，夜

文凯拼命地跑着。

115. 杰西卡家，内，夜

杰西卡在床上坐着，默默地发呆。

忽然，门被敲响，她站起来把门打开，她愣住了，气喘吁吁的文凯站在那里。

杰西卡喃喃地：你怎么来了？

文凯定定地看着她，忽然捧起她的手，在她无名指上绑着一根线。

杰西卡不解地看着他的动作。

文凯深吸了一口气，从自己手上取下一个戒指。

文凯：这个戒指是我为你做的，上面的花纹是芦荟。

文凯将戒指放在线的那头，轻轻一拉。

特写，戒指顺着线慢慢飞向杰西卡的手指。

戒指戴在了杰西卡的无名指上。

杰西卡愣住了。

两人久久对视着。

半晌，杰西卡清醒过来，退后了一步。

文凯：我爱你。

杰西卡：不……文凯，有好多事情，在开始的时候，就已经是不可能的了。所以……

杰西卡不知道该怎么说下去。

文凯固执地：我爱你。

杰西卡：可我们差了七岁，再过几年，我就更老了，我们……

文凯：明天我再来看你，如果戴着这个戒指，就是接受了我，如果你没戴，那就是拒绝了我，好吗？

杰西卡不由自主地点点头。

116. 晨曦中美丽的上海外景

117. 杰西卡家，内，晨

杰西卡乱成了一团的被子，都掉到了地上，她明显是一夜没睡，从床上爬起，她愣了半天，拉开了窗帘。

晨光一下照射了进来。

杰西卡不适应地眯着眼睛。

半响，她从枕头边拿起文凯送给她的戒指。她像是下了很大的决心，又像是深思熟虑，她找出一根红线，将戒指珍惜地穿在了上面，戴在胸口，她微笑了。

敲门声响起，杰西卡惊叫了一声，旋风般冲进卫生间洗漱，又冲出来随便堆了堆被子，还顾不上换下睡衣，径直开了门。

杰西卡：文凯……

她愣住了，是捧了一束鲜花的苏平。

苏平微笑着：上班前路过你这里，想你了。

杰西卡愣了一会，下定了决心：本来我今天也想给你打电话的，苏平，对不起，我想……

苏平将花瓶里的残花拿出，重新灌水，放上新鲜的花。

苏平：我知道你想说什么，不适应，没有思想准备，是不是？没关系，我可以等。

杰西卡：不是这么回事……

敲门声又响了起来，杰西卡刚想开门，离门近的苏平径直走过去开了门。

文凯愣在了那里，他看看穿睡衣的杰西卡，看看苏平，脸上迅速地黯淡了下来。

杰西卡不知道该说什么。

苏平温和地：你好。

文凯机械地跟他握了握手。

苏平微笑着：我们准备结婚了，到时候你一定要来参加婚礼啊。

杰西卡：苏平！……

文凯看了看杰西卡的手，光光的手指刺痛了他，他神经质地笑了笑。

文凯：是这样，恭喜你们。婚礼我一定会来。

文凯转身离去。

杰西卡愣了片刻：文凯！

她跑向门口，想去追他，却被苏平拽住了。

苏平温和地：你还穿着睡衣呢。理智一些，好吗？

杰西卡挣脱了苏平，跑了出去。

118. 杰西卡家楼下，外，日

杰西卡追上了文凯。

杰西卡：你听我说……

文凯：我看见的就够了！

杰西卡：你不要这么盲目这么冲动行吗？你听我说……

文凯：我不想听！我知道他比我强，我配不上你！（文凯越说越气）他什么都有，而我除开对你的感情一无所有！而你，你其实已经做了自己的选择了！

杰西卡：是的，我是已经做了选择……

文凯咆哮着：那你还找我干什么？让开，我讨厌你！

文凯头也不回地走了。

杰西卡的眼泪夺眶而出。

119. 杰西卡家，内，日

一个晴朗的白天，杰西卡的父母正和苏平坐在一起，热火朝天地讨论着婚事。

杰母：不行，二十桌肯定不行，光我们家的亲戚，就要二十桌了！

苏平：好吧，那就三十桌。

杰西卡站在阳台上，漠不关心的样子，晒着芦荟茶。

杰父：囡囡啊，快进来呀，你看三十桌够不够？

杰西卡走了进去。

杰西卡：随便你们好了。

杰西卡为自己泡了一杯芦荟茶。

杰母不满地：怎么叫随便我们啦？又不是我们结婚！哎呀，你怎么又喝这个东西。

杰西卡：苏平，你要喝一点吗？

苏平：什么？

杰西卡：芦荟茶，清火的。

苏平微笑着：苦吗？

杰西卡：嗯。

苏平：不要。我不喜欢。

杰西卡：哦。

杰西卡低头，默默地开始剪刺。什么都不说了。

120．商店，内，日

杰西卡和苏平大包小包地提着结婚用品，在商店里转着。

杰西卡有些累了，她一转身，忽然，愣住了。

她看见了文凯。

几乎是同时，文凯看见了他们，也愣住了。

苏平也看见了文凯。他上前一步，微笑着冲文凯招呼。

苏平：你好。

文凯：你好。

文凯打量他们一下。

文凯：买结婚用品？

苏平热情地：是啊，下个月就结婚，你说好了来的啊。

文凯：……哦，好啊。

苏平的电话响了，他做个手势，走到一边去接电话。

杰西卡和文凯相对无语。

文凯没话找话地：……你气色很好。

杰西卡：是，你也很好。

两人对视，又掉开眼光。

杰西卡从自己包里拿出一包芦荟茶，递给文凯。

杰西卡：……我一直想着，可能哪天会碰到你，所以一直放在包里……都

有点干了。

文凯一阵心酸，接了过来。低低地说了声谢谢。

杰西卡又愣了片刻，从自己脖子上拽出那根红线，摘下，上面还挂着那个戒指。

杰西卡：这个，我也应该还给你。

文凯机械地接过，呆住了：……你戴在脖子里？

杰西卡苦笑着：我怕丢了。

文凯苦涩地：你一直戴着？

杰西卡默默地点点头：是。自己也觉得自己很傻……

文凯不可思议地摇着头：我……那天我看你手上没有，我还以为你把它扔了……你为什么不告诉我你戴在脖子里？

杰西卡苦笑着：这已经不重要了，是吗？

苏平走了回来。

苏平：走吧杰西卡，还要去试一下衣服。

大家笑着告别。

杰西卡跟在苏平身后，默默走出了商店。

文凯目送着杰西卡远去。

文凯快步上楼，登高眺望杰西卡。

杰西卡：刚才谁的电话？

苏平迟疑：一个朋友？

杰西卡：男朋友还是女朋友？

苏平惊慌：不算什么朋友，就是个熟人。

杰西卡看着苏平。

苏平：是露茜。她说她离婚了，没什么，就问我现在好不好？

杰西卡看着苏平。

苏平：别误会，我跟她说我们快结婚了。杰西卡，相信我，我是不会再回到她那儿去了，我爱你！

苏平一把抱住杰西卡，欲行强吻。

远处的文凯见到此幕心痛如割，忽然大叫了起来：杰西卡！

杰西卡愣住了，她深吸了一口气，没有回头。

文凯：我爱你！杰西卡！

杰西卡忽然拉住苏平，快步走向门口，到了门口，她却又站住了，半晌，她忽然将手里所有的东西塞给苏平，自己转身向文凯走去……

文凯疾步跑下楼梯。

文凯一步步走来……

两人对视的眼睛……

就在差一步的地方，杰西卡站住了，他们对视着，犹豫着，不知道是应该前进，还是退后……

（全剧终）

春 蚕

编剧：何晴
导演：朱枫
主要演员：李心敏、赵锦焘、李姝、冯果

　　《春蚕》改编自茅盾先生的同名小说，描写20世纪30年代的浙江农村，清明后，老通宝一家饭都吃不上了，他借了二十块大洋买最好的余杭蚕种，指望能有好收成。他们用尽了所有气力，奋斗、挣扎，最后却仍然因为蚕行不收蚕，希望破灭，老通宝一病不起。儿子阿多带着最后的希望去了上海……

1. 老通宝家场院，外，日

　　三四只鸡在觅食。

2. 老通宝家灶间，内，日

　　脸色憔悴，蓬松着头发的四大娘蹲在泥灶前吹火，头脸几乎要钻进灶门里去，一股劲地在呼呼地吹。

　　白烟弥漫了一屋子，又从屋前屋后钻了出去。

　　隔壁传来了咳嗽声。

3. 老通宝家客堂，内，日

　　老通宝正在虔诚地烧香拜菩萨，被灶间的烟呛得咳了起来。

　　老通宝：怎么弄的？做顿饭做得像放火似的。

4. 老通宝家灶间，内，日

四大娘没有回答，又加了几根桑梗在灶里，茅草燃旺了。四大娘这才抬起头来，已是熏得满脸泪水。

老通宝进来看了一眼。

老通宝：柴又没了？

四大娘没搭理公公，抹了一把眼泪。

老通宝叹了一口气朝外走去。

十二三岁的小宝冲了进来，和老通宝差点撞了个满怀，被老通宝一把抓住胳膊。

老通宝：小宝，你跑什么？

小宝挣脱爷爷，冲进了厨房。

小宝：我肚子饿了，娘，今天吃什么？

锅盖边冒出了白的蒸汽，小宝要去揭锅盖，手被四大娘打了一巴掌。小宝又凑到锅边去闻一会儿，撅起了嘴巴。

小宝：又是南瓜，怎么老是南瓜当饭吃！我要——我想吃白米饭呢！

四大娘猛地抽出一条桑梗来，做出要打小宝的样子。

小宝哭了起来。

老通宝又转了进来：你打孩子干什么？

四大娘终于只在地上鞭了一下，随手把桑梗折断，别转脸去对了灶门不说话。

老通宝抖簌簌地摸着小宝的头。叹了口气，从门后拿出一堆编好的竹器。

老通宝：小宝，爷爷带你去镇上。

小宝立刻破涕为笑。

5. 老通宝家门口场院，外，日

阿多伸着懒腰走了进来。

小宝：阿多。

阿多：叫阿叔！

小宝：我跟爷爷去镇上卖竹器。

阿多叫了起来：哎，这竹器我是等土根回来带到上海去卖的！

老通宝没好气地：土根猴年马月才回来！

阿多：那我哪天可以自己去上海卖啊。

老通宝顿时气不打一处来：你天天上海上海，上海是你去得了的地方吗？家里揭不开锅了！

6. 村里／田野，外，日

老通宝带了一堆自编的竹器，领着小宝走着。

太阳照散了田野上的雾气。田地里还是干硬的石块，只有密密麻麻的桑树，枝桠顶部已经簇生了嫩叶。

老通宝停了下来，望着那一片桑林。

小宝：阿爷！快走啊。

老通宝指着桑树给小宝看：才刚"清明"，桑叶尖儿就抽得小指头儿似的，今年的蚕花，光景是好年成。

小宝跳起来拍着手唱道：清明削口，看蚕姑姑拍手！

老通宝的皱脸上露出极其欣喜的笑容来了。他觉得这是一个好兆头。

老通宝：走，我们去桑田里看看。

小宝拽着老通宝走：爷爷，我们赶紧去镇上吧，路过小岸村我还要看火车呢！

老通宝：火车有什么好看的！

小宝：火车好看，阿多说火车是去上海的。

老通宝火了：少听你叔叔放屁，上海，上海，一说到上海就像丢了魂一样，上海是我们乡下人去得了的地方吗？

小宝：荷花姑姑就去过上海的，她身上好香。

老通宝怒瞪小宝：香个屁！那是白虎星身上的骚气。

小宝：啥叫骚气？

7. 村口小庙，外，日

一张青年女子虔诚的脸，她就是荷花。是个清秀的女子，一脸的愁容。

寡妇荷花在祷祝。

8. 田埂／村里，外，日

老通宝和小宝走着，遇见了荷花。

荷花打招呼：通宝叔。

小宝：荷花姑姑。

老通宝虎着脸一把扯过小宝，径直向前走去。

9. 村口黄道士家场院，外，日

黄道士和女儿六宝在场院里忙活，看见老通宝和小宝，就跟老通宝打招呼。

黄道士：老通宝，是带小宝去镇上吧？

老通宝支吾着，小宝奇怪地瞪大眼睛。

小宝：你怎么知道？

黄道士：我黄道士掐指算出来的！家里又揭不开锅了吧？

老通宝故意把话岔开：六宝，昨天小宝的娘给你织了块布。

六宝红着脸：让四大娘留给小宝吧。

老通宝：福庆，回来我再到你这里坐。

望着老通宝远去的背影，黄道士不满地嘟囔起来。

黄道士：六宝，见老通宝你也不叫一声，迟早是他家的人。这个老通宝也是，讨媳妇，该什么规矩就什么规矩。一块布算怎么回事。

10. 江南乡镇集市，外，日

20世纪30年代初的江南乡镇，日光照在青石板路上，映着青苔。

老通宝把自编的竹器交到竹器店。

竹器店伙计打量了一下，伸出三个手指。

老通宝：才这么点？

伙计：生意不好做啊。

老通宝无奈地拿过几个铜板。

街角处，一个小贩在卖糖人，小宝眼睛发直，蹲下来看，不肯走。

小贩热情地兜着：来一个吧？小弟弟？

老通宝拉小宝走：这个没意思！爷爷给你买大饼吃！

小宝：我不要大饼，我要糖人！

老通宝拉不走小宝，有些火了，伸手要打，小宝挣扎着叫了起来。

小宝：我就要糖人！要糖人！

老通宝终于憋红了脸，接着就生气了，他粗声大气地叫了起来。

老通宝：昏掉了！家里等着量米吃，哪有钱买糖人！

小宝哭了：我要糖人，要嘛。

身后传来一个声音：好，我给你买！

祖孙俩一回头，一个五十多岁的镇上人打扮的男子。小宝的外公，张财发。

小宝扑了过去：外公！

老通宝有些尴尬：财发！

张财发：小宝，要关公还是孙悟空？

小宝擦着眼泪：要猪八戒！猪八戒胖，可以多吃一口。

11. 茶馆，内，日

老通宝：财发，你在这里帮陈老爷收账？

张财发落拓地一笑：哪里收得转哟，都说生意做不出，一年一年亏空……唉！阿四有信来吗？

老通宝摇摇头：还是去年秋收的时候托人带过话，说部队要往南开。说不定要和东洋鬼子大干一场。又说不一定，如果讲和了，部队就往北开。真搞不懂那些将爷大帅怎么想的。

张财发：家里还好吧？

老通宝万分愁苦地"咳"了一声，声音低了下去。

老通宝：家里吃了半个月的南瓜……小宝天天叫饿……

一边地上，小宝还在玩那个糖人猪八戒。

张财发无奈地苦着脸：那……家里称点米你带下去。

老通宝不知所措地：亲家，我是想托你做中人，向陈老爷借点钱……

张财发的脸更苦了：亲家，上次借的钱你还不出，还是我家老太婆心疼女儿帮还上的，我家也撑不起啊，阿九还要娶亲……

老通宝羞愧无地：我还，一定还的！我是想借钱买蚕种呐……今年还不到清明，桑叶就抽条了，一定好年成的！等赚到钱，我还的！

张财发摇头叹着气：唉，小宝的外婆天天说想他，把他放到我家里。我陪你去陈老爷家跑一趟吧。

12. 陈家药铺，内，日

老通宝坐在药铺里，忐忑不安地等着。

张财发唯唯诺诺地陪着陈家少爷走了进来。

陈家少爷不耐烦地：财发，你老管家了，你自家说，今年你收了多少账回来？还来借钱？亏你开得出口。

张财发擦着汗水，老通宝恨不得地上有条缝让他钻进去。

张财发低声下气地：少爷，老通宝的爹和老太爷……

陈少爷挥挥手：行了行了，是一起从长毛营盘里逃出来的，可那是咸丰年间的事啦，拿二十块走，就算我看在祖宗的面子上。

老通宝赶紧点头。

陈少爷：两个月还，二分半息。

老通宝一哆嗦：二分半息？

陈少爷瞪眼：不要更好啊。

老通宝：要，要。多谢陈家少爷。

13. 江南田野，外，黄昏

夕阳照在广阔的江南田野上，似乎浮起一层薄薄的雾。

老通宝拉着小宝走在回乡的路上。

14. 老通宝家，内，夜

月光很亮，照着老通宝家小小的院落，穷困，但是收拾得很干净，整齐，一看就是在精心地过农家的日子，虽是败落了，但并没有丧失振兴家业的信心。

阿多在编着一个竹篮，四大娘和小宝都规矩坐着，等老通宝讲话。

老通宝终于吸完了这一管旱烟，他咳嗽一声，把烟管敲敲干净。

老通宝：去年秋收年成不错，可辛苦了那么久，还是欠债！

阿多笑嘻嘻地：我老早叫你不要做的！

老通宝眼睛一瞪，又被儿子惹火了。

四大娘急忙捅捅弟弟，叫他不要多嘴。

老通宝：今天到镇上，小宝的外公做中，找陈少爷借到二十块钱，二分半的月息，两个月要还的。借的钱明天就去买蚕种！买五张布子！

四大娘急切地：小宝他爷爷，我们都买洋种吧！

老通宝：不行！洋人的东西都是骗人的！买土种！

四大娘忍不住叫了起来：去年就是都买了土种才亏的呐！洋种的茧子一担贵十多块的！不然哪里要去借钱……

老通宝勃然大怒：世界真是越变越坏！过几年你们连桑叶都会要洋种吧！我活得厌了！

阿多咬着草秆冷笑：爹。我问你，你总是听见一个洋字就好像见了七世里的冤家，那洋钱呢，也是洋，你怎么倒又要了？！

生着闷气的四大娘一下笑了出来。

老通宝气得一口气上不来，大声咳嗽起来，小宝急忙过来帮爷爷捶。

阿多：去年种稻，我说田里放肥田粉，你说是洋货，死活不肯。结果怎么样？四百斤都没收上来！

老通宝：人有人运，地有地运。去年地气不好，是老天爷的权柄。

阿多：那为什么东头那块地就好呢？

老通宝：所以我说地有地运，东头那块运气好。

阿多：实话告诉你吧，那块地去年我偷偷洒了肥田粉，所以不一样。

老通宝：鬼扯！你哪来的钱买？

阿多：荷花去年多了半包，匀给我了。

老通宝勃然大怒：我说去年怎么收成不好，原来全是那个白虎星冲的！你再敢跟她有拉扯，我打死你这个忤逆！

15. 溪头，外，晨

阿多哼着戏的小调，挑着水桶开心地走来，却看见荷花在吃力地挑水，浇她自家的桑树地。

荷花又到溪边打水。有点跟跄，险些滑倒。

阿多出现在她面前，接过了她的水桶。

阿多：荷花！你自家力气小，就不要打这么满。

荷花抬起头：你说得倒容易，四亩桑地，我一个人要做到死。

阿多：走吧，我帮你。

荷花：我不要。你挑你自家的水吧。

阿多没有理她，径直打了水，朝田头走去。荷花只好跟上前去。

阿多和荷花刚走，六宝也提着水桶过来，远远看见他俩的背影，气得把脚边的石块踢到水里。

16. 老通宝家，内，日

四大娘已经把南瓜饭烧好，老通宝进来，看了眼锅，锅里的南瓜熟了，老通宝看那锅里的南瓜干干的，便到水缸里去舀水。

四大娘忙利索地铲起南瓜，不让老通宝加水。把锅边的锅巴铲掉，又盛一碗最浓的出来。

四大娘：不要加水！就我们几个，小宝爱吃干的。

老通宝：断粮也不是头一次了，你男人又不在家，过日子就靠嘴边俭省。两个南瓜兑上一锅子水，全家汤漉漉的多喝几碗也是一个饱。现在在借钱！还是找你爹当中人！

四大娘低声嘟囔着：小宝饿啊。

老通宝看看身边的小宝，他只好赌气给自己碗里加了许多水，坐到门槛上慢慢地喝着。

老通宝：小宝的娘！把柴房里养蚕的东西都拿出来吧，洗的洗，修的修，该忙起来了！（老通宝愁苦的脸上绽出了难得的笑意）桑叶这么好，蚕宝宝吃了变成了茧子，又变成洋钱……

四大娘和小宝的脸上也开始出现梦幻般的笑容。

老通宝：阿多挑水还没回来？等着他干活呢。

小宝：准是又看野景去了。

四大娘小心翼翼地：刚才六宝来，说阿多弟在帮荷花浇桑地。

老通宝大怒：混账！自家事情不做，去给寡妇浇水！看我不打断他腿！

四大娘：阿多和荷花一起长大，阿多看她可怜，帮她挑趟水，你也不要太生气。让他以后小心就是了。

老通宝：荷花可怜也是可怜，十六岁卖到上海给人当小，还是冲喜，没多久痨病男人就死了。再被大娘子赶回来，再嫁给村里根生，不到半年，根生也死了。当年荷花她爹嫌我家穷，不肯把荷花许给阿多，幸亏没做这门亲！

四大娘：爹。阿多是偏头，等下他回来，你不要动气，等我慢慢和他说。

老通宝：这个黄道士也是，推三阻四不肯让六宝早些过门。我看他就是嫌我家穷，还欠了债，想等收了蚕花再过来。这点小九九，我看得一清二楚。小宝的娘，那块布织好没有？

17. 村口过街桥，外，黄昏

黄家场院，黄道士坐着百无聊赖地抓身上的虱子。忽然，他注意到了什么，急忙走向门口。

门口，四大娘拿着自己织的土布正和六宝窃窃低语。

黄道士威严地一咳嗽。

六宝脸红了：爹，四大娘来了。

四大娘要把布给六宝，六宝看着爹的脸色，不敢接，跑了进去。

黄道士清清嗓子：阿四家的，拿回去吧。

四大娘有些着急：六宝和阿多的八字排过了，合的！

黄道士：你们倒是催得急。可总得按规矩来吧。

四大娘赔着笑：聘礼总是有的。

黄道士：看你家里揭不开锅的样子，能给什么？我家六宝现在过去，也太吃亏了。跟你爹说，索性收了蚕再看。我家养蚕，也少不了六宝。

四大娘无奈，只好离去。

黄道士回到屋里，六宝嘟着嘴，老大不满意的样子。

六宝：爹，你既然嫌阿多家里穷，又给我们换帖子做什么。

黄道士：你小孩子家不懂，我测了一字，阿多以后是将相的命！再说他们家有那几块桑地，你嫁过去吃不了亏。

六宝：那你这么对四大娘！

黄道士呵呵笑起来：是替婆家说话啊！真是女生外向！爹知道你喜欢阿多，放心。

六宝羞得跑出了门。

18. 小溪边，外，日

阳光下，难得的欢快场面。村里的女人和孩子都在溪水边忙碌着，虽然他们的脸色不那么健康，穿的也是破旧的衣服，但精神都很好，看着周围发出的嫩绿的桑叶，想着那"希望"，说笑声在飞扬着。

小宝帮四大娘洗着"团匾"，沾了水就特别沉，四大娘坐在石头上，撩起布衫的角擦脸上的汗水。

小溪对面，六宝隔着溪喊过来。

六宝：四阿嫂！

四大娘招呼着：六宝啊。

六宝：你们今年也养洋种吗？

四大娘浓眉一挺，好像要吵架似地嚷了起来。

四大娘：不要来问我！小宝的爷爷做主呢——死不肯啊。我家阿多头说了，洋的都不要，洋钱也不要好了！

女人们哄笑起来，只有荷花在边上闷声洗着自家的团匾。周围的女人都不怎么跟她说话。

阿多从对岸的稻场上走过，上了横在溪面上的小桥。

四大娘：阿多弟！过来帮着搬东西啊，这些团匾，湿了就像死狗一样重！

六宝看见了阿多，脸顿时红了起来，阿多笑眯眯地看着她。

四大娘：帮六宝搬啊！

阿多：六宝，要我帮你搬吗？

六宝顿时低了头，在溪水里拼命洗刷团匾，嘴角的笑却怎么也忍不住。

阿多走到嫂子身边，拿起五只团匾，湿漉漉地顶在头上，空着手，故意袅着腰，学镇上穿旗袍女人的样子走路。

女人们就都哈哈笑了起来。

阿多几步走到自家廊下，把东西放下，又回身来帮忙，从荷花身边走过，看着她面前那一堆团匾，帮她拿起几个。

荷花像受了惊吓一样，急忙推让起来，不小心倒把一个团匾碰到了溪水里。阿多跳下去帮她捡回来。

女人们脸上的表情奇怪起来。

六宝咬着嘴唇，脸上的笑意不见了。

荷花慌乱地：阿多，谢谢你。

阿多头嬉皮笑脸地：光谢谢就好了？叫一声好听的嘛！

阿多笑眯眯地走了。

边上李家妈笑了起来：荷花，叫他一声干儿子！

女人们又笑了起来，六宝愤愤地骂了一句。

六宝：白虎星！不要脸的！

荷花被激怒了，她一下回过头来。

荷花：骂哪一个？有本事，当面骂！不要躲！

六宝：你管我？棺材横头踢一角，死人肚里自得知！我就骂那不要脸的骚货！

荷花气得满脸通红，眼泪都要出来，李家妈看不过去。

李家妈：喂！大姑娘家不作兴的！

多事的小孩子们已经开始起哄了，溪两边互相泼着水，狂呼乱笑的。

19. 老通宝家院落，外，日

已经回来的阿多在院落看着，喝了口水，傻笑起来。

老通宝扛着一架"蚕台"从屋里出来，看见阿多笑着看溪边女人吵架，顿时气不打一处来。

老通宝咆哮着：你还空手看野景吗？去扎稻草！

阿多不满地嘟囔着。

老通宝眼睛血红地瞪住他：不要让我看见你又跟那个白虎星勾勾搭搭！我讲过多次，那女人是白虎星！——惹上她就要败家！你听到没有？！

阿多也嚷了起来：你天天叫我听你的话，你听到我的话没有？这年头不太平，养了蚕也是白辛苦一场！

老通宝暴跳如雷：放屁！我活了六十岁，反乱年头也经过好几个，从没见过绿油油的桑叶白养在树上等到成了枯叶去喂羊吃！

阿多还要争辩，老通宝放下蚕台冲过去，一把揪住阿多的耳朵。

四大娘和小宝拿着剩下的团匾回来。见此情况，四大娘急忙上前拉开。

阿多乘机往外跑出去。

老通宝：滚！今天罚掉你的饭！

小宝：阿爷！算了阿爷！

老通宝看见孙子，脸上表情平和了。

老通宝：看阿爷修蚕台！有几条给白蚂蚁蛀过了，怕不牢，须修补一下……

20. 稻场，外，日

阿多躺在草垛上，含着根稻草看着天空。

一只手伸过来，竟是两只烧饼。

阿多惊奇地抬头，是荷花。

荷花没有表情：吃吧。

阿多接过来大口吃了起来。

阿多：荷花！你别是妖精变的吧？你怎么知道我饿？我吃一个，带一个回去给小宝吃！

荷花还是没表情：吃了，求你一桩事情。

阿多：说吧！

荷花：你以后，不要再和我讲话！

荷花说完便走，阿多奇怪地愣了片刻，急忙跳下来追在后面。

阿多：喂！我哪里得罪你了吗？

荷花一下站住了：村里人人说我是白虎星！坏女人！你和我讲话，她们就骂得我更狠！你不要再和我讲话！

阿多怔怔地看着荷花。

阿多：你怕啥，以后谁骂你你告诉我，我帮你去骂他！

荷花噗嗤一笑：你还是老脾气改不了，小时候有人欺负我你就去塞人家烟囱。

阿多：你小时候讲话也乒乒乓乓的像开机关枪，可从上海回来后脾气就完全变了，天天愁眉苦脸的。

荷花：你不要再提上海的事了，那是我对不起你。

荷花眼睛红红的掉下几滴泪水。

阿多：那又不是你的错。我真要跟你打听打听上海的光景呢？听说上海就像外国一样，比外国还要好。

荷花：你也要去上海？

阿多：我随便问问。

阿多远远看见六宝来了。

阿多有点慌张：那是谁啊，是六宝吧。

荷花：我走了。

阿多：喔，哪天我来找你，你给我讲讲上海哦。

荷花：你别来找我，你千万别来，来了我也是不理你的。

荷花掉头飞奔走了。

不远处的树下，六宝站在那里，远远看见阿多和荷花，气得胸一鼓一鼓的。

阿多慢慢地走了过来，看见六宝，吓一跳。

阿多：咦！——六宝！

六宝眼睛里含愁带怨地看着他。将手里煮熟的芋头赌气似地塞给他。

六宝：喏——比不上别人的烧饼！

阿多笑了。

阿多：六宝！你很傻的！

六宝很吃阿多这一套，她的气立刻没有了。

六宝：阿多！你不要和她说话，她是白虎星，克男，克人的。

阿多火了：你还没来我家，倒已经管到老子头上了，你越管，我越和她讲话，我倒要看看她怎么来克我。

21. 村里，外，日

阳光照散了薄雾，老通宝兴冲冲地往家赶，他珍惜地捧着几张蚕种，似乎捧着全世界全部的希望。

黄道士：老通宝！买蚕种啦？

老通宝满脸的光彩，骄傲地停了下来。

老通宝：买了五张！四张土种，一张洋种——阿多和小宝的妈一定要的！

22. 老通宝家院落，外，日

老通宝在修补一架破旧的蚕台，阿多从外面回来，径直进了屋。

老通宝：哎！直进直出，没见我在弄蚕台？

阿多：这个破架子修了多少次了，我说干脆扔了算！

老通宝：屁！钱没赚回来，就晓得败家！

阿多：你老节省了一辈子，也没发家嘛。

老通宝火红的眼睛一直盯住了阿多的身体，直到阿多走进屋里去，看不见了，老通宝方才提过那"蚕台"来反复审视，慢慢地动手补。

小宝窜了出来，围着老通宝捣乱。

小宝：爷爷，你怎么还没修好？

老通宝：这点木匠生活，爷爷早年算个屁，老了，手指头没有劲。

他修了一会儿，抬起头来喘气。

老通宝：走，去看看屋里的蚕种。

四大娘就在廊檐口。她把那鹅黄色坚韧的纸儿糊得很平贴，然后又照品字式糊上三张小小的花纸。

小宝：娘，这花纸真好看，哪儿来的？

四大娘：那是跟"糊箪纸"一块儿买来的，这张印的花色是"聚宝盆"，那两张都是手执尖角旗的人儿骑在马上，那是"蚕花太子"。

老通宝望着屋里挂在竹竿上的三张蚕种，又看了一眼四大娘。

老通宝：哼，说我节省，去年你们为想省几百文钱，是买了旧报纸来糊"蚕箪"，报纸可是有学问的，上面有多少字啊。不惜字纸，所以去年蚕花能好吗？

四大娘：今年是特地全家少吃一餐饭，才省下钱来买的"糊箪纸"！

老通宝：少吃一顿饭饿不死人！

23. 黄道士家场院，外，日

黄道士喝着极其简单的酒，一盘蚕豆，一壶黄酒。

远远地看见老通宝来了，黄道士急忙招呼他坐下，让六宝添杯子。

黄道士："谷雨"节一天近一天了。"收蚕"的日子也快到喽。大家越来越忙，老兄弟们难得喝一口。

老通宝感叹着：是啊，我是日里夜里睡不着了，就等"布子"快显绿！

黄道士：村里二三十人家，谁家不是呢。这酒都没心思喝啊。

老兄弟们呵呵笑了起来。

24. 溪边，外，日

女人们在溪边洗衣服，匆忙地带着焦灼而快乐的口气互相传递消息。

六宝：我家快要"窝种"了呀！

四大娘：这么快？

李家妈：荷花说她家明天就要"窝"了！

六宝：她的话也好信？十句倒有八句乱讲！四大娘，你回去再看看，说不定你家的蚕种也有苗头了。

25. 老通宝家蚕房，内，日

四大娘回到家细看自家的五张"布子"。

小宝：蚕种变绿了吗？

四大娘没说话，拿到亮处去细看，也找不出几点"绿"来。

四大娘：我今天去阿根那里，他家也开始窝种了，我们的布子怎么一点绿影都不见呢？

老通宝走了进来，看着儿媳的脸色，勉强地宽慰。

老通宝：四大娘，你就先"窝"起来罢！这余杭种，作兴是慢一点的。

四大娘嘟起了嘴巴，嘟囔起来。

四大娘小声地：说了全买洋种的……还是我爹做中人借的钱……

老通宝哭丧着干皱的老脸，叹了口气，心里却觉得不妙。

阿多笑眯眯地从门口进来：难道今年就跟去年一样背吗？

老通宝怒：我说你说话怎么跟放屁似的，呸，呸呸！

26. 老通宝家灶间，内，黄昏

从窗户看出去，黄昏的村庄，炊烟袅袅。

四大娘忙着做晚饭。

四大娘到客堂抱柴，瞥见小宝正拿着蚕种布子，吓得惊叫起来。

四大娘：死小孩，快把蚕种放下，这是你动的东西吗？

小宝把蚕种举了起来。

小宝：娘，你看，蚕种变绿了！

四大娘赶忙抢过布子，再对着光细心看那"布子"时，真有几处转绿了！

四大娘：快，小宝，快去叫你爷爷，阿多，你们快来看！

大家急忙赶了过来，欣喜万分。

小宝嚷着还要看看，上前来抢，被老通宝拍了一掌。

老通宝：小孩子有什么好看，抢坏了蚕种我打烂你手，你要忙，赶紧跟我去拜菩萨磕头！

27. 村头庙里，外，日

老通宝和小宝拜完菩萨从庙里出来，迎面遇上了黄道士和六宝。

小宝笑眯眯地：婶娘。

六宝劈面给小宝一巴掌，小宝笑得咯咯的。

老通宝也笑，见黄道士脸色不好，不笑了。搭讪。

老通宝：老黄啊，窝蚕种了吧？

小宝抢着说：我家的蚕种全变绿了，我娘说，今晚就窝。

老通宝：今年我也豁出去了，进了一张洋种，虽说这洋种个大，但吃的桑叶也多啊。

黄道士：我看你家那几十棵桑树恐怕不够吃啊。

老通宝：要是蚕种张张都好，那桑叶肯定还得去买。

黄道士：我刚去镇上测了一个字，我给了测字先生一个"王"字，求问今年的蚕桑之事，那瞎子说，王字是三字多一，今年的青叶恐怕要贵到四洋！

老通宝神色黯然，叹了口气。

老通宝：我说你也是多事，要换了我就测一个"一"字，岂不方便。

28. 老通宝家，内，夜

夜晚，四大娘很小心地把那些布子贴肉揾在胸前，小宝爬上床，准备睡觉。

四大娘：小宝，今天窝种头一天，晚上你踢着娘就算了，别碰着蚕宝，小心犯了神明。

小宝打哈欠：娘，那我睡哪里去？

四大娘：这几天你跟你叔叔挤了睡去。

小宝撒娇：娘，我都已经快睡着了。

四大娘：去去去，快去！

四大娘连踹带轰地把小宝撵下了床。

29. 阿多房间，内，夜

小宝摸黑走到阿多房里。

小宝：阿多叔，娘让我跟你挤挤，说怕犯了神明坏了窝种。

没有回声，小宝上前摸了一把，没人。

小宝：叔叔还没野回来？！

30. 荷花家外，外，夜

阿多走在荷花家外，刚准备叫荷花，却看见灯忽然点亮了，阿多不由促狭心起，从窗缝里看进去。

31. 荷花家，内，夜

油灯下，荷花小心翼翼地脱下外衣，在胸口处贴着布子，年轻的荷花还是很美丽，脸上又带着圣洁庄重的神采。

32. 荷花家外，外，夜

阿多已经看傻了，心在扑通扑通跳着，想看，又觉得不该再看，正矛盾着，不小心撞了头。

里面，荷花警觉地吹熄了灯，喝叫着。

荷花：是谁？

荷花抓了剪刀冲出来。

阿多尴尬地：荷花，是我，是阿多。

荷花怒：你这么晚来我寡妇门前干什么？

阿多：我……我是来告诉你……

见阿多结巴着说不清，荷花更气了。

荷花：什么话不能白天说的！你走，走！

阿多：我真的是来告诉你的，我爹说黄道士测了字，今年桑叶可以到四元一担，你只看了一张布子，桑叶一定有多，你可以发一票了。

阿多说完，转身狼狈逃回。

33. 阿多房间，内，夜

小宝半夜睡醒，发现阿多已经在边上了。

小宝半梦半醒地：阿多，你回来了。

阿多嗯了一声。

小宝：你怎么不睡觉啊？想六宝姑姑了。

阿多喝了一声：睡你的觉！

月光下，阿多一直高兴的脸，竟然也有些发愁的样子。

夜里隐隐传来旷野中火车的声音。

小宝：阿多，你说上海到底是什么样子？

阿多：听土根回来讲，比镇上热闹一百倍。

小宝：土根在上海看过洋戏吗？

阿多：看过，没看过洋戏还算去过上海？

小宝：听说洋戏是在一张大白布上演的，可是我怎么也想不明白，人怎么能跑到白布上去唱戏呢？

阿多：我也不明白。

小宝：明天我去问荷花姑姑，她一定晓得。

阿多：嗯。

小宝：荷花姑姑身上好香的。

阿多：嗯。

小宝：爷爷说那是骚气，阿多，什么是骚气啊？骚气为啥这么好闻啊。

阿多：我跟你说了多少次了，别阿多阿多乱叫，叫阿叔！

34. 老通宝家，内，日

蚕房早已收拾好了。"窝种"的第二天，老通宝拿一个大蒜头涂上一些泥，放在蚕房的墙脚边。小宝在跑着玩耍。

老通宝：小宝，别瞎跑，仔细这里，撞着了神明，看我揍死你。

小宝：我知道，这是占卜，蒜叶长得多蚕花就好。

阿多：去年卜得真叫那个灵验。蒜叶细得像根猪毛，蚕花果然是一塌糊涂，今年要再……

老通宝怒斥：你就不能把你的那张臭嘴闭上！

阿多：我说今年蚕花一定好。可是想发财却是命里不曾来。

老通宝将笤帚朝阿多掷了过去，阿多躲开了。

35. 村里，外，日

现在这村里家家都在"窝种"了。稻场和小溪边顿时少了那些女人的踪迹。

小宝无聊地在稻场上转着，想找个朋友玩，却见不到什么人。

老通宝：小宝！在外面野什么，跟爷爷回家。

小宝嘟着嘴：怎么一个人都没有。

老通宝威严地：这是什么时候！发"戒严令"一般！即使平日是最好的，也不能往来；人客来冲了蚕神不是玩的！

小宝吐吐舌头。

老通宝：你也不许随便出去闯祸！走，回家了。

36. 老通宝家，内，日

老通宝边上香边嘀嘀咕咕。

老通宝：明天就是谷雨了，不知蚕种有没有动静，按说挨过了谷雨蚕种可以不用再窝了。

小宝：爷爷看看蒜头长叶了没有？

老通宝：大人的事小孩多什么嘴？

老通宝犹豫再三，决定还是察看一下蒜头，但一伸手刚要揭开遮挡的布帘，手又缩了回去。

老通宝：还是明天再看吧。

小宝：今天看，现在就看。

小宝手快，一下把掩着蒜头的布帘揭开了。

小宝：爷爷，你看！

蒜头上果然长出了绿叶！

老通宝：阿弥陀佛！快去叫你娘来！看看蚕种有没有动静。

不一会，四大娘兴冲冲从里屋出来了，手里拿着一张布子。

老通宝赶紧拿过布子，对着亮光细看。

布子上果然有些蚕种蠕蠕地动了。于是全家都激动起来。

小宝：嘿！大蒜头真灵！

老通宝：快把那几张蚕种也拿出来，别窝过头了，赶紧放蚕房里去！

四大娘也不避人，赶忙把其余几张布子也从胸口掏了出来，亮光下一照，果然张张都好。

大家都乐疯了。

老通宝吆喝起来：小宝，小宝，采野花去，香烛找出来，拜菩萨啦……

37. 田野，外，日

小宝在田里采着野花，看见了荷花。

小宝：荷花姑姑。

荷花很喜欢小孩：小宝，采花做什么？家里"收蚕"了？

小宝：嗯，我家五张布子都绿了！爷爷让我采点野花晚上供香烛用。看我都采了些什么花？

荷花：我家院里有牵牛花，好看极了，你来我家摘吧？

小宝：好啊。

小宝笑眯眯跟着荷花去了。

38. 荷花家，内，日

荷花和小宝坐在床边，荷花耐心地帮小宝理着野花，小宝在一边好奇地左看右看。

荷花把野花扎成一束，却找不到东西扎起来，想了想，打开角落的一口箱子。

小宝好奇地探头一看，叫了起来。

小宝：真好看！真好看！

荷花从箱子里拿出了一根红丝绳，还有一些洋画片，红红绿绿的。

荷花：都是从上海带回来的。

小宝从来没见过这些，眼睛发亮。爱不释手。

外面传来阿多的叫声：小宝，小宝。

荷花：你叔叔叫你，回家吧。

小宝却一溜烟跑出门：我叫阿多叔进来。

荷花怔了一下，来不及拽住小宝。

小宝拉着阿多进来了。

小宝：叔叔你看呀，都是从上海带来的呀，你看呀。

阿多的眼睛也发亮了。

荷花从箱子里拿出来一柄洋伞。

荷花苦笑一下：都是我那个死鬼男人家里的。我统共跟他不到两年，他就死了。大娘子把我赶回来，一分钱没给，就给了这些东西。

阿多同情地看着荷花。

小宝：荷花姑姑，上海的小孩子都玩这些吗？

阿多：荷花，你说像我这样的，能去上海吗？

荷花：有什么不能，我就老是想，什么时候我就又去了。原来我嫁的那一家，梳头姑姑啊，做粗活的啊，都是我们苏北人。

阿多眼睛在发亮：男人呢，男人能做什么？

荷花：剃头，澡堂里捶背，也有学生意的。

阿多：土根就在上海。

大家不说话了，翻看着这些上海带回来的东西。

39. 荷花家庭院外，外，日

阿多拉着小宝从荷花家出来。回头冲荷花告别。

不远处，六宝看见了这一幕，一下子愣了，一跺脚，就跑了。

40. 老通宝家，内，黄昏

老通宝已经拿出预先买来的香烛点起来，恭恭敬敬放在灶君神位前。

老通宝：终于"收蚕"的日子到了。老天保佑啊……哎，阿多和小宝摘野花，怎么还没有回来？

四大娘心神不定地走进来：六宝来说，看见他们在荷花家里……

老通宝的脸色一下就变了！

这时，阿多拉着小宝兴奋地走进来。

老通宝真像个疯子一样，冲了过去，把小宝手里的野花扔在地上，踩了个稀巴烂。

阿多：你做什么？这是要敬神的花呀！

老通宝一边扑打着阿多和小宝，一边毒骂着。

老通宝：我打死你们两个忤逆！知道是敬神的，还敢去白虎星家里！我拼着老命不要，打死你们，省得冲了蚕花姑姑啊……

老通宝哭天抢地，四大娘也气狠了，上前狠狠地拍打着小宝。

小宝哭着。

阿多心情烦极了，他没还手，任凭老通宝打着自己。

41. 溪边，外，晨

清晨，六宝挑着水桶出来，看见了在挑水的阿多。

六宝：阿多。

阿多不理她，挑了水就要走。

六宝急了：阿多！

阿多冷冷地瞪着她：做什么？

六宝：你……你……

阿多气愤地：我什么？现在时间还早，你还是再去我家里告状吧。

六宝眼圈红了：阿多，换帖子的是我和你呀。

阿多：我也没和她换帖子啊。

六宝：人家还不是为了你。

阿多不吭声，拿过六宝的水桶帮她打满了水。

六宝：你不要总去和她纠缠，你答应我。

阿多皱了皱眉头：你有完没完？

六宝：她是白虎星，克人的。

阿多哼了一声，又把六宝的水倒回了河里，走了。

六宝怔怔地看着阿多的背影。

42. 老通宝家，内，日

阿多挑着水进来，闷头倒进水缸。

四大娘拿着新摘的野花进来：阿多弟，到蚕房去，爹说还是要祭蚕花姑姑。

阿多不说话。也不动。

四大娘：爹昨天心口疼了一夜……你哥又不在家……

四大娘擦了把眼泪。

阿多叹口气，放下水桶，接过野花。

阿多：嫂嫂，我知道。你去烧饭吧，不是要饭锅热了才行吗。

蚕房，小宝帮着把灯芯草剪成细末子，又把采来的野花揉碎。

阿多默默给爹披上褂子。

老通宝看看儿子，叹了口气。

小宝：阿爷，为什么要祭蚕花姑姑啊？

老通宝：传了千年了！要这样蚕神才欢喜，才保佑今年年成好啊……

四大娘兴奋地冲了进来：饭锅上热气直冲上来了！

饭锅上水蒸气嘟嘟地直冲。

四大娘对着镜子，把"蚕花"和一对鹅毛插在发髻上。

老通宝已经拿着秤杆，阿多拿了那揉碎的野花片儿和灯芯草碎末。

四大娘揭开"布子"，就从阿多手里拿过那野花碎片和灯芯草末子撒在"布子"上，又接过老通宝手里的秤杆来，将"布子"挽在秤杆上，于是拔下发髻上的鹅毛在"布子"上轻轻儿拂；野花片，灯芯草末子，连同"乌娘"，都拂在那"蚕箪"里了。一张，两张，……都拂过了；待得要拂最后一张，老通宝发言了。

老通宝：这是洋种，收在另一个"蚕箪"里。

末了，四大娘又拔下发髻上那朵"蚕花"，跟鹅毛一块插在"蚕箪"的边儿上。

全家虔诚地祈祷着……

43. 空镜，雨

下雨了，雨中的田野，雨中的村庄，空寂无人。

44. 老通宝家，内，日，雨

老通宝心神不定，站起身往外走。

四大娘一边织着土布，一边劝老通宝。

四大娘：爹，又去村头拜菩萨啊，下雨天你腰腿疼，就少跑两趟吧。

老通宝：放心不下。

四大娘：有阿多在呢。

老通宝：阿多毛手毛脚的，我就更怕。

四大娘：你就歇歇吧，就在家里拜拜吧。

老通宝转了回来，对空拜了几拜，又去把大蒜头摸了出来，大蒜头上只有几根嫩芽，老通宝神情大变。

老通宝：不对啊，怎么不长蒜叶啊。难道又跟去年一样。

老通宝又颤巍巍走出门去。

四大娘无奈摇头。

45. 蚕房，内，日，雨

蚕宝宝在蚕箪里蠕动，样子非常强健。

老通宝欣慰地笑着。

老通宝自言自语：头眠，二眠虽然一直下雨，天比清明时还冷，不过今年的蚕宝宝就是越长越好。……可今年的蒜头怎么不准了呢。看了蒜头我还以为要坏事呢。

阿多：你不信眼皮底下的蚕宝宝，倒去信那个大蒜头，真是！

老通宝：那是祖宗传下来的法子，去年多灵！

阿多：那你还想像去年一样倒霉？回头我就把那个大蒜头扔了，大家清净！

老通宝：看我不拧烂你的嘴！

四大娘走了进来，笑眯眯地拿着那块土布。

四大娘：阿多，这块布又加了花，你拿去给六宝吧。

老通宝因为蚕好，腰杆也壮了许多，他威严地咳嗽一声。

老通宝：等收了蚕，就送聘礼，接六宝过门。

阿多愣了一下，不说话，手飞快地编着竹篮。

阿多茫然的眼睛，看着外面，春雨绵绵。

46. 田野，外，日

阿多挑着两担桑叶走在田埂上，小宝跟在一边。

六宝故意走过，阿多却还是不理她。

六宝伤心地看着阿多。

47. 荷花家，内，黄昏

荷花家，人孤影单，她正在没心思地吃饭，一碗粥，几筷子咸菜。吃得很没有心情。

门敲响了，荷花很惊讶。

荷花：是谁？

荷花开了门，竟是六宝。

荷花愣住了。

六宝：……荷花姐。

这一声叫得荷花眼圈都红了。

荷花：……六宝，你进来坐呀。

荷花把六宝拉了进来，手忙脚乱地收拾了桌子，又去泡茶。

六宝一眼看见了边上的蚕宝宝，荷花没有单用的蚕房。

六宝看着蚕宝宝发呆。

荷花端着一杯茶走了回来。

荷花：六宝，你吃茶。这还是根生在的时候从镇上买的，我没舍得吃。家里也从来没有人客来。

荷花受宠若惊的劲头多少让六宝觉得有些不好意思。

六宝：我没有什么事情，就是来看看……

荷花：……你能来看看就蛮好了，村里没有人肯来看我的。我爹娘一死，就没人再理睬我的。

六宝不知该说什么。

荷花：六宝，你什么时候过门啊？

六宝脸红了，放下茶就要走。

荷花：阿多很好的，别看老人都讲他好吃懒做，其实他心好，肯疼女人，你的命真好啊。

六宝愣住了，听到荷花夸阿多，她脸上又生出怨恨来。

荷花不知道，还在夸。

荷花：六宝妹子，女人就是靠嫁，嫁个好人，一辈子就全称心了。不像我……啊，不讲了，我再给你加水。

荷花拿过杯子进灶间，六宝倏地转身，看着蚕宝，脸上表情复杂。

48. 村里河边，外，日

妇人们在洗衣服，交谈着村里大家的"宝宝"。紧张的快乐弥漫了全村庄，似那小溪里淙淙的流水也像是朗朗的笑声了。

李家妈：四大娘，听小宝说你家蚕宝宝今年特别好。他爷爷半夜还笑着喊阿弥陀佛呢。

四大娘笑着：今年是家家都好，年头好了，谁家会不好？

李家妈：可不能这么说，荷花家看了一张"布子"，可是三眠"出火"才只称得二十斤；昨晚我男人半夜从邻村回来，看见荷花往溪里倒了养僵了的蚕宝宝！真是晦气！

四大娘撇嘴：真是扫帚星！

六宝脸上表情僵硬起来。

远远的大家看到荷花过来了，赶紧皱紧眉头不说话。

荷花强笑着和大家搭讪，大家都不理走开。

荷花默默地蹲下，含着泪花，机械地洗着衣服。

阿多满面不在乎地走了过来，见荷花那样子，不免同情起来，想蹲在她身边。

炸雷一样的声音响了起来。是老通宝在吼儿子。

老通宝：阿多头，死回来！

老通宝走过来，高声大气喊，故意要叫荷花他们听得。

老通宝：阿多头！你再跟那东西多嘴，我就告你忤逆！小宝，你也听着，不许跑到荷花家的门前，不许和她说话！

阿多冷冷笑着，像一个聋子似的不理睬。

荷花忽然扔下手里的衣服，大哭着往回跑。

阿多跳了起来，对老通宝大喊了一句。

阿多：好了，都是什么鬼禁忌！

阿多也走了，剩下众妇女白看了戏，面面相觑。四大娘忍气上前扶住老通宝。

六宝机械地捶打着衣服，表情阴晴不定。

49. 荷花家，内，日

荷花正在自家哀哀哭泣着。却听见外面阿多的声音。

阿多：荷花，荷花！

荷花不理睬，阿多却叫得更凶。

荷花气得走出，同时也板上了脸。

荷花：你要做什么！

阿多：你别哭啊……

荷花忽然神经质地叫喊起来：哭又怎么样！我的蚕僵掉了！我是白虎星啊，克男人，克公婆，连蚕宝宝都克！我知道满村的人都恨我，盼我死，我就不死！

阿多被荷花吓住了。

荷花脸都变形了，她忽然对着阿多连踢带打，把阿多打了出去。

荷花歇斯底里地叫着：滚，你滚！

阿多未免也生气了，他狠狠踢了院墙一脚。

阿多：荷花！你这个疯子女人！

荷花却愣住了，眼泪又流了下来。

50. 老通宝家蚕房，内，日

蚕势喜人，然而老通宝全家都瘦了一圈，失眠的眼睛上充满了红丝。

四大娘和小宝正在用尖头竹筷拣蚕。

老通宝在用蚕网清理蚕粪。又用秤称蚕。将称好的蚕放在菜籽壳上。

老通宝揉揉眼，看着匾里的桑叶。

四大娘：爹，你都两日两夜没合眼。你去睡睡吧。

老通宝像没有听见一样，看着蚕宝宝。

老通宝自言自语着："大眠"了，个个是生青滚壮。……小宝的娘，阿多呢？

四大娘叹了口气：爹，阿多是倔头，你越骂他，他越不怕。你在村人面前吼他，他怎么受得了。

老通宝：他人呢？

小宝：去摘桑叶了。

老通宝站了起来：自己的儿子，骂几句有什么要紧。我去黄道士家。早点把六宝娶回家是正经。

51. 村头黄家庭院，外，黄昏

黄道士和老通宝在抽着烟斗聊天。

老通宝幸福地微笑着：大眠捉了毛三百斤，今年蚕是少见的好，我活了六十岁，只记得有两次是这样的，一次就是我讨女人，又一次是阿四出世那年。

黄道士：六十年风水轮流转，老通宝，这次你一定转运了。

老通宝：大眠后，蚕宝第一天就吃了七担叶，七担叶啊。谁知道这些蚕宝"上山"前还得吃多少叶！

黄道士：吃多少叶都不怕！今年总算翻身了吧，老通宝？

老通宝哈哈笑了起来：还了债，就来给你家送聘礼！

老头子们都开心地大笑起来。

六宝把小宝拉到一边，塞给他一把菱角。

六宝：小宝，你喜欢不喜欢六宝姑姑？

小宝：喜欢，我妈说了，你早晚是我家的人。

六宝：那你喜欢不喜欢你阿多叔叔，想不想让他好好的，天天陪你玩？还有你愿不愿意你家蚕宝宝养得好好的，不生病，将来换了钱给你买肉吃？

小宝拼命点头。

六宝：那你就要听六宝姑姑的话！

52. 老通宝家，内，夜

老通宝回到家。

阿多在编竹篮。见爹进来，也不吭声。

老通宝叹了口气：你夜夜给蚕宝上叶，几夜没好好睡了，怎么还编竹篮？

阿多停了停手：我想这一批编好，去上海卖。

老通宝：阿多，我知道你心大，总想去上海，可我们庄户人家，要实在一些好。你看，这次蚕花这么好！

阿多：爹，我不相信靠一次蚕花，或是田里熟，我们就可以还清了债，还能再有自己的田。单靠这么勤俭做下去，背脊骨折断也是翻不了身的！

老通宝：那你想怎么样？

阿多愁闷地：我自家也不晓得。

老通宝：所以讲呀……还是存些钱，把六宝娶进门吧。

阿多：家里穷，我不娶亲也可以的。

老通宝回头瞪着阿多：你不要嫌弃六宝难看！你这个样子，能娶到媳妇就是福分！你也不要总是上海上海，你哥被拉了壮丁，你再一走，难不成要我老头子自己给自己送终！

53. 老通宝家蚕房，内，日

老通宝像发痴一样看着蚕宝宝。

四大娘进来：爹，你天天盯着看，难道不吃力的？

老通宝忧心忡忡：蚕宝宝吃得厉害啊。

四大娘：地头上还有十担叶，阿多弟去采了。够几天吧？

老通宝：说什么梦话，刚吃了两天的老蚕，明天不算，至少还要吃三天，还要三十担叶，三十担！

四大娘：那你说怎么办？

老通宝叹口气，没说话。

这时外边忽然人声喧闹，小宝叫着跑了进来。

小宝：娘，爷爷，叔叔押了新发来的五担叶来了。快出去"抒叶"啊。

54. 村里稻场，外，日

四大娘也慌忙从蚕房里钻出来，还有六宝，也来帮忙了。

星光满天，微微有点风，村前村后断断续续传来了吆喝和欢笑。

突然黄道士从村外撞了进来，用奇怪的嗓音叫了一声。

黄道士：叶行情飞涨了！今天下午镇上开到四洋一担！

老通宝听了，顿时心里急了。

老通宝：四块钱一担，三十担可要一百二十块呢，哪来这许多钱！

阿多：急啥？茧子总可以采五百斤，就算五十块一百斤，也会有二百五十块。

老通宝心宽了些，叹了口气。

黄道士：听说东路不大好，看来叶价钱涨不到多少的！

老通宝心里又一宽。

那六宝故意和阿多同站在一个筐子边"抒叶"。在半明半暗的星光下，她和阿多靠得很近。

阿多却不怎么理她，专心做事。

55. 老通宝家，内，日

蚕宝宝吃得正欢，可围观的全家人面色凝重。

四大娘：只剩半担桑叶了，只怕今天都熬不过。

蹲在地上的老通宝叹了口气，起身往外走。

老通宝：我再去找你爹，跟镇上小陈老爷家说说，想法借钱来买叶。

四大娘：上次借的还没还清，又是这时候，陈老爷不肯借的。再说我爹爹在他手下做事，也是难做人的。

老通宝：阿多，帮我把几只鸡捆上。

四大娘：啥？家里就剩这三四只鸡了，实在捱不过就靠卖了鸡蛋换几顿吃的，以后眼跟前这点吃完我也没办法！

老通宝有点火了：别说你家阿四不在，就算他在，这家里也还是我说了算吧。

四大娘：我有没有吃都行，小宝总是你孙子……

老通宝：那也不能看着蚕宝宝饿死！当年打长毛的时候，老陈老爷跟我们是有交情的，小陈老爷会借的！

阿多：小陈老爷就是你的亲爹！

老通宝：放屁！

阿多：走啊，小宝，拿根绳子来捆鸡。

老通宝一跺脚。出了门。

56. 老通宝家场院，外，日

老通宝，阿多一出门，顿时愣住了，门口放着几担桑叶。

阿多：奇了，这是谁送来的叶？

小宝：我知道的。

阿多：谁？

小宝：是田螺姑娘送的，从前啊有个种地人没钱娶妻……

阿多：去去，那还是我讲给你听的。

老通宝略一沉思：这叶要不得。

阿多：怎么要不得，难道这桑叶还是洋桑叶不成？

老通宝：一定是荷花，自家的蚕死了，剩下桑叶没用了。

阿多：管他谁送的，现用了再说！

老通宝：这不成，保不准他家的叶子也有邪气，让四大娘把这叶子弄回去，我还是去跟陈家借钱心里踏实。来呀，愣着干啥，抓鸡啊！

57. 镇上陈家药铺，内，日

陈家药铺里，老通宝、张财发、陈少爷又正在办理借贷手续。

陈少爷叨着烟斗，斜着眼睛看老通宝。

陈少爷：老通宝，上次的二十大洋，这次又是五十大洋，你可想明白了。

老通宝咬着牙点头。

陈少爷：老通宝，我们也算故交，乡里乡亲的，不容易，但世上的事不怕一万，就怕万一，蚕养好了我请戏班子来村里给乡亲们唱戏，可万一要弄砸了，你用什么来还我这五十大洋呢？

老通宝略一沉吟：我用我家那块桑地作抵。

陈少爷：嗯，行！

张财发：通宝，这可是你家的命根子啊。

老通宝：黄道士说算定今年我沈通宝命中发达，我认了。

陈少爷：好！

管家接过陈少爷颜色：立借据人沈通宝，今因正用凭中张财发向陈府情商借得大洋五十元。以坐落石门六堡三图桑地一亩七分作抵。言明按月二分半取息。限定蚕罢本利还清。恐后无凭，立此借据。

陈少爷：画押吧。

老通宝捏不惯笔的手，有点发抖，怎么也下不了手。

陈少爷忽然笑了：老通宝，怎么，怕了？今年蚕花这么好，怕什么？

张财发叹气：老通宝，你们今年为什么不卖叶子？养蚕多冒险啊。

老通宝一愣，从地上捡起香烟蒂头，装进旱烟管里吸着，摇头。

老通宝：不养蚕也没有法子，二十担叶也就是最多卖四十块，还是什么都不够。只要蚕好……

陈少爷：是啊，财发你就是胆子小，蚕好就好嘛。洋人不要丝，中国的奶奶小姐们也得穿绸缎。

老通宝终于好像吃了定心丸，在借据上画了一个十字，又摁下手印，恭敬地递给陈少爷。

陈少爷捧了五十块一包的银洋，交给财发，财发递给老通宝。

老通宝把白亮的大洋一五一十数明包好，撩起衣服塞进包。

张财发：少爷，我和通宝还要赶紧去买叶，蚕等不及的。

张财发和老通宝恭敬地行礼，走了。

陈少爷站在门口，看着两个人的背影，忽然笑了起来，笑得厉害，都笑呛了。

陈少爷：做梦啊！蚕好?！蚕好有屁用！上海打仗，茧行不会开秤，洋庄又不通，东洋丝在美国只卖五百两一包，中国丝成本也要一千两。穿绸缎，太太小姐都穿人造丝！

管家：那为何还要劝他养蚕？

陈少爷悠闲地坐回椅子，喝茶。

陈少爷：这不是把地送给我吗，老通宝的那两亩地可真是好风水哈，哈哈！

58. 老通宝家蚕房，内，日

蚕匾中的蚕，尖出了嘴巴，向左右乱晃。

四大娘急得看着叶筐，都空了。屋角都是吃剩的桑条。

四大娘心一酸，擦起了眼泪。

小宝：娘，你别哭啊。

四大娘：已经饿了半点钟了。你爷爷再不回来，蚕宝宝熬不住了呀。

59. 村外，外，日

张财发和老通宝挑着青叶一路快走，小宝已来迎接。

荷花迎面走来：通宝叔。

老通宝一声低吼：走！

荷花被粗鲁地挤开。

荷花去拉小宝：小宝……

小宝边挣开边吐口沫：呸，呸呸！

荷花愣住了。

60. 村口，外，日

张财发和老通宝挑着青叶行色匆匆，汗如雨下。

阿多迎了上来，赶紧接过老通宝手中的担子。

61. 蚕房，内，日

老通宝一进门，急得团团转的四大娘抢上前去，急切地将叶子一匾又一匾堆到蚕上。

叶铺了上去，立刻蚕房里充满着萨萨萨的响声，人们说话也不大听得清。不多一会儿，那些"团匾"里立刻又全见白了，于是又铺上厚厚的一层叶。

阿多：单是"上叶"也就忙得透不过气来。大家几天几夜没歇了，今天我管半夜，你们去歇歇吧。

老通宝：你毛手毛脚的，我不放心。

四大娘：爹，你先去歇吧，我下半夜来替阿多弟。

62. 空镜

云破月来，小村一片寂静。

63. 蚕房，内，夜

阿多虽然接连三日三夜没有睡，却还不见怎么倦。

阿多站起身打了个哈欠，看看窗外，真是好月色。

蚕房里熬了一个小小的火。阿多走到火边烘了烘手。又开始上叶。

阿多自言自语着：二更了，上第二次的叶……你们这些吃货，怎么永远也吃不饱！

阿多蹲在火旁边，听那些"宝宝"萨萨萨地吃叶。

渐渐儿他的眼皮合上了。

忽然，恍惚听得有门响，阿多的眼皮一跳，睁开眼来看了看，就又合上了。猛然一个踉跄，他的头在自己膝头上磕了一下，他惊醒过来，恰就听得蚕房的芦帘啪嚓一声响，似乎还看见有人影一闪！

阿多立刻跳起来！

阿多抓起手边的家伙，冲到门外。

64. 稻场外，外，夜

阿多冲了出来，只见自家门是开着！

月光下稻场上有一个人正跑向溪边去。

　　阿多飞也似的跳出去，还没看清那人是谁，已经把那人抓过来摔在地下。他断定了这是一个贼。怒喝着。

　　阿多：敢偷到我们家了！我打死你！

　　阿多一把拽下那贼的头巾，却顿时傻了。

　　阿多：……荷花？

　　荷花倔强地看着阿多。

　　荷花：你打死我好了！

　　阿多呆呆地看着荷花，月光下，荷花的脸色凄凉，但眼睛里一点都没有恐怖的意思。

　　阿多：……你来我家做什么？

　　荷花冷笑着，不说话。

　　阿多抢过荷花手里的一担蚕。

　　阿多：你拿我家的蚕宝宝干什么？

　　荷花：我偷你们的宝宝！

　　阿多：要做什么？

　　荷花：我要扔到溪里去！

　　阿多也变了脸色。

　　阿多：你！荷花，你果真要冲克我家的"宝宝"！你真心毒呀！我对你……我和你可没有冤仇！

　　荷花：没有么？有的，有的！

　　阿多气得说不出话来。

　　荷花：我的命不好，可并没害了谁，为什么都把我当作白虎星，连我好心送给你们的叶也说沾了邪气。

　　阿多：轻点，你不怕别人听见！

　　荷花：我不怕，我还有什么好怕的！

　　阿多：你发疯了，你真是个疯女人。

　　荷花疯了一样叫喊着，脸上的神气比什么都可怕。

　　荷花还在叫喊着：你还骂我疯女人，你为什么要骂我？你骂我，比村里人人都骂我更可恶！

　　阿多呆呆地看着满脸是泪的荷花。

　　荷花：现在连小宝都吐我口水，我气死了。

　　荷花扑上来又踢又打，阿多一把抓住她的肩膀，荷花想要挣脱，阿多忽然把她搂在了怀里。

荷花劈面给了阿多一个耳光。

打完以后，两个人都傻了。荷花又哭了起来，她头也不回地跑了。

65. 老通宝家蚕房，内，夜

阿多闷闷地走了回来，关好门，把那担蚕宝宝放回去，他完全没有睡意了。他看那些"宝宝"，都是好好的。

阿多闷闷地想着什么，却一直叹气。

窗户透过一丝曙光，东方快打白了。

门一开，四大娘进来替换了。

四大娘：阿多弟，你快去睡吧。

阿多闷声不响，只点点头。

四大娘一边利索地上叶，一边问着。

四大娘：晚上没有什么事故吧？

阿多一怔：没有。

老通宝披着褂子兴冲冲走进来了，一进门就看蚕宝宝，拿那些渐渐身体发白而变短了的"宝宝"在亮处照着。

老通宝大喜：通了！快通了！

四大娘也笑得合不拢嘴，大家的心被快活胀大了。

只有阿多，闷头走出。

66. 村里溪边，外，晨

太阳出山了，四大娘到溪边汲水，碰见了六宝。

四大娘：六宝！你家蚕宝宝快通了吗？

六宝也满脸欢喜：通了！快通了！

两人相对笑着，这时，李妈满脸严肃地跑了过来。

李妈：四大娘！你来，我和你说话。

六宝笑笑地：难道我听不得？

李妈看看六宝，似乎有些为难。

四大娘：你说啊。六宝自家人。

李妈：昨夜二更过，三更不到，我远远地看见荷花那骚货从你们家跑出来，阿多跟在后面，他们站在这里说了半天话呢！四阿嫂！你们怎么不管事呀？

像晴天霹雳一样，四大娘和六宝的脸色立刻都变了！

四大娘一句话也没说，提了水桶就回家去。

67. 老通宝家，内，日

老通宝猛地站起身，气得直跺脚。

老通宝：四大娘，你说的是真的？

四大娘气得脸色煞白：当然真的。

老通宝大怒着：这东西竟偷进我家"蚕房"来了，那还了得！阿多！阿多！你给我死过来！

老通宝暴怒着，脸都变了形。

阿多皱眉走了进来：叫什么叫。

老通宝冲上去就要打阿多的耳光，被四大娘死死抓住。

老通宝咆哮着：我问你，昨天夜里，荷花那个白虎星是不是来蚕房了？你还在和她拉扯，是不是？

阿多冷笑着，不说话。

老通宝：你说！是不是！

阿多：是谁说的？

四大娘：李家妈！她说她亲眼看见的。

阿多：哼！她亲眼看见？她做梦见鬼！

老通宝和四大娘互相看看，心里放下石头，却又半信半疑。

老通宝指着儿子：我这就去找李家妈，你要是骗我，我打断你腿。

68. 村里，外，日

老通宝在村口张望着，终于看见了李妈。

老通宝急忙跑过去，还没张口，李妈已经兴头地说开了。

李妈：老通宝，你不管你家阿多？昨天夜里……

老通宝：四大娘回来说过了。李家妈，阿多死活不承认，这倒也不能随便赖人的，你到底看清楚了没有？

李妈：青天老爷在上，佛菩萨在上，我一个字说错，不得好死！

老通宝气得满脸通红。

李妈走了。老通宝还气得过不来气。半晌，他才准备离去，却又被黄道士叫住了。

黄道士阴沉着脸：老通宝。

老通宝感到事情不好。

黄道士：我和你说，假使你自家管不了儿子，就不要给他娶亲。

老通宝强笑：你不要乱想，李妈看错了也是有的……

黄道士：呸！这种事情毫无根据好说的？六宝一早回来，哭到现在，我和你说，老通宝……

黄道士想了想，最后叹口气，还是没说下去，走了。

老通宝失魂落魄地看着他的背影。

69. 老通宝家蚕房，内，日

老通宝叹着气，四大娘走过来。

四大娘：爹，我又盘问了多弟，他说没有的。你看这"宝宝"，仍然是很健康，瞧不出一些败相来。恐怕李妈真看错了。

老通宝摇头：只是我满心的欢喜被这件事打消了。荷花名声太坏，黄道士想退亲哪。

四大娘愣住了。

老通宝：不说那事，我只望那骚货或者只在廊檐口和阿多鬼混了一阵。没来冲克我们的蚕宝宝。

四大娘：蚕宝宝很好啊。

老通宝叹道：可是那大蒜头上的苗却当真只有三四根茎呀！前途怕是不好。

四大娘急了：爹，你不好乱说的，蚕宝宝吃了许多叶去，一直以来都很好！

老通宝：一直很好，然而蚕宝宝上了山却干僵了的事，也是常有的。

四大娘还不及反应，老通宝已经被自己的话吓住了，他举起手，恶狠狠给了自己一个耳光。

老通宝咒骂着自己：老不死的，敢想到这上头去！不吉利！

70. 村里溪边，外，日

女人们在洗衣服，说笑着，蚕花快熟了，大家心情都很好。加上新近在传的荷花和阿多的丑事，使她们兴奋极了。

李妈也挎着衣服篮子走了过来，女人们更加兴奋起来。

女人甲：李家妈，那晚上你看真了吗？

李妈轻蔑地：当然看真了！这些把戏我一看就知道！荷花不要脸，送上门去！

有几个男人们听了，就粗暴地笑起来。

女人们尚有克制，念一声佛，骂一句。

乙：老通宝家总算运气，蚕宝宝没有犯克！

丙：那是菩萨保佑，祖宗有灵！

71. 村里塘路边，外，日

荷花一个人迎风站着，脸色苍白，头发散乱，失魂落魄的样子。

小宝在田野里野跑着，忽然看见了荷花，他好奇地走了过来。

小宝抬头看着荷花，他还小，却也觉得荷花有些异样。

荷花慢慢地低头，看着眼前的小宝。

小宝转身要跑。

荷花追上一把抓住：小宝！你站一站。我有话要问你。

荷花：荷花姑姑平日对你怎样？

小宝嗫嚅：对我好。

荷花：那你有没有良心？

小宝不吭声了。

荷花：那是谁让你吐我口水的，是你爷爷？还是阿多？

小宝摇头：你可别冤枉阿多，他是对你好的，是六宝姑姑让我吐的，她不让我告诉你。她说这样是为了我家的蚕宝宝好，也是为了对阿多好，更是对你好。

荷花：对我好？

小宝：六宝说如果你克死了蚕宝宝大家就会更恨你了，所以只有对你不好才是对你真的好。

荷花：只有对我不好才是对我真的好？

小宝点点头：六宝让我千万别告诉别人，我是对你好才告诉你的，你不要告诉别人是我告诉你的。

72. 空镜，外，晨

晨雾，弥漫着乡村。

一群乌鸦从空中飞过。

73. 老通宝家蚕房，内，日

"山棚"下熬了火，四大娘呵斥着小宝。

四大娘：小宝！"宝宝"都上山了，别跑来跑去，你给我当心着！爹，你怎么又发愁了？

老通宝慢慢站起身，满脸愁容。

老通宝：心里捏着一把汗啊。钱花光了，精力也绞尽了，可是有没有报酬呢，到此时还没有把握。

四大娘皱眉：你老人家总想那么多做什么。硬着头皮去干就是。

老通宝伛着腰慢慢地从这边蹲到那边，又从那边蹲到这边。

小宝：爷爷，在听什么？

老通宝：嘘——我在听山棚上有没有屑屑索索的细声音。

小宝：什么声音？

老通宝：蚕宝在山棚上受到热，就往"缀头"上爬，所以有屑屑索索的声音。这是蚕要做茧的第一步。爬不上去的，是不健康的蚕，多半不能作茧。

小宝：哦——爷爷，我听到了，真好听！

老通宝忍不住想笑，却不敢向山棚上望。只仰着脸，等待着。

忽然，老通宝头上淋到了一滴蚕尿！

小宝诧异地：爷爷，是蚕尿吗？我给你擦！

老通宝欢喜地笑着：好了，好了，小宝不要擦，这是好尿啊，阿爷心里快

活，巴不得多淋一些。

四大娘笑：据说蚕在作茧以前必撒一泡尿，而这尿就是这样黄色的。

小宝：我们挑开看看吧！

老通宝：不作兴！要等上山三天，熄火了再看！

小宝：已经三天了呀。

四大娘：爹，看一眼，我再也忍不住了。

小宝早已偷偷地挑开"山棚"外围着的芦帘——

老通宝和四大娘几乎同时惊叫了起来：天哪！

那是一片雪白，几乎连"缀头"都瞧不见！

老通宝浑身颤抖着：谢老天了，谢老天了！

四大娘：我有生以来从没有见过的"好蚕花"呀！

老通宝：阿弥陀佛，现在一颗心定下来了！

四大娘："宝宝"们有良心，四洋一担的叶不是白吃的；我们全家一个月的忍饿失眠总算不冤枉，天老爷有眼睛！

74. 村里溪口，外，日

同样的欢笑声在村里到处都起来了。

小溪边现在又充满了女人和孩子们。这些人都比一个月前瘦了许多，眼眶陷了进去，嗓子也发沙，然而都很快活兴奋。

女人甲：夹衣和夏衣都在当铺里，这可先得赎出来！

乙笑着：过端阳节也许可以吃一条黄鱼。

大家都笑了。

有人在大声说着：今年蚕花姑姑保佑！

黄道士：村子里二三十人家，都可以采到七八分，老通宝家更是与众不同，听说估量来总可以采一个十二三分。

众人惊叹着。

李家妈：福庆，准备嫁女儿吧。

欢笑声腾起，小村子里漫溢着少见的喜悦！

一个少年跑来，大声地叫着。

少年：小陈老爷说，今年蚕花好，他明朝请戏班子来呢！

快活和兴奋几乎把小小的村子抬起来了！

75. 稻场，外，日

稻场上正供着蜡烛在拜谢"蚕花太子"。

戏台子搭了起来。

小陈老爷笑眯眯走上台去：各位乡邻，今年蚕花姑姑保佑，家家户户收了好蚕花。我陈某人特地从城里请来了戏班……

乡亲们大声喝彩着。

锣鼓声中，绍兴大班开唱了。剧目是《孙悟空》。

台上台下兴奋极了。

76. 戏台一侧，外，夜

众人都在高兴地看着戏。

小陈老爷故意挤到荷花身边，色眯眯地看着她。

阿多远远注意到了。

小陈老爷动手动脚，荷花狠狠把她的手打开。

小陈老爷：哎哟！

众人闻声回头。

小陈老爷一指戏台：好，唱得真好！

阿多：呸！

77. 荷花家门口，外，夜

荷花回到家门口，发现一个人隐约跟着。

荷花：谁？

阿多：我。

荷花：阿多，你跟着我干什么？

阿多：我，我怕你一个人黑里走，怕……

荷花：我是白虎星，我还怕啥？

阿多：我可没说过你是白虎星。

荷花：你怎么不看戏？

阿多：这种戏有屁看头，要看就到上海去看洋戏。

荷花愣了一下，径直进了家门。

阿多跟了进去。

78. 荷花家，内，夜

荷花：你进来干什么？

阿多：那天我不该骂你是疯女人。

荷花：你别再理我，我求你了。

阿多：我爹说，今年如果蚕茧卖得好，就让六宝进门。

荷花：今年的蚕从来没这么好过，除了我家犯冲。

阿多：荷花，我想告诉你，等卖完茧后，我要走了。

荷花：你不娶六宝啦？

阿多：我从来就没喜欢过她，从小我就喜欢你。

荷花：你不要胡说八道了，我是克死了两个男人的灾星。

阿多：那不是你的错，根生也是自己去河里捞鱼淹死的。

荷花：六宝是个好姑娘，你可不能没良心。

阿多：我也不想耽误她，所以我要走，我想去上海！

荷花：到上海你人生地又不熟。

阿多：所以……我想……我们一起走，你在上海待过两年，我又不笨，你想连土根都能在上海待下来，我沈阿多为啥不能！

荷花惊呆了。

阿多一把抱住荷花猛摇：你傻了，你说好不好？

荷花回过神来，挣脱了阿多，一把推开了大门。

荷花：出去，你快出去，我不要再听你的疯话！走啊！

阿多无奈离开。

79. 老通宝家，内，日

四大娘和阿多在忙着采茧。

一筐又一筐的白白的蚕茧煞是可爱。

门口一声喊：亲家！

老通宝急忙迎接出来，却是老通宝的亲家张财发特地道喜来了。

四大娘高兴地叫着：爹！阿弟！

小宝欢呼着冲出来。

阿九笑眯眯打开他们带来的礼物。

小宝欢叫着：软糕，线粉，梅子，枇杷，还有咸鱼！

小宝快活地和阿九追逐起来。

80. 溪口，外，日

张老头子拉老通宝到小溪边一棵杨柳树下坐了。

张财发：通宝，你是卖茧子呢，还是自家做丝？

老通宝想都没想回答道：自然卖茧子。

张老头子却拍着大腿叹一口气。忽然他站了起来，用手指着村外那一片秃头桑林后面耸露出来的茧厂的风火墙摇了摇头。

张财发：通宝，茧子是采了，那些茧厂的大门还关得紧洞洞呢！今年茧厂不开秤！——十八路反王早已下凡，李世民还没出世；世界不太平！今年茧厂关门，不做生意。

老通宝忍不住笑了，他不肯相信。

老通宝：你又在说书了。这样好的蚕茧会没人要？况且听说和东洋人也已"讲拢"，不打仗了，茧厂里驻的兵老早就已经开走了。我看阿四也快回家了！

张财发：老通宝，我当然也巴望你今年卖个好价钱，那样我也没算白帮忙。

老通宝明白了张财发的意思，拍了拍胸脯。

老通宝：亲家，你放心，你做中的两笔钱，一定本利还清！

81. 村外茧厂，外，日

然而老通宝到底有点不放心。他赶快跑出村去，看看"塘路"上最近的两个茧厂，果然大门紧闭。村里好几个人也在门口张望，大家七嘴八舌，议论纷纷。

甲：照往年说，此时应该早已摆开了柜台，挂起了一排乌亮亮的大秤。今年倒好，铁将军把门。

某乙：我就不信，上好的茧子！会没有人要！

又有债主跟着一起来的，当场吵了起来。

某丙：你看，茧行不开秤，哪儿有钱还你？

债主：茧行开不开不关我的事，我只晓得借债还钱。

某丙：那你就把我的茧子收了去吧。

老通宝皱眉呆呆看着，失望地叹了一口气，回头就走。

只听得身后又有人嚷了一声。

某丁：算了，还死等什么，赶紧回家把行灶和丝车收拾好，自己来作丝吧！

82. 老通宝家蚕房，内，日

老通宝心里也着慌了，他急切地推门进来，看见了那些雪白发光很厚实硬鼓鼓的茧子，他又实在心有不甘。两只眼睛发直地看着。

阿多：要不我再去邻村看看，兴许那里的茧厂会开。

老通宝无奈地摇摇头，突然下了决心。

老通宝：不卖茧子了，卖茧子，本来就是洋鬼子兴出来的，我们自家作丝！

四大娘忍不住嚷了起来，像吵架一般。

四大娘：毛五百斤茧，你有几部丝车？自家做，做到几时？请帮么？那又得花钱。

阿多：早依了我，就着自家桑地的二十担叶，只看一张洋种正好。荷花家蚕坏了，倒也赔不了多少！愈是像我们家似的，蚕愈养得多，愈好，就愈完蛋！

老通宝捶胸跺脚地叫了起来：真正世界变了！

四大娘又擦起了眼泪。

老通宝愁苦地：……没有办法。做梦也不会想到今年"蚕花"好了，日子却更难……唉，茧又不能当饭吃，债又逼得紧，出了蛾子怎么办？

83. 六宝家场院，外，日

老通宝来到六宝家里，一进院门，只见黄道士正把讨债人送出来。

黄道士：我也是没办法，各处茧厂都不开门啊。

讨债人：没办法，我也没办法，本来借你钱我家里也不答应。犬子结婚等着花钱你也是知道的。

黄道士：我知道，我知道，你看我已经把丝车拿出来修了，我打算自家把茧做成了丝再卖，卖了丝第一个就还你。

讨债人嘟嘟嚷嚷地走了。

老通宝：怎么，也准备自己做丝？

黄道士：家里的丝车多年不用了，也不知道修不修得好。唉，往年这时候，"收茧人"像走马灯似的在村里巡回，今年没见半个"收茧人"，却换了债主来催命。

老通宝悲伤地叹口气。

黄道士：昨天我从船上的人打听得，无锡有茧厂还照常收茧，也不知道真假。

老通宝瞪大了眼睛：你这话可当真？

黄道士：那船上的人说是亲眼所见，后乡的大户孙家就是雇他的船运茧子去的无锡，老通宝，信不信随你，我可不知道。

老通宝一拍大腿：反正不能让茧子烂在手里！

84. 老通宝家，内，日

老通宝和家人在商量。

老通宝：既然福庆说无锡开了秤，去卖卖看也好。

见孩子们不说话，老通宝又吼了起来。

老通宝：水路去有两百多里呢！来回得六天！他妈的！简直是充军！可是有别的办法么？茧子当不得饭吃，蚕前的债又逼紧来！

阿多：雇一只快船，我后天就走，我就不信今年会白做，说不定我到无锡跌一跤捡到个金元宝还发财了呢。

老通宝：你毛手毛脚的一个人行吗？

阿多：既然雇了船，船上的人也会相帮嘛。

四大娘：南瓜都只剩半缸，借来的米还剩两碗，煮稀饭也就吃三天，哪还有钱雇船？

老通宝沉吟了一会儿。

老通宝：福庆家有一条赤膊船，我去借来补一补，后天我和你一起走！

85. 老通宝家场院，外，日

老通宝在补一条旧船，小宝在一旁好奇地看着。

小宝：爷爷，你在做什么？

老通宝：船旧了，要补好才能用。

小宝：什么时候才能补好？

老通宝：就好。

小宝：你可得好好补，补不好船就会翻掉沉掉。

老通宝听了觉得晦气，伸手打了小宝一掌。

老通宝：我看你再胡说八道！

小宝莫名其妙挨了一掌，哭了起来。

86. 溪口，外，日

赤膊船，阿多和四大娘将茧子一担担搬下去，老通宝用芦席将茧子珍惜地盖好。

六宝来了，她把一只篮子递给阿多，阿多使了个眼色，让六宝递给老通宝。

六宝：这是几只南瓜饼，路上吃。

老通宝拿出一只饼给小宝。

老通宝：小宝，快和你娘回家去吧。

小宝：爷爷、阿多，早点回来！

阿多撑了一篙，船荡开河岸。

87. 字幕：无锡

无锡茧厂，外，日

工人在烘床旁上下交换一担担的蚕茧。

茧厂门口，贴着通告——今日市价：洋种每担三十五元，土种每担廿元，双宫薄皮一概不收。

拥挤不堪的卖茧人，排得密密麻麻。

老通宝和阿多也到了，根本挤不进去。

阿多把衣裳一脱，发狠一般叫了一声，不要命地挤进去。老通宝后面紧跟。

秤茧处，秤手挑剔地看着老通宝的茧子，在里面挑选着。往外扔着。

阿多急了：这上好的茧子，做什么不收？

秤手：双宫薄皮一概不收！

阿多大怒，要吵，被老通宝拉住了。

老通宝一脸屈从：一担收多少钱？

秤手：土种二十，洋种三十五。

又是一个打击，老通宝茫然地听着。

人们拥挤着，阿多被挤远了，他焦急地回头。

阿多：爹，卖不卖啊？

老通宝茫然地看着阿多，任后面的人把自己挤得站不稳……

88. 村里溪口，外，日

赤膊船靠岸，看热闹的人不少。

焦急张望的四大娘看见船，还没来得及笑，笑容就消失了。

船上还剩着大半筐茧子。

四大娘：怎么还带回来这么多？

阿多摇摇头，背起船上半筐茧放到岸上。

阿多：快和我去把爹扶上来，爹发了两天热了，一点力气都没有。

四大娘赶紧也上了船。

四大娘：爹，你怎么啦？

老通宝咳了两声，明显憔悴了不少。他想站起来，却怎么也没有力气。

阿多架起爹，老通宝靠着阿多的手往岸上挪。

乡党甲：老通宝，怎么样了？

老通宝停住，满脸的厌倦、疲惫、痛恨。

老通宝嘶哑着嗓子：还说什么，十二三分的蚕花，还卖不回桑叶的本钱，天真的变了！

众人哑然。

89. 老通宝家，内，日

四大娘在用破旧的丝车自家做着丝，六宝在帮着忙。

老通宝躺在竹榻上在嘀嘀咕咕唠叨着。

老通宝：我们的茧子虽然是上好的货色，却也被茧厂里挑得七零八落，除去路上盘缠，还不够还买青叶借的债！我说天真的变了！

四大娘：卖了丝说不定还能回来个十来块。

老通宝：那也不够赎回典给小陈少爷的地啊。

四大娘：那块地是沈家的命根子啊。

小宝：说不定小陈老爷会看在陈老爷和太爷爷一起坐过长毛的牢的面子上，会把田还给我们的。

黄道士一路嚷嚷着进来。

黄道士：六宝，六宝，什么时候了，还在别人家玩？

四大娘：六宝在帮我忙呢。

黄道士：上午在村头有个穿长衫账房先生模样的人问我沈通宝家怎么走，说是从镇上来的。我看他像是讨债的，就说沈通宝刚去常州了，要半个月后再来。

老通宝：那是陈家的管家，是来催我要地契的。

黄道士：怎么，你把你的那块地抵给他了？通宝，你糊涂啊。

老通宝：你不是说你算过八卦大六壬，今年的蚕肯定发吗？

黄道士：那我也没让你把地抵了啊。

六宝递了一杯水给老通宝。

老通宝：六宝这孩子也可怜，没啥好东西给她，阿多心又野，成天不知道在外头瞎跑什么。也许早点成了亲，就知道顾家了。

黄道士支支吾吾：你少操点心，多歇歇，养好了身体，最要紧。

黄道士回头又骂六宝：什么时辰还不回家做饭？通宝叔生着病，你在这里打扰什么？快回家！

90. 村里，外，日

黄道士和六宝在田埂上走着。

黄道士边走边嘀咕：六宝，这门亲事我还要再算一卦，以前我好像没算对啊？

六宝：怎么，你要变卦？

黄道士：阿多这人虚头虚脑的靠不住。

六宝：不是你说阿多脑子活，不像乡下人死脑筋，以后一定会出头的。

黄道士：我原想他家的那块地是村里的好地，你嫁过去也有个依靠，现在连地都没了，我可不能让你去受苦！

六宝：你要变卦，你变你的，反正我生是沈家的人，死是沈家的鬼，沈阿多我是跟定了！

黄道士：放屁，我们家我说了算，你再蛮横，我把你绑起来送官，告你忤逆！

六宝：我也要叫人把你送官，告你害人！

黄道士：我啥时候害人。

六宝：你非让我给荷花的蚕里下毒，诬赖荷花克死了蚕宝宝，害得荷花好惨！

黄道士：我不是想让阿多死了跟荷花来往的心，一心一意和你好啊！

六宝：那你现在怎么又不让我和他好了？

黄道士：他们家现在这不倒霉了嘛。

六宝大哭大闹耍起泼起来：好啊，人家倒霉你就开心了，大家来看啊，这个人好狠毒啊，害死了别人的蚕宝宝，还要害死自己的亲女儿啊，我可怜的荷花姐啊，你真的好命苦啊，我也不想活啦……

黄道士慌了：你轻点，你轻一点好不好？

六宝：我不轻，我要让大家都听见，把你这个昧良心的人送官……

黄道士：我依你，我都依你还不行！

91. 老通宝家，外，日

老通宝：唉，今年的债一背，六宝又不知啥时候才能进门哟。

四大娘：六宝他爹话里话外的，哼。

老通宝：也怪我们家自己不争气啊，这老天也真是变了。

四大娘：阿四要知道自家的地要没了，还不知要急成什么样呢？

老通宝：阿四有信来吗？

四大娘踌躇了一下：有，我怕你着急，没跟你说。

老通宝急问：阿四说些啥？

四大娘：阿四说队伍又向南开回来了，这次说不定真要和日本人打一仗了。

老通宝愣了半天，突然发疯似的叫了起来。

老通宝：好，打。给我打。那些洋鬼子，从前是八国联军，现在是东洋人，都是想谋我大清江山的地啊。阿四，打，给我狠狠地打！

老通宝一口气岔了，拼命咳起嗽来。

92. 溪边，外，日

阿多揩了揩汗，收拾起水担往家走。

小宝跑了过来。

小宝：阿叔，爷爷叫你回去。

小宝举起手里的东西来。

小宝：阿叔，你看我拿了爷爷的什么？

阿多回头一看，小宝拿着长了许多叶瓣的大蒜头。

阿多：你拿大蒜头干什么？

小宝：我怕爷爷看见了大蒜头长得好反而会生气，所以我偷出来给你。

阿多苦笑了一下，把大蒜叶揪碎洒了一地。又把大蒜头捏成几瓣。

小宝：阿叔，你怎么把大蒜弄碎了，你不怕明年运气不好？

阿多把手里的蒜瓣分了几个给小宝。

小宝：给我干什么？

阿多：来，我们来比一比，谁能把大蒜扔过河去。

小宝：好，我要赢了，你背我去镇上看戏。

阿多：好，我要赢了，今年一定讨到老婆！

两人奋力将手中的蒜瓣扔了出去。

蒜瓣从空中掉进了溪中。

平静的溪水，漾出了一圈圈的波纹，远处的几只鸭子，慢慢地游了过来……

93. 乡野，外，日

远远地一列火车开过。

阿多和小宝定定地看着那列火车。

小宝：阿多，你什么时候去上海？

阿多：我可不想一辈子老死在这乡下，到死又是个老通宝。

小宝：荷花跟我说，她就要跟人走了。就是绍兴大板里唱猪八戒的那只猪八戒，她可先不让我告诉别人哦，不过她让我劝劝你，不要再瞎想乱想了，好好跟六宝过日子，千万不能没有良心。

阿多沉吟半晌：小宝，如果我这辈子命里没福气去上海，你长大了一定要去，一定要为阿叔争这口气！

小宝好像很懂事地点了点头。

小宝用力扔出一小块土疙瘩，惊起几只飞鸟，扑簌簌地向更远处飞去了。

（全剧终）

二
电视剧剧本部分

小别离

（根据鲁引弓同名小说改编）

总编剧： 何晴

编剧： 何明、刘禹彤、谢菁

导演： 汪俊

主要演员： 黄磊、海清、张子枫、汪俊、朱媛媛、陈数、TFBOYS

　　主要讲述早婚早育的城市中产阶级代表方圆、童文洁夫妇与正上初三的女儿朵朵一家三口的故事。方圆夫妻俩一直对朵朵采取尊重式教育，认为自己是不走寻常路的新潮爹妈，可自从女儿上了初三，家里温馨祥和的气氛好像突然有点变味儿，年级排名一下子成了讨论率最高的话题，朵朵身边已经有同学家长开始张罗让孩子出国——既然考重点无望，还不如早点另觅出路。这对方圆夫妻俩来说却是想也没想过的事儿，孩子还这么小，怎么忍心给一个人扔到异国他乡？

　　方家邻居、社区医生吴佳妮的女儿琴琴是朵儿班上的学霸，上重点简直板上钉钉，可就这样吴佳妮还是不惜将女儿过继给姐姐也要送她出国；暴发户张亮忠的儿子小宇因为父母离异妈妈去世而恨死了自己的亲爹和后妈，面对叛逆难管的儿子，VIP出国留学这条路仿佛给张亮忠燃起了一盏明灯。

　　眼看着周围的人都将出国留学搬上了日程，新来的ABC实习生周佳成又让方圆实打实地体会了一把外国教育的优越性，他慢慢也开始觉得只要孩子愿意，出国其实也是个不错的选择。刚升职的童文洁忙得不可开交，家中事务基本无暇顾及，等她发觉老公对留学的事产生兴趣时，立刻坚决反对，孩子必须在自己身边待到十八岁。两人因此产生的分歧越来越大，人到中年种种问题更是让他们产生了情感危机。

　　经过一系列风波，几个家庭也都明白了只有家人的团聚与坚守才能给孩子最坚强的依靠，真正懂得了"留下来还是走出去"的意义。经历过别离，才更懂得珍惜。

该剧改编自作家鲁引弓小说《小别离》，围绕中国式亲子关系，直击"留学生热潮"等热议话题。剧中，黄磊饰演的方圆与海清饰演的童文洁夫妇化身操碎心的中国家长。面临中考压力的女儿方朵朵（张子枫饰）仿佛在一夜之间进入了青春期，成绩骤降、情绪敏感波动、亲子关系疏离，这令方圆和童文洁夫妇猝不及防。方

氏夫妇开始"找人"、"找爱"、"找渠道"、"拼钱"、"拼爹"、"拼关系"，同时两人也遭遇了职场危机和中年危机。

第二十四集

1. 餐厅，内，日

金志明、吴佳妮和芳妮、琴琴，还有方圆、童文洁和朵朵，张亮忠和小宇一起吃饭，大家喜气洋洋。

金志明倒酒：……来来，我来敬大家一杯！一是谢谢大家来捧场，见证一下我跟佳妮和好了，不打架了，不分居了！二是祝福琴琴和朵朵、小宇，明天就中考了，虽然你们仨都要结伴去美国留学了，但中考也要考好，来，祝孩子们前程似锦，未来闪闪发光！

大家高兴地碰杯。

这时服务员端着一盘菜走进来：菜全部上齐了啊。

金志明一愣：不是说二十个菜三个汤么，这才十六个菜啊！

服务员：这二十个菜里面还包括凉菜呢，你团购的时候没看清楚吗？这里

有一行小字呢！

吴佳妮一愣，气得去拧金志明。

吴佳妮：好啊你，千年不遇请大伙吃饭都团购！你这也太抠门了！

芳妮：这正说明老金会过日子，是好人。今天我太高兴了，你们可算和好了，我也总算放心了！

芳妮话音刚落，忽然传来一阵悠扬的吉他声。

餐厅后面的幕布垂落，一个美女歌手抱着吉他轻唱起一首情歌，大家都看呆了。

老张：挺能整啊老金！

金志明傻乎乎地看着吴佳妮笑，一曲结束，歌手站起来，掏出一束花献给吴佳妮。

大家热烈鼓掌。

朵朵：哇，没想到金叔叔浪漫得一塌糊涂！

吴佳妮笑容满面地埋怨老金：我刚批评你抠门是急了点儿，也不要这么浪费啊，钱还是要省着花。

金志明：没事儿，不瞒你说……这也是团购的。

方圆哈哈一笑：只要老婆不是团购的就好。

2. 新蕾中学门口，外，日

新蕾中学挂上了条幅：祝同学们中考顺利！

无数家长来送孩子，门口相当热闹。

家长们的脸上，都是各种期盼，爱惜，看着都让人感慨。

小宇打开老张的车门，却头也不回地冲进了学校。

老张跟在后面：站住，你还没拿保护符呢！

小宇远远喊了一嗓子：那是你被骗了，我可不信那套！

老张讪讪地一笑离去。

朵朵和琴琴也走过来，两人看见这么多家长，都很吃惊。

朵朵：哇，那边有家长说是昨晚就睡在这儿了，还有家长在念经拜佛的，原来大人疯狂起来才是超强！

琴琴感触无比：不管之前是什么 style，只要当了家长，就自动切换成疯狂 style，幸好咱俩今天死活不让爸妈来。

话音刚落，远处就有老金在叫琴琴的声音，远远看去，看不见人，只见四

个高高的气球，每个气球上面都
写着一个大字，加起来就是：琴
琴加油！

金志明拉着吴佳妮，边上还
有芳妮，三个人一起对琴琴晃着
气球。

琴琴哀叹一声。

朵朵笑疯了：刚才是谁嘴硬
来着？还把爸妈赶走了，你们家
比别人还多一个，你俩妈呢。

琴琴无奈地瞪朵朵一眼：走，
咱们赶紧进考场吧！

朵朵和琴琴手拉手进了考场。

身后，人群中，方圆和文洁

其实早就来了，与边上热烈交谈的家长不同，两人就是默默地，默默地，看着
女儿的背影。

文洁忽然说：知道我想起什么来了吗？

方圆：嗯。龙应台的《目送》。"我慢慢地了解到，所谓父女母子一场，只
不过意味着，你和他的缘分就是今生今世不断地目送他的背影渐行渐远……"

文洁接上："而且，他用背影告诉你——不必追。"

方圆和文洁百感交集，看着女儿的背影消失在人群中……

3. 金家卧室，内，夜

金志明和吴佳妮躺在床上。

金志明感触地：还是这张床最舒服，躺在这上面，一天再累，什么腰酸背
疼都没有了。

吴佳妮轻声叹气：真羡慕你，说放下就放下，还能高高兴兴的。明天芳妮
找的律师要带大家去公证处，琴琴马上就要正式过继给她了。

金志明也叹气：别叹气了，既然当初选择了这条路，就总得面对。有我在
呢，啊。

吴佳妮点头，含泪抱住了金志明。

4. 公证处，内，日

公证处，一个律师模样的人正在跟吴佳妮、琴琴和芳妮吩咐注意事项，吴佳妮表情有点悲恸。

芳妮忍不住脸上的喜悦。

琴琴低着头，跟在金志明后面。

律师：按照我过去办的几起案例看，你们应该没有大问题……哎，广播里叫到咱们的号了，走！

大家都走到了窗口前。

律师：您好，我们是办理收养，收养人持美国护照，送养人为本国居民，被收养人年满 14 周岁，跟收养人是三代以内的同辈旁系血亲。

公证员点头：好，先把资料放这儿，我检查一下……哎，这张收养协议书怎么没签字？

芳妮：百密一疏，怎么把这个给漏了，佳妮，签字吧。

吴佳妮拿出笔，手都在颤抖，几乎握不住笔。

金志明抱住了吴佳妮的肩膀：好了好了，手续都办完了，签字不签字都一样，那就签吧。

吴佳妮再次拿起了笔，眼泪簌簌下落，把纸都打湿了。

吴佳妮赶紧用袖子擦，却不小心把纸给擦破了。

芳妮：哎呀，你怎么这么不小心……

吴佳妮局促地：对不起，我这是……我来补，应该能补好的。

看着吴佳妮的样子，琴琴再也克制不住了，一把拦住了吴佳妮，索性把纸给撕个粉碎。

琴琴：不，妈妈，我不要你签字，我不要出国！

大家都愣住了。

琴琴大声清晰地：我不想被收养，我不想出国。我成绩很好，我也喜欢在国内念书，我不是娇气，但我不想离开你们，我不在乎家里没钱，我不在乎住小房子穿便宜衣服，我只想像现在一样，我们三个人在一起不分开！

公证人员都被琴琴的勇气折服了：说得太好了孩子，你是她的妈妈么？你孩子这么好，为什么要过继到美国去啊！

芳妮也有点崩溃了：你，你们……这是，这怎么能反悔啊！你们也太过分了！

琴琴冲着芳妮：对不起大姨，我承认我不应该那样，可我不想离开爸爸妈妈，他们辛辛苦苦把我养大，我还没好好孝顺过他们……

佳妮上前，一把抱住了琴琴。

佳妮：姐对不起，对不起，我直到现在才觉得，我是从棺材里爬出来了……就像死而复生……

佳妮搂住琴琴，泣不成声。

金志明过来，冲芳妮鞠了一躬。

金志明：姐，对不起，我们……你这次来花的钱，我都补偿给你……

芳妮脸色惨白：我是在乎这点钱吗？你们一家三口，还能这么耍人的？

律师叹口气：天性有道，顺其自然吧。对不起芳妮女士，我知道自己不该这样说，可我劝你还是算了，让这孩子跟爸爸妈妈去吧！

周围人都围了过来，议论纷纷。"算了呗，还不如再收养小点的孩子""别拆开人家了，这孩子都愿意跟爸妈在一起"。

芳妮气得把这些文件往自己包里一塞，转身就大踏步离去了。

5. 机场，外，日

吴佳妮和金志明送芳妮到机场。

芳妮没好气地：行了，别送了，你们回去吧。

佳妮欲言又止：姐，这次我……实在对不起你，你不会还生我的气吧。

芳妮冷冷地：生气有什么用，难怪之前总有人跟我说，现在中国一天一个样，情况复杂多变，根本赶不上。看来世界唯一一个一百年不变的就是唐人街了，我也只好认命了。

佳妮难过地：姐……

芳妮：我这一回去，还不定被老头那俩儿子嘲笑成什么样呢。

琴琴的声音怯怯响起：大姨。

芳妮一愣，看看琴琴。

琴琴：我昨天给大姨夫打电话了。

大家都愣住了。

芳妮更是不能置信地看着琴琴。

琴琴低下头：我用英语打的，你给过我电话号码。我跟姨夫说了，都怪我，是我后悔了，让他别怨你。姨夫说，让你早点回去，他会分一家餐馆给你养老。让你别难过。

大家都傻眼了。

芳妮不敢相信地：什么？他真的这么说？

琴琴鼓起勇气看着大姨：大姨，虽然这次我利用了你，是我不好，可是这些天，开始我是装的，可后来我也觉得跟你亲，是真的，从小妈妈就管我学习，从来没有人告诉我怎么化妆，怎么打扮，怎么配衣服穿，以后谈恋爱怎么保护自己，大姨，我现在真心喜欢你，以后，要是姨夫不给你钱，你就回中国来，我们是一家人，琴琴养你的老。

芳妮的眼泪扑簌簌下落。（芳妮是很硬气的，前面可没真哭过）

芳妮一把搂住了琴琴。

金志明和佳妮欣慰地看着……

6. 溜冰场，内，日

滚轴溜冰场，三个孩子滑到座位上坐下，互相掏坚果吃。

小宇：行啊琴琴，你终于被我们调教得不老实了。这次你可是干得漂亮。

琴琴笑得特别灿烂。

朵朵：你们觉得吗？自从咱们仨被卷入了留学这场事，咱们仨是光速地奔向了成熟。

三个人都严肃地点头。

小宇：人家都靠早恋达到的效果，咱们靠留学给彻底解决了。

琴琴：是啊，我觉得我坚强多了，胆子也大了。你们不知道，我以前说话，根本不敢强调我自己的感受，这次在公证处我撕了收养协议书，说了一段话，全都是说的我，我怎么着，我怎么着，我又怎么着。我第一次觉得，我这么重要。

三人笑了，把手叠在了一起。

7. 方家厨房，内，日

厨房里，童文洁正在切菜。

方圆：我来吧。

童文洁：不用，朵朵他们溜冰去了，中午不回家，咱俩的饭简单。

刚说完，童文洁忽然一声惊叫，原来切了手，出血了。

方圆：哎呀，我说了我来切菜，你非要来，看看，疼不疼！

方圆一边唠叨一边赶紧给童文洁包扎，童文洁却一下哭出来了。

方圆：好了好了，我不唠叨了，以后再也不唠叨了。

童文洁：不是，不是……

方圆：知道，太疼了，我再处理一下马上就好了啊！

童文洁：不是，现在都七月了，朵朵再过一个多月就出去了。我后悔了，我不想让朵朵出去了！万一朵朵出去受伤了怎么办，被人欺负了怎么办，没人给她包扎伤口，没人会来抱着她安慰她，其实她才 15 岁啊，我们太残忍了，我们怎么能把孩子这样推出去呢，我们不去了！

方圆一把抱住妻子，童文洁泣不成声……

童文洁：要不你还是跟出去吧……

方圆：冷静点儿，朵朵没问题的。这些天奶奶一直在各个方面训练她，她会好好的，我们一定得相信，祝福比担心有力量多了啊！

8. 方济行家厨房，内，日

奶奶林雅颂在教朵朵做饭。

林雅颂：我让你爸妈给你带了一个电饭锅，煮饭的时候啊，你在上面蒸一个菜，比如香肠啊，肉饼啊，蛋羹啊，这样饭好的时候，一个荤菜也好了，你再随便煮个蔬菜，加点纯味鲜，就很好吃很鲜了，简单又健康。

朵朵答应着，在一个小本上一本正经记下来。

林雅颂：平时你需要什么，让你姑姑每个月买给你，功课忙的话就不要自己开伙，等实在想中餐了，就自己做。

朵朵：嗯，还要顾及同屋，邀请她一起吃。

林雅颂：对，同屋的关系最重要了。奶奶刚才教你煮面，都记住了吗？

朵朵：嗯，记住了，即使是煮方便面，也要加上西红柿啊青菜啊，这样营养比较全面。调料也有了，就带纯味鲜和味极鲜吧，家的味道。

林雅颂：那奶奶考试了？晚上，你给我和爷爷、爸爸妈妈做饭，怎么样？

朵朵笑了：没问题！

9. 方济行家客厅，内，日

朵朵用托盘举着三碗面和两个凉菜从厨房出来，林雅颂和方济行，方圆和童文洁满心欢喜地等着。

朵朵得意地：这是我学的鱼香肉丝，外国人最喜欢的中国菜，以后聚餐时可以拿得出手的。这个呢，是我煮的西红柿鸡蛋面，我还拌了两个冷菜，皮蛋

拌豆腐，和纯味鲜凉拌三丝。

方济行开心地：到了美国可不能吃皮蛋了，他们最不能理解我们饮食文化的就是皮蛋。

朵朵给爷爷奶奶发筷子，期待地看着他们。

朵朵：尝尝吧，朵大厨的手艺！

方圆吃了一口，立刻叫好。

方圆：好！比你妈妈比你奶奶都做得好吃，我都吃出小时候的味儿了。到底从小在厨房里帮你爸的，偷了不少厨艺嘛！

朵朵开心地笑着，忽然她注意到了奶奶。

朵朵：奶奶，你怎么了？

原来奶奶却是在流泪。

朵朵吃惊地：奶奶，你怎么哭了？

林雅颂擦着眼泪：高兴的……朵朵长大了，会自己做饭了，会自己照顾自己了，朵朵出门，奶奶不担心了，是高兴哭的……

文洁被触动了心事，过来抚摸着婆婆的背。眼圈也红了。

方济行不满地：朵朵出国明明是开心事，雅颂、文洁，你们要克制情绪，不要用你们的多愁善感来绑架孩子。

朵朵：爷爷奶奶，爸爸妈妈你们放心，我会做饭，会洗衣服，会知道看天气预报加衣服，会跟同学相处，会跟老师沟通，会安排时间努力学习，出国以后我肯定能照顾好自己！

方圆欣慰：我家的乖乖女长大了，要飞了。

朵朵：我只是暂时飞走，还会飞回来的！

10. 方圆家主卧，内，夜

方圆走进卧室，吓一跳。

只见漆黑的房间，文洁坐在地上，看着电脑显示屏，在忧伤的音乐里，显示屏自动播放着朵朵小时照片的幻灯片。

方圆也颇感兴趣：呵呵，还啃苹果呢，苹果跟朵朵的脸一样大！这张是刚睡醒么，一脸呆萌，简直可以做表情包……哈哈那会儿朵朵成天在脖子上围着这条床单，以为自己是公主……

方圆忽然觉得不对劲，果然，在微光中，文洁泪流满面。

文洁：……太快了太快了，好像昨天她还刚长牙，口齿不清地喊妈妈，我还牵着她的手去上幼儿园，今天就长成少女了。15 年了，我习惯了以她为中心，围着她转，可马上她就要离开我们了……

方圆：她有她自己的人生，我们无法阻止……

文洁：道理我都懂，可理智和情感从来背向而驰，你不要安慰我了，让我哭一会儿行吗？

方圆：好，我陪着你。

两人默默地看着幻灯片，方圆心疼地摸着文洁的头发。

11. 方家门口，外，晨

文洁买早点回家，看到佳妮一脸紧张地站在自己家门口。

佳妮：文洁文洁你可回来了，说是从今天早上八点半起就可以查中考分了。我们家电脑不行，不够快，能让琴琴来你们家查分吗？

文洁：还用说吗！快快，进屋。

12. 方家朵朵房间，内，晨

朵朵和琴琴坐在电脑前，金志明和方圆在后头看着，文洁很镇定，佳妮却紧张得坐立不安。

佳妮：我这紧张的啊，我昨天一夜没睡着。

文洁赶紧安慰她：没事没事，580 的总分，琴琴肯定至少能考 560 分！

佳妮搓着手：谁知道呢，谁知道呢。真羡慕你们，这分数不看都行。

方圆：怎么不看都行？这也是朵朵九年的学习成果，我们这心里不比你轻松。

朵朵：网站进不去，肯定大家都在冲进去查分。

金志明：那我打电话，"12580"也能问。

方圆：别打了，准保一直占线。

佳妮：我这急的呀，我这急的呀。

琴琴：妈，我跟你说了，我对了答案，560 分是应该有的。

门铃响了，佳妮更急了。

佳妮：谁啊这是，这火烧眉毛的时候到人家家来干嘛呀……

琴琴无奈：妈，咱们不也是在人家家吗……

文洁赶紧去开门，小宇举着手机跳着跑了进来。

小宇：我查到了！我查到了！我用手机进了市民主页，查到了！琴琴，你562分！朵朵，你551分！你们的成绩百分之百进重点高中！

沉默。

半晌，佳妮怯怯地问了一句。

佳妮：小宇，你没眼花没看错吧？

小宇不满地：当然，我都截屏了！你们自己看。

大家冲过去一看，佳妮老金搂住琴琴就开始掉眼泪，方圆和文洁惊喜地看着朵朵。

朵朵冲爸妈微微一笑：不是我骄傲啊，我跟你们说过吧？出不出国，我都能上重点。

琴琴挣扎出爸妈怀里问小宇：小宇，你多少分？

小宇一拍脑袋：我靠，光顾着你俩，我忘了查我自己的了！

大家哄笑。方圆赶紧拽着小宇过来查，小宇嚷嚷着"我不查不查别丢人了"，屋里充满了欢乐的空气。

13. 药店超市，内，日

方圆在等文洁，文洁提了一个大提篮，里面装满了药。

方圆眼睛都瞪圆了：朵朵是出国留学，不是去倒腾药！

文洁：你知道什么呀，我细细地把朵朵可能生的病分了七种，按照这七种去配的药，（文洁掰着手指头）一、消化不良水土不服类，或胃痛的：胃泰，养胃舒颗粒。二、流感类的，上呼吸道感染：板蓝根，解毒片，强力枇杷露。三、消炎镇痛外用的：狗皮膏药，关节止痛膏。四、皮肤类的，皮炎平。五、……

方圆已经听晕了，做晕厥状。

方圆：我求求你了，别咒咱闺女了行吗？

14. 方家，内，夜

文洁神经质地在家里走来走去。嘴里数叨着。

文洁：各种质地颜色长短厚薄 T 恤，长袖衬衣，外套，防水类风衣，运动装，大衣，毛衣，棉衣，羽绒服，裙子，长的短的，牛仔裤，休闲裤，内衣内裤袜子游泳衣，鞋子靴子……

方圆无奈地看着老婆。

文洁惊叫起来：眼镜！朵朵已经有点近视了，美国配眼镜太贵又不方便，我们去配两副备用的！不不三副！还得要墨镜！最好配有度数的墨镜！我得赶紧写下来！

方圆拉住了妻子，用手机连接音箱放出一段音乐。

方圆：还记得这段音乐吗？学校舞会经常放的。

文洁点头：《蓝色多瑙河》。

方圆搂住了文洁：我们跳舞。

文洁焦急：干嘛呀你这是，我还忙着呢……

方圆：嘘……听音乐，好听吗？

文洁把头依偎在方圆身边，情绪慢慢平静多了。

一曲结束，两人还依偎在一起。

文洁忽然伤感地说：你说，早知道朵朵能考 551 分，上重点高中绰绰有余，我们干嘛要把她送出去啊？佳妮一个劲说羡慕咱们，可我又何尝不羡慕她，高中这三年琴琴每天都能回家，一家三口天天能在一起，我们呢，不知道一年能见到朵朵几天……

方圆：说这些干嘛。离愁别恨，说也说不完。最近你太焦虑了，你要学会放松啊。

15. 城市空镜，外，夜至日

天亮了。

16. 方家，内，日

文洁回家，顺手把一叠广告放在玄关处。刚想关门，方圆也回家了。

方圆：我回来了！

文洁：好巧，我也刚进门，你看看那些门口的广告，处理一下。

方圆：好好！

方圆一边坐下换鞋，一边看着，忽然他就跳了起来。

方圆：天啊，这是什么？朵朵的录取通知书！北京市八中寄来的！天哪，朵朵不会考上了八中吧！

两人慌忙打开看。

文洁：方朵朵同学，我们荣幸地通知你，你已经被北京市第八中学录取……

两人都傻眼了。半晌。

方圆：八中？

文洁：男四中，女八中。从建国那会儿起，就是响当当的牌子啊。

方圆：咱朵朵……有这么好的成绩？

文洁又笑又掉眼泪：我都快哭了……

17. 餐厅，内，日

三家人都在，热热闹闹的，众人都在感叹。

张亮忠：朵朵啊朵朵，你居然有如此胆魄，填八中这种学校，简直像我的闺女，胆儿大，敢冲！

小宇：老张，你说话我咋那么不爱听呢，这到底是夸朵朵还是夸你自己啊？能不能有点主题？

方圆笑：没事，我习惯了，你爸说话一般都要以夸自己作为结束，这已经算是高度评价了。

佳妮感慨：真是啊，朵朵还真是有魄力，其实琴琴的分儿比朵朵高，都不敢填。

金志明：你啊，咱琴琴上一〇一中学，也是一等一的好学校，你还不

满意？

　　佳妮：哎呀我当然满意，但我也不能像老张那样夸自己啊，我这就是在歌颂朵朵！

　　朵朵笑：谢谢叔叔阿姨谬赞，其实我也没想到，就是陪琴琴去考试嘛，完全没包袱！

　　方圆笑：就是，当时反正是放松了随便考的，哪知道还真中了！

　　冷菜已经上了。

　　张亮忠喜气洋洋举杯：来来，为了咱们的几个好孩子，干杯！

　　大家热热闹闹干杯，开始吃饭。

　　张亮忠不吃，继续发言。

　　张亮忠：上次呢，去澳大利亚上学，我给小宇精心准备了party，结果一个没看住，这小子改签了机票，跑了！这一次啊，我家小宇出息了，在大家的帮助下，居然考到了美国的学校，我就不多表扬了，我就一句话，这告别party，还是得办！得大办！我来出钱出地方，大家捧个人场！

　　小宇：你把我的照片做得比人还大，挂宴会厅中间，生怕全世界不知道你是一傻土豪啊？

　　张亮忠：啊？要不然呢？我就不是暴发户，是贵族啦？

　　佳妮：老张，你那钱也不是大风吹来的，别浪费了。

方圆：就是！咱们三家今天大聚会，就行了。

张亮忠：不满足，我不能满足。

朵朵：张叔叔，我们真的都不想开这个 party，我们又不是走了就不回来了。

琴琴：张叔叔，小宇、朵朵说的对，这几天时间还不如让我们仨好好在一起玩儿呢。

朵朵：小小的一次别离，为的是以后长长的团圆。

文洁：是啊，我们就是一次小别离。老张，你就别太夸张了。人生这么多别离，能知道归程的别离，不算别离。

金志明：你们不办啊，我们要办！佳妮，你说咱们琴琴从小到大学习这么好，为咱们俩省了多少心省了多少钱！现在又考上了重高，咱们是不是得好好庆祝一下？我决定，休息一周，也不拉活了！咱们一家三口来一场说走就走的旅行，怎么样！

琴琴：哇，爸爸好棒！

金志明：琴琴，你说，你想去哪儿爸爸就带你去哪儿！

琴琴：那我要去个大的地方……嗯……北戴河！

佳妮：嘿哟这孩子，这就是大地方啦！真会替你爸省钱。

琴琴：妈妈，只要心中有风景，到哪儿都是度假胜地！

众人纷纷赞。

张亮忠：怎么教出来这么好的孩子啊！

18. 方家客厅，内，夜

朵朵在收拾行李：这趟出国要好几年，好多带不走的衣服，就去"转转"上卖掉吧，给自己赚点零花钱。

朵朵蹲在地上给自己的闲置衣物拍照，上传"转转"app：搞定！

朵朵站起来，忽然发现文洁在愣神。

朵朵已经：妈，妈。你怎么了？

文洁神情恍然：没，没什么。

文洁忽然站起来，收的衣服都掉地上了。

朵朵奇怪地捡了起来。

文洁拉着方圆就往卧室走。

19. 方家卧室，内，夜

方圆低声问：祖宗，你又怎么了？

文洁长长出了一口气：朵朵考上八中了！八中啊！

方圆：啊？是啊，不是大家都歌颂她了吗。我爹还给她写了诗呢，云阔天青谁引弓，单骑（jì）轻取女八中。江山代有才人出……

文洁：打住！我是说，那她根本就不用出国了啊！

方圆瞠目结舌，半晌。

方圆：你这是后悔了啊？

文洁：斩钉截铁地告诉你！我就是后悔了！

方圆：你这也太……太……你疯了！

文洁：没什么太的，现在还来得及！能上重点高中了，为什么还要出国呢？！我们不去了，不出去了！

方圆：你……

文洁却沉浸在兴奋里：我决定了，不走了！这些天我天天吃不下睡不着，现在好了，朵朵不离开我了，我终于可以睡个好觉了。

方圆傻眼了。

朵朵也闻声进屋，看着妈妈的样子傻了眼。

朵朵：妈，你说什么？

文洁刚要说什么，被方圆一把抱住，捂住了嘴。

方圆：你接着收拾去吧。我跟你妈还有点事儿商量。

朵朵出屋，方圆赶紧吓唬文洁。

方圆：事儿还没定呢，你不许先说。我们商量决定了才能说，说风就是雨的，朵朵思想风吹草动了可怎么弄啊。

20. 方家卫生间，内，夜

方圆默不作声在刷牙，文洁兴奋地在他身边转来转去。

文洁：……当时我是怕朵朵考不上重点高中才想要出国的，可现在这个问题解决了啊！

方圆：你都把我绕糊涂了，不是，我们是为了她接受更好的教育，才让她出国的。

文洁：国内教育怎么就不好了？前天我还看硅谷科学家说，美国的教育四十年没变，根本不适合现在的孩子！再说中国的基础教育很好，你看那李元儿，就是你们初中的学霸，不是为了孩子在国内读中学，全家从美国回来了？

方圆无奈：李元儿主要是有个大项目必须回国做。

文洁：那更证明中国经济在发展，有发展前途了！

方圆：可咱们一切都准备好了！一切都准备好了怎么能不走了呢？

文洁：为什么不能？朵朵有魄力填八中，我们为什么就没有魄力中断出国这事儿？再说当初要出去就是因为怕考不上重高，现在都已经录取了为什么还要出去？

方圆：好了好了，你这话今天已经说了好几遍了。

文洁：我今天就车轱辘话连轴说了。反正朵朵是不去了。

方圆无奈。

21. 方家卧室，内，夜

两人都睡不着。文洁还在慷慨激昂。

文洁：……这么好的高中，别人都削尖脑袋想进去，我们却还放弃！

方圆：唉，你太慷慨激昂了，我都被你说晕了。

文洁：那说明你情感上觉得我掌握了真理，只是理智不敢承认。

方圆：既然你说出国不好，为什么科学家都要出国深造？世界正在变平变小，多方面的沟通学习是很重要的。

文洁：你理解错了，我不是反对出国学习，只是不希望朵朵青春期出国，她看上去是大人，心里却还是孩子，没有系统的价值观，我们把她扔到大人保护不了的地方去，这不是加剧青春期的残酷性吗？如果等到 18 岁，到大学时再去，明显成熟多了，对她也是更负责任的做法啊。

方圆也软了：是啊是啊，其实我也舍不得！

文洁：是啊，这些天我都长了多少白头发啊……唉，咱别出去了！

22. 小区，晨，外

老张正在小区的健身器材上做引体向上，方圆走了过来。

方圆：可以啊你，有点我的意思了！

张亮忠跳下来：你也练几个呗？

方圆：今天就不了，实在没心情。自从来了这个八中的通知书，文洁就闹着不让朵朵出国，跟打了鸡血似的，整宿整宿跟我辩论，你说我怎么办？

老张：开弓没有回头箭。你这边儿都办好了，钱都花出去了，当然得出国了！文洁平时看着挺明白的，怎么关键时候还是头发长见识短呢！

方圆无奈：你这话可别让她听见，说你政治不正确，歧视女性！

老张：好吧我错了，那你怎么办？

方圆：她不停地说，我也禁不起这枕头风啊，吹得都有点恍惚了。

老张：不能恍惚！你挺住了！咱不说女性男性，这事儿啊都走到这一步了，就得照原来那么办，朵朵和小宇结伴去！落子无悔，这是人生的游戏规则啊！

23. 方家，内，晨

方圆拎着早饭回家，朵朵还在睡。

文洁也跑步回来，一脸亢奋。见她又要开始高谈阔论，方圆赶紧把她拉到厨房。

方圆：你在这儿说，轻点说。别吵醒了朵朵。

文洁：我跟你说方圆，我刚才都想得清清楚楚了！第一，先给方欢打电话，说明情况，希望能要回学费。实在要不回来全额，打个折要一部分也行。第二，马上准备高中的东西，到时间去八中报到，军训……

方圆：停！你让我再想想，我被你搞疯了！

文洁：怎么了，你昨天不也说舍不得了吗？

方圆：等等，等等，我现在脑袋都是晕的，不能辩论，咱们先上班去，各自冷静一下，有什么事晚上回来再说。

24. 卫生站，内，晨

佳妮正在推老人的轮椅出门，文洁陪在旁边，两人冲老人挥手告别。

文洁叹气：你说到底该怎么办？

佳妮：什么怎么办？我举双手双脚同意你的决定啊！我那会儿就疯魔了，想让琴琴出国，结果就在办过继手续前崩溃了，舍不得孩子！心里总是七上八下的！你这决定太英明了啊！

文洁拼命点头。

佳妮：特别你，爸妈去世早，虽然方圆对你好，可没有血缘关系啊，世界上有血缘的，就只有一个朵朵了。

文洁拼命点头。

佳妮：再说了，你家为了出国，得花多少钱啊？这些钱哪怕攒着给朵朵上大学创个业呢，以后结婚当个嫁妆呢，干嘛都送给美国人啊，自己留着不好吗？

文洁听得已经说不出话来了，只是拼命点头。

文洁：还是你理解我，能领悟那种感觉！

25. 方家，内，黄昏

方圆夫妻正在争吵。

方圆：分数低你就让朵朵出去，分数高你就要留下朵朵，那万一以后分数又低了我们还折腾出去吗？你不能被分数牵着鼻子走啊！

文洁：中考完了就是高考，只要十八岁我就不拦着了，所以没有万一了！再说考这么好就是完全重建了朵朵的信心，之后她一定能一往无前，我相信她！

方圆：行了行了，我真的被你说晕了，别说了！

文洁：还是那句话，你不是被我说晕了，而是你也赞同我，只是不敢承认！

方圆：别说了，朵朵也要回来了，我想出去走走。

方圆开门出去，文洁追出来。

文洁：我知道你要找老张，去吧，聊清楚了回来。我一堆话等着你。

26. 小区，外，黄昏

方圆刚走到老张楼下，老张却急匆匆出来。

方圆一愣：你这是有应酬啊。

老张：嗯，磕了半年的一个客户忽然来北京了，要去招待。你什么事儿，还是文洁那事儿？

方圆：可不是！你说我怎么办啊，实在说不过她啊！

老张匆匆叮嘱：你要顶住！顶住文洁的狂轰滥炸，拖！拖到时间来不及，只能出国。

老张说罢已经上车离去。

方圆叹气，这时他接到了电话。

陈洁：方圆，你现在有事吗，我想麻烦你过来一下。

方圆：哦，好啊，我马上过来。（又匆匆给文洁电话）文洁，我刚接到陈总电话，让我去公司加班，晚点回来啊。……好好，你多准备点话来砸我吧。

方圆挂上电话，离去。

27. 办公室，内，夜

陈洁：目前我们除了拿下了地块，还什么都没有。开发设计师跟政府接洽很有经验，也有很多设计方案，但最后还是要我们来定夺。一会儿他们的人带着档案和图纸就过来了，明天一早就要提交到董事会上，不好意思，今晚你可能要熬夜了。

方圆：没关系，工作挺好的，要不成天想家里那点事儿。

陈洁：你家里什么事儿？

方圆：也没什么大事儿。朵朵不是被美国女校录取了吗，定金都交了十几万了，可又考上八中了，文洁又后悔了，正在说服我放弃出国呢，你说怎么办？

陈洁沉吟：我瞎说啊，你不要介意。我觉得父母总下意识把孩子当做自己的私有财产，把自己的想法强加给孩子，以为这就是给他们的爱。但其实，家长们对孩子并不是给得太少，而是听得太少。其实我当初就不想出国，但父母非要移民，完全没有征求我的意见。

方圆：你的意思是？

陈洁：我的意思是，现在朵朵什么想法你们问过吗？

方圆点头，沉思。

28. 方家，内，日

清晨，方圆加班回到家里。朵朵正在跟文洁吃早饭。

朵朵：爸爸回来了，吃饭吧！

方圆：好，不过，我想先问你个问题。

朵朵还没说话，文洁就先开口了。

文洁：我知道你要问什么，朵朵还不到十八岁，我们是她监护人，这事我们决定。

方圆：朵朵虽然不到十八岁，也是有独立人格的，必须尊重她。

文洁：可在你问她之前，至少我们要先统一意见。

方圆：可我们的意见无法统一。这都已经决定的事，怎么能因为一件小事改变走向呢？

　　文洁：可世界上有多少事，都是因为小事改变了走向。两次世界大战的导火索也都是小事你知道吗？

　　夫妇俩争执不下。

　　朵朵看看这个，看看那个，头都晕了。

　　朵朵：你们别说了，我知道爸爸想问什么，其实这两天我也一直在想这个问题。

　　文洁愣住了：那你想好了吗？

　　朵朵：想好了，妈妈，你别伤心，我这个结果跟你没关系，我爱你，我也舍不得你，可我想要出国！

　　文洁愣住了：为什么？

　　朵朵：我不甘心，为了出国我付出了这么多，不说钱的事儿，光考试我都考了三四回！世界上付出了代价最多的才是最贵的，我不能接受光付出没有回报。了解那么多关于美国的事情，我想出去看看。再说我做好了思想和心理准备。我长大了，我就等着展翅高飞呢！

　　文洁沉默了。失魂落魄。

　　方圆看着文洁的样子，有点害怕了。

　　方圆：老婆。

文洁浑身无力：这就是你要的结果吗？让朵朵说出这番话？朵儿，现在我感觉如果阻挡你出国，就像螳臂当车，像飞蛾扑火。

朵朵委屈：妈妈，你想多了。

文洁伤心：你就那么盼望离开我们吗？

方圆叹气：你钻牛角尖了。本来咱们的思想都通了，你也接受心理断奶的过程了。可就是因为这个录取通知书，让你困惑了。让你以为一切都能挽回。

文洁哭了。朵朵赶紧上前给妈妈擦眼泪。

方圆：别哭了，朵儿的选择是理智的，我问过方欢了，那十几万的意向金是不可能退的。就算不说钱，咱们付出了这么多，也最后找了一个互相认同价值观的好学校，为什么说放弃就放弃呢？

文洁摇头：不说了，只是我没想到，你们父女俩一条心。既然这样，那就走吧。我挡不住。只是，朵朵真走了以后，你要是难过起来，别后悔。因为我们是有机会不让她走的。

方圆：我不会后悔的。文洁，开弓没有回头箭。咱不能用爱来羁绊孩子，让她走吧。

朵儿：妈妈，我走，是为了更好地回来。你相信我。

方圆：这说明我们朵朵长大了，愿意出去也是胆量。像她这种有主意的孩子早放出去，锻炼一下，是好事！

朵朵懂事地：妈，你慢慢调节情绪，反正现在通讯方便，随时微信微博的，就当是我住校一样。一眨眼，我就回来了。

文洁看着朵朵殷切的眼神，含泪将女儿抱在怀里。

29. 方家客厅，内，晨

朵朵的大箱子终于装满了，朵朵用力把箱子盖上。

30. 主卧室，内，晨

朵朵蒙着文洁的眼睛，给方圆戴上一个眼罩，拉着他俩走进主卧室。

文洁：好了吗，怎么还不松开啊。

方圆拼命想偷看，被朵朵敲了一下脑袋。

朵朵：等等，不许睁开眼。

朵朵赶紧按下电脑的键盘。拉下方圆的眼罩。

朵朵：好了，妈妈也睁开眼吧。

只见屏幕上，是一组方圆文洁跟朵朵的合影，从小到大，伴随着美好的音乐。PPT上还时不时跳出朵朵的心声：走了那么远／我们去寻找一盏灯／你说／它就在大海的旁边／像金橘那么美丽／所有喜欢它的孩子／都将在早晨长大。

最后跳出几个大字：妈妈，爸爸，我爱你们！

文洁眼圈红了。

朵朵抱住了文洁：妈妈，这世界上我最爱的就是你，我永远都舍不得离开你。可事情都决定了，我不想回头。

文洁抱住女儿，感慨万分。

朵朵：你乖乖地在家等着我，我总有一天要回来，还跟你和爸爸住在一起，过幸福的日子。

文洁含泪点头。

朵朵笑：妈妈你再闭上眼睛。

文洁：还要闭眼睛啊？

朵朵：嗯，还有惊喜呢。快，听话。

文洁又乖乖闭上眼睛。

朵朵：变，变，变！

朵朵把一个东西拿了出来，是个漂亮的垫手。

文洁：这什么啊？

朵朵：涂指甲油用的垫手啊。你忘了？你手不稳当，指甲油都是我给你涂的，我走了，你就暂时美不成了，我就给你买了这个，你把手放在上面再涂指甲油，就可以了！

朵朵拉着文洁来试，文洁一脸惊喜和幸福。

方圆失落：喂喂，这也太偏心眼儿了吧，我呢？

朵朵掏出个盒子：我给你买了块表，我没钱，嘿嘿，买的是便宜的，可是是双时表，你看，一个是我的时间，一个是你们的时间。想找我的时候，一看就知道了。

方圆和文洁搂住了女儿。

朵朵老练地：我要走，最不放心的是你们俩，你们俩呀，看着挺成熟，心里又二又傻的，被人卖了都不知道，还都脾气急，我这一走，你们俩可得互相看好了，别闯祸，别吵架，乖乖地等我回来，知道了吗？

方圆和文洁拼命地点头。

朵朵：说好了？来，击掌为誓！

六只手叠在一起。

31. 机场，内，日

机场，小宇一脸酷，轰着来送别的大家。

小宇：好了好了，你们别送了，越送越舍不得，我们安检去了。

张亮忠张开双臂：来，儿子，拥抱一个再见。

小宇潇洒地挥挥手：我可不来这些，半年后放假就回来，又不是生离死别。

朵朵跟文洁和方圆深深的拥抱。

朵朵：记住我说的，我去好好上学，你们俩好好看家。

文洁拼命忍着眼泪，方圆认真点头。

小宇：别这么粘了行吗？我说一二三，你们放手，一,二,三！

朵朵一把推开还舍不得的爸妈，小宇拉着她的手，飞奔而去。

张亮忠：你们俩航班不一样，城市也不一样，不要搞错了！

小宇和朵朵的声音已经很远了：知道了！再见！再见！

文洁和方圆眼含热泪，一起看着女儿的背影消失在安检口，消失在人群深处……

（隐黑）

32. 方圆家，内，日

打开房门，方圆和文洁进屋，文洁茫然伤感地看着空荡荡的家。

文洁：只走了朵儿一个人，我怎么感觉这家就像没人住过的冰窟呢……

文洁眼圈红了。

方圆赶紧过来安慰：还有我呢，还有你呢，我们都是大活人，怎么就会像冰窟呢？快别哭了。

文洁却忍不住眼泪：方圆，我们从此是空巢家庭了……

方圆无奈地看着文洁……

33. 张家，内，日

张亮忠回家，也是神思恍惚，在小宇屋子前傻傻地站着，一会儿过去摸摸鼓，一会儿看看墙上的照片。

蒂娜看到，立刻转身抱了皮皮过来。

蒂娜：爸爸，皮皮要爸爸……

皮皮笑着往张亮忠怀里扑，张亮忠抱过皮皮。

张亮忠：皮皮，哥哥走了，爸爸心里难过。爸爸笑不出来了，你知道吗？

张亮忠把皮皮递给蒂娜：你带皮皮玩去吧。让我一个人在小宇屋里呆一会。

张亮忠紧紧抱住了小宇的枕头。

蒂娜无奈：这画风突变，我不敢看啊……

34. 方圆家，内，日

张亮忠和文洁坐在沙发上，各想各的，发呆，方圆死活拉着佳妮和金志明进来。

方圆：来来来，今天就在我家包饺子。你们俩来好好安慰这位伤心的妈和伤心的爸，据说他俩茶不思饭不想，已经一天一夜了。

金志明：哎呀，佳妮，你赶紧的！赶紧坐沙发上去，你们仨拉着手，一起哭。

文洁诧异：佳妮你哭什么啊？

佳妮立刻眼含泪花：我家琴琴也住校了啊……

老张立刻起身，给佳妮腾了个地方。

张亮忠：来来佳妮，坐过来。咱们仨聊。孩子走了，真是觉得心里给剜了一块儿肉啊……我连去公司上班都没心思了。

两个妈妈拼命点头，眼圈红着。

方圆和金志明无奈对视。

文洁：老张，想不到你平时看着那么大大咧咧的，你心里真是柔情似水。真比我家方圆强多了。

佳妮：是啊，老张，你说的对。还是你能理解我们。

方圆：老张，差不多行了啊，别为了塑造你的个人形象，把我和老金带坑里去。

张亮忠瞪了方圆一眼：你是心狠，怨不得文洁委屈！

文洁一把拉住了张亮忠的左胳膊：总算有个娘家人了。

金志明：佳妮，咱们就别跟着人家起哄了，咱们周末不就见着了嘛……

张亮忠：志明啊，你这么说就没劲了，那一日不见如隔三秋你以为是说爱情的？我看不是，是说爸妈想孩子的！

佳妮也一把拉住了张亮忠的右胳膊：还是老张懂！

老张也伤心了：再说了，你们都是夫妻双全的，哪儿理解我这个又当爹又当妈的人的心，你们想孩子了，互相说，互相理解，我呢，我能跟谁说啊。

方圆也终于扛不住了：我说，你们别这样行吗？谁不想哭啊，我这不是装坚强吗，那日子总得过下去，不能说孩子走了就是世界末日了吧……

文洁：对对，这话对，世界末日！我现在就是这个感觉……

文洁哭得更伤心了，佳妮的眼泪也止不住。

老张真像个负责的妇女之友，不断给她俩递餐巾纸。

方圆和金志明也开始擦眼泪……

（第二十四集完）

暖男的爱情和战争

总编剧： 何晴
编剧： 何明、谢菁、万盾
导演： 刘新
主要演员： 林永健、姚芊羽、周冬齐、谭松韵等

年过四十的中国男子郭东升在韩国济州岛的马场工作，他是因为被前妻抛弃，才想到要去韩国赚钱养女儿的，一去就是十几年，寄回去的钱买了房，女儿快要考大学了，可近乡情怯的感觉，使得他一直不愿回国。即使有限的几次回去，他也隐瞒了自己在韩国干粗活挣钱、还赌博的实情，而是生造出一个伟大的"韩国老板"的形象。

一直在照顾孙女的郭父脑溢血病危，郭东升却阴差阳错没赶上父亲最后一面，等他终于回到了国内，面对他的却是一个烂摊子：父亲去世，女儿郭妍对他充满仇恨，郭东升无所适从。幸好前妻的妹妹沈莲一直暗恋他，关心他，帮助他，他才逐渐站稳，笨拙地学习面对长大的女儿。

前妻沈娟归来，在美国过得不如意，丈夫嗜酒，房子面临被银行收回，她找郭东升借钱，郭东升却无钱可借。两人还是都不愿意接手女儿郭妍，准备一个回美国一个回韩国，绝望的郭妍自杀了……

　　郭妍的自杀终于彻底唤醒了郭东升，他毅然决定留在国内陪伴女儿，在韩国一起工作的女孩清子因为爱他，追随他回国，而沈娟和麦克也离婚了，为了讨好女儿，郭东升与沈娟假复婚，而他自己根本无法否认，他真心爱的是沈莲。

　　假复婚的事被戳穿后，郭东升与女儿的关系再次急转直下，幸好在这个时候，他与沈莲之间的感情再也遮挡不住，两人深深相爱，郭东升希望从此就与沈莲相依相伴，但是沈莲多年来的慢性肾炎恶化成了尿毒症，必须马上换肾……

　　郭东升回到韩国筹款，却因为差了一部分又走进了赌场，不仅输光了自己的钱，还把韩国养母贞淑奶奶借给他的钱全输光了，得知贞淑借的是高利贷后，郭东升绝望地走进了冰冷的海水。幸好在最后时刻清醒了，他决心重新站起来，面对自己的人生。

　　郭东升回国卖掉房子，带着女儿住到了父亲留下的旧屋，支持沈莲做换肾手术，手术成功了！郭东升喜极而泣，他鼓足勇气向亲朋好友说出了自己不是什么大老板，而是很窘迫的情况，他开始从最底层干起，超市上货，送快递，在沈莲和清子的帮助下，他开了家韩国拉面馆，并帮助还有感情的沈娟和麦克复了婚。生意终于开始盈利的时候，他才得知这块地早已纳入拆迁计划，他们被租主骗了！店垮了！

　　在这个时候，郭妍决心用沈娟寄回来让自己读大学的钱去韩国旅游，实际上是准备"黑"在韩国，帮助父亲挣钱养家，郭东升赶到韩国找到了女儿，带她走遍了自己辛勤工作过的地方，说出了对女儿的期待。

　　生活的一次次打击郭东升都扛了过来，他申请了执照，开始卖烤串儿，并靠自己的力量申请到了小企业贷款，再次开起了面馆，并开始准备与沈莲的婚事，他在沈莲学生的击剑比赛场上安排了大屏幕求婚，他的浪漫和痴情终于使沈莲对病魔充满了斗志，两人准备结婚，一直爱他的清子也终于被他们的感情感动，退出了无望的竞争。郭东升多么希望，他的生活就这么一路阳光灿烂下去啊！

　　但是沈莲的病情急转直下，移植过来的肾出现了严重排异，明知自己要死，沈莲故意骗郭东升说爱的不是他，而是东升的发小、大公司董事长周大川，想以此让郭东升恨她，以淡忘自己去世后的伤痛，并把郭东升托付给一直深爱他的清子，郭东升被重重伤害，真的开始准备与清子的婚事。

但郭妍发现了小姨的病历，得知实情，郭东升说服了沈莲，死都不怕，还怕结婚吗？他们终于结婚了。

沈莲实在不能相信郭东升是一个那么浪漫的人，他们在深夜起舞，到海边去看星星，但是病魔并没有因此对沈莲有所怜悯，沈莲去世了。

硬汉郭东升完全倒了，郭妍对父亲尽了最大努力，也无法让他重新站起来。在这个时候，郭东升收到了沈莲来自天堂的来信，她在去世前写下了很多信，委托清子在自己去世后寄给郭东升，一封一封，终于慢慢陪伴郭东升走过了黑暗，而清子和贞淑奶奶从韩国来到中国的陪伴，终于让郭东升从宿醉中清醒，在海边一声声大吼：阿莲，再见！

郭东升在自己的面馆里迎来了新的客人，他告诉这个客人，也告诉自己：今天，又是新的一天了。

第一集

1. 空镜头，外，日

字幕：2012 年，韩国，济州。

美丽的济州岛，海水很蓝，轻轻拍打着沙滩。

汉拿山静静耸立。有白云飘过。

2. 朴家的马场，外，日

牧场很宽广，里面放牧着一群马，一群游客在参观，一个中年男子牵着一匹马，扶一个小孩儿坐上去，开始牵着走，后来孩子熟悉了，要自己骑，那男子便跟在后面一路小跑。他跑出了一身的汗。

游客离去，男子道别后把几匹马赶回到马舍。

男子（韩语）：妈妈！

一位约七十岁的韩国老人迎了出来（韩语）：东升！你回来了！

东升：嗯，今天来参观的客人很多！

韩国妈妈：它们吃草吃得多吗？

东升（韩语）：嗯！昨天刚下过雨，今天的草很新鲜！吃得又多又好！

东升下马，很利索地开始铲粪。

3. 马场餐饮车，外，日

一辆餐饮车在卖各种各样的食物，一个二十多岁的女孩子在招揽顾客，但今天客人稀少，看看天色已晚，她干脆开始收摊了。

4. 马场，外，日

那个女孩子骑自行车过来，大声地打着招呼。

女孩儿（韩语）：贞淑妈妈！你好！

贞淑妈妈笑着：清子姑娘你好。

清子下了车，跑过来叫东升，说的是中文。

清子：东升！郭东升！叫你呢！你别装傻！

郭东升擦了把脸上的汗：你不好好干活卖吃的，到处溜达？

清子做个鬼脸：最近俺们中国人来得少呗。现在每天就准备平时一半儿的量。我给自己提前下班了！

郭东升干完活走了过来：你反正自己当自己的老板，我不行啊。

清子：都托你的福啊，是你帮我找的这活儿。

郭东升很得意：那是，要是别的男人肯定没我这么高尚，早对你有所企图了。

清子：求求你了，对我有企图吧，我想嫁给你呢。

郭东升：别别别，我一直把你当妹妹。再说我这么穷，你是想嫁入豪门的。别耽误你。

清子：别逗了，你可是贞淑妈妈的义子呢，这马场以后都是你的啦。

郭东升摇摇头：你可别胡说八道的。唉，最近真想家，赚够养老的钱就回国。

两人在草地上坐下，悠闲地看着远处的蓝天白云。

清子：跟你说过多少次了，要赚钱在这儿可慢。咱们去首尔吧。

郭东升：我喜欢这儿的悠闲。什么也不用想，多好。

清子：我说你这人真奇怪，在韩国当着隐士，回中国又装大老板，骗你爸你女儿你在韩国开公司赚大钱，回国也要西装革履地装，是为什么呀？

郭东升嘿嘿一笑：人很复杂，你慢慢琢磨吧。

清子忽然起身对贞淑妈妈喊了一句（韩语）：贞淑妈妈，我想请东升陪我去趟济州市呢。有家超市牛肉在打折，我要进货了。

贞淑妈妈笑着点头。

5. 济州市区商业街，外，黄昏

郭东升很不乐意地跟在清子后头。

清子拉着他进了一家冷面馆。

6. 冷面馆，内，夜

这正是晚餐时间，一天最忙的时候。面馆内，面积不大，坐满了人。

清子熟门熟路地跟里面厨房打了个招呼：阿平，我们来了。

厨房里热气腾腾，四、五个伙计都戴着头巾在忙活着。中国人阿平笑着冲他们点头。

阿平：坐吧。

郭东升跟清子坐下。

一碗碗的面被摆在桌子上，转瞬又被服务员端走。店里都是吸溜面的声音，和韩语的"请慢用，谢谢"的声音。

忽然，靠窗的桌子上有人叫了起来，原来是一个穿着花衬衫的混混。

食客：（韩语）怎么回事？笨蛋，这不是我的面！

一个服务员（韩语）：条子上您点的不是海鲜冷面吗？

食客一脸刁横（韩语）：我开始点错了，但更正过了。我要的是鲜蛤冷面啦！

服务员微笑着（韩语）：您跟谁更正的？厨房没有收到。

食客破口大骂（韩语）：笨蛋！你们没有收到不等于我没有更正！让我等这么长时间，一点歉意都没有！像你这样的笨蛋不应该在冷面馆卖冷面！

阿平出来连连鞠躬（韩语）：对不起，对不起。实在不行，退钱给您吧。

食客却张嘴就冲他"呸"了一口。

郭东升再也忍不住，他阴沉着脸站了起来。

清子急忙挡住他（韩语）：东升，别找事儿。

郭东升却目光坚定（韩语）：让开，我要过去。

郭东升走过来，他怒瞪着食客，眼睛里仿佛要喷出火来，把那碗面端了起来，好像随时要扣在食客头上。

食客吓了一跳，他看着郭东升的样子。

食客（韩语）：你，你干什么？

郭东升一言不发，只是在食客面前很自然地换手端着面，伸展着筋骨，露出了一身的腱子肉。

食客都看傻了。

郭东升忽然"啪"地一下把面放在食客面前。

郭东升（韩语）：听说过李小龙么，还有成龙？他们练的都是中国功夫，他们的名字都有龙字……

食客眼睛瞪得很大。大家都一脸紧张。

郭东升却忽然笑了（韩语）：放松，那么紧张干什么？你们大家知道么，我虽然是中国人也练功夫，但名字里没有这个字。不好意思，给您添麻烦了。阿平！我说今天的面给这位先生免单，你同意吗？

阿平连连点头。

混混食客不敢再吱声，郭东升笑着离去，大家都松了一口气。

7. 冷面店外，外，黄昏

阿平送郭东升跟清子出来，千恩万谢的。

阿平：谢谢啊，这人老在这儿捣乱，要不是今天东升这么帮忙……

郭东升拍拍阿平：瞧你，都是中国人，不互相帮忙哪成。你忙，有空来马场找我们。清子现在做的面也挺好吃。

阿平憨笑：清子欢迎我吗？

郭东升：欢迎，当然欢迎！

清子：平哥我们走了。

走开两步，清子就冲郭东升瞪眼。

清子：干嘛你？要你给我们拉扯。

郭东升：阿平对你有意思，他比我强多了。

郭东升口袋里的手机响了。周围一片嘈杂，他没听见。

8. 海城医院，外，黄昏

出字幕：中国，海城。

救护车尖锐的声音中，一辆救护车飞速开来，停在医院急诊室门口，几个救护人员用担架抬着一位老人往里跑。边上是一个背着书包穿着校服的十八岁左右的女孩子，一边哭一边在打手机。

救护人员：家属呢？家属快过来！——你们家大人呢？

女孩哭着：我爸在韩国，我妈在美国……

救护人员：没别人了？

女孩：……我打电话给我爸呢……

救护人员：马上找大人过来，要签字交押金定治疗方案！

女孩绝望地听着手机里传来的空响声。她颤抖着手开始拨另一个电话号码。

9. 击剑馆，内，黄昏

这是一家市少年宫的击剑馆，里面的队员们练得热火朝天，其中一个非常出挑，进攻得非常漂亮，剑剑逼对手后退，最后一剑刺中对手的有效部位，亮灯。

围观者一起鼓掌。

这名选手摘下面具，约三十多岁的一个俊俏女子，是击剑馆的教练沈莲。

沈莲大声地对围观的弟子：看见没有？进攻！进攻！要进攻！

一个队员跑来：沈教练！你电话！

沈莲一把抓过电话：你们继续练！……喂？郭妍？

郭妍（画外音）带着哭腔：小姨……

沈莲大惊：什么？你爷爷住院了？！我马上过来！

10. 济州市街区，外，夜

郭东升帮清子把货物搬到车上，这时电话又响了。

郭东升擦了把头上的汗，掏出手机一看，立刻急眼了。

郭东升：坏了坏了，是我闺女！十五个未接电话！

这时手机又响，郭东升急忙接听。

郭东升：喂？小妍？

郭妍（画外音）：你为什么不接我电话！

郭东升：是这样，公司开会，总部来了人，手机我放在会议室外面了……

清子听见，耸肩撇嘴一笑。

清子自言自语：吹牛，就知道吹牛！

郭妍（画外音）：爷爷在医院！我今天一回家就看见他晕倒在客厅了，我打电话叫了"120"，医生说他是脑溢血……

郭东升一下就惊呆了：你说什么？

郭妍（画外音）：怎么办啊，怎么办啊，我怕……

听着电话里郭妍放声痛哭，郭东升顿时方寸大乱。

郭东升：别急别急，听见没有，别急！小姨呢？你给小姨打电话了吗？小姨去交钱了？她在就好。别急，别急。（郭东升急得一拳打在车上）别急啊。我跟你说，小姨一到，让她马上给我打电话！我这就买机票，马上回来！

清子：怎么了？

郭东升急切地：我爸脑溢血！在医院抢救。我马上去买机票！

11. 国内某医院，夜，内

医院急诊室外，亮着红灯。郭妍挂了电话，仍然在抽噎着。

沈莲匆匆跑来，风风火火的样子，把手里的各种单据塞在郭妍手里，腾出手来给她擦眼泪，顺便把头发给她三把两把扎了起来。

沈莲：你爸怎么说？马上回来？

郭妍：嗯。

沈莲长出了一口气：他能回来就好了。没说是什么时候？

郭妍马上就拨号：我再问问。

沈莲制止：别打了，你爸管着家大公司呢，忽然要回来肯定是千头万绪忙不过来。咱不打了。

郭妍六神无主地：小姨，爷爷不会有事儿吧？

沈莲没说话。

郭妍：爷爷不会死吧？

看着郭妍满是眼泪哀求的样子，沈莲叹了口气。

沈莲：小妍，你听我说，世界上谁能不死？……咱们谁都会死的。

郭妍一下就崩溃了：可是爷爷不会死的，爷爷不能死，今天早上我去上学，他还好好的，还问我晚上吃什么，怎么我一回来他就躺在地上了呢……（郭妍忽然恐怖地）小姨，爷爷不会是被我累死的吧？都是我不好，我不该说我要吃这吃那的，他都快八十了还得给我做饭……

沈莲把郭妍搂在怀里：别瞎想了。

这时急救室门开了，医生走出来，摘了口罩，一脸严肃。

医生：你们谁是病人的直系亲属？

沈莲急忙起身：怎么了？

医生：病人脑室五级溢血，现在已经深度昏迷。如果要抢救的话，必须马上做开颅手术。这是手术需知，看一下，马上签字。

沈莲呆住了：开颅？

郭妍浑身颤抖。

医生：你是病人什么人？女儿？

沈莲：不不，我是……他儿媳妇的妹妹。前儿媳的妹妹。

医生很不解地：前儿媳？那儿子呢？儿子不是前的吧。

沈莲无奈：儿子现在在韩国，那个小姑娘是他孙女，还在上高三。

医生很反感：就是说你们没人能做主？还救不救？

沈莲：救！肯定救！我马上打电话给他儿子，让他授权给我，我签字！这样行吗？

医生：反正你们快一点儿，我们是在跟死神赛跑。

12. 韩国街道，外，夜

清子开车停下，东升下车，在街道上疾跑，手机又响了，他火速接了起来。

东升：喂？

沈莲（画外音）：东升，我。

东升长出一口气：听到你声音我就找到组织了。老爷子怎么样？

沈莲（画外音，急迫地）：深度昏迷，必须马上开颅手术，要直系家属签字，医生让我问你……

东升焦躁地：还问什么啊，救命的事儿还用问！同意！当然同意！马上签字！记住，只要能救回我爸，怎么都同意，多少钱都行。你别管钱的事儿！

沈莲（画外音）：如果手术也无济于事的话……医生说要做好思想准备。

东升急了：这他妈什么医生啊，这不还没手术呢吗，凭什么就做思想准备啊！别想推卸责任，我他妈就不做思想准备！救不活我爸我跟他们没完！

沈莲（画外音）：你又犯浑！

东升粗声粗气地：我在买机票呢……拜托你。

东升挂了电话，抬头向天，把眼泪咽回去，冲进了一家旅行社。

东升（韩语）：拜托了！请给我一张去中国海城的最快的机票！什么？只有明天下午的？!……要，要！

13. 国内医院，内，夜

沈莲在手术知情单上签字。

郭妍：小姨你怎么看都不看就签？

沈莲镇定地：看了就不敢签了。

郭妍呆呆地看着沈莲。

沈莲很心疼：来，你在长椅上先睡一会儿。明天就别去上学了。

郭妍僵硬地躺下：快月考了。

沈莲轻轻地拍着她：睡吧，睡一觉再说。醒了以后也许一切都好了。你爸爸明天下午就回来了，回来就好了。

郭妍终于放松下来，渐渐睡着了。

沈莲把自己的衣服给她披上，轻轻给她擦去泪痕。

沈莲自言自语地：其实，也许一切会更坏。

沈莲默默看着红色的急诊室三个字，一脸忧愁。

14. 贞淑家东升房间，内，夜—晨

东升住的一小间榻榻米，约六席，他睡不着，辗转反侧，索性爬了起来，把垫子被子都收进厨里，开始收拾行李，数钱，不多，直叹气，他把钱收好，茫然无措。

手机响，沈莲短信。

沈莲：东升，伯父已经开始抢救，你路上当心，别焦虑，我会一直守着他们的。

郭东升看到短信，心定了一点。

郭东升：拜托你了！

郭东升强作镇定，想了想，收拾了一下东西，拉出一套西装熨烫。

窗外，曙光渐露。

门拉开了，贞淑奶奶端着一个托盘，把早饭放在东升面前。

东升不安地（韩语）：妈妈，怎么可以麻烦你给我做早饭。

贞淑奶奶（韩语）：吃完让清子开车送你去机场，也许能改签早一些的航班。你别急，你爸爸一定会好转的。

贞淑离去，东升拿过托盘，愣了。

托盘的早餐下，压着厚厚的一叠韩元。

15. 朴家院落外，外，日

郭东升西装革履，提着小箱子走出。

贞淑妈妈没送出来，只是站在门口冲他不舍地挥手。

清子开了那辆小货车过来，东升把箱子放在后座，然后上了车。

16. 车上，内，日

郭东升把那叠钱拿了出来，递给清子。

郭东升：帮我还给贞淑妈妈。

清子：干嘛不拿着？你前一阵不是输了三百万韩元，没钱了吗？连过年回国的机票都买不起。

郭东升：我不能拿老人的钱。

清子：她是你义母，你都叫朴东升了，给你钱拿着呗。

郭东升：开车吧。那么多废话。

清子不再说话，专心开车。

郭东升侧脸看了看她，若有所思。忽然清了清嗓子。

郭东升：你把我放在新罗酒店门口吧。

清子不解：为什么？贞淑奶奶让我送到机场。

郭东升：不用！你逛逛街去吧。

清子警惕性很高：你想去干嘛？

郭东升：给我闺女买点儿礼物带回去。

清子：机场里有。

郭东升语塞：反正，你给我撂在前面就行。

清子：我不！

郭东升看了她一眼，解了安全带就要在开车状态下开门。

清子吓得尖叫一声，把车停下了。

17. 济州街道，外，日

郭东升拉开门下车，拿着箱子往前走。

清子追下车：郭东升！你是不是又要去赌场赌啊！

郭东升似笑非笑地回头：再见！

郭东升拉着箱子走进了一条小街道，清子开车追了上来，在他身后跟着，一边大声地骂他。

清子：郭东升！你说过不再赌博的！你已经把你的钱输精光了！上次你当着贞淑妈妈的面赌咒发誓你都忘了！你还说再赌博就是王八蛋！郭东升你这个王八蛋！你爸爸在医院快死了！你又要去赌博！

郭东升铁青着脸站住，冲清子吼叫着。

郭东升：你这个丧门星，你给我闭嘴！

清子毫不示弱：你自己说的！只要你再去赌博，谁都能抽你大嘴巴骂你！

郭东升拉开车门又坐了进来，虎着脸。

郭东升：送我去赌场！

18. 车上，内，日

清子：你还敢威胁我？！

郭东升盯着清子：严清子，大家都是中国人，你告诉我该怎么办？我钱不够，我爸在开颅手术！

清子：你要缺钱，我借给你！

郭东升：你能借多少？你知道这种脑溢血就是治好了也可能就是植物人，那缺的是无底黑洞！你不能让我去卖血卖肾吧，我还有女儿要养！

清子被他的气势压住了：那你为什么不要贞淑妈妈的钱？

郭东升轻蔑地：真亏你说的出口，你说我为什么不要？我能要吗？

清子嘟囔着：总比你去赌博强。

郭东升：谁说的？我赌博靠的是我的研究，我的智慧，我的手气！靠我自己！你个小娘们儿你不懂，赶紧调头。我去赌一把。送我过去，不管输赢，就一把，完了马上就走。正好赶下午的飞机。

19. 新罗赌场外，外，日

郭东升急匆匆走进，却又在门口站住，闭上眼睛倾听，一脸陶醉。

清子气得：瞧你那一脸的赌徒样儿。

郭东升：你不懂，我是在感受气场。（忽然用韩语大叫起来）我来了！不要让我失望！

清子不放心：就一场啊，说好的！一个小时出来，我在这儿等你！

郭东升：放心吧！你等我凯旋归来！（又给自己鼓劲）加油！为了我的老父亲！拜托你加油！

郭东升捏紧拳头冲了进去。

清子无奈地摇摇头。

清子自言自语着：除了好赌，什么都好。

20. 赌场外，车上，外，日

清子在车上睡着了，忽然被郭东升吵醒，郭东升在极端的兴奋中冲来，一把拉开车门，把清子拽了下来。

郭东升一下把清子举了起来：赢了！赢了！两百万韩元！老爹的单人病房解决了！

清子在郭东升肩头上很不好意思：放我下来！你这个疯子！

郭东升兴冲冲地把清子放下来：你知道吗清子，我有感觉，只要我带着这笔钱回去，我爸就能好，他一定能好！走！我请你吃中饭！然后赶紧去机场！

清子看着郭东升的样子，眼神里流露出一丝温柔。

21. 中国，海城医院，内，日

手术室外，沈莲和郭妍在长椅上倦极而睡。

手术室的灯灭了，沈莲忽然醒来，见医生走出，急忙推醒郭妍，站了起来。郭妍看见医生，竟然害怕地捂住了耳朵。

沈莲：医生……

医生很疲倦：手术很成功。

沈莲长出了一口气，笑了。

看见沈莲的笑脸，郭妍跳了起来，搂住了小姨。

22. 济州岛，寿司店，内，日

郭东升和清子在准备吃寿司，郭东升掏出手机。

郭东升：你先吃，我再往医院打个电话。

说话间，电话响了。

郭东升：喂？沈莲？出来了？怎么样？哦，太好了！太好了！（郭东升笑逐颜开）我就知道我老爸打不倒！好，我待会儿就去机场了，我们晚上见！老爷子一见我回来，士气大振，就齐活了！好，再见！

郭东升放下电话，把一块寿司放进嘴里。

郭东升：你看我说什么来着。

清子：以后还赌啊？

郭东升：那怎么可能。你别给我下套，我戒赌了！这次是被迫无奈嘛。哎，我那些行头呢，我得打扮起来了。

　　郭东升戴上金丝眼镜，（粘上两撇小胡子）把身上的西装拽拽。

　　郭东升：像大老板吗？

　　清子笑得直打跌：还真没见过铲马粪的大老板。

　　郭东升正色：你别傻笑，我回国就是大老板，做企业的，那是我的保护色，我在韩国一干十五年，每年寄钱回去，我不能让他们知道我是马场的。

　　清子：对对对，尤其你那前妻就是嫌弃你穷才抛弃你的，街坊邻居都得知道你翻身了才行。

　　郭东升：闭嘴！

　　清子又笑起来：说真的，我不嫌你是马场的，你要是真戒赌了，我就嫁给你。

　　郭东升：别介。我可没打算娶你。

　　清子嗔怪：讨厌！（继而深情地）东升，记得那次汉拿山大雪，咱们被封在山上，是你背我下山的。那时候我就下决心了，要嫁，我只嫁给你。

　　这时，边上走来一个人，竟然是昨天在阿平冷面馆捣乱的那个食客。

　　食客（韩语）：噢，真是好巧啊，怎么你们二位不是吃冷面的那一对吗？还中国功夫什么的。

　　食客对着清子眉开眼笑。

　　郭东升对清子：他喝醉了，别理他。

　　食客（韩语）：喂，你叫什么名字？

　　清子没好气地（韩语）：请你让开！

　　食客（韩语）：那么你跟这个什么练功夫的是一对吗，不是的话，还是跟我一起去情人旅馆吧，真的很销魂啊。

　　清子怒了（韩语）：滚开！我不认识你！

　　郭东升（韩语）：先生，请您不要打扰我们。

　　郭东升起身，要把喝醉的食客架到一边。

　　食客（韩语）：别碰我！还说你会功夫，支那猪！

　　郭东升一愣，还没反应过来，清子已经一个耳光扫了过去。

　　清子（韩语）：你才是猪！

　　食客大叫，冲过去就要打清子，郭东升一急，把清子挡在了身后。

　　郭东升吼叫（韩语）：好啊，还要打女人吗？

　　食客抓了个凳子就砸过去，郭东升跟他大打出手。一下推倒了一张桌子，上面的碗砸了精光。

店主从里面跑了出来（韩语）：报警！报警！

23. 寿司店外，外，日

三四个韩国警察手持警棍下了警车，冲进店里。

24. 寿司店内，内，日

警察（韩语）：住手！我们是警察！

郭东升已经把食客醉汉打倒在地上了，一见警察进来，吓了一跳。

警察冲过来，把郭东升和醉汉抓了起来要带走。

清子吓坏了（韩语）：不！不！请抓我吧！不要带走这位先生，他要赶飞机！

警察很礼貌地推开清子，把郭东升和醉汉送进了警车。

清子跟在后面凄惨地叫着：东升！

警察看了看表（韩语）：十二点三十六分逮捕。你们俩，有权保持沉默，但你们说的话都将成为呈堂供词！

25. 济州警察局，内，日

郭东升一脸木然，默默解下皮带，递上去，然后依次是钱包，手机，西装，衬衣，外裤。

郭东升换上了衣服。被带到了拘留室。

拘留室很小，里面已经有三个人了，警察把郭东升带到一个空铺上，给他干净的枕头和被子。

然后，铁门被关上了。

郭东升忽然升起一阵难言的绝望，他捂住头，蹲在了角落。

26. 清子车内，内，日

清子一边哭，一边在开车。

27. 中国，海城医院，内，日

老人的病床被推进了重症监护室。沈莲和郭妍在后面跟着。

医生跟沈莲交代着：老人脑内的血管已经老化没弹性了，如果再次出血的话，可能就没救了。

沈莲频频点头。

郭妍：刚才我叫爷爷，他都睁眼了，还叫了我一声。

医生不置可否：接下来也可能还会有余血造成脑水肿，要加强护理。

监护室的门关上了，隔着玻璃，郭妍担忧地看着里面。

郭妍：小姨，我爸上飞机了吗？

沈莲：我打电话问问。

28. 济州警察局，更衣室小间，内，日

放置郭东升衣物的小柜子里，手机在响。

警察们都忙着办公事，没人会注意到。

29. 海城医院，内，日

沈莲挂上了电话，安慰着郭妍。

沈莲：可能在路上，没接。你放心吧，机票都买好了。你先回姥爷那儿吧，吃点东西睡觉，明天一早看情况，要是你爸回来了，爷爷病情也稳定，你就上学去。

郭妍：嗯。小姨。爷爷会没事儿的，是吧？

沈莲：嗯。

郭妍自言自语着：我爸五年都没回来了。我都忘了他长什么样儿了。有时候我觉得他们俩，郭东升和沈娟，生下我肯定是个错误。

沈莲不太自然：谁说的！他们都爱你。

郭妍笑了笑：爱？我爸和我妈都出国十五年了，我爸才回来两次，每次十天，我见过我妈三次，每次三个小时。你能把这叫爱吗？这世界上爱我的，只有爷爷，去世的奶奶，小姨你，还有姥爷。

沈莲：唔，四个人，那好像也还不少。

郭妍忧郁地：可是别的人，都有爸爸妈妈爱。我都不知道拉着爸妈一起上街是什么滋味。

沈莲一阵心酸，轻轻摸着郭妍的头发，把她搂在怀里。

30. 牧场，贞淑妈妈家，内，日

贞淑奶奶挂上电话走过来，递给清子一张面巾纸。

贞淑奶奶（韩语）：别哭了。田村律师说，如果那家被砸的店铺愿意接受

我们的赔偿，不继续追究责任。二十四小时之内应该放人。

清子（韩语）：那我们现在怎么办？

贞淑奶奶（韩语）：去找那家寿司店的老板谈谈吧，我们愿意赔偿。你不要再难过了，是那个人不好，他骂支那猪，丢了我们韩国人的脸，要是我就要打两个耳光！（贞淑奶奶还比划起来）正手一下，反手一下！

清子扑哧笑了，继而又伤心起来。

清子（韩语）：可是东升的父亲怎么办？

贞淑（韩语）：你有东升家里人在中国的电话吗？

清子摇头。

贞淑（韩语）：这倒真是麻烦了。总之，先不想那么多了，我们去那家寿司店吧。看看要赔偿多少钱。

清子（韩语）：用我的钱，一定用我的钱！

贞淑（韩语）：嗯，我这里也没有现金了。

清子这才想起来，急忙从包里把郭东升托自己还给贞淑的钱递过去，贞淑愣住了。

清子（韩语）：东升不肯收您的钱，请您收起来吧。这次是我的错，责任应该全由我承担。

贞淑叹息着（韩语）：唉。这个东升啊！

31. 中国，海城医院重症监护室外，外，夜

沈莲很疲倦，坐在长椅上等待着，一个老人提着送饭的保温桶走了过来。

沈莲很意外：爸！你怎么来了？

沈父：你累坏了吧？小妍睡了，我给你熬了粥，过来换你的班。

沈莲哭笑不得：您换我的班？别逗了！

沈父让沈莲先喝粥：东升怎么还不到？

沈莲摇摇头：估计是有什么问题了，一直不接手机。他说的那班飞机已经降落了，我托朋友问过，他不在飞机上。

沈父：唉，按说东升不是这么不靠谱的人啊。

沈莲：谁知道是怎么回事儿。要是老爷子能没事就好。医生说重症监护家属要24小时在，我也不敢走。

沈父心疼地：你回去睡一会儿。你这身子骨不行啊。

沈莲刚要说话，却听见里面一阵响动。

隔着玻璃窗看去，是郭父的那张床出的状况。

护士飞奔而出：王医生！3 床的血压很高！心跳也异常！

两个医生匆忙跑进。

沈父和沈莲焦虑地看着。

32. 沈家，沈莲卧室，内，夜

在床上睡着的郭妍做了噩梦，大声叫着"爷爷"坐了起来。

她惊魂初定，马上给沈莲打电话。

郭妍：小姨，爷爷还好吗？

沈莲（画外音）：我刚要给你打电话……你过来一下吧。姥爷已经回来了，他会打车送你来的。

郭妍手里的话筒掉了，她好像意识到了什么，半晌，她机械地开始穿衣服。穿了一半，又扑过去，手发抖，给郭东升打电话。

33. 韩国警察局，拘留室，内，夜

夜了，郭东升根本睡不着，他变得焦躁不安。开始敲门。

一个警察走来（韩语）：什么事？

郭东升哀求着（韩语）：让我给家里打个电话可以吗？我爸爸病危，我想打个电话，或者您帮我打……求您了！我求您了！

警察没说话，离开了。

郭东升颓然无助。

34. 更衣室小间，内，夜

郭东升的手机还在一遍遍空响着。

35. 医院，重症监护室外，内，夜

郭妍焦躁不安，一遍遍地拨打郭东升的手机，无人响应。

监护室内，医生们在抢救郭父。

36. 更衣室小间，内，夜

手机还在空响着，继而，响起了嘀嘀声，没电了，手机自动关机。

37. 医院重症监护室外，内，夜

听着手机里韩语的关机提示，郭妍忽然崩溃，把自己的手机往地上砸去。

沈莲一把抱住她：郭妍！

郭妍充满仇恨地抬起了头：郭东升他不会回来的，爷爷死了他才会回来！

沈莲恳求地：郭妍……

郭妍一字一顿地：郭东升他十五年一共回来过两次，一次是给我奶奶奔丧，一次是给我叔公奔丧，他每次都是要死了人才回来！除了死，没什么能把他带回来！我恨他，我恨他！

沈莲只能抱住郭妍，不断地拍着她的背。

这时，门开了，医生一脸沉重地走了出来。他很无奈地冲沈莲摇了摇头。

沈莲和郭妍震惊。

监护室内的心电监护系统，郭父的心跳已经是一条直线。

38. 济州警察局拘留室，内，夜

郭东升忽然似乎有预感，焦躁不安地站了起来，用劲抓着自己的头发。他大口喘息着，在黑夜里感觉到深深的绝望。

39. 医院监护室内，内，夜

救护设备被一样一样撤去，白布单盖在了郭父的身上。

沈莲拉不住郭妍，郭妍扑到爷爷身上嚎啕大哭。

郭妍：爷爷！爷爷！你为什么留下我一个人啊！爷爷，你为什么不管我了！爷爷，没有你小妍怎么办啊……

郭妍的哭声让现场每个人都动容。

沈莲的眼泪也簌簌下落。

黑场。

40. 空镜头，外，夜—晨

41. 济州警察局，内，日

郭东升有一种一夜白头的感觉，他眼圈深陷，胡子拉碴。被带进了更衣室。

更衣室，郭东升的东西被一样一样发还，郭东升顾不上清点，发抖的手先去抓手机，却发现手机已经没电了。

郭东升：靠！

警察友善地（韩语）：你现在自由了。那家报警的寿司店撤销了对你的指控。

郭东升木然地看着他，似乎听不懂。

42. 停车场，外，日

贞淑奶奶和清子在急切地等待着。

不远处，一个警察把郭东升领了过来，指了指贞淑和清子，就离去了。

郭东升急切地连滚带爬地跑了过来，什么都顾不上说，先从清子口袋里翻找。

郭东升：手机！你的手机给我！

清子急忙把手机递给他。

郭东升急切地拨打着：喂？喂？沈莲吗？我是郭东升……

听不清对面说了什么，只见郭东升脸上的表情凝滞了，手松了，手机掉到了地上。

贞淑奶奶一声沉重的叹息。

郭东升蹲在了地上，半晌不动。

清子红着眼睛，想上前劝，却又不敢，犹豫着，看见郭东升缓缓抬头。

郭东升狠狠地给了自己两个耳光。

43. 海城机场，外，日

一架飞机降落在跑道上。

44. 飞机机舱，内，日

人都快下光了，郭东升还坐在座位上愣神，一动也不动。

空中小姐：先生，我们已经到海城了。

郭东升这才抓起了行李，默默地站了起来。

45. 机场卫生间，内，日

郭东升在卫生间里对着镜子看自己，一脸疲倦，眼睛里充满血丝，他叹口气，从随身的包里掏出眼镜戴上。头发梳得一丝不乱，这才走了出来。

46. 机场出口，外，日

戴着墨镜的郭东升大步走出机场，四处寻找沈莲。

沈莲这几天心力交瘁，看着几年未见的郭东升，一时愣住，觉得很陌生的样子。

沈莲走向郭东升，郭东升恍惚了一下。

郭东升摘下墨镜，不敢确定：沈莲？

沈莲：嗯。

郭东升：几年没见，差点不敢认了。

沈莲：走吧！我送你回家。

郭东升：先带我去医院看看。

沈莲迟疑片刻：太晚了，已经……送进太平间了。

郭东升仿佛没有听见似的：我想先去医院。

沈莲无奈地点点头。

两人默默走出大厅。

47. 医院，重症监护室外，内，日

两个护士在给病床消毒，郭东升呆呆地站在外边看着。

郭东升喃喃地：其实生和死，就只隔这么一点点路。有的人从生到死要翻很多座高山，有的人只有一堵墙，推开门就到了。

沈莲有些不忍心：走吧。

郭东升：我爸属于哪一种呢？对了，走过了一条街。就像是从拉面馆走到了寿司店。

沈莲：走吧。郭妍一个人在家呢。

郭东升不语，跟着沈莲慢慢离去。

48. 郭家，内，日

郭家，明亮的三室一厅，郭父、郭东升和郭妍一人一间，房子很不错。放着郭父的遗像，郭妍抱着自己的膝盖坐在沙发上，两眼木木地看着前方，没有焦点。

门开了，沈莲和郭东升回来了。

沈莲：郭妍！你爸回来了。

郭妍起身，看见了郭东升。

郭东升伸出手，想抱一下女儿。

郭东升百感交集：小妍……你都长这么大了。

郭妍却面无表情地从他身边走过。

沈莲见势不妙：你先洗洗，收一下行李吧。

沈莲跟着郭妍进了她的屋。

49. 郭妍卧室，内，日

郭妍的卧室，墙上贴着许多卡通人物的画，有些乱，郭妍一脸倔强冷淡，看着进屋的沈莲。

沈莲尽量婉转：小姨知道你现在心情很不好，可是爸爸总算是回来了……

郭妍冷笑：我没有爸爸。

沈莲：他在韩国肯定是有什么急事耽搁了，你也不能把爷爷去世的责任全都怪在他身上。

郭东升也跟着进来了，郭妍立刻大叫一声。

郭妍：进屋请敲门！

郭东升有些尴尬，但还是退出去重新敲门。

郭妍：我想一个人待着。

郭妍把沈莲也推了出去。

50. 郭家客厅，内，日

郭东升有点尴尬的嘀咕：这孩子怎么回事？

沈莲：刚把爷爷送走……怎么找你都找不到，是我跟她一起送……去太平间的。

郭东升叹口气。

沈莲：你先放下东西洗把脸，没吃饭了吧？小妍也两顿没吃了，我给你们做点吃的。

郭东升：我来吧，这两天也辛苦你了，幸亏你在，不然真不知道会怎么样。

郭东升打开冰箱，看见里面有一条还没做的鱼，几样菜，郭东升闻了一下，扔进了垃圾箱。

砰的一声，郭妍却冲进了厨房，她看见郭东升把鱼扔进了垃圾箱，顿时崩溃。

郭妍：你干什么！这条鱼是爷爷专门去给我买的！他去世之前最后一次买的菜，你为什么要扔掉！

郭东升：已经臭了……

郭妍疯狂地：臭了也不许扔，爷爷留下的东西你都不许碰！

看着郭妍疯狂的样子，郭东升愕然。

郭东升：那你说这条鱼应该怎么办？

郭妍一愣。沈莲半拉半抱地拉开郭妍。

沈莲：小妍，别这样，爷爷去世，你爸爸也很难过……

郭妍：那好，我想问他两个问题。第一，春节的时候他说好要回来陪我们过年的，为什么没回来？爷爷从那时候就总是不高兴，总是叨唠，要不然不会犯病！第二，这几天他在干什么？为什么不接电话？爷爷死不瞑目他知道吗？！

郭东升拉长呼吸，极力克制着自己。

郭妍：我就这两个问题。请他回答！

郭东升：春节的时候公司出了点事儿，我被骗了三百万韩元。所以回不来。这两天是因为公司里一个中国职员很不像话，打架进了警察局，我是公司领导，不能不管。

沈莲：那你至少应该打电话回来告诉我们一下……

郭东升：我忙着捞人出来，手机忘在店里了！

郭妍：哈哈，公司，公司，在你眼里，公司比我和爷爷的死活都重要，是吗？

郭东升：郭妍，你不要用审犯人的口气跟我说话！

回答郭东升的是一声摔门的声音，郭妍又把自己锁在屋里了。

沈莲叹口气：你先进房间休息会，我给你们下点速冻水饺。

51. 郭东升卧室，内，夜

郭东升走进自己房间，房间里干净整洁，仿佛一直有人住的样子。郭东升环顾这个陌生的房间，他在床上坐下来，感慨万分。

沈莲端着饺子进来：吃点东西吧。

郭东升连忙掩饰地揉揉脸，没话找话似的：这房间收拾得挺好，一直没住过也干干净净的。

沈莲有点不好意思，轻描淡写地：嗯，每周都过来给你收拾的。

郭东升没有听出沈莲的意思：上次回来交了钱，开始装修我就走了，本来还打算过不久就回来看看，谁知道一去就是五年。

沈莲：你爸爸装修的时候，你屋里他最认真，你看，他说你小时候爱下围棋，桌子上都帮你刻了棋盘。

郭东升眼眶热了：我对不起他老人家。

沈莲：老爷子跟谁都说你在韩国不容易，人家都是打零工干粗活，只有你开了株式会社当社长，人家买房都是按揭，只有你买的时候一次性付清了。

郭东升顿时脸上生光：他真是这么说的？

沈莲：嗯。他说他有个世界上最体面的儿子。

郭东升忍不住掉眼泪，掩饰地低下了头。

沈莲：可惜，老爷子走得太匆忙，最后都没看到你。

郭东升躲开沈莲的目光：都怪我……我不能让一个公司员工被扣在警察局里，那对我公司的信誉有影响……我毕竟是他们老板……

沈莲失望地看着他，不接话，郭东升自己也觉得有点讪讪的说不下去。

沈莲：要通知我姐吗？

郭东升：告诉她干嘛，都离婚十几年了。你快回去吧，这两天累坏你了。我送你。

沈莲：不用了，你早点休息吧，明天咱们要商量一下丧事怎么办。你……

对郭妍别这样，她心里难受。

郭东升：行，我知道了。

52. 郭东升父亲房间，内，夜

郭东升走进父亲房间，抚摸着父亲的遗物，抱住一件父亲的外套，捂在脸上，绝望地痛哭。

53. 郭家厨房，内，晨

郭东升做了一桌子丰盛的早餐，冷面，寿司，水果。他解下围裙，期待地敲了敲女儿的房门。

郭东升：小妍，吃早饭了。

郭妍穿着校服背着书包走出来，看了一眼丰盛的早点，转身从冰箱里拿出一包面包，拿了一块就走。

郭东升愕然。

郭妍：这面包是爷爷买给我的。吃着最香！

郭妍把门一关，上学去了。

郭东升颓然坐下，一脸的无奈。

54. 沈家，内，日

一套普通的老式公房，两室一厅，沈莲在洗脸刷牙，沈父把早饭端上桌。

沈父：你也不多睡睡，这几天都累成什么了……

沈莲：说好跟郭东升去商量事儿的。

沈父：你姐昨天打电话回来，我跟她说，小妍的爷爷去世了。她好像哭了。

沈莲：是吧？

沈父：你这个姐姐啊，真是我心里的一根刺。要说咱们沈家是对不起东升，结婚，结婚，那就是一生一世，哪儿有看着高枝就攀的？男人不要，女儿也不要，真是让我没脸啊！

这时有人敲门，沈父开门。门外站的是郭东升。

沈父惊喜：东升！你怎么来了？

郭东升憨厚地笑着：我来看看您，也免得沈莲跑一趟了。这些都是我给您买的营养品，还有瓶好酒。

沈父很高兴：得，我这把老骨头刚营养跟上，又让酒给毁了。你看你，尽瞎花钱，快进来。

沈莲惊慌地看见自己身上穿的睡衣，顾不上打招呼就跑进了自己屋里。

沈父：阿莲！咦，怎么也不打个招呼，东升来了！

沈莲房间，沈莲从衣橱里翻找着衣服，对着镜子梳头。

沈父招呼郭东升坐下，沏茶，老爷子很高兴。

沈父：东升，你坐。你还真没变样。中午就在我这儿吃饭，我去买点儿菜，做几个拿手菜咱爷俩喝酒。

郭东升：还是我来做给您吃吧。沈莲呢？没去击剑馆？

沈父：为了你父亲的事，她请了几天假。

郭东升很惭愧：这次真是多亏了她。

沈莲打开门，很合适的一身黑，化了淡妆。

郭东升欣赏地看了一眼沈莲：沈莲这几年变化挺大，刚见面差点没认出来。

沈莲脸红了。

55. 沈家厨房，内，日

沈父在厨房忙活，起油锅。

郭东升要帮忙，被他赶了出去。

56. 沈家客厅，内，日

沈莲和郭东升坐在桌前，在白纸上写算着。

沈莲：单位来电话，追悼会的人数一百人左右，租借一个中厅正好。

郭东升：租大厅。全用新鲜的鲜花，大花篮要把大厅放满。

沈莲一怔：……有点儿浪费。

郭东升：浪费什么啊，不就是钱吗。钱对我来说不是问题。

沈莲：还有墓地要去看吗？

郭东升：去看啊，你上网查一下，拣最贵的看，我父母要合葬，钱不是问题。

沈莲忍不住了：东升，你父亲可是一直很节俭，你这样他在九泉之下也不安心啊。

郭东升：就是因为他节俭了一辈子，这次我才要为他大操大办，极尽哀荣。我想好了，什么都以最高标准来，钱……

沈莲跟他一起说：钱不是问题。

郭东升讪讪地：你是不是觉得我这样像个暴发户？

沈莲：我觉得没必要。你在韩国打拼，一定很辛苦。郭妍也才高三，以后花钱的时候还多呢。

郭东升吹嘘着：我的公司生意很好。在整个东南亚地区，我们都是老大。

沈莲反感：你生意好，你有钱，也不必把丧事办得这么夸张。现在都讲究厚养薄葬。

郭东升：我已经没厚养了，所以更不能薄葬。

沈莲沉默片刻：那好吧，反正都是你自己的钱。（沈莲把桌子上的东西收起来）办完丧事，七七之后，你打算怎么办？

郭东升：什么怎么办？

沈莲：郭妍怎么办？（试探地）你留下来吧。

郭东升有些吃惊：留下来？

沈莲：她现在可是只有一个人了。马上要面临高考。

郭东升心烦意乱：这以后再说吧，我心里很乱。

57. 郭妍学校外街道，外，黄昏

郭妍随着放学的人流走了出来，不像别的孩子有说有笑，低着头，心事重重，格格不入。

一个差不多大的男孩骑着一辆很拉风的山地车过来，在她身边绕着圈子。

郭妍：傻乐你干嘛呀，转得我头晕了。

傻乐笑眯眯停了下来：请你吃麻辣烫去。

郭妍：不想去。

傻乐下了车，推车跟在郭妍边上。

傻乐：爷爷去世了，日子也得过啊。

郭妍不耐烦地：你懂什么！

傻乐：我不懂你说给我听啊，听了我就懂啦。

郭妍：郭东升回来了。

傻乐：噢。你爸啊。

郭妍：我没爸。就是郭东升。他假惺惺的，对我好像挺好的，哼，别想收买我，我不原谅他，永远不原谅。傻乐你说，一个把女儿一扔十五年，只回来两三次的人，一个亲爹病危都能玩失踪的人，值得原谅吗？

傻乐愤恨地：当然不值得！人渣！

郭妍又怒了：你说什么？轮着你说了吗？

傻乐只好道歉：对不起对不起，别生气。（觍着脸）陪我吃麻辣烫去吧。我爸妈又去什么南非还是赞比亚了，我一人吃饭没劲。

58. 郭家，内，夜

郭东升守着做好的饭菜等女儿，墙上的钟指着八点。他越等越焦躁。

门开了，郭妍进屋。

郭东升高声：你怎么……（忽然想起来要注意语气，声音一下降低八度）你怎么刚回来？

郭妍不回答：我要做作业了。

郭妍进屋就又要锁门，郭东升急忙撑住门。

郭东升：郭妍，爸爸好好跟你谈谈。

郭妍冷冷地：说吧。

看着郭妍冷淡的眼睛，郭东升却又什么都说不出来了。

郭妍又拉开门要进屋，郭东升急了。

郭东升：你听我说！爷爷的丧事，我是以最高标准来办的，追悼会定的是最大的厅，全是鲜花装饰，墓地也找依山傍水的，爷爷喜欢钓鱼。

郭妍不语。

郭东升有些讨好地：你觉得怎么样？爷爷这么多年带你真是辛苦极了，我

想风风光光地给他办丧事，让他走得安心。其实我在韩国一直担心你们，只是摊子摊大了，收不住，回不来……

郭妍：别往自己脸上贴金了。

郭东升惊愕：你说什么？

郭妍：别往你脸上贴金了！爷爷都去世了，你演戏给谁看？你就是心虚，怕人家都知道你的不孝顺，你才花钱给你自己看！

郭东升大怒：你说什么！

郭妍：要我再重复一遍吗？

郭东升：你！你怎么能这么说你父亲！

郭妍：上梁不正下梁歪！你又是怎么对你父亲的！

郭东升气得脸都快变形了：你对我说话客气一点儿！要不是我在韩国豁着命挣钱，你早上街要饭去了！

郭妍：抚养我是你的义务！你不就是个爱赚钱的机器吗，你应该感谢我给你一个机会！

郭东升气极，却说不过伶牙俐齿的女儿。

郭妍拉开门，啪地把门关上了。

郭东升坐下直捯气。

59. 市少年宫击剑馆，内，夜

击剑馆内，虽然夜了，还是有不少运动员在训练，沈莲在指点弟子的步伐，示范动作英姿飒爽。

郭东升来了，在不远处欣赏地看着她。

沈莲给围观的弟子们讲完技术要领，解散。

郭东升走了过去：还那么帅啊。

沈莲擦了把汗：你来干嘛？

郭东升很不自然：这不是，看你吗。吃完饭，一抬腿一溜达，就来了。

沈莲：哦。是跟郭妍吵架了吧？

郭东升立刻气愤地：你说这孩子是吃了枪药了还是得精神病了，哪儿有这么闹的。依我的脾气，真想揍她！

沈莲一个漂亮的回身用剑指着他：你敢！

郭东升灰溜溜地：我就是不敢啊。想揍她，不敢，跟她对吵，吵不过。

沈莲：你说你一个大老爷们儿，跟孩子计较干嘛。你就是吵赢了又怎么样!

郭东升:哼,你拉偏架!

沈莲哭笑不得:我拉偏架?

郭东升:其实我最倒霉,我比郭妍惨多了,最需要关心和爱护!

沈莲:你这个人无可理喻。让开,我去换衣服。

郭东升很可怜地跟着:可她不放过我啊。我错了我知道,我心里也憋屈啊。在异国他乡混你以为那好混啊,我爸去世我心里像刀割一样。爹,爹没了,闺女,闺女不认我,我是众叛亲离,内外交困。

沈莲有些被打动:我都知道。你不容易。

郭东升:就是啊,其实我也不想在警察局里关着……

沈莲:不是你手下的员工关着吗?

郭东升意识到自己说漏了:是啊,我就是不想员工在警察局关着啊,所以我才去捞他啊,所以我才误了回来的飞机……

沈莲恢复了淡淡的反感:好了,这件事就别再提了……我会去劝郭妍的,你也要宽容一些。

出字幕:一个月后

60. 海边,外,黄昏

郭妍坐在岩石边,书包扔在一边,在扔石头,海鸥在海面上飞来飞去。

沈莲来了:小妍!

郭妍头都不回:我不想回家。

沈莲无语,也要坐下,郭妍把自己衣服给小姨垫上。

沈莲:你也别坐在石头上,女孩儿不能受凉。

郭妍:早死早托生。

沈莲哭笑不得:你这孩子胡说什么呢。

郭妍:活着有什么劲啊?

沈莲柔声:活着就是能坐在海边看海鸥,也是很有意思的事儿啊。

郭妍打开书包,递过来张试卷,数学五十九分。

沈莲气愤地:什么?五十九分?这明明就是你们数学老师为难你!差一分儿哪儿找不出来?非要给孩子不及格才显出你老师的能耐?这是什么老师啊。

郭妍忍不住笑了:小姨你真好。你一点都不生我的气。要是爷爷活着,看见我不及格,该多难受。

沈莲：爷爷不会难受的，他知道你一使劲成绩就上来了。肯定是因为最近事情太多，影响你功课了，对吧？

郭妍：我一看见郭东升就烦。

沈莲：那是你爸爸！

郭妍冷笑一声。

沈莲：你爸这些年也不容易，他这么拼命挣钱也是为了你。

郭妍：为了我？他们当年为什么要生下我？我一点也不开心，我一点也不想要这样的生活，不生我不就完了吗？现在搞得还是……什么都为了我，他们以为我想出生在这样的家庭，从小就看着父母离婚，各奔东西，一个人孤零零长大？

沈莲无语，默默地抱紧郭妍。

郭妍：爷爷的事都办完了，他是不是准备回韩国啊？

沈莲：应该是吧。

郭妍小声地：……那我怎么办啊？就剩下我一个人了。爷爷一走，我真是觉得我无依无靠，比水里的浮萍还惨。我……我晚上一个人害怕……

沈莲：等你爸爸走了，你搬过来跟我们住。

郭妍摇摇头，茫然地靠在沈莲身上。

61. 沈家，内，夜

沈莲疲惫地回到家，沈父正等着她。

沈父：回来了？

沈莲：嗯，您怎么还不睡？

沈父：你不回来我不安心，你这身体不好，自己悠着点，别太累了。

沈莲：爸，我姐上次电话里，有没有提到打算让小妍怎么办？现在她爷爷去世了，郭东升不久就要回韩国，孩子总不能老一个人吧？

沈父：她有什么打算，光顾着自己老公和儿子呢。

沈莲叹口气。

沈父：这事我也琢磨着，最好东升能留下来，要是实在不行，就让小妍跟咱们过吧。你姐……就别指望她了。

沈莲：嗯，我也这么想。

沈父：这孩子就是命苦……怪就怪你姐太狠心，好好的一个家就这么拆了，留下孩子无依无靠的！

沈莲：您别想这些不高兴的事了。反正我姐现在自己过得好就行了，咱们也别想以前的事。小妍……总算是大了嘛，都高三了，考上大学也要离家，以后也有自己的生活，您别太操心了。过两天我再问问郭东升，要是他确定不肯留下来，就让小妍搬过来吧。

沈父：唉，你说得是。

62. 郭妍学校教室，内，黄昏

教室已经空无一人，郭妍还在看书。傻乐从后门进来，大叫一声。

傻乐：你在这儿啊！我到处找你！

郭妍：傻乐！你要吓死我啊。

傻乐：用功呢？嗨，真有你的，不就数学不及格吗，整得天塌地陷似的。

郭妍：都跟你似的，没皮没脸。

傻乐嬉皮笑脸地：别看书了，我带你去个地儿。

63. 学校，教学楼楼顶露台，外，黄昏

傻乐带着郭妍从隐秘的悬梯爬到了教学楼楼顶的露台上，傻乐拽上了郭妍。

这里是他们从来没来过的地方，往下看，学校尽收眼底。风吹过来，让人心情舒畅。

郭妍给了傻乐一巴掌：真有你的，怎么找着的？真是不错！

傻乐：不错吧！在这里看是不是有一种凌驾于学校之上的感觉啊？老师们都变得很渺小！

傻乐变戏法一样从书包里掏出一只烤鸡，两罐啤酒。

郭妍惊喜：喂！

傻乐得意地：来，黄昏的月光晚餐！吃！喝！

傻乐撕下一只鸡腿给郭妍。又把两罐啤酒都拉开盖子。

郭妍：你家保姆不管你啊，满世界乱跑。

傻乐：瞧你说的，你家郭东升都管不了你呢。

郭妍：你不许叫他郭东升！一点礼貌都没有！

两人坐下吃开喝开了。

傻乐：我爹妈昨天晚上打电话回来，跟平时一样，三句话，一、你还有钱吗？二、别捣乱啊！三、我们尽快回来！你说我是他们亲生的吗？挣钱挣钱，挣得一点人味儿都没了！要是多说两句，他们就说，老子在外头挣钱还不是为了你？这两人就快钻钱眼儿里去了！就差管钱叫爹了！

郭妍：嗯，郭东升也这德性。

傻乐：你说他们要那么多钱干嘛？我以后要是当了爹，我绝对不这么对我儿子，我要陪着他，放风筝，踢球，干好多有意思的事儿。

郭妍：还挺有理想的！我可不想那么远，我真的是过了今天不知道明天。

傻乐：又来了你，忧郁症了吧。

郭妍：我是想到回家看见郭东升就堵心，我怎么有这么个爸啊，他除了吹牛，连话都不会说！

傻乐：喝！

郭妍咕嘟嘟地喝啤酒：我可是一喝就晕啊！

露台一侧，学校管理员注意到门没关，爬了上来检查，一眼就看见了傻乐和郭妍在喝酒。

管理员大惊：你们是哪班的！

郭妍和傻乐吓了一跳：糟了！

傻乐拽着郭妍就跑，见来路被堵，他让郭妍退后，一脚踹开了通往楼梯的玻璃窗，拉着郭妍就跳了下去……

（本集完）

第二十五集

1. 病房，内，日（铺音乐，一组蒙太奇）

在郭东升的怀里，沈莲奄奄一息。

沈莲把郭妍的手放在郭东升手里，露出微笑。

沈莲的手边是婚礼那天的照片做的相册。

沈莲的手垂了下来。

医护人员进来，给沈莲盖上了白床单。

在医护人员把她推走的时候，郭东升彻底崩溃了，不许他们推走。

郭妍和周大川拼命拉着郭东升。

郭东升看着沈莲被推远，消失在了长长走廊的尽头。

郭东升跪在了走廊的中间。

2. 酒馆，内，日

一直硬汉的郭东升彻底崩溃了，大白天在酗酒，喝得满脸通红。

郭东升：老板，再来一瓶二锅头。

老板：这位兄弟，你要喝可以，能不能麻烦换个座儿？这几位人多，他们想坐这个桌。你换到里边儿坐吧？

郭东升：我不，老子不爱坐墙角，先来后到的，我凭什么……

老板：别介啊，出来都是朋友，互相照顾着点么。

郭东升：坐里面憋屈，我不去。

小混混：哟，嫌里面憋屈，干脆上外面凉快去！

郭东升不甘示弱，一拍桌子跟几个小混混就要动手。

老板：拜托你们到外头打，我们小本买卖，砸坏了开不了张。

小混混一把把郭东升推了出去。

3. 教室，内，日

老师在讲课，郭妍坐在下面走神，渐渐眼眶湿润了。

老师：郭妍？

郭妍没有听见。

老师：郭妍！

傻乐拉拉郭妍，郭妍反应了过来，连忙低头看书。

老师理解地点点头：集中注意力。

郭妍低着头，眼泪掉到书上。

4. 郭家，内，夜

郭东升正坐在沙发上喝酒，手里还攥着酒杯，却睡着了。

郭妍给郭东升轻轻盖上被子。

郭东升却惊醒了过来。

郭东升神思恍惚地看着郭妍：阿莲……

郭妍：爸，爸！

郭东升：哦，哦……刚才你小姨来过了？

郭妍犹豫了片刻：她……她已经走了。

郭东升黯然地：走了？哦，她走了，也是，都这么晚了。

郭妍：是的，爸，你上床睡去吧。

郭东升：没事儿，我不困。（忽然带上了笑）你小姨穿婚纱真好看，你觉得吗？回头我跟阿莲说一声，让她把这套婚纱留着，等你结婚时穿，好吗？

看着郭东升一脸灿烂的笑容，郭妍的眼圈红了。

郭东升却一挥手：傻孩子，这有什么好哭的？人就是这样一代又一代，多好啊。

郭妍泪如雨下。

5. 郭东升面馆，内，日

面馆里，生意比以前冷清多了，伙计来回穿梭。

郭东升却坐在收银台喝酒。

食客甲递给郭东升一张一百元人民币：一个海鲜拉面，一个猪肉拉面。

郭东升却像没有听见一样，继续喝酒。

食客甲：喂，怎么回事，还做不做生意了？跟你说话呢！

郭东升眼睛红彤彤地看着食客甲，忽然一头倒下，把排队的女孩儿吓得一声尖叫。

6. 街景，内，夜

天色渐渐暗了，路灯亮了起来。

冬季的夜晚，夜色显得格外悲伤。

7. 教室，内，日

郭妍面如菜色地走在走廊上，傻乐凑过来。

傻乐：昨天怎么样？

郭妍摇头，不说话。

这时老师手里拿着一张试卷走了过来。

老师：郭妍，我想跟你谈谈，行么？

郭妍：嗯，好。

郭妍看着傻乐，傻乐走开。

老师关心地：我看你的脸色不好，是不是不舒服？

郭妍：还好。

老师：我知道你最近心情不好，我也很难说如果自己处在你的情况下，能做得怎样。但这就是人生，有离别，有痛苦，也有欢乐。你小姨走了，可她留下了很多东西，也许就流淌在你的血液里，也许连你自己都没有意识到。所以你要坚强……

郭妍的眼泪簌簌下落。

老师：对不起，我没有别的意思。我知道，说什么坚强都是空话。你已经做得很好。

郭妍捂住面孔，夺门而逃。

郭妍：对不起！

傻乐跟上：郭妍！

8. 大海，外，日

海风阵阵，郭妍面对大海的咆哮，使劲怒吼。

傻乐站在郭妍旁边，一言不发。

郭妍任由眼泪流淌。

9. 面馆，内，夜

面馆里人少多了，郭东升躺在几张椅子拼的床上睡觉，手里还拿着酒壶，郭妍背着书包匆匆赶来。

郭妍叹气：又喝醉了？

伙计甲发愁：可不是！刚才可把我吓坏了，就那么直挺挺地倒下去了，幸亏什么伤也没有。

郭妍：他一夜没睡，又这么喝酒。唉！

郭妍边说边想把郭东升手里的酒壶拿开。

郭东升却紧紧抓住不放。

伙计甲叹气：郭老板心情不好，我理解。可我也为面馆发愁啊，这么下去怎么办，面馆生意越来越差。

郭妍：我知道你也很难。可我下个月就要高考了，你能不能坚持一下，等到我高考结束，咱们再好好想想办法。

伙计甲：可……这面馆也不是我一个人能撑起来的，最近生意差了很多，今天又有两个人辞职了……我有个老乡，昨天给我打电话，说青岛新开了一家韩国料理，想找大厨，机会很好。

郭妍叹气不语。

伙计甲：我知道自己这样有点不仁不义，可我妈妈还在医院里躺着，我小儿子又要交学费了，我……

郭妍：没事，我理解，你去吧。

伙计甲：对不起……

伙计转身离去，房间里剩下郭妍一个人。

忽然，郭妍又听见背后传来一声关门的声音。一回头，长凳上已经看不到郭东升的身影。

郭妍一下愣住了：糟糕，人呢？爸，郭东升！

郭妍急了，奔了出去。

10. 街景，外，夜

大雪弥漫，傻乐陪着郭妍深一脚浅一脚地走着，在雪地里大声地叫着"郭东升"的名字。

四下里没有一点声音。

郭妍冷得浑身发抖。

傻乐把自己的围巾摘下来，给郭妍戴上。

傻乐：看你冷的，戴上围巾。

郭妍：我不冷，我心里急死了！

傻乐：还嘴硬，你的脸都冻得跟冰似的！你爸现在状态不好，你可得保护好自己身体，你答应过你小姨的！

郭妍忽然发火：我知道，我答应过我小姨！我答应过她我坚强，我答应过她我要考上大学，我答应过她我要照顾好我爸！

傻乐愣住了：你别发火啊，我没有别的意思，你这些日子挺不容易，你心里也难受，还要照顾你爸，准备考试……

郭妍：可我做得不好，我没有照顾好我爸……

傻乐：你已经尽了最大的努力，没人能比你做得更好。

郭妍泪如雨下：我心里很害怕，我不知道该怎么办，我总在想要是小姨在，她会怎么做，可我做不到像她那样冷静，像她那样镇定……可其实要是小姨在，这些都不会发生，对吗？

郭妍拼命地哭。

傻乐却猛地一拍脑袋：对了！走，我知道你爸在哪里了！

郭妍：哪里？

傻乐：他肯定在击剑馆！

11. 击剑馆外，内，夜

击剑馆的大门紧锁，郭妍跟傻乐站在击剑馆门外。

郭妍：不会吧，门已经锁了。

傻乐：奇怪，可我的感觉一向很准。

郭妍忽然做了一个手势：嘘，你安静下来。

两人侧耳听去，只听见远处隐隐传来什么声音。

傻乐跟郭妍顺着声音走过去。声音越来越清晰，原来是唱歌的声音。

在击剑馆的小门旁边，郭东升坐在雪地里，怀里抱着沈莲的击剑服，手里拿着酒瓶在唱歌。

郭东升：乌溜溜的大眼睛，是你的笑颜⋯⋯

看见两人进来，郭东升淡淡地笑。

郭东升醉醺醺地：小妍来了，我在等你小姨呢。

郭妍伤心地说不出话来。

傻乐上前一步：叔叔⋯⋯沈莲阿姨叫我们来叫你，她已经回家了。

郭东升一愣：哦，好的。

郭东升想要站起来，却踉踉跄跄地站不稳。

傻乐一下扛住了郭东升：走，叔叔，咱们回去。

郭东升一下倒在了傻乐肩上，傻乐跟郭妍两人扶着郭东升走着。

大雪里，几排脚印，跌跌撞撞。

12. 郭家，内，夜

郭妍扶着郭东升进家，让他躺在沙发上。

郭妍面对着郭东升，泄了气一般，不知该如何是好。

郭东升：酒呢，给我酒。

郭妍倒杯热水给郭东升：爸你喝点水吧。

郭东升喝了一口，生气地把杯子砸向窗台，花盆应声而碎。

郭东升：我不要这个，给我酒，给我酒！

郭妍吓了一跳。

郭东升醉醺醺地耍酒疯，砸着家里的东西。

郭妍想拉住郭东升，被甩开。

郭妍边哭，边收拾着玻璃碎片。

郭东升倒在沙发上。

郭妍看着郭东升，看着家里的一片狼藉，蹲在角落里抱着肩膀无力地痛哭。

郭妍：小姨，我该怎么办啊？我该怎么办……

13. 郭家，内，日

郭东升醒来，揉揉脑袋，家里一片狼藉。他没精打采地踢开地上的杂物，走到厨房，打开水龙头喝水。

敲门声。

郭东升不想搭理。

敲门声继续着。

郭东升：家里没人，烦死了！

邮差：609 挂号信！

郭东升无奈，打开门签收。

邮差：怎么这么久啊？

郭东升：关你屁事，老子不想开不行啊。

邮差白了郭东升一眼，嘀嘀咕咕走了。

郭东升一脚踹上门，坐在沙发上，随手打开信看了一眼。

郭东升突然愣住了。

沈莲 OS：亲爱的东升……

14. 病房，内，夜

沈莲披着衣服，趴在小桌子上写信。

沈莲 OS：亲爱的东升，当你收到这封信的时候，可能我已经离开了你。但是请你相信，我的心一直陪伴在你身边。我拜托清子，把这封信寄给你。

15. 郭家，内，日

郭东升呆呆地看着信。

沈莲 OS：在我离开之后，你一定会非常痛苦，觉得孤独，没有依靠。每想到这些，我就充满了担忧。那一定会是一段非常难熬的时光，所以我想用这种方式，陪伴你度过。当你收到这封信的时候，无论你是悲伤还是绝望，请你为了我，好好地活着。也许你做不到立刻忘记，也不能立刻振作开始新的生活。那么你就从最简单的事情开始做起，好好吃饭，好好睡觉，好好照顾小妍。对了，拜托小妍帮我养好那盆兰花，见到它，就像见到我一样。

郭东升恍然。他愣了片刻，突然醒悟了一般站起来冲到窗口。

花盆已经碎了，花和泥土倒在窗台上。

郭东升走进洗手间，狠狠洗了一把脸，开始收拾房间，扔掉砸碎的垃圾。出门。

郭东升从门外搬着一个新花盆回来，把花移进去。他铁着脸，一声不吭，用双手一点一点把泥土填进去。

郭妍不知什么时候回来，默默地看着这一切。

郭东升擦擦手站起来：放学了？爸爸给你做饭去。

郭妍：爸，你没事吧？

郭东升挤出个笑容：没事。从今天开始，我们爷儿俩恢复正常的生活，我好好工作，你好好上学，就像你小姨说的，咱们从最简单的事开始做起，好吧？

郭妍郑重地点点头。

16. 郭家，内，日

郭东升把两碗面放到桌上。

郭东升：小妍，吃饭了。

郭妍坐到桌前，两人面对面开始吃饭，气氛沉闷压抑。

两人都没食欲。

郭妍吃了几口，放下：我吃饱了。

郭东升突然一拍筷子，郭妍吓了一跳。

郭东升：吃，吃不下也得吃！

郭妍怔怔地看着郭东升。

郭东升叹口气，柔声：小妍，我知道你难过，我心里……更难过。小姨走了，我这心就像被掏空了一样，白天黑夜都空落落的。只有喝醉的时候，我心里才能稍微好受一些。

郭妍掉下眼泪。

郭东升：可是我不能再这么下去了，小姨走了，我们还得继续活着。从今天起，我彻底戒酒了。你小姨说得对，咱们现在没法忘了她，没法不伤心不难过，但是我们至少能从最简单的事开始做起。咱们听她的话，好好吃饭，好好睡觉，好吗？

郭妍点点头：好。

郭东升：吃饭，你吃，我也吃。

郭妍捧起碗，眼泪掉进碗里。她大口吃起来。

郭东升也咬牙大口吃饭，边吃边掉眼泪。

17. 拉面馆，内，日

郭东升在餐馆里忙活，做到一半突然走神，呆呆地盯着桌子。

客人：老板，结账……老板。

郭东升醒悟，连忙站起来。

18. 郭家，内，夜

郭妍复习功课，忍不住想起沈莲，无心读书，掉眼泪。

郭东升面无表情地走过来，拍拍郭妍的脑袋。

郭妍擦干眼泪，继续读书。

19. 郭家，内，日

邮差：609 挂号信。

郭妍迫不及待地接过信拆开。信封里掉出两张纸，郭妍连忙拿起一张读起来。

沈莲 OS：亲爱的东升，你最近好吗？心里的伤痛是不是稍微平息了一些？生与死，只是改变了形式，并不会阻隔我对你的爱。你一定要振作起来，虽然没有我，生活中还有很多快乐的事情。为了我，为了小妍，请你笑一下好吗？

郭妍停顿了一下，抬头开着郭东升，郭东升强迫自己做出一个笑脸，比哭还难看。

沈莲 OS：你和小妍曾经签过一份爱的合同，现在我想和你们一起签一份合同，你们要保证，重新振作起来，做回我心目中那个坚强的东升和那个乐观的郭妍，好吗？

郭东升拿起掉下的另一张纸，上面写着"爱的合同"

落款处，签着沈莲的名字。

条款写道：

郭东升保证从今天开始，重新振作，保证每天早晨起来都笑着生活。

郭妍保证从今天开始，重新振作，每天做一件让自己开心的事情。

郭东升保证做一个坚强快乐的男人。

郭妍保证做一个乐观开朗的女孩。

郭东升和郭妍保证好好吃饭，好好睡觉……

　　郭东升擦干眼泪。郭妍默默拿过一支笔，郑重地签下自己的名字，递给郭东升，郭东升接过，签名。

20. 郭家，内，日
　　郭东升对着镜子，苦笑了一下。

21. 学校，内，日
　　郭妍在课堂上大声地读书。

22. 公园，外，日
　　沈莲 OS：亲爱的东升，现在快要到春天了吧，带着小妍出去走走好不好？感受一下这个美好的世界。活着，是一件多么幸福的事情，每一天都值得你们好好珍惜。别老闷在屋子里，那样只会越来越伤心。想想小妍，别让她一直沉浸在痛苦中。
　　郭东升带着郭妍放风筝，郭妍的笑容。

23. 复习班，内，日
　　沈莲 OS：亲爱的东升，小妍复习得怎么样了，现在该到了她最紧张的时候了吧？

郭妍认真地听着课。

24. 郭家，内，夜

郭东升细心地照料那盆兰花。

沈莲OS：亲爱的东升，换季的时候记得提醒小妍脱换衣服，这孩子总是贪凉，每年春天都会感冒，你要让她一定当心……

郭妍复习功课。

郭东升把衣服披在她身上。

25. 养老院，外，日

郭东升和郭妍陪着沈父散步。

沈莲OS：亲爱的东升，记得经常去看看爸爸……

26. 拉面馆，内，日

郭东升笑着招呼客人，忙里忙外。

27. 郭家，内，日

郭妍收拾好书包准备出门。

郭东升：紧张吗？

郭妍：还行，我看你比我还紧张。

郭东升：没有的事，是你高考又不是我高考，当年我上考场的时候，那叫一个大将风度，游刃有余……

郭妍：你就吹吧你，吹牛又不用上税。

郭东升：我这个是经验之谈，你啊，上了考场什么都别想，会多少写多少，写到交卷拉倒，别想什么能考多少分啊，能有什么结果啊。

郭妍：这话你昨天晚上已经唠叨过一遍了，你放心吧，我一定好好考，然后拿到通知书让你放心，也让我小姨满意。

郭东升：这就对了，要不我还是送你去吧，陪你上战场！

郭妍：这是我的战场，我一个人自己去。再说了，你过去也没有用，就会唠唠叨叨让我紧张，走了啊。

郭东升举手：加油！

郭妍和他击掌：加油！

郭妍出门，郭东升开始收拾家，门铃响，他连忙跳起来。

邮差：挂号信。

郭东升：谢谢！

郭东升关上门，急忙拆开信。这封信字迹混乱。

沈莲 OS：亲爱的东升，这也许是我给你的最后一封信了。

28. 医院，内，夜

沈莲虚弱地倚在枕头上，勉强拿着笔写信。

29. 郭家，内，日

郭东升呆呆地读着信。

沈莲 OS：我感觉到时日无多，抱歉，不能再陪你更久。这段日子，有你，有小妍，有所有的亲人陪着我，我觉得很幸福。在我短暂的一生里，虽然没有健康，却有很多的爱，让我毫无遗憾地度过。从今天开始，请你忘记我，开始新的生活吧。我希望你健康，希望你开心，希望你好好活下去，更希望你能重新爱一个人，不要让你余下的生命虚度过去。告诉小妍，无论她将来会面对什么样的变故，我都希望她能积极地生活下去。记住你的责任，照顾好父亲，照顾好爱你的人，明天，又是新的一天了。

郭东升抚摸着信纸上的字迹。

空镜隔场

30. 学校，内，日

三三两两的学生往外走，有的拿着通知书兴高采烈，有的垂头丧气。傻乐等着郭妍。

郭妍垂头丧气出来。

傻乐：蝈蝈？

郭妍摇摇头。

傻乐难过：没事，考不上没关系，我爸说出国读书，我跟他说过了，除非你跟我一块出国，我才同意。他说可以给你出学费……

郭妍：你别说了，让我安静一会。

傻乐：不就是个高考嘛，至于这么难过。你以前不是压根不在乎的，再说你本来还不想考呢……

郭妍爆发：那是以前，现在是现在。现在我铆足劲要考上大学，我不想让我小姨失望，结果一塌糊涂。

郭妍哭着跑开，傻乐无奈。

31. 郭家，内，日

郭东升敲着郭妍的房门。

郭东升：小妍，你先开门出来，考不上没有关系，你自己尽力了就行。你可以复读，或者可以找工作，都没关系。小妍。

郭妍拉开门：爸，你让我一个人安静一会吧？

郭东升：我知道你抱了很大希望，现在觉得很受打击。没关系的，你还年轻还有机会，高考不过就是一场考试，别看得那么重。

郭妍：你现在跟我说什么都没有用，这段时间我憋足了劲复习，我就是想考个好成绩对得起小姨。现在我觉得很失败。我从来没想过考不上该怎么办，现在我脑子里一片空白。你让我一个人想想吧。

郭东升叹气。

32. 郭家小区，外，日

郭妍陪着郭东升一起买菜回来。邮差路过。

郭妍：哎，有 609 的挂号信吗？

邮差：没有。

郭妍失望，郭东升摸摸她的脑袋安慰她。

33. 郭家，内，夜

郭妍浇花，没精打采。

郭东升：小妍，你呆在家好多天了，明天我陪你出去玩玩吧？

郭妍：我不想去。

郭东升：你想好想干嘛了吗？你想复读的话，爸爸支持你，要是觉得上学太累不想读了，也没关系。

郭妍：我不知道，我现在什么想法都没有。

郭妍回到房间关上门。

郭东升垂头丧气，无可奈何，良久，他拿出装信的盒子，打开沈莲最后一封信，反复地看着。

郭东升：记住你的责任，照顾好父亲，照顾好爱你的人，明天，又是新的一天了。

郭东升仿佛给自己打气一般，反复读着信，放下信来沉思。

34. 面馆，内，日

郭东升在面馆内忙碌，满脸笑容大声地送客。

35. 出国中介，内，日

郭东升进门，熟稔地和老板打招呼：老板，不好意思又打扰你了。

老板：没事没事，你这也算是帮我的忙了，昨天有两个要去韩国打工的，我约了他们今天来，你稍等一会。

打工者模样的兄弟俩进来。

老板：来啦兄弟，这就是我昨天跟你们说的郭老板。

甲，乙：老板好。

郭东升：什么老板啊，我也是个打工的，大家都是兄弟。听说你们要去韩国打工？

甲：是啊，都说国外好挣钱。

乙：大哥，听说您那儿有工作介绍？

郭东升：对，就是我以前工作过的马场，老板是我的干妈，特别好的一个老太太。我跟你们详细说一下那儿的情况啊……

36. 郭家，内，日

郭东升把迷迷糊糊的郭妍拖起来。

郭妍：干嘛呀爸，我又不要上学了这才几点。

郭东升：你得去趟机场。

郭妍愣愣的：干嘛？

郭东升：清子回来了，你不是号称和她是好朋友吗？快起来我要开店，你赶紧去接她。

郭妍高兴：真的，我以为她回了韩国不回来呢，她和阿平结婚了吗？贞淑奶奶怎么样？

郭东升：你问我我怎么知道，赶紧去。我开店没时间，这回清子的事情全交给你张罗。

郭妍：遵命！

37. 机场，内，日

郭妍兴奋地冲着清子挥手。

郭妍：清子姐姐！

清子：你怎么瘦了这么多，减肥啊？

郭妍：没有啊。

清子明白了：怪不得你爸说你茶饭不思没精打采的，看来还真说对了。

郭妍有点不好意思：咱们走吧，你回来是打算长住还是就几天？我爸把安置你的任务交给我了。你听听我的安排啊，我先在家附近给你找了个合适的宾馆，你先住下。要是长住呢，咱们明天开始租房子去。

清子：行啊，我先住下来再说。

38. 酒店，内，日

郭妍帮着收拾行李。

清子：你找的这个地方挺不错的，价格也便宜。

郭妍：那可不，我这是动用了各种朋友关系……嘿嘿，是傻乐朋友公司的协议价，能省一点是一点嘛，挣钱多不容易啊。

清子：好样的，能独当一面了。

郭妍：你前几次回来都急匆匆的，不是忙着追我爸，就是忙着开面馆，咱们呢也老是吵架。这次我陪你好好玩几天吧。你看，我安排了行程表，带你去吃好吃的。

清子感动：真没想到，咱俩能成好朋友。

郭妍：那是！

清子收拾东西，郭妍犹豫了一下。

郭妍：清子，我小姨的信……没有了吗？

清子摸摸郭妍的脑袋：你还是不能适应？

郭妍点点头。

郭妍：算了，不说这些难过的了，你这次为什么回来？阿平怎么样？贞淑奶奶呢？

清子：他们都很好。你爸爸呢，给贞淑奶奶找到了几个合适的中国工人，马场现在运营得很好。

郭妍：我爸？什么时候的事？

清子：就前两个月啊。他陆陆续续介绍了四个人过去，干得都挺好的。贞淑奶奶也安心了，到处夸咱们中国人勤劳踏实肯干活。现在附近的马场都请贞淑奶奶介绍工人过去呢？

郭妍：我爸这不声不响的，还想起来介绍别人干活了？

清子：他呀，还不是担心马场人手不够，贞淑奶奶受累。他打了好几个电话，想请老人家到中国养老，可是贞淑奶奶说，只要做得动，就要自食其力，不想放下马场。你爸只好想了这个主意。要说你爸可真够细心的，找的工人都是反复挑选过的，没一个惹是生非的。

郭妍赞叹：我爸现在可真靠谱啊……所以你就放心回来了？阿平怎么办？

清子：嗨，你就惦记这点事。我们都谈过了，怎么说呢，凡事不能勉强，我不能因为自己感情受伤，就拉着他当作替代品，这对人家也不公平。好在阿平是想得开的人。我走的时候他还祝贺我在中国找到另一半呢。

郭妍：那你回来不走了？

清子：不走了。我实在受够了在异国他乡漂泊的滋味。回去之后，老是怀念在国内开面馆的日子。贞淑奶奶也鼓励我，回来把自己的生意做下去。

郭妍：太好了，那咱们明天就去租房子，欢迎回到美丽的中国。我爸说拉面馆要扩张营业，正好你回来了，咱家的生意一定兴旺发达！

清子：哟，这可是我有记忆以来你第一次说欢迎我回国。

郭妍：咱们现在是好朋友，立场不同嘛。

39. 拉面馆，内，日

拉面馆暂时关门，整理准备扩张。清子在收拾厨房，兴致勃勃。

清子：这感觉真好，就像是回到上次咱们一块开店的时候。

郭妍没精打采地在旁边帮忙，心事重重。

清子：要说你老爸做面的手艺真是不错，不管在哪里开店生意都好。哎，你爸说你暂时没什么事，要不还来店里帮忙吧，咱们一起把这店开大……

郭妍突然掉眼泪。

清子：怎么了，我说错什么了？你要是不想来帮忙就算，哭什么啊挺大的姑娘！

郭妍：上一次咱们开店的时候，我小姨就在这里。她就坐在这儿看着我爸忙活……

清子心情也沉重起来，递给郭妍一张纸巾。

郭妍：从小到大，小姨一直在我身边，不管我做什么，不管我想什么，她都在那儿。我有什么话都能告诉她，我想干嘛都能跟她商量，可是现在。我就像是天上的那个风筝突然断了线，不知道要往哪里飘！

清子猛地拍郭妍的后背：嗨，怎么回事啊你，你小姨不在，你难道活不下去啊？真丢人。你都十八岁的大姑娘了，我像你这么大年纪，早就一个人独立了。你还在这哭哭啼啼的。以前你身上那股张牙舞爪的劲呢，那个天不怕地不怕的郭妍呢，怎么沈莲一走，你也跟抽了筋似的？

郭妍勉强止住哭，清子俯下身耐心安慰。

郭东升进来，清子对他使眼色，摇摇头。

清子：想她小姨呢。

郭东升怔了一下，拍拍郭妍的脑袋。

郭东升：你跟我来。

40. 击剑馆，内，日

郭东升把郭妍带到击剑馆，看着学生们训练。郭东升的眼睛红了，郭妍更加伤心。

郭妍：爸，我最近老是有这样的感觉，一切都照旧，就是小姨不在了。她刚走的时候，我心里很疼很难受，人家说，时间久了就好了，为什么现在时间过去了，我心里更难受。

郭东升：是啊，刚开始，心里疼得难受，现在，心里空空的。生活都在继续，熟悉的场景，熟悉的事情，只是那个人不在了。

郭妍：就是空空的感觉。

郭东升强打精神：我带你来这儿，不是为了让你更难受的。小姨教过你击剑，也教过我。你说，她为什么这么喜欢击剑这种运动呢？

郭妍不解。

郭东升：你看，击剑这个运动就像人的一辈子，遇到各种挑战，有时候进一步，有时候被逼得退一大步，有时候成功，有时候被打倒，但是最重要的不是胜利与否，不是结局，也不可能做到一直前进，而是，一直坚持到最后。

郭妍：如果你在乎的人已经不在了，就像击剑场上的运动员，没有了观众没有了教练，她还有什么力量坚持？

郭东升愣了一下：其实我自己也没完全闹明白，我的心里也空空的。但是我一定会坚持下去，就算沈莲不在了，我也要坚持下去。

郭妍叹口气，眼神迷茫地看着眼前奋力训练的学员。

41. 养老院，内，日

郭妍领着清子来养老院看沈父，指指点点地给她介绍环境。

郭妍：这里是画室，经常有老师来教姥爷他们写书法画画，那边是健身房，他们还有什么舞蹈课程呢。那边是他们的厨房和食堂。走，咱们去活动室，今天可是姥爷的大日子，养老院联欢晚会。

清子：怪不得你又是买花又是买水果的。姥爷是不是要表演节目？

郭妍：那肯定呀，还是独唱节目呢。要不我爸干嘛规定咱们必须来啊，他一早就过来帮忙布置了。

郭妍和清子，郭东升，以及一群家属们，和老人们坐在一起联欢。沈父上场了。

三人热烈鼓掌。

沈父：我来给大家唱首歌，这个歌是我外孙女教我的。

众人眼光转向郭妍，郭东升大声鼓掌叫好。

沈父：大家都知道，前段时间，我的小女儿去世了。因为她的离去，我们全家人都非常伤心。我一个老头子，白发人送黑发人，这心里啊……（众人黯然，郭妍和郭东升伤心。沈父伤心片刻后，振奋精神）但是，我现在是怎么想的呢？我想啊，我的小女儿，是个乐观，积极，勇敢的孩子，就算是命不好，摊上那场病，这治病的十几年，包括最后的那些日子，她都尽量笑着面对一切，我这个老头子，要学习我女儿身上的这个精神，笑着活下去。下面我把这首歌，送给咱们所有的老伙伴。

众人鼓掌。

沈父开始唱起来：曾经多少次跌倒在路上／曾经多少次折断过翅膀／如今我已不再感到彷徨／我想超越这平凡的生活／我想要怒放的生命／就像飞翔在辽阔天空……

沈父唱得磕磕巴巴，老人们高兴地跟着唱。

郭东升的眼睛迷糊了。

闪回 16——5

病房里，郭东升给沈莲唱着这首歌。

郭妍泪光盈盈。

闪回 19——13

沈莲又跑回郭妍跟前：你要不是，就别给我无病呻吟，振作起来！

沈莲使尽全身的力气把郭妍撞倒在沙滩上。

郭妍：小姨你干什么呀？！你疯啦？

沈莲：我还要打你呢！

沈莲还挥舞着手臂要打郭妍，郭妍不由自主地抵抗，把她推开。

郭妍：小姨你快停下，你再不停下我可还手了！

沈莲：你还手！你给我还手！你现在就是被生活打倒在地，还被拳打脚踢，你怎么不还手？！要想不被生活打倒，你就要打倒生活！

郭妍的眼神渐渐坚定起来。

42. 小区，外，日

郭妍追着邮差：有 609 的信吗？

邮差：没有。

郭妍：怎么可能，都过了好久了，你再找找，真的没有。

邮差：真的没有！

郭妍失落地走着。郭东升从背后搂住她。

郭东升：咱们得接受这个现实。

郭妍：理智上，我知道小姨已经走了，我们得继续生活，可是，总还是有那么点寄托，现在，连信也收不到了。

郭东升：你小姨已经陪我们度过了最难的时候，是时候我们自己振作起来了，对不对？

郭妍：要是再有一封该多好呀……

郭东升：总会有一封信，是最后一封的。就是现在，我们接受这个现实，小姨已经走了，我们不能依赖她了。让她走吧，只要我们心里有她，就行了。

郭妍难过地把头靠在郭东升身上。

郭东升自言自语：有沈莲陪伴的那段日子已经结束了，从现在开始，我们要自己走下去。我们重新开始，我们让她走吧……

43. 深夜的海边，外，夜

深夜的海堤边，郭东升逆风使劲地骑车。

郭东升把自行车放倒，走到大海边。

海风吹着郭东升的脸，黑色的大海翻滚。

郭东升闭上眼睛，再睁开。

郭东升大吼着：阿莲，再见。阿莲，再见！阿莲，再见！

44. 郭家，内，日

郭妍走出卧室，意外的发现，窗台上的兰花开花了。

白色的花蕊在清晨的阳光下绽放。

45. 海边，外，日

郭东升坐在海边。

天亮了，海边升起一枚鲜红的太阳。

46. 面馆，内，日

面馆里，郭东升正在打扫卫生。

地板跟桌子擦得干干净净的。

郭妍扶着沈父进来。

郭东升：爸，你怎么来了？

郭妍：姥爷说不放心，怎么也得来看看帮帮忙。

郭东升：行，那您就在咱们店里坐镇，可千万别动手干活啊。

沈父：那不行，你那个韩国妈妈这么大年纪不也在马场干活，你怎么瞧不起你岳父啊？

郭妍：就是，别小瞧了姥爷。

郭东升：我错了，我检讨。

郭妍：今天你开张大吉，咱们全家人伸出援手。明天我可不来了，我决定去复读，明年再考一次美院。

郭东升高兴地点点头：好！

沈父：我去后面帮忙去，小妍咱们走。

清子把大门打开，一个穿得很简朴的，民工模样的男孩走进来。

清子一愣：您这是要……

顾客：我想吃面，你们这里是面馆吗？

郭东升也走过来：是是，欢迎，来，请进！昨天刚炖的一锅排骨汤，很香。要不要排骨面？

顾客：那……就要排骨面吧。

清子：我去下面。

郭东升：不，这第一碗面，我来！

郭东升进了厨房。

郭妍立刻帮他系上围裙，郭东升回头对女儿笑。

郭东升开火，煮面。

郭妍：姥爷咱们来配小菜，这个我可在行了。

沈父在郭妍指导下帮着把小菜装好。

清子拿着托盘进来，郭东升捞出面条放进汤碗中，用筷子稍加整理，清子正要端走。

郭东升：等等，我来。

郭东升整理一下托盘，擦干面碗周围的水渍。郭妍连忙把配好的小菜放进托盘。

一碗面条端到顾客的桌子上。

顾客犹豫地：啊，这面条这么多肉，一定很贵吧，不好意思，大哥大姐，我刚来城里打工，昨天一天没找到工作，也没什么钱……

郭东升：不用担心，您是我新店开张的第一个顾客，免单。

顾客一愣：什么？

郭东升：我们的面馆今天算是刚开张，你是第一个顾客，给你免单！

顾客笑了：大哥，谢谢你！我吃完面就去找工作！

郭东升看着他吃面，忽然笑了，没头没脑地说了一句。

郭东升：明天又是新的一天了。

里面的厨房，正在忙碌的郭妍，沈父，清子都听见了郭东升这句话，她们互相看看，笑了。

阳光照了进来，照在郭东升的脸上。

（全剧终）

爱的多米诺

总编剧：何晴
编剧：何明、刘禹彤、万盾
导演：刘雪松
主要演员：于和伟、王丽坤、韩烨、宋春丽等

别墅里四世同堂的谢家，奶奶不服老，妈妈强势，三个性格完全不同的女儿和三个上门女婿，演出了日常生活的种种喜怒哀乐。老大谢小多，时尚漂亮，生了聪明的儿子，仗着老公对她的宠爱，常瞎吃醋，把女同学夏珊珊视为假想敌，生出不少事，差点弄假成真，才知道自己的幼稚，开始成熟。老二谢小米与教书匠丈夫汪国庆认真生活，只想要孩子，可她总是流产，与公婆难相处，汪国庆却又忽然爆红，让她一度茫然失措失去自信，幸亏汪国庆的爱挽救了他们的婚姻。老三谢小诺绰号谢无敌，只知道努力工作，与下属戴亚亚关系紧张。亚亚找的男友方嘉得不到爸爸戴谷舜的肯定。亚亚后来生出撮合谢小诺和父亲戴谷舜的想法，惹出了很多麻烦。不管有多少琐碎和艰难，生活是温暖的，充满了希望，他们各自找到了自己的幸福。

第一集

1. 大街，内，日

清晨的都市，上班时间，人来人往，熙熙攘攘，一片繁忙的景象。

忽然，一阵紧促的高跟鞋声，伴随急促的呼吸声，打破了宁静。

镜头拉开，穿着一身睡衣和高跟鞋的戴亚亚在狂奔，她长得很漂亮，大约22岁左右。戴亚亚手里举着什么东西，一脸兴奋。（不规则地带有强烈呼吸感的运动拍摄方式）

女孩主观镜头：大男孩方嘉穿着舒适的服装，正在草地上做瑜伽。

戴亚亚兴奋地：方嘉！

戴亚亚正要跑过去，忽然发现小路被封上了，她心急如焚，迅速扫视左右前后。

一片拦着围栏的草地，只见戴亚亚向后退几步，冲刺，腾空迈过围栏。

慢镜头：戴亚亚幸福地飘荡在空中，顺利穿过围栏。（多角度多机位重复拍摄）

戴亚亚兴奋的特写，我们可以看出女孩手上拿的是身份证和户口本。

戴亚亚落地，她一脸兴奋跑向方嘉。

戴亚亚：方嘉，我趁我爸不注意，偷到身份证、户口本了！

方嘉傻傻地：你一大早来找我就是这事儿？

戴亚亚：这事儿还不重要？走，咱们登记结婚去！

方嘉：亚亚，你真的想好了，愿意嫁给我？我没钱，连钻戒都买不起。

戴亚亚抓着方嘉就跑：玻璃的也行。别磨蹭了，等我爸发现就惨了，快走吧！

方嘉：等等，可我也没有房子。

戴亚亚：就住你爷爷奶奶家。

方嘉：那咱们起码要换换衣服吧，显得正式点。

戴亚亚：顾不上那么多了，民政局八点半就上班了，快走吧！你不会告诉我，你没带身份证和户口本了吧？

方嘉激动地抱住戴亚亚：当然带了！亚亚，我要一直对你好，照顾你一辈子！

2. 民政局婚姻登记处，内，日

戴亚亚跟方嘉激动地坐在办事员面前，两人掏出身份证、户口本。

办事员笑着接过了两人的证件，忽然皱眉。

办事员：戴亚亚，你知道国家的法定结婚年龄么？

戴亚亚紧张地：知道，我已经满二十岁了。虽然晚婚年龄是二十三岁我们还没到，但我保证晚育！

办事员：可这张身份证上显示你才十九岁。哎，这身份证怎么不对劲啊？怎么回事，是假的？

戴亚亚一愣，她接过身份证，看了一眼，大怒。

戴亚亚：这……这这……老师，啊，你看，这张身份证是我爸画的，他修改了我的年龄，我半年前就二十岁了！

办事员：我就更不能给你办理了，这身份证没有法律效力。

方嘉也傻了：拜托了老师，我们是真心相爱的，他爸这样做是干涉婚姻自由！

办事员无奈地：是啊，我很同情你们，但也无能为力。

戴亚亚愤怒地站起来，大吼一声。

戴亚亚咆哮：戴——谷——舜，你太过分了！

3. 戴谷舜家卫生间，内，日

镜子前面，是一张变形的脸，上面涂满了泡沫。

戴谷舜正歪着脖子刮胡子，他看上去三四十岁，眼神清澈，长相俊朗。戴谷舜刮完胡子，很潦草地低头洗脸，一抬头，笑了。

镜子里他身后出现了愤怒的戴亚亚。

戴亚亚：戴谷舜，你居然敢画假身份证，这是违法的！

4. 戴谷舜家客厅，内，日

戴谷舜气定神闲地走出卫生间，走到客厅，戴亚亚气呼呼地跟出。

戴谷舜家客厅颜色丰富，放着很多玩具和海报，唯一素色的是一角小柜子上，放着戴亚亚母亲的遗像。

戴谷舜：你说得不对，画身份证并不违法，只有使用画的身份证去结婚才违法！

戴亚亚更气了：你，你……你把我的身份证还给我，我要结婚！

戴谷舜：你当然可以结婚，不过先要选择好你未来的丈夫。

戴亚亚：我已经选好了，就是方嘉！

戴谷舜：他不是。

戴亚亚：他是！

戴谷舜：不是！

戴亚亚：是！这是我的决定，我的婚姻！

戴谷舜：我现在没时间跟你讨论这个问题，早饭在桌子上，今天有雨，别忘了带伞！

戴谷舜穿上外套出门，忽然又笑嘻嘻地探头进来。

戴谷舜：忘了告诉你，那个户口本也是我画的。

戴亚亚气得拿起一个靠枕砸在门上，她呆立在原地半晌，走到母亲的遗像前。

戴亚亚母亲的遗像看上去非常年轻，也就是二十出头的样子。戴亚亚看着看着，眼圈红了。

戴亚亚：妈，要是你没在我一岁的时候走掉，要是你还在我身边，你会同意我结婚么……

气氛略显悲伤。

忽然，一个小球从一根长板上落下，绕了一圈，启动了玩具火车，火车轰隆轰隆开了一圈，一只布谷鸟跳了出来。这是一个充满童趣的联动装置，打破了刚才的悲哀。

布谷鸟：布谷，布谷，现在是北京时间九点。

戴亚亚一激灵：九点了？完了完了！

5. 戴家楼下，外，日

戴亚亚冲出楼道，一边穿小西装一边跑。

前面横过来一辆酷酷的小电摩，戴谷舜坐在上面笑眯眯地看着她。戴亚亚没好气地白了戴谷舜一眼，哼了一声。

戴谷舜跟在戴亚亚身后：这个时间你打不到的，坐公交车要晃悠四十分钟，下车后一路小跑十分钟，你到公司就直接去人事部吧，去领开除报告。

戴亚亚又哼了一声，停下脚步，戴谷舜扔给戴亚亚一顶头盔。

戴亚亚上车，车风驰电掣开走。

6. 写字楼，外，日

中心城区，鳞次栉比的高楼。

小电摩穿过街道，猛地停在一座写字楼下。戴亚亚匆忙下车。

戴谷舜：小心点！

戴亚亚却理也不理戴谷舜，头也不回地做了个鄙视的手势。

看着戴亚亚的背影，戴谷舜的嬉皮笑脸逐渐褪去，脸上第一次流露了无奈，他叹气离去。

7. 海川公司，内，日

戴亚亚的海川公司，很多小隔间，其中有一间办公室临空于其上，可以俯瞰员工，显见身份尊贵。

戴亚亚偷偷摸摸地小跑进来，迅速瞟了一眼上方的办公室，没人。

戴亚亚坐到自己位置上，奇怪地看看旁边隔间的女孩钟燕子。

戴亚亚：不会吧，我人品大爆发了？我迟到，女魔头也没来？

钟燕子拼命冲亚亚挤眉弄眼。戴亚亚一回头，傻眼了。

谢小诺板着脸站在戴亚亚身后，她三十岁，长得很漂亮，却一脸严肃，打

扮得非常中性化。

戴亚亚一脸僵硬：啊谢总……

谢小诺：我前天叫你交方案，你说昨天交，昨天又推到今天，现在已经是你昨天说的今天的北京时间九点一刻了，方案呢？方案在哪里？戴亚亚，你以什么方式对待生活，生活就会以什么方式对待你！你这样下去，我可以一眼看见你的未来，那就是：没—有—未—来！

谢小诺对着戴亚亚狂喷，戴亚亚木然地看着谢小诺。

（想象）

戴亚亚趾高气扬地看着谢小诺。

戴亚亚：不是我说你，谢小诺，三十岁的女人，打扮得看不出性别，成天以办公室为家，动不动就骂员工！再这样下去，你都可以叼着雪茄进男人俱乐部了！

谢小诺：是是是，你说得太对了，我改，我都改！

（想象完）

亚亚扑哧一下，没忍住，乐了。

谢小诺用无可救药的哀伤眼神看着戴亚亚：笑，你还笑？你居然还能笑出来！

戴亚亚：对不起谢总，我的方案已经写好了，我整理一下就交给你！

谢小诺看看表：不能超过十一点！

谢小诺脸色严肃地离去，戴亚亚如蒙大赦，办公室下属集体松了一口气。

8. 谢小诺办公室，内，日

谢小诺走进办公室，走到落地玻璃窗前，高高在上地看着下面的下属。

下属们本来都很放松，一看到谢小诺出现，立马都神情紧张地工作。

谢小诺皱眉，叹气。

谢小诺喃喃自语：我怎么越来越像我妈了！

谢小诺的话音刚落，电话就响了起来。

谢小诺接起电话：妈……噢，是是是，我晚上肯定带郝仁回来！行了，我还要工作呢（忽然谢小诺不高兴起来）我没有不耐烦，我知道自己三十岁了，嫁出去的几率比在大街上撞死的几率还低！郝仁晚上肯定会来，他不来我也不回来！

谢小诺啪地挂上电话，发呆。

9. 玩具设计工作室外，外，日

嗡嗡的电动车声音，戴谷舜骑着刚才的小电摩，风驰电掣地在工作室外拐了一个漂亮的弯，停下。

他摘下头盔，走进工作室。

10. 玩具设计室走廊，内，日

戴谷舜走进走廊，一愣。只见走廊上三三两两站着同事，都在窃笑。

戴谷舜：怎么了这是？

同事甲跟戴谷舜握手：戴哥，谢谢，谢谢！多亏你，让我们逃过了厂长的恶吼，现在天降甘露，她正接受洗礼呢。

同事乙：洗礼效果显著，成功毁掉了厂长的高跟鞋，带来了咱们玩具公司历史性的时刻！

办公室里又传来女声的痛骂声和惨叫声，戴谷舜瞪大了眼睛。

戴谷舜：糟糕，厂长肯定动了我的新装置！

11. 戴谷舜工作室，内，日

乍一看上去非常凌乱的空间，地上堆满了卡通海报，书架和橱窗里都是各种玩具，连椅子旁边都摆放着大型的玩具。

戴谷舜急急推开门，只见桌上放着一个水管，连接在一个机器上。而厂长哈乐正被一股股水滋得睁不开眼睛。

哈乐约三十七八岁，一头长鬈发，一双高跟鞋，打扮得非常女性化，一张嘴却是烟酒嗓，略显粗放。

哈乐愤怒地叫嚣：让你们搞设计，说起来头头是道，做出来没一个大卖，整起我来倒都是灵感，人呢！你们都给我出来，把这破玩意给我关了！

戴谷舜慌张地压低声音：轻点轻点，千万别超过六十分贝！

哈乐看着戴谷舜，脸上顿时出现一种信任的柔情。

哈乐：戴谷舜，你可算来了！

戴谷舜赶紧上前递给她餐巾纸，哈乐一擦脸，就又开始嚷嚷。

哈乐：这次听你的，要搞什么创新，看看，又是一堆退货单！

哈乐话音未落，水管转了一个方向，冲着她就喷出一股水。

哈乐被呛得直咳嗽，她捂脸向前走了两步，又一脚踩到地上的玩具，没站稳，摔了个四脚朝天，高跟鞋也飞了出去。

哈乐气得一声嚎叫：这到底是什么破烂东西？把水闸给我关了！

水管又对准哈乐的脸喷了一道水。戴谷舜赶紧关掉仪器开关，扶起哈乐。

戴谷舜：小声点，这水管是分贝仪控制的，只要超过六十分贝就会喷水！

哈乐心疼不已地捡起高跟鞋，推开戴谷舜，刚想大声嚷嚷，看了一眼水管，又压低了声音。

哈乐：你戴谷舜，你肯定是故意的！

戴谷舜：现在你可以大声说话了，放松，这个我已经关了。

哈乐：关了，真的关了？

哈乐小心翼翼地看着那个装置，又对着玻璃窗整理自己的妆容，心痛不已地整理头发。

戴谷舜忍住笑意：哈乐，你说把分贝仪跟水管结合在一起，设计成大象的样子怎么样？

哈乐又跳起来：别跟我扯狗屁设计，当初你拍着桌子跟我保证，这批铁皮玩具怎么迎合市场，你看看这些退货单！

戴谷舜：做原创玩具跟接国外订单不一样，要看长远效果！你现在靠低价竞争，万一有更低价出现，再搞自主设计就来不及了！

哈乐：闭上你的乌鸦嘴！我是俗人，只争朝夕，机器要运转，工人等着工资，这些都要钱，我正式通知你，这批玩具不能投入生产！

戴谷舜急了：哈乐，你不能听商家的一面之词，我研究过市场，铁皮玩具是空缺，很有可能大卖！

哈乐：我要用数据说话，而不是可能、大概这种屁话！

戴谷舜：行，我现在就拿铁皮玩具到大街上去卖，只要三天，我保证交给你三万元！

哈乐：别三天，我给你一个星期的时间，只要你能回收三万元，我就继续生产铁皮玩具！

戴谷舜兴奋地锤了哈乐的肩膀一下：太好了，够爷们！

哈乐：拜托，你能不能轻点，我好歹是女的！

戴谷舜故作吃惊地：你是个女的，我怎么不知道？

哈乐：滚你的，下班后去仓库拿货去！

戴谷舜：这就对了，你还是这样最正常。

戴谷舜出去，哈乐无奈摇头。

12. 街道，外，日

戴谷舜推着自己酷酷的小电摩走出大门，后面是硕大的纸箱。他骑上电摩，戴上头盔。

这是一条狭窄的街道，远处，迎面驶来一辆小车。

13. 小车，内，日

车上，谢小诺跟男友郝仁正在吵架。郝仁，三十五岁左右，打扮、举止略有点娘娘腔。

郝仁碎碎念道：……逛街你觉得太累，唱歌觉得太吵，吃饭你说没胃口，看电影又说没心情，拜托！就算飞到月球上，谈恋爱也就是散步吃饭这么几招！

谢小诺淡淡地：简单，去我家吃饺子。

郝仁崩溃地：小诺，我想跟你两个人享受家庭生活，而不是一大家十好几口子人的家庭生活！大家庭早就过时了，群居生活是几千年前原始人为了跟野兽抢夺生存资源，不得已的选择！

谢小诺：可我答应她们了，我妈从早上到现在打了好几个电话，再三吩咐我一定要带你去。

郝仁叹气：你妈说话的理论水平太高，跟做政府工作报告似的，听着太累。关键是还不能走神，她随时提问，回答得一点不能马虎。我累了一天，想放松一下，能不去吗？

谢小诺脸色变了：看路！

谢小诺话音刚落，戴谷舜的小电摩歪歪扭扭地骑过来。

郝仁吓得猛地一个刹车，只见戴谷舜摇摇欲坠，几乎是擦着小车过去。

14. 街道，外，日

戴谷舜摔倒在地上，第一反应却是去扑箱子，顿时洒了一地的铁皮玩具。

郝仁下车检查自己的车。

郝仁生气地：大叔，您怎么看着车还往上撞，奋不顾身啊！

戴谷舜更生气了：你叫谁大叔呢？你才是大叔呢，你们全家都是大叔！有你这么开车的嘛！

郝仁眨眨眼，说不出话。小诺威风凛凛下了车。

谢小诺：你骑车骑到马路中间，也有不对。大叔，赶紧起来吧，对不起啊！

戴谷舜一脸混不吝：你又是谁啊，谁又是你大叔啊？

谢小诺怒：我已经跟您说了对不起！我们也不是故意的！

戴谷舜：照你这么说，监狱里没人了，都不是故意的。

谢小诺：你这人怎么说话的，什么意思啊？

戴谷舜捡起一个铁皮玩具：没什么意思，把这东西撞坏了，要赔！

谢小诺：不就是一铁皮玩具么，三块钱的东西！

戴谷舜瞪大眼睛：三元钱？你是真不懂假不懂啊？这是世界顶级名牌全球限量版的铁皮玩具，三千都不止！

谢小诺不屑地：你怎么不说三万啊！（小诺怒吼）我最讨厌你这种讹人的骗子！碰瓷的！郝仁，报警！我跟你死磕到底！

戴谷舜瞪圆了眼，简直不相信世界上有这么讨厌的女人，两人对眼怒视，郝仁一看就慌了。

郝仁掏了三百塞到戴谷舜手里：行了啊，别来劲，拿着吧。走走走，小诺你别老跟人吵架！

郝仁死活把谢小诺塞到车里：算了，多一事不如少一事，走吧！

两人上车离去，剩下戴谷舜一人愣在那里，忽然，他像反应过来了一样。

戴谷舜：别走，我才不要你们的臭钱呢！

戴谷舜想要去追小车，可小电摩又倒了，他狼狈地扶起电摩，小车已经开远。

15. 车上，内，日

谢小诺还在跟郝仁继续吵架。

谢小诺：你推我上来干嘛？别以为我害怕，我就相信世界上有正义！

郝仁：万一碰见难缠的怎么办？好了好了，你要记住，咱们俩是一个战壕的，不管出什么事儿，维护你的利益就是维护我的利益！

忽然，谢小诺的手机响了起来。

谢小诺：喂，奶奶，什么？……哦，我没忘，马上，马上！

谢小诺挂上电话：哎，你怎么拐弯了，我们家要直行！

郝仁：不是说了吗，你回家，我不去！

谢小诺：别发小孩子脾气，回头我请你看电影！

郝仁：我这不是小孩子脾气！咱们俩的约会有一半都跟你奶奶你妈在一

起，哪次我跟你说话她们不插嘴，不发表意见？尤其是你妈，动不动就要找我谈话！我知道她嫌弃我学历低，有钱也配不上你！

谢小诺不悦地：谁都没有瞧不起你，我妈就那脾气，一大把年纪了，改不了！

郝仁叹气：是啊，就连你们家那俩男的，大姐夫二姐夫，在外面再牛，回家都跟孙子似的！小诺，你是成年人，不用什么都听家里的，要有自己的想法！

谢小诺耐着性子：你少挑拨离间，我们家的女人爱管事，也都能干。我喜欢跟她们在一块。

郝仁：那你就是心理上没断奶，不成熟！今天我不想去了！

谢小诺发火了：你爱去不去，我也不想总求着你！（怒吼）停车！

郝仁吓一跳，停了车，谢小诺打开车门，扬长而去，郝仁这下傻眼了。

16. 街道，外，日

街道上一排小店，在一个杂货店前，戴谷舜推着小电摩停下来，一脸讨好。

戴谷舜：老张头儿，生意不错？

摊主：饿不死。你发财了，这么大的箱子？

戴谷舜：发财了请你吃饭撑死你。哎，借你一个角做个玩具调查。

摊主看看戴谷舜的玩具：别扯了，一看就知道是卖不出去的玩具！上次拿来的那吓死人的木头面具，还剩一堆呢！

戴谷舜：你少啰嗦，给句痛快话！

摊主一脸狡黠：给点摊位费，一百。

戴谷舜跟摊主击掌：成交。

摊主给戴谷舜挪出一个位置，戴谷舜把箱子里的玩具掏出来，摆在摊位上。

刚放出来，就有个小孩儿过来。

男孩甲：这是什么，跟《西游记》里那堆怪物似的！

戴谷舜如遇知己：你真懂，我就照着那些妖精设计的！你喜欢这堆妖怪还是英雄工厂？为什么？

男孩乙：这妖怪好看，不过要是这里能插点兵器就好了！

戴谷舜高兴至极，拿着小本不停地记着：说得真好，还有呢？

男孩丙：爷爷，那这个多少钱？

戴谷舜愣住：你叫谁爷爷？叫我伯伯，我就免费送给你！

男孩乙甜甜地：大叔。

戴谷舜拿起玩具就送给男孩：给你，小朋友。

顿时，好几个小朋友都围了过来。

小朋友们：大叔，大哥，可以多送我们几个么？

正在这时，谢小诺怒气冲冲地从小摊前面冲过，郝仁跟在后面。

郝仁：小诺，小诺！

又有几个小孩跑过来，谢小诺一下撞到了小孩身上，小孩被拌得摔了一跤，扑到小摊前面，顿时飞了一地的玩具。

戴谷舜：你，你怎么回事啊，走路看着点儿！

小诺吃惊地看着满地的玩具，再抬头，两人一个对视，都愣住了。

戴谷舜：嘿，你来得正好，我正找你呢！（怒）把你那三百拿走！

小诺（气上心来）：钱送你了！你还找我干嘛？我又碰坏了你的限量版？这种满地都是的限量版？骗子！别看你长得眉清目秀你就还是个骗子！

戴谷舜要怒，却看看一地的限量版，也说不响，很尴尬。

戴谷舜：嗯，嗯……是是啊，正好地上这十个都是限量版。

这时又冲上来几个小孩子围住了戴谷舜，手里拿的都是这种玩具。

小孩子们：大叔，大哥，能不能再送我们五个？我还要六个，我也要三个！

戴谷舜尴尬地：别吵了你们！

这时郝仁追上来了：小诺，小诺！

谢小诺看了一眼郝仁，气呼呼拔腿就走。郝仁看着谢小诺的背影，叹气。

戴谷舜幸灾乐祸地对郝仁：这种女朋友，又凶又泼，你还不赶紧吹了得了！还追什么呀你！那么贱有意思吗。

郝仁没好气地：大叔，我女朋友跟你有一毛钱关系吗？

郝仁说罢转身往相反方向离去。

戴谷舜忽然发现路上有条围巾，是谢小诺的，他赶紧拣起来，对着谢小诺的方向跑去。

17. 谢家外面，外，日

谢小诺匆匆走到门口，刚准备进去，调整了一下自己的状态，深呼吸几口，挤出一个笑容。

后面传来了戴谷舜的声音。

戴谷舜：喂！你给我站住！

谢小诺回头一愣，大怒。

谢小诺：干嘛？你还真讹上我了！

戴谷舜：哇！你肝火太旺！你有病，姑娘，有病不可怕，但药不能停。

谢小诺气得说不出话。

戴谷舜把围巾还给谢小诺：我是来还你围巾的！还有，我那玩具确实不是限量版，你说对了，三块一个，还你二百九十七元！

戴谷舜把一堆零钱塞给谢小诺，最后又在围巾和钱上放了那个压坏的玩具。

戴谷舜：得了，货银两讫！

谢小诺哭笑不得：把你这吓人的东西拿走！这么可怕，是不是可以驱鬼啊？

本来已经走的戴谷舜气得转身回来：这是我设计的！是印第安文化和青海藏传佛教的结合！你也挺凶的，配你正合适！

谢小诺又要吵，手机又响了起来。

戴谷舜趁机神气地离去。

奶奶（O.S.）：到哪儿了，都等着你们呢！

谢小诺：马上，我马上进来！（对戴谷舜的背影）切，别以为我不敢要，我要了！

18. 谢家客餐厅，内，日

镜头跟进了正屋，奶奶八十多岁，鹤发童颜腰杆很直，正组织着大孙女谢小多和二孙女谢小米分别把盖碟等东西准备好。

奶奶：小多你擀皮儿。你妹妹这次好不容易怀孕了，可千万不能累着。小米，你这馅儿太稀了，白菜挤水了吗？

谢小多高挑漂亮时髦，说话也利索，一句就给老太太顶回去。

谢小多：废话，要没挤水早成汤了。就你能干，你能干以后你一人包！

谢小米温柔地笑着：奶奶，挤了，挤出来的水也没浪费，都打在肉馅儿里了。姐，我来吧。

谢小多利索地：你赶紧歇着去！一大龄孕妇还成天凑热闹。

奶奶：小多你又吃枪药啦？看看你妹妹多会说话，你成天就气我！

谢小多笑眯眯地猴在奶奶身上：奶奶，奶奶……谁让我是你带大的呢，老二老三她俩不是！

奶奶忍不住笑了：去，四十了还这么不懂事。叫你们俩的掌柜过来帮着包饺子！

谢小多做了个鬼脸：我妈正找我们家掌柜谈心呢。

奶奶纳闷地：又谈心？谈什么心？

谢小多：嗨，妈总有的说呗。在妇联工作一辈子，退休了没事儿干，就帮着仨闺女收拾仨女婿，挺好，老有所乐。刘毅那油嘴滑舌的，也就妈能说说他。

奶奶：那国庆呢？

谢小多抢着谢小米的话头儿：排队等呢。刘毅完了就是国庆。

奶奶无奈地叨唠了一句：真新鲜。我说她早起啥也不干，在笔记本儿上记什么呢……有空干点儿什么不好啊，在家还开会，谈话，吃饱了撑的。这是仗着自己生了仨闺女，要是仨儿子啊，儿媳妇早造反了！

谢小米撑不住也笑了。

这时，谢小诺调整情绪走了进来。

谢小诺故意轻松地：奶奶，大姐，二姐。

奶奶抻长脖子往后看：你可算来了，郝仁呢？……

谢小诺：你别看了，他不来了。

奶奶失望地：还给他准备了一盘他喜欢的白菜馅儿呢！你们没吵架吧。

谢小诺：没有，他临时要加班。

谢小多怀疑地：可我感觉你身上一股杀气，郝仁不是号称老板吗，下面一堆手下，他要加什么班？

谢小诺没好气地：你能不能尊重点别人？郝仁是有几个破钱，公司是家里的，文凭是买的，但加个班总可以吧。

谢小多：还说我不尊重郝仁，你说话更难听！

谢小米赶紧圆场：加班是好事儿，说明郝仁有事业心了。大家只是有点遗憾，要是郝仁也来，一起更热闹。

谢小诺这下不说话了，大女婿刘毅一脸恭敬地走了进来，边走还边点着头。

刘毅：妈说得对，妈说得真对。妈一说，我这思想就都开了窍了。

谢小多扑哧一声乐了：别演了。跟真的似的。

刘毅瞪她一眼，王新严走了进来，短发，精神抖擞。

王新严：小诺回来了，郝仁呢？我正想找他谈话。

谢小诺一愣。

谢小米接话：郝仁临时加班，没来。

王新严：加班，噢……那国庆呢？

汪国庆从院子里走进来，戴眼镜，沉默，温和的书生模样。

王新严和汪国庆走进屋里，门，又关上了。

刘毅脸上那种装出来的恭敬立刻不见了，变得猴了吧唧的。

刘毅：哎，想知道妈跟我说什么吗？

谢小多：让你好好学学国庆，好好做人。

刘毅：嘿嘿，国庆是个迂腐的末代书生，我学不来啊学不来。

谢小米笑：姐夫是骂国庆还是夸国庆？

奶奶伸手在刘毅脑门上敲了一下：要不来包饺子，要不去接你儿子。别在这儿耍贫嘴瞎混。

刘毅嬉皮笑脸地：奶奶，妈要有一半儿你这么善解人意就好了。妈刚才教育我，虽然斐然装修公司现在成果斐然，但让我不要骄傲，继续努力，须知人外有人天外有天，广交朋友，从自己做起，全面提升公司品质——哎，你们说，妈不会指望我有一天把这小公司挂牌儿上市吧？

谢小多挖苦地：从小妈就教育我们，人要有理想。

刘毅：公司上市以后，刘董事长第一件事儿——换老婆。

谢小多一脚跺下去，刘毅抱着脚跳了起来。

奶奶：接斐斐去，接斐斐去，先给他下饺子，上了一天的课肯定饿坏了！

19. 王新严卧室，内，日

王新严一点不知道大女婿在外面挤兑自己，一脸严肃又亲切的表情，在给汪国庆上课。

王新严：国庆啊，你知道你在我们家的地位，爸爸去世以后，继承他的学问的，就是你一人。可以说，我们谢家现在的精神生活，主要靠你来主持了。

汪国庆微微吃惊：妈不能这么说，姐夫和快结婚的妹夫也都是栋梁之才。

王新严：但是他们一人从商，一人搞科技。只有你是爸爸生前最看重的学生。而且你的性格我们一直非常喜欢，做学问，必须要斗得繁华耐得寒。

汪国庆连连点头，他倒不像假装的。

王新严：不过，我觉得你还要更加努力才是。你看，最近这两篇论文我看了，明显有退步啊。不说内容实质，就是文笔上也有点粗糙……

汪国庆面有愧色。

20. 谢家客厅，内，日

大家都在有说有笑地包饺子。

谢小多：哎，问你啊，跟郝仁说好没有，结婚以后钱要交给你！

谢小诺不悦地：还没结婚呢，不知道。

谢小多：这个开头很重要，要狠准稳地套住龙头，牵好缰绳，彻底驯服他！

谢小诺烦不胜烦：你怎么跟妈似的，我知道了！

正在这时，谢小诺的电话响了起来。

郝仁（O.S.）：小诺，刚才对不起，我马上就过来。

谢小诺喜出望外：好啊，我们等着你！

谢小诺挂了电话：奶奶，郝仁过来了。

奶奶：好啊，欢迎他，那白菜馅儿有人吃了！

谢小诺出门。

21. 谢家门口，外，日

谢小诺站在门口，郝仁远远走来，他看着谢小诺，情绪很怪异。

谢小诺一脸笑容：别嘟囔嘴了，奶奶听说你来特高兴。我回头陪你看电影。

郝仁：切，你答应的事儿有一件做到的吗？

谢小诺哄着郝仁：这次一定做到，刚才我说你去加班了，别说漏了。

两人正说着，斐斐背着书包回家了，手里在玩溜溜球，看见谢小诺就跑过去。

斐斐：小姨！我又学会好几招，劲力旋风——你看你看，瞬雷出击——

谢小诺轻声地：斐斐，先叫郝仁叔叔。

斐斐却冲郝仁做了个鬼脸。

谢小诺无奈。正好王新严跟汪国庆两人从屋子里走出来，王新严一眼看见郝仁。

王新严：郝仁来了，正好我要跟你谈话！

郝仁一愣，谢小诺圆场。

谢小诺：妈，郝仁刚加完班，挺累的。

王新严：没关系，饺子还没好，谈完正好吃，进来吧。

王新严说罢进屋，郝仁站在原地不动，谢小诺叹气，推了郝仁一把。

谢小诺压低声音：回头我陪你看电影。

郝仁无奈跟着王新严进屋。

22. 王新严卧室，内，黄昏

王新严打开自己的工作日志，认真看看，招呼郝仁坐下。

王新严亲切地：听说你加班，我倒挺高兴的，说明你把公司当成自己的事业了，很有热情。

郝仁：哦……没办法，我爸叫我加班，要不就收回公司，不敢不加。

王新严一愣：这就是我想跟你谈的第一点，工作生活都是自己选择的道路，不要为别人活着。听说你不喜欢现在这个灯具公司，更喜欢前面那个广告公司。爱好是最好的动力，你应该大胆追求自己的理想。

郝仁愣愣地：那广告公司也是我爸的子公司，其实我都不喜欢。

王新严一愣。

23. 谢家客厅，内，夜

饺子已经包了几百个，盖碟上搁满了，奶奶累了，捶了捶自己的腰，刘毅赶紧上前，殷勤地给捶着。

汪国庆：奶奶，我去烧水了。

奶奶满意地：嗯。都挺有眼力见儿。三儿啊，郝仁呢？

谢小多、谢小米抢着回答：妈找他谈话呢。

奶奶看看钟：正好，谈完了饺子正好煮出来，全家一块儿热热闹闹吃。

谢小诺却叹了口气。有些担心地看着房间关着的门。

24. 王新严卧室，内，夜

谈话显然不那么顺利，郝仁显然不如大女婿、二女婿服帖，居然在翻看报纸，王新严有点儿不高兴了。

王新严：郝仁，我在跟你说话，你能不看报纸了吗？

郝仁懒洋洋地把报纸放好，看见王新严正襟危坐，忍不住在嘴边挂上了一丝嘲讽的笑意。

王新严：你笑什么？

郝仁一怔：没笑啊。

王新严想了想：不知道为什么，你对我们这个家，好像缺少点儿——归属感。

郝仁嘲讽地：您不是说都是一家人吗？怎么还是分你的我们的？

王新严被噎住了。

王新严压住怒火：还有最后一件事儿，你们婚纱照都拍了，街坊邻居也都知道了，打算什么时候去领证？

郝仁：还不一定呢。我那市中心房子还没正式交房，交了房还要装修。

王新严：我们家是书香门第，不看重外在条件，你们可以像小米他们一样，结了也住家里嘛。

郝仁：这不行，我可不愿意寄人篱下。

王新严更加不悦：这话怎么说的？你二姐夫是大学教授，他都住家里，你怎么不能住？

郝仁敏感地：大学教授能住，我就不能不住？我拿的也是美国大学的学位！

王新严：你怎么总把自己的地位摆那么低，只要有理想，买的文凭……不，我是说美国的学历也可以很精彩！

王新严说罢，立刻意识到自己说错话了。

郝仁冷笑：阿姨，我累了一天了，先走了！

郝仁说罢，拉开门，拂袖而去。

25. 客厅，内，夜

热腾腾的饺子已经端上了桌，看着郝仁气呼呼离去，王新严又在后面生气的样子，大家都有点儿吃惊。

刘毅：哎，郝仁，吃饭了吃饭了。

郝仁却已经出了屋。

谢小诺无奈，放下筷子追了出去。

王新严却平静地坐下：咱们先吃吧，待会儿饺子坨了。

26. 谢家外院子，外，夜

郝仁在前面走，谢小诺追出来。

谢小诺：郝仁！

郝仁：我真的受不了！我在家里被我爸训还不够，下班还被你妈训！

谢小诺：跟你说了多少次了，我妈说话你就别给她耳朵，她说什么你就点头不就完了吗？

郝仁：你说得容易，你看看她对我那一脸嫌弃的样儿，我也得受得了啊。

谢小诺：你就体谅体谅她，那能有多难啊？

郝仁：那她为什么不能体谅我？我想娶的是你，不是你们全家。

谢小诺：结婚跟恋爱不一样，就是一大家子的事儿！回去吧，别这么不给我面子！

郝仁：我刚跟你妈吵成那样再进去，你也给我点儿面子！

谢小诺生气：你，你！

王新严也追来大度地：郝仁啊，饺子凉了，小诺也再来吃点儿。

郝仁：刚才我爸又给我电话了，要我加班，走了。

27. 客厅，内，夜

谢小诺已经无心吃饭，谢小米给她端来一碗饺子汤。

谢小多：妈真是，成天没事找事儿。谁下班回来不是一脑门子官司，还谈心，闹心吧？

王新严听见了，十分生气。

王新严：谢小多你说什么呢？照你说家里就该是一团散沙，大家都不谈话，不进行沟通？

谢小多：您那是沟通吗？您那叫一言堂！您以为您开会做报告啊？

王新严火了：我一年跟你们谈几次啊？这你都嫌烦？

谢小米：好了好了，姐。别说了。

谢小多：就是你们这种态度，才弄得妈越来越嚣张。老年人也需要教育！要不跟社会也得脱节！

王新严：你倒是不脱节。你成天不好好上班，化妆，打扮，在家没事儿就躺床上，虚荣得要命，跟地主婆似的。你好意思讽刺家里仅存的精神文化生活！

刘毅死活把老婆拉出去：妈，您大人大量，甭跟她计较。回屋我教育她！（瞪谢小多）太不像话了你！有你这么跟长辈说话的吗！

谢小多：用不着你来装好人！

刘毅："郝仁"不用装，他加班去了！

奶奶：我都听不见啦！听不见啦！

谢小多嚷嚷着：您别成天看韩剧了，咱家比韩剧折腾多了！

谢小米善解人意地把电视的音量调大，推着谢小多出去了。

28. 戴谷舜家客厅，内，夜

一缸金鱼放在绿色植物旁边，戴亚亚一脸郁闷地趴在鱼缸前面看着。

门开了，戴谷舜开门进来。

戴谷舜：我回来了！

戴亚亚不搭理她，戴谷舜换了衣服，转身进厨房，却发现厨房里都是做好的饭菜。

戴谷舜端着饭菜出来，戴亚亚闷闷地走过来，坐下。

戴谷舜想法逗亚亚高兴：脑筋急转弯：盆里有五个苹果，五个小朋友每人分到一个，可盆里还有一个，这是为什么？

戴亚亚闷闷地：最后一个小朋友把盆一起抱走了。

戴谷舜：一头公牛和一头母牛，打三个字。

戴亚亚：两头牛。

戴谷舜：满分！说明你的情绪仍然在可控的范围里。来！吃饭！就当这碗饭是那个女魔头，咱们把他一口吃掉，让她灰飞烟灭！

戴亚亚不说话，闷头拼命吃，却差点被呛到。

戴谷舜：别太激动，亚亚，放心，你一定会找到个如意郎君的，你满意我也满意。

戴亚亚：你有完没完，是不是想让我跳起来跟你打一架？

戴亚亚顿时翻脸，把碗筷一摔，转身摔门进屋。

戴谷舜也心情沮丧无比，推开碗筷走到亡妻的遗像前。

戴谷舜坐在床上，叨唠着：得，玩具不能投产，亚亚我也管不了。我怎么就过得这么失败啊！（戴谷舜看着亡妻的遗像）不过你别担心，我就是唠叨唠叨，说出来就好了，我现在在老张头儿那租了一角，做一个市场调研，也好，拿了数据好跟哈乐说！

这场面略显心酸。

29. 谢家二楼，内，日

大清晨，谢小诺一脸憔悴，贼头贼脑地往楼下看，忽然身后站着谢小多。

谢小多：别看了，妈就坐餐厅那儿呢！

谢小诺吓一跳：你轻点，这都几点了，她怎么不去买菜呢！

谢小多：为了等你，她早上五点就起来买菜，酝酿半天，就等着跟你一番长谈！有本事你别去上班，但也保不齐她来敲你门，更没地方躲！

谢小诺叹气，无奈下楼。

30. 谢家餐厅，内，日

王新严正襟危坐在餐桌旁，依然一脸严肃地拿着报纸。

谢小诺下楼，硬着头皮朝王新严走去。

谢小诺：妈。

王新严：你脸色不好看，昨天后来跟郝仁通电话没有？

谢小诺：嗯。

王新严：什么叫嗯？是通了还是没通？

谢小诺：妈，我正在吃饭，能不能安静一会儿。

王新严置若罔闻：我知道郝仁这孩子，可能最近是太忙了，心情不好，我跟他说话他也不听，不过没关系，我可以等，过了这一段，我们再好好谈谈。对待未来的人生，一定要有计划，有安排。俗话说，人无远虑，必有近忧。其实郝仁的学历是花钱买的，我并不在乎，他主要问题是缺乏上进心，也听不进别人的意见，作为一个男人，未免有点儿小心眼。

谢小诺忍无可忍：妈你有完没完？

王新严：怎么了？我不能说他啊？

谢小诺爆发了：说！你说！你尽管说！你把我们说分手了你就满意了！

谢小诺情绪很激动，起身离去。

31. 海川公司技术部，内，日

戴亚亚在电脑前发奋打字。一只手敲敲她的桌子，是另一白领钟燕子。

钟燕子：戴亚亚！看见今儿女魔头的脸色了吗？我的妈呀。估计昨儿跟男朋友打架来着。

戴亚亚从电脑前抬头，看了一眼上方玻璃窗的谢小诺。

戴亚亚没心没肺地：嗨，怕她干嘛。女魔头也得讲理！

钟燕子：拉倒吧你。在咱们这儿，谢小诺就是理！提醒你啊，你的工程单最好等她心情好的时候交。

戴亚亚吹了声口哨，不以为意。

戴亚亚：早上就交了。我做得特完美！

谢小诺走了出来：戴亚亚。

戴亚亚跟着谢小诺进屋，众同事都用目光哀悼她。

谢小诺：工程单我看了，不对。

戴亚亚：哪儿不对？

谢小诺：你自己去查。

戴亚亚：您告诉我一声不就行了吗？

谢小诺直视着戴亚亚：我如果告诉了你，你就一直不会有进步。我不是你的老师，也不是你的父母，我不对你的进步负责。

戴亚亚被噎得一句话都说不出来，只好回头，只动嘴唇不出声地骂了她一句"女魔头"。

谢小诺头都没抬：我知道你们叫我女魔头。对不起，一个公司，特别是技术部门，需要女魔头的管理。你们有给人起外号、刷微博、逛淘宝的时间，不如好好搞搞业务！

戴亚亚灰溜溜出门。

32. 海川公司楼下，外，黄昏

下班很长时间了，大家基本上都走了，谢小诺疲倦地走了出来。却忽然有人从楼梯间蹿了出来，吓了谢小诺一跳，大叫起来。

郝仁：是我！我！

谢小诺停住尖叫，对闻声赶来的保安摆摆手，没好气地看着郝仁，郝仁举着一束黄玫瑰，讨好地笑着。

谢小诺：你来这儿干什么？

郝仁：给你买了束花。

谢小诺：你应该知道，我一直不喜欢玫瑰。

郝仁：……小诺，别生气了。我真的是爱你的！我对你从头到脚每一个毛孔都无比满意！我就是受不了你妈。不过我想通了，咱们结婚以后住出去，就根本不会吵架，什么事儿都没有。

谢小诺：是吗？住出去咱们就断六亲了？可以一辈子不见我妈、我奶奶、我姐？

郝仁：至少不用天天见。隔几天见一回，我准保特别温柔。你妈就是跟我谈人生谈理想，我也能微笑倾听。

　　谢小诺不再说话。两人上了车。

33. 谢家小院儿外，外，黄昏

　　郝仁送谢小诺到门口，却站住了脚步。

　　郝仁：明天早上八点半，我来接你。

　　郝仁说罢要走。

　　谢小诺：你不进去？你打算什么时候跟我妈和好？

　　郝仁：我最烦打算两个字，走一步看一步吧。

　　两人正在说话，身后走来提着小菜的王新严，王新严看着郝仁，稳稳情绪，大方地走上前。

　　王新严：郝仁。

　　郝仁跟谢小诺都吓了一跳。

　　谢小诺：妈，你……你去买菜了？

　　王新严：嗯，郝仁，进来坐会儿吧。

　　郝仁硬邦邦地：不了，我那车停路边呢，怕被警察贴条。

　　王新严：那边有个停车场，你停好车再来。

　　郝仁：这会儿没车位。阿姨，我先走了。

　　郝仁转身就走了，谢小诺尴尬极了，王新严非常生气。

　　谢小诺紧张地：妈，你没事儿吧。

　　王新严脸色惨白地挥手，转身进院。

34. 谢家客厅，内，日

　　谢小诺跟着王新严闷闷地走进客厅，奶奶跟谢小米都在客厅看电视。

　　王新严一言不发地坐在沙发上，谢小诺给王新严倒了一杯水，王新严却没有接，转身进屋。

　　谢小诺一脸尴尬，奶奶冲谢小诺使了个眼色，跟进王新严的屋。

35. 王新严屋子，内，日

　　王新严掏出药片，服下。

　　奶奶走进来：怎么了？不舒服？

　　王新严：嗯，头晕。

奶奶：刚才我怎么听见郝仁的声音，没进来，走啦？

王新严怒：走就走！这个家也不知道哪儿对不住他了，成天掉着张脸，跟咱都欠他几万块钱似的。小诺硕士毕业，长得又好，咱家不说名门望族，也是书香门第，郝仁家里就是暴发户，从小成绩就差！

奶奶：你看，还说你不知道哪儿对不住他，你压根就看不上他，人家小伙子知道！

王新严：切！

奶奶：小诺从小就是小子脾气，根本不知道怎么讨男的喜欢，郝仁人还算好人。要不也不叫这名儿。

王新严：瞧您说的，名儿能代表什么呀？坏蛋还能真叫坏蛋这名儿？！再说了，这世界上还能有几个坏人啊？他还嫌我对他不好？怎么刘毅、国庆都说我好？

奶奶：你偏心眼儿呗。

王新严气了：妈，你到底帮谁？我是你儿媳妇！

奶奶：结婚以后，郝仁还是你女婿呢。我帮理不帮亲！你别以为咱小诺要才有才，要貌有貌，要钱有钱，要事业有事业就怎么着了，她今年都三十出头了！

王新严无语。

36. 谢小诺房间，内，日

谢小诺独坐在床上，谢小米进来了。

谢小米：郝仁什么意思啊，啊……你哭了？

谢小诺倔强地：我才不哭呢。多大的事儿啊。

谢小米：你看你这脾气。

谢小诺：二姐，我不用你提醒也知道，我三十多了还没嫁出去，是个老姑娘脾气。

谢小米：说话别那么难听。人人都有本难念的经。妈那脾气，跟郝仁是不好相处。刘毅嬉皮笑脸的跟妈瞎对付，妈没辙。国庆呢是没性子的老实人，妈欺负他。郝仁挺爷们儿的，你们结婚以后反正是住出去。

谢小诺不语。

谢小米：想想他对你好的时候。你看你一直风风火火的，遇事儿又晕，大大咧咧的。什么男生一处两月下来就变兄弟，没人把你当女的。只有郝仁，从高中就暗恋你，你忘了？要不是那次同学聚会，喝醉了吐真言，你还不知道呢。

　　谢小诺嘴硬地：那还不是因为他刚跟前女友分手。

　　谢小米：可那会儿你也被感动了，吃饭的时候跟郝仁在桌子底下拉着手，面对面傻笑。当我们大家都是空气。

　　谢小诺扑哧乐了，却又叹气。

　　谢小米：结婚就跟赌博一样，得鼓起勇气来应对。别太在意妈说什么，这双鞋最后还是穿到你脚上的，得你自己说了算。

　　谢小诺点头。

37. 谢家小院，内，晨

　　小院的一角，挂着谢小诺的自行车跟各种工具，颜色鲜艳，很好看。

　　谢小诺一身自行车手的打扮走出来，她带着头盔穿着紧身裤，在院子里推车。

　　王新严走了出来，皱眉：怎么又打扮成这样，跟要去打架似的！

　　谢小诺：这是专业自行车，运动服也是速干的。

　　王新严：赶时髦就是不成熟。你来一下，我跟你谈谈。

　　谢小诺：干嘛？我赶时间！

　　王新严生气：今天是周末，你能有什么急事儿？

　　谢小诺赶紧溜走：急得我回来才能跟你说！

38. 郝仁办公室，内，晨

　　郝仁的办公室，非常豪华，大落地窗，俯瞰一城风景。郝仁正在上网，一个女孩儿西西敲门进来，她和谢小诺的风格迥异，非常女性化。

　　郝仁一愣：你怎么来的，谁让你进来的？

　　西西声音娇滴滴地：我好歹也是公司的前员工，来看望一下帅哥上司可以吧。

　　郝仁放松了点儿：你有什么事儿？

　　西西：喏，这优盘里都是你要的电影。

　　郝仁：你知道我要看什么电影？

　　西西：微博上你自己列的单子啊，咱们分手了也能是朋友嘛。

　　郝仁笑笑，刚想伸手接过来，西西却走过来。

西西：行了，我帮你拷贝到电脑上。

西西直接蹲到桌子下面，找优盘接口。

谢小诺手里拿着头盔走了进来，郝仁和西西蹲在桌子底下，没看见她。两人头顶着头，叽叽咕咕说着话。

西西：哎唷，我这怎么对不上啊？

郝仁：装反啦，笨！

西西撒娇：嗯……人家就是笨嘛……离开你以后我就每天都更笨了，郝仁，我好后悔，我们和好吧？

谢小诺听着，脸上渐渐浮起一丝冷笑。她一转身，准备离去，却不小心碰到了桌脚，发出一声响。

郝仁抬起头来。谢小诺已经快步离去。

女秘书正在低头玩手机，郝仁冲出来骂。

郝仁：你为什么放西西进来？让西西进来，又不拦着小诺？你的脑子进水了?! 明天你别来了！

女秘书被骂傻了，西西追了出来，郝仁却已经离去，西西的表情非常复杂。

39. 郝仁公司外，外，日

郝仁追上小诺，拉住她。

郝仁：你听我解释！

谢小诺平静了一下：好像没这个必要了。

郝仁：我跟西西早就分手了，我们什么都没有！

谢小诺：没有西西，也会有东东，南南，北北。郝仁我今天听见你说了句实话，你其实不喜欢女人太强太聪明，你喜欢笨一点儿的，都听你话的，我不适合你。

郝仁忽然冷笑起来：说来说去，你们全家就是觉得我是暴发户，高攀了你，你不适合我？笑话，我配不上你才是真的吧？

谢小诺悲哀地：不，其实是我配不上你，我看不上小女生的那些伎俩，我也没有大女人到能调解你和我妈的关系，我累了。我们分手吧。

40. 街道，外，日

戴谷舜骑了辆山地自行车而来，车座调得高高的，戴着头盔，很运动范儿。

伤心至极的谢小诺在路上神思恍惚地骑车。

戴谷舜先注意到小诺那辆很炫的自行车，欣赏地看了两眼，结果忽然看到转弯处，一辆横冲直撞的摩托车呼啸而来，谢小诺一下没把握好，摔倒在地上。

摩托车手是个小年轻：怎么回事啊你？不要命啦！

戴谷舜立刻拔刀相助：你怎么回事儿啊？是你逆行！

摩托车手一看戴谷舜，骑车离去。

戴谷舜扶起了谢小诺，谢小诺摘下头盔，原来她流了一脸的泪水。

戴谷舜：敢情是你啊，哎呀，你怎么了，眼睛这么红？

谢小诺发火：关你什么事，你谁啊，我认识你吗，你怎么老堵着我啊！

谢小诺没好气地站起来，甩开戴谷舜的手，转身离去。戴谷舜看着谢小诺的背影，气得直摇头，他骑车向相反方向离去。

谢小诺骑着车，风吹在她脸上，她清醒了一点，忽然，她猛地一个掉头，骑车追上戴谷舜。

谢小诺：刚才对不起啊，大叔。

戴谷舜生气地：你叫谁大叔呢！我顶多是你大哥！

谢小诺哭笑不得：这不是尊称嘛，你要愿意，叫我大姐也行！

戴谷舜：用事实说话，那边有一个学校，周末对外开放，咱们去那儿比一场自行车，你赢了，以后叫我大爷都行！但我赢了，以后不许叫我大叔！

谢小诺：比就比！

41. 学校跑道，外，日

学校的跑道上，两人飞快地骑着自行车。旁边老头跟小孩都在喊着加油，非常热闹。

谢小诺奋力地骑着自行车，戴谷舜紧追在后。

谢小诺得意地：不是说你技术不好，可你的车跟我的车不是一个级别的，咱们别比了，我以后不叫你大叔，行了吧！

戴谷舜却一言不发，使劲地骑着。

一个小孩在叫唤：两人注意，最后一圈！

戴谷舜开始冲刺了，谢小诺一看急了，也使劲骑，可怎么也赶不上。

戴谷舜冲过了终点，高兴地大撒把。

戴谷舜：耶，你，以后不许叫我大叔！

谢小诺无奈地笑：那我叫你什么？

戴谷舜：叫我小戴，你呢？

谢小诺：小谢。

戴谷舜大大咧咧：小谢，你刚才哭什么？

谢小诺白他一眼：跟你没关系。

戴谷舜：跟你男朋友有关系，对吧。

谢小诺叹气不语：其实我想找一个能带我在马上飞奔的，而不是我牵着他跑。

戴谷舜：你的脾气这么大，有几个人能牵着你跑呢？不要命啦？也就我这种可能能行，但我又不愿意！

谢小诺瞪着他，鼻子都气歪了。

戴谷舜笑眯眯：再见！

谢小诺几乎是咆哮：我不想再见到你！

42. 谢小诺公司会议室，内，日

谢小诺在开会，下属们无不被她训得青着脸，面无人色。

谢小诺严厉地：我再重复一次，这个工程只许成功，不许失败！所有的人，拿出你们的责任感来，不要让别人说起我们部门，就说我们都是废物！散会！

下属们灰溜溜出门，戴亚亚也在其中。这时，门口走进来一个女的，是郝仁那个西西。

西西：我找谢小诺。

谢小诺看见西西，脸色顿时变了。

下属们顿时从灰头土脸中清醒，感兴趣地看着。

谢小诺冷冷地：请跟我进办公室。

43. 谢小诺办公室，内，日

谢小诺：请坐。

西西开门见山：对不起，我也知道不应该来打扰您。

谢小诺：已经打扰了，就不必客套了。

西西一愣：我还是想……跟郝仁复合。

谢小诺冷冷地：如果你们商量好了，我这里没问题。

西西忽然红了眼圈：可是我知道，郝仁不会跟你分手的，他爱你，舍不得你……

谢小诺面无表情。

西西忽然又狠起来：我告诉他了，我现在又告诉你，他要是真的跟你结婚，我就自杀！谁也别想消停！

西西一下捋起袖子，露出手腕上的刀痕。

谢小诺一怔，苦笑。

44. 技术部，谢小诺办公室外大办公室，内，日

几乎所有的人都直着脖子盯着玻璃房里谢小诺的动静。

钟燕子：哎，快看快看，那女的哭了……

戴亚亚不解：奇怪，小三还哭？

有同事疑惑：你那边消息到底准确不准确啊？是小三吗？别是谢总当了人家的小三。

钟燕子不以为意：切，谢总这人，不管她是小三，还是别人是小三，反正她的气势能让所有人都哭出来。明白不？

谢小诺已经把西西送到门口，大家急忙迅速回到工作状态。

谢小诺拉开玻璃门，看了看下属们，心知肚明。

谢小诺收敛情绪，彬彬有礼地：再见！

谢小诺关上玻璃门，坐回位置，深呼吸，拨打电话。

谢小诺：喂，是郝仁嘛？刚才西西来找我了……

郝仁一下就急了，打断了谢小诺的话（O.S.）：她去干什么？瞎胡闹！你可别听她的，你听我跟你解释，我跟她什么都没有！

谢小诺：她没说什么。你也没什么好解释的。郝仁，咱们分手吧。

郝仁（O.S.）：你再给我几分钟！

谢小诺却已经将电话挂上了。她的情绪也难以平静，大口地呼吸着。

45. 戴家，内，晨

清晨，戴谷舜穿戴整齐，守着餐桌看报纸，不时抬头看着亚亚的门。亚亚穿好衣服从卧室出来，瞟了一眼戴谷舜。

亚亚怀疑地：老爸，你今天两眼放贼光，是不是走桃花运了？

戴谷舜把报纸拍下：君子坦荡荡，我也不想瞒你，今天我想跟你一块去上班。

亚亚气坏了：好啊我就知道，你偷听我电话了，知道方嘉早上约我上班，就堵在这儿！

戴谷舜：第一，我不是偷听，是明目张胆地听。第二，我从来旗帜鲜明地反对方嘉跟你谈恋爱！

亚亚：你，你怎么用这种下三滥的方法？戴谷舜，亏你还是玩具设计师，号称永葆童心，对我跟别的家长有什么不同！

戴谷舜冷静地：激将法，对我不适用。

亚亚气得简直说不出话来，她往桌边一坐，喝了两口粥，忽然眼睛一转。

亚亚：哎，你今天怎么不去卖玩具了？

戴谷舜：我那不是卖玩具，是找机会跟孩子们沟通！

亚亚：那孩子们肯定提了不少好建议吧！

戴谷舜叹气：其实孩子们都挺喜欢我的玩具，可商家根本不相信我！唉，我都是赔钱卖的，成本价根本挣不回来！（忽然慷慨激昂起来）现在这些无良商家，卖日本、美国玩具赚到手抽筋，根本不考虑发展国产玩具！

亚亚配合地：就是，这些人就顾得眼前利益，在这种混乱的大时代，像你这样坚持理想的人已经不多了！

戴谷舜：这就是我的悲哀啊……

戴亚亚一脸同情地掏出一个麦克风，塞到她爸手里。

戴亚亚：爸，用这个。

戴谷舜把麦克风塞自己口袋里：我就这么说也行。其实我也知道，只要我按照哈乐的要求，山寨国外的玩具，日子绝对比现在好过！原创是最难的工作，一个经典形象的打造，需要很长时间很多资金。可我就是过不了自己这道坎，当初跟你妈一起进玩具厂，我们发誓要……

亚亚趁着戴谷舜慷慨激昂，偷偷摸摸起身出门。

戴谷舜说着说着，却发现亚亚已经溜走了。

戴谷舜气坏了：亚亚，哎，亚亚！你个骗子，居然跑了！

戴谷舜追了出去。

46. 街道，外，晨

方嘉正在大门外等着，他一副气定神闲的样子，索性放下手提包，练起了瑜伽中的单脚站立。

亚亚一阵旋风似地从楼道里冲出来。

亚亚：快跑，方嘉！

方嘉一愣：怎么回事？

亚亚拽着方嘉就跑起来：嗯，别问了！快跑吧，小心我爸拿鞋扔你！

方嘉气喘吁吁地也跟着亚亚跑起来，两人一边跑一边往后看，亚亚一眼看见远处戴谷舜从楼道里出来，慌了神。

戴谷舜也一眼看见了方嘉跟亚亚，气坏了。

戴谷舜：你给我站住！方嘉，你别想拐走我女儿！

方嘉抓住亚亚东转西转，几下就拐到了一个角落。两人刚蹲下来，只见戴谷舜从前面跑过，根本没看见两人。

方嘉松了一口气。

方嘉：总算又逃过一劫，你爸身体还不错嘛，跑得飞快！

亚亚却忧心忡忡：人家都说愤怒出诗人，我看是愤怒出飞人！你说我爸跑那么快，没事儿吧。

亚亚刚想探出脑袋看看，却一把被方嘉抓住。

方嘉：小心点儿！

亚亚还在担心，方嘉却一把抱住亚亚，亲了一口。

远处，戴谷舜彻底被转迷糊了，他在大街上停下脚步，四处张望，忽然看傻了。

原来就在街角的高楼平台上，正站着一个女孩，前面出现过的西西，她神情非常疯狂，手里拿着手机在狂叫。

西西：我现在就从十八层上跳下去！

戴谷舜看傻了。

（第一集完）

买房夫妻

（根据李霄凌同名小说改编）

总编剧：何晴

编剧：刘禹彤、何明、万盾

导演：张永新

主要演员：陶虹、王千源等

20 世纪 80 年代中期，才貌双全的医大硕士文红旗毕业留京，没想到青梅竹马的男友抛弃了她娶了别人，她在伤心之中遇见了留德博士兰贵成，两人情投意合，很快相爱结婚了。

两个知识分子一心学术，对生活琐事毫不在乎，对于没有婚房这件大事，两人也不以为然。就连新婚之夜都只是在公园里看星星。在双方父母和朋友的再三提醒下，两人才懵懵懂懂地把分房一事放在议事日程上。

文红旗的父亲是地方军区的副司令，因此母亲特意为分房一事来京，帮助兰贵成找到了马上可分大房的新单位，无奈兰贵成书生气十足，不愿放弃挚爱的专业，使分房一事泡了汤。两人很有理想，认为凭他们的学历、水平和努力，房子一定不是问题。

但生活显然没有如此简单，文红旗怀孕了，兰贵成单位终于分给他们一间四合院的平房，还是人家的厨房腾出来的。无奈，在这间小屋里，文红旗生下儿子小成，公婆都赶来帮忙，因为房子太小，条件太差，产生了许多矛盾。

为了集中精力写论文，两人将儿子送到外地公婆家，一心一意搞事业。文红旗的论文却被室主任剽窃，并将应分给她的房占为已有，使文红旗非常崩溃。兰贵成事业有成，终于分到了房，却是快到河北沧州的极其遥远的郊区，考虑到孩子升学等现实问题，他们只好放弃。

没有房，生活接二连三给他们出难题。连文红旗的父亲都因此中风去世。文红旗大受刺激，兰贵成终于下决心辞职下海挣钱。文红旗也在室主任再次剽窃论文成果之后愤怒辞职。两个知识分子从此变成了商人，历尽艰难，终于赚到了钱，在北京买到了一百七十平方米的大房子。

本以为可以安稳下来的这对恩爱夫妻，却因为文红旗爱上了炒楼、买房，开始有了新的矛盾。兰贵成希望平静生活，文红旗却频频炒楼花，想再买房。逼得兰贵成很累。兰贵成和单位的一个温柔会计因此有了些话说，这使得文红旗妒意顿生，一次她误以为兰贵成为这个会计买了房，撕破脸面，大闹公司，使得两人夫妻关系走向冰点。

文红旗反省自我，发现自己已经被"买房子"异化，决心改正，两人的关系也有所缓解。但是文红旗很快又爱上了别墅，她要买别墅，兰贵成坚决不肯，两人为此事闹得不可开交，多年积怨涌上心头，于是离了婚。

离婚之后，文红旗实现了自己的人生理想，住进了大豪宅，但是她很快感受到深深的寂寞……儿子小成已经长大了，他希望父母能重新生活在一起。兰贵成和文红旗两人含泪相对……

第一集

字幕：1985 年，北京

1. 长征医院门口，外，日

80 年代的北京，长征医院门口，穿着朴素的人们，浑身充满着蓬勃朝气，洋溢着那个时代特有的朴实向上的精神。

大喇叭里放着欢快的歌曲《年轻的朋友来相会》，正唱道"光荣属于八十年代的新一辈"。

一个白衬衣扎在肥大军裤里的女孩儿文红旗，一脸茫然站在长征医院门口，手里提着简单的行李。

传达室大爷伸出头：姑娘！病毒理研究室往里走！先左转再右转，第二个门进去，上四楼，去吧！

文红旗傻了：我听不懂，您能带我进去吗？

大爷不乐意了：我工作这么忙，哪儿有空啊。万一混进个坏人，这可是医院！

文红旗更茫然。

这时边上跑来一个穿着白大褂的秀气女子：文红旗！

文红旗大喜：胡晓欢！

胡晓欢笑着接过行李：欢迎你！

文红旗笑得没心没肺：我就是听说你在这个科室，才一个劲儿地要求来的。

大爷：认识啊？

胡晓欢：哎！我们是一个导师带的师姐师妹。一个宿舍住了两年呢。

胡晓欢高兴地带着文红旗走了进去。

2. 医院林荫道，外，日

胡晓欢和文红旗边走边兴奋聊天。

胡晓欢：听说你开始还想回四川？你傻呀？咱们这样的高才生，就应该在这样的大医院里，在北京这样的城市里，开始新生活。

文红旗：无所谓。我对象王文平还在成都呢……

胡晓欢心直口快：你跟他还没吹啊？吹了呗。再找一个北京的。

文红旗惊讶地停下了脚步：那怎么行？我们是有感情的。

胡晓欢：嗨，两地分居可不是闹着玩儿的，咱们都快三十了，得赶紧在北京找个有房的对象！房子！那是最重要的！

文红旗不服气：房子算什么呀，我跟王文平上幼儿园就在一块儿，感情才重要呢。

胡晓欢拉着文红旗加快脚步：到时候你就知道了。——跟你说啊，咱们科主任，柏文秋柏老太太，可是一绝！你可得热情一点儿啊，是她亲自要的你！

3. 病毒理研究室，内，日

五十多岁的柏文秋端坐在研究室里，看得出来年轻的时候是个美人，现在脸上已经写上了刁钻，又绷着劲儿，挺严肃的样子，一看就是很不好惹的那一类。她拉开抽屉，对着藏在里面的镜子又仔细打量了一下自己。有人敲门，她把抽屉合上。把一本医书故意打开。

柏文秋拿着腔调：进来——

胡晓欢提着开水进来，给她泡上了茶。

胡晓欢：柏主任，医大的研究生文红旗来报到了。

柏文秋大声咳嗽了一声：嗯，让她进来。

文红旗走了进来，直愣愣的，冲柏文秋点了下头，看见柏文秋对面有个沙发，就坐下了。

柏文秋脸色不好看了。

胡晓欢急忙打圆场：小文啊，这就是咱们病毒理研究室的主任柏主任。

胡晓欢冲文红旗使个眼色，文红旗不明所以。

文红旗：我知道，柏主任好。

文红旗站起来鞠了个躬，又坐下了。

柏文秋更火了。

胡晓欢：小文你可能不知道，是柏主任去你们学校亲自挑的你，本来你是分配回四川的，对吧？

文红旗：是啊，我知道。我会好好工作的。

柏文秋看着眼前直眉愣眼的文红旗。

文红旗正襟危坐，看着前方，忽然说了一句。

文红旗：柏主任，您左边的领子没翻出来。

柏文秋气得一下站了起来，看到文红旗愣愣的无辜样子，又强忍着坐下，冲胡晓欢挥挥手。

柏文秋：按规矩来，带她去宿舍，然后门诊部报到，先转科室实习去吧！

门关上了，柏文秋拉开抽屉，把镜子拿出来，果真，刚才只照了脸，没照到衣服领子。柏文秋恨恨地把左边领子翻出来，想想又恨恨地干脆把两只领子都塞进去了。

4. 医院走廊，外，日

胡晓欢给了文红旗一拳：文红旗我真服了你了！我不是跟你说了要跟她热情吗？你倒好，好像你是领导似的，还坐下，还提醒人家没翻领子，你真是！

文红旗摸不着头脑：啊？这都不对啊？

胡晓欢：你得站着，恭敬地微笑，感谢人家要了你，少说话，多点头。懂了没？

文红旗不解地：不懂。我不是说了会好好工作的吗？对上级领导的感谢不就是好好工作吗？

胡晓欢：真拿你没辙，走走走，我带你去宿舍。我费了不少劲，现在咱俩一个屋，还有两个人都是北京的，除了夜班平时都不怎么住。所以她俩把下铺让给咱们……喂，你怎么不谢谢我啊？我费老鼻子劲了！

5. 医院单身宿舍，内，日

文红旗环视着这间宿舍，两张上下铺四个人，各有各的桌子和衣柜，文红旗在空的那张上坐下了。胡晓欢帮着她放上行李。文红旗先把王文平和自己在一起照的相片贴在墙上了。

胡晓欢：啧啧，真痴情，让我看看……王文平，对了，你不是叫他贾宝玉吗。

文红旗腼腆地笑着：告诉你一个秘密，他明天来北京看我。

胡晓欢：啊？你怎么不早说，待会儿上男宿舍那儿帮他借个铺位。

文红旗：谢谢晓欢！我就知道，跟着你，有肉吃。

胡晓欢：去！哎，真打算结婚啊？没房子住哪儿啊？

文红旗：回成都结啊。

胡晓欢：然后呢？天各一方，生了孩子怎么办？

文红旗：到时候再说呗。想那么多干嘛！

胡晓欢：人无远虑必有近忧！

文红旗：你说话怎么跟我妈似的？

胡晓欢：你妈也不同意？

文红旗慷慨激昂起来：哼，她爱同意不同意，反正我要跟王文平结婚！没房子，分居两地，再困难也结！实在不行，我要求调回成都，也要结！只有一个可能不结——（文红旗做了个鬼脸）除非王文平不要我了！

6. 火车站站台，外，日

文红旗还是军裤，白衬衣，女兵便鞋，飒爽英姿，站在站台上，满心欢喜地等着。

火车长啸一声，进站了。

文红旗踮脚张望着，看到了窗口的男友，立即高兴地挥手，跟着火车一路小跑起来。沿途险些撞倒几个人。

车停稳了，旅客们纷纷下车。

一个高个儿，文静的男青年下车，戴着眼镜，他是王文平。

文红旗一个箭步奔上去，啪地在他肩膀上拍了一下。

王文平疼得吸溜了一下，一口四川话。

王文平：红旗，你朗格搞的嘛，还是喜欢打人。

文红旗高兴极了，又给了他一巴掌。

文红旗：说普通话！

王文平扭捏地：我说的是椒盐普通话。

文红旗：那也要说！以后咱们家，都得说普通话！哎，领导准你几天假？你们单位不是请假难吗？我不是跟你说了吗，把假攒着，咱们结婚的时候一起用！你就那么着急啊。

王文平尴尬：我……

文红旗根本没注意到王文平的表情：咦，你的行李呢？

王文平：我……

王文平往后指了指，只见一个女乘务员下了车，提着很多行李。

文红旗：你怎么让人家乘务员同志给你拿行李啊？

女乘务员打量了一下文红旗，笑脸相迎。

女乘务员（也是四川话）：没得关系，我们谁拿都一样嘛。

文红旗：不一样不一样，你拿是为人民服务，更高尚！我来拿！

文红旗要抢，女乘务员不松手，几个回合以后，两人都不高兴了。

王文平下意识地往后躲。

女乘务员生气了：文平！

王文平：我……

文红旗这才觉得有点不对劲，傻傻地停下手，看着两人。

女乘务员从口袋里掏出喜糖：我跟文平刚刚结婚了。这是我们的喜糖。

文红旗愕然地看着王文平。

王文平尴尬地搓着手：我……我……

女乘务员：哦，我们文平不会说话，我自我介绍一下，我叫彭娜，就是跑这条线的乘务员。

文红旗还是呆呆地看着王文平。

王文平被盯得直往彭娜身边蹭。

彭娜拉住王文平，自己往前站了一步。

彭娜：小文，你看，你已经留在北京当北京人了，我们文平配不上你……

彭娜不说话了，因为文红旗美丽的眼睛里，泪珠一串串掉了下来。

7. 另一侧站台，外，日

另一辆火车到站，人群中有两个年轻男子，其中一个很惹眼，高大英俊，胸间还很招摇地挂着照相机。他时不时停下脚步，想取个好点的景拍照。另一个长得挺粗糙的，但是很憨厚朴实，帮着提行李，在催促他。

　　憨厚男子：贵成！快走吧！

　　兰贵成激动地：我这是第一次看到雄伟的北京火车站，照几张相嘛。刘玉才，你有点儿大丈夫气概行不行？你不是请假特意来接我的吗？老婆在家，跑不了，晚一会回去没事儿！

　　刘玉才很憨厚地笑：你别照了，又舍不得胶卷，空对空，什么意思？

　　兰贵成：你不懂，对于我们摄影爱好者来说，这也是一种享受。从镜头里看到的跟平时就是不一样……

　　镜头里忽然出现了哭泣的文红旗。与周围很不搭调，美丽哀伤。

　　兰贵成愕然，移开镜头看去，站台对面，文红旗哭得梨花带雨。

　　兰贵成情不自禁地走了过去。

8. 站台，外，日

　　彭娜同情地看着文红旗，拉着手足无措的王文平，递过手帕，文红旗不接。

　　彭娜捅捅王文平。示意他开口说话。

　　王文平憋了半天：莫哭了！红旗，我……我配不上你。

　　彭娜小声提示着：我只念过中专……

　　王文平：是嘛，我只念过中专……

　　彭娜：你是研究生……

　　王文平：是嘛，你是研究生……

　　彭娜：你留在北京工作了……

　　王文平：是嘛，你留在北京工作了……

　　彭娜：我胆子小……听惯你的话了……

　　王文平：是嘛，我胆子小，听惯你的话了，不敢讲……

　　彭娜：这半年好多次打电话……

　　王文平：是嘛，这半年好多次给你打电话说这件事情……结果你说完自己的话就挂了……

　　彭娜：来不及讲……

　　王文平：是嘛，我来不及讲……

　　文红旗忍无可忍：你能不能自己跟我讲话！

王文平吓得又往后跳了一步。

彭娜：小文，反正事情就是这样的，我们文平以前跟你是不错，青梅竹马，两家父母又是同事。住的也是邻居。可是现在事情变化了，没得办法了……你们真的是不合适，以后两地分居不说，就说件小事吧，你总是要他讲普通话，可是文平不喜欢讲普通话，他喜欢说四川话。跟我结婚以后，我们就可以在家讲四川话，天天都可以讲。

文红旗嘴唇哆嗦着，自尊心被严重伤害了。

半晌，她一个转身要跑，却被彭娜抓住了。

彭娜：等等！这东西都是你的。

彭娜提过来一个网兜，里面各种瓶瓶罐罐的辣酱，腊肉等。

彭娜：是你妈让我们带给你的吃的，家乡特产，怕你在北京吃不好。

文红旗恨极：我妈她，她……她还让你们带东西！

彭娜：喏，你拿上！

文红旗大叫：我不要！

彭娜吓了一跳。继而倔强地继续推让着。

彭娜：你不要，我回去怎么跟文伯伯洪波阿姨交代啊？拿着拿着，父母的一片心意……

兰贵成已经走了过来，注意着眼前的一幕。刘玉才拉他，他推开。

兰贵成：我得去看看，这姑娘是不是被人欺负了呀？（兰贵成大声地）这可是首都火车站，有理说理，不要动手拉扯！

文红旗把一腔哀怨愤怒都发泄在这堆东西上，死命地推，彭娜也死命地推，结果一瓶辣酱摔到了地上。

辣酱溅了兰贵成一身。

刘玉才惊叫起来：贵成！你的新裤子新皮鞋！

彭娜和王文平立即很尴尬，急忙道歉。

刘玉才和彭娜王文平立即忙了起来，从口袋里找手纸，手绢，忙着给兰贵成擦。

这一切似乎跟兰贵成都没有关系，根本不在乎，他就怔怔地看着眼前的文红旗。那双含泪的忧伤的眼睛，一下把他打动了。

文红旗也茫然地看着兰贵成，半晌，她一跺脚，转身跑了。

兰贵成下意识地想追，却发现自己身子下面，刘玉才和王文平在拽着他裤腿按着他的鞋，给他擦，他跑不动，挪不了窝。

兰贵成怅然地注视着文红旗的背影……

9. 女宿舍，内，日

胡晓欢把打来的饭放在桌子上，推着裹着被子的文红旗。

胡晓欢：红旗，饭打来了，今天有你最爱吃的青椒肉片呢。

文红旗不说话，不理她，闷头装睡。

胡晓欢：到底怎么了？王文平是不是出事儿了？你都躺了二十个钟头了，你倒是跟我说说呀……红旗，红旗？

胡晓欢死活把文红旗拉了起来，文红旗呆呆地失魂落魄地看着胡晓欢。她这种表情真把胡晓欢吓坏了。然后，文红旗一倒，继续闷上被子，还是一句话不说。

胡晓欢无奈，刚起身，就有人在外面走廊喊。

画外音：文红旗，楼下有人找。

胡晓欢无奈，嘴里答应着"来了"，走了出去。

10. 宿舍门口，外，日

胡晓欢走下楼，迎面看见了又来送特产的彭娜和王文平。彭娜还在甜蜜地给王文平整理衣服。胡晓欢立刻明白了是怎么回事。

胡晓欢：我是文红旗一个寝室的。

彭娜：这些都是文司令和洪波阿姨给红旗带的吃的。我们特意送过来的。

胡晓欢：哦，谢谢你们了！——你们是来北京度蜜月？

彭娜挺爽快地：也不算是。我就是跑成都到北京这条线的火车乘务员，文平没来过北京，一起来玩儿。顺便，也看看红旗……

胡晓欢心知肚明，有些谴责地看向王文平。王文平低下了头。

王文平憋得脸通红：请你好好劝劝她……

这时，文红旗披头散发地出现在楼梯口，她死死地盯着王文平。吓得王文平拉着彭娜往后退了一步。

文红旗一眼看见了那堆特产和辣酱，顿时暴怒，跳了起来，抓起一瓶辣酱就往王文平身上砸。

胡晓欢吓得上前抱住她，文红旗砸歪了，一瓶辣酱在墙上炸开。

彭娜：哎哟我的妈耶，还打人的啊。

王文平：我叫你不要来嘛……

有些人闻声出来看热闹，胡晓欢死命把文红旗推回宿舍。彭娜冒着生命危险上前，把那堆吃食塞在胡晓欢手里。

11. 女生宿舍，内，日

胡晓欢大力把门关上，文红旗还不解气，冲过去开窗户，要接着把这些瓶子罐子扔下去。

胡晓欢死命拦住：这是四楼，砸下去要砸死人的！

文红旗：砸死了我偿命！

胡晓欢真急了，大吼一声。

胡晓欢：干什么你！我报警了！

文红旗喘着粗气，瞪着胡晓欢。

文红旗：现在你知道了吧？王文平跟别人结婚了！他一边跟我通信，一边找了个女的结婚！我妈还托他们给我带东西！有这么欺负人的吗！

胡晓欢不敢说话。

文红旗发泄着：我不是我妈亲生的！有这么对自己女儿的吗？！她就是想让我留在北京！因为她当年是北京兵，到了四川没一天过得惯，她就是故意的！（文红旗跳了起来）王文平肯定不会这么对我，肯定是我妈逼他跟别人结婚的，好让我死心！这不可能啊，他怎么可能这么短时间就找到人结婚呢！（文红旗回头在铺位上找外衣穿）我要去找王文平，我要去问他是不是这么回事！没准那个女的都是他临时从火车上找来的，是骗我的！

胡晓欢死命拉住了文红旗：红旗！红旗你冷静一下。王文平结婚了，他是真的结婚了！

文红旗呆住了，过了一会，哇的一声哭了出来。

胡晓欢抱住她，安慰着她。

文红旗断断续续地哭诉着：我们可是从幼儿园就一个班，二十多年了，他现在娶了个火车上的乘务员……晓欢！我真没脸做人了！在幼儿园我俩就特别好，我俩一起"过家家"。他当爸爸，我当妈妈，给我俩当过"孩子"的，都有十多个洋娃娃了……

胡晓欢又难过，又想笑，又不敢。

文红旗：后来我俩一直一个班，同桌，我当班长、中队长、大队长、校团委书记，都是他给我领作业本、包书皮、整理课桌抽屉、收拾书包……他怎么说变就变了呢？

胡晓欢安慰着她：红旗乖，他那是叛变了，成甫志高了！

文红旗：人家甫志高都是为了给老婆买牛肉干才被抓的，他怎么能这么无情无义啊？他怎么能这么对我呀……以前我说什么，他都照办，一点儿折扣都不打。可是他现在怎么说变就变了呢？晓欢，我可怎么办呀……

文红旗哭着哭着，一把把墙上王文平的相片拉了下来，恨恨地撕了。

12. 长征医院，内，日

一组蒙太奇，穿着白大褂的文红旗在门诊科室实习，外科，内科，文红旗能干，专注地工作。给病人听诊。

文红旗的画外音：就这样，我留在北京，却葬送了自己的初恋。我打算好好工作，独身主义，把一生献给医学研究事业！

13. 出字幕：四川成都

文将军小楼外花园，外，日

文红旗的画外音在延续。

文红旗的母亲洪波，一个精干的五十出头的女干部形象，在院子里的葡萄架下戴着老花眼镜看信，一下就急眼了，啪的一声把信拍在桌子上。当年的北京兵，仍然一口北京话。

洪波：胡闹！什么独身主义！

文向天将军从屋里走出来，早年征战沙场，使文将军离休以后仍然保持了挺拔的腰杆和将军气度。说起话来却慢条斯理。

文向天：又怎么了？

洪波气得拍着信纸：还不是红旗！她说不找男朋友了！独身主义！

文向天叹口气：红旗一直等着跟文平结婚，在北京上学都没找过对象嘛。

洪波：人活着总要向前看！都是被老王家二小子坑了。

文向天：红旗留了北京，文平当然不敢再等红旗了。

洪波反驳着：王文平就是中专毕业，本来也不合适。……现在怎么办？

文向天：洪波，我们要尊重孩子嘛，她现在想以事业为重没什么不对，这是暂时的……

洪波怒：一听你说话我就上火，文红旗已经快二十六了！就三十之前这几年还能找对象，过了三十怎么办呀？还以事业为重，为什么重啊。当老姑娘就晚了！

文向天：首先，红旗过了这段时间会找的，再把话说回来，就是一辈子当南丁格尔，也是她自己的选择，也很光荣……

洪波气坏了：你胡说八道什么！家里的事儿你少管！该结婚不结婚，该生孩子不生孩子，我把话搁这儿了，文红旗就是当上卫生部部长也不会幸福！买票，买票！我要去北京！我就不信了，我们那么多战友，认识那么多人，我红旗要长相有长相，要文凭有文凭，我就不信找不到一个比王文平强的！

洪波一边说，一边飞速地给自己整理行李。

文向天摇头无奈叹气。

14. 长征医院门口，外，日

文红旗走了出来，看到母亲站在门口，立刻大吃一惊。

文红旗：妈！你是我妈！

洪波：这孩子傻了！我不是你妈是谁！

文红旗：你怎么忽然来了？

洪波兴冲冲地：今天星期六，你休息吧？

文红旗：你来北京干什么？怎么也不给我打个电话？老是搞突然袭击。

洪波：周叔叔给你介绍了一个搞国防工程的部队大学生！学核武器的，条件特别好！

文红旗：我没空，不见！

洪波：你别惹我生气啊。我今天早上刚到的北京，饭都没吃，就直接去找

了周叔叔、刘伯伯、吴阿姨，让他们给你介绍个对象！一直忙到现在！

　　文红旗气得脸都白了：你来北京就是为了这个？

　　洪波：是啊！

　　文红旗：我告诉过你，我现在不想找！

　　洪波：不想也得找！

　　文红旗：我有我独立的人格！

　　洪波：一个女孩儿，就得有家，有爱人有孩子，再加上事业，这才叫有人格！

　　文红旗嗤之以鼻：强盗逻辑！我不要你管！

　　洪波立即手捂住头，做晕倒状。

　　文红旗无奈，扶住她，又气又恨。

　　洪波：文红旗，我警告你不要气我，我高血压很厉害。你也知道，你妈我这个人就是一辈子雷厉风行！想到什么，不马上干，一晚上睡不着！

15. 公园门口，外，日

　　文红旗苦着脸，僵硬地站在公园门口，洪波和周叔叔在一边说话，洪波不停地用眼睛扫视她，防止她逃跑。

　　远远地走来一个小个子白净的军人，周叔叔立即迎接了上去，洪波也很高兴，满面笑容地走向文红旗。

　　一看见这军人的个头，文红旗就不高兴了。

　　洪波轻声地：你老拉着脸干嘛呀？谁欠你几百块钱似的！笑！

　　文红旗：周叔叔从哪儿弄来的？像个小白鼠！

　　洪波生气地：别贫嘴！态度端正！

　　洪波拉着不情愿的文红旗走了过去。

16. 单身宿舍，内，夜

　　单身宿舍里，没其他人，文红旗坐着垂泪。洪波在一边很不满意地看着她。

　　洪波：至于吗？不愿意就算了，周叔叔和我都没有强迫你，哭什么呀。

　　文红旗：你们总得找个比我高的吧？

　　洪波嘟囔着：我在边上看着，比你高一点儿。

　　文红旗：高什么呀。这么袖珍，就算是别的条件好又怎么样？你让我见这样的人，对我的感情，简直就是亵渎！

洪波：你这孩子说话真难听！你不就是还惦记王文平吗？唉，最好的时间都耽误了，现在条件合适的男单身，真叫白茫茫一片大地真干净！恨不得一个不剩！

文红旗：那也不能拉到篮子里都是菜吧？明天吴阿姨找的这个，连大学都没念过，这都什么人呀？这种条件也配浪费我文红旗的时间？

洪波：身高学历都只是外部条件，只要人好，就行了嘛。

文红旗：反正，我的眼睛已经不适应这个高度了！

17. 周叔叔家，内，夜

洪波愁眉苦脸，跟老周夫妻在叨唠着烦心事。

洪波：这孩子真是让文向天给惯坏了，从小就敢跟我拍桌子吵架，一点儿家教都没有，现在给搁在半道上，我们催也不行，不催也不行，唉，当妈的，难！

老周爱人：你别操心，洪波你神通广大，准能给红旗找着！

洪波：神通广大是在四川，在北京不行啦。这么多年不在北京，我都成了外地人啦。都得靠你们这些老战友。

老周：这不红旗留在北京了吗？你们以后有空就回来嘛！我跟向天好长时间没杀几盘了！哎，我也提个要求，最好给红旗找个会下棋的。

洪波：老周你还敢提要求？就我闺女这些要求就够我喝一壶的了！

这时电话响了，老周接起电话。

老周：喂？哦！南征啊。在在，洪波啊，你家大小姐！

洪波站起来：喂？南征？什么？（大喜）个子高不高？你可不知道，你妹她现在特别庸俗，就在乎外部条件……

18. 单身宿舍，内，晨

文红旗还没起床，洪波已经一脸兴奋地到了。

洪波：胡晓欢呢？

文红旗穿着衣服：上班去了。我昨天晚上赶夜班翻译稿子，起晚了。

洪波：我跟你说啊，工作有了很大进展，跟你汇报一下……这次是你姐亲自找来的，她说了，这次你绝对满意，身高，一米七八，长相，绝对英俊，学历，硕士毕业，人品，直爽真诚……

洪波掏出一个小本，戴上老花眼镜看。

洪波：还有，入党时间，大学二年级，爱好，丰富多彩，最爱摄影……

文红旗心烦得捂住了耳朵。

洪波一把拽下女儿的手，接着念。

洪波：年龄，今年……哟，比你小两岁啊。这……这更好！以前不都说吗，女大三，抱金砖，大两岁，女大两，开金矿。

文红旗正色：妈，你是一个老革命，说这些庸俗不庸俗？

洪波呵呵笑着：是南征的好朋友，就是你们小时候一块儿玩儿的胜利姐，刘家的老三，记得吗？她现在在内蒙当大学老师，这个对象就是她班上的高才生，刚硕士毕业分到北京，钢铁自动化研究院！多好啊。小二啊，这次你总满意了吧？

文红旗胡乱梳头：我要迟到了！你有完没完？

洪波：这就完。——名字叫兰贵成。

文红旗：什么？怎么像个地主的名字啊？招财，进宝，贵成。

洪波：名字不就是个符号吗。你红旗这名儿也不咋的。——觉得怎么样？

文红旗：我就两个字。

洪波：考虑？

文红旗：不去！

洪波：你！你敢！星期天上午十点半，在西单路口！你必须去！

文红旗：我不去呢？

洪波：我马上血压高，心脏病发作！

文红旗：有病治病，我送你上医院！

洪波气得拿手指头点女儿的头：你说你识不识好歹？啊？你真是要把妈气死啊？你这倔驴一样的脾气，谁找了你才真叫倒霉呢……

文红旗顶嘴：那就别找！

文红旗拿着脸盆牙刷出门洗漱，把门摔得很响，洪波气得说不出话来。

19. 兰贵成宿舍，内，日

在一堆洗出来的相片中，兰贵成遗憾地寻找着什么，却哀叹一声。

边上的刘玉才问：怎么了？

兰贵成遗憾地：那天火车站那个女孩儿，没照下来。

刘玉才：嗨，还惦记着呢？

兰贵成不语。

刘玉才：算了，北京城这么多人，以后碰不上了。还是去看看那个刘胜利老师介绍的吧？你也该找了。

兰贵成：我估计不行。心里有这么个人成天晃来晃去，看谁都不行。

刘玉才：你看我，我比你早到北京一年吧，那时候我心里只有秋红，可秋红马上就跟别人结婚了，说是不愿意分居两地。幸亏李洁看上我，还追我，多好啊，我现在躺在床上就美滋滋地想，上辈子积德，秋红把我甩了！李洁还是北京姑娘呢，是我们单位最漂亮的一个，家里还有房！

兰贵成：七七，七八的大学生吃香嘛。

刘玉才：你现在研究生，更吃香！去看看吧。刘老师说了，这个女同志是长征医院的，也是硕士呢。女硕士，听说还长得特别漂亮。念到大学的女生都难看！何况硕士！——叫文红旗，名字也挺好听的。

兰贵成叹口气。

刘玉才：去吧去吧，我陪你去。下雨天打孩子，闲着也是闲着。

兰贵成：你老婆准假啦？

20. 西单路口，外，日

刘玉才陪着兰贵成站在路口等待着。兰贵成打扮得一表人才，胸前神气地挂着照相机。

21. 长征医院门口，外，日

文红旗沉默地站在门口，就是不挪窝。洪波急得脸都红了。

洪波：小二，你这算是怎么回事？人家都约好了，人家单位那么远，你就是为了说话算数，也该去啊。

文红旗：我今天要加班。

洪波气急败坏：你昨天怎么不告诉我？你就是故意的！你太不像话了，太任性了！做人不能这样！

文红旗：我今天真的要加班。

洪波急得求起了女儿：红旗，你就看在妈妈的面子上，去一次吧，妈求你了。

文红旗：妈，我不到岗上班，就是医疗事故。

洪波急得眼前一黑，直挺挺地要倒下去，文红旗一把扶住她。

文红旗：你别吓唬我！你一个老革命干部，这样装病特别幼稚……

洪波脸色惨白，一个劲地往下出溜，文红旗这下真吓坏了。

文红旗：妈！妈！你真的不舒服啊？不是假的吓唬我啊？

传达室老大爷窜了出来：哎哟这是怎么了小文？

文红旗：我妈老吓唬我说她有高血压……我不知道是真的！还以为装的呢……

大爷：那赶紧往里送啊！还傻站着干嘛呀！生个儿女干嘛用的，妈病成这样了还说她是装的！

大爷帮着拦下一辆院子里送货的三轮车，把洪波送了进去。

大爷满意地看着三轮车骑向急诊室：话说回来，生个在医院上班的闺女也不错，看病方便，省车钱。

22. 急诊室，内，日

文红旗焦急地等待着，胡晓欢走了出来。

胡晓欢：高压一百八！现在下来了，没事儿了，让老太太休息一下。

文红旗松了口气。转身欲走。

胡晓欢：哎……你不进去陪着？

文红旗：我今天不是加班吗。

胡晓欢：我帮你顶着。

文红旗：别别别，你还是帮我伺候我妈吧。下班以后我再过来接她。

胡晓欢笑：对了，你今天在急诊吧？我有个朋友发高烧，来打针，皮试做过了，你给他加个塞。针我给他开好了，一会儿给你送来。

23. 路口，外，日

兰贵成低头看表，十二点了。

刘玉才生气了：这不是耍人吗？贵成，咱们走！

兰贵成低头不语。

刘玉才：太不像话了，大家都是知识分子，怎么可以这么做呢？

兰贵成跟刘玉才走了几步，忽然停下脚步。

兰贵成：不，我要去长征医院找她。

刘玉才吃惊地：啊？为什么？

兰贵成倔劲儿上来了：我倒要看看这个叫文红旗的女同志是何方神圣！她

怎么可以答应了别人却不来？难道别人的时间不是时间吗？刘老师介绍的人不应该这么不负责！

刘玉才：哎呀算了贵成，何必呢？

兰贵成：不行。我就是要去看看！你说得对，大家都是知识分子，是建设祖国的栋梁，做人守信用是最基本的标准！如果她真的有事，我还可以帮助她。我去了，玉才你回家吧！

兰贵成大步走向公车站。刘玉才惊愕地看着他的背影。

24. 长征医院急诊室，内，日

文红旗在忙碌着，外面，兰贵成到处打听着"文红旗"的名字找了过来。

文红旗正好摘掉了口罩，在喝水。

一个医生指着文红旗：喏，这就是文红旗医生。

看到文红旗的那一瞬，兰贵成的眼神立刻聚焦了！他张大了嘴，那么惊喜若狂！

兰贵成：你……你就是文红旗？

文红旗抬头奇怪地看着兰贵成，显然，她没认出来火车站一面之缘的兰贵成。

文红旗：对，我是文红旗。

兰贵成话都说不利索了：真的，真的是你，我总算找到你了！

文红旗觉得很奇怪，忽然恍然大悟，拍了一下自己的头。

文红旗：我知道了，你就是那个……

兰贵成惊喜地：对，我就是那个……

文红旗利索地：过来，这边来。

兰贵成像被催眠一样走了过去。

文红旗指指凳子：坐下，脱裤子。

兰贵成吃惊地：啊？

文红旗：脱右边的，拉下来一点就行。

兰贵成惊奇地看着文红旗，文红旗不耐烦了。

文红旗：你这位男同志怎么这么封建啊！这是必经的程序嘛。

兰贵成不解地：必经的程序？

文红旗正色：请抓紧时间，我还有病人要看呢。

兰贵成还没反应过来，文红旗已经把他裤子拉下来一点，手脚迅速地推药，消毒，兰贵成急忙挣扎。

文红旗：别动！当心扎坐骨神经上，给扎瘫了！

兰贵成吓得一激灵，不敢动了，文红旗一针扎下去。

文红旗：好了！

文红旗龙飞凤舞地开单子：明天再来。

兰贵成龇牙咧嘴地站起来，看着文红旗。

兰贵成：我能问一句吗？

文红旗：什么？

兰贵成：我没病，为什么要打针？

文红旗柳眉倒竖：你没病？没病你来医院干什么？

兰贵成：我就是来找你啊。

文红旗生气了：请你严肃一点！这是医院，我们是给病人看病的！

兰贵成百口莫辩。

胡晓欢跟另外一位青年男子走了过来。

胡晓欢高兴地：给你介绍一下，这是方晨，这是文红旗。红旗，麻烦你给方晨打针。

文红旗看看方晨，看看兰贵成，完全傻在那儿，一句话都说不出来！

胡晓欢：怎么了？怎么回事？

兰贵成苦笑：那一针她打给我了。

胡晓欢瞠目结舌：红旗！你！你打针打错了？

文红旗：我……我……

胡晓欢急：你怎么不核实姓名看单子啊？（对兰贵成）还有你这个同志！你怎么不说清楚啊你！

兰贵成语无伦次地：我一直在说啊，文医生不听啊。

文红旗：我……我……

胡晓欢：哎呀真是乱了套了！抢金子抢银子还有人抢着打针的！有没有头晕、恶心？红旗你赶紧陪人家检查一下！

方晨急忙地：对对，千万别出什么篓子。

兰贵成憨笑着：没关系没关系，我身体很好，常年踢足球练长跑，偶然错打一针，问题不大。

兰贵成：……文医生，是刘胜利老师介绍我来的。我叫兰贵成。

文红旗：哎呀！你是那个招财进宝的，兰贵成！

兰贵成：是啊，我是兰贵成。

文红旗完全痴呆了：我……我怎么给你打针了？

兰贵成：我也不知道。

文红旗懊丧地：哎呀，真是的。你这个人真是的，这可怎么办。对不起！

文红旗急得快哭了，眼圈都红了，兰贵成立即被唤醒了怜惜的感觉，马上安慰她。

文红旗喃喃地：我得跟领导汇报一下……这算是医疗事故啊，我……我……

兰贵成也忽然吓了一跳：你给我打的是什么？我青霉素过敏！

文红旗嘴唇哆嗦着：还好，是链霉素。

文红旗越想越怕，脸色煞白。忽然转身就走，被胡晓欢拽住。

胡晓欢：干嘛去你？

文红旗：找领导汇报，我作为一个医生，这么不负责，连名字都没对就打针，简直连基本的医德都没有。

胡晓欢低声地：你还在实习呢！要是把你发回学校怎么办！

文红旗：我应该承担后果！

兰贵成：不不不，这事儿天知地知你知我知。不要再外传了。

文红旗顶真地：那怎么行！我要对你负责！

一边医生在叫了：文医生！

兰贵成焦急地：文医生，今天这事儿是不对，但是责任不在你，在我！是我没有说清楚！所以你不要盲目往身上揽责任！就这样！（对方晨）这位同志，你赶紧去打针吧！

胡晓欢：我带他去打吧。

胡晓欢拉着方晨离去。

25. **就诊大楼门口，外，日**

兰贵成还没走，耐心地在门口站着，等文红旗。

文红旗走了出来，内疚地走向兰贵成。

文红旗：兰贵成！

兰贵成喜笑颜开：就叫我小兰吧。

文红旗担心地：这段时间，你有没有觉得哪儿不舒服？

兰贵成：没有。就是心跳得厉害。

文红旗急坏了，一把抓住他胳膊。

文红旗：我带你进去检查！

兰贵成憨厚地笑：不是那种难受的跳，是看见你高兴的跳。

文红旗松口气，有些不好意思，有些生气，又不敢表示出来。

文红旗：你还挺爱开玩笑的。我今天真吓坏了。

文红旗退后，给兰贵成鞠躬。

文红旗：对不起。

兰贵成：哎呀你看你，真的没事儿！

兰贵成更欣赏文红旗了：你真是一个负责诚实的好医生……今天约好了西单见面，你没来，我想着你这样的人不会失信的，就找来了，果然，你在加班。

文红旗更尴尬了：对不起啊。

兰贵成：说了没关系。我能再看到你，高兴都来不及呢，你别笑话我，上次在火车站见到你，我就一直没忘了你。

文红旗吃惊地：什么？你在火车站见过我？

兰贵成：是啊！你忘了吗？辣酱！你跟一个乘务员推来推去的，结果溅了我一身呢。

文红旗立即脸色如土，兰贵成却没发觉。

兰贵成：我们真有缘分！是吧？

文红旗：我……我……

兰贵成：咱们吃饭去吧？

文红旗：哦，忘了跟你说了，我妈还在住院呢，我不能去吃饭了。

文红旗心慌意乱，转身就走。

兰贵成：哎，哎！

26. 急诊室输液处，内，日

洪波躺在输液床上休息，文红旗走了进来。洪波一看见女儿，就生气地把头扭到一边。

文红旗掩饰住刚才的不顺和慌乱：妈，我送你去周叔叔家。

洪波没好气地：不敢劳你大驾！

文红旗很尴尬：妈……这是我单位，你别这样……

洪波：哼！

文红旗无奈，挤出一个嬉皮笑脸的表情。

文红旗：妈，你好歹也是我党做思想工作的干部，不要跟我一般见识……（压低声音）不要影响我交入党申请，影响进步。

很有用，洪波气鼓鼓地坐了起来。文红旗扶着妈妈起身。护士帮着推来一把轮椅，文红旗感谢着把妈妈扶了上去。

洪波：我好了，可以自己走。

文红旗：还是小心一点儿好。我给周叔叔打过电话了，他派司机过来接你。

27. 医院门口，外，日

文红旗推着洪波在医院门口等车，洪波还是虎着脸，不理文红旗。兰贵成从一边走了进来。

兰贵成：文医生！

文红旗大惊：啊？你没走？

兰贵成：我想既然是伯母生病，你一个人肯定忙不过来，就一直在门口等。（兰贵成弯腰）伯母您好！我叫兰贵成。

洪波眼睛一亮，几乎是一跃而起，吓了兰贵成一跳。

兰贵成：伯母您在生病，千万别这么激动……

洪波：你就是兰贵成？胜利给介绍的？

兰贵成：是的。文医生没去，我就找过来了。

洪波高兴极了，看着兰贵成一表人才，笑得见牙不见眼。文红旗实在受不了妈妈这种谄媚的样子，重重地哼了一声。

洪波怕惹怒女儿，收敛了一点，但看到兰贵成还是想笑。

兰贵成殷勤地：伯母您坐上去，我推吧。

文红旗：不用不用……

洪波却很愿意：哎，小兰来推。男孩子力气大。我呀一辈子没生出个儿子，红旗她爸是军人，就喜欢小子！净埋怨我了。现在好了，女婿也是半子嘛。

文红旗气急败坏：妈！

洪波不理女儿：小兰啊，身体不错吧？有没有不良嗜好啊？

兰贵成：报告伯母，我喜欢长跑和踢球，我生活上一不抽烟二不喝酒，工作上一不怕苦二不怕死……

见两人谈得投机，文红旗无奈，跟在后面，一辆挂军牌的车停下，周叔叔和司机都下来，洪波急忙站起身。

洪波：老周啊，又麻烦你……

老周：就别客气啦。来，上车。（老周看见了兰贵成）这位是……

兰贵成急忙自我介绍：我叫兰贵成，是钢铁自动化研究所的。

洪波欣喜地：胜利给介绍的。

老周也很高兴：好！

文红旗这下真急了：妈，别让周叔叔等着了，我们上车吧。兰贵成同志，今天所有的事情都谢谢你。再见了。

老周：干嘛再见啊？小兰，一起上车！回我那儿吃饭去！会下棋吗？

兰贵成：会！围棋象棋都会！

老周大喜：太好了！走！吃完饭杀几盘！

文红旗急了：周叔叔！

老周愣住，看看文红旗涨红的脸，以为是羞涩，恍然大悟。

老周：哦……看我这脑子！我明白了！洪波，咱们走，让年轻人在一起聊！

洪波高兴地：对对对，小兰啊，你跟红旗找个地方吃饭，好好聊聊。

文红旗都快哭了：妈……我送您回周叔叔家。

老周：就别不好意思啦，闺女啊。我们也都年轻过，去吧去吧。

洪波高兴地跟着上了车，把门关上，车开走了。

28. 国营饺子馆，内，黄昏

乱哄哄的饺子馆，人声嘈杂，兰贵成安排文红旗坐下。

服务员啪地把破旧的菜谱扔在桌子上：吃什么？

兰贵成：半斤猪肉白菜，半斤猪肉大葱。

兰贵成又忙得团团转，跑到冷盘部，买回来三盘子菜。

兰贵成：猪头肉、猪耳朵、猪杂碎。

文红旗：……都是猪？

兰贵成笑：猪全身都是宝，我就爱吃猪肉这些个东西，下酒吃最好。

兰贵成又提来两瓶啤酒，给文红旗倒了一杯。

文红旗：我不喝酒。

兰贵成：对对，女孩子喝酒不好。那我喝。

兰贵成很香地吃开了，一边吃一边看着文红旗笑笑。

文红旗心里很乱，低下头用干净筷子把饺子一个个扒拉开。

兰贵成：你吃啊。

文红旗：我不饿。

兰贵成：哦。那我陪你。我也不饿。

眼看兰贵成要放下筷子，文红旗只好夹起一个饺子吃。

兰贵成清清喉咙：你吃，多吃点。我就爱下馆子，我觉得照相和下馆子就是人生最大的享受。

文红旗不置可否。

兰贵成：你边吃，边听我说。我想向你重点介绍一下我的恋爱史。

文红旗吓了一跳：慢着慢着，你跟我说这个干吗？

兰贵成：咱们不是要处对象吗？那就要诚实坦率，对吧？我把我自己的事儿都告诉你，让你对我多一分了解。我在上大学时候，有过一个叫淑芳的高中女同学，对我非常好，但是不知道为什么……

文红旗生气地打断他：对不起，我不感兴趣。

兰贵成：你看你这人，你就听着嘛。

文红旗：听我都不想听，这跟我没有任何关系。我还没答应跟你处对象呢。

兰贵成：……可是我自从在火车站见过你，就一直忘不了。好多老师同学给我介绍相亲，我都不想去，这次真是老天有眼，我就答应了，结果你没去，要在平时我也就算了，大丈夫何患无妻。可这次也不知道为什么，我就来找你了，还被你拉下裤子打了一针……

文红旗被兰贵成的话弄得很尴尬：兰贵成同志，我已经向你道歉过了，请你自重。

兰贵成：……你吃，你吃。

兰贵成往文红旗盘子里夹了一筷子猪杂碎，文红旗恶心得只想吐，赶紧夹出来了。

文红旗：我从小就不吃下水。

兰贵成体贴地：那以后都我吃。

文红旗实在忍不住了：对不起，我想我们没有以后。打针的事情真是对不起。我不想再跟你见面了。

文红旗说完就想走，被兰贵成拉住了。

兰贵成：你怎么能把话说得这么绝对呢？你还不了解我的优点，怎么就下断言说以后不愿意跟我见面呢？

文红旗看周围人在看自己，只好尴尬地坐下。

文红旗：兰贵成同志，说实话吧，我不喜欢相亲这种方式，我认为这是绝对找不到爱情那种神秘的感觉的！

兰贵成：不对！我们根本不是相亲，是一见钟情以后碰巧又被介绍相亲！

文红旗气坏了：我对你没有什么一见钟情！

兰贵成不屈不挠：那就二见，三见，只要你了解了我，你总会对我钟情的！

文红旗气结，不由气得笑了起来。

文红旗：你凭什么这么自信啊？

兰贵成气势如虹：就凭我自己！凭我兰贵成！

文红旗：我发现你是个轴人，还是个浑人。

兰贵成笑了：挺有性格的，对吧？

文红旗气得没辙，低头吃了个饺子。

兰贵成：那你呢？你也跟我说说？

文红旗没好气地：说什么？

兰贵成：你跟那对四川小夫妻啊？你们是怎么回事？那天你怎么哭得那么伤心？

文红旗勃然变色，拂袖而去。

29. 医院单身宿舍，内，夜

宿舍里，只有文红旗在，她苦恼地应付着洪波，洪波不依不饶地追问着。

洪波：有什么不好？这小兰有什么不好你说出来？你嫌那个搞国防核武的矮，小兰一米七八。你嫌吴阿姨给你找的没上过大学，小兰是硕士毕业，一表人才又是国家栋梁，你还有什么不乐意？你说，说出个道理给我听听！

文红旗烦极了：我不想说！

洪波：那是你根本说不出来！

文红旗：说不出来又怎么样！反正我就是不想谈恋爱！妈，你赶紧回家吧。爸爸身体不好。你在这儿烦得我都没法好好专心工作！

洪波：你别管我的事。我明天就回去。

文红旗松了口气。

洪波：你别高兴得太早。我已经给小兰打了电话，他明天一起去火车站送我。

文红旗绝望地抱住了头：妈！你别往死里逼我行不行？！

洪波大声地：不行！

文红旗不管不顾地叫了起来：你凭什么干涉我的生活？连我的感情婚姻大事都要管！我们小时候唱的儿歌就是说你，管天管地，还管人拉屎放屁！

洪波：亏你还是女研究生，粗俗不堪！

文红旗：我是被你逼的！我告诉你，妈，我文红旗是有独立人格的人，你看上兰贵成是你自己的事儿，我不愿意！你要让他送你，我就不去！

洪波：你要气死我啊？

文红旗：你刚吃了降压药，没事！

洪波：你这个家伙真是无法无天啊，别以为你长大了又上了硕士我就不敢打你！我，我打死你！

文红旗梗着脖子：你打？你打我也不去！

洪波举起手，打也不是，放下也不是，憋得她气得一巴掌打向自己。

洪波：我不打你！我抽我自己耳光总行了吧？

文红旗一激灵，眼看洪波真打起来，只好冲上去拦住。

文红旗：你这是干嘛呀？你好歹是党培养了这么多年的干部，你就这么做思想工作的？太没水平了！

洪波：是啊，谁的思想工作我都能做，我就管不了你！所以我打我自己，别拦着啊，我生了你这么个忤逆不孝的东西，早知道这样，你小时候生急病，我根本就不该背着你二十里路去看病，早点死了得了，省得现在气死我！

见妈妈气得眼圈都红了，文红旗被她的气势压住了，大喊一声。

文红旗：我去！去送你！别闹了行不行？！

洪波立即和颜悦色笑了：谁闹了？你闹得比我厉害。明天穿裙子去，啊？

30. 火车站站台，外，日

站台上，洪波跟兰贵成在细细密密地说话，文红旗一脸木然冷淡，看着远处。

洪波：唉，我家红旗就是不懂事。小兰啊，你虽然比她小两岁，但我感觉你非常懂道理，以后你要多引导她！

兰贵成连连答应着。

洪波：她呀，刀子嘴豆腐心，我感觉你们非常合适，小兰啊，只要功夫深，铁杵磨成针，啊？我的女儿我知道！

兰贵成欣喜地连连点头。

洪波：红旗！你过来。

文红旗无奈地挪了过去。

洪波摆出个语重心长的架势，刚想开说，开车的铃声响了，文红旗如释重负，急忙把她往车门送。

文红旗：妈快上去吧！别误了车！

洪波：那就长话短说，你必须跟小兰多见几面！听见没有？

文红旗胡乱答应着。

洪波上了车，看着地下比肩而立的两个人，欣慰地笑了，挥手道别。

31. 北京街道，外，夜

兰贵成和文红旗在车站等公交车，兰贵成忍不住问了句文红旗。

兰贵成：你不喜欢你妈？

文红旗一怔：……挺复杂的。

兰贵成：怎么呢？

文红旗：从小她就特别喜欢管我，从头管到脚。我又不像我姐，特别乖，愿意被她管。

兰贵成：哦。不过父母对孩子总是这样的嘛。你要多体谅她，她年纪大了，身体也不好。

文红旗哼了一声：谢谢你来送我妈。我就在这儿上车，你应该到马路对面去坐车吧？

兰贵成：这么晚了，我当然把你送回去。

文红旗吃惊地：为什么？我不用你送！

兰贵成很苦恼地看着文红旗：小文，我是真心对你好，你就真的一点都看不上我吗？

文红旗被兰贵成的真诚打动了：对不起，其实我也觉得你挺好的，可是，我一直忘不了我原来的对象。

兰贵成：就是那个火车站的？

文红旗不语。

兰贵成：他骗了你？亲口答应跟你结婚却娶了别人？

文红旗：他也没说过要结婚的事儿……不过反正我跟他从小一起长大，这些话都不用说嘛。

兰贵成认真地：该说的话肯定还得说。他要是没说过，那就是没这么想。

文红旗愣住了：他没想过？你怎么知道？

兰贵成：说句话你别生气啊，你把他当对象，他……亲过你吗？

文红旗大怒：臭流氓！我们连手都没拉过！我们是很纯洁的感情！

兰贵成忍不住笑了：那就根本不算谈恋爱啊……哎，哎……

文红旗已经勃然大怒，正好一辆车到站要开走，她一个箭步跳了上去。

兰贵成跟在车后面跑：不是这辆车，你坐错了……

文红旗把头探了出来：你再也别来找我了，我们俩永远不可能！

兰贵成追了几步以后停了下来，他看着远去的公共汽车忽然乐了起来，自言自语着。

兰贵成：永远不可能？！我们搞科学研究就是要把世界上的不可能都变成可能！

32. 一组蒙太奇

兰贵成挂着照相机，在医院门口等文红旗。

兰贵成在宿舍楼下等文红旗。

兰贵成在医院就诊大楼门口等文红旗。

兰贵成在路上，追着文红旗说话，文红旗一路小跑。

文红旗刚松了口气，回头看看，兰贵成被自己甩掉了，刚要高兴，一抬头，兰贵成站在她面前。

馆子里，文红旗又跟着兰贵成下馆子吃饭了，她脸上的表情也有松动，兰贵成说了句什么，她笑了起来。

兰贵成"啪"地按动了快门。

33. 文红旗宿舍，内，日

文红旗和胡晓欢对着在吃饭。

文红旗发愁：这个兰贵成真是个轴人，怎么轰都轰不走。

胡晓欢：那还发什么愁啊，就他吧！（神秘地）我上次帮你问过他了，他算是特殊人才被引进到北京来的，硕士，钢铁自动化，单位有房。长得也挺不错。家里不知道是三个还是四个姐姐，独生子。

　　文红旗白她一眼：你真有病。

　　胡晓欢：我问你，你真打算一辈子老姑娘？就跟柏主任似的？

　　文红旗连连摆手：我的妈呀，柏主任实在太可怕了。我实习结束，在研究室待了俩礼拜了吧？我就愣没见她笑过一次！

　　胡晓欢：那不就得了？你这傻丫头，幸福来敲你的门啦，就看你开还是不开！（胡晓欢吃完了）我也向你宣布一件事。

　　文红旗：跟小周吹了。

　　胡晓欢：很对。

　　文红旗叹口气：这三个月你吹了三个了。

　　胡晓欢：过眼云烟。这回我真的决定了。下礼拜就结婚！

　　文红旗吓了一跳，伸手给胡晓欢摸额头，被胡晓欢笑着推开。

　　文红旗：谁啊？

　　胡晓欢甜甜地笑：就是上次你给小兰打错针的那个方晨。

　　文红旗：他怎么好了？好像还没你高呢。

　　胡晓欢：他家有房。

　　文红旗哈哈大笑。

　　胡晓欢：你别笑啊，真的，他家有大房子，他爸是将军，家里六室两厅，还有警卫员呢。

　　文红旗不以为意：我们家也有。

　　胡晓欢：你家不在北京啊。

　　文红旗：你是嫁房子还是嫁人？

　　胡晓欢：不矛盾，房子也是家庭的重要组成条件呀。

　　文红旗：他什么学历？

　　胡晓欢：电大。

　　文红旗惊愕地看着胡晓欢。

　　胡晓欢：怎么了？学历能说明什么呀？文红旗我跟你说，你动不动就是身高啊学历啊，特庸俗。

　　文红旗生气地：我庸俗？你嫁人都嫁房子了你不庸俗？

　　胡晓欢也生气了：我这叫识时务者为俊杰！你不要房子，你结婚睡马路去啊？装什么清高。

　　文红旗：我就是睡马路也绝不为了房子出卖自己！

　　胡晓欢：我告诉你，就你这副大小姐的假清高的样儿，你就是卖还没人买呢！

两个好友反目成仇。

34. 病毒理研究室，内，日

文红旗在办公桌前翻译一堆英文资料，柏文秋不苟言笑走过来，又递给她一沓子。

柏文秋：后天要。我开会去了。

柏文秋离去，文红旗继续埋头苦干。

胡晓欢没好气地看看她：喂！

文红旗：啊？……你不生我气啦。

胡晓欢：切。跟你生气，早气死了……你不会翻得慢点儿啊？

文红旗：没关系，反正都是我的活儿，早一天晚一天都是我的。

胡晓欢叹口气：你怎么不明白呢？你就是把这些都翻译成中文了，柏主任也还得叫你都翻译回英语去。

文红旗不理解地：什么意思？

胡晓欢：自己琢磨！

文红旗：你是说，她没事儿找事儿？

胡晓欢：嘘！……那个谁今天没来？

文红旗：哦，兰贵成。不来更好。

胡晓欢：真的假的？

文红旗欲言又止：晓欢，我想麻烦你一个事儿。

胡晓欢：什么事儿？

文红旗：……昨天我打电话回家，听说王文平来北京开会了。

胡晓欢丈二和尚摸不到头脑：王文平？谁啊？（想起来了，大吃一惊）噢！我的天，你还没忘了他啊？

文红旗：……我想去找他。

胡晓欢：他已经结婚了，你也已经跟兰贵成处对象了，还找他干嘛？你真有病。

文红旗不说话，慢慢地，脸憋红了。

35. 医院门口，外，日

文红旗走了出来，却没看见经常站在那里的兰贵成，不由一愣，有些失落。

传达室老大爷笑眯眯地：小文啊。没来。

文红旗有些奇怪：什么没来？

老大爷：您那位电线杆子对象啊。昨儿个，今儿个，都没来这儿戳着。我比你惦记他，出来看好几回了！

文红旗脸都红了：大爷您这是怎么说话呢……

老大爷：怎么说话，说实话呗。那小伙子不错，你成天瞧不上人家，跑了吧？

文红旗愣住了，半晌无语。

36. 医院外街道，外，日

文红旗走过，却总是有意无意地回头，却不见兰贵成的身影。

文红旗的背影，有些落寞和沉重。

37. 宿舍，内，夜

方晨和胡晓欢开开心心地在收拾东西，还时不时互相往嘴里递点吃的喝的，看得文红旗又羡慕又好笑。

文红旗：再给我看看。

胡晓欢以芭蕾舞步跳过来，显摆地给文红旗看结婚证。

文红旗审视着：真结啦？

胡晓欢：当然！碰见合适的，就抓紧时间！毛主席怎么说的，一万年太久，只争朝夕！

方晨笑着把包的拉链拉上：走吧？

胡晓欢：红旗，我走啦。

文红旗：就剩我一人了……

胡晓欢：抓紧时间把自己嫁出去！记住，要有房子！

文红旗抓枕头砸她：快走吧你！

胡晓欢拉着方晨笑走：记住，后天婚礼！

38. 医院食堂，外，日

文红旗拿着搪瓷碗吃饭出来，在水龙头洗碗，有些郁郁的样子，忽然听到后面有人叫她，她一回身，见是兰贵成。

文红旗冲口而出：你这几天去哪儿了？

兰贵成：我踢足球把脚崴了！休息了几天。

文红旗又是冲口而出：伤筋动骨一百天！歇够了没有？

兰贵成：这么关心我啊？

文红旗不好意思地：谁关心你了，一辈子残废最好。

兰贵成逗她：那你可就惨了，得一辈子伺候我。

文红旗急了：兰贵成同志——

兰贵成赶紧接茬：——请你自重！

文红旗忍不住笑了。兰贵成也笑，端详着文红旗。

兰贵成：怎么瘦了？还是得跟着我下馆子才有营养啊。

文红旗：我不要你管！（文红旗忍不住了）你说来就来，说不来就不来，连个电话都没有！

兰贵成嘿嘿笑：我不自重地问一句，你是不是想我了？

文红旗柳眉倒竖。

兰贵成：……我这几天可想你了。

文红旗脸红了……半晌，文红旗问了一句。

文红旗：兰贵成，你是真的想对我好，是吧？

兰贵成立即挺直了腰板：那是。红旗，我为你上刀山下火海，哪怕天上下刀子，我都在所不惜！请你考验我吧。

文红旗：不用你上刀山，也不用你下火海。只要你陪我去做一件事——我想去找一次王文平。他在北京开会。

兰贵成一口答应：行。是不是阿姨又托他带了东西？

文红旗：不是，是我自己想去找他。

兰贵成：你自己想去找他？

文红旗倔强地：对，我就想去问问他，为什么？我有什么不好，他为什么一句话都不说就跟别人结婚了？

兰贵成惊愕地瞪大了眼睛：这……好像没有这个必要了吧。

文红旗：不行，我要问清楚，不然，这事儿在我心里头过不去。我也不想一个人去，胡晓欢不愿意陪我去，说我有病，你又号称愿意为我上刀山下火海，我就拉你陪。

兰贵成苦着脸：唉，我还不如上刀山下火海呢。

文红旗：不愿意拉倒！我自己去。

兰贵成急了：愿意愿意！我陪你去！

文红旗笑了。

（第一集完）

第二十五集

1. 兰家主卧室，内，日

兰贵成洗完澡进屋，略微捶了捶肩膀，看书的文红旗赶紧把手里的书放下，过来给他按摩。

兰贵成受宠若惊：不用，不用。

文红旗温柔地：今天爸妈走，还真是舍不得。唉，房子还是少买了一间，不然他们可以长住。

兰贵成看了她一眼，还没说话，文红旗急忙表态。

文红旗：我就是顺嘴一说而已。咱们这么大的房子，他们二老真要来住，我都想好了，干脆，客厅和餐厅合一，把餐厅隔出来给小成睡，小成的房间就做老人房了，多好。

兰贵成大悦：嗯，这主意不错。你再邀请邀请爸妈，要是他们真住过来了，我的日子就完美了。

文红旗：放心吧，等奶奶百年之后，我们一定接他们来住。

2. 文红旗办公室，内，日

文红旗在办公，忽然，电话响了。

胡晓欢（OS）：红旗，明天有事儿吗？

文红旗：有个会，可以不去。你干嘛？

胡晓欢（OS）：我想去看个别墅楼盘，你一块儿去吧？

文红旗急忙地：干嘛？我现在不买房了。

胡晓欢（OS）：又不是你买，是陪我看看！

3. 京郊某别墅楼盘，外，日

胡晓欢和文红旗说说笑笑地下了车。

一扇金碧辉煌的铁艺大门出现在面前。

文红旗一下就被吸引住了，她俩走了进去，大门里面，是一座花团锦簇的大院子。院子里，一座座小楼亭亭玉立，白石嵌底，青砖垒壁，红瓦盖顶，整个一个中西合璧风格的别墅小区。

文红旗精神一振：这别墅可真是跟别的楼盘不一样啊。

胡晓欢：所以我拉你来帮我参谋参谋呢，你看啊，我都问明白了，一共三十幢别墅，最大的四百平方米，最小的二百八十七平方米。院子和露台都是送的，楼大的，院子也大，楼小的，院子也小，不过再小也有一百多平方米呢。

文红旗感叹道：晓欢！买！我支持你，你一定得买！我简直是一下子爱上了这个楼盘——太像我们军区大院的后院了！多少钱一平啊？

胡晓欢：都是毛坯房，没有做任何内装修，各家的院子里也都是一圈黄土，没有任何绿化，七千五百元一平。

文红旗大力击打胡晓欢的肩膀：买！太便宜了！

胡晓欢嗔怪着：你多大的款啊？七千五还便宜？

文红旗：唉，反正，我有个毛病，喜欢大房子和容积率低的空旷的院子，这里正合我的口味。

胡晓欢：是，你高干子女嘛，父辈打下了天下，从小都跟着你爸住大宅大院子的。

文红旗：我是帮你分析啊，你看这个院子多好！坐落在绿水青山之间，小楼的外观挺像样，建筑材料不错，绿地面积又很大……看这建筑质量，开发商一定是工程建筑的老手！还有，设计师也不错！户型多好，南北通透，敞亮得很！每平方米才七千五百元，多便宜！跟别的别墅楼盘相比，这里简直就像白捡的！你也知道，通州很快就会通轻轨，老县城里的楼盘，普通民居都已经卖到六七千一平方米了！

胡晓欢：我真服了你了，你现在可真是个老房虫。

文红旗遗憾地：唉，说真的，我真动心了。

胡晓欢：你可别介，消停日子刚过几天啊？你不是答应老兰不弄房子的事儿了吗?

文红旗:是啊。真不知道为什么,兰贵成不喜欢弄房子的事儿。你上次说的夫妻二人价值观,还真是这么回事,我们俩以前挺一致,人生目标就是买房子,所以特和谐,打架也就是一天就和好,住上大房子以后他就不行了,消沉了,没斗志了,对我的昂扬精神,他也不支持。

胡晓欢:为了家庭幸福,你就忍了呗。

文红旗叹气。

胡晓欢:再说了,你们真住这儿也不行啊,我孤家寡人的无所谓,就光说小成上学就麻烦。

文红旗一挥手:那都是小事,都可以克服!我要是能住到这里面,我这辈子准定不折腾房子的事儿了!买,晓欢,我支持你买!

4. 兰家餐厅,内,夜

兰贵成和兰小成满心欢喜地在吃饭,文红旗做的炒饼,五颜六色,看着就让人有食欲。

兰贵成欣喜地:看来你妈是打算好好给咱做饭了。

兰小成:我最爱吃我妈做的炒饼了。

兰贵成:我也是。

文红旗端汤上桌:废话,你们当然爱吃了,这饼都是我现烙的,烙了再炒,配的肉啊虾仁啊各种菜码十几样呢。

兰贵成和兰小成已经狼吞虎咽地吃开了。

文红旗却在想什么,没吃。

兰小成:妈妈你怎么不吃啊?

兰贵成:吃啊。

文红旗:今天我陪晓欢去看房了,别墅,哇,那房子叫一个漂亮。一百多平方米的院子,能种好多树。

兰贵成:挺远的吧?

文红旗:大家都有车,不算远。

兰贵成:我不喜欢住那么偏,住在闹市方便。

文红旗:你就喜欢闹市!别墅住的就是一个幽静。

兰小成:我觉得爸爸对,住得远去小李老师家学琴准得迟到!调琴的叔叔也来不了!

兰贵成：文红旗你听听，成成一个小孩子都能一分为二看问题，知道孰重孰轻，比你强！

文红旗：切！（闷头吃了两口饭，又一脸神往地抬头）——哎，那房子让我想起我爸妈的大院，可惜你不让我买房了，不然这别墅就是我文红旗的收山之作，以后我也退休了，就种花种树种菜，又接地气又环保，哎，想着就美。

兰贵成：醒醒吧你，别做梦了。得多少钱啊？

文红旗：七千五一平方米，也就不到三百万啊。

兰贵成讽刺地：文总现在好大的口气，也就不到三百万！你开银行的还是家里有印钞机啊？

文红旗：我是觉得，独幢别墅这个价格值得，绝对绝对有升值空间，那块地皮在那儿摆着呢。

兰贵成：红旗，你清醒清醒，咱们再拿出三百万，我公司就都得关门。再说了，把三百万一下子都扔在这里，再想拿出来可就难了！咱们一家三口喝西北风去啊？你别房迷心窍了！你都钻在房眼儿里了！吃饭吧。

文红旗发着呆吃饭。

5. 文红旗卧室，内，夜

兰贵成在看书。

文红旗坐在躺椅上两眼发直。

兰贵成叹了口气：看见你这个样子我真是瘆得慌！

文红旗喃喃地：反正也不买，我就想想，想想总可以吧……要是有了这个别墅，你爸你妈，我妈都可以来长住，大家都各有各的卧室卫生间，互不干扰，那是多好的日子啊。

兰贵成没好气地：文红旗！咱们要知足，知足！人心不足蛇吞象！你要警惕！你真的已经很危险了！

文红旗：警惕！我警惕！你放心！——那户型特别好，全明，一楼是大客厅、餐厅、厨房、佣人房，二楼有三间卧室，都有独用卫生间，正好小成一间，你爸妈一间，我妈一间，三楼全是咱们的空间，主卧室、大书房、衣帽间、大露台，以后我们俩可以躺在床上看星星……啊，多么浪漫啊，多么美啊。

兰贵成干脆不理她了。

文红旗：以后你几个姐姐也可以带着你外甥们来玩，男孩们在院子里打仗，我们在修剪葡萄枝……这是我的童年回忆啊……

啪的一声，兰贵成关了灯。

兰贵成粗声粗气地：睡觉！

6. 北京外景，外，晨

北京的清晨。

蓝天白云，鸽子飞过。

7. 兰家卧室，内，晨

兰贵成悠悠醒来，却发现文红旗不在身边，他坐了起来，发现卫生间里有灯光。

兰贵成推开门，大吃一惊，只见文红旗坐在合着盖子的马桶上，一手拿计算器，一手在纸上写写画画。

兰贵成睡眼惺忪：你说你大早上闹什么妖呢？

文红旗：我怕吵你睡觉，就躲这儿来了。（文红旗亢奋地）贵成！我算过了，咱们的钱够！这几年我炒楼加上赚来的，又攒了不少钱，咱们先付首付，办理七成按揭，然后卖掉这一套，去还清按揭，完全不影响你公司的现金流……

兰贵成：我一听就烦得要命！文红旗我告诉你，我不想再弄房子这件事儿了！我现在住得很满意，非常满意！我不想再装修，再搬家！

文红旗不解地：贵成，这些我都能办，不用你操心的。

兰贵成吼了起来：至少要我换个地儿睡觉吧？这你能办理吗？

文红旗叹了口气：贵成，你先别急……

兰贵成：我不急？我能不急吗。我人到中年，哪儿哪儿都是一堆事，公司的，家里的，你能不能不再给我添乱，当个贤内助啊？红旗，我多少次推心置腹地跟你说过，咱们要知足，知足是福，我真的真的不想再弄房子这件事儿了！

文红旗半晌无语。

文红旗两眼无神：噢！我知道了。我去做早饭，你去叫小成起床吧。

8. 胡晓欢车内，内，日

坐在胡晓欢车里，文红旗郁郁不乐。

胡晓欢开着车：喂，你要是没空，就不用陪我去了。

文红旗：不行，我要是不去，就更见不到那些别墅了。

胡晓欢：那你掉着脸干嘛？好像我欠你八百块钱似的。

文红旗：那不是对你，是对兰贵成！这结婚要门当户对还是有道理的，兰贵成他们家一辈子就住一套单元楼，现在住到单元楼了他就满足得不得了，可我是住独幢小楼长大的，我看见别墅就走不动道！

胡晓欢：嗨，那你们好好谈谈。

文红旗：没用。没用。就你说的，现在我跟他的价值观有了根本分歧，我觉得，住得好，一切都好，要不然我心里总觉得不满足，有个地方空落落的。又不是没钱，为什么不让自己生活得更舒服呀？

胡晓欢：我劝你算了，你现在也不是住大杂院的时候，你那个房子也挺好的，别为了这些事闹得夫妻不和，没意思。

文红旗：你倒是眼看要买大别墅了，美国还有一套富余的观海景的房子空着，就站着说话不腰疼。人往高处走，水才往低处流呢。

胡晓欢：我这是劝你。兰贵成也挺轴的，他也不是那种不管家里事儿，由着老婆折腾的主儿，不是省油的灯，你就凑合凑合得了，为这个离婚就傻了。

文红旗：他为什么不能改改呢？

胡晓欢：改什么？改性格？十五岁以后性格就定型了，你嫁的时候人家就是这性格，再说了，要改，你自己怎么不改啊？

9. 别墅售楼处，内，日

胡晓欢跟售楼小姐在谈着付款等细节问题，文红旗艳羡地一遍遍看着沙盘，又走出去，看看外面的风景。看得两眼发直，看得眼圈都快发红了。

一个售楼小姐走过来：女士您好，也看上我们的房子了吗？

文红旗笑笑：我是陪朋友过来的。

售楼小姐殷勤地：最近我们在搞优惠，如果您朋友买下了一套，您再买的话，可以享受九五折优惠。

文红旗一下呆住了：九五折？那要是三百万的话，可以省下来十五万？

售楼小姐：是啊，家用电器就一下都配齐了。多划算啊。现在我们一期的房子都售罄了，二期的也基本定了，不过还剩下一套中心花园观景的，朝南朝东，门前有小溪绕过。您要愿意的话，我带您去看看。

文红旗完全被击中了。

10. 别墅区，外，日

文红旗跟着售楼小姐看着这套房，她完全被吸引住了。

售楼小姐乖巧地微笑着：要不您回去再征求一下您老公的意见，请他一起来看看房。

文红旗答应着，看见对面别墅里走出一位五十多岁的男子，秃顶，嗓门很大，拿着手机在嚷嚷。

售楼小姐：文女士，给您介绍一下，那是马总，神马文化娱乐集团的老总，他买的是您对面的别墅，要是您也买了，就是邻居了。

这位马总也注意到了文红旗，走了过来。

马总：您也看房啊？

文红旗笑了笑：是啊，我也想买这里的别墅。

马总：那就买啊！享受生活得赶早！这房子风水多好，造得多好，鸟语花香的，住在这儿，人都能长寿。来，给您我的名片，我叫马神驹。

文红旗也急忙掏出名片：我是医药公司的，我叫文红旗。

马神驹：那太好了！要是咱当了邻居，买药方便，啊！

文红旗不习惯一下就跟陌生人这么亲热，笑了笑。

文红旗：还不一定呢，还得请我老公来看看。

马神驹：嗨，女人看了好就定呗，还要请什么男人。我跟您说啊文医生，这房子就是我太太看上了，她一说看上，我立马就说，买！

文红旗有些羡慕：哟，那您太太还真有福气。

马神驹叹口气：唉，福气什么呀，我那口子得了癌症——卵巢癌，已经化疗六次了，现在情况还不错。可是，癌症怕的是复发，一旦复发，那可快得很！我想，存那么多钱干吗？都拿出来，买房！只要她高兴！买一个独栋的大别墅，要个院子大一些的，种上果树、蔬菜……让她住进来，再把她父母、我父母都接来，还有孩子，她的兄弟姐妹……都可以过来，搞他一个热热闹闹的乌托邦！让她把最后的日子过得充实一些，愉快一些！

文红旗听得愣住了，被马神驹的话感动了。

文红旗：您对您太太真好！

马神驹瞪圆了眼：当年我媳妇可是如花似玉的姑娘，跟上我这糙老爷们儿，不就图个我会心疼人吗？

售楼小姐见他们谈得投机，也急忙掺和过来。

售楼小姐：文女士，刚才我们经理打电话来，这套房子明天就有人来预订了，您看……

文红旗一下就急了：啊？那能不能给我留着？

售楼小姐：要不您先定上，两万元，如果您先生不满意，这两万还能退。

马神驹大大咧咧地：还有什么不满意的啊，这别墅还不满意，还有什么房子能满意啊？文医生，定吧，我看见您就觉得有缘分，您跟我太太一定聊得来，有好邻居，比什么都强。

文红旗犹豫着：那，我总得给我老公打个电话吧。

文红旗说着，开始拨电话。

话筒里却传来了"对方已关机"的声音。

11. 售楼处外，外，日

胡晓欢心情很好地走出来，文红旗迎了上去。

胡晓欢：好了，定金付了，咱们回去吧。

文红旗：我也定了一套。三张信用卡，正好刷出来两万。

胡晓欢一下就傻眼了：你说什么？

文红旗平静地：我也付定金了，咱们当邻居了。

胡晓欢瞪圆了眼睛：你疯了文红旗？

文红旗：没疯。

胡晓欢：可是，买房这样的大事儿，对家庭多重要啊，你不跟兰贵成商量？他那么反对，你怎么敢说买就买啊？

文红旗深吸了一口气：怕什么，革命肯定有牺牲。我会努力说服他的！

胡晓欢：文红旗！你让我说你什么好呢！你们俩都是个性那么倔强的人，为了房子也不是闹了一次两次了，你瞒着他买别墅，你真想跟他离婚啊？走，我们去把定金退了！

文红旗又深吸了一口气：不，我不想退，我会去说服他的！

12. 兰家，内，黄昏

文红旗忙活着端上好几个菜，小成想偷吃，被文红旗拍了下手。

文红旗：洗手，叫爸爸吃饭。

兰小成活蹦乱跳地蹿了过去：爸爸吃饭啦。

兰贵成放下报纸，走了过来。

文红旗赶紧给他盛饭盛汤。

兰贵成吃了一口：你有什么事儿就说吧。

文红旗笑笑：我没事儿啊。吃菜，多吃菜。

兰贵成：我们结婚这么多年了我还不知道你？没事儿你这么贤惠干嘛？

文红旗佯怒：瞧你说的，我就这水平？

兰贵成笑笑：好好好，那就是你转性了，我幸福了。

13. 主卧室，内，夜

文红旗心事重重地坐着叠衣服，兰贵成走了进来。

兰贵成叹了口气：你别骗我了，你有心事。说吧，是不是又在想那套别墅？

文红旗点点头，两眼期待地看着兰贵成。

文红旗：贵成……

兰贵成烦恼地摆摆手：什么都别说了。红旗，我跟你说，我知道你喜欢别墅，以后，等我们财力再雄厚一些，我会考虑的。但是现在不行，真的不行，咱们刚买了这套大房子，我公司有几项业务需要现金，而最最关键的是，我现在没有这份闲心。

文红旗：可等你有了这份闲心，有了闲钱的时候，房价就不是现在这个样子了。咱们买房子有时候得踮踮脚，够一够。够着了就是赚到了。

兰贵成：就算够不着又怎么样？咱们现在有这么大的房子，该知足了。

文红旗叹了口气。

兰贵成有些生气：你看看你，前一阵怎么答应我的？不再折腾房子了，过踏实日子，这才几天啊？你真得自己琢磨琢磨，怎么这么喜欢弄房子？以前咱没房子住，我支持你，现在咱们条件这么好你还要不满足，那我真没法支持了。简直是贪欲嘛。

文红旗：谁知道，我也觉得自己有病，可能是以前老没房，老盼房，压抑得太狠了，现在反弹了，就成神经病了。贵成，我跟你说，我欣赏房子就像品味我自己逝去的青春一样，一有闲暇就看，兴趣无休无止，真是几近疯狂。

兰贵成：知道你自己疯了，那就有救了。

文红旗：不，更没救了。（鼓起全部的勇气）贵成，前几天我又陪晓欢去别墅了……

兰贵成：晓欢买了？

文红旗：嗯，买了……我也买了。

兰贵成以为自己听错了：你说什么？你也买了？

文红旗：嗯，我也买了。

兰贵成还是以为自己听错了：你买什么了？

文红旗：我买别墅了。

兰贵成瞪圆了眼睛，看着文红旗。

兰贵成：文红旗，你再说一遍，你买什么了？买别墅还是买菜了？

文红旗：我买别墅了，我付定金了。

兰贵成：你再说一遍。

文红旗噌地一声站了起来。

文红旗大声地：贵成，我忍不住，付定金了，签合同了，当时我给你打电话你手机关机了，我一着急，就先定下来了！请你原谅！因为只剩下最后一套了，我向你保证，首付全部的钱款都由我负责！

兰贵成一字一顿地：文红旗，你真的疯了。

兰贵成站了起来，拿起自己的枕头被子就往外走，文红旗急忙跑上去，死死抱住。

文红旗：贵成，你听我解释，北京的独幢别墅一定是会升值的，咱们现在买不吃亏，贵成……

文红旗死死地抱住兰贵成。

兰贵成：你眼里还有这个家吗？还有我这个老公吗？一个家庭买房子这是多大的事儿？（咆哮）你连问都不问我，你就敢自己下单？

文红旗：我不是问过你吗？你坚决不同意。我要是再问你，你能同意吗？

兰贵成：坚决不同意。

文红旗低声地：那不就得了，你当年买车不也是先斩后奏的吗。

兰贵成吼：那你还准备了一根铁棍子去砸车呢，你等着，我也弄根铁棍子去砸你的别墅！

文红旗：贵成，贵成，我求求你，就让我买了这套别墅吧，咱又不是没钱，只要改变一下你的思路……

兰贵成一把推开文红旗，怒不可遏地抱着被子出门了。

文红旗呆呆地坐在了床上。

14. 咖啡馆，内，日

胡晓欢优雅地喝了口咖啡：那你准备怎么办？

文红旗不语，两眼发直。半晌。

文红旗：你说呢？

胡晓欢：退了呗。

文红旗发出一声低叹：说得轻巧。

胡晓欢：那怎么办？总得有个人让步吧？不见得为套房子就离婚。

文红旗：那他为什么不能让让我？

胡晓欢：何必呢红旗，一套房子而已，你现在又不是没地方住，再说你这次根本没经过他同意，就下了定，是有点儿不尊重人。别说是兰贵成这样的轴人了，就是老实人也不能高兴。

文红旗一仰脖子把一杯咖啡咕嘟地喝了下去。

胡晓欢：喂，拜托你优雅一点儿行不行啊？

文红旗豪迈地用手一擦嘴：行，只要他答应跟我去看一次房，我就退订！牺牲是可以，但牺牲要换取进步。至少，要让兰贵成这个土老帽儿开开眼，去看看真正的别墅区，看看我文红旗的人生理想到底是什么！

15. 兰贵成书房，内，夜

兰贵成仍然睡在书房沙发，门也锁着。

敲门声。

兰贵成不理，还在电脑前上网。

敲门声。

兰贵成没好气：谁啊？

文红旗（画外音）：贵成，我。

兰贵成：你干嘛！我睡了。

文红旗（画外音）：我给你端莲子羹。

兰贵成：我不吃。

文红旗（画外音）：那你也让我进来。我跟你说个事儿。保证你爱听。

兰贵成：什么事儿？你说呗。

文红旗（画外音）：明天，我去退了那套别墅。

门开了。

靠在门上的文红旗差点儿摔到兰贵成身上。

兰贵成带着大度的微笑，伸手接过那碗莲子羹。

兰贵成：你说你折腾什么？早有这思想觉悟不就行了吗。

文红旗：不过我也有个条件，你得陪我去。

兰贵成一愣：为什么？

文红旗：万一人家耍赖不给退呢？

兰贵成：那倒也是，行，我陪你去。

16. 兰贵成车内，内，日

兰贵成开着车，文红旗在一边面无表情。

兰贵成一边开车一边叨唠：你说说你这人，大家都挺忙的，何必多此一举呢。你做事儿就是不动脑子，你说买房这样的大事，你老公看都没看，你也敢下单？也就是我兰贵成，大人大量能原谅你，换了个别的老公，早揍你了。

文红旗：别吹了你，弄得你挺无辜似的。你也不是没打过。

兰贵成：咱今天不说打人这事儿，咱今天就说房子。

文红旗：待会退订之前，你先陪我去看看那套房子。

兰贵成不解地：为什么？不是都退了吗？还看什么？

文红旗忽然发脾气了：都要退了，你还不让我好好看看？我哀悼一下可以吧？

兰贵成：行行行，看，看。

17. 别墅楼盘，外，日

站在青山绿水的别墅楼盘大门外，文红旗百感交集，回头看看兰贵成，兰贵成面无表情。

文红旗：先去看看我定的那栋别墅，看了以后再说。

兰贵成不动声色，跟着文红旗走了进去。

一路上，园林风景，小溪潺潺流过，文红旗充满感情地讲解着。

文红旗：贵成你看，远处有山景，近处有园林，有小溪，这些树都是几百年的老树了，你呼吸一下，空气里的氧离子是不是特别丰富？

兰贵成在美丽的环境里，也忍不住深呼吸了一下。

兰贵成：嗯，空气是挺好的。

文红旗：贵成，在这样的空气里，小成会成长得更健康的。你看现在咱们小区里虽然也有绿地，可是能跟这儿的比吗？那边，有网球场，有篮球场，你的体育天赋都可以得到发挥了。

兰贵成看了看，也忍不住点了点头。

文红旗一看有门，更高兴了。

文红旗：前面有湖，业主可以去钓鱼。咱们刚结婚的时候你爱跟刘玉才去钓鱼，可现在太忙了，营营碌碌，我记得你说过，去钓个鱼都心里不踏实，以后就在家边上，想怎么钓就怎么钓，多好。

兰贵成：嗯。

这时，到了文红旗定下的别墅了，文红旗高兴地招呼等在一边的售楼小姐帮他们打开了门。

在院子里，文红旗比划着。

文红旗：这里，种葡萄，下面放一套石桌石凳，那边，种两棵苹果树，平平安安。

文红旗带着兰贵成进到客厅，看着空空荡荡的大房子。

文红旗：我往这一站，就像将军站在自己的工事前，忍不住就想怎么装修，怎么吊顶……

兰贵成：打住，打住文红旗，咱们是来退房的，你没忘了吧？

文红旗一下就泄气了：贵成，看着这么好的小区，这么好的环境，这么好的房子，你还没被打动吗？

兰贵成：我是不会被打动的，这房子我们不能要。你要我说多少次？

文红旗：我真是百思不得其解，为什么？

兰贵成：为什么，为什么，你问了多少遍为什么，我也回答了多少次为什么！

文红旗：可是我们不是没钱！兰贵成！我们有钱，我们能买啊。

兰贵成：住这么远，我们上班，孩子上学，老人看病都不方便……

文红旗：再过几年小成上中学就寄宿了，这小区边上就是镇医院，我们俩都是开车，差十几二十公里，不就是油门一踩的事儿吗？

兰贵成：可我不想踩这脚油门！我累！我现在已经到了极限了，一根稻草就能把我压垮，更何况一套这么大的别墅。我说，你不想当寡妇吧？

文红旗不服气地：你别把你自己说得那么可怜，我也有工作，家务事都是我在做，家里连小时工都没请，还有小成的学习生活都是我在管。这房子要弄也是我的事儿。

兰贵成：你能干，我不行。我公司开一天，我就得养活几十个员工，几十个家。（忽然就不耐烦了）说这些干嘛，说一千道一万，咱们今天是来退房的！走！去办手续！

文红旗：那要是人家不给退怎么办？

兰贵成：那两万块钱就不要了！

文红旗火了：你好大的口气！两万块钱，说不要就不要了！

兰贵成：那都是你造成的！谁让你不跟我商量就付钱的？

文红旗：那付都已经付了，你说这有什么用啊？

兰贵成按捺住性子：走吧走吧，先去问问再说。你不是说这房子抢手得很吗？那自然会有人接盘！人家不会扣着咱区区两万元不给的。

文红旗悲从中来：你也知道这房子抢手得很啊？过了这村就没这店了！

兰贵成：你是不是后悔了？不想去退房了？

文红旗：废话！我当然后悔了，我喜欢这房子，我爱这房子！

兰贵成瞪着文红旗：你什么意思？

文红旗忽然就哭了起来：我什么意思？我能有什么意思？这个家就是你一个人的，都是你说了算，老婆是用不着高兴的！我告诉你，我为什么最后定了这套房子，就因为咱们对面那套，你看见了吗？那是个男人为了他得癌症的老婆，砸锅卖铁凑了钱买的！就因为他老婆喜欢！

兰贵成不由气极：你不是没得癌症吗？

文红旗气疯了：哦，你这是咒我呢？再说了，谁说的非要得了癌，才配住别墅啊？

这时，马神驹又神奇地出现了，他晃着大肚子，满面欣喜。

马神驹：哎呀，邻居！文医生，这是您先生吧？

文红旗急忙擦干眼泪，笑着迎了过去。

兰贵成一见马神驹暴发户的做派，就挺排斥的，不咸不淡地笑了笑。

马神驹：我来丈量房子，准备装修！咱们以后是邻居了！我正要跟你们商量一下，咱两家的花园连在一起，咱们做园林设计的时候统一一下，怎么样？

兰贵成：对不起，我们不打算要这套房子。

马神驹吃惊地：不要？为什么？这房子多好啊。

兰贵成无意纠缠，对文红旗冷冷催促。

兰贵成：快走吧，去晚了售楼处该下班了。

马神驹看看文红旗通红的双眼，明白了。

马神驹大大咧咧地：嗨，您就别犹豫了，我是个粗人啊，不会说话，我这人实在，咱男人，对家庭，就是俩字——负责，对女人，就是俩字——疼爱！女人喜欢什么？大房子，好房子！

文红旗听着，句句说在自己心坎里。

兰贵成更火了，但是碍于面子，勉强应付。

兰贵成：马总，您财大气粗，我们还不到这个档次。

马神驹：什么财大气粗，哈哈，不瞒您说，我是为了让我得癌症的老婆享福，这次砸锅卖铁，刮尽钱袋才买的别墅！不过，人各有志不能强求，不能强求。我先告辞了。

文红旗送马神驹到门口。失神地回身，一下坐在了没装修的楼梯上。

看着文红旗这个样子，兰贵成又气又急。

兰贵成：你是不想去退房了？

文红旗哀求地：贵成，我再跟你说一遍，咱们不是没钱，首付和装修都我来，搬过来以后再把公寓卖了，正好还清按揭，你就圆了我这个心愿吧。

兰贵成不语。半晌。

兰贵成：你实在想买别墅，我也不拦你。不过，这次必须先退掉。

文红旗：为什么？

兰贵成：为了你不跟我打招呼，就贸然付款，这房子我还没住就觉得堵得慌。为了这暴发户一样的邻居，我不喜欢。

文红旗：你！你这不是不讲理吗？！我可以告诉你，北京所有的在建的在卖的别墅楼盘，我都在网上查了个遍，这个是性价比最高的！胡晓欢多精啊，她挑的能有错？马神驹档次低，咱们不是还有胡晓欢吗？

兰贵成：不管你说什么，这房子必须退。退了以后，你哪怕明天就买套别的，我都不管！

文红旗：你这是跟谁置气呢？

兰贵成：你别管我跟谁置气，反正，这个家不是你一个人的，你没有权利蔑视我，不尊重我。我话说到这儿了。

文红旗气坏了：你是皇帝还是总统啊？

兰贵成蛮横地：你别管我是什么，反正这套别墅不许你买。

文红旗从台阶上跳了起来：嘿，我还偏就要买这套了！

兰贵成：你试试看！

文红旗：怎么着，我买了你还杀了我呀？

兰贵成：你别撒泼，我对你的忍耐已经到了极限，我告诉你！我根本就是个散淡的人，压根不想换什么别墅，现在我都答应你买了，不过是不许你买这一套！你就别得寸进尺了！

文红旗：什么叫得寸进尺？我得什么寸了？进什么尺了？你一个博士还不如人家老马！他是个大老爷们！一个太太至上的大老爷们！他天生知道女人心理，他不停地买房换房穷折腾，都是为了家里女人高兴！

兰贵成被踩中痛处，更加暴跳如雷。

兰贵成：你少把我跟那个暴发户比！

文红旗：你别口口声声叫人家暴发户，你还不如暴发户！你成天装清高，在我眼里一钱不值！

兰贵成大怒：那你怎么不跟他去过啊？你跟着我干嘛呀？

文红旗：哼，老马他一生都在为大房子好房子奋斗，他是个为让女人活得更好才活着的男人，他是一个最适宜结婚成家为人夫为人父的好男人！你骨子里就是大男子主义！你不尊重女性，你不就嫌我定了房没通知你，你没面子吗？

兰贵成怒吼：你知道我要面子，你还这么干！你是成心不想过了是不是！

文红旗也怒吼起来：不过就不过！你威胁谁啊？

兰贵成：好！这是你说的。文红旗今天我告诉你，有这别墅没我兰贵成，有我兰贵成没这别墅，你自己选吧！

兰贵成拂袖而去！

文红旗追了上去：行！算你狠！兰贵成，我也全想明白了，这别墅，我一定要住！我就是离了婚，我就是一个人，我也要住！你说我疯了就疯了吧，我要住别墅！我要住别墅！！

18. 兰家，内，黄昏

文红旗疲惫地回到家里，只见小成迎了出来。

小成：妈妈妈妈你回来了！我饿死了。

文红旗：哦。妈妈马上做饭……唉，妈妈今天累了，妈妈打电话叫楼下饭馆送几个菜上来。（犹豫片刻）你爸呢？

兰小成：爸爸出差去了。对了，他留了封信给你。

兰小成蹦蹦跳跳地到餐桌前，拿一个信封过来。

文红旗心烦意乱地拆开信封，呆住了。

信封里兰贵成手写的大字：离婚协议书。

19. 一组蒙太奇，内，日

一组蒙太奇，对切兰贵成和文红旗面对镜头在说话。他们明显不是在一个

空间里，都是在对不同的朋友解释，但是朋友没出现。

　　兰贵成木然：别劝了，我们这么多年过下来，吵够了，没感情了。

　　文红旗木然：你们别劝了，别说伤感情，心已经伤透了。

　　兰贵成：以前吵架是为了没房子，现在吵架还是为了房子！炒楼花闹腾，为了给阎樱花租房的事大闹办公室，我这么多年有安生日子过吗？这些事表面上过去了，实际上在心里都没过去，积怨，夫妻过到头就是积怨太深了！我是真烦了，撕破脸了，没过头了。

　　文红旗：房子，房子，家不就是为了房子吗？哦，嫌我折腾，我为了谁啊？我要是不用伺候他们爷俩，我滋润得多！我过够了。我不想再为别人牺牲自己了！人生苦短！

　　兰贵成伤感：当年我爱上的那个单纯的文红旗已经没了。

　　文红旗伤感：兰贵成对我，还有一点儿当年的情意吗？

　　兰贵成摆手：别提孩子，别提，要不是小成，我们早离了八百回了。

　　文红旗摇头：让小成天天生活在父母反目的氛围里，更不好。

　　兰贵成：孩子我要，这是我离婚的唯一条件。

　　文红旗：小成的监护权可以是兰贵成的，但是平时，得我带他。

　　兰贵成：给她钱。这套房她出了一半，按市价还给她。七十万，你们帮忙去问问，没意见吧？

文红旗：七十万，行，现金。把钱说定了，马上签字。

兰贵成痛苦地：不，我没法儿再过下去，一套别墅都比我重要，我还怎么过下去？

文红旗也痛苦地：不就一套别墅吗？为了这么点事儿，逼我离婚，以后还怎么过下去？

兰贵成眼圈红了：以前的艰苦就别说了……二十多年……

文红旗哭得眼泪哗哗流：还说以前的事儿，有什么意义？

兰贵成忍住泪水：就一个条件，不能告诉我父母。

文红旗擦干眼泪：不能告诉我妈，这是唯一的条件。

（隐黑）

20. 街道办事处，内，日

月坛街道办事处，婚姻科办公室。

接待文红旗夫妇的工作人员是位中年妇女，一个胖大姐。她看了看文红旗和兰贵成的结婚证书，不由摇头。

胖大姐大声地：哎呀，你们结婚时间已经不短了！看看你们的年龄，也都四十多岁的人了……尤其是文红旗女士，你这样一来，不但丢了丈夫，还丢了儿子，人到中年的妇女，再想有个合适的家庭，难呐！还是再考虑考虑吧！

文红旗不吭声。

兰贵成向她侧过身：文红旗，你想好，你是不是真要跟我离婚？

文红旗机械地：除非你让我买别墅。

兰贵成转头：算了，没什么好说的了！

胖大姐回身去办理离婚证。

离婚证办好了，胖大姐压上公章，文红旗和兰贵成人手一本。

兰贵成起身向外走去，走到白色帕萨特车旁，打开车门，拿出一个精致的密码箱，拎进屋里。

兰贵成把密码箱放到桌上，细心转开密码锁，打开箱盖，里面整整齐齐摆放着一捆捆的现钞。

屋里人都嘘了一声。

兰贵成：文红旗，你当众数一数！省得你以后说钱少了！

文红旗面无表情：不用了！

兰贵成：你我的事情就此两清了！以后你不要再找我的麻烦了！

兰贵成开车走了。

文红旗也招手叫来一辆东风雪铁龙，提起密码箱，上车走了。

21. 街道空景，外，日

两辆载着夫妻二人的车，在十字路口各自转向，驶向了两个不同的方向……

22. 文红旗车内，内，日

文红旗抱着密码箱坐在后座，忽然，她哭了。

23. 兰贵成车内，内，日

在副驾驶座上的兰贵成面无表情，眼圈却忽然有些发红，他立刻戴上了墨镜……

（隐黑）

24. 刘玉才家，内，夜

下班回家的刘玉才一进门，却看见李洁系着围裙从里面出来，餐桌上摆上了三菜一汤。

刘玉才吃惊地：你下厨啊？

李洁：我把钟点工辞退了。

刘玉才：为什么啊？

李洁：我天天在家待着，闲着也是闲着，再不干干家务，也说不过去了。

刘玉才瞪圆了眼。

李洁：赶紧洗手吃饭！省下来的钱，给闺女留着学个兴趣班不是挺好的吗。都是你辛辛苦苦赚来的，我就别瞎花了。

刘玉才：我的天哪，我真以为自己换老婆了。

李洁给了他一巴掌：少贫！

25. 文红旗的新别墅花园，外，日

新别墅，已经装修一新，文红旗瘦了，也黑了，她在院子里的大花园里忙碌着。花园里，果树、鲜花、蔬菜，枝繁叶茂，鸟语花香，硕果累累。

马神驹在边上自己家的院子叫文红旗：文医生！

文红旗闻声抬头：老马。

马神驹笑眯眯地推出轮椅上坐着的太太，马太太精神很好，站了起来。

马太太：你儿子今天过来吃饭吗？我收了丝瓜和茄子，给你。

文红旗笑笑：谢谢啊。

马神驹自豪地：我今年种的黄瓜、茄子、西红柿、辣椒……这些，都长得不错。

文红旗：不知道为什么，我菜园子里种的品种，和你差不多，费劲也不小，就是长不好……

马太太：得施肥。

邻居们热火朝天地说着，马神驹看见了兰贵成的车。

马神驹：嘿，你儿子来了吧？

文红旗整个人都跳了起来，眼神发亮，冲了过去。

文红旗：小成！小成！

兰小成从车后座跳了出来，扑进妈妈的怀抱，前座，兰贵成毫无表情，把兰小成的书包从车窗递了出来。

文红旗也没有表情地接过了书包。

小成：爸爸，爸爸你进来好不好，爸爸你进来吧。

文红旗略微有些吃惊，不过，她还是打开了车门。

文红旗：下来坐坐吧。

兰贵成沉默片刻，跟着文红旗走进了别墅。

26. 文红旗别墅，内，日

别墅装修得很漂亮，看得出来，文红旗倾注了全部心血，除了硬装修很气派之外，窗帘，布艺，墙纸等软装潢都体现了她的品位。

兰贵成环视一圈，久久无语。

文红旗走了过来，递给他一杯咖啡。

文红旗：刚煮出来的——晚上在我这儿吃饭吧？

兰贵成犹豫片刻：不了……看来，你过得不错。

文红旗亢奋地：是啊，我在拿到别墅产证的时候，才觉得，多年不懈的奋斗，到此才喘口气！北京城，你不想接纳我？可今天我住进了别墅！我文红旗不但成了真正的北京城里的子民，我还成了北京主流社会的一分子！我感觉，我在北京立业、购房、拔寨、安营，一步步走来，就像我爸文向天他们那代人一样，自己的天下，还靠自己打拼！

兰贵成苦笑不语。

文红旗这才想起来问问兰贵成：你呢？过得怎么样？

兰贵成：还不错。

文红旗：听小成说，好多人给你介绍阿姨。

兰贵成：嗯。是吧。

文红旗不由有些酸溜溜地：怎么样啊？有看上的没有？

兰贵成把咖啡杯放下：我想跟你说件事。

文红旗：你说吧。

兰贵成：当时咱们离婚的时候，说好了不告诉双方父母。

文红旗：嗯。

兰贵成：我爸妈要来了。就住半个月。我想……

文红旗一愣：你不会是让我搬回去演戏给他们看吧？

兰贵成：如果你配合的话，春节我也可以陪你回四川看你妈妈。

文红旗愣了半天：兰贵成，我觉得，咱们既然已经离婚了，就不要再藏着掖着了吧……你爸妈和我妈，也许，是时候让他们知道真相了。

兰贵成久久地注视着文红旗。

文红旗心情复杂：对不起啊贵成。对了，明天晚上我要举办一个Party，有空的话你也来参加吧。

兰贵成冷冷地：我来参加？以什么身份？不必了吧。行，我明白了，你过得很好，你想在我面前显示你的好，你也没有一点旧情了。行，那我走了。

兰贵成大步离去。

文红旗看着他的背影。

27. 文红旗家别墅院子，外，夜

夜，彩灯，端着酒走来走去的人们，烤炉上吱吱作响的烤肉，这是文红旗在举办Party。

文红旗穿着长裙盘着头，在朋友间说笑穿行。

胡晓欢举着酒走过来：喂，你今天整的跟乔治桑似的。

文红旗轻盈地一转身：谢谢。

文红旗过去张罗着，刘玉才和李洁也来了，文红旗招呼他们多吃。

回到胡晓欢身边，文红旗特别亢奋。

文红旗：告诉你啊，我看中了一套使馆区的酒店式公寓，特棒！只要付两成，马上就能入户，租出去，每个月的房租正好付按揭，特划算！

胡晓欢：你还买房子啊？真有病。

文红旗：是啊，我就是爱房子，现在婚也离了，我可以正大光明地享受我的人生，告诉所有人，我，文红旗，就是爱折腾房子！

胡晓欢：最近见过兰贵成吗？

文红旗：怎么了？

胡晓欢：没怎么。问问。

文红旗：昨天来了。他想让我回去配合他演戏给他爸妈看，我不乐意，我好不容易自由了，又回去受气，有病啊。

胡晓欢：没准是兰贵成想跟你复婚呢。

文红旗来劲了：想都别想！哦，转了一圈儿了，知道我好了，可惜我文红旗是有尊严的，我不是呼之即来挥之即去的！

胡晓欢：唉，红旗啊，你搞搞清楚，男人离婚不怕，他们二十岁找的是二十岁，三十岁找的是二十岁，四十岁，五十岁，一直还可以找二十岁的。可咱们女人不一样啊，就跟下水的衣服一样，一水不如一水。

文红旗：就自己一个人过怎么了？不能过啊？

胡晓欢：算了算了不说了，反正，咱俩转一圈，成没人要的二手了。你看那边，李洁现在对刘玉才好着呢。

两人的视角看过去，果真，李洁跟在刘玉才后面亦步亦趋，还替他剥开一个橙子。

文红旗：耶，奇怪。

胡晓欢：奇怪什么呀，怕跟你似的，离婚！

文红旗有些发愣：哦。

这时，音乐响了起来，大家开始跳舞，叫着文红旗和胡晓欢。

文红旗急忙放下酒杯，拉着胡晓欢过去，快乐地跳了起来。

28. 李洁家，内，日

李洁果然是贤惠多了，正扎着围裙往外端菜呢，刘玉才赶紧过去帮忙。

刘玉才：来，我给你盛饭。

李洁：别介，我给你盛。

刘玉才：你最近真是变了一个人。说实话，我真是瘆得慌。嘿嘿，我受虐狂习惯了，不适应，不适应。

李洁叹口气：我怕离婚呗！看着红旗姐那么可怜。

刘玉才奇怪地：可怜什么？她不是挺高兴的吗？大别墅，那是她的理想啊。昨天咱们去她的 Party，大家不都夸她跟乔治桑似的。

李洁：她那高兴，兴头，都是装出来的！要我说，一个人，晚上人一散，住那么大一套房子不害怕呀？要是我，晚上都不敢睡觉！

刘玉才：你不羡慕嫉妒恨了？

李洁：去去去！别给鼻子上脸啊！我跟你说，房子大了吸人气，你看红旗瘦的！也是，没家了，没男人，没孩子，要个空房子干嘛呀？

29. 饺子馆，内，夜

胡晓欢和文红旗进了个饺子馆，一进去，文红旗就忽然愣住了。

（闪回）在年轻文红旗和兰贵成刚刚相识的时候，在饺子馆说笑着吃饺子。

文红旗发呆。

胡晓欢：红旗！红旗！

文红旗：哦。

胡晓欢：你怎么了？

文红旗：没什么。

两人坐下，忽然间，文红旗忽然就站起来。

文红旗：我去打个电话。

30. 饺子馆外，外，夜

文红旗拨通了兰贵成家的电话。

31. 兰贵成家，内，夜

兰贵成家，兰大成、徐春阳都来了，和小成正玩儿得高兴。

一个钟点工正在端菜上桌。

电话响了。

钟点工走过去接电话：喂？

32. 饺子馆外，外，夜

听见是一个年轻女声，文红旗期待的表情顿时落空了。

女声：谁呀？请问您找谁？

文红旗木然。

33. 兰贵成家，内，夜

兰小成和爷爷奶奶都没注意这边的电话，小成开始弹钢琴，琴声流畅。

34. 饺子馆外，外，夜

在瑟瑟的寒风中，听着话筒里的乐声和热闹，文红旗木然地挂了电话。

她一下坐在了台阶上。

35. 兰贵成家，内，夜

兰贵成洗澡出来，看见钟点工在挂电话。

兰贵成：小张，谁啊？

小张：不知道，没声儿。那我先走了，明天我买菜过来。

小张离去，徐春阳过来。

徐春阳：红旗出差什么时候回来啊？

兰贵成敷衍着：快了快了。

36. 饺子馆外，外，夜

文红旗呆呆地坐着，胡晓欢出来找她，看她这个样子，一下都明白了。

胡晓欢：红旗你没事儿吧？

文红旗：没事儿，没事儿。我一个四十岁的老女人，这么多年风刀霜剑的，什么事儿都没事儿。放心吧，走，咱进去喝酒！喝完以后再赶下一场，把我的同事你的同事都叫上！KTV，酒吧，不醉不归！

胡晓欢：干嘛呀你……

文红旗忽然怆然起来：不喝酒干嘛？回去看着我的空房子，我有什么意思？我告诉你晓欢，只有房子，能弥补我对那些已经逝去的、无房的家庭生活的遗憾，能满足我对正常家庭生活的渴求！

胡晓欢：别显摆你的了，我不也是一个人住一幢空房子。

文红旗呵呵笑了起来：可不是，你说咱俩图什么。要不咱俩往一块儿搬得了，富余一套租出去。

胡晓欢：我不，我还找男朋友呢。

文红旗：要找你找！我是不找男人了，我有这空儿我还是折腾房子，你不觉得吗晓欢？只有房子最忠诚，它站在那儿，一动不动，你想怎么收拾就怎么收拾，也不跟咱吵架，遮风挡雨，还赚房租回来，还升值！他妈的，什么男人能赶上一套房子？啊？你说！

胡晓欢：别疯疯癫癫的了，快进去吧，人家都以为咱逃单了。

文红旗还在叨唠：房子，忠诚的房子，美丽的房子，房子多单纯啊，不用咱们费劲证明它们的价值，房子就是房子！有本事的房子才这么踏实！房子多诚实啊，从来不带撒谎的，不像男人，还得分析，还得考验。房子多坚强啊，随便你是失业了失恋了生病了，它绝对不垮，就站在那儿等你。房子多痴情啊，只有我抛弃它把它卖了的份儿，它绝对不会抛弃我把我卖了。房子脾气多好啊，你生气了，往墙上扔东西砸它，跳着脚踢它，它都不生气，默默看着你，等你自己消了气，它还跟以前一样对你好。房子多有安全感啊，只要我愿意，它就是我一个人的，谁也别想抢，谁也抢不走。房子啊，我赞美你，我爱你……

胡晓欢死活把文红旗拉了进去。

37. 文红旗别墅，内，日

清晨的阳光晒进别墅，文红旗从床上悠悠醒来。

文红旗觉得头疼，勉强起床，她打开冰箱，拿出一袋牛奶，剪开口子，倒在小碗里喝了，这才感觉身上有些力气。

文红旗披着睡衣，慢慢在别墅里转着，从卧室到书房，转了一圈又一圈。突然，她在书架前停住了——书架上摆着一捆用粉色丝带扎着的蓝色信封——某一个时代专用的航空信封。

信封上的特写：文红旗收，兰贵成缄。

这是兰贵成两次出国求学时给妻子写回的信。

文红旗一下子呆住了！

在最上面的一封，是兰贵成在不久前刚给她写的信。

文红旗拆开了这一封。

兰贵成的画外音：红旗，你在冷面里放了什么？让我想起了很多以前的事情。不知不觉，咱们结婚也将近十五年了，从什么都没有到今天的大房子，从两个人到现在的三个人……唉，咱们别闹了……

文红旗神经质地把信叠上放回去，她没有勇气再解开捆绑信封的红丝带，她不敢深入回忆过去。因为，与过去相比，现在自己已经陷入深深的苦闷孤独和无助之中……

文红旗拿着信封的手不由自主哆嗦起来，她的眼泪也喷涌而出。她抽泣起来，气息越来越急，最后竟一屁股坐在书架前的地板上……

她哭了一会儿，忽然抓起了电话，不管不顾地对着电话说了起来。

文红旗：晓欢！是我，我相亲，我要找男人，你给我介绍！

38. 一组相亲的镜头，内，日

文红旗精心打扮过，她的状态不错，依旧苗条，浓密的披肩发，雪白的绣花卡腰棉布衬衫，枣红色的坠地长裙。

坐在她对面的是不同的男人。

一个胖男人：听说你有套大别墅？你可真能干。哎，多少钱一平方米买的？

一个瘦男人：有贷款吗？你还清了吗？

一个秃顶：哟，每个月要还八千多呀，那图个什么呀？合着每天早上一睁眼就欠人三百块钱啊？

一个戴眼镜的学究：我想，我对你是很满意的，不过要是我们结婚的话，我要求你住到我那里去，把这套别墅卖了，因为，我不习惯欠银行的钱。

一个看上去蛮帅的男子：要不我搬过来吧？我们先试婚。

一个戴墨镜的：都四五十岁了，还要先培养感情？感情都是睡出来的。

无数张男人的脸在文红旗面前晃，忽然，一切都静止了。

文红旗抓起自己的包，头也不回地跑出了咖啡馆。

39. 街道，外，日

文红旗在跑，一脸的木然。

文红旗跑得气喘吁吁，在一棵树下停住，这时，她的电话响了。

文红旗：喂？

兰小成（OS）：妈妈，妈妈你快来吧，太奶奶去世了，爸爸和爷爷奶奶都要回内蒙，你快来陪我吧……

40. 兰贵成家，内，日

看着熟悉的大门，文红旗默然按响了门铃。

小成（OS）：谁呀？

文红旗：妈妈。

门开了，小成一下跳到了妈妈身上，紧紧搂着她的脖子，在她脸上亲了又闻。

文红旗：你爸呢？

小成：爸爸看我打完电话，就先开车带爷爷奶奶走了。妈妈你进来吧。

文红旗有些犹豫，却被小成拉了进来。

看着曾经熟悉的家，文红旗有些发呆。

兰小成：妈妈，你还回来住吗？

文红旗不知该说什么。

兰小成：我小时候，有一次，你记得吗，还是一年级第一个学期，下雪了，你们都不来接我，我在学校门口等到天黑，后来有个大妈让我去她家睡觉了，后来你来了。

文红旗：嗯。

兰小成：那次我就跟你说过，我喜欢原来的小房子，有爸爸，也有妈妈……有了大房子就没有妈妈了……

兰小成哇地一声哭了出来。

兰小成：你们离婚了，你们骗我，你骗我说你不会离婚的……妈妈我天天想你，到了你那儿又天天想爸爸，我恨这房子，恨你那套别墅……妈妈你回家吧，回家吧……

文红旗把儿子一把抱进怀里。泪眼婆娑。

41. 内蒙，兰大成、徐春阳家，内，夜

墙上挂着老太太的遗像，兰大成徐春阳和兰贵成都在忙活着，做黑纱，小白花等等。

门被敲响了，兰贵成过去开门，却愣住了。

文红旗背着熟睡的小成，站在门口。

兰贵成喃喃地：是你，你怎么来了？

徐春阳闻声过来一看，立刻欢喜地叫了起来。

徐春阳：红旗回家了！红旗回家了！

兰大成也赶紧跑过来，接过熟睡的小成，和徐春阳一起把孙子抱进里面。

文红旗进屋，看看奶奶的遗像，忽然，哭了起来。

兰贵成默然递给文红旗一包纸巾。

文红旗抽噎着。

兰贵成：你也别伤心了，奶奶九十三去世，是喜丧。她是睡着睡着，睡过去了，这是多少人盼着的事儿啊。你知道日本有个"暴死寺"，每年都有好多老人去求，死既然迟早要来临，只希望快一些，不要痛苦。

文红旗：……奶奶还从来没有到咱们的大房子来住过……

兰贵成：谁的大房子？你的还是我的？

文红旗一愣。

兰贵成自嘲：不管是谁的，其实都没什么意义。人死如灯灭，最后住的也就一个骨灰盒那么大小。还记得奶奶说的吗，《红楼梦》里看来的，纵有千年铁门槛，终须一个土馒头。

文红旗无语。

兰贵成：我告诉爸妈了，咱们离婚了。你说得对，瞒着他们，没意思。

文红旗更是无语。

兰贵成：……不过，今天你能带着小成来，我真的谢谢你。

文红旗叹息一声：就别说谢谢这俩字了，不管怎么样，我是小成的妈妈，他的亲人去世，我总是应该来的。

（同场跳）

深夜，兰贵成和文红旗在为奶奶守灵。

文红旗起身剪烛花，却不小心被烫了一下。她"哎哟"叫了一声，兰贵成急忙起身。

兰贵成：怎么了怎么了？

文红旗：没事儿。

兰贵成和文红旗各自闪躲着对方的目光，坐回原处。

兰贵成忽然地：其实你还是再找一个好。你这个人不是那种能一个人过日子的。

文红旗：你也是……你已经找着了吧？

兰贵成：嗨，那是迟早的事儿。

42. 小成的学校门口，外，晨

兰小成背着书包从兰贵成车里下来，坐在副驾驶的文红旗下车，把书包给儿子背上。

兰小成：爸爸妈妈再见！——妈妈，你今天就住回来，是吗？

文红旗愣了片刻，不知如何回答。

好在小成已经蹦蹦跳跳地涌入了上学的队伍。

兰贵成和文红旗都表情复杂。

兰贵成：上车吧，我送你回去。

文红旗摆了摆手：不用了，我自己打车走。

43. 兰贵成家，内，夜

兰小成在发脾气，哭得满脸是眼泪。

兰小成：我要妈妈，要妈妈……

兰贵成又是烦又是气：跟你说了，你妈她有事儿……

兰小成：我不管我不管，我要妈妈……

兰贵成被哭得烦了，伸手要打小成。

兰小成更是不干了，大哭大闹。

兰贵成到底下不去手，伸出去的手变成了轻轻一摸。

兰贵成顿时惊叫起来：小成！你发烧了？

兰贵成焦急地开始在各个抽屉里翻：体温表呢？体温表呢？

兰小成：你打电话问妈妈。

兰贵成抓起电话，却又停住了。

兰贵成：不用问了，先去医院，去医院总是对的。

兰贵成胡乱抓起外衣，拉着小成往外走。

44. 医院，内，夜

医生看着 X 光片：孩子肺部已经有湿啰音了，肺炎。住院吧。

兰贵成狼狈地：啊？

医生：去办手续吧。

45. 病房，内，夜

兰贵成守护在兰小成床前，孩子睡着了，脸烧得通红。

兰小成：妈妈。

兰贵成：小成……

兰小成睁开双眼：我要妈妈。

兰贵成：好好，爸爸现在就去找妈妈。去找妈妈。

46. 文红旗家别墅，内，夜

文红旗穿着睡衣，在屋里走来走去，一个屋一个屋地走。

每到一个屋，她先开灯，看看，摸摸，再关上。

文红旗茫然的样子。她终于坐下，打电话。

47. 兰贵成家，内，夜

电话铃孤零零地在屋子里响着。

48. 文红旗家别墅，内，夜

一直到话筒里传来忙音，文红旗才默默地把电话挂上了。她靠在沙发上，拿出一家三口的相片，默默看着。

她好像再也受不了这种孤寂，披上衣服，急匆匆走出了门。

49. 别墅车道，外，夜

兰贵成到了，他急匆匆下车，冲向文红旗的别墅，却忽然被吓了一跳。

文红旗一个人孤零零地坐在别墅的门口台阶上。

兰贵成吃惊地：你怎么了？

文红旗喃喃地：你来了？

兰贵成蹲下来：外面这么冷，大半夜的，你这是怎么了？

文红旗：我睡不着，房子太大了，这几百平方米好像要把我吞下去了。你知道吗？屋子里全是寂寞，无处不在。我一个屋一个屋的走，走到哪个屋都想着你和小成。

兰贵成也不由一阵心酸，他脱下自己的外套给文红旗穿上。也一起坐下了。

文红旗：你看。

文红旗抬头看着天空，兰贵成也抬起头来。

夜空中，满天的繁星。

文红旗：还记得吗？结婚那天晚上，新婚之夜，咱们也是这么看着天上的星星……

兰贵成：有星星的新婚之夜，看星星的新婚之夜……

　　文红旗：嗯，那时候，我们没房子，但是心里充满憧憬；那时候每天阳光明媚，心境开朗，似乎幸福就在眼前招手——那是多么青春又幸福的日子啊！

　　兰贵成：那时候，咱们真年轻啊……

　　文红旗喃喃地：贵成，你说，咱们是怎么把咱们的日子给过没了？咱们是怎么把咱们自己给过没了？

　　兰贵成久久无语。

50. 医院小成病房，内，夜

　　兰贵成和文红旗一起来到医院，正低头看着小成。

　　小成醒了：妈妈……

　　文红旗：妈妈在……

　　小成从被子里伸出两只手：像小时候一样，左手拉着妈妈，右手拉着爸爸……

　　夫妻俩都伸出手去，让小成拉着。

　　小成说了一句：爸爸妈妈，我想回家。回我们自己的房子……

　　兰贵成和文红旗两人含泪对视，却什么都说不出口……

　　（全剧终）

鲜花朵朵

（根据刘迪同名小说改编）

总编剧：何晴

编剧：刘禹彤、何明、刘原

导演：张国庆

主要演员：张嘉译、海清、郭柏松、梁丹妮、孙宁等

　　这是一个不同寻常的母亲与七个女儿的故事。她们都美丽，至情至性，在波澜壮阔的时代生活变迁中，各自拥有悲喜交加的命运。

　　匡家是个普通的都市家庭，不普通的是家里有七个女儿，七朵鲜花。三朵四朵是双胞胎，七朵则送给了匡黑的老战友老白家。

　　故事开始，最能干的三朵要为母亲过六十岁生日，瞒着古板的父亲，叫回了在部队医院工作的四朵，还有嫁在东北的大朵。没想到，四朵回家的路上遇见山洪，为了抢救校车上的孩子，四朵受了重伤，需要移植肾脏。家里召开紧急会议，大家都参加了配型，但是手术尚未开始，四朵却不幸去世！

　　匡家被笼罩了痛苦的阴影，在追悼会上，大家看见四朵的男朋友飞行员董良辰，父亲痛斥他答应陪四朵回家却失信，不然四朵未必牺牲。而就在此时，三朵看见董良辰，顿时崩溃……

　　原来，三朵在部队时曾经与董良辰相恋，偷吃了禁果致使怀孕，董良辰一时怯懦，三朵只能复员回家打胎，心里留下了惨痛的伤痕。而董良辰随即后悔，到处寻找三朵，并对她的双胞胎妹妹四朵很好，使得四朵误会了董良辰的感情。

　　三朵不能再接受董良辰，不管是为自己当年的痛苦，还是为了去世前仍然在呼唤董良辰的四妹。董良辰一直深爱着三朵，为她复员回到北京，进民航当了飞行员，苦苦等待着三朵回心转意。

　　大朵的丈夫花心，大朵带着女儿坚决离婚回到娘家，二朵出嫁后只顾小家，五朵好高骛远不肯做一般工作，而六朵又为了自己的艺术理想退学再次参加高考，家里经济极其紧张，三朵为了宽解父母的焦虑，毅然辞职，开了家饭馆，带着大朵五朵，辛苦打拼。

　　三朵在开店过程里认识了工商局干部高舰艇，高舰艇是董良辰的发小，在董良辰的要求下帮助了三朵，也爱上了三朵。三朵一直拒绝，高舰艇却照顾匡家二老，还在关键时刻救了老黑的命，三朵被感动，终于答应了高舰艇的求婚。

　　董良辰极其痛苦，却宽容地表示只要三朵幸福，自己一切都可以放弃。三朵结婚后，长大的七朵开始追求董良辰，董良辰婉言相拒。

　　婚后的三朵开始还幸福，却因为打胎造成不孕，使得喜欢孩子的高舰艇非常难过，当他得知三朵是跟董良辰造成这一切时，高舰艇疯了，他痛打三朵，侮辱谩骂，使得三朵的婚姻生活如同地狱一般。

　　三朵忍气吞声，不愿意父母再为自己操心。因为朵朵鲜花的生活都不顺利，大朵爱上了妻子有绝症的唐糖；二朵经常回娘家捣乱；五朵借钱炒股全部赔光，母亲只好变卖四朵的遗物；六朵又与来路不明的大款李秋实相爱，不惜自毁前程，面对父母的规劝竟然离家出走。父母心力交瘁，三朵更是忙于救火，为这个家操碎了心。

　　得知三朵受了这么多委屈，父母潸然泪下，亲自来接三朵回家。三朵与高舰艇分居了。而董良辰得知三朵婚后的不幸，再也控制不住自己的感情，三朵也终于明白，自己的真爱确实是董良辰。但是有情人难成眷属。高舰艇不肯离婚，而七朵也对董良辰相思入骨，不能自拔。三朵思前想后，还是忍痛拒绝了董良辰。

　　家里的事情仍然一件接一件，六朵未婚先孕，在全家的强烈要求下，李秋实终于答应跟六朵登记结婚。六朵生下了儿子福到。大朵帮助唐糖照顾妻子，唐妻康复了，大朵却也陷入了痛苦的深渊。家里好不容易给五朵找来了她要求的工作，五朵却仍然贪图享受，旷工被开除。最后又找到了比自己大二十几岁的加拿大人罗伯特，要嫁到异国他乡。三朵左接右挡，帮着姐妹们一次次应对，真正成为了匡家的顶梁柱。

　　五朵回国办厂，不改自私小气本性，舍不得更换设备，酿成大事故，集装箱脱落，砸死了老公罗伯特。五朵顿时陷入了半痴呆状态，在董良辰

的帮助下，三朵帮着打理了后事。

高舰艇终于同意跟三朵离婚，三朵松了口气，没想到七朵觉得与董良辰再无希望，想吃安眠药自杀，被董良辰和三朵拦下。三朵只好请高舰艇等两个月再离，高舰艇坦率地说自己已经后悔了，不想失去三朵，想跟三朵重新开始。三朵苦笑而已。

五朵得了忧郁症，需要休养，三朵发愁找不到合适的地方。这时，七朵来了，七朵终于脱胎换骨，明白了自己的单恋应该放弃，决定去西藏支教，并想带走五朵。全家人欣慰地送走了五朵和七朵。

三朵想重新装修饭馆，唐妻主动请战，大朵也早从感情中苏醒，与唐妻成了好朋友。没想到唐妻癌症已经复发，在垂危之前，她临终托夫，把大朵和唐糖的手拉在了一起……

二朵回家，大力反对大朵和唐糖结婚，怕人说闲话，影响自己的仕途。三朵大怒，姐妹反目，将二朵赶出了家门。

六朵婚后过着阔太太的生活，觉得非常空虚，而在三朵的明查暗访下，才知道李秋实当时根本就是买了假结婚证，是骗婚！其实他一直在追求公司董事长张若拉，并准备与之结婚。六朵痛不欲生，而李秋实不改花言巧语，试图说服六朵安于这种生活。三朵大怒，要帮助六朵摆脱。六朵却有了生活的惯性，一时难以走出。

三朵找到张若拉面谈，惹怒了李秋实，竟然打了六朵。六朵终于被打醒，勇敢地带着儿子离开了李秋实。并在三朵的鼓励下，试着自食其力，重新找回自尊和自爱。

三朵仍然在拒绝董良辰，因为高舰艇仍然不愿意离婚。三朵也很矛盾，三人非常纠结。

金融危机来临，李秋实一夜之间破产，加上想找回六朵和儿子也已经不能。他完全崩溃，竟然绑架了孩子，想自杀。董良辰和高舰艇一起相救，高舰艇从楼顶上摔了下去……

高舰艇摔伤了脊椎，可能要瘫痪，三朵决心不离婚，一生照顾高舰艇。董良辰告诉三朵，他也可以帮助照顾高舰艇。高舰艇却要求马上离婚，不愿意拖累三朵。在三朵难以抉择的时候，二朵回家了，二朵一改平时的态度，让三朵好好考虑，不要盲目牺牲自己。三朵也检讨了自己的态度，姐妹终于和好了。

在母亲七十大寿上，一家团聚，五朵和七朵也从西藏回来了，三朵听见董良辰在叫自己，她走过去，跟董良辰一起抬起了高舰艇的轮椅……

第一集

1. 匡家客厅，内，日

这是一套三室一厅的房子，在老楼房的底层，有些旧，但很整洁，墙壁很白，简单的家具，窗外是几株茂盛的香樟树，遮挡着阳光。

门咣当一声，只见漂亮爽朗的三朵两手提着两个食品袋，里面是刚买的热腾腾的早点，用背顶开门转了进来。

三朵：妈，我回来了！

母亲（O.S）声音从厨房传来：听那门的动静就知道是你！

镜头随着三朵在这个不太大的房子里转来转去。

墙上，贴着父亲匡黑的军旅相片，表示着与朴素的房间同样的内容：军人之家。还有美丽的母亲带着一连串七个女儿的相片。

2. 匡家厨房，内，日

三朵进到厨房，把手里的东西放下。

母亲廖桂桂系着围裙在厨房咣咣地剁肉馅儿，她身材仍然保持得很好，穿着艳丽的颜色，看不出五十多岁的年龄，一般这个年纪的女人很少敢做这样的打扮，在她身上却不显得张扬，可以想见年轻时候的惊人风采。

三朵：妈！五朵六朵还睡哪？我叫她们起来！爸呢？

母亲冲三朵努努嘴，三朵才看见父亲在院子里浇花。

三朵：爸！吃早饭吧。

老黑走进来，边穿着衣服。

老黑：吃过了，我到单位去看看。

母亲委婉地：别天天去了，咱都退休了，别再去单位添乱了。

老黑顿时怒气冲冲：什么叫添乱？我去看看，贡献点儿余热不行啊？！都跟你似的，早早地退了休在家闲着，不给国家作贡献！我匡黑不一样，每天不干事就难受！

三朵：行了行了！知道您难受，天天念叨！

母亲笑眯眯地：动不动就跟吃了枪药似的，咱们这年纪了，别这么大的肝火。

老黑哼了一声，愤愤地出门了。

3. 五朵六朵卧室，内，日

三朵推开卧室的房门，大声地叫着两个妹妹起床。

三朵：五朵六朵！起床起床！都几点了！我都下夜班了！

三朵拉开窗帘，走到六朵床边，凑近六朵耳边大声喊了一句。

三朵：六朵！有油条！

六朵呻吟着：三姐，我求求你了，今天星期天啊……

三朵毫不留情：算了吧，你以为我不知道，你一上课就睡觉。起来，不起来我掀被子了。

短发精干的五朵腾地一下坐了起来：三朵！别烦了！

三朵笑眯眯地：你不烦，你一不上班，二不上学，天天在家睡懒觉你当然不烦。

五朵气愤地：跟你们说了多少遍了，你们就是不明白我的理想！我匡五朵就不愿意平庸度日，上一个什么破班，像你这样，水泥厂！还三班倒！你看你都什么样儿了，自己照照镜子，头发上一层层的粉尘，白发魔女。

三朵一瞪眼：闭嘴还是闭眼？

五朵：闭眼干嘛？

三朵嬉笑着作势要打五朵：闭眼准备挨揍！

三朵一把按倒五朵，五朵打不过，只好求饶。

三朵：好了好了，咱们商量正经的！妈的生日马上就到了。五朵，我让你通知大姐回来，你通知到了吗？

五朵：我打电话了，大姐夫接的，他说他会告诉大姐的。

三朵：怎么你没跟大姐通上话吗？

五朵：哎呀跟大姐夫说不是一样的嘛。

三朵：那你嘱咐他让娜娜一块儿来了吗？妈有多久没见娜娜了。

五朵：三姐，你真是啰嗦，你也不想想大姐来娜娜肯定得跟着呀！大春是看孩子的人吗，再说大姐也放心不下呀！

三朵：行了行了，还说我啰嗦，你一张嘴一大串！（转向六朵）我让你给爸妈买的衣服你都买了吧？

六朵：买了！保证抢眼保证新潮！到时候绝对让爸妈做焦点人物……可是三姐，你打算什么时候跟爸说啊？他肯定不同意大操大办，到时候他老人家大发雷霆怎么办？

三朵果断地一挥手：不怕！连老爸都怕，日子就别过了！你们别管了，这事包在我身上！

六朵：行！三姐，咱们家我最服你！

母亲推门进来：三朵，要不就算了，你爸退休以后一直气不顺，别招他了。

三朵：妈，我们都这么大了，就该给您操办操办。再说，我们姐妹七个多久没一块儿见面啦？大朵在东北，四朵在部队，这次要不是借着您的生日不知道要等几年。

母亲惊愕地：啊？你还打算把大朵从东北叫回来呀？

三朵：大朵她自己也想家，想咱们！妈您就别管了，您都累了这么多年了，现在到了收获的季节了！

母亲嘟囔着：我不管，不管家里就翻天了。

4. 匡家客厅，内，日

三朵在小卖店的公用电话给部队的四朵打电话。

三朵：……喂，我找匡四朵……

5. 部队医院走廊，内，日

一身军人装扮的四朵从一间病房走出来，她和三朵长得一模一样，不同的只是四朵给人感觉更沉静一些。

护士李笑追上她。

李笑：匡医生！今天怎么没看见那个帅气的空军？

四朵笑：咱们这儿都是空军，你说的是哪个呀？

李笑：就是那个董良辰呀！总是有事没事愿意找你聊天的那个。

四朵有些不好意思了，但笑意更浓：人家出院了。

李笑一副遗恨万年的表情：唉！怎么正好我调休的时候他就出院了，唉！

四朵：行了，你不忙吗？还有时间在这儿惆怅？！

李笑：哦！光想着打听董良辰，忘了告诉你，你三姐打电话找你，办公室！

四朵没好气地拍了她一下，急忙向办公室跑去。

6. 部队四朵办公室，内，日

四朵走进办公室拿起电话。

四朵：喂，三姐。……我明天上午出发，肯定能赶到……

一个高大俊朗的男子出现在四朵办公室门口。他看四朵正在接电话，不便进去，就微笑着站在门口。他就是董良辰。

四朵一看见他便涌上满脸的笑意。她一边和三朵通话，一边招呼董良辰。

四朵：（对董良辰）进来吧，傻站在门口干什么。

董良辰走进办公室。

四朵：你等我一下，就几句话！（转回来对电话那边的三朵）那明天我就不回家了，直接去饭店……

7. 路边小卖店，外，日

三朵觉出四朵的语气显得有些兴奋，对刚才进四朵办公室的是什么人很好奇。

三朵：谁啊？谁在你办公室？

四朵（O.S）此地无银地：没谁呀，就是一个普通战友，来给我送车票的。

三朵：哟！不错嘛，现在有小战士给你跑腿了！

四朵（O.S）：哎呀不是，你别瞎说，人家可是副团级……就是……就是一个好朋友，我拜托人家帮我买的票。

三朵：好朋友？不对劲不对劲！你坦白交代！

四朵（O.S）：……好了好了，我不跟你说了，等我回去拉住你聊个三天三夜！到时候你可别喊困！

三朵：看谁先困！……路上小心，回见！

8. 部队四朵办公室，内，日

四朵挂上电话对董良辰腼腆地笑笑：是我三姐。

董良辰明显地顿了一下，又掩饰地：哦，票买好了，给你。

四朵嫣然一笑：谢谢你，董良辰。你才刚做完阑尾炎手术没多久，就让你帮我跑腿去买票，真不好意思，谢谢！

董良辰：匡医生不用客气，倒是我应该谢谢你！住院这段时间匡医生对我很照顾，所以我恢复得很好。你看，现在我已经全好了！帮你跑跑腿，也是应该的。全当是回报了。

四朵：对于你们飞行员来说，阑尾炎也是大手术。恢复得不好，你的飞行生命就结束了。回去以后要好好休养。还有，你叫我四朵就行，别一口一个匡医生的，听着……生分。

四朵掩饰不住的爱慕写在脸上，董良辰假装看不懂，他想告辞，想了想又挑起了话题。

董良辰：我听说，你在家排行老四，你有个三姐，你们俩是双胞胎？

四朵吃惊地：你怎么知道？！呵呵，我们家闺女多，七个。

董良辰：我早就知道，七个女儿，七朵鲜花。

四朵：你都是听谁说的呀？对我们家情况挺了解的。

董良辰：我还知道，你们爸爸是个老革命，脾气暴，母亲性子烈，宠女儿，大朵柔顺，二朵清高，四朵端庄，五朵刁钻，六朵娇蛮，七朵单纯。

四朵笑了：你还挺会用词的，一套一套。不过，你漏了三朵。

董良辰神色异样，哑口无言。

四朵低着头笑，也没注意董良辰的表情。

四朵：奇怪，你怎么会知道得这么多？肯定又是那个李笑话多……

董良辰：哦，不是。白山以前当过我们的政委。

四朵恍然大悟：白叔叔？怪不得。那他一定很赏识你！

董良辰笑笑：也许吧，我们很投脾气。对了，明天，我和你一起走。

四朵有些吃惊，转而高兴：你和我一起走？真的！

董良辰看四朵高兴的样子，怕她误会急忙解释：我趁着病假还有几天，回家看看。

四朵稍有些失望：哦。

董良辰没话找话：我父母都去世了，回家就是看看哥哥一家。

四朵脸上立刻又充满了同情：哦！

董良辰：那不打扰你了，明天车站见！

说着，董良辰快步走出办公室。四朵的目光一直追随着他，从窗户上看着他走出楼门，又走出医院的大门。看得出来，四朵是真的很喜欢这个董良辰。

门口，李笑表情暧昧地探头进来。

李笑：美丽的军医之花匡四朵，和高大威猛的空中雄鹰董良辰，听着就是那么地般配！看来以后董良辰要天天来这里报到喽！

四朵故作生气状：胡说什么呀！

9. 匡家，内，日

老黑，桂桂和三朵五朵六朵在吃晚饭，老黑喜滋滋地给自己倒了杯酒。

三朵看父亲心情不错，开始做他的工作。

三朵笑眯眯地：爸，明天是我妈生日，我们几个呢打算给你们庆祝一下！

老黑：你们别以为我不知道，这些天你们几个一直嘀嘀咕咕的，我是懒得管你们！搞什么庆祝？！你妈不用搞小市民庸俗的那套！

三朵：您最爱的军魂四朵也回来！

老黑一听就急了：叫四朵回来？她在部队上好好工作，你们别老拿这些俗事打扰她！

三朵不理他，兴致勃勃地和母亲及五朵六朵谈起今天和四朵的电话，吊老黑胃口。

三朵：我感觉四朵有对象了！

老黑安静了，关切地听着。

母亲：她跟你说了？

三朵：没有，但是她肯定喜欢那个人，我能感觉到！那人好像是个飞行员，副团级！

老黑脸上露出欣慰的笑容。

老黑：我跟你妈忙活十几年，生了七个闺女，除了七朵送了老白，不归我管以外，这六个，也就是二朵四朵还成了气候！特别是四朵，那真是像全了我老黑呀。

说着，老黑又高兴起来，喜笑颜开地喝了口酒。

五朵噘嘴嘀咕：从小同学们就都笑我，家里这么多孩子。

三朵捅了五朵一下。她注意到老黑情绪不错，决定趁热打铁。

三朵：爸，明天四朵回来没准儿就能带回来给您和我妈看看呢！

老黑想了想，妥协了：那好吧，明天我去车站接四朵，你记得多买点儿好菜，把二朵和郑智也叫回家来吃饭。

五朵六朵一起看着三朵，三朵镇静地看着老黑。

三朵：爸，我们明天出去吃。已经订了饭馆儿了。

老黑顿时气炸了，怒喝起来。

老黑：你说什么?！都订好了?！不行！匡三朵！再没别人，肯定又是你出的幺蛾子！成天的没好点子！不务正业！

三朵刚要争论，母亲往外推她。

母亲：行了，吃饱了吧，吃饱了上你屋去吧。

老黑吼：说完这个再走！

三朵眼睛一眨：我知道您最疼四朵，看我是横竖不顺眼，可您也不用天天挂在嘴边。明天您最好参加一下，一是给我妈庆祝生日，二是我们姐妹们几年没聚齐了，借着机会要一块儿热闹热闹，全家人都说好了，您可别扫大家的兴！

老黑生气地埋怨桂桂：你看看你生的闺女！（又指着三朵）你跟你四妹是双胞胎，怎么性格脾气就没一点儿像她呢?

三朵也瞪眼：我就是我！像她干吗?

母亲：行了行了，还说不像你，我看就是三朵的脾气最像你！直来直去，说炸就炸！

五朵六朵见势不妙，端着碗开溜。

老黑：我不同意出去吃，铺张浪费！

母亲：你别上纲上线的，孩子们一片好意嘛！偶尔铺张浪费一回也没什么！行了！别说那些没用的，老黑，这事已经定了，你就当配合我和闺女们吧！

老黑生气：我再说一次，不允许！要不我就掀了满桌的菜！说到做到！

三朵进了自己屋，还丢过来一句话：掀了菜不是浪费？不怕浪费你就掀！喊！

母亲拿了两个苹果追过去：自己削皮吃！

老黑：惯吧，你就惯吧。你非要把孩子们都惯上犯罪的道路！

母亲显然已经习惯了老黑这一套，根本不理他，笑眯眯地给五朵和六朵碗里添菜。

五朵六朵在一边偷笑起来。

10. 长途汽车站，外，日

穿着军衣戴着军帽的四朵提着行李走来，她四处张望着，在寻找董良辰。

忽然有人从后面拍了她一下，正是董良辰。他冲四朵一笑，露出雪白的牙齿，很帅。

11. 匡家客厅，内，日

母亲坐在客厅正中，脖子上围着毛巾，头发被打得精湿，脸上贴着几片黄瓜，三朵五朵围着她忙活着。

三朵：五朵，吹风机呢？

五朵：还没做头发呢，吹什么吹？

三朵：妈要感冒的！妈你冷不冷？

母亲笑眯眯地：不冷，不冷。

话音未了，母亲打了两个喷嚏。

五朵气愤地抖动着手里一张从杂志上撕下来的发型图片：这个六朵！给咱们留下这个发型图样就跑了！说是买染发精，早上八点就出去了，买到现在还不回来！就是自己现去找药水配，也该配出来了吧。

母亲：不急，六朵说这发型叫什么"大富大贵金菊花"，我听着就高兴！慢慢等着好了，三朵，你们给我买的那套新衣服我熨好了，挂在我橱里，你给我拿出来摆在眼前，我看着高兴。

五朵：还有二朵给你买的新鞋。

母亲：是，妈最开心的就是生了你们一堆闺女，一个比一个贴心！

三朵举着一套红艳艳的套装出来，挂在母亲面前。

五朵：三姐，你这套衣服买得太艳了。

母亲：我就喜欢！红花绿叶是喜庆，金色银色是富贵！

三朵小心翼翼给母亲撕下了黄瓜：妈，你觉得舒服不？

五朵看看墙上的挂钟，又急了。

五朵：快三点了！这个六朵！再不回来就来不及了！不行，我下楼找她去！

三朵一把把五朵拽住：你去找她，你知道她在哪儿啊？

五朵焦急地：所以就不能派六朵办事！她除了吃喝玩乐，没正经用场！

门开了，六朵回来了。

六朵：五朵！你又说我坏话！

五朵：你还好意思呢！你买个染发精要八个钟头？

六朵正儿八经地：我可是从咱家一直走到王府井，纯粹是为了寻觅一次性定型、国际达标无公害的进口染发精！

母亲笑骂：诡辩。

三朵：别吹牛了，六朵，这个发型怎么弄呀？

六朵：我来我来！你们俩不行！

母亲乐呵呵地：行，反正我就由着你们仨把我当实验品。

三朵：妈，我听白叔叔说过，你年轻的时候可是一头青丝，特别迷人。

在女儿们的嘎嘎笑声中，母亲腼腆地红了脸。

三朵：妈，我爸呢？他也得收拾收拾换换衣服什么的。我怎么有一阵儿没看见他了？

母亲：一大早听说东边的单身宿舍楼下水道又堵了，我估计八成是又帮忙去了。

12. 工厂单身宿舍楼，内，日

工厂的房子紧张，单身宿舍楼是座筒子楼。说是单身宿舍楼，但也都住进了家属，大家合用着拥挤不堪的厕所和厨房。

三朵从外面一进楼就发现楼梯上的水在往下流，她顺着流水走了上去。

在四楼的灶间，三朵终于发现了老黑撅着屁股用铁丝在捅下水道，三朵顿时心酸起来。

三朵：爸……

老黑直起了身：你怎么找过来了？哼，你们还有空顾着我？

三朵心疼父亲却不会说好听的话：爸！您已经退休了，这些事儿就交给厂子后勤部的人去干吧！真是的，也不看看自己多大岁数了……

老黑：就是退休了我才专门来干这活儿！这栋楼二楼的下水一直不好，以前想着弄，老没时间。现在好了，退休了时间大把！我不仅疏通下水道，我还要把这二楼的老大难问题彻底解决！

三朵拿父亲没办法，找了把别人家夹蜂窝煤的铁夹和父亲一块儿疏通。

很快捞出来一堆垃圾，老黑和三朵都直起了腰。

三朵：这下可以走了吧。今天这日子，你也得换套衣服！

老黑洗了洗手：算了吧。

二朵：今天白叔叔，叶青阿姨和七朵都来呢。您别忘了，还有四朵和她对象。

老黑：咳！都是虚招式。你妈这个人，不是我说她，她也是贫农出身，跟着我也受了这么多年革命教育，怎么越老就越爱个虚荣呢！多好的出身，怎么就忘本了呢？唉！

二人转身看见骑车的二朵，大叫：二姐！

二朵没听见，三朵又大叫：匡二朵！

二朵回头一笑。

13. 匡家客厅，内，日

母亲发型已经做好，极其夸张的一头卷发，配上鲜艳的新衣服，五朵六朵都在一边拍马屁，夸妈妈美。

二朵微撇着嘴，皱着眉头看着母亲的造型。

老黑和三朵一进门，老黑吓了一跳。

老黑：哎呀我的妈呀，我就像闯进动物园，见着一头公狮子！

母亲喜滋滋地：你懂什么，我觉得挺好。你说呢，二朵？

四五六朵一起瞪着二朵。

二朵干笑着：嘿嘿。妈你自己喜欢就好。

老黑怒了：五十多岁的人了，怎么把自己打扮得这么轻薄，就像个老妖精！

三朵：爸，您就别啰嗦了，今天你也打扮打扮，西装怎么样？大春淘汰的那套。

老黑一口回绝：我从不穿洋装！好好的中国人，不穿洋鬼子的衣服！

三朵：那中山装总行吧？我给你熨好了。

老黑：别烦。四朵坐上车了没有？

母亲：四朵出来之前在部队上打过电话了，说是上午九点获准假，中午十二点离开营地。

老黑喜笑颜开：看看，四朵浑身都是一丝不苟的军人作风，（老黑眼睛一瞪）是你们效仿的表率！除了二朵也在部队上锻炼过，跟四朵相差不大，你们三个，天壤之别！特别是三朵，徒有四朵的长相，没点儿四朵的骨气。

三朵笑嘻嘻地：反正我也被你比较多了，也骂多了，没感觉。

母亲：你们大姐呢？怎么还不到啊？

三朵：是啊，大姐到底是怎么回事呀？都说好了要带娜娜回家给妈祝寿的，忽然就没信了。

母亲皱着眉：可不是，突然就断了音信……家里的座机没人接就算了，怎么大春的传呼也不回……

二朵不以为意地：嗨，肯定是大春不让她们来呗。

母亲：那也应该打个电话。

父亲：大朵当年为了嫁给这个大春，宁肯不跟咱们来北京，要一个人留在东北！出嫁了就是别人家的媳妇，少不了被丈夫牵丝绊藤。

三朵：只要大姐跟大春过得好就行。

母亲：过得好？我看未必。

三朵奇怪地：妈你怎么了？

母亲：你大姐做人不像你，她太能忍，忍到头反而没个回旋……

三朵：哎呀妈，大喜日子别说晦气话！爸，时间不早了，我们给您也尽一回孝心吧，来，我们帮你——洗脸更衣。

老黑跳了起来：你们这些小妖精们！折腾完老婆子，又想再来折腾我！走，都走！我自己选衣服！

女儿们嘻嘻哈哈地笑着。

14. 山区公路，内，日

风景如画的山区公路，汽车停在路旁，司机在换轮胎。

董良辰和四朵在路旁说话。

董良辰：匡医生，前段时间你刚调到我们连队的时候我还以为你是三朵呢！你跟你姐姐实在太像了！

四朵不由一笑：怎么，你认识三朵啊？怎么不早说。

董良辰：她以前是我们飞行团卫生队的，给我打过针。

四朵笑了：她说自己打针像带了钩子，扎下去疼，拔出来比扎下去更疼。

董良辰：她给我打得一点都不疼。

四朵更好笑了：那可难得啊。

董良辰：三朵……回北京了？

四朵叹口气：是啊，她现在在水泥厂工作。三班倒，特辛苦，污染也厉害，都是粉尘。

董良辰：她那会儿，好像是提前复员……

四朵：嗯，突然就说不愿意在部队了，非要复员。为这个我爸足足有半年不跟她说话，家里空气都冷冻了！

董良辰沉默了一下，刻意转换了话题：匡医生，你这么多东西，等会儿到了北京，我送你回家去吧。

四朵笑得很灿烂：嗯。今天是我妈的生日，我家的姐姐妹妹们都在……你去了，就跟我们一起吃饭吧。

董良辰一下愣住了：啊？这不方便吧。

四朵：没什么不方便的。就是看你了。

董良辰尴尬地：我们只是顺路一起回去而已……

四朵羞涩地低下了头：我也觉得太快了……可是家里一直催我。

董良辰更是大惊：匡医生！

四朵鼓起勇气：其实，我都知道……其实，你阑尾炎一进医院，非要住进我负责的病房，我就知道了。

董良辰：匡医生，不不，我……你可能……理解错了。

四朵惊疑地看了看董良辰。

董良辰紧张地：我对你是很尊重的。没有什么非分的想法。

四朵不解地看着董良辰。

董良辰尴尬地：我……匡医生，你不了解我，其实我有很复杂的过去。

四朵噗哧一声笑了：什么过去？我看过你的档案，一清二白。

董良辰脸上出现了一丝阴郁：档案又能记下来什么？心里的创伤，那都是很隐秘的，除了自己，谁能知道。

四朵怔住了：你心里受过伤？

董良辰沉默。

四朵：我明白了，你心里喜欢着另一个女孩。

董良辰还是沉默。

四朵看见董良辰的表情，心情顿时低落下来。

四朵冷冷地：原来，是我自做多情。

董良辰：不，我不是这个意思。我……

四朵顿时非常失落，却勉强微笑着。

四朵：你不用解释了。看来是我自己误会了。

董良辰：匡医生，我知道你是个少见的好女孩，可我忘不了她……其实我好几年不见她了。

四朵被伤害了自尊，却笑着，装得若无其事。

四朵：没事，我没事。应该我向你道歉。我真没事，你别介意啊，就当我什么都没说过。

董良辰看了看四朵，欲言又止。苦笑，不语。

四朵扭头看向窗外，眼泪不听话地流出来。

画外司机：修好了，上车！

15. 匡家客厅，内，日

老黑穿着一件印有某年先进工作者的圆领衫出了房门，又在看着墙上四朵穿军装的照片，好不欢欣。

老黑：也不知道四朵的对象长啥样……

三朵拿着刷子在给母亲刷腮红：待会儿不就看见了吗？

突然转身发现老黑的衣服大叫：爸，你就穿这衣服去？

老黑：怎么啦，保持革命传统，争取更大光荣，我就是要时时提醒自己，提醒你们！

几个人相互看看，偷笑。

走上前的老黑皱眉：都快涂成猴屁股了！

三朵嬉笑着：爸，你的审美能力有问题。

老黑怒了：你少嬉皮笑脸的！我跟你说了多少次了，女孩子要自尊自爱！你就不能学学四朵？你看看你自己，在部队上都待不下去，两年就回来了！

母亲大声地：老黑！

三朵愣了一下，又笑了。

三朵：没事儿妈，我不在乎，只能自怨自艾怪自己啊，谁让您把我跟四朵生成双胞胎呢，成了老爷子形象对比的出气筒。

三朵放下手里的东西，哼着歌进了自己的房间。

母亲不由埋怨着：跟你说了多少次了，别老是戳孩子心窝子……

老黑不语了。

16. 盘山公路、隧道，外，日（雨）

四朵和董良辰都沉默不语，坐在一起有些尴尬。

忽然，车停了下来，周围的群众乱了起来，司机下车。

董良辰和四朵下车。

车停在一隧道口，前面还停着几辆车，人们议论纷纷。

司机跑了回来。

董良辰迎上：怎么回事？

司机：塌方了，隧道里面塌了，可能是连下了几天雨把山体泡松了，听说里面还有人没有出来。

董良辰：我去看看。

大家议论纷纷。

17. 匡家三朵房间，内，日

一直装着满不在乎，嬉笑烂漫的三朵关上门以后立刻变成了另一个人，她充满了悲伤，看着镜子里的自己，眼泪流了下来。

三朵捂住了脸……

半晌，卫生间的门被敲响了。

母亲关切地（O.S）：三朵，乖，你没事儿吧？

三朵立即将声音平静下来：我没事儿。

三朵用水洗脸，冲掉自己的眼泪，擦干，微笑着走了出去。

18. 盘山公路、隧道，外，日（雨）

洞口聚集了许多人，几个伤员躺在地上。

洞内不断地有尘土涌出。

几个小学生焦急地望着洞内。并不断地大声喊：张老师……

一个女教师拖着两个孩子从洞中冲出，无力地倒在地上。

董良辰：老师，里面情况怎么样了？还有人吗？

张老师：解放军同志，快去救孩子，被压在里面了。

董良辰：洞里的情况？

张老师：土很大，视线不清。

董良辰对四朵：你照顾大家，我进去看看。

说完冲进隧洞。

19. 匡家客厅，卧室，内，日

母亲回头对着镜子看了一眼自己，立即惊呼起来。

母亲：我的天呀，怨不得老头子生气，你们这些丫头，把我弄成了快老掉牙的狐狸精！

五朵和六朵笑得七仰八斜，拉住了母亲，不许她擦掉脸上的妆。

三朵在一边也陪着笑。

趁着五朵六朵看起了电视，母亲偷偷将三朵拉进了厨房。

母亲轻轻地：这次你花了不少钱吧？

三朵：没有。

母亲：我知道，你攒了半年的工资和奖金都花在妈身上了，买这么贵的衣服！以后别这么傻了。每个月你还给家里交伙食费，你能有多少钱？

三朵：妈，我就想让你高兴。

母亲：傻孩子……从小就是你最心疼妈。

三朵就像一个小孩子听到妈妈夸奖，她幸福地笑了。

母亲从口袋里掏出一叠子钱，要塞给三朵，三朵不肯要。

三朵：干吗呀，妈，我不要。

母亲：拿着！你看你，多少日子没给自己买新衣服了，你正是打扮的时候。

三朵：我衣服够穿了。

母亲：女孩子的衣服还有够的？妈都这年纪了，还喜欢穿个新衣服。你拿着钱。（母亲看看三朵，试探着）要是有男孩约你，身上也得有点钱啊。

三朵脸上划过一阵阴云：我不找男朋友。

母亲心疼地叹了口气：傻孩子……

母亲还想说什么，厨房门却被五朵六朵撞开了，一看见母亲手里的钱，两个人欢呼起来。

五朵：妈，发票！

六朵：妈，还有我的，你也给我报销！

三朵呵斥着：你们俩，懂不懂点人事儿！

母亲却笑眯眯地，接过她们拿来的一叠子发票，照单全收。

母亲：你们拿了钱就好了，别去告诉二姐，让你们爹知道了，讨骂！

五朵六朵抱住母亲，在她两侧脸上一人亲了一口。

20. 隧洞内，外，日

洞内很黑。

董良辰在洞内摸索前进，四周不断地有碎石落下。

董良辰摸到了一辆小车，车内无人，他继续前进。

突然，落下的石块砸中了董良辰的头部。

21. 隧道口，外，日（雨）

四朵一边救护着受伤的人，一边关注洞内。

22. 匡家，内，日

此刻，匡家却热闹得如同翻了锅，老白和叶青带着七朵也到了。老白文质彬彬，很有风度，叶青也是气质文雅，秀气有书卷气的七朵站在他们身边，果真比在匡家更加和谐。

老白笑声琅琅：老黑！你怎么也不刮个胡子？桂桂啊，你自己打扮得这么鲜亮，怎么不管管他？

母亲：他也得让人管呀。

老黑：你自己花哨得都像个老妖婆了！还要管我？

母亲：听见了吧？

叶青笑了：老黑的倔脾气也不改改。

老白：老黑，这我可要跟你争论一下了！我认真地启发你一下，作为一个老革命，更要从思想理论高度，正确认识"改革开放，第二次进城"的伟大战略意义！

老黑一脸不以为然：我不跟你争这个。

五朵：白叔叔说得真好！白叔叔就是思想领先！

六朵：就是，所以才保障了叶青阿姨和白朵生活也领先啊。

老黑顿时被刺痛了，一脸不悦。

母亲急忙解围：好了好了，老黑穿这个挺好。五朵六朵不许胡乱说话！叶青啊，你看四朵这还没到，咱们要不再等一会儿？

老白和叶青还没说话，五朵六朵又叽叽喳喳说了起来。

五朵：咱们留一个人，然后都去饭店等吧。

六朵：就是，咱们去了可以先照相，省得吃得一脸红扑扑的照出来不美。

老黑沉着脸：不行，必须等四朵！还有第一次上门的对象呢！

三朵：我在家等着，爸妈你们先去吧。

叶青：可以。咱们去可以先聊起来。司机等会儿把咱们送到了，再麻烦他回来接一次。老黑你说呢？

老黑明显很服叶青的话，他嘟囔了一句，没再反对。

老白一挥手：出发！

在女儿们的欢呼声中，大家拥着母亲出了门。

23. **隧洞内，外，日**

董良辰终于摸到了面包车前，他已满脸鲜血。

董良辰大声叫喊：有人吗？有人吗？

车内无声。

董良辰摸到一块石头，砸碎了玻璃爬进了车内。

一个小女孩，缩在一座椅后面，瞪着眼睛，浑身颤抖。

董良辰微笑地伸出手：别怕，叔叔带你回家。

小女孩缓缓地伸出手。

24. **隧道口，外，日（雨）**

董良辰抱着女孩冲出洞口。

众人一阵欢呼。

张老师接过孩子，激动得说不出话来。

四朵冲到董良辰身边，忘怀地拥抱着董良辰，喜极而泣。

大家又一阵欢呼。

董良辰有些局促尴尬，双手不知放在何处。

突然张老师大喊：还有一个，还少了一个！

董良辰推开四朵，又冲进了隧洞。

25. **隧洞内，外，日（雨）**

董良辰摸索前进，更多的碎石落下。

26. 隧道口，外，日（雨）

四朵一咬牙，不顾众人的阻拦，冲进了隧道。

27. 隧洞内，外，日（雨）

董良辰在车内查找，空无一人。

董良辰来到车外，发现一个小男孩被一块大石头压住了双腿，已昏迷了过去。

董良辰搬动碎石，双手扣出了鲜血。

四朵冲进来，二人合力，石头开始松动。

头顶不断有碎石落下。

董良辰跪在地上，慢慢将孩子拉出。突然，更多的石头落下，四朵扑到董良辰身上，将他和孩子压在身下。

更大的烟尘充满画面。

28. 饭店门口，外，傍晚

老白一家、老黑夫妇和女儿们，说笑着从老白的面包车上下来，准备进饭店。

三朵突然心里一紧。她微皱着眉头看看四周，一切都突然安静了下来，静寂无声。三朵随即被姐妹拉进了饭店。

谁都不知道，命运是在这里转折的。

29. 饭店包房，内，夜

饭店里，老白喧宾夺主，正在谈笑风生。

老白：嗬，瞧桂桂给打扮的，像个贵妇人一样。你们孩子们可不知道，我第一次看见她，又黑又瘦，就像一根芦苇！

女儿们吃吃笑着。

六朵：白叔叔，那我爸为什么娶她呀？

老黑狠狠地瞪了六朵一眼。

老白：嗨，那是你爸当年答应了娶你们的大姨，大桂！可是后来大桂被还乡团害死了，你妈历尽周折才找到你爸，你爸真是个汉子，马上娶了你妈！

说到往事，老黑，桂桂和叶青的脸上都浮现出怅惘、感慨的神情。

女儿们都听得愣住了。

老白感叹着：那时候，你爸跟叶青已经在准备婚礼了。

叶青脸红了：老白！你没喝酒就醉了，跟孩子们说这些干什么。

老白爽朗地笑着：我是追述一下当年嘛，这些事总得让孩子们知道！老黑为了收容桂桂，只好不娶叶青，叶青不干呀，哭啊哭的，组织上只好让我去安抚，结果让我捡了个大便宜！

大家都笑起来，只有二朵若有所思地看着母亲和老白。

母亲却有些坐立不安，凑近了老黑的耳边。

母亲：大朵和四朵肯定有人出事了，我这心里怎么七上八下的……

老黑：别胡想！

这时，门被推开了，饭店经理严肃地走了进来。

经理：对不起，请问匡黑同志是哪位？

经理身后还跟着一位警察，大家顿时愣住了。

不祥的预感在每个人心头升起。

老黑站了起来：怎么了？

警察上前一步，默默地看着老黑。

大家都紧张地看着。

母亲的脸色顿时变得惨白。

警察低沉地：匡四朵是您的女儿吧？

黑场。刺耳的救护车，警车声尖锐地响了起来……

30. 医院走廊，内，夜

好些人焦急的脚步声！是刚才参加宴会所有的人。五朵六朵边跑边哭着。七朵不停地擦着眼泪。

急诊室前，几个医生拦住了他们。

院长：自我介绍一下，我是这家医院的副院长。这次两个解放军同志的抢救治疗工作，由我亲自挂帅。我们选派的全是精英。请你们放心。

众人沉默着。

老黑在焦虑和悲痛之中生出一种格外的自豪：是的，我闺女我了解，她……是个当之无愧的军人！

母亲强忍着悲痛，配合着老黑展现了一个美丽的笑容。

院长：还有一位一起受伤的飞行员，处在昏迷之中。部队上说他是孤儿，部队派来的看护人员要明天才到。

老黑：知道了，我们一起照顾。

母亲轻声地：是四朵的对象？

老黑瞪她一眼：这个时候，叫战友！一起出生入死的，才是战友啊！

远处又传来了急促的脚步声，是三朵跑了过来。

五朵六朵和七朵又忍不住哭了起来。

三朵喝了一句：都给我把眼泪擦了，四朵不会有事的！

31. 院长办公室，内，夜

院长看着坐在自己对面的老黑和桂桂，半晌无语。

老黑和桂桂对视一眼，桂桂开了口。

母亲：院长，您有什么说什么吧。我们受得了。

院长：好，那我就直言相告，匡四朵腔内脏器被严重挤压，两侧肾脏已完全丧失功能。情况非常危险。

母亲的手颤抖着。

老黑默默握住了她的手。

院长：必须马上地、及时地进行肾移植，这是拯救她生命的唯一办法。最快、最有效的方法，就是亲人间器官移植！

母亲果断地：拿我的肾！院长，我拿一个肾脏给她。

院长：时间非常紧迫，万一你跟你女儿移植配对的指标不理想，会耽误手术契机……

老黑一挥手：我们全家都马上检测！我们家别的不多，人多！

老黑走到门口回头：那位飞行员情况怎么样？

院长：还在昏迷中。不过，已经过了危险期了。

32. 医院会议室，内，夜

老黑面色凝重，坐在会议室里，女儿们早已没了那种无忧无虑的快乐，而是焦急地等待着。

老黑：我向院长借了这间会议室，给家里开一个誓师大会。四朵是为了救人受的重伤，现在，轮到我们救她了。废话，我就不说了，现在，除了大朵没联系上之外，匡家所有同胞姐妹，我，还有你们妈，都马上全部参加配型检测！

三朵利索地：这还用您说吗？我们都已经准备好了，我、二朵、五朵、六朵、七朵，我们别说是一个肾了，就是要把命捐给四朵，都不会眨一下眼睛！

母亲眼睛红了。

二朵含着眼泪：四朵是为了救孩子才这样的，在她面前，我又一次感到崇高的力量。

母亲：捐出一个肾脏，不是说说玩儿的。你们都还年轻，除了大朵，都还没生孩子，少了一个肾，对以后的生活都会有影响……我跟你爸是第一梯队，你们都算是第二梯队。

三朵：你们的年纪大了，才经不起折腾呢。让医生重点审查我，我跟四朵是双胞胎，我们的遗传基因也肯定最相近！我身体又好，又已经决定了独身主义，我不结婚！我没生孩子的问题！

母亲一阵心酸：三朵……

这时，门开了，院长带着两个医生走了进来。

院长：怎么样？商量好了吗？我们现在就抽血，血液采样。

母亲：好的。马上开始吧！给你们添麻烦了。

医生甲：我们都知道匡四朵的事了，我们都是主动加班的！

母亲欣慰地一笑，然后，她看着也站了起来的七朵，很坚决地拉住了她。

母亲：你不能参加。

七朵：为什么？我也要当第一梯队！

母亲坚决地：你不行。

七朵：怎么不行？！我虽然姓白，可是血缘没变，四朵就是我四姐。

母亲：不行就是不行！你刚上大学，肾脏宝贵，万一有什么后遗症，难道反而让你父母养着你吗？那我也太对不起老白和叶青了！

七朵含泪：桂妈妈！

母亲：就这么定了。

七朵倔强地：不！我一定要参加配型！

叶青：桂桂，让七朵配型吧。她是白家的，更是你们匡家的。七个闺女，是一条藤上的七朵花，七朵总要报答你们的生身之恩。

母亲冷冷地：不，我不同意。

老黑，老白和叶青无语。

七朵叫了起来：万一你们都配不上，那不是浪费时间吗？现在要救四姐，最宝贵的就是时间！

老白开口了：白朵，你还是不要跟大家争了，就安心当"最后梯队"吧。

七朵：最后梯队？

老白：是啊，拿破仑和威灵顿之战，威灵顿的"最后梯队"使拿破仑全军意志崩溃而取得完胜。所以不管是打仗，还是布局，总要留一个后手。你明白吗？

七朵：我不明白。

二朵、三朵、五朵和六朵也互相看看，都不知所以。

老黑的脸色却陡然一变：不配就不配吧！扯什么呢。就你会打仗？！真刀真枪的时候显过你了？就会在和平年代耍嘴皮子。

老白苦笑着：你不懂我的意思……

七朵倔强地：你们愿意怎么说就怎么说，反正我就是要参加配型！

母亲也急了：我说不行就是不行！

三朵抱住七朵：七朵，你还小，刚上大学。有我们就够了。白叔叔没说错，你是我们的最后梯队，是我们的希望。

这时，大家都抽完了血。医生们出去了。

母亲：老白，叶青，你们赶快带着白朵回家吧。明天她还要上学呢……

叶青：不，我们留在这里还能帮上点儿忙。

老白却站了起来：也好。我们回去也还有事。

老黑的脸色更难看了，哼了一声，不再看他们。

母亲礼貌地将老白一家送了出去。

老黑怒声地：这个老白，我算看透他了！他是生怕我们让七朵捐肾呀，七朵也是我的闺女！是我们给他的！

母亲：老黑！当着孩子们的面……

老黑更怒了：怨不得人都说，日久见人心！我把话撂这儿，这个朋友我日后不认了！哼。

母亲顾不上再搭理老黑，忍着心灵创痛，有条不紊地开始安排。

母亲：二朵，你赶快回家去。回去以后想办法给大朵打个电话。先别说四朵的事情，就是让她回来。

二朵：妈，我还是守着吧……

母亲：都守着算什么？医院也得关门休息不是？老黑，你带三朵六朵回去，三朵也要上班，六朵明天得回大学里上课。

三朵和六朵异口同声地：妈，我们不走！

母亲急了：不走，你们在这儿傻待着，四朵就能好了？五朵不上班，也不上学，留在这儿陪我，剩下的，都给我回去！四朵还不知道换谁的呢？你们都不睡觉，万一累着了，自己身体垮了怎么办？！

三朵：妈，让五朵在附近找一个便宜点儿的招待所，租一间房，咱不能影响医院的工作，四朵这是大手术，大家轮流排班，总得有地方睡觉，咱家人多，开会碰头商量，也得找个安静地方。

母亲：还是三朵想得周到！五朵，存折在大衣柜抽屉里！就这，都走吧。

老黑忽然地：咱们得去看看四朵的战友！他家人没来，咱们就是他的家人！

老黑说着径直往董良辰的病房走去，母亲、三朵等人跟着。

33. 董良辰病房，内，夜

董良辰还在昏迷着，头上缠着厚厚的绷带，面部红肿，还有擦伤。

护士刘影给他弄好注射药液。

老黑、桂桂、三朵等姐妹拥进病房，老黑关切地注视着董良辰。

护士刘影：你们……你们是病人家属？

老黑毫不犹豫：是！

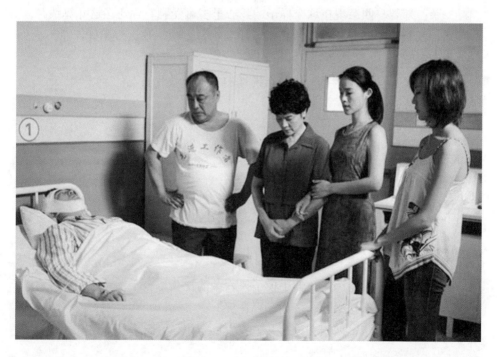

护士刘影：哦，病人还在昏迷，还需要密切观察。你们不要留这么多人，有一个看护就行了。（说着，把董良辰的行李指给他们看）这是他的行李，你们拿走吧。

护士出去了。

老黑：三朵，你多留意他！刚才院长说了，这位战友是孤儿，部队上的人还没到，咱们就是他的亲人！

三朵：嗯。一会儿我安顿好妈就过来。

说着，大家往外走，三朵回头看了看病床的人，由于董良辰头部层层绷带纱布，她没有认出眼前这个人就是董良辰。

34. 二朵家卧室，内，夜

二朵和丈夫郑智已经躺在床上了，却都没睡着，郑智叹了口气。

郑智：我说，换肾可不是小手术，那得多少钱呀？你爸妈那点工资怕是不够吧？五朵又没工作，六朵还在上大学。

二朵没好气地：四朵是国家的人，又是为了救孩子才成这样的，手术费用能报销。

郑智：那也不能全报销，总有自己要出的。

二朵：郑智！四朵现在这个样子，我心里多难受啊！你还在这儿算钱！

郑智低声嘟囔了一句：钱就算了，还要捐肾。唉，那么多姐妹，总不会你一个人倒霉吧。

二朵火了：什么叫倒霉？你怎么说话的？那是救我自己的亲妹妹！她是为了救孩子！你缺德！

郑智不敢再说话了。

二朵生气地翻过了身。她的眼睛里也充满了愁容。

35. 五朵六朵房间，内，夜

五朵六朵也没睡着，躺在床上发呆。

五朵试探着叫了一声：六朵。

六朵：嗯。

五朵挤到了六朵的床上。伸手摸了摸六朵的枕头。

五朵：枕头怎么这么湿……你一直在哭？

六朵：……你说，四姐会没事儿吧？

五朵：当然！医生不是说了吗，只要咱们给她捐了肾，她肯定会好的。

六朵小声地：……五朵，你说开刀疼不疼？

五朵没说话。

六朵：从小我就最怕疼了，到现在都是，连抽血都怕，你别笑话我，我不是不愿意救四姐啊，就是有点害怕。

五朵叹了口气：我也有点怕。疼还是次要的，我就怕动了手术以后身体不成了，还怎么做大生意呀。

两个人都不再说话，却听见外面有深深的叹息声，是老黑。

六朵：爸还没睡……

五朵：要是四姐回不来了，爸妈，还有咱们，谁都会过不下去的。所以不管咱们怎么想，都还是要救她！但愿医生抽中了我。我身体比你好。

六朵哽咽着：才不，是我身体最好。

36. 重症监护室外，内，夜

三朵陪着母亲走到重症监护室外，三朵隔着玻璃呆呆地看着里面奄奄一息的四朵。

母亲：别紧着看了，你去看看四朵的对象吧。

三朵：嗯。

母亲默默坐下，衣服却在椅子边上的钉子上挂了一下，破了。母亲苦笑着拉了一下身上的红衣服。

母亲喃喃地：穿这衣服打扮成这样，来了医院……

母亲一阵心酸。

三朵：妈，四朵能好。

母亲：我知道四朵能好……可妈心里还是难受……

三朵搂住妈妈。忍着自己的眼泪。

母亲：快去吧。

37. 董良辰病房，内，夜

董良辰在昏睡着，三朵轻手轻脚地走了进来。对看护的护士刘影打了个招呼。

三朵：你有事儿就去忙吧，我在这儿看着。

护士刘影：那太谢谢了。我那边还有两个重病人，那我过去看看，马上回来。他还没完全脱离危险期，有任何一点情况不对，马上叫医生。

三朵答应着，在董良辰病床前坐下，清楚地看见了董良辰，顿时，晴天霹雳一般！三朵顿时傻在了那里……

看着昏睡的董良辰，三朵整个人像木头一样，一动都不能动。

不知道过了多久，三朵仿佛从梦中惊醒。她下意识地站起来往外走，病床上的董良辰却忽然动了一下，呻吟了一声。

三朵迟疑了，她的腿沉地抬不起来。

三朵机械地转身，走过来观察董良辰的动静。

董良辰嘴唇翕动，虽然声音极细微，但三朵听得清清楚楚，那是她的名字——三朵。

董良辰在昏迷中不断地，反反复复念着三朵的名字。

一组快速闪回：

年轻的穿着飞行夹克的董良辰笑着抱起梳着俩小辫儿的三朵。

董良辰深情地看着三朵。

夜色下，两人紧紧搂着，倒在了草地上……

医院，穿着便装的三朵目瞪口呆地看着手里的化验单。

化验单上的触目惊心的字眼：妊娠阳性。

大雨之中，三朵绝望地哭泣着……

38. 医院走廊，内，夜

快速闪回结束。

现实，三朵坐在医院的走廊长椅上，木然地流着眼泪。

39. 匡家，内，晨

窗外的天色，一点点亮了起来。

老黑明显一夜没睡，眼睛充满了血丝，胡子头发乱七八糟，坐在餐桌前面发呆。

五朵忙碌着把泡饭端上桌来。经过这一夜，五朵六朵似乎都长大了。

六朵随便拨了几口：不吃了。我去学校请假，然后直接去医院。

五朵塞给六朵一块面包：什么都不吃等会儿就头晕了。爸，你也吃点吧，然后要赶快去医院，我还要去找招待所呢。

老黑长叹一声！

这时，门被敲响了，六朵急忙跑去开门，却是老白。

老黑反感地站了起来：你来干吗？

五朵尴尬地：爸……

老白却不以为意，从贴身口袋里拿出几张存折，还有好几张活期定期的银行存单。

老白：器官移植是大手术，我就怕抢救经费不足！昨天我急着回去，找了几个铁杆部下，把他们的钱也都借来了，还有我和叶青的，都在这儿。凑了将近两万。

老黑、五朵六朵都愣住了。

老黑：国家能报销……

老白打断了他：总有自费部分吧？都拿上，交给桂桂。家里等于有两个人动大手术，营养一定得跟上。你俩都老胳膊老腿了，熬夜熬不动！别算钱！

老黑：这……我不能收。

老白诚恳地：咱们之间还讲客气！我的命是你跟桂桂救的，七朵也是你们送给我们的，钱算什么？这个世界上，能靠钱办到的事情就不算是难事。我知道你最喜欢的就是四朵……我跟叶青，我们就是倾家荡产，也得帮着救四朵。

老黑：不行，我不能收！

见老黑还是不肯收钱，五朵上前，接过了存折。

五朵：谢谢白叔叔。

老白：走吧，我送你们去医院。

40. 医院走廊，内，晨

三朵依旧坐在那张长椅上，她在这儿坐了整整一夜！

护士刘影跑过来：到处找你呢！配型结果出来了。

三朵仿佛从梦中惊醒：嗯？哦！

护士刘影：你跟我到医生办公室来吧。

三朵打点精神，跟着护士走了。

41. 妇联二朵办公室，内，晨

二朵在办公室里擦桌子，收拾文件，心神不定。这时，电话响了。

二朵：喂？三朵？怎么样？

三朵（O.S）：DNA检测结果出来了！除了咱爸的干细胞遗传基因的同位点偏低，不能配，剩下咱们都能作供体备选！

二朵：那太好了！

三朵（O.S）：你赶紧请假过来，你跟四朵的肾干细胞同位点最高，术后预期最好！大家再讨论一下！

二朵：那还讨论什么，就我捐吧！

42. 市政府外，外，日

市政府外，郑智小步跑向二朵。

郑智小步跑了过来：怎么了？

二朵一字一顿地：定了。我捐。

郑智大吃一惊：啊？！

二朵：所以我才把你叫出来，我很认真、很严肃地要跟你谈谈。

郑智目瞪口呆地看着二朵。

二朵：首先，你要做好三大心理准备。第一，我手术以后，身体可能比较虚弱，因此你要包揽家务；第二，不排除我以后早死，你应该作好丧偶当鳏夫的准备，不得因此埋怨我爸妈、姐妹们；第三，我多半不能生育，你应该破除"不孝有三，无后为大"的封建陋习，准备断子绝孙。

郑智顿时大怒大惊，跳起身吼叫了起来。

郑智：放屁！

二朵：你注意点儿！这是市政府！

郑智压抑着怒火：那好，我也向你表态：第一、第二条我还能勉强忍着，就是说，尚可接受吧，但是第三条决不能有半点差错！我们郑家三世单传，你要不能生孩子，我娶你干什么？！

二朵大怒：什么？原来你娶我就是为了找一架生育机器？

郑智：你别断章取义！

二朵：郑智我告诉你，我是你妻子，可我更是我爹妈的闺女，我四妹的姐姐！要是你姐腰子坏了要捐献，你会不会献？

郑智气急败坏地：你别咒我姐！第一，我姐只有我这一个弟弟，当然我献。第二，我又不用生孩子！你家里七个姐妹，大朵女儿都两岁了，她怎么不献？三朵说独身主义，她怎么不献？

二朵气得直哆嗦：你太无聊了！

郑智：反正我坚决不同意！

二朵看看表，心急如焚。

二朵：好了，我没时间跟你吵架，我要赶快回家了！我爸说要开家庭会议！

郑智一把拉住二朵：走，我陪你一起去！

43. 匡家客厅，内，日

简单干净的招待所房间里，除了二朵夫妇，全家都到了。大家都忧心忡忡的样子，气氛很是紧张。

三朵烦躁地：二姐怎么还没来？

母亲：她是公家的人，要请假的。

三朵：哼。我看二姐够呛，郑智那么小心眼，爱算计。

母亲：你少胡说！对了，大朵家的电话还是没人接？

三朵：嗯。传呼也不回。

母亲叹了口气：……谁知道出了什么事儿……

老黑粗声粗气地：大朵身边有丈夫有公婆的，出不了什么事！还是先料理四朵的事情要紧！六朵，再给你二姐打电话催催。

六朵刚拿起电话，门就开了。二朵和郑智吵着架走了进来。

老黑：来了就好。坐下吧。

二朵和郑智互相不看，气呼呼地各自坐下。

老黑焦虑地：长话短说，咱们要在中午之前选定肾移植供体。不然四朵就危险了。你们心里也明白，都是一个爹妈生的，就不用我再动员了吧！

老黑话刚说完，郑智噌地跳了起来。

郑智：好！我先表达一下我的意见。四朵是为了救人受伤的，我们觉得荣耀，骄傲！我是个共产党员，我敬佩四朵的精神！

老黑松了口气。

郑智：但是！上帝说过，"不为养育子女的婚姻，是罪恶的婚姻"……

三朵冷冷地打断他：你不是共产党员吗？还信上帝？

郑智被噎住了。

三朵：你别以为自己高学历，说话引经据典我们就被你吓住了。你不就是说，不让二朵献吗？

郑智：对啊！我就是这个意思！我们本来就准备要孩子，没准二朵现在就已经怀孕了，她不能开刀动手术。

三朵、五朵、六朵对郑智怒目而视。

母亲长叹一声。

老黑脸色阴沉地：二朵，这是郑智的意思，你自己呢？

二朵：我……我当然要献了！我跟三朵最合适，我不献谁献？

郑智：好！匡二朵，夫妻相处之道就是要互相尊重，你既然这么不尊重我的意见，那我们的感情，我们的婚姻能不能维持，就无法保证了！

老黑气得脸色发黑，三朵一拍桌子站了起来。

三朵：你威胁谁呢？

郑智也怒了：我没威胁谁，威胁我自己！我拦不住她献肾，我离婚可以吧？

三朵：你！你这个无赖！看吧，这就是男人，关键时刻就找不到人了！

母亲站了起来：三朵！

三朵和郑智怒目对视着。

母亲：都是一家人。何必吵成这样呢。都坐下吧。听我说几句。（母亲缓缓地）刚你爸也说了，都是一个爹妈养的。你们七个，都是我的心头肉……妈没偏过心，手心手背都是肉。郑智说的也对，他跟二朵，小夫妻刚结婚半年，还没生孩子，马上要捐肾，任是谁，也受不了啊。

二朵：妈，反正我是决定要献了。离婚就离婚。我不怕。

老黑怒：离什么婚！我们匡家没人离婚！

郑智又哼了一声。

母亲从容地：你们别怨郑智，他的态度妈能理解，就是为爱疯狂。我看，既然二朵已经出嫁了，就不是咱们家的人，就把她像七朵那样，排除在外。

二朵眼里含泪：妈！

母亲摇摇手：别再说了二朵。

三朵没好气地：对，还说什么呀？除非你离婚！你舍得吗？

郑智已经松了口气，心情顿时好了不少。

郑智低声嘟囔着：宁拆十座庙，不破一门婚……其实，我知道大家为二朵也着急，要不，我参加一下配型，如果我能献，我绝对愿意。

三朵狠狠瞪了郑智一眼：我们匡家的人还没死绝呢！妈，我献。

五朵：还有我呢，我献。

六朵：妈，还有我呢。

老黑欣慰地看着三个女儿：行。你们三个都是好孩子，咱们去找医生。

母亲却摇了摇头：不行。你们都不行。

老黑急了：老婆子，你什么意思？

母亲：五朵还没找到工作，要是做了这么大手术，肯定没有单位要她了。六朵呢，快大学毕业了，是咱们家唯一的大学生，总不能耽误学业吧？

五朵六朵争着要跟母亲说话，被三朵打断。

三朵：妈，那就是我献。我早就说了，我身体好，跟四朵感情好，工作稳定，又不打算结婚生孩子。

大家都感动地看着三朵，特别是老黑。他站了起来，动情地看着三朵，轻轻拍了拍三朵的肩膀。

老黑：行。是我们匡家的种！

母亲却还是摇头：不行，三朵也不行！

老黑这下真急了：你什么意思？！啊？这个不行那个不行，你就打算看着四朵就这么走了？手心手背都是肉，四朵不是你的心头肉？

母亲：你别吵吵，你没听医生说吗？四朵和三朵虽然是双胞胎，同位点只有三个！

老黑嚷嚷着：那你说怎么的？能献的你都拦着不让献，这愿意献的，你又说不能献！

母亲：四朵跟三朵形似神不似，四朵手术以后排异风险太大，搞不好结局更惨！你不要跟我吵了！孩子们也不要再跟我争了！（母亲斩钉截铁地）包括不在场的大朵在内，六个女儿，摘谁的肾脏我都心疼！谁的都不要摘！我的身体好得很！匡老黑！你别再烦我了，有本事你把你自己的献出来！谁都别再跟我闹了！这件事就这么定了！

见母亲发怒了，老黑和女儿们都不再说话。

二朵却又站了起来：妈，不行吧，您身体不怎么好……

母亲：我的身体我自己知道！

二朵：可我还是心疼您，要不，既然咱们都不行，还是再看看七朵……

母亲真有些恼火了，瞪了一眼二朵。

母亲呵斥：你是没事找事，唯恐天下不乱！跟郑智回去吧！五朵六朵，跟我去医院。找大夫拍板、定局。三朵昨晚上没睡，现在睡一觉吧。

老黑：我还惦记着那孩子，也不知道醒了没有。唉！咱们再去看看他吧！

众人都跟着父亲出门，郑智虽然不情愿，看二朵跟着了，他也只得跟着。

44. 董良辰病房，内，日

三朵走在家人最后面，犹豫地走到董良辰病房门口，见护士刘影正忙活着，三朵犹豫着想离开。

护士刘影叫住三朵：哎，你来了。昨天夜里 23 床已经醒了，不过现在又睡着了。你们可以多陪陪他。

三朵答应着。

老黑看着病床上的董良辰直叹气，又招呼三朵走到床边。

老黑：刚才医生说小董醒了——是叫小董吧？醒了，可脑外伤挺难恢复，不能让他再受刺激！小董也挺可怜的，他醒了，还不知道咱四朵的情况呢。先别告诉他。三朵，你跟四朵是双胞胎，多在他眼前，看看你的样子，没准他能好点儿。

正说着，董良辰悠悠醒来。

董良辰挣扎着睁开眼，起初眼前什么都看不清楚，雾蒙蒙的。他记得最后的记忆是四朵扑过来用自己的身子替他挡住了石块。

董良辰：匡医生……

老黑、桂桂、姐妹们都围上来，关切地安慰着他。二朵还在和郑智嘀嘀咕咕地怄气，并没有看清董良辰。

老黑：孩子！你是好样的！部队没白培养你！你安心养着，没事的！以后我和四朵妈妈就是你的父母，有什么想吃的你尽管告诉我们，一会儿就给你送来！

三朵紧紧咬着嘴唇，不让自己哭出来。

董良辰的眼前渐渐清晰起来，三朵的脸一点一点在他眼前清晰起来。

他定定地看着三朵，他的意识也逐渐清晰起来，那不是军医四朵，那是他多年来每个夜晚都会梦到的三朵！

董良辰激动地想坐起来，但根本动不了：三……

三朵浑身一震。

董良辰看看周围的脸，明白匡家的人此时正全部围在自己床边。他欲言又止，看着三朵，千言万语涌到胸口，又哽住了。

两个人就这样四目凝视，谁都说不出一句话。

（第一集完）

第二集

1. 董良辰病房，内，日

董良辰激动地想坐起来，但根本动不了：三……

三朵浑身一震。

董良辰看看周围的脸，明白匡家的人此时正全部围在自己床边。他欲言又止，看着三朵，千言万语涌到胸口，又哽住了。

两个人就这样四目凝视，谁都说不出一句话。

良久，三朵仿佛用尽全身力气下定了决心，她看看满脸担忧的父母，缓慢而清晰地吐出几个字。

三朵：你……你醒过来就好了！我叫匡三朵，是四朵的孪生姐姐……你好好休息，你很快就能好起来……

三朵忽然用双手捂住自己的脸，浑身颤抖起来……她想逃离这个让人焦灼伤心的重逢现场，但是两只脚却像灌了铅似的动不了。

董良辰明白三朵的顾虑，他看看四周匡家人，尽力克制着自己的感情。

董良辰声音微弱地：三朵……你……你好吗……

老黑：孩子！别动孩子！你现在就一个任务，安心养伤！你放心，以后我们家就是你的家，我们匡家一定替部队照顾好你！

母亲：是啊孩子，你好好躺着别动……

董良辰：四……四朵怎么样了？她……有块石头砸到她了！

母亲和老黑，匡家众人都强忍着悲伤，谁也不忍告诉他真相。

老黑：四朵她没事，暂时还下不了床，没事……没事……你不要担心。

董良辰释然地放松了下来，又陷入了昏迷。

二朵此时也走到了床边，赫然发现这个躺着，重伤的四朵战友，正是那个伤害过三朵的董良辰，她正要说话，被眼尖的三朵死命地掐了一把。

三朵：二姐！你跟我出来一下！（把二朵往外拉）

二朵想挣脱三朵：干嘛呀你！

趁着众人关注着董良辰，三朵硬是把二朵拉出了病房。

2. 医院走廊，内，日

三朵和二朵拉扯着来到走廊另一端。

二朵：你拉我干什么！那是谁啊?！那不就是那个害惨你的董良辰吗！难道你不认识他了吗？

三朵：……

二朵愤怒地提高了音量：喂！你说话呀！

三朵：你小声点！我知道那是董良辰，你嚷嚷什么，别让爸妈听见！

二朵：为什么不让爸妈听见?！我不仅要让他们听见，我还要当面戳穿那个始乱终弃的混蛋！我要告诉全家，当年就是这个混蛋敢做不敢当，害得你没法在部队待下去！

三朵：那些都过去了，我不想再提。你也别提了，姑奶奶！我求你了行吗?！

二朵：哼！你倒是心宽肚量大，我可是眼里不揉沙子。要不是他，你现在怎么会沦落到在水泥厂做女工?！你要是有份体面像样的工作，至于到现在还是没人要吗！他害了你一辈子你知不知道！

三朵：匡二朵！我知道！我现在过得惨，我处处不如你，我都知道。伤疤已经结痂了，你非得把它再揭开是吗?！

二朵：我！……咱们家跟董良辰这是什么孽缘?！四朵跟他又是怎么回事？不行，我得把这事弄清楚！

三朵：你别搅和了行吗！现在是什么时候？四朵躺在重症监护室里等着换肾，爸妈年纪那么大还挺着忙里忙外！你这时候还跟他们说这个不是要他们的命嘛！

三朵铁青着脸堵住二朵。

二朵：那你打算怎么办？他妈的，咱爸还把他当好人了！董良辰可真不是东西！

三朵：……现在四朵最要紧！爸妈知道董良辰是四朵的战友就够了！

二朵：唉！这都是什么事呀！三朵，你一向干脆利索，可是一到董良辰这儿就短路。算了！我从来就管不了你，以后你可别怪二姐关键时刻没拉你一把！

二朵说完转身就走。

三朵颓然地靠着墙，远远地，老黑、母亲、五朵、六朵从董良辰病房出来了。

六朵：三姐！爸叫你。

三朵走到家人跟前。

老黑：三朵、五朵、六朵，你们要照顾好四朵，也要照顾好小董！你们三个排个班轮流监护。

五朵、六朵都点头，三朵没说话。

郑智：哎？二朵呢？

三朵：二姐有事先回家了，刚走。

郑智嘟囔着追出去了：怎么也不叫我一声……

母亲：行了，我和你爸得回趟家。三朵一夜没睡了，先去休息。五朵，你留下来看着小董，六朵跟我们回家做点汤带过来。

3. 医院会议室，内，日

三朵疲惫地进了房间坐在床上，她静静地坐着，五年前的一幕幕往事清晰的出现在眼前。

4. 闪回——卫生队，内，日

字幕：五年前。

卫生队。

年轻的三朵穿着军装，扎着两个小辫子，一脸稚气，在值班，有家属进来打针，一个老人带着一个小孩儿。

三朵热情地：打针吗？

小孩儿看着三朵却哭了起来：爷爷走，爷爷走……这个阿姨打针疼……

三朵：我轻轻地打，保证不疼……

孩子哭得更大声了，老人无奈地被孩子拉着往外走。

老人：唉，匡护士，我们今天不打了。他们都说你打针用的针头是带钩子的，扎下去痛，拔出来比扎进去更痛。

看着病人离去，三朵咧咧嘴，委屈极了。

门被推开，风流倜傥，披着皮夹克的董良辰走了进来，一见三朵嘟着脸站在那里，一下就哈哈笑了出来。

三朵怒：笑什么笑！

董良辰：你就是我们航医说的那个匡三朵吧。他说你打针比穿刺还疼。

三朵凶巴巴地：都是你们那个胖航医造的谣，吃药不痛，打针哪有不痛的？怕痛别打。

三朵真气急了，转身要走。

413

董良辰笑了：哎，你给我打啊，我不怕痛。

三朵于是便换了一副笑脸：你试试就知道了。

董良辰趴在床上，退了半边的裤子，然后就等着。三朵把玻璃药瓶打开，将药吸入针管，然后拿着酒精棉球过来，紧张地吁了口气，在董良辰的右臀部画了一个十字。

董良辰哈哈大笑，笑得发抖。

三朵严厉地：别瞎动！

董良辰：你是打针还是划数轴啊？

三朵：开什么玩笑，我在定位呢！

董良辰：打针还要定位？！

三朵：那当然了，和你们飞行打靶瞄准一样啊！你不能上来就突突突把炮弹都打光吧！干什么都要精益求精，否则我扎到坐骨神经上，你就瘫了。

三朵边说边用酒精棉球消毒。

董良辰：瘫了你养我啊！

三朵大声地：见鬼，我怎么养你，一个月就六块津贴，连块巧克力都舍不得买，整天吃大灶，油水都没有，怎么好和你们空勤灶比，还养你！做梦去吧！打完了，起来吧！

董良辰惊愕地爬起来：不痛啊！

三朵歪着头，神气活现地朝他笑了笑。

三朵神秘地：针也是认人的，明白吗？

董良辰：不明白。

三朵：你知道你为什么不痛吗？是因为你不叫。

董良辰：痛与不痛与叫有关系吗？

三朵：我谁也没告诉过，我告诉你，但你不能告诉别人，否则就更没人叫我打针了。

董良辰：你说吧，我替你保密。

三朵：我怕病人叫，他们一叫，我就会慌，我一慌，手就不听使唤，就会把一针管的药一下推进去……

董良辰听后笑了，三朵也跟着笑了。

董良辰：你当护士是一个错误。

三朵发愁地：我也觉得是一个错误。

董良辰同情地看着眼前的三朵。

5. **现实——医院会议室，内，日**

　　董良辰当年年轻英俊的脸渐渐淡去，叠映出三朵满是泪痕的脸。

　　三朵突然想起了什么，又出了门。

6. **重症监护室，内，日**

　　三朵站在四朵的床前，轻轻地给四朵擦着脸。

　　四朵静静地躺在那儿，眉头微皱，好像在做着什么梦。

　　三朵：四朵啊，你快点醒醒吧！你这样，怎么能承受那么大的手术呢？！……你快点醒来吧，醒来告诉三姐，你是怎么认识董良辰的？你和他到底是怎么回事？

　　四朵还是静静的。

　　三朵抓着四朵的手：你听见了吗？……你喜欢董良辰是吧？你快醒来告诉姐姐啊……不，不用你说姐姐也知道！从小到大你什么事都瞒不过我，我知道的……

　　四朵的手指轻轻地动了一下。

　　四朵迷迷糊糊地，声音虚弱地：董良辰……董良辰……

　　三朵：四朵，四朵，他已经醒了，他还问你呢……（三朵拼命压抑着自己的感情，为了妹妹，她希望自己能忘了过去）所以你赶快醒来吧，赶快好起来！

　　三朵期待地看着四朵，四朵却又一动不动了。

　　三朵的心被酸楚的痛感包围了，她拉着妹妹的手，把脸埋在四朵手上，无声地哭起来。

7. *闪回——卫生队，内，日*

　　董良辰又走了进来，三朵惊讶地站起来。

　　三朵：董良辰。你这个疗程的庆大霉素打完了。又来干吗？

　　董良辰支吾着：不行，这个，我的牙还是隐隐在痛，要求再打一个星期。巩固巩固嘛！

　　三朵哭笑不得：这针也能随便打的？我打针痛，要不，我给你找个老护士打吧？

董良辰着急地：不用不用不用，还是你给我打，还是你给我打。

董良辰的样子把三朵逗笑了。

三朵给他打针，这次镇定了，动作很利索。

董良辰：你怎么不划十字了？

三朵：不用了。

董良辰：你就不怕扎瘸我。

三朵扑哧笑了：扎瘸活该啊，谁让你自己撞上来。好了，起来吧。

董良辰打完坐了起来，却磨蹭着不走，最后从皮夹克口袋里掏出用报纸包好的一包东西给三朵。

三朵：这是什么？

董良辰：你等会再看。（董良辰伤感地看看三朵）人怎么才能生病呢？

三朵：你真是个傻瓜啊！哪有愿意生病的。

董良辰小声地：我希望一直来找你打针。

三朵表情变得很异样，董良辰说完也红了脸，逃也似的走了。

三朵打开那包东西，里面是整整齐齐的巧克力。

8. 匡家，内，夜

老黑坐在床边的椅子上，死命地抽烟。面前的烟灰缸里已经塞满了烟头。

母亲从后面一把抢过烟，掐了。

母亲：不要命啦？当心肺气肿！戒了这么多年你怎么又开始了。

老黑倔头倔脑地：我心烦，你别管我！

母亲：我不管你谁管你？

母亲尽量保持着冷静，将一张纸递给他。

老黑不接也不看：什么？

母亲：家里的安排。存折密码，孩子们的生日，咱们的各种证件，还有……

老黑不耐烦地：我不看这些！不就是在医院住上几个月吗？

母亲：那你想过没有，万一我在手术中出点儿意外，回不来了怎么办？你自己不是也说了，万一有个三长两短呢。

老黑一下愣住了。

母亲：所以这等于是我写的遗嘱。还有你每天要吃的药，你的胃不好，要特别小心。你这脾气也急，没了我打圆场，你以后跟女儿们可怎么相处啊。特别是三朵，你别老是说她……

老黑沉着脸：你说这些晦气话干什么。（老黑也一阵心酸）你安心着去，都是最好的医生。

母亲又伤心起来：我就怕四朵有点啥……

老黑无语，拍了拍老伴的肩膀。

9. 现实——四朵重症监护室，内，夜

三朵趴在四朵床边，护士刘影推门进来。

护士刘影轻轻拍了拍三朵：醒醒。

三朵抬起头来：嗯？

护士刘影：那个飞行员醒了，他在找你，你快去看一下吧！

三朵愣了愣，急忙跟着护士走出了四朵的病房。

10. 董良辰病房，内，夜

董良辰半躺着，急切地盯着门口。

三朵进来了。

三朵情绪复杂地看着董良辰。迎着董良辰热切的，微微有些湿润的目光，慢慢走到病床边。

董良辰：三朵！这些年我一直在找你！

三朵：……

董良辰：这些年你好吗？你……结婚了吧？

三朵：你怎么会和四朵一起回家？

董良辰愣了：对，四朵呢？她怎么样了？

三朵：还没有醒。

董良辰：她是为了救我……

三朵：你回答我的问题？你怎么会和四朵一起回家？！

董良辰：……上半年我忽然得了阑尾炎，医生要我保守治疗，办住院手续时我看见了匡四朵，我都傻了，还以为是你，坚决要求住进去……

三朵心情复杂地听着。

董良辰：也许是这样，她有些误会……可我和四朵一直是同志关系。我只是她的病人。

三朵不语。

董良辰：我是曾经懦弱，可我对你的感情并没变过，我不会对任何一个女孩再有感情……

三朵叹气摇头：这是什么时候了，我没心思听这些。

董良辰定定地看着三朵。

董良辰艰难地：那次挂了你电话我就后悔了……我到处找你……

三朵脸色一变：别说了！都是过去的事，我不想再提了！

董良辰一把拉住三朵的手，三朵立刻甩开，短暂的接触，让两人都不免片刻怔忪。

董良辰低声地：你坐下，听我慢慢说。

三朵愣了愣，坐下了。

董良辰：这些年，我找你找得好苦……

三朵脸上掠过痛楚的神色。

董良辰：我知道，这几年你也过得不容易。我一直找你，直到偶然认识四朵，我常常和她聊天，问来问去都是你的事儿。

三朵轻轻地摇了摇头：……

董良辰：我怎么也忘不了我们过去的一切……三朵，对不起，当年我……太怯懦了。我知道你恨我……（董良辰深深地低下了头）我……对不起你。

三朵短促地冷笑一声。

董良辰内疚地：这么多年，我一直被良心折磨着。

三朵声音尖锐地：你别说了！你不配提良心这两个字！我不想听！

董良辰：当然我去你部队找你，可是你提前复员了……我给你写过很多信，每天都写！都是请匡二朵转交的。可是你一点音信也没有……

三朵愣住。

董良辰：三朵！我终于找到你了！这次说什么我也不会让你再离开！相信我，四朵会好，一切都会好起来的！

三朵苦涩地摇着头，两人目光对视，都是满眼的泪水。

三朵：过去的就让它过去吧……

董良辰：三朵……

三朵转身走出了病房，董良辰定定地看着门口。

11. 城市空镜，外，晨

清晨第一缕阳光普照城市。

12. 四朵病房，内，晨

天色已经渐渐亮了，三朵趴在四朵的窗边睡着了，她的眼圈微红，脸上有泪痕。

五朵提着大包小包走了进来。五朵想轻轻地把东西放下，却笨拙地撞到了椅子上，发出了轰隆一声。

三朵醒了：五朵来了。

五朵懊丧地：哎呀，还是把你吵醒了。

三朵：没关系，我一会儿再回家睡会儿。

五朵：唉，慢点，爸叫你不用往四姐这儿跑了，休息够了去照顾那战友。

三朵：哦，那个……好像部队上来人了，他哥哥也来了。

五朵把一个锅递给三朵：我不知道，反正爸再三交代过了，我也转达了。

三朵看着锅：这又是什么？

五朵：是妈专门给那战友熬的汤，鲜着呢！

三朵无奈叹气。

这时，病床上的四朵，微微地动了动全身，她慢慢地睁开了眼睛。三朵和五朵都注意到了，顿时大喜。

三朵：四朵……

三朵拉住四朵的手，紧紧地贴在自己脸上，眼泪哗哗地流了下来。

四朵神志不清，嘴里喃喃说着什么。

三朵：你在说什么？

三朵把耳朵凑在了四朵的嘴边。

四朵断断续续地：……他……他来了吗……他没事吧？

三朵：董良辰他没事，他已经醒过来，已经脱离危险了！

四朵：董良辰……

三朵：你想见他吗，我这就去找他！

三朵站起来就冲出去。

13. 病房走廊，内，日

三朵推着董良辰的轮椅，快步走进四朵病房。

14. 四朵病房，内，日

董良辰头上还扎着纱布，他难过地看着脸色苍白的四朵。四朵微微地露出一个笑容。

四朵：你没事……真是太好了……

董良辰难过地：你也会好的……是你救了我。

四朵：你是为了救孩子……

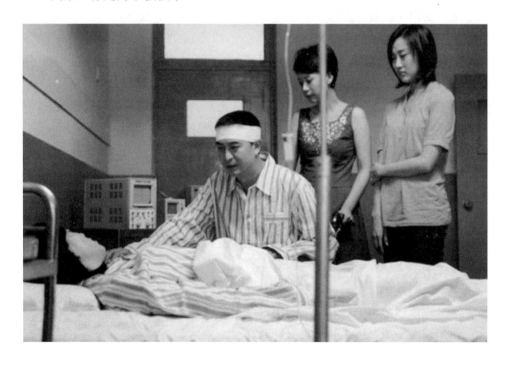

董良辰：四朵，你感觉怎么样？你要坚强，很快就会好的……

三朵在一旁听着两人的谈话，心里有一种说不出的感觉。

四朵摇头：即使不好，是为了你这样，我不后悔……我祝福你和那个你喜欢的女孩儿……

董良辰：四朵！……

三朵背过身，偷偷抹了下眼泪，又强作欢颜。

三朵：我出去一会儿，你们好好聊聊……

说着三朵快步走出了病房。

15. 二朵家，内，日

门铃响，二朵开门，脸色铁青的三朵进来。

三朵：我问你，董良辰说他给我写了好多信，都是寄给你的。有没有这事儿？

二朵一愣：他跟你说的？

三朵不耐烦地：你甭管。

二朵：我怎么就不管了。他不是个好东西，你别听他胡说。

三朵：到底有没有这些信？！

二朵躲闪着三朵的目光：都过去这么长时间了，我早忘了。

三朵：你能忘了？你连我们当新兵的时候吃饭哪顿有大肉你都记着，你会忘了这个？

二朵不语。

三朵不耐烦了：你凭什么扣我的信？信放在哪儿了？你给我拿出来！

二朵：我可都是为了你好，那董良辰把你坑得这么苦，你还记着他干什么？……

三朵怒：我就烦你这个劲儿，你管天管地，你管得着我的事儿吗？你怎么知道我是记着他呀？我就问你，你凭什么扣我的信？！

二朵低声嘟囔着：他就是道歉什么的呗，看不看都一样……

三朵暴跳起来：你还偷看了？！

二朵有些害怕，往后直退。

二朵：你……你要打我？

三朵：我就打你了怎么着？！

看三朵怒气冲天的架势，二朵吓得叫了起来。

二朵：一堆破信，早就不知道塞哪儿了！没准儿早就卖废品了！

三朵：我还不知道你吗？什么陈芝麻烂谷子你都收得好好的！你给我找！现在就给我找！

二朵叹了口气，去屋里，不一会儿拿出一个书包递给三朵：都在里面了，你拿走吧。

三朵接过书包，打开，里面是满满一包信。一封封的旧信，下面都写着董良辰的名字。

三朵迟疑半晌，拿出一封看。看了没几行，三朵的眼泪已经迷住了双眼，她痛苦地看不下去了……

16. 闪回——军营女兵宿舍，内，夜

三朵在写信，门开了，同样穿着军装的二朵意气风发地走了进来。

二朵：三朵！给爸妈的信写好了吗？把我的立功喜报一块儿寄回去。

三朵不高兴了：你自己寄吧。

二朵：为什么？你现在怎么搞的，还自私起来。

三朵：别动不动就给我扣大帽子。跟你分在一个部队真是倒霉！

二朵：你自己不思进取还说我？

三朵：你就像潜伏在我身边的特务一样，弄得什么事爸妈都知道。

二朵：我又没说什么！

三朵：还用说吗？你整天往家里寄喜报，不就是要证明你比我好吗？

二朵：我不是那个意思，我是想叫爸妈高兴啊。

三朵：我就讨厌你这张进步的脸！

二朵：你自己说说自己，白叔叔帮咱们三个当兵，都是为了给家里减轻负担。现在四朵特争气，保送到军校去了，就咱俩。我现在已经是电话连的副班长了，你呢，进步太慢了。打针技术也不好好练习，名声那么大，给谁打谁叫。

三朵气得站了起来：谁说的？

二朵：我听见好多次了！谁要是欠揍，就有人说，拉他到卫生队，叫匡三朵给他扎一针他就老实了。

三朵：你胡说！今天有人来打，就说我打得一点都不疼！

二朵：谁啊？

三朵想了想：他叫董良辰。

二朵不以为然地：哦，他呀，听说毕业刚一年就飞完了四种气象，所以总是一副得意洋洋的样子，一点都不谦虚。看着就讨厌。他是哄你！

三朵：你！

17. 军营操场，外，黄昏

三朵跟二朵在操场上走，二朵又在批评三朵不上进。

二朵：就说这入党申请书吧，到现在你都不写。

三朵：我觉得自己还没到党员的标准。

二朵絮叨着：到不到不是你说的，是党说的，你知道自己达不到这个标准，就要加倍努力才是……

三朵早就走神了，她远远看见一帮飞行员穿着飞行服，有的人还叼着香烟，松松垮垮地走过来。

三朵的脸顿时红了，她一眼就认出了其中的董良辰。

董良辰也看到了她。两人对视的时候，都心照不宣地紧张起来。

二朵停了下来，怀疑地看着三朵。

二朵：什么人？哦，那就是董良辰吧？他老看着你干吗？

三朵面红耳赤：别胡说，他看我干吗！

18. 三朵宿舍门口，外，黄昏

三朵刚回到宿舍，门诊值班室那边就传来叫声。

（OS）：匡三朵，到前面值班室接电话！

三朵一愣，分明有种预感，脸上浮现紧张和幸福。

19. 值班室，内，黄昏

三朵气喘吁吁地跑到值班室，一把拿起电话。

三朵：喂？

董良辰完全像下达军事命令（OS）：我是董良辰。我有东西要给你，晚上八点军营小树林见。

三朵还没来得及答应，那边就收了线，三朵听着话筒里的忙音，大惑不解，一回头，见旁边的值班医生直勾勾地盯着她。

三朵只好对着空话筒做出笑容：好的好的，我妈一定是带来了好吃的，我就来取。好，再见。

三朵放下电话，心虚地看着值班医生傻笑。

三朵：一个北京老乡刚探家回来。我妈给带了东西。

值班医生：你们北京兵真幸福。

20. 军营小树林，外，夜

三朵一眼就看见了不远处默然站立的董良辰。慢慢走了过去。

董良辰定定地，不加掩饰地看着三朵。张开了自己的手臂。

三朵深吸了一口气，终于情不自禁地跑上前，两人相拥到一起……

21. 军营小树林，外，夜

董良辰和三朵偎依着在水边坐着，看着水面上的月亮。

董良辰：这段时间我最盼的事情就是生病，前几天降温，为了生病，我和胖子他们打赌，谁给我一包中华，我就跳到池塘里。

三朵：傻瓜！你真跳了？

董良辰嘿嘿笑着：不止跳了，还在水里游了一会，可也没用，连个喷嚏都没打。

三朵也笑了起来：其实，我老是想你，也盼你生病，可转念一想，又觉得不应该，这不是咒你吗！我有时想打电话到飞行大楼，装个男声找你，可我不知道装不装得像，要是露馅了就惨了。

董良辰：你直接来找我啊。

三朵嘬嘴：我哪儿敢啊。我一个战士，一个乳臭未干的新兵蛋子，就去勾搭人家飞行员。

董良辰笑了，又递给三朵一大包巧克力。

三朵掏出一块手表，给董良辰戴上了。

董良辰：哪儿来的？

三朵：我爸给的。

22. 军营操场，外，日

三朵站在操场上，装着看书，眼睛却一直瞟着飞行大楼。

二朵狐疑地走了过来：三朵。

三朵吃了一惊，回过头来。

二朵：你等谁呢？

三朵不自然地：没等谁啊。

二朵盯着三朵看，三朵怒了。

三朵：干什么呀你。成天监视我。

二朵：我告诉你，部队是有铁的纪律的。

三朵沉着脸：你什么意思呀？

二朵：我什么意思你知道。

三朵掉头就走，二朵追了上去。

二朵：他们要转场了！

三朵：谁？

二朵：哼。去兰州。你别傻不愣登了！他根本就是耍你！

三朵脸色惨白。

23. 军营小树林，外，夜

三朵在岛上等待着，董良辰远远跑来。

董良辰：三朵！

董良辰一把将三朵抱在怀里，三朵狠狠地不假思索地在他胳膊上咬了一口。

董良辰：哎呀！

三朵哭了：你为什么一直不理我？我每一天，每一个小时，每一分钟都在等你！你们明天就要开拔了，你为什么不告诉我！

董良辰：……

三朵哭得更伤心了：你们转场去兰州，那么远……以后我们就见不着了……

董良辰庄重地：三朵，你看天上的月亮，让她作证，将来我一定要娶你，娶你做我的妻子。

三朵不哭了，紧紧地抱住了董良辰……

两人在月光下缠绵着。三朵缓缓地倒在了草地上……

24. 三朵宿舍，内，晨

天还没亮，三朵摸黑起了床，她细细簌簌地穿衣梳头，边上铺位的班长醒了过来。

三朵：班长。今天休息，我想请假去市里。

班长：军人服务社什么没有？一个战士，除了牙膏牙刷、卫生纸，还需要买什么？什么东西一定要去市里买？

三朵早有准备：我去买书。

25. 乡间田野，外，晨

三朵走在田野上，她四周看看没人，脱掉军帽放到包里，然后又撕掉领章。这样她就是个老百姓了，确切地说，她更像军队家属院的那些女学生。

三朵凄惶地看看自己，向前走去。

26. 医院妇科门诊处，内，日

三朵呆呆地拿着化验单，上面印着两个红字：阳性。

三朵不知道站了多久，才定了定神，走进诊室。

三朵把化验单递给一个戴眼镜的男医生，也不说一句话。

男眼镜医生看了一眼：你有了。

三朵从容又果断地说：我不要，做掉它。

男眼镜医生认真打量起三朵，然后向她伸出一只手。

三朵：要什么？

男眼镜医生：介绍信。

三朵自语：原来这么麻烦啊！

男眼镜医生说：你以为好玩吗？这是要杀人的。

27. 部队操场，外，日

三朵脸色惨白，神思恍惚地站着，二朵急匆匆跑过来。

二朵：怎么了？什么事儿不能在宿舍说？

三朵：……这回你要帮我个忙了……我要回家，找妈妈。

二朵愣住了：……你怎么了？

三朵木然：我怀孕了。

二朵呆住了。半晌，她什么都没多说，点了点头。

二朵：我知道了，幸好我是电话连的。我打电话，没人能听见。你回去歇着，别管了。

三朵眼圈一下红了：二姐……

二朵摇摇手：千万别让别人知道。我们走吧。

28. 部队门口，外，夜，雨

大雨倾盆，一辆吉普车在部队大院门口，三朵的班长向三朵交代着。

班长：你们家来电话，说你父亲病重，让你们回去。

三朵张张嘴，不知道该说什么。

班长：你别着急。

二朵背着书包急匆匆跑了过来。

班长：连长交代说，现在已经没有去市里的便车可搭了，就专门给你们要了个车送你们去火车站，快上车吧。

二朵拉着三朵上了车。

吉普车开了。国道上没有路灯，大光灯笔直地照出去，车内显得尤其黑暗。

三朵看着窗外，内心既胆怯又茫然。

二朵握住了三朵的手。

29. 匡家，内，夜

桂桂和老黑已经睡下了，老黑鼾声如雷，母亲却听到了敲门声，她立刻披衣起来，看了看钟，12点。

母亲喃喃地：这是出什么事儿了……谁啊，半夜十二点敲门……

母亲的心开始发紧，她打开房门，只见二朵和三朵凄惶地站在楼梯口的黑影里，外面在下雨，两人瑟瑟地缩着脖，被淋得浑身精湿。

母亲吃了一惊，顾不上说什么，二朵拉着三朵进了门。

母亲：你们这是？……

母亲看看二朵，看看三朵，见三朵一直低着头回避自己的目光，就知道了问题在三朵身上。

二朵把母亲拉到厨房：妈，出事了！

母亲：你慌什么，慢慢说。

二朵：……三朵怀孕了。

母亲：怀孕了？（母亲用很大的声音问）那小子是谁？

二朵犹豫了片刻：不知道。

卧室的门响了一下，母亲一凛，拉住了二朵。

母亲：小声点，这事叫你爸知道了可了不得……三朵，你这死丫头，给我

427

过来，我问问你。

二朵急忙地：妈我问过了，她死活不说，你别逼她了，她好不容易回来，你再逼她，怕是要出事的。

母亲愣了愣，和二朵从厨房出来，走到里面房间，看到奔波了数天，紧张焦虑的三朵已经蜷缩在床上睡着了。看着三朵可怜的样子，母亲一下心软了。

母亲：怪可怜的，让她睡吧！这些日子这孩子大概就没好好睡过。

二朵：三朵要去公社医院做人流，人家都不肯给她做……

母亲：要死了，使不得，弄不好人就废了，以后像你叶青阿姨那样连生育都没有。

二朵：弄来弄去，我们的事最终都得妈给擦屁股。

母亲：三朵这孩子，唉……我看她在部队是不能再呆下去了，年底复员回家吧，我的孩子我知道，再呆下去还不知惹出多大乱子来呢！好在现在我还能收拾。

正说着，老黑忽然面目狰狞可怕地出现在门口，他用一根手指指着母亲的鼻子，吼叫起来。

老黑：你……你们……都给我滚出去……滚蛋……！

三朵被老黑的咆哮吓醒了，父亲举着颤抖的手掌扑向三朵，母亲一步上前横在当中，死死地抱住了父亲。

母亲：老黑呀，你别吵醒邻居……放过孩子吧……我求你了……

父亲咆哮着：不要脸的东西，给我滚！匡家没有你这样的下贱货！

母亲和二朵连推带抱把父亲弄到卧室，父亲一直不停地高声责骂着，眼见拉不住暴怒的老黑，母亲泪流满面地跪在了他面前。

母亲：老黑呀！我求你……家丑不可外扬，你吵得满城风雨的，叫她怎么活呀……

老黑见桂桂跪下了，停住了吼叫，他长叹一声，一拳擂破了桌子上的玻璃，手上鲜血横流。

30. 三朵房间，内，夜

三朵缩在角落里，紧紧地抱着自己。半晌，她拉开抽屉，拿出里面的剪刀，簌簌发抖地对准了自己的手腕。

母亲用劲推开了门，看见眼前的场景，大惊，不顾一切冲上去，要抢三朵的剪刀。三朵哭泣着挣扎。

母亲无奈，伸手给了三朵一耳光。

母亲大声地：你这孩子！你怎么这么傻啊！

三朵愣住了，母亲看着萎靡的三朵，一阵心酸。

母亲：你怎么能这么傻啊……

三朵：……妈，我真恨我自己，为什么那么轻薄，那么贱……我对不起你，我真的不想活下去了……

母亲：傻孩子，你记住妈一句话，福也好，祸也好，都能过去。妈这就去找叶青阿姨，神不知鬼不觉的，有妈在，你这就不是什么不得了的事情。

三朵一头扑进母亲怀里，大哭起来。

母亲紧紧抱着三朵：想哭就哭个够吧……

三朵啜泣着：妈……

31. 董良辰病房，内，晨

三朵拿着那些信走进来。

董良辰正在床上做上肢练习，他一看见三朵，眼睛就亮了。

三朵也一眼看见董良辰胳膊上还带着自己当年送的手表，愣住了。

董良辰注意到了三朵的目光：执行任务时蹭花了表面，要不还像新的一样。

三朵狠了狠心，躲避着董良辰炙热的目光。

三朵：那信，我看过了。

董良辰也不知说什么才好：嗯……

半晌。

三朵：我看信不代表什么，只不过是……做了一件很早以前就该做的事情。现在看完了……所以……也可以把这件事完完整整地结束了。

董良辰：三……

三朵（打断）：不要打断我，你让我把话说完，不然我怕我说不下去！董良辰，四朵昏迷中还在念着你的名字……

董良辰想说什么，三朵抬手不让他说。

三朵：四朵不是别人，她是我的孪生妹妹！你知道双胞胎吗，从小到大她哪里难受我就哪里难受，她就是我，我就是她！所以我知道她对你的感情很深很深，在最危急的时候她可以不顾自己去救你！

董良辰：……

三朵：我不能，因为四朵，我不能。

董良辰：……我只想知道，你，还爱我吗？

三朵：爱！

董良辰：那么你现在恨我吧？

三朵：恨！

董良辰深深地叹了一口气：爱我也好，恨我也好，已经发生的事情谁也没有办法改变，就算我多么愧疚都于事无补。

三朵：是的，于事无补！

董良辰：可是我说过，这次找到你，我不会再放手了！

三朵：我早就放手了！对我来说，现在你是四朵的战友，是我最亲近的妹妹喜欢的人。四朵马上要做肾移植手术了，等她好了，你要好好对她！

说完，三朵逃似的离开了。

董良辰想追，但他根本下不了地，急得大喊。

董良辰：三朵……

32. 医院手术室外，内，晨

清晨，手术室外，医务人员们为即将进行的肾移植手术忙碌着。

老黑和二朵、三朵、五朵、六朵都在焦急地等待着，郑智识趣地坐得远远的。

母亲躺在手术车上，盖着白单子推了过来。

大家围了过去，对视着，心里翻山倒海。

三朵拉过了父亲，老黑看着桂桂苍白的脸容，一阵心酸。

母亲从单子下面伸出了手。

老黑紧紧地抓住了她的手。

众人焦虑，担忧的表情。

母亲安然地微笑着：都别担心。一会儿就全好了，啊？

二朵哭了起来。

三朵：哭什么！妈妈和四朵肯定会好的！咱们都不许哭，笑着送妈进去，来！

三朵微笑着，跟母亲道别。

母亲也微笑着。

护工推动了母亲的车，将她推进手术室。

手术室的门慢慢关上了，大家等在外面。

手术室三个大字亮了。

五朵和六朵忐忑不安的神情……

老黑故作沉稳的状态……

三朵靠在墙边……

郑智买了矿泉水来，给大家分发着，给到二朵时，二朵不耐烦地推开了他。

忽然，护士刘影从手术室里疾步走出。大家都不安起来，三朵拦住护士刘影。

三朵：怎么了护士？出……出什么问题了吗？

护士刘影欲言又止：没什么，我得去请一位医生……

说着，护士刘影快步走了。

匡家人都围在了手术室门口，徒劳无功地向里面张望，虽然什么也看不见。

几个主治医生旋风一样跑过来，进了手术室！

众人都慌张了起来，老黑更是焦急无比！大家目瞪口呆！只能看着门被关上。

三朵脸色变了，她预感到了不祥，浑身颤抖着。

二朵捂住了脸。

五朵六朵搂在一起。

老黑靠着墙，支撑着自己。

33. 董良辰病房，内，日

董良辰拄着拐杖，转来转去，焦躁不安。他几次想出去，到了门口，又停了下来。

34. 医院手术室门口，内，日

手术室的灯，无可奈何地熄灭了……

看着走出来的一脸遗憾的院长和主治医生，大家都明白了。

医生：对不起……病人心、肺、肝脏器综合衰竭……循环系统骤停，我们尽了全力，但是抢救无效……

35. 一组蒙太奇，黑白，无声

心电图仪器上，四朵的心跳成了一条直线……

二朵扑向四朵，被医生拦住……

母亲和五朵六朵哭得浑身颤抖。

只有三朵呆呆地站立着，一滴眼泪都没掉。

老黑摇摇欲坠……

美丽的四朵安详地睡着。

母亲颤抖着将白布缓缓盖上……

董良辰拄着拐杖向这边走来，看见此情此景，泪流满面。

忽然，母亲预感到了什么，急忙回头，果然，老黑捂着心脏，缓缓倒下……

董良辰扔下拐杖迎上去，抱住了老黑。

36. 医院病房，内，日

老黑躺在病床上昏睡，鼻子里插着氧气管，脸色非常不好。

桂桂坐在一边，疲倦而忧心忡忡地守候着，完全沉浸在自己的世界里。三朵提着装饭菜的盒子走了进来。母亲也没听见。

三朵走到母亲身边：妈。

母亲这才被惊醒：啊，你来了。

三朵：我给爸烧了甲鱼汤……爸好点了吗？

母亲：……一直不好。医生给打了镇静剂才睡着。

三朵：下午我跟二朵去了火葬场，该办的都在办了……（三朵强忍着）妈，我心里难过……我心里越想越难过，都怪我，真的都怪我。要是我听了爸的，不办什么生日庆祝，不让四朵回来，她肯定好好的……是我害死了四朵，妈……

母亲搂过泣不成声的三朵，轻轻抚摸着她的头发，拼命忍住自己心里的伤痛。

母亲：三朵，以后千万别再这么想了，是福不是祸，是祸躲不过。四朵从小就喜欢帮助别人，她救了那么多孩子，还救了自己喜欢的小董，走的时候自己一定也是开心的。你跟四朵是双胞胎，她走了，你心里比谁都难受，妈都知道……

三朵：妈你心里难过，你就哭出来吧……

母亲茫然地：说也怪了，我咋就哭不出来呢？……妈就是心里难过……心里越想越难过。老天啊，我没有志向，要说有啥志向就是要七个女儿健健康康，平平安安地活着，过上好日子。她们是我活着的骄傲，老天啊，你怎么就不容我呢？怎么能叫我的四朵走了呢？

这时，老黑醒了，眼睛无神地看着天花板。

三朵急忙把眼泪擦干，上前给父亲喂汤，但是他一口都不吃。

母亲生气了：一口东西都不吃，打算怎么的啊？跟四朵一起走？

老黑：……我吃不下。

三朵：吃不下也得吃！医生说您绝食绝水，连血管都萎缩了，吊针都吊不进去。来，吃一口吧。

老黑勉强转头，却张不开嘴。

母亲忍着心里的剧痛：白发人送黑发人，心里过不来，我跟你都一样。可日子还得过，咱们还有六个闺女……

老黑死死闭着眼，不说话。

母亲：老黑呀，我知道你难过。当年要不是受了伤，你是绝对不会复员的。如果可以，你是愿意在部队待一辈子的人。脱了那身军装，你就跟失了魂儿似的，一直到现在呀！

老黑还是闭着眼不说话。

母亲：你让二朵、三朵、四朵当兵，就是圆你心里那个梦。我虽然舍不得女儿，可是我知道你的心，所以也没拦着。可惜二朵三朵没能随你的意在部队待下去，只有四朵，她是你的骄傲呀！她这一走，把你最后那点寄托也带走了……

老黑紧闭着的眼角滑下一滴泪。

母亲：可是四朵已经走了，你再怎么折腾自己也换不回四朵呀！……你要是也跟着走了，不管我，不管闺女们，我们可怎么办啊……

老黑眼眶里含满了泪水，紧紧握住母亲的手。

半晌，老黑坐了起来，接过了三朵手里的汤碗。

母亲心酸而欣慰地看着老黑像完成任务一样把汤喝了下去。

这时门开了，董良辰、老白、叶青、七朵来了。

三朵：白叔叔，叶青阿姨，白朵，董……。

老白：我们先去看了四朵……

董良辰痛苦地：假如当时不是为了救我，匡医生她肯定不会受伤……

董良辰痛苦地说不下去了，众人也一时沉默。

半晌，老黑才开了口。

老黑：孩子，你和四朵是军人，在这种时候，谁都会像你们俩这样做的。别自责了，不管是战争年代还是和平年代，都有牺牲。

众人默然。

七朵静静地看着董良辰，他的英俊、忧郁仿佛有种磁力，让人不由自主地想去接近，去探寻。

董良辰站在一旁，痛苦地看着三朵。

三朵看着别处。

37. 匡家，内，日

老黑出院了，躺在里面的床上，门没关，三朵和母亲在默默地包馄饨，准备晚饭。家里一片愁云密布，大家都没从伤痛中走出来。

忽然，老黑支持着爬了起来，披上衣服，虚弱地走出了房间。

母亲从厨房里走出：你起来干什么？

老黑不说话，推开了母亲上前的搀扶。

老黑径直推开了另一间卧室的门，这是三朵住的，大朵二朵回娘家的时候也住在这里。

老黑黑着脸：三朵，你这间屋腾出来，我要改成四朵的灵堂兼纪念堂。

三朵愣了一下：哦。

老黑：六朵住校，你晚上就睡六朵的床。她要是回来，你睡沙发，要不打地铺。

母亲急了：三朵上班那么累，晚上睡不好不行……

三朵拉住了母亲：嗯。我知道了。

母亲叹息一声。

老黑走到客厅的玻璃书柜前，往外挪着东西。

母亲示意二朵三朵接着包馄饨，一会儿，老黑就把书柜里面的东西全挪到地上了，书堆得乱七八糟，一碰就倒。

老黑沉了一口气，要自己挪动这个书柜。

母亲：你这是要干吗啊？

老黑：我要把这柜子抬到纪念堂里去，把四朵以前的立功纪念章、生前的生活用品，统统陈列在里头。

母亲叹了口气：三朵，你帮着你爸抬进去吧。

38. 三朵房间，内，日

老黑已经把玻璃柜擦拭干净了，他大病之后，非常虚，做了这些事情就已经喘息不已了。

三朵上前搀扶老黑，老黑倔强地把她的手甩开。

老黑小心翼翼地把四朵的遗物放进柜子里。

老黑大声地：你们都听着，这里，谁都不许碰，不准移动，只准瞻仰。

老黑又把四朵微笑的遗像放在最上头。看着穿军装的四朵美丽的笑容，老黑忽然又被悲伤打倒，捂着脸坐下了。

老黑抽噎着：四朵啊……

三朵难过地看着老父伤心的样子，怕父亲有个磕碰，急忙上前扶住他，没想到动作急了，碰了一下玻璃柜，里面的遗像倒了。

三朵吓坏了，慌忙地想把遗像摆正，结果反而将遗像碰到了地上，玻璃镜框摔碎了。

老黑暴怒咆哮：你这是干什么？

三朵惊慌失措地看着老黑。

三朵：爸，对不起，我不是故意的……

三朵蹲下来，想赶快收拾起来，一地的玻璃碴子，被割伤了手。

母亲和二朵闻讯跑了进来，二朵急忙去拿扫把，母亲心疼地拿起了三朵的手。

母亲：碎玻璃怎么能用手去拿？（母亲不满地看了眼老黑）老黑，你看你把孩子吓得！

老黑咆哮着：你少管闲事！匡三朵！你是故意的！你就是故意的！

三朵的倔劲也上来了：我不是故意的！我为什么要故意碰四朵的遗像？

老黑：那要问你！

三朵也失控叫了起来：我没有！

老黑：还说没有！你说四朵为什么会牺牲？都是因为你！

母亲怒：老黑！你别再胡说了！

老黑不管不顾地：匡三朵，死的怎么不是你？！你为什么不替四朵去死？

母亲再也忍不住咆哮：老黑！

三朵打开门，疯了一样跑了出去。

二朵叫喊着追了出去。

39. 匡家楼下，外，日

三朵躲在楼后的阴影处，呆呆地看着二朵叫喊着跑了过去。

半晌，三朵从阴影处走出，机械地向黑夜里走去……

40. 匡家，内，日

二朵打开了门，母亲冲了过去。

母亲：三朵呢？

二朵：……找不到……

母亲披上了衣服：叫上五朵六朵，一块去找三朵。

老黑：找什么找？她这么大人了，随她去！

母亲暴怒：你刚才不是逼她去死吗？！

老黑一愣。

母亲忽然间就崩溃了，上前撕扯着老黑。

母亲：匡黑！我告诉你，你越老越混蛋！你凭什么这么对我闺女耍混？你说了这些话，你心里就痛快了？你敢逼三朵去死！我告诉你，要是再少一个闺女，我就不活了！

老黑怒吼着：都是她咎由自取！

母亲和二朵、五朵、六朵都要出去找，老黑拦住门口。

老黑：谁都不许去！

母亲跌坐在门口，二朵、五朵、六朵急忙拉她起来。

41. 护城河外街道，外，日

母亲和二朵焦急地在河边上叫着三朵的名字，二朵见四周无人，不由埋怨起母亲。

二朵：你们也真是的，现在家里最需要的就是安定、团结！我一直说，咱们家的家风就是有问题，妈你把她们几个宠得没原则，让爸都没办法开展教育。

母亲没好气地：你回去吧，不用你找了。听见你这么说话我就头疼！

母亲大踏步走向前，二朵冲母亲背影做了个无奈的表情，向着另外一个方向找去。

母亲着急地边走边喊着三朵的名字，远远地，她看到了一个熟悉的身影——老黑。

老黑拿着手电筒，神情急切地也在找三朵。

母亲叹了口气摇了摇头，没有叫他，自己转向另一个方向去了。

忽然郑智跑着过来。

郑智：妈！

听到郑智的声音，母亲和老黑都走了过来。

看见母亲，老黑表情有些不自然。

母亲没理老黑，对郑智：我们找就行了，你明天还上班呢，赶紧回去吧！

郑智：哦，我是来接二朵的……

二朵很生气：郑智，你怎么老拉我后腿？！

郑智：我不是拉你后腿……

父亲：行了，二朵你跟着郑智回家吧，我们的事有我和你妈就行了！

二朵：你别管我！爸，妈，咱们继续找！

郑智上前，一把拉住二朵。

郑智：你们让我说句话行不行？三朵往我家打了个电话，说她要去四朵部队上。我来就是特意告诉你们的，别着急。

母亲：去部队？这大晚上的……

郑智轻松地：没事儿，有夜班的长途车。

老黑：这丫头！没有一件事让人省心！

郑智：爸，我其实特别不赞成你们的这种做法，三朵二十好几的人了，是成年人，你们应该尊重她，不要老是打打骂骂的，弄得她跑了，又兴师动众地出来找。

老黑嘴硬：要走你们就赶紧走，别在这儿扯。我匡黑还轮不着你来教训！

郑智一把拉住二朵：走，我们回家。

二朵推开郑智，郑智急了。

郑智：妈！二朵怀孕了！她不能受累！

母亲大惊：二朵！你怎么不早说啊？前三个月很关键，这么晚还跟着出来跑，万一磕着碰着怎么办？

老黑：郑智你这小子就是这样，说话从来抓不住重点！

郑智委屈地：我插得上话嘛我。

二朵忽然哭了起来：我不想让你们再为我操心了，家里这么乱……

母亲把二朵搂到怀里，轻轻地拍着她的背。

42. 部队领导办公室，内，晨

董良辰端端正正坐在沙发上，一对拐杖靠在沙发扶手边。他的领导背对着他站在窗前，眉头紧皱看着窗外。

董良辰：有什么话您就直说吧。

领导沉吟着：……可惜呀董良辰，可惜呀！

董良辰：……

领导：对飞行员身体条件的要求你们入伍前就能倒着背了，我就不废话了。

董良辰：我知道，就算我的伤彻底痊愈，我的身体条件也已经不符合飞行员标准了……其实我来之前已经决定了……我要求……复员！

领导：你说什么？！

董良辰：我要复员！

领导：不能飞你还可以进地勤、进后勤……部队一大堆的事情可以做，只要把你当飞行员的韧劲闯劲拿出来，你照样有好前途！为什么要复员？！

董良辰：您不用做工作了，我已经决定了！

领导良久地看着董良辰，董良辰坦然地与领导对视着，眼里是不容置疑的坚决。

领导：……还有什么要求？

董良辰：两个。

领导：说！

董良辰：一、请领导协调我回北京工作，至于具体做什么工作我无所谓，只要能回北京；二、请您向上级请示，给匡四朵评一个烈士称号，她当得起这个称号！

43. 营房操场，外，日

三朵一脸憔悴，离熟悉的部队大院越来越近，她犹豫着慢下了脚步。

董良辰提着一个行军包，迎面从里面走出来，两人在门口相遇。

面对面站着，不过几天不见，却像隔了一个世纪。

董良辰：你来是？

三朵：我来是想请部队领导给四朵评个烈士，她就这么走了……还有她的东西，我要替她拿回家。

董良辰把手里的行军包给三朵。

董良辰：四朵的东西都在里面了。还有，（从兜里拿出一封信交给三朵）这是部队领导给你爸妈的一封信，他说他代表全体军医大学的军人，向你们致以最崇高的问候，感谢你们培养出匡四朵这样的女儿，四朵是你们家的骄傲，是我们部队的骄傲，更是军人的骄傲……过段时间证书办下来部队会派专人把英雄称号和立功证书送到你家……

三朵默默地接过行李和信，转身就走。董良辰拉住她。

董良辰：三朵，我陪你一起回去。

三朵：不用了！

董良辰：三朵！……我想去看看四朵，我求你了！

44. 隧道前长途汽车，内，日

三朵和董良辰并肩坐在座位上，两人都沉默着。

三朵内心独白：真的希望这段路永远走不到头，就让我这样一直坐在他身边……

车子路过之前四朵和董良辰遇险的地方，三朵看着那些被清到路边的大石块，想象着四朵遇险那一刻的情景。内心又挣扎起来。

三朵内心独白：不行不行！……四朵，你别怪三姐……就这一段路，等到了你那儿，就是我和他的终点，从今以后我不会再和他见面！

（本集完）

原 谅

编剧：何晴、刘禹彤、何明、陆文京
导演：安战军
主要演员：许亚军、刘琳、周莉、冯雷等

20世纪六七十年代上山下乡中，徐青、曲林、黄娜娜和孟向东是一个知青点的知青，黄娜娜跟曲林从小一起长大，因此无法接受曲林爱上徐青的事实。徐青也拼命躲避曲林，但年轻时候热烈的爱情冲破了一切顾虑，在一次被封在山上的暴风雪中，他们以为必死，因此偷尝了禁果……

徐青和曲林很快坠入爱河，眼看着就要成就一段和美之恋时却遭遇变故……加上一直暗恋黄娜娜的孟向东加害，曲林因为政治和作风两方面问题，锒铛入狱，徐青因误会和他分手，却发现自己怀上了曲林的孩子，两人含怨走向陌路……他们再次相遇，却是因为双方家庭的孩子。两个孩子的身世却牵出了两代人的情感变迁、恩怨情仇。也许，生命的过程总是一次次的无奈，一次次的错误，但是我们能选择的最好方式，还是原谅……

第一集

1. 东北某市剧院，外，日

冬天。剧院门口，张贴着大幅的舞剧海报，海报上主演李蓉的名字写在最醒目的地方。

工作人员还在做着最后的准备工作，也有不少观众已经在准备入场，这中间，一对中年夫妻满脸喜色的样子很是醒目，他们站在大幅的海报下面。妻子年轻的时候一定很美，她有一种独特气质，和李蓉海报上的照片非常像，一看就是母女。不同的是，岁月在她脸上留下了痕迹。她就是徐青。身边是工人模样的中年男子，长得憨厚，但老相，明显跟徐青不般配。那是李蓉的父亲，李栓柱。

李栓柱满脸喜色溢于言表，徐青不时拉拉他的袖子，示意他注意分寸。

忽然，剧院门口跑出了一个年轻好看的女孩，她就是李蓉，她跑到李栓柱和徐青的面前，亲热地叫着爸妈。

李栓柱兴奋地：闺女。就要演出了，你怎么还往外跑啊？

徐青：赶紧进去，别耽误了……

李蓉笑着从一边拉过一个英俊帅气的男孩儿，男孩子手里捧了一束鲜花，两人深情对视了一眼，很亲密的样子。

李蓉：我给你们介绍一下啊，这就是曲折。医科大学毕业，分在市二医院。这是我爸妈。

曲折文质彬彬地笑着，有礼貌地打着招呼。

曲折：伯父，伯母。

李栓柱愣愣地：曲折？

徐青急忙又捅捅他，凑近了李栓柱耳朵。

徐青低声地：蓉蓉不是说过了吗？就是他。

李栓柱：谁啊？

徐青嗔怪地看了他一眼。

李栓柱恍然大悟：哦，哦，你好，曲折。

李栓柱伸手，热情地跟曲折握手。

李蓉笑：曲折的爸妈也要来，等会儿你们都在休息室里等我吧。

曲折笑着：伯父伯母，晚上我父母想请你们吃晚饭，讨论一下我跟蓉蓉结婚的事情……

徐青和李栓柱不由对视了一眼，眼神又是欣慰，又是复杂。

曲折看看手机上的时间：我这就到门口接他们去。伯父伯母，待会儿见。

看着曲折离去，徐青不放心地拉过李蓉。

徐青：他们家……

李蓉：我去过几次，还行。他们家开了个医药公司，做得挺好。可也不是为富不仁的那种，还做慈善呢，开了家养老院。

徐青：哦……那倒是不错的人家……蓉蓉，今天晚上就见面吃饭？会不会太仓促了？这事儿算定了？

李蓉：嗯。

徐青：曲折比你小快三岁，这以后相处起来会不会有问题啊？

李蓉：年龄不能说明什么问题吧，他虽然比我小，可比我成熟多了。不是您教育我的吗？真正的爱情不在乎外部条件！

徐青皱眉：能不能先别急着结婚，再处处看。

李蓉：妈！我们不能不结婚了。

徐青脸色唰地变了：你！你怎么了？

徐青的眼光吃惊地在女儿腰上看了一眼。

李蓉扑哧笑了：妈，您怎么净想邪的。我是说，我们感情特别特别好，我们天天想着在一块儿，我们俩都觉得，不结婚不行了。

看着女儿明亮而深情的眼眸，徐青一时无语。

李栓柱笑呵呵往里推闺女：赶紧进去化妆吧。还有，给你们俩当介绍人的那个赵大夫，你可得记着谢谢人家。

李蓉掏出手机，看了看时间，一下跳了起来。

李蓉：哎呀！来不及了！（李蓉没头没脑地冲回剧院，又回头招呼了一声）爸妈，还有大半个钟头，你们去休息室等吧。

2. 休息室，内，日

徐青和李栓柱自己坐下，左右看看，李栓柱忽然沉重地叹了口气。

徐青奇怪地：你怎么了？

李栓柱慢慢地：闺女有男朋友了……闺女要结婚嫁人了。

徐青有些好笑地：前几天蓉蓉跟咱说的时候，你不是挺高兴的吗？

李栓柱：唉。怨不得你老说我反应迟钝……前几天是挺高兴的，现在看见这个曲折了，回过味儿来了，就觉着伤心了。

徐青淡淡地：男大当婚女大当嫁。是好事儿啊。

李栓柱：我也不是不高兴，就是有点儿想不开……怎么好好儿的宝贝闺女，要管别人叫爸妈去了？我这眼前啊，老是晃着她刚生下来那会儿，我第一次抱她，那么小的一张脸，都不知道该在哪儿亲……

徐青哑然失笑：快别说傻话了，咱把孩子培养成人，再送她体面地出阁，就完成任务了。

李栓柱还是摇头叹息：闺女就是我的命根子，现在突然要嫁人了……

徐青：你心里不是滋味！是不是？我都听了好几遍了。蓉蓉一直高不成低不就的，现在好不容易碰上一个满意的。不结婚怎么办？陪我们过一辈子？别啰嗦了，啊？再说今儿个多好的日子啊，又是蓉蓉的首场演出，又是双方父母见面，你可别老是唉声叹气的，啊？

李栓柱：嗯。

徐青脸上，却出现了一种非常怅然的表情。

李栓柱：曲折比蓉蓉还小上两岁多呢……

徐青：嗐，比她小就小呗，孩子们情投意合就好。你可别棒打鸳鸯。（说到这里，徐青忽然有些怔住了，她喃喃自语。）

徐青：也姓曲……

李栓柱：我说话你别生气啊。这些年，我瞒着你攒了五千块钱私房钱，我想给闺女买一块好点儿的手表当嫁妆。

徐青一时无语。

李栓柱：……闺女不是我亲生的……

徐青一下急了，喝道：你说这干嘛！

李栓柱：瞧你。实话嘛。我也知道你肯定想到孩子她亲爸了……

徐青打断李栓柱的话：你就是她亲爸！

李栓柱：……唉，要不是他走得早，这会儿也该多高兴啊。

徐青声音都发抖了：别胡说了……

3. 曲林车上，内，日

一辆比较高级的车，足见曲家有些身份和资本。曲折的父亲曲林，样子很英挺，浓眉，脸上微有皱纹，却更见风度。曲折的母亲黄娜娜养尊处优，保养得很好，两人正在为什么事小声争吵着。

黄娜娜：不管怎么说，李蓉是准儿媳妇，上回你第一次见面，盯着看就是不礼貌。

曲林冷冷地：我觉得你这么说话太无聊。

黄娜娜：我才不无聊呢，儿子给我看照片我就看出来了，这孩子长得像……

曲林侧身看了黄娜娜一眼。

黄娜娜哼了一声，不再多说。

曲林叹口气：黄娜娜，你说话前要先想想自己的身份。

黄娜娜：得了吧。你听李蓉说她妈也在北大荒当过知青，看你那个追问劲儿，又是把相片拿出来给她看。又是问人家妈在哪儿插队，最后还问人家叫什么名字！就跟查户口的一样！曲林，眼看儿子要结婚了，我看是你，应该经常想着你的身份！

曲林冷冷地盯了黄娜娜一眼。

4. 剧院外，外，日

车停在了剧院外，夫妻俩看见等在下面的曲折，都不再怄气，而是见儿子就亲热地笑了。两人下了车。

黄娜娜：儿子，你看妈今天打扮得怎么样，没给你丢人吧？

曲林皱皱眉：你妈可是从早上六点忙到现在，做头发，美容，换衣服，好像今天是她要上台演出。

黄娜娜有点生气地：还说呢，第一次见儿媳妇，你就这模样？

曲折笑着打圆场：人都说丑媳妇怕见公婆，没见过当婆婆的怕见儿媳妇。

黄娜娜笑了：妈还不是为你，你那么喜欢她，我们也得争取留下好印象啊。

曲折：姥姥呢？

黄娜娜：演出得两个多钟头，我们怕她坐久了腰疼，也是奔九十的人了嘛。

一家三口说着话向休息室走去。

黄娜娜：对了，你们爷俩在门口等我一会儿，我进去看看蓉蓉，啊？

黄娜娜兴冲冲地走向剧院，曲林停下，深思地看着儿子匆忙兴奋的样子，不由哑然失笑。

曲林：曲折，你很喜欢李蓉？

曲折不好意思地笑了：不然结婚干吗？

曲林感触地：好，儿子比我有能耐。

曲折自信地：那当然，我们结婚了就是模范夫妻，在一起过上一辈子，守着慢慢变老，绝对不像你和我妈，貌合神离。

曲林呵斥：你小子，没大没小！

曲折正色：爸，从小我就没见你们俩在一间房住过，其实我觉得你是好人，我妈虽然脾气急点儿，也是好人，怎么你们就不能好好过呢？

曲林一愣：好人也不见得就合适啊。结婚最重要的还是合适，合适才能有感情。我记得以前看过一篇文章，讨论夫妻俩怎么才能幸福，有人说要能吃到一块儿，有人说要能玩到一块儿，有人说要能想到一块儿，其实我觉得，还要能笑到一块儿，哭到一块儿……这有多难啊……

曲折：可我知道，妈妈是爱您的。

曲林无语。

曲折低声地：爸，我就要结婚了，我们可能搬出去住，姥姥也喜欢去养老院住着跟老朋友聊天，家里就剩下你们俩了，少年夫妻老来伴，希望你们能好好过日子。

曲林动容地看着眼前长大的儿子。

5. 休息室，内，日

李栓柱和徐青在耐心地等着，曲折微笑着走了进来。

曲折：伯父伯母，你们久等，我爸妈来了。

李栓柱和徐青急忙礼貌地站了起来，随着门被打开，曲林和黄娜娜也微笑着走了进来。

黄娜娜朗声笑着：不好意思不好意思，来晚了……

话音未落，徐青已经苍白着脸站了起来，手里的茶杯也砰然落地！

茶杯被砸得粉碎。

看着眼前的徐青，曲林脸色顿变！

黄娜娜目瞪口呆。

徐青嘴唇颤抖着：是你们……曲折果真是你们的儿子……

黄娜娜：徐青……原来李蓉是你的女儿？

曲折莫名其妙地看着眼前的一幕：怎么……你们认识？

曲林呆呆地看着徐青，黄娜娜急忙收拾起沉重的心情，勉强笑着。

黄娜娜：这事儿还真挺巧的……徐青，咱们也好多年没见了，真没想到，是为孩子们的婚事见的面。是好事儿，是好事儿。

徐青却突然觉得眼前一黑，有些踉跄。李栓柱急忙一把扶住她。李栓柱也傻了，不理解眼前的一幕。

李栓柱：徐青，这是怎么了？你怎么了？

曲折：伯母，你怎么了？

徐青脸色变得非常难看，她拉着李栓柱就要走。

黄娜娜急忙试图劝解：徐青……你别这样，我们也好多年不见了，今儿个是喜日子……

徐青：黄毛，我也没想到咱们会这么见面。你什么也别说了。我们看过很多次彩排了，不想再看演出。

徐青又上前拉李栓柱。

李栓柱不解地：这到底是怎么回事啊……正式演出为什么不看啊？

这时，墙上的挂钟缓缓敲响了六点。门外的观众都急忙往剧院里走。

曲折也有些焦急地看看时间：……演出要开始了……

曲林深吸了一口气，声音很低沉地开了口。

曲林：李蓉会等着咱们看演出的……还是进去吧。

曲折：对，伯父伯母，咱们先进去吧。

徐青冷冷地看了一眼曲林：不了。我们还是走了。

徐青转身就走，李栓柱急忙拉住了她。

李栓柱：徐青！你这是干嘛？什么事不能慢慢说！

徐青只简单地说了一句：他就是曲林。

李栓柱顿时傻了眼，他愕然地盯着曲林，又不能置信地看着徐青。

李栓柱惊愕地：他没死？你不是说他死了吗？

李栓柱摆脱徐青的手，回头看着曲林。

李栓柱喃喃道：原来你没有死……

眼见徐青拉着李栓柱这么离去，曲折呆若木鸡。

黄娜娜沉重地看着曲林，曲林脸上有着无限的痛苦……

6. 舞台，内，日

剧院虽然小，但气氛热烈，观众席上坐满了观众。优美的音乐中，舞台上已经开始了舞剧。

一束追光，对着李蓉，她在倾情演绎，动作充满了激情。

舞台上，已经是最后的高潮。

随着李蓉的动作像塑像一样定格，激昂的音乐缓缓结束，大幕降下，演出结束了。

掌声像潮水一样响起。观众们激动地起身鼓掌。

掌声中，李蓉和其他演员出来谢幕。但她看着下面第一排空着的两个座位，显得非常失落，奇怪。

曲折上台献花，在李蓉耳边轻轻说了句什么，李蓉的脸色一下变得非常难看……

7. 后台，内，日

李蓉停下了卸妆的手：你说什么？他们认识？那不是更好吗？那我爸妈为什么要走？

曲折脸色很沉重：恐怕，不光是认识，还有冤有仇呢。你没看见他们的脸色，你妈掉头就走，拉都拉不住。

李蓉也担心地看着曲折，两个人有些奇怪，有些一筹莫展。

李蓉忽然笑了起来：瞧你，别这么难过，就算他们真有仇，有什么仇到了咱们下一代还解不开的？再说我爸妈都是老实人，这么多年就没听说他们有过什么仇人。可能是你想多了，等我去问问我妈。

曲折：好。

李蓉：那……晚饭呢？

曲折苦笑了一下：你爸妈肯定是不吃了。

李蓉想了想，抓住了曲折的手。

李蓉：曲折，不管出了什么事儿，咱们都不会分开的。

曲折温情地看着李蓉，认真地点了点头。

8. 剧院外，外，黄昏

观众已经散去，李栓柱和徐青还在门口等着。两个人的脸色都非常郁郁，难看。

李蓉换好衣服卸了妆，跑了出来。

李蓉：爸，妈！

李栓柱和徐青同时抬头看着李蓉，难看的脸色使得李蓉心头一颤。

李蓉：到底出什么事儿了？

徐青愁苦地看着女儿，却有些不敢面对，低下了头。

李栓柱叹气：回家吧，回家慢慢说。

李蓉一下就急了：还慢慢说？怎么慢慢说？我都急死了，到底怎么回事啊？你们跟他们家怎么认识？他们有什么对不起咱们的吗？

李栓柱一下不知如何回答，看了一眼徐青。

徐青深吸了一口气：蓉蓉，咱们两家不合适。差得太远，门不当户不对，你们还是分手比较好。

李蓉：什么？！分手不可能！只要我们感情好，门不当户不对又有什么了不起？再说你们要真这么想，以前为什么不说？看来曲折说的是对的，你们以前到底有什么事儿嘛？妈，你把真话告诉我。

徐青痛苦地无语……

李蓉：您要是说不出什么，我这个婚就还是结定了！我就不信，这都什么年代了，还兴父母之言，兴包办婚姻？我可不是朱丽叶，能看着我的罗密欧为什么家族之仇一块儿去死，太变态了。

李栓柱：回家，好孩子，先回家，咱慢慢说，啊？

李蓉任性地：我就不！你们现在就告诉我，到底为什么，我都急死了。

徐青痛苦万分，却欲言又止。

李栓柱叹了口气：这儿这么多人，怎么说话？听话，咱们先回家吧。

9. 李家，内，夜

李栓柱、徐青、李蓉的家，很普通的两室一厅的房子，房子和家具都很旧，却拾掇得很整洁。是一楼，外面有一个很小的院子。种了不少花。

李蓉焦躁地走来走去，跟徐青不依不饶。

李蓉：妈，你刚才说的到底是什么意思？

徐青平静地：他家是有钱人，咱们高攀不起。

李蓉：我们是真心相爱的，谈什么高攀不高攀？再说曲折说了，他们家以前也就是普通工人，不过是后来他爸爸下海做了药品生意……

徐青：所以我们就高攀不上了。他们是商人，商人的家庭是不好相处的。

李蓉苦恼地：可曲折总不是商人吧，他就是个医生，而且我们结婚以后也打算住出来的。

听李蓉说到结婚两字，徐青打了个寒战。

徐青：不行，不能结婚。你们不能结婚。

李蓉倔劲上来了：妈，你以前跟曲折的父母是不是认识？

徐青呆了片刻：……是的。我们以前一起插过队。

李蓉：他们俩害过你，是吗？

徐青：……

李栓柱：蓉蓉……

李蓉：爸，您让我把话说完。我不信妈说的什么门户之见，如果有的话也不用当面就反目成仇，连一顿饭都不愿意一块儿吃吧？妈，我知道您是个宽厚的人，从小您就教育我要体谅人，绝不出恶语。能让您这么分寸大乱，我猜都能猜出来，曲折的爸妈以前肯定狠狠地伤过您，是吗？

徐青呆呆地看着女儿，终于，非常沉重地点了点头。

李蓉：我知道了……

徐青：那你能答应妈妈，不再跟曲家有来往吗？

李蓉迟疑了半晌，很痛苦却坚决地摇头。

李蓉：不能。

徐青：为什么？！

李蓉：……妈，你们插队落户都过去这么多年了，我都长这么大了，还有什么冤仇解不开呢？您告诉我他们到底怎么伤害了您？

徐青顿时变了脸色，她下意识地看了一眼李栓柱，李栓柱站了起来，粗声粗气地开了口。

李栓柱：今儿个晚了。蓉蓉又演出过，累了，都先歇着吧。

李蓉：我不累，你们不说清楚，我睡不着。

李栓柱：你容我跟你妈商量商量，行不？

徐青断然地：商量什么？蓉蓉跟曲折不能结婚，这点没得商量。

李栓柱：徐青！……

李蓉的眼眶一下红了，她抽噎起来。

李蓉：妈，不管您同意不同意，这个婚我就是要结。您不同意，我就跟他私奔。

徐青一哆嗦：你敢！

李蓉恨恨地盯了徐青一眼，进了自己房间，把门重重地关上了。

10. 曲家客厅，内，夜

曲家是一处市区独门独户的小别墅，沙发上，曲折在发呆。黄娜娜走了过来。

黄娜娜：曲折，先睡觉吧……有什么事儿明天再说。

曲折：我睡不着。我不相信，要是按照刚才您说的那样没什么事儿，蓉蓉的妈妈怎么会那么失态？听蓉蓉说，她妈是个特别宽容能理解人的人啊。刚刚我给蓉蓉打电话，她说她妈死活不同意我们结婚。这也太过分了！都什么年代了，还包办婚姻？

黄娜娜不语，看了一眼曲林。

曲林欲言又止。

曲折站了起来：我出去一下。

黄娜娜急忙拉住他：去哪儿？

曲折：去李蓉家。我要见她爸妈，我要当面问清楚了，为什么，凭什么不许我们结婚？干涉婚姻自由是犯罪。

眼见黄娜娜拉不住曲折，曲林开口了。

曲林：曲折，不要因为你一时冲动把事情推向反面。

曲折明显很听父亲的意见，一听这话，他停了下来。

曲林沉重地：你刚才说的有道理，你妈没有把事情真相告诉你……事实上，在插队的时候，我跟徐青曾经相爱过……而且，如果不是因为一些突如其来的事故，我们是可以结婚的。

黄娜娜的脸色一下变得非常难看！

曲折呆住了，他看了看母亲的脸色，立即识趣地把穿上的衣服脱了下来。

曲林从容地：娜娜，事到如今，你不能瞒着孩子什么。

黄娜娜有些发酸地：我知道想瞒也瞒不住，这么多年，你大概从来也没忘记过。

曲林无奈地：你说这个干什么？曲折，我想这可能就是他们不接受你的原因吧。但爸爸相信，事情迟早会解决的，毕竟那都是过去的事情了，没有必要影响你们现在的生活。

黄娜娜更酸楚了：可是，你觉得一切都过去了，人家没有。至少，徐青这么做，就摆明了是她没有忘记。

曲林：……是的，有些事情是不会忘记的。可是我们更应该往前看。儿子，你放心，我相信徐青不是小肚鸡肠的人，只要她想明白了，就会答应的。

曲折深思地点了点头。

11. 李栓柱、徐青卧室，内，夜

深夜，李栓柱已经睡下了，徐青却辗转难眠。她看看身边的李栓柱，轻轻地起了床，从大衣柜的最深处摸出一个盒子。

徐青默默打开这个盒子，是几本"文革"时代常见的日记本，还有一块老式的手表，都已经很旧了。

床上，李栓柱醒了，他看见了徐青的举动，愁苦地叹了口气。

徐青听见李栓柱醒了，回过头来。

徐青慢慢转头，看着李栓柱。

徐青喃喃地：听说姓曲，我这心里就有点儿打鼓……好像有种预感，结果还真是这样……

李栓柱愁苦地：……曲林没死。你以前是不是就知道？你怎么从来没跟我说过？

徐青：……在我心里，他早死了。

李栓柱不知道该说什么，愣愣地看着徐青。

徐青也不说话。

李栓柱：那怎么办啊？你……把真话都跟闺女说？

徐青微微一哆嗦。

李栓柱叹了口气。

徐青：我怕她……怕她看不起我……

徐青哽咽着说不出话来，李栓柱上前，安慰地拍拍她的肩膀。

李栓柱：事儿来了，怕也没用啊……睡吧，啊。

12. 狂风暴雨（梦境），外，夜——徐青卧室，内，夜

狂风暴雨中，年轻时的身怀六甲的徐青站在远处，望着一个奔跑的黑影疯狂地逃命，人喊、犬吠，在大雨中此起彼伏。

徐青忽然觉得肚子剧痛，她一下跪倒，发出凄惨的叫声……

那个黑影摔倒了，被后面的人抓住。他拼命挣扎着，叫喊着：

"徐青——"

现实，徐青一下从噩梦中惊醒。她坐了起来，大口喘息着。

13. 李蓉卧室，内，夜

徐青轻轻推门进来，开了一盏小灯，她默默看着熟睡的女儿。

李蓉的脸，即使在睡梦中，有一脸的泪痕，却仍然那么年轻好看。

徐青良久地看着。

14. 李家门外，外，晨

徐青明显一夜没好好睡，眼圈周围发青，她心事重重地提着篮子出门买菜，却一下愣住了。

前方，李蓉跟曲折正拉着手亲密地说着什么，曲折的手情意绵绵地抚摸了一下李蓉的头发。

徐青脸色一下变得铁青，她快步走了上前。

徐青：蓉蓉！

李蓉和曲折吓了一跳，回头看见徐青，都愣住了。

徐青：你跟我回家。

李蓉：我……

徐青斩钉截铁地：回家！

李蓉委屈地看看母亲的脸色，无奈地转身离去。

徐青冷冷地看了一眼曲折：你回家吧。以后请你不要来了。

曲折声音不大却很坚定：阿姨，我不想走，我就在这儿等着。等到你们回心转意。

徐青：你威胁我？

曲折：我不敢。

徐青：我再说一次，请你不要再来了。以后李蓉跟你，井水不犯河水。

曲折倔强地：这话要蓉蓉跟我说，我才会听。

徐青：我是她母亲。

曲折：您是她母亲，可您也没有权利代替她做什么决定。

徐青被激怒了，瞪着曲折。

曲折：我们都是成年人了，我们有婚姻自由。您是蓉蓉的母亲，我们还是愿意尊重您，可是也请您尊重我们。否则的话，我们也可以自己去登记结婚……

徐青脸色大变，急忙回身往自己家走。

门口，李栓柱推门出来，刚想说什么，却被徐青堵了回去。

徐青：快，把蓉蓉锁起来！

15. 李家，内，日

李蓉发疯一样砸着自己卧室的门。

李蓉：让我出去！让我出去！徐青，你不是我亲妈，你是法西斯！

徐青就坐在门外，面无表情，看着门上挂着的两把大锁。

李蓉叫唤得累了，暂时停了下来。

徐青冷冷地：你答应我，跟曲折断了来往，我就放你出来。

李蓉：你休想！我就要跟他结婚！我才不管你们以前有什么事儿！你再关我，我就报警！你非法拘禁，你干涉婚姻自由！

徐青像没听见一样。

李蓉哭了起来：爸，爸……你救救我呀，爸……

李栓柱伤心得红了眼圈：好闺女，你妈是为了你好……你别闹了……

李蓉更是放声大哭：爸，你都不帮我，那我只能死了……

李栓柱浑身一激灵，紧张地看着徐青。

徐青还是面无表情：她房间里，什么危险物我都收了。

李栓柱只好蹲下，唉声叹气。

徐青听李蓉哭声转小，站了起来。

徐青：你哭够了，不闹了，我就把事情都告诉你。

李蓉却又砸起了门：我不听你们那些破事儿！放我出去！放我出去！

16. 曲家，内，日

曲家餐厅，气氛也格外冷峭。

曲林呆呆坐在那里，对着一桌子没动过的菜。

黄娜娜走过来：曲折在他们家守了一宿了。

曲林没说话。

黄娜娜疲倦地：这事儿该怎么办啊？妈也一直在问，都是怎么回事儿……咱们怎么跟她老人家说？

曲林：实话实说。

黄娜娜一怔：徐青也真是的，那么多年前的事情，还记在心上。

曲林：你能忘，别人忘不了。

黄娜娜蓦然被刺伤了：是，你忘不了，我知道你忘不了，这么多年，你就没真心跟我过日子!

曲林:你现在不想着解决问题,劝儿子回家,说这些有什么意思?

黄娜娜:什么意思?!你说什么意思?曲林,你不许去找徐青,如果你一意孤行地去找她,这个家就完了!

曲林穿上外衣。冷漠地回身看着黄娜娜。

曲林:你早该知道,迟早有这一天。

看着门关上,黄娜娜颓然坐下,轻声哭了起来。

17. 李家小院门外,外,日

徐青家外,曲折傻傻地站在那里。仍然苦苦守候着。

门开了,徐青走了出来。她像没看见曲折一样,曲折却追了上去。

曲折:阿姨!

徐青不理他。

曲折:阿姨,您能跟我认真地谈一次吗?

徐青还是根本不理他。曲折追在后面。

曲折:不管你们前一辈儿有什么恩怨,我和蓉蓉是无辜的!您告诉我,到底是怎么回事啊?这都什么年代了?难道还想制造罗密欧和朱丽叶?

徐青回身,默默注视着曲折,眼神非常复杂。

曲折:过去的事情就让它永远过去吧,我们都只能活一个现在。阿姨,我真的爱蓉蓉,不只爱她的青春,她的美丽,而是爱她的全部,我想和她度过一辈子,哪怕她满脸皱纹,牙都掉光了,也走不动路⋯⋯

曲折说得异常激动,他几乎以为自己也说动了徐青。

徐青冷冷地:你还是回去问你父母吧。我只负责跟我女儿解释。

曲折:那您能不能让我见一见李蓉?

徐青:李蓉不愿意见你。

曲折:这不可能,我不相信她不愿意见我。我只想看看她,哪怕不说话也行⋯⋯

徐青再也不说话了,走得飞快。

曲折追不上,失望地看着她的背影。

18. 李蓉卧室,内,日

李蓉看着自己卧室的窗户,因为是一楼,钉上了铁栅栏。李蓉上前,用尽全力撕扯着。大概是年久失修，真被她拽开了一点。

李蓉喘息着，准备再使劲。

院子里，李栓柱注意到动静，走了过来，与闺女隔着窗户看着。

李蓉发狠地拽着窗条。

李栓柱回身，拿来了工具盒，要重新钉上。

李蓉：爸！你也这么对我！你们这是犯法！

李栓柱叹了口气：闺女，你先答应别闹了，让你妈……

李蓉大叫：她不是我妈，我没妈！

李栓柱一改平日的慈爱，冷酷地瞪着李蓉。

李栓柱：你胡说！不孝顺的东西，你敢这么说你妈！我告诉你，你别闹，让你妈把事情全告诉你！你要是不听话，出了这个家门，从此后你我就不再是父女了！

父亲从来没这么严厉过，李蓉惊得目瞪口呆。

19. 李家小院外，外，日

徐青回来，曲折还站在门外，堵着徐青。

徐青没抬眼睛：走开。

徐青的威严使得曲折无奈退了一步。却又不甘心，曲折苦苦哀求着。

曲折：阿姨，您让我见一见李蓉……

身后传来一个声音：曲折！

是曲林来了，他慢慢走了上来。

曲林：你先回家去吧。

曲折：可是爸……

曲林：回去吧。睡一觉，什么事情都能解决的。

看着父亲鼓励和安慰的眼神，曲折知道就像小时候一样，爸爸是可以依靠的，他转身离去。

徐青像没看见曲林一样，径直去开门。

曲林深深地凝视着徐青，看着她鬓边的白发。

曲林：徐青，我恳求你，让我以父亲的身份跟你谈谈，行吗？

徐青微微仰起头：如果我说，不行呢？

曲林怔住了。见徐青要走，他一时情急，挡在她的面前。

曲林低声地：……这些年，你过得好吗？

徐青几乎立即被刺伤了，她回身，眼神尖锐地盯住了曲林。

徐青：这些年过得好不好？——真是托您的福了！

曲林被刺伤了，他说不出话来。

徐青愤懑地：我过得好不好，你不需要知道！你要知道什么？只要知道你自己！

曲林深深吸了口气：徐青，我不想再说我们以前的事儿，肯定有太多的误会……都这么多年了，我只希望你别让这些恩怨殃及孩子们。曲折和李蓉，他们都是好孩子。如果你不愿意看见我们，我们可以不来往。如果你还是不愿意，我可以出钱，送两个孩子出国，回避这种尴尬的关系……

徐青冷笑，却一言不发。

曲林：你别这么笑，让我觉得……你很陌生。

徐青：我们本来就是陌生人，我不这么笑，又该说什么呢？听说你们现在发财了，有钱了，可以出得起钱，让大家回避了？怎么，你以为什么关系都能回避吗？

曲林：那你说要怎么办？总不能让孩子们再蹈我们的覆辙吧？

徐青控制不住地喊了起来：行了！你走，马上离开！

曲林：徐青！不解决问题我是不会走的！你了解我的性格！

徐青：好，我告诉你，我都告诉你。李蓉是谁？是我的女儿，也是你的女儿！！她是曲折的姐姐！同父异母的姐姐！

曲林目瞪口呆！

20. 闪回，内，夜

闪回，那个风雪之夜，年轻的徐青和曲林激情地拥吻在一起……

21. 现实，李家小院外，外，日

曲林从记忆中猛然苏醒，他震惊地看着眼前的徐青。

曲林：……你，你！……

徐青漠然看着他：现在我都跟你说了，请你走吧。

曲林几乎是叫喊了起来。

曲林：不！徐青，你把一切都告诉我！这到底是怎么回事，当时你为什么不告诉我！

徐青冷冷笑了起来：告诉你什么？我不过是回家探亲半个月，你就跟黄毛，你们……你还要我跟你说什么？

曲林痛苦地：我跟黄毛……我在监狱里给你写了封信解释清楚，你为什么不相信我？

徐青愣住了，她有些茫然。

徐青：信？什么信？

曲林：我给你写的信啊，你没有收到过吗？

徐青恢复了漠然的神情：我从来没有收到过你的任何一封信。现在，这么多年过去了，我不想再跟你说话！请你走开！

曲林痛苦地看着徐青，还想说什么，门开了，李栓柱走了出来，看着眼前一幕，他盯住了曲林。

徐青拉着李栓柱走了进去，把门关上了。

曲林呆呆地看着关上的门……

22. 曲折卧室，内，夜

曲折躺在自己的床上，两眼发直地看着天花板。

黄娜娜端着一碗粥，在一边心疼地劝着儿子。

黄娜娜：吃一点儿，乖儿子，都一天没吃东西了。这是妈亲手做的，皮蛋瘦肉粥，你最爱吃的……

曲折：我不想吃。

黄娜娜：那你要饿到什么时候？

曲折：等我爸回来。

黄娜娜：要是也没用呢？

曲折：不可能。我爸什么都能搞定。

黄娜娜冷笑一声。

曲折：妈，你跟我说实话，我爸和李蓉她妈，到底怎么回事？

黄娜娜：都跟你说了一百遍了！他俩以前好过，后来没成！

曲折：没成的多了，那也不至于恨成这样啊？您没跟我说实话。

黄娜娜生气地：你爱信不信，问你爸去。我就知道这么多。我说，大丈夫何患无妻，他们家不答应就算了呗，那么多年前的事儿还那么记仇，太小肚鸡肠了。你也别这么难过……

这时听见一声门响，曲折几乎是跳了起来，冲出门去。

23. 曲家客厅，内，日

果真是曲林回来了，曲折充满希望地跑过去。

曲折：爸！

曲林缓缓抬头，他好像一下老了很多，他定定地看着曲折，眼睛里充满了悲伤。

曲折觉得情况不妙了，他急切地上前。

曲折：爸，怎么样？到底为什么？

黄娜娜也款款走了下来：老曲，徐青到底为什么呀？还在记仇啊？那十年动乱，发生的悲剧多了，现在都什么时候了，别耽误孩子们啊。

曲林简单地：曲折，你是我儿子吗？

曲折不理解地点头。

曲林：好。从今天起，你可以跟李蓉当好朋友，但是，不能再是恋爱关系了。

曲折目瞪口呆地看着父亲。

黄娜娜：为什么？到底怎么回事？

曲林疲倦地看着曲折：过几天，爸爸把事情弄清楚了，会给你交代的。

曲折叫了起来：不！你不说明白我不接受！爸，从小我就相信你，因为你可以信任！你不会给我这么一个莫名其妙的说法，就逼我跟我未婚妻分手！我们已经要结婚了！

曲林痛苦地看着儿子。

曲折向门外跑去，曲林一把拽住他。

曲林低声：曲折！回房间去！你现在去，事情只会更糟糕！

黄娜娜却愣住了，她似乎想到了什么。

黄娜娜：曲林，你们……李蓉是你跟徐青的……

曲林看向黄娜娜，眼神那样复杂、痛苦、指责、哀怜、仇恨……

曲折冷冷地推开父亲，他已经够强壮，可以跟父亲对峙。

曲折：我想做什么，你们都挡不住我的。

曲林：……好，儿子，我告诉你，李蓉不能跟你结婚，你们有血缘关系。她是我和徐青的女儿，是你的姐姐。

黄娜娜抓着胸口的衣服，颓然坐下。

曲折不能置信地看着父亲，忽然笑了起来。

曲折：别开这种玩笑！这都是电影电视里演的，现实生活没这种可能的。我跟李蓉都要结婚了，我们以前不认识，这不可能！

说着说着他叫了起来。

曲折：爸爸！你在骗我！是不是？你说你在骗我！你是我最崇拜的人，你不会做出这种事情，我相信你！

曲林说不出话来。

看着父亲的样子，曲折终于明白这是真的了。

曲折：为什么会这样？爸爸，为什么会这样？！

看着儿子痛苦的样子，曲林垂下了头。

曲林：为什么会这样……我也不知道……

24. 李栓柱徐青家，内，日

下班的徐青疲倦而沉重地进了家门，却愣住了。

李蓉坐在餐桌前，冷漠地看着自己。

李栓柱在一边搓着手，局促地看着徐青。

李栓柱：闺女答应听你解释……我就让她出来了……她给曲折也打电话了……

徐青不知所措地站着。

李栓柱走上前：我是想，伸头一刀，缩头一刀……该说啥，就说啥吧。

李蓉抬起头，目光里深深的敌意，刺伤了徐青。

李栓柱扶着徐青坐下，给她倒了一杯热水。

徐青木然喝了一口，张张嘴，却说不出话来。

李蓉冷冷的声音：……刚才，我给曲折打过电话了，他说，我们是同父异母的姐弟……这是不是真的？

徐青痛苦地闭上了眼睛。

李蓉像疯了一样叫了起来。

李蓉：你不是从小就教育我要自尊自爱吗？你不是不让我跟男孩多说话吗？不是过了十点就不能进家门吗？你这么要求我，你自己为什么生私生女？

瞒了我这么多年！你自己风流，你害了我们一辈子……你不要脸！

李栓柱再也听不下去，跳起来就给了李蓉一耳光。

徐青：老李！

李蓉震惊地看着李栓柱。

李栓柱：蓉蓉，从小，我没动过你一个指头，可是你不能这么说你妈！你知道她有多不容易！为了生你，她连命都快赔上了！那个时代，你妈她有什么办法？她是舍不得你！

李蓉冷笑着：你们问我了吗？问我愿意生下来了吗？要是知道有今天，我宁肯不要这条命！爸，你打我，因为你知道我不是你亲生闺女了，你就打我，是不是？

李栓柱气得张口结舌。

李蓉：徐青，我不叫你妈，你不配！

李蓉冲进自己房间，呜呜痛哭起来。

徐青痛苦地闭上了眼睛。

25. 李蓉卧室，内，夜

深夜了，李蓉还是没睡觉，她呆呆地盘腿坐在床上。眼前，放满了她跟曲折的甜蜜的合影。

轻轻的敲门声。

徐青进来了，她捧着那个大衣柜里的盒子。

李蓉面无表情地看着她。

徐青：……我知道，你想要知道事情的真相。你今天说得对，年轻时候我一时糊涂，害了自己一辈子，又害了你们……这是我那些年的日记，我一直想烧，又没烧……你看看吧。

徐青把盒子轻轻放在李蓉身边。然后走了出去。

半晌，李蓉打开了盒子，拿出了那几本日记本，慢慢翻开了第一页。

上面，手抄了一首那个时代常见的诗。李蓉轻轻念了出来。

李蓉：……献给祖国吧，火红的人生，献给世界吧，闪光的青春，献给未来吧……

画外，响起了年轻时代的徐青的声音。

徐青的年轻却激昂的画外音：献给未来，都献给未来，我们生活的准则——永远革命！

26. 20 世纪 70 年代东北某农村河边，外，日——外，黄昏

字幕：1975 年。

白雪覆盖的东北村庄，冰天雪地。

一个穿着笨重棉服的身影站在湖面冰窟窿边打水，她便是年轻时的徐青，她吃力地拿着木棍在凿冰。

一阵吱吱呀呀的声音，一个包裹严实的男生架着狗拉雪橇，从冰面上划过，他是年轻时的曲林。

曲林停下来：喂，你新来的吧？

徐青迟疑地看看曲林，两人都包裹严实，互相看不清样貌。

曲林：这冰窟窿几小时不打水就冰封了，冰少说也有几十厘米，用木棍没用，得用冰穿子来凿冰。

徐青：谢谢你，大爷。

曲林也不解释：今儿大年夜，你快回去吧，这天一到三点就黑了，一会儿我给你们女生送点水去！

徐青点点头，依然固执地拿着木棍凿冰。

曲林：喂，你这人怎么不听劝？我在这儿待了三年……

话音未落，"扑通"一声，冰被凿开了。

曲林愣住，看着徐青将桶扔进冰里。

徐青吃力地将水打上来，一回头，曲林已经架着雪橇远去。

徐青扛着水桶艰难地在白雪皑皑的山庄走着，天色已暗下来，远处传来狗吠声，丝毫看不出大年夜的欢庆气氛，只是一片凄凉。

27. 女生的集体户内，内，夜

山上一排东北农村传统式的房子，中间是厨房，东西两口大锅，东间住着女生，西间住着男生。

女生的集体户内格外冷清，大个儿谭菲丽躺在床上，想着心事。

徐青摘了笨重的棉服和围巾，露出一张清秀好看的面容，坐在火边搅着锅

里的萝卜煮白菜。

外面北风号叫，两人一言不发，气氛异常凄清。

随着一阵急促的敲门声，高大英俊的曲林走进来，他脱下大衣，一看到徐青，就愣住了。

曲林：就是你？

徐青看着曲林，莫名地脸红了。

谭菲丽不解地：徐青昨儿个刚来，怎么，你们已经认识了？

徐青也不解地摇头。

曲林：刚才在冰上……

徐青恍然：哦，是你？

两人互视对方，眸子里都有光芒闪烁。

门又被推开，黄娜娜（黄毛）携带一股北风涌进，她一进来，就连打几个喷嚏，嘴里不住抱怨。

黄毛：这鬼地方我真是待够了！今儿还大年夜呢，烂天气！

黄毛看见曲林，眼睛一亮。

黄毛亲昵地：曲林哥，你怎么来了？

曲林从怀里掏出几根冰棍：这是结巴他们做的糖水冰棍。一会儿请你们女生去隔壁我们男生那儿，吃红烧肉。

谭菲丽怀疑地：红烧肉？从哪儿弄来的？

黄毛不快地：大个儿，你怎么一副审问的口气！

谭菲丽：上周结巴偷农户的鸡吃，可是挨了处分的。

黄毛：怕处分你就别去，我和徐青去！

曲林：黄毛！大个儿，你尽管放心，绝对没问题。我可是咱们集体户的户长！

谭菲丽：曲林，我相信你。可现在村里就剩咱们几个知青没回城，不知多少眼睛盯着咱们，做错一点都会影响终身啊！

曲林压低声音：这猪是我偷偷养的。

谭菲丽吃了一惊，不语。

黄毛：曲林哥，你不让我说，我可没说过。

曲林挥挥手：你们也别说出去，好，我先过去了！

曲林离去，徐青若有所思地看着曲林的背影。

徐青：这儿不让养猪吗？

黄毛气愤地：别提了！连毛主席提出的养猪方针，都是"公养私养以私养为主"，可那倒霉的村支书，非说什么"生猪是生产资料只能公养"！

徐青点点头。

谭菲丽：黄毛，你小点声儿，还嫌咱们几个不显眼的！

黄毛气哼哼地：谁不知道村支书那点心思，公养的那些猪，最后还不是进了他们家人的肚儿！

谭菲丽：曲林可真够能耐的，居然敢偷偷养猪。

黄毛幸福地：曲林哥打小就特能耐，在我们军区大院里，不管多皮的男孩儿都服他，但他从不欺负人，有一年冬天特别冷……

谭菲丽：得得得，都听过几百遍了。你不小心掉到湖里，是他把你救出来的。只要一说起她们家曲林哥，黄毛就停不下来。

黄毛：可曲林哥就是特厉害，要不咱们能吃上红烧肉吗？

徐青：黄毛，你能不能请曲林帮我们也选一头猪仔，等到明年春节，咱们也能改善伙食。

黄毛：别说这丧气话，再过一年，难道咱们还在这破地方吗？

谭菲丽：打来这儿第一年起，你就说这话，可都三年了，你不还在这儿？

黄毛：这……我怕曲林哥不同意。

谭菲丽：我觉得徐青说的有道理，既然曲林他们能偷偷养，咱们也行。黄毛，只要你开口，你曲林哥还会不同意？

黄毛犹豫地：那，好吧，我试试看。

28. 男生集体户，内，夜

男生集体户里，热气腾腾。

黄毛、谭菲丽、徐青推门进来。

孟向东，一个白净的知青，一眼看见黄毛，立即讨好地笑了。

孟向东：黄毛来了，来，大家坐！

曲林：介绍一下，这是新来的徐青。我是曲林，户长，孟向东，团支部书记，郑卫红。

郑卫红：也，也叫结巴。奇、奇怪，这、这会儿大家都忙着回城，你、你怎么下乡了？

徐青支吾地：响应号召。

结巴叹气：下、下乡也算了，怎、怎么分到我们这个最倒霉的连部？

谭菲丽：结巴，你可真乌鸦嘴，哪壶不开提哪壶。

结巴：要、要是嘴甜点，回、回城的名额还轮得到那、那几个孙子？

谭菲丽：孙子都回城了，你当爷爷的就歇会儿吧。

结巴和谭菲丽你一句我一句地吵，徐青异常尴尬。

曲林解围地：徐青，来帮我一下！

黄毛积极地上前：曲林哥，还是我来帮你吧。

曲林：你和结巴去烤几个土豆。

孟向东踊跃地：烤土豆我在行，黄毛你拨火，我去外面拿土豆！

黄毛和孟向东离开，徐青站到曲林身边。

徐青：要我帮什么？

曲林：帮我看看锅里红烧肉快好了吗？

徐青立刻明白了曲林的心意，感动地看着他。

曲林看着徐青明亮的眼眸，有些怔忪。

中景开出，一桌略微简单的饭菜，但在那个年代已显得异常丰富。

曲林往碗里倒着白酒，大家举杯。

结巴：来、来，既、既然我们醒着离不开这鬼地方，醉、醉了再离开！

谭菲丽：你还是醒点好，小心醉了迷路，又叫乡亲们去找你。

结巴憋红了脸：你、你也没少、少出工伤。

谭菲丽：出工伤好歹是为了"工"，你呢，不是在冰上钓鱼被冻坏了，就是偷桃吃从树上摔下来。

黄毛：好了，就别互相揭短了，你们俩一天不见面就想，一见面就又抬杠。

谭菲丽和结巴异口同声地：谁想他（她）啊？

众人哄笑。

曲林：来，吃红烧肉，孟向东做的！

黄毛：嗯，好吃，孟向东的手艺真是没说的。

孟向东：可惜少了白糖，都让结巴做冰棍了，等回城后，我好好请大家吃一顿我做的饭，我什么都会做。

谭菲丽：回城后，我最想吃我妈做的腊肉。

黄毛：我想吃我爸烙的千层饼，还有白菜猪肉馅饺子。

结巴不语，长长叹了一口气。

大家像受了影响，笑声冷却下来，空气里又充满那种无处不在的压抑。

北风继续号叫，只听见噼啪的柴火声响。

忽然，大个儿把头埋在膝盖里，发出了哭声。渐渐，黄毛掉下了眼泪，孟向东的眼圈也红了。

曲林和结巴不语，继续喝酒。徐青低头，默默加着柴火。眼见柴火没有了，她站了起来。

徐青：我去抱点儿柴火来。

29. 集体户外，外，夜

徐青吃力地抱着一堆柴火走向男生集体户，忽然脚下一滑，眼看要摔倒，跟出来的曲林眼明手快，一下抱住了她。

徐青跟曲林隔得很近，两人的眼光对视了，徐青的脸一下涨得通红，她站稳以后，推开了曲林，但忍不住再次看去。

曲林的目光，在黑夜中格外明亮。

徐青怔住了……

（第一集完）

第二十集

1. 医院曲林病房里，内，日

接上集，黄毛让徐青进来与曲林说话，自己出去了。徐青和曲林对视着，心中心潮澎湃，但都表现出极大的冷静和克制。

徐青：黄毛……从来都有点任性。你多让着她点，她就不会胡思乱想了。

曲林：你也是。凡事多往开处想。啊？你跟蓉蓉日子过得平顺，我才放心。

徐青：你就放心吧。

两人感情复杂地对视着……眼睛里都有许多深情。

门外，李蓉犹豫着走了过来，从门缝里看见了这一幕，她愣住了。

徐青：那我走了。

曲林：嗯。

徐青：你要快点儿好起来，以后，我们真的不要再见面了。

曲林：嗯。……蓉蓉呢？你要跟她说，我很好，叫她千万别背什么包袱，她性子偏，心里还是最疼你，以后有什么事儿，你别跟她置气，啊？

李蓉内疚而难过地低下了头。

2. 李栓柱家，内，日

徐青从医院回来，只见小厨房里浓烟滚滚，吓得徐青大吃一惊，赶忙冲了进去。

厨房里，只见李蓉正笨手笨脚地炝锅儿、炒菜，弄得厨房里狼狈不堪。

徐青赶忙把火关小，盖上锅盖，有条不紊地处理好了厨房中的一切。

李蓉愧疚地：妈，对不起，我又没有做好……

徐青：你做得已经很好了……你看这土豆丝切得比妈细多了。

李蓉怯怯地：您真的不骂我呀？

徐青：妈以前总是对你求全责备，是妈不好。

李蓉情不自禁有些撒娇地：妈，我那会儿那么气您，您都没有不要我……

徐青：傻丫头，这世上的爹妈到什么时候也不会不要自己的儿女的……

李蓉心事重重地黯然低下了头。

徐青轻声地：你的亲生父亲也是一样的。

李蓉知道徐青要说什么，敏感地避开了母亲的目光。

徐青：你还是没有去看他？你不是答应我了？

李蓉：我去了……我都想好了，要向他道歉，我还看见你跟他在说话，听见他关心我……可我还是没有勇气走过去……我也不知道我在怕什么……

徐青委婉地：你至少应该去对他说声谢谢。是他救了你的命。

李蓉苦恼地：可是……我说不出口……过去的一切，真的都能够过去吗？

徐青肯定地：都已经过去了。而不能改变的，是他给了你生命，现在又救了你的命。用自己的命去换你的命，不是他牵心挂肚地爱着你，能做得出来吗？

李蓉：那……这么多年……我们的苦就白受了吗？

徐青：这些过去了的事情，你难道还要背一辈子吗？背着这些，你快乐吗？你为什么不替他想想呢？这么些年来，他没来找我们，是因为他真的不知道这个世界上有你！是我隐瞒了这一切。要恨，你就恨妈妈吧——

李蓉沉默良久：说心里话，妈。当我知道这一切的时候，我真的是恨！那一刻我真的是觉得，全世界都没了，我什么也没了。可我现在不知道究竟该恨谁……

徐青难过地：蓉蓉……是妈对不起你……

李蓉：妈您别说了——

徐青：妈真的再说一次，我和他的事情早已经过去了，可我不希望你和你的父亲永远骨肉分离。

李蓉勉强笑笑：妈——现在不都挺好的么？我觉得挺满足的……

徐青：可是我还希望，你能让另一个人也体会到这种满足。

李蓉知道母亲说的是什么，闪躲着母亲的注视。

徐青：蓉蓉，你的生父一辈子真是太辛苦了。你不想让他有个安宁的晚年吗？

李蓉：妈——我懂……可是……

徐青：你还有什么顾虑呢？

李蓉嗫嚅地：我从小就是爸爸疼大的，我爸对我的爱，一直是我的骄傲。现在突然告诉我，说他不是我的父亲，妈，您让我怎么接受……

徐青若有所悟地：蓉蓉，你要知道人这一辈子有多少事都是我们不愿接受的啊。可是，我们回避不了。你的心思，妈懂，妈不逼你做违心的事。你只要和他相认，叫他一声爹，他这么多年的罪就算没有白受。听妈妈的，过些天是他的生日，你去看他一眼，喊他一声。什么都没有改变，你也什么都不会失去，却能给他以莫大的安慰。

李蓉痛苦地：我……我叫不出口……

徐青：那是你自己的亲生父亲啊！不管我们这一辈有多少恩怨，他都是给了你生命的人，这份恩情，你是一生一世都报不完的。他就在你身边，你真的就能忍下心来不闻不问？

李蓉痛苦万状：妈我求您不要再逼我啦！您有没有想过我爸？如果我开口叫他了，我爸心里得多难受……我爸爸的恩情谁来报？

徐青一时怔在当场，不知该如何是好。

3. 医院外草坪，外，晨

医院大门外，曲折跟曲林在草地上散步。

曲林：你妈非要我在医院做全身检查，我身体好得很，这次也没伤着哪儿。可跟她说也没用。

曲折：您一直那么累，借这个机会好好养养。

曲林：公司现在那么大一个烂摊子，我能在医院里坐得住吗？

曲折无奈地：那好吧——我去跟妈说，让您明天就出院。

曲林笑了：哦，对了，曲折，我听你妈妈说，你最近在忙着联系律师？

曲折沉默了一阵：是，我想帮您打败孟向东。我不能让您败在他的手下。

曲林：怎么讲？

曲折：您知道吗？恶人先告状，他正在准备起诉曲氏，罪名是唯利是图将不合格的药品流放市场。用这种方式转嫁责任。

曲林：你怎么知道？

曲折：我……大康药业里有我一个朋友。他对孟向东的做法也很不满，答应帮助我们。

曲林沉吟着：那你一定要多加小心！我已经想好了，等我出了院，就去想办法融一点资，跟他打持久战！

不远处的灌木林中，李蓉正偷偷地看着这一对父子，表情复杂，犹豫了一会儿，她终于没能鼓足勇气，还是抽身离开了。

4. 曲林写字楼前停车场，内，日

曲林已经出院了，他刚把车泊稳，却从后视镜里看见了李蓉的影子，踟蹰而犹豫的样子。

曲林一怔，立即下了车，走上前去，却不知该对李蓉说些什么。

李蓉把手里的一束花递到曲林面前，心虚地不敢看曲林的眼睛。

李蓉：我妈让我把这个给你。她说今天是你生日。

曲林又是意外，又是激动，一时说不出话来。

李蓉嗫嚅地：我妈说，我不该气您，让我跟您道歉。还有……谢谢您救了我的命……

曲林：你的命就是我的命。我怎么可能看着你不管呢？你不要谢。

李蓉：那……您就接受我的道歉吧……是我太不懂事，什么话都说……而且也误会了您。

曲林：千万不要这么讲。该道歉的，应该是我……是我对不起你们。如果不是我造的孽，所有的人都不必有今天的痛苦……

李蓉低头不语。

曲林：能在这里看见你，我真的是太高兴了，就像又回到了好多年前。

李蓉被他兴奋的语气所打动，不由得抬头看曲林。

曲林神采奕奕地：你还记得我第一次看见你时的情形吗——你的风筝挂在树上了拿不下来，是我帮你摘下来的。你甜甜地说了一句：谢谢叔叔。我自己都不知为什么，那以后好长一段时间里，我耳边总是会响起那个声音。只要一想起来，我心里就觉得暖洋洋的。后来，曲折的母亲怀孕了，我就偷偷地想，要是能生一个像你一样的小姑娘就有福了。

李蓉仍旧一言不发，眼睛里却泪光闪动。

曲林：也许……这就是血缘吧……

李蓉沉默，手中紧紧地握着曲林忘记接的花束。

曲林善解人意地笑着，接过花束：把花给我吧……谢谢你和你妈妈，帮我转告她，有你们这束花，我感到非常满足。从今往后，我不会再打扰你们的生活，但是你记住——（曲林顿了顿）我永远爱你们……

说毕，曲林转身离去。就在曲林转身的瞬间，李蓉的眼圈一下就红了……曲林越走越远，李蓉终于按捺不住了……

李蓉脱口而出：爸爸——

（音乐起）

曲林一怔，站住了，却不敢回头。

李蓉泪流满面地：爸……

曲林迟疑地站在那里，下意识地张开了手臂。李蓉哭着跑过来，一头扑在了曲林的怀里。曲林如获至宝地将李蓉紧紧抱在怀中，克制着自己的感情……

5. 李栓柱家厨房里，内，夜

下雨了，李蓉听到厨房里水滴滴答答的声音，李蓉起身去厨房查看。

进了厨房，看见徐青正吃力地把接满了雨水的桶往外拎。李蓉赶忙上前，把桶接过来。

徐青：你怎么起来了？

李蓉：妈，我来吧——

说着，李蓉帮徐青一起把桶里的积水倒到院里。

母女二人默默地收拾着厨房里的东西。

徐青：蓉蓉，你明天叫给小赵装修的顾师傅来帮咱们收拾收拾屋顶吧。今年雨水多，不修怕是不行了。

李蓉低头不语。

徐青：怎么，又跟小赵怄气呢？

李蓉：也许，我当初是有些不冷静吧……现在，我觉得我们之间的话越来越少了，我有点怕……也许……他给我的，还不是爱的感觉吧……

徐青长叹一口气：唉……妈明白，妈当初担心的就是这个。

李蓉犹豫了一阵，终于鼓足勇气：妈，您跟我句实话——您还爱……（犹豫了一下，寻找着合适的称谓）曲折的爸爸吗？

徐青一怔。

李蓉低声地：我去见过他了。和他相认了。

徐青惊喜地：真的？

李蓉：嗯——那种感觉挺奇怪的。也许，这就是血缘吧。过去的一切就像一场梦一样。

徐青欣慰地：这我就放心了。

李蓉：可是，您真的就对他一点感情都没有了吗？

徐青沉吟良久，终于鼓足了勇气，羞涩地看着窗外。

徐青：我确实爱过他。这一点我永远也不否认！我也曾疯了一样地想和他生活在一起，把那些遗憾的岁月都补回来……可当我看到你爸爸他，不顾一切地为我着想，一个心眼儿想让我快乐的时候……我……

李蓉：我明白了……

徐青：不……那感觉只有我自己明白。我不是为了报恩才和你爸爸继续生活在一起的。我们几十年的夫妻感情，分也分不开了。没错，我和曲折的爸爸确实实心实意地爱过一场。可是生活不会因为我们的感情就改变。就像我们即使再爱自己的父母，他们也终究会离开我们一样——你也一样，我也一样。

李蓉：也许……生活真的是和你们开了一个巨大的玩笑。

徐青：也好……毕竟让我们都知道了什么是真爱。

李蓉：可是，您就不觉得遗憾吗……

徐青：换作谁……也是一样的。你看，黄阿姨自杀的时候曲折的爸爸不是一样地痛苦，一样地放不开？婚姻这个东西真是太奇怪了，说是一张纸，可不知不觉地就让两个人长在一起了——曲折的爸妈，我和你爸爸都一样……你看，现在曲折的爸爸有难处了，黄阿姨留在他身边咬着牙跟他一起扛，你爸爸为了成全我，自己病成那样，都执意要离婚，这不是爱的话，你说，什么是爱？

李蓉追问地：可是，您能忘记过去那份爱吗？

徐青坚定地：为什么要忘记？那份感情我会藏在记忆里，可这并不意味着我和他必须不顾一切地守在一起。心里明白……就足够了……

李蓉：那您觉得幸福吗？

徐青：嗯。妈从来没有像现在这么幸福、满足过。妈这才知道，幸福不是别人给的。是自己心生的，自己原谅了别人，就原谅了自己，就得到了快乐，否则对不起我们所经历的这一切……

李蓉：妈——

徐青疼爱地看着李蓉：你也会的——

李蓉心事重重地低下头。

6. 李蓉的书店，内，日，雨

门外雨潺潺，李蓉望着窗外绵密的雨，陷入了沉思。

李蓉：这么多年，我真的不了解我妈，她是这个世界上最懂得感情的人，只是她从来不说。我妈能这样爱过，我真是羡慕她……

赵乔深：你呀——你们女人就是喜欢自己骗自己。什么爱不爱的？踏踏实实过日子比什么不强？

李蓉看了赵乔深一眼，有一种说不出的失望。

赵乔深：蓉蓉，我是希望你现实一点，这有什么不好？不要老去追求那些所谓的小感觉……生活就是很现实的柴米油盐，我没觉得有什么不好。你已经是个大人了，身上有很多的责任。

李蓉：你不觉得我们说的，根本就是两码事吗？

赵乔深一怔，继续照自己的逻辑往下说。

赵乔深：作为一个外人，我觉得吧，阿姨一直都过得不怎么快乐，就是因为她面对现实太晚了，我不希望你跟阿姨一样，老去想那些生活中其实没有的东西……人，一个年龄有一个年龄该想的事。

李蓉执拗地看着赵乔深：对不起！我是我妈的女儿，我一定会和她一样的！并且，我为此感到骄傲！

赵乔深愕然一怔，这才留意到李蓉已经真的有些不悦了。

赵乔深焦急地：蓉蓉对不起，你千万不要误会我的意思，我不是要诋毁阿姨的……我这么说，只是希望你好。我的情况你都了解，以我的职业和我的能力，将来让你和婷婷，还有我们未来的孩子，都过上衣食无忧的日子是一点问题都没有的，我就担心你自己跟自己较劲，胡思乱想那些不现实的东西，弄得自己很不快乐，那我可是一点都帮不上你的。

李蓉真的是忍无可忍地反感：你说得一点都没错，我和你在一起，就是一点都不快乐！

李蓉说着起身离去，赵乔深也不知哪儿来的力气，一把抓住她。

李蓉：你放开我。

赵乔深：蓉蓉，你到底是怎么了？好好的你怎么说生气就生气了？我究竟怎么得罪你了，你告诉我！我刚才说的哪一句话不是为了你好？

李蓉冷漠地：谢谢你。我不需要。

赵乔深失望而无奈地看着李蓉的背影。

7. 医院的职工餐厅，内，日

餐厅里，赵乔深和曲折面对面坐着吃饭，赵乔深一副失魂落魄、心不在焉的样子。

曲折拿勺子敲着赵乔深的饭盆：哎哎哎——吃饭！又瞎琢磨什么呢？

赵乔深：曲折，我错了，也许，我压根儿就不该高攀李蓉……

曲折：你有毛病啊？突然说这种话。你们不是挺幸福的，都准备结婚了吗？

赵乔深自嘲地苦笑一下：哼，还结婚呢，她说，她和我在一起，根本就没有快乐！我知道，毕竟因为我带着婷婷。

曲折：不可能！蓉蓉绝不是那样的人。她那么喜欢婷婷。（曲折想了想）乔深，你……是不是跟她说什么了？

赵乔深冤枉地：说什么？我怎么可能跟她说什么呢？她是搞舞蹈的，我搞医，我能跟她说什么？

曲折委婉地：老赵，蓉蓉是个容易感到寂寞的女孩儿，她要的，跟普通女孩子不一样。她可能比一般的女孩儿更需要陪伴……

赵乔深：我陪她陪得还少吗？我现在的业余时间基本上都用来陪她了，自己的业务都不管了，连婷婷有的时候我都可以忽略。她还不开心！

曲折苦笑地：陪可不是愣陪。你要用她喜欢的方式。

赵乔深：曲折，这可太难为我了……你知道我从来就不会讨女孩子的喜欢……

看着赵乔深完全无能为力的样子，曲折心里真不是个滋味。

曲折：要么，我来教你吧……我给你出个主意吧。

赵乔深热切期待地：真的灵？

曲折：你可以试试。

8. 街道车中，内，黄昏

夕阳之下，夕阳和宽敞的盘山公路构成一种特殊的美。

赵乔深驾驶着车行驶在盘山公路上。

车中的李蓉蒙着眼睛：你究竟想把我带到哪儿去啊？

赵乔深：到了你就知道了。

9. 山顶的帐篷里，内，夜

帐篷里放着一个精美的大花篮，花篮里缀满了玫瑰和百合，丰美无比。

赵乔深摘下了蒙在李蓉眼睛上的手帕。李蓉在烛光中看到这样一个场面，惊讶得目瞪口呆。

赵乔深掀开花篮的顶部，李蓉又看见了藏在底部的一个精美的奶油蛋糕，上面写着：献给我心爱的蓉蓉。蛋糕的周围，也缀着硕大的玫瑰。

李蓉看着这样的情景，已经感动得几乎热泪盈眶。

赵乔深把切蛋糕的餐刀递给李蓉，李蓉依偎在他的怀抱里，切开了蛋糕，蛋糕的中心却是一个玫瑰花样的盒子。

赵乔深从玫瑰盒子里取出了一枚戒指递到了李蓉的面前。

赵乔深：嫁给我吧，蓉蓉。我知道，以前我太忽略你的感受了，我向你保证，以后我一定会好好疼你，爱你。给你想要的生活……

李蓉感动得掩面哭了起来。

10. 曲折的房间里，内，夜

幽暗的灯光下，曲折在电脑里翻看着过去的照片，有和父母的，有和李蓉的。看着照片，想着命运对自己的捉弄，曲折真是感慨万千。

电话铃突然响起，曲折接听。

曲折惊喜地：李蓉？

李蓉（OS）：曲折，你现在能出来一下吗？

曲折怔了一下：好好，我马上来！

11. 幽暗迷蒙的酒吧里，内，夜

曲折和李蓉对面坐着，李蓉一直低着头。

曲折：怎么了，蓉蓉，你是不是有什么话要对我说？

李蓉羞涩地：乔深……他跟我正式求婚了……特正式的那种……

曲折的脸上掠过一丝失望：是吗……

李蓉：嗯，我都没想到，平时那么木讷的他，会想出那么浪漫的方式来向我求婚。真不像是他做的。

曲折：有玫瑰的花篮？

李蓉：嗯——你怎么知道？

曲折：哦——他跟我说起过，说要给你一个惊喜。

李蓉心满意足地笑了：我确实非常惊喜。一直以来我总觉得他笨笨的，没有一点情趣。所以我觉得，那不是我要的。可是刚才，他把戒指献给我的时候，我才知道……我所需要的，他并不缺……

曲折掩饰着自己神情中的苦楚。

李蓉：我当时觉得……挺满足。我要的，其实并不多，我要的只是他能够明白我在想什么。其实，这阵子，我对我们之间已经有点灰心了，他永远不关心我在想什么。我不知道自己为什么要和他在一起。可是……今天晚上，当我睁开眼睛看到那么多鲜花的时候，我都傻了，我觉得我错怪他了。那个时候，我真想马上告诉你这一切，谢谢你劝过我要珍惜他……

曲折情绪有些低落地，但还是含笑地看着李蓉。

曲折：只要你高兴就好。

李蓉：我知道，乔深有好多的毛病。很多时候，坐在他身边我仍然觉得很孤独，可是我也知道，乔深对我是真好。他总是在想方设法地哄我开心，只要我高兴了，他也笑得跟个孩子似的。看到他那个样子，我心里真是不好受。可是，我没有勇气接受他。直到今天，我终于知道，我不应该再犹豫了。可能，我对他没有那么刻骨铭心的爱，但是，也许他真的是一个适合做丈夫的人……

曲折苦笑着：蓉蓉，不管什么时候，我都希望你幸福。

李蓉幸福地笑。

12. **街道，外，夜**

曲折一个人孤独地，茫然地，走在夜的街道……

（隐黑）

13. **曲折房间，内，日**

曲折在电脑前看着李蓉的相片发呆。忽然，手机响了，曲折接了起来。

曲折：喂？……什么，孟向东把药重新包装改名？他还想卖出去？……行，我知道了。谢谢你。你自己保重。

曲折放下电话，紧张地思索着。

14. **大康药业的后门，外，黄昏**

大康药业的后门，成箱的原药正在往外拉。

在堆积的药箱后，只见曲折正用小刀划开箱子，悄悄地掏出其中的一小包装药瓶，他颤抖着，显得十分紧张。得手后，他已经紧张得出了一头的汗。之后他又拍了一系列照片，准备作为拿到法庭上的证据。

突然，一个彪形大汉的身影挡在了曲折的镜头前。曲折一惊。

大汉：先生，请您跟我来一下，有人要见您——

曲林冷静了一下，坦然地跟着来人而去。

大汉：等等……您刚才拿的东西。

说着，彪形大汉一把抢过了曲折的相机。

曲林大吃一惊。

15. 一个神秘的饭店包间，内，夜

在大汉的带领下，曲折逶迤来到一个饭店的包间，等候他的人不是别人，正是孟向东。

孟向东似笑非笑地看着曲折：你好啊，曲公子。没有想到吧？天底下没想到的事情真是很多，就像我也没有想到你会用这样的方式来啊。你就不怕反过来被指控盗窃吗？你看，这就是证据。

孟向东的手里摆弄着曲折刚刚抠出来的小包装的药盒。

看着自己生父令人厌恶的样子，曲折痛苦万状，但又在竭力掩饰，使自己看起来显得非常平静。

曲折：我愿意和你一起接受法律的制裁。

孟向东淡淡地一笑：不错，是曲林的儿子。这股子不要命的劲儿，像。可是，你跟你爸爸也有相似的毛病：爱把自己往绝路上逼。其实何必呢？我并不想存心加害你们，只不过是希望有困难的时候大家各自分担，相互帮忙而已。何必搞得这样呢？

曲折：这恐怕有你我理解的不同。在我看来，药是治病救人的，不是牟取暴利的。

孟向东充满嘲讽地哈哈大笑：你既然是这样一副菩萨心肠，为什么不来同情同情我？我的处境也很艰难，我不过是给人打工的。我得替别人赚钱，才能养活自己。所以你应该相信，我不是坏人，更不是存心要陷害你们曲氏药业，这个问题，完全可以由市场来消化。这个药它没什么了不起，吃不死人。是你的爸爸非要置我于死地，不光他自己全部销毁，还要逼我全部销毁！欺人太甚了吧，你让我怎么办？

曲折轻蔑地：你也有儿女，有后代，你愿不愿意让你家的孩子去服用呢？

孟向东一怔，继而笑了：在商言商，如果需要，我不会拒绝让我的孩子去服用它。

曲折冷笑地：虎毒不食子，看来在你这里是讲不通的。

孟向东：我说过，这个药它没有毒，等我把这批药品销售完毕，再悄悄撤出市场，双方谁都不会有损失。如果你们曲氏执意要用这件事来炒作你们的公益形象，对不起，恕不奉陪。但有一点，如果你们侵害了我的利益，我也是绝不可能听之任之的。

曲折坚定地：我明白了。我也可以告诉你，我，跟我父亲都会跟你斗争到底。后会有期。

说着，曲折起身离去。

孟向东：小伙子，你不要后悔。

曲折看了孟向东一眼，面无表情地离去。

16. 街道，外，夜

曲折在街道上踽踽独行。

突然，黑影里窜出几条黑影，将曲折打倒在地，抢走了曲折的相机，踩了个粉碎。曲折只有招架之功，全无还手之力。

来人打完之后，扬长而去。

曲折躺在地上，怔怔地看着夜空……忽然，他愤怒地叫喊了起来。

曲折：为什么，我的父亲为什么是这样的一个人！

夜色中一个人都没有，只有曲折痛苦的声音。他愤怒、厌恶，乃至自卑……

17. 曲林家客厅的洗手间——楼梯，内，夜

曲折站在洗手间的镜子前，端详着自己被打得青一块紫一块的面容，为自己熟练地包扎着。完了以后，却很茫然。他缓缓走出卫生间，想上楼梯。

黄毛走来，看见了儿子的样子，吓得一声尖叫。

黄毛：曲折，你这是怎么搞的？

曲折回过神来，掩饰地：没事……

黄毛：你跟人打架了？

曲折：没有。

黄毛：那你怎么会这样？你自己照照……你赶紧跟妈说实话！

曲折无奈地：我开人家的车……撞了……

黄毛：啊？你怎么——你上药了吗？啊？要不要去医院？会不会留疤啊？快让妈看看……

曲折烦躁地：我说了我没事！我自己就是医生！你能不能别再说了！

黄毛担忧却无奈地：那好吧……我去看看阿姨做的饭，给你单烧个汤……

黄毛转身离去，却被曲折叫住。

曲折忧伤地看着母亲：妈，你当初为什么要和孟向东在一起？为什么孟向东会是我的亲生父亲？

黄毛吓了一跳，惊恐地看着曲折。

黄毛：你小点声！阿姨还在呢！

曲折：妈，我真的不能理解，人和人怎么会差那么多……我更不理解你为什么会和他……

黄毛痛苦地：曲折！你就别再往妈心里戳刀子了！

曲折：以前，我从来没有怀疑过我是曲林的儿子，我为有这样的爸爸而感到骄傲。可是有一天我突然知道了，另一个人是我的父亲！我不想埋怨您，可我心里真难受！这一切都是为什么？同样的一个药品事件，一个人宁肯倾家荡产也要保护素不相识的人的安全，而另一个人为了自己的利益，不择手段，什么都可以牺牲！这是为什么？有这样的父亲，我真的觉得耻辱！

黄毛痛苦地：是孟向东找人打的你？

曲折苦笑，却严肃起来。

曲折：您就不要再问了。不管怎么样，这件事我管定了！我已经告诉了他，只要有我在，他就不可能得逞。

说着，曲折昂然地离去，黄毛痛楚无奈的神情。

18. 某餐厅，内，日

黄毛神不守舍地进来，看见孟向东正得意地看着自己，她显得更加心慌意乱，以至于落座的时候撞上了桌子。

孟向东挑衅地笑着：怎么，看见我还是那么激动？

黄毛反感地：你不要再跟我说这样的话行不行？

孟向东：那好啊，背着你老公，你又和我单独见面，有什么话要说，就直说吧。

黄毛急切地：我来，就是求你一件事，你和曲林之间，是你们的事，你不要伤害曲折。

孟向东：曲折都告诉你了？

黄毛：是——（忽然意识到了失言，赶忙改口）是我太了解他的性格……

孟向东：我认为你应该提醒的是你的宝贝儿子，而不是我。我们本来就是井水不犯河水的——只要他不找我的别扭。

黄毛：你为什么一定要跟一个孩子过不去呢！你恨我，恨曲林，尽可以冲着我们来，为什么一定要去伤害他呢？

孟向东咬牙切齿地：因为只有那样，你才会疼。

黄毛惊得目瞪口呆。

孟向东嘴角流露出冷笑：你也有些怕了吧？你不是从来都天不怕地不怕的吗？你不是从来都我行我素的吗？你不是敢在结婚前把我晾在民政局门口吗？你不是敢骗我已经跟曲林离婚，还考验我吗？你不是敢搅黄了我的好事吗？好啊。就让我一件一件都来报答你。

黄毛痛苦地：不——我求求你……

孟向东：哈哈哈哈……你也有今天！在你我之间，从来都是我求你的，是吗？

黄毛惊恐地看着孟向东。

孟向东：而且，我就算求了你，你也没有给过我什么！除了你的欲望，你的自私！你什么都没有的时候，可怜巴巴地任我摆布，一旦有了机会你就把我远远地踹开！我的一辈子就毁在你这个祸水的手里，你还想怎么样？

黄毛软弱地：你想怎么罚我都可以……我只求你能放过曲林和曲折……

孟向东：你放心，一个也跑不掉！我让你们一个一个地还！你该享受的都享受了，做母亲、做太太……可是我呢？我都这么大年纪了，还在给别人打工！我一辈子连个儿女都没有。

黄毛痛苦地：你……

孟向东丧心病狂地：我什么？我什么都不怕！我大不了都豁出去了，我赚啦！哈哈哈哈……

黄毛无助地：孟向东，我只是希望你不要做出让自己后悔的事。

孟向东阴冷地：你错了。如果不能把他们父子二人置于死地，才会让我真的后悔。

黄毛恐怖地看着孟向东。

19. **曲折医院办公室，内，日**

曲折把卡从已经扭曲变形的相机中取出，装进读卡器，试图读取自己拍的照片，照片缓慢打开，曲折欣喜若狂。

忽然，赵乔深焦急地推门进来。曲折吓了一跳，急忙站了起来。

曲折：怎么也不敲门……

赵乔深急切地：曲折，上个月你给一个姓陈的老太太急救的时候，收过家属的红包？

曲折一怔：他们是给了，可当时我就退回去了。

赵乔深急得直跺脚：快查查你的账户吧。

曲折漫不经心地登录银行网站，查询自己的账户，登时惊呆了。

曲折：乔深，坏了，我真的多了十万块钱！

赵乔深深吸了一口气：有人举报了！最近社会舆论都在监督医院收费，不正当收红包，听说检察院已经立案了！

曲折惊得目瞪口呆，半晌，他自言自语。

曲折：我明白了……

20. **机场，内，日**

曲林兴冲冲地从闸口出来，曲折前来接机。看见儿子，曲林一怔。

曲林：小子，怎么瘦了？脸上这伤是怎么回事？

曲折：没事——开车没小心……爸，咱们走吧……

曲林满腹狐疑。

21. **停车场车中，内，日**

曲折一进车厢，警觉地检查着车内。

曲林：这次到北京，融到了点资金，现在我们总算是有了打官司的钱了——曲折，你在干吗？

曲折：孟向东是个什么都做得出来的人，以后咱们一定要多加小心。

曲林敏感地意识到了什么：你是说他……你的伤——

曲折不耐烦地：爸，别谈我了，我就是提醒您千万要小心，每次开车前或者到了陌生的地方，一定要检查有没有可疑的东西。

曲林扳过曲折的身子：你让我看看……你这伤，是他打的？

曲折不语。

曲林急了：王八蛋！敢下这么狠的手！我找他算账！

曲折拽住父亲：搁谁可能都会这么做的。我去偷拍了一些照片……

曲林心疼地看着儿子。

曲折：没什么大不了的，咱回家吧。

曲林一把拉住儿子。

曲折看着父亲，曲林半晌没有说话。

曲折：爸，您累了……

曲林望着远方，一字一句地咬牙说了出来。

曲林：这官司，咱不打了……不起诉了。

曲折大吃一惊：爸？

曲林痛楚地：孟向东这个人下手很黑，万一真伤了你……

曲折急：这绝对不行！这就是他想达到的目的！我们不能让他得逞！我不相信他能把我们怎么样！以后，我们多加一点小心就是了。

曲林：孟向东那个人，我太了解了，他恨一个人，就一定要把他置于死地。我们告了他，他是绝不会善罢甘休的。我忽略了这一点。

曲折：您怕他了？

曲林冷冷一笑：我还有什么好怕的？但是，他一定会冲着你来。我绝不允许！你一旦有什么闪失，我到死都不会安宁的。

曲折：如果您真有这么不放心，我可以躲出去。直到您觉得安全了为止。

曲林严肃地：我永远也不会觉得安全！不！我宁肯倾家荡产，也不能把你牺牲出去。

曲折急：根本没有那么夸张！一边是可以规避的可能性，一边是您辛苦了一生创下的家业和您做人的准则，您选哪一个！

曲林斩钉截铁地：我选你。

曲折愕然怔住。

曲林激动地：你是我的儿子，我的生命因为你更完整。我就算死了，还有你。可是你但凡有什么不测，你让我守着那些臭钱做什么！

曲折痛不欲生地看着曲林：可是……如果我根本就不是您的儿子……

曲林呵斥：你胡说什么！

曲折：不，我不是胡说。我确实……不是您的儿子……

看着曲折痛苦万分的脸，曲林登时惊呆了。

曲林：你说什么……

曲折不敢看曲林扭曲的面庞：我不是您的儿子……我不值得您为我牺牲……

曲林：你……你是谁的孩子……

曲折：孟向东……

曲林顿时沉默了。

曲折自卑地不敢看曲林：我也多么希望这不是真的……可是我妈她不会拿这种事情骗我的。您不用再有任何顾虑了……

曲林疲惫地闭上眼睛：你让我安静一会儿……

22．李栓柱家胡同，外，黄昏

徐青骑车下班回来，却见曲林失魂落魄地站在那里等她，徐青不由得一怔。

徐青：曲林？

曲林：徐青，我有话想跟你说——

徐青：这正是上下班的时候，人来人往地，让人看见又要说闲话了。

曲林：我……我管不了别人说什么了，我心里太憋屈了……

徐青忧虑地：你现在怎么变得这样了？不是都商量好了不提了么？你倒是想怎么样啊？你只管这么着，对谁能有好处呢？

曲林失望地：算了……你回家吧……

23．酒吧，内，夜

酒吧里，曲林独自借酒浇愁，喝着喝着，他忍不住失声哭了起来。

在一旁泡吧的小年轻奇怪地看着这个老头儿。

（隐黑）

24．曲林家客厅，内，日

门铃响起，黄毛开门，邮递员递过法院寄来的传票。

黄毛大惊失色：曲折！怎么会有法院寄来的传票？

曲折走了过来，接过传票看了看，装得轻描淡写。

曲折：哦，没事儿。

黄毛脸色发白：是不是孟向东干的？

曲折不语。

黄毛急坏了：孟向东干什么了？你快说啊！

曲折：他想要先置我于死地。所以诬陷我，说我收受了十万元的红包。十万，真可笑，一个简单的外科手术，家属为什么要给急诊医生这么多钱？你看，这就是开庭审我的传票。

黄毛痛心疾首：这些你为什么不早告诉我？

曲折：我即便是告诉了您又能怎么样？您能叫他不恨我，还是能叫他不这么丧尽天良？

黄毛：我……我杀了这个王八蛋！

黄毛拉开门就往外冲，曲折拉住妈妈。

曲折大声地：妈！你别冲动！

黄毛失声哭了起来：都怨我……这一切都是我的错……

25. 孟向东办公室，内，日

孟向东兴致勃勃地接着电话。

孟向东：没错没错，李律师，你理解得非常对。只要曲折这个案子定了性，他老子那边就不攻自破了。证据？我做事多么滴水不漏啊！怎么可能让他们掌握到对我不利的证据？你就放心吧，一切的路都让我给他们堵死了，他们是绝不可能咸鱼翻身的。

孟向东挂上电话的时候，却发现黄毛站在自己面前。

孟向东连看都不愿意看黄毛：怎么，你又来了？我猜你是来给你儿子求情的，是吗？求我撤诉？哈……晚了！

黄毛冷冷地看着孟向东。

孟向东：你这么看着我，又有什么用？你可以回去问问你的老公和儿子，我是不是求过他们，说给彼此一个机会，让他们退后一步，大家各留一条生路。可是呢，他们谁也不稀罕。他和他爸爸一样看不起我。那好吧，既然有人要逞英雄，我就成全他。一切到法庭上说。

黄毛：法律会保护诬告的人吗？

孟向东：法律注重证据。我当然会提供有效的证据。

黄毛脸色惨白：告那个孩子，让他去坐牢，毁了他的前途，让他一辈子都翻不了身？

孟向东微笑着：他收了红包，巨额。他要为自己的错误付出代价。

黄毛冷笑着：你做的这一切，真是滴水不漏。你这么做，只是因为他是曲林的儿子，他和曲林影响了你发财。

孟向东耸耸肩：个人的恩怨，最好不要搅到工作里来。多少年前的恩怨，不提也就罢了，谁让你又找上门来？

黄毛：如果我没有弄错，你其实一直都在处心积虑地想报复曲林，这次只不过是让你抓住了机会。

孟向东：你如果非这么理解，也并不是没有道理。我知道你心疼你的儿子，可没办法，这条路也是他自己选的。

黄毛痛苦地：如果，他也是你的儿子呢？

孟向东一怔，继而哈哈大笑。

孟向东：谢谢你的好意！我没有这个福气！实话告诉你，确实有过那么些日子，我想不开，觉得自己混了一辈子，女人也经历了不少，居然连个一男半女都没留下，没意思。不过，现在我想明白了，没有谁，我也照样要开开心心地过日子！谁也甭想挡着我的路！你看见了么？现在他们父子两个就是榜样！

黄毛泪流满面地：你……你真是世界上最混的混蛋！曲折他……他就是你亲生的儿子！

孟向东惊得目瞪口呆。

黄毛痛楚地：他是你的儿子，可是曲林替你养了他二十多年。

孟向东慌乱地：假的！你在说谎！这不可能！

黄毛：你真的是混啊！难道你就从来没有感觉到他长得面熟？

孟向东猛然在镜子里看见了自己，大惊，吓得后退。

黄毛：你看见你自己的虎牙么？他也有一模一样的两颗。太可怕了，所以我老早就去带他拔掉了。如果你不相信，我可以把他小时候的照片拿给你看。如果你还不相信，你还可以拿你自己小时候的照片来对照。如果你再不相信的话，也可以去做亲子鉴定。如果我在骗你，你也可以继续起诉我……

孟向东歇斯底里地：闭嘴！（喃喃地）这不可能……如果不是曲林亲生的儿子，他怎么可能这么疼爱他……

黄毛：也许，这就是命运……曲林舍死护着的，是他仇人的儿子；而你处心积虑要陷害的，是自己的亲骨肉……

孟向东痛苦地跌坐在椅子上……

26. 医院外，外，日

下班的曲折走出医院门口，一抬头，却愣住了。

孟向东站在他的面前，他热切地注视着曲折，曲折却用冷冷的目光回应孟向东。

曲折：我已经收到了你的传票。还有什么招数，你尽可以使出来。我奉陪到底！

孟向东看着自己的儿子，百感交集，眼泪漫上了眼眶。

孟向东急忙地：不，我来就是想告诉你，我已经撤诉了……

曲折冷笑着。

孟向东脱口而出：孩子……

曲折冷冷地：对不起，你搞错了。我现在是你的被告，你的敌人。

孟向东站在那里被噎得无话可说。

曲折：你撤了诉，并不表示我也要对你撤诉。相反，只要你一天不销毁那害人的药品，我就一天不会放过你。

孟向东痛苦地看着曲折：……你为什么要这么逼我……

曲折：我不是逼你！

孟向东喃喃地：那是你恨我，是吗？

曲折一下怔住了，半晌，他心情复杂地开了口。

曲折：恨？不是恨……我自从知道了你是我父亲，我就一直在想，你应该是什么样的人呢？我希望你是个好人，一个……至少让我不为你羞愧的人……可是……

孟向东闷闷地：你心里对我没感情，我不勉强，可你至少看在我们的血缘的分上，也听我说几句。我知道了你的事儿，这几天连觉都睡不着，我以前老是恨自己命不好，活了大半辈子，自己连一男半女都没留下。没想到……说真的，你对我一百个看不上，我对你可是太满意了！（孟向东哽咽起来）我现在觉得我是世界上最幸福的人啦，所以赶紧着撤了诉，我再不是东西，也不能坑自己儿子。

曲折情感复杂地低着头：那你就不能把这药销毁了吗？

孟向东愣愣地：那不行啊。我跟你说真的，这要是我自己的公司，我眉毛都不带皱一下，可我也是给人打工，我总不能把人家给坑了。这药是我张罗着买的，公司那么多钱在里面呢……你看不上我，可我也有自己的做事原则。

曲折：你的原则是害人？

孟向东：这药到底是不是真害人也不一定，可我至少不能坑了我们公司的老板……我也确实赔不起那么多钱啊，你站在我角度上想想，是不是也没辙？嘻，其实谁不想当好人啊，可有时候，真没辙，没法儿当。

曲折被孟向东说愣了。

孟向东低着头：反正，我是不会再坑你了……那十万块钱，要不你还是还给我吧。我那还是跟公司借的呢。

曲折哭笑不得：你咋知道我就一定会还给你呢？我可以起诉你诽谤！

孟向东叹口气：你要那么干，我也没脾气。我对不起你妈，更对不起你。你们怎么对我都应该。（孟向东心酸地）连上今天，我见你也才一共四五面……我心里真后悔。怎么就全错过了呢……

曲折沉默。心情很复杂地看了看眼前的孟向东。

曲折：我走了。

孟向东呆呆目送着曲折的背影。

27. 曲林书房，内，日

黄毛走进曲林书房，见曲林背对着自己站在窗前，背影显出了几分佝偻，黄毛一阵心酸。

曲林缓缓回头。

黄毛将离婚协议递到了曲林的面前：这是我拟的离婚协议，签字吧——为了这一天，我们实在是拖得太长了。

曲林戴上老花镜，浏览着手中的离婚协议。

曲林严肃而冷峻地：你为什么瞒了我这么久——关于曲折。

黄毛：因为……我害怕……我怕失去你，失去这一切。多少次我都想亲口告诉你，可我实在没有这个勇气。我知道，我是天下最不要脸的女人！

曲林：你有没有想过我的感受！你把我当成什么人了！你知不知道这是你对一个男人最大的侮辱！这么多年来，曲折是我唯一的希望！我是那么一点一点看着他长成今天的样子，你知道我心里有多开心？

黄毛泪流满面地：我懂……

曲林斩钉截铁地：你不懂！我可以帮孟向东养大这个孩子，但你不该骗我这么多年！

黄毛泣不成声地：你不要再说了……我知道我这辈子最对不起的人就是你。你恨我吧！我不敢求你原谅……我这一切都是自作自受。是我太贪心，我永远也不知道我自己要干什么……

曲林颓然地：我确实没有想到，这种事情会发生在我的家里……发生在我的身上！

黄毛：你惩罚我吧。你想怎么样都行，我……无怨无悔。所有的钱、家产，我一分钱不要，其余的，你想怎么样，我也都听任你的安排……我是这一切的罪魁。

曲林痛苦地闭上了眼睛。

黄毛：签吧，签了我们就都解脱了。律师还在外面等着呢。你签了字，这一切就都结束了。

曲林的眼角渗出一滴眼泪，黄毛看见，更加心疼，泪水哗哗地淌了下来。

黄毛痛苦地：你就签吧……我求求你……你不签我真的是会疯的……

终于，曲林提笔签下了自己的名字。

望着签署好的离婚协议，黄毛捧着手中的协议，突然泣不成声……

曲林背着脸望着窗外。

黄毛开门的声音响起，曲林忽然转过身来。

曲林：你等等……

黄毛站住，不解地看着曲林。

曲林走上前去，把门关上，重新把协议拿在手里端详。

黄毛低头。

忽然，曲林把协议丢在了粉碎机当中。

黄毛愕然：你……

曲林久久沉默着，半晌，他痛苦地摇了摇头。

曲林：你出去吧。我现在不想谈离婚的事情。

黄毛：……为什么？

曲林：不为什么。我觉得累极了……我想自己好好冷静一下。从今天起，我想住到办公室去。

黄毛愣了半晌：不，这里是你的家，要走，应该我走。

曲林痛楚地：就别争这些了，好吗？在这个熟悉的地方，我更容易难受……你先出去吧。

28. 曲家小院，外，黄昏

曲林拉着箱子，走到了门口。他停下来，默然回头，不无伤感地看着这个熟悉的院子。

曲折走了过来，曲林一时沉默，不知该说什么。

曲折：……满院子的花草，我跟妈会照顾的。

曲林一时无语。

曲折：爸，你珍重。

曲林还是欲言又止。

曲折低声地：有时间，回来陪我们吃顿饭吧。姥姥和妈都会想你的。

曲林：……好好照顾她们。

曲林紧紧衣服，义无反顾地走了出去。

29. 黄毛房间，内，黄昏

黄毛一直躲在窗帘后面看着曲林走出去，她的眼泪簌簌地落了下来……

30. 大康药业孟向东办公室，内，日

孟向东审看着手里的文件，秘书带进了曲折。

孟向东的笑容像是从心里一下绽放开来，眉开眼笑，急忙伸手示意秘书出去，自己给曲折倒了杯茶。

曲折：谢谢。这是我的银行卡。你自己把钱拿回去吧。

孟向东搓着手，有些难为情。

孟向东：哦。

曲折深呼吸一下：然后，我还是要跟你谈谈。

孟向东脸上的笑容消失了。

曲折：上次我跟你说过的，你怎么想？

孟向东苦恼地：我不是都告诉你了吗？

曲折：那好，我告诉你，上次你叫人打了我一顿，还砸了我的相机。

孟向东：我……

曲折打断了孟向东：我不想指责你。但是我想告诉你，那个相机的读卡器还能用。里面我拍摄下来的证据也都在。

孟向东脸色阴沉了下来。

曲折：我想强调一下，如果说你不愿意销毁这种药物，封存它，我不能说你犯罪，你诬陷我收受贿赂，但你撤了诉，我也不能说你犯罪。但是，你如果要坚持你自己的做法，把这些药换了名字再流入市场销售，就是犯罪了。

孟向东无语。

曲折：我不能看着你这么做。

孟向东：……你为什么要这么逼我？

曲折沉重地：我说了，我不能眼看着你犯罪。我也不知道自己是不是打算认你，可你是我父亲，这是不可改变的事实。我不想以后到监狱里去看你。

　　孟向东讪讪地：你这孩子，其实只要你不说，我不说，谁会知道？

　　曲折冷笑起来：你真以为你自己做得天衣无缝吗？你不知道什么叫天网恢恢疏而不漏吗？你敢保证，你的手下没有一个有良知的人吗？

　　孟向东瞠目结舌。

　　曲折：我说过，我希望自己的亲生父亲是一个好人。

　　孟向东苦恼地：你真是个孩子啊，我不是想忏悔啥，可我不是跟你说过吗，谁不爱当好人哪？问题是有时候当不成！

　　曲折：怎么当不成？

　　孟向东：我……

　　曲折：我就不信想当好人当不成！

　　孟向东沉默。

　　曲折站了起来：我走了。希望你再想想。不过，我也不会给你太长的时间了。

　　孟向东傻傻地看着曲折的背影。

31. 医生休息室，内，夜

　　曲折在休息室里发呆，手机响起，曲折接听。

　　李蓉（OS）：嘿——你干吗呢？

　　曲折没精打采地：没事儿，呆着呢——

　　李蓉：出来吧，我请你喝酒……

　　曲折迟疑着，若有所思。

32. 酒吧，内，夜

　　酒吧里，李蓉和曲折推杯换盏，各怀心事。

　　曲折：怎么想起请我喝酒来了？有好事儿？

　　李蓉装作若无其事地：就算是吧。

　　曲折：什么事儿啊？

　　李蓉：你猜吧——

　　曲折敏感地：你要结婚了？

　　李蓉不置可否地一笑。

　　曲折：好事儿啊。我敬你！

　　曲折说着，把一杯烈酒一饮而尽，用手势示意侍应生把酒加满。

　　李蓉赶忙拦住：不能这么喝的——

曲折温柔地笑着，掩饰着自己的悲伤。

曲折：怎么心疼酒钱了？没事的，难得今天高兴，又不用值班，你就让我喝吧……（曲折又喝了一杯）你还不知道吧，我酒量很好的……

李蓉拦住：你这么喝会喝死的！

曲折：不……会的……我不会……死……我是你……弟弟……我要亲自……把你送出门……

一句话说得李蓉黯然落泪。

曲折笑嘻嘻地：傻丫头……你哭什么……结婚是喜事啊……

李蓉还是止不住地落泪。

曲折趁着酒意：我问你……如果跟你结婚的人是我……你还会这么伤心吗……

李蓉痛苦地：你不要再胡扯了！

曲折：对……对……我胡扯……我……

说着，曲折再次将酒一饮而尽。

33. 曲折宿舍，内，夜

李蓉扶着已经大醉的曲折回到房间。

刚替曲折脱了鞋，曲折忽然紧紧抱住了李蓉，吓得李蓉大惊失色。

李蓉：曲折——

曲折一声不吭，紧紧地抱住李蓉，李蓉吓得一动不动。渐渐地，李蓉感到了曲折的抽噎。李蓉吓坏了，扳过曲折的脸，看见他已经泪流满面。

李蓉：曲折……

曲折无助地看着李蓉：蓉蓉……你告诉我……如果……我们不是姐弟呢……

李蓉大吃一惊，几乎惊呆了，顷刻，李蓉的眼泪哗地流了下来。

李蓉：可……那是不可能的……

曲折热切地：李蓉我告诉你，我们不……不能在一起（声音越来越低落）……

李蓉拼命地点着头：嗯——嗯——

（叠）

天亮了，曲折在床上睡着了，李蓉守在他的身边，忧愁而爱恋地看着他，像一个母亲看着自己的孩子。

34. 新房里，内，夜

新房里，赵乔深正兴致勃勃地收拾着新房。

赵乔深心满意足地：太完美了！蓉蓉，我说这个电视放在这儿合适吧？将来你还可以在这儿放个鱼缸做房间的隔断。屋子里的气氛一下子就活跃了。对了，婷婷房间的灯我还没装好。

李蓉苦笑地看着他，一脸的疲惫。

赵乔深：蓉蓉，马上就是婚礼了。你不会不开心吧？

李蓉笑着摇了摇头：没事，我只是……太累了。

赵乔深不解地看着她：那，你早点歇吧。我送你回去。

35. 李家，内，夜

李蓉疲惫地推开房门，不由得愣住了。

黄毛和徐青对面坐着。看见李蓉进来，黄毛站了起来。

黄毛：可算等到你回来了……

徐青：黄阿姨说，她有急事跟我们说，非要等你回来。

李蓉不解地坐下。

黄毛痛苦而尴尬地搓着手，半晌，她紧皱的眉头舒展了，她平静地说了起来。

黄毛：……都好长时间了，我怕自己再不说，就真永远说不出来了，可是，我还是得说出来，不然，你们这后半辈子，没准过得跟我们一样……不能再让你们重蹈我们的覆辙……

李蓉忍不住了：黄阿姨，您到底要说什么呀？

徐青用眼神制止了李蓉，给黄毛倒上热茶。

徐青温和地：黄毛，喝点儿水。

黄毛一把拉住了徐青的手：徐青！曲折……他不是曲林的儿子，他……我……我也不知该怎么说了……

晴天霹雳一样，徐青和李蓉一下愣住了！

黄毛捂住了脸。

忽然，李蓉站了起来，不顾一切地跑了出去……

36. 曲折值班室，内，夜

曲折惊讶地看着气喘吁吁跑进来的李蓉：你怎么来了？

李蓉：……你什么时候知道的？你为什么不告诉我？

曲折明白了，他沉默着。

李蓉：我不管，我这就去跟赵乔深说，我不能跟他结婚。

曲折一把拉住了李蓉：蓉蓉！

李蓉痛苦地看着曲折。

曲折：不，不能这么做……

李蓉：那你就打算看着我去嫁给别人？

曲折：……我……说真的，现在这一切，我真的无法坦然接受。我最崇敬的父亲，居然和我没有血缘关系。我最厌恶的人，居然是我的生身父亲。我深爱的女孩，居然是我的姐姐……当我知道我终于可以爱她的时候，她却已经是我好朋友的未婚妻了……

李蓉哽咽了：我们还来得及，真的。

曲折：可是我做不到……对不起。

李蓉怔怔地看着曲折，转身哭着跑了。

37. 曲林办公室，内，夜

曲林呆呆地，失神地坐在行军床上，忽然，门被敲响了。

曲林拉开门一看，是徐青。

曲林：是你，你怎么来了？

徐青叹口气：黄毛来过了……她告诉我了。

曲林无语。

徐青：……你恨她吗？

曲林苦笑着：恨有什么用啊，我这一辈子都被她弄得乱七八糟的。我们俩，孩子们，唉……

徐青：这也就是命啊，谁能强过命去。

曲林冲动地：不！要不是她那么自私，本来不是这样的……

徐青：你能说她是自私，也能说她是为了爱你。对吧？

曲林：我真想跟她离婚。马上。她耍得我太惨了。

徐青：我不是安慰你，可我觉得，人都讲究一个缘，你跟黄毛就是这样的缘分。黄毛做得是不对，可其实你一直是个宽容的人，人一辈子就这么几十年，就别背着怨恨，到死。

曲林：这次她伤着我了，我做不到。

徐青：你俩打了一辈子，但是，打了一辈子，已经打成一个人了，还分得开吗？

曲林：你别再说了。

徐青：再说，曲折是个多好的孩子啊，你这么做，不怕他伤心吗？

曲林：是啊，我就是怕孩子伤心。

徐青：那就回去吧。家里也乱成一团了，蓉蓉本来就不想跟小赵结婚，这么一来，她更是……唉。

曲林愣愣地：不行啊，不能对不起人家小赵。

徐青温和地笑了起来：看看你，其实每个人的命啊，都是自己的性格定的。你呀，从年轻时候起就喜欢这样，宁肯委屈了自己也不能委屈别人，什么事儿，是你的不是你的，你都抢着扛。

曲林一阵心酸：你不也是这样的人吗？

徐青无语。

曲林：所以我们俩到不了一块儿。

徐青心酸。

曲林：晚了，你还是先回去吧。让我想想，啊？

徐青和曲林默默对视着。

38. 李栓柱家，内，日

屋里，徐青正在给女儿整理被子，为她准备出嫁的物品。李蓉却呆呆地坐在一边，一脸忧郁。

徐青：喜糖都定了没？（见李蓉没有反应）蓉蓉，蓉蓉！

李蓉好像忽然从梦里惊醒：啊？

徐青：你怎么了？身上不舒服？

李蓉：妈，我跟乔深又吵架了……

徐青：这都要结婚了，你们吵什么呀？

李蓉：妈您觉得我们真的合适吗？

徐青：……你是怎么想的？

李蓉痛苦地：我也不知道。一会儿我觉得我不能任着性子悔婚，坑了赵乔深，一会儿我又觉得我不能这么嫁给一个我不爱的人，还有一辈子呢，哪儿过得到头啊？就这样，又怕对不起别人，又怕对不起自己。

徐青叹息。

李蓉：您说我该怎么办？

徐青：……妈只能说，大主意得你自己拿。

李蓉：妈，我还是喜欢曲折。可是他不愿意……我心里真烦。我出去一下，去看看……我亲爸。

徐青：嗳，去吧。跟他说说话。劝他回家吧。

39. 曲林办公室，内，夜

曲林满面欢喜地看着眼前的李蓉。

曲林：再过一礼拜就结婚啦。

李蓉：嗯。

曲林端详着女儿的愁容：不开心？

李蓉勉强笑了笑：没有。爸。我结婚那天你会来吧？

曲林笑着：当然了。自己闺女结婚可是大喜日子。

李蓉一阵心酸：那你可要好好照顾曲折……他心里肯定难过。

曲林也一阵心酸。

李蓉：爸，按说你们老一辈儿的事儿不该我说什么，可我觉得，都过去这么多年了，您看我爸，这么多年养着我，他不也挺高兴的吗？

曲林苦笑起来：那可是不一样的。

李蓉：……那，您以后不承认曲折是您儿子了吗？

曲林一怔。

李蓉：我听我妈告诉我说，曲折也已经搬出去住了。他说，以他现在的身份，已经不方便住在曲家了……

曲林吃惊地：什么？他怎么能这么说呢？

李蓉：可是我说了您别生气，您这么做，不就明摆着是这个意思吗？

曲林愣住了：不，我相信曲折不是一个小肚鸡肠的男人。

李蓉：可您要是老不回家，他也不好意思再认您当爸爸呀。

曲林痛苦地：我不是不想回去，有好几次我都走到门口了，可实在迈不开腿，蓉蓉，爸爸从来没觉得自己是个五十岁的人，可现在真觉得了，我老了，经不起这种折腾，只想躲得远远的。

李蓉：躲也躲不开的。我栓柱爸爸以前跟我说过，生是恩，养也是恩。虽然您跟曲折之间没有血缘的关系，但在曲折心目中，你永远都是他亲生的爸爸。他崇拜您，爱您，把您当成他心中的依靠。

曲林沉重地：我知道……

李蓉：那不就是了，难道您就不能回家吗？曲折就要去西藏了，一去就是三年，听说姥姥也天天惦记着您，您一个人住在这儿，我们也不放心。爸，就回去吧。

曲林沉默了。

40. 街道，外，日

曲折在路上郁郁而行，忽然，他的手机响了。

曲折：喂？……什么？真的？（曲折兴奋起来）孟向东真的把那个药全部销毁了？太好了！（曲折又有些担心了）那他人呢？什么？好，我知道了。谢谢。

曲折挂了电话，沉思着。

41. 孟向东家，内，日

这还是孟向东刚回国时租住的房子（见十五集），非常窘迫，脏乱，孟向东也不穿西装了，头发胡子乱七八糟，正缩着脖子在吃一碗方便面。

忽然，门被敲响了。孟向东一惊，急忙躲到猫眼地方向外面看。

是曲折。

孟向东不敢相信自己的眼睛。愣住了，犹豫了一下，没去开门。

曲折又敲响了门。

孟向东呆呆地站着不动。

曲折低声地（OS）：我知道您在里面，开门吧。

孟向东：……你来这儿干什么？我不想见你。你走吧。

外面沉默了，半天没有声音，孟向东又有些失落，急忙轻轻打开门，想看看曲折离去的背影。一开门，他呆住了，曲折就藏在门边。看他开门，曲折笑了。

曲折：我就知道你在。

曲折要进门，被孟向东拦住了。

孟向东：你别进来，别见我，我废了，都这样儿了，你来干吗？

曲折：就是因为您这样了，我才更得见你。

曲折走了进去。看见房间里的样子，不由默然不语。看看孟向东，似乎也一下苍老了很多。

孟向东苦笑着：你还来找我干什么？我已经按你说的，把药毁了，老板恨得我牙痒痒，我把这些年所有的积蓄都赔给他了。

曲折看着孟向东，眼光中非常复杂。

孟向东：不过，要是你想道歉，那也就不必了。我还挺谢谢你的，我做了不少坏事儿，也该倒霉了。反正，你以后也别来了，我都成这德行了，别拖累了你。本来我还挺二的，还找律师立了个遗嘱，说钱啊什么的都留给你，现在也别扯了，争取不把债留给你就不错了。

曲折无语。

孟向东：咳，说这干吗。你赶紧回去吧。我现在什么也不求。我能知道这个世界上还能留下我的骨血，已经算是天大的万幸了。以后，要是我死了，你能到我坟上祭扫一下，我也就心满意足了。

曲折：您说这干吗！

孟向东顿时显得很是尴尬，

曲折心情复杂地看着孟向东。

孟向东：我知道……对你来讲，我只是一个陌生人。

曲折把脸别开，不愿让孟向东看见自己的表情。冷峻的表情背后涌动着复杂的真情。

孟向东艰难地：你看我耽误你的时间了。该说的都说完了，你快走吧……

曲折无言看着孟向东步履蹒跚地过去开门，在他身后低声地。

曲折：谢谢您给了我生命……

孟向东一惊，难以置信地扭头看着曲折，曲折避开孟向东的目光。突然间，孟向东的眼泪婆娑而下。

孟向东嗫嚅、试探地：那……你能喊我一声……爸爸吗……

曲折显得很是为难。

孟向东讪笑着：呵呵……我太贪心了……

曲折：我叫不出口。

孟向东：明白……我都明白……你走吧，你好好的……啊……

孟向东说着，在脸上胡乱抹了一把。

曲折：我今天是来向您辞行的。我要走了，去西藏。

孟向东茫然地：去那么远啊……

曲折无奈地苦笑了一下。

两人之间又是长长的沉默。

曲折：你好好保重，三年的时间应该是很快的。到那个时候，我也应该从西藏回来了。

孟向东握住曲折的手，拼命地点着头，哽咽着说不出话来。

起初，曲折下意识地想把手抽回来，但被孟向东紧紧握着。最终，曲折也按捺不住自己的感情，紧紧握住了父亲的手。

孟向东依依不舍：我还以为你不会去西藏了，我想过，我那会干的这混蛋事儿，也就是在你婚事上有点儿帮助，你跟李蓉那就不是姐弟关系了，你们可以结婚啊。

曲折愣住了：是，她是要结婚了，不过新郎不是我。

孟向东一怔，仔细地看着儿子。

孟向东：她喜欢那男的？

曲折摇头。

孟向东一拍大腿：那不就得了！那你还呆着干吗呀？跟她求婚去啊。

曲折痛苦地：不，我不能那么做……

孟向东：为什么啊？这都啥年头了，还跟曲林和徐青似的，什么都让来让去，最后再让你们一辈子受苦？我就不明白了，不是李蓉还没结婚吗？你还怕什么呀？别跟你自己置气，结婚那是一辈子的事儿，跟不喜欢的人就是没脾气，过不到一块儿！我要是能跟你妈结婚，我也没今天这么混蛋。你要是我儿子，就赶紧去追！

曲折愣愣地看着孟向东。

孟向东：去啊！等结了婚，就晚啦！去，快去，爸等着你胜利的消息！

曲折如梦初醒，看着孟向东，忽然笑了。

曲折：哎！我去！

孟向东满心欢喜，看着曲折跑去的脚步，只是拼命点头。

42. 赵乔深家，内，日

曲折跑进了赵乔深的家，赵乔深看见他，顿时笑了，高兴地在他肩膀上捶了一下，将一张请柬递到曲折面前。

赵乔深兴奋地：明天，我的婚礼！你一定得来啊。

曲折翻看着请柬，沉默良久。

曲折：乔深，我来是有一件事，我想跟你说——

赵乔深：你说——

曲折：我想跟李蓉重新开始……

赵乔深：什么！

曲折：我知道……这挺不地道的……可是我……实在不知该怎么办才好。我现在才知道，我们其实不是姐弟……

赵乔深顿时如同晴天霹雳一样愣住了。

曲折低着头：我一直在劝自己，算了，算了，跟李蓉我也这么说，可我实在忍不住了，我不能看着她跟你结婚，我做不到……

赵乔深寒着一张脸：你跟我出来一趟。

曲折迟疑地跟赵乔深出来。

43．大街，外，日

赵乔深把曲折带到街上，曲折不解地看着对方。赵乔深忽然劈面一拳打在了曲折脸上！

赵乔深：你滚起来！有本事你就滚起来揍我！

曲折：你打吧——我知道我对不起你……

赵乔深：对不起就完了吗？是你亲口告诉我，你们不再会有以后了！让我替你疼她，照顾她。是你教我要体谅她，理解她，就连求婚的仪式都是你教给我的，这都是假的是不是？你玩儿我！

曲折：不！不是的！我都是真诚的！那求婚的仪式，是很早以前我为自己设计的，我教给你，是因为我觉得像蓉蓉这样的女孩，应该享受到这一切……当我得知蓉蓉是我姐姐的时候，我真的恨不能自己立刻就死掉了……

赵乔深：你现在更应该去死！如果你真的爱她，你就不该这样一次一次地折磨她！她马上就要结婚了，她的生活即将进入稳定的航道，你为什么一定又要来刺激她？

曲折：我是真心爱她。

赵乔深：你根本就不是爱她！你只爱你自己！你只是想在情感上占有她！

曲折沉默不语。

赵乔深愤怒地：你有没有想过我的感受？我也是一个男人！你有什么资格在我结婚的前夕，告诉大家一切都错了？

曲折：对不起，乔深，我错了……我这样做确实对你太不公平了。我知道我该怎样了……

说着，曲折转身离去。

44. 徐青家，内，日

徐青打开门，却见曲林进来。

徐青：你怎么来了？

曲林：我是来给女儿送礼的。毕竟是她的人生大事。

徐青低声地：明天你不来？

曲林叹息：我有点怕场面上的事儿了……

徐青：还是也过来吧。有两个爱她的父亲送她出阁，她一定是最幸福的新娘子。哪怕远远地看一眼……

曲林：哎——到时候能来我一定来……这是我给蓉蓉买的。

徐青打开曲林递过来的礼盒，不由得笑了。

徐青：又是手表……

曲林也笑了：当年你我那对手表没能成对，现在，就让他们的成双吧……

徐青：唉……人这辈子呀……怎么就磕磕绊绊地走到了今儿呢？我像李蓉这么大的时候就想，只要和你在一起了，就什么都不用想了。就什么心都不用操了。可谁成想儿女都这么大了，还是有操不完的心……

曲林：是啊，一来二去的，咱们就都老了。

徐青：咱们不老，孩子们能长大吗？

两个鬓发斑白的夕日恋人默契地相视而笑。

徐青：还是老了好——

曲林：是。还是老了好。

徐青：都知道这理儿了，你还不回家？

曲林无语。

45. 曲家门外，外，黄昏

曲林在自己家门口徘徊着，好几次想走上去，却又犹豫着回头。

最后，他下决心想离开的时候，大门开了。

黄毛站在门口，呆呆地看着曲林。

曲林感情复杂地低下了头。半晌，他还是转身，默默离去。

黄毛擦拭着眼角的泪水。

46. 李栓柱家，内，日

李栓柱家洋溢着喜庆的气氛，徐青忙里忙外。

徐青：栓柱，你快点啊，你宝贝闺女出阁，总不能这么邋里邋遢吧？

李栓柱：呵呵，又嫌我给你丢人啊？

徐青：反正今天丢的不是我的人。

李栓柱憨笑着：就知道拿闺女压我！你快来帮我看看这个"上吊绳"怎么弄啊？

徐青无奈地上前替李栓柱收拾被他弄得乱七八糟的领带。

李蓉穿着婚纱出来，徐青被女儿的美丽惊呆了。

李蓉情不自禁地抱住了母亲：妈——

徐青感动地：我闺女真好看……结婚是大喜的日子，不许哭……快把眼泪擦擦，一会儿车就来接你了，啊？

47. 曲林家，内，日

黄毛把一件新衣服递给曲折：这是我昨天特意给你买的，快换上。

曲折：不用了吧？我今天可是一个小小配角——我先过去了。

黄毛：你怎么这么早就去啊？

曲折低声地：我要去接新娘子。我是她弟弟，要送她出阁。

黄毛鼓励地拍了拍曲折：去吧，孩子，高高兴兴地——

黄母一直在旁边看着这一切，很是不解：曲折这孩子，怎么心事重重的？

曲折安慰地：没事儿姥姥，我就是累了……

48. 民政局门口，外，日

婚姻登记处门口，徐青、李栓柱、黄母、黄毛、谭菲丽等人都聚集在一起。鞭炮声响起，赵乔深挽着李蓉的手庄严地走了过来，旁边的孩子们把鲜花的花瓣撒在了新郎、新娘的头上。

不远处，曲林在默默地看着，感慨万千。

黄母对黄毛：这新娘子好漂亮啊！赶明儿咱们曲折也能带回这么个俊媳妇来，就好了……

曲折看着这一幕，好不感慨，惆怅万端。

周围的长辈们却都是喜逐颜开。

李蓉垂下眼帘，不敢看曲折。

赵乔深却是一脸的幸福与自信。

（高速）

渐渐地李蓉和曲折越来越靠近……李蓉的眼角不由得泛起了泪花。

不料此时，赵乔深却径直朝曲折走去，将李蓉的手交到了曲折手中。

曲折和李蓉都愕然惊呆。

全场也都惊诧不已，面面相觑。

赵乔深：曲折，我把李蓉还给你了。她是被你的求婚征服的，只有你才能让她感觉到幸福。

曲折：乔深……

赵乔深：真幸运，我们醒悟得早。

怔了半晌，李蓉情不自禁地一把抱住了赵乔深。

李蓉：谢谢你……乔深……

赵乔深礼貌地回应着她，低声地含笑。

赵乔深：以前你的拥抱从来没有这么真诚过。看来我的决定没有错……

李蓉也笑了，笑得有些不好意思。

曲折却感情复杂地看着赵乔深：不，老赵，怎么能这样……

赵乔深一下就笑了：那你可别后悔，过了这村就没这店了。

曲折立即拉住了李蓉的手。

大家都友善地哄笑了起来。徐青更是擦去了眼角的泪花。

婷婷冲了上来：蓉蓉阿姨，我还是叫你阿姨好，因为我妈妈她说要从美国回来了。

赵乔深含笑对曲折：好了，这就像你的一辆自行车停我这儿，我给你看了一段日子，还回来了。不过，我可是碰都没碰过这车啊。（赵乔深推了推李蓉）快去吧——你的新郎等着你呢！

在众人祝福的目光中，李蓉和曲折手挽手向前走去。走了没几步，两个人不约而同地停了下来，耳语后，看向了一边躲避的曲林。

李蓉、曲折异口同声地：爸爸……

曲林顿时红了眼圈，他站在那里，不由自主地向孩子们走去。他把两个孩子搂进了自己怀里。

徐青欣慰地看着。

黄毛眼圈红红地看着。

曲折在曲林耳朵边：爸爸，我是您儿子，只要您不嫌弃，我永远都是您的儿子——没有您就不会有我的今天，我就不会是今天这样一个男人。谢谢您……

曲林：嗯……

父子二人情不自禁地抱在了一起……

满天的花雨中，众人在欢笑。

49. 车站，外，日

曲折马上就要前往西藏了，所有的人前来送行。

曲折和李蓉拥抱告别。

李蓉：你等着我，我把书店打理好了，就去西藏找你——

曲折：你放心，我就是走得再远，也跑不了……

二人幸福地相视一笑。

黄毛推了推身旁的曲林：别光傻站着了。你给孩子的礼物呢？

曲林恍然惊醒，取出精心包裹的口琴递给了曲折。

曲折笑了：爸，您终于舍得把它给我了——

曲林感慨地：是啊，因为你长大成人了。

（口琴的音乐起）

徐青的眼睛湿润了。

（一组闪回）

徐青和曲林的初相逢。

曲林为徐青吹奏口琴。

曲林和徐青在月色中幸福地依偎在一起。

风雪交加的山洞，徐青和曲林忘情地拥抱。

儿时的李蓉，风筝被挂在了树上，曲林帮她摘了下来，小李蓉灿烂地笑。

第一集，李蓉一曲舞罢，曲折献上巨大的花篮，李蓉幸福地微笑。

第一集，飞驰的摩托车上，李蓉幸福地依偎在曲折的后背。

第十九集，李蓉终于按捺不住自己的情感，对曲林叫出了——爸爸……

汽笛响起，曲折登上了启程的列车。给曲折送行的人都充满深情地向他挥手。

黄毛、徐青和李蓉的眼中更是蓄满了泪水。

口琴的音乐中，列车渐行渐远，终于消失在了远方……

（定格）

（音乐起）

（全剧终）

我的泪珠儿

（根据张欣同名小说改编）

编剧： 王宛平、何晴
导演： 成浩
主要演员： 胡亚捷、原华、李小萌等

　　严沁婷是一名单身的白领，可以说生活优越，收入不菲。二十九岁的她从福利院领养了孤女泪珠儿，取名严安，尽管严沁婷对年幼的泪珠儿百般照顾，但始终没法改变其孤僻反叛的性格，母女常常发生冲突，十二年后，十九岁的泪珠儿性格桀骜反叛，她反感养母把自己塑造成为淑女的做法。长大成人的泪珠儿一心一意地追寻自己的身世，并因此发现了养母掩盖的若干秘密……原来，泪珠儿竟然是严沁婷亲生的私生女儿，在追寻的过程中，泪珠儿对母亲产生了许多误会，竟然拿起了刀……

第十一集

1. 谢怀朴家，内，日

　　鲍雪穿着晨衣从卧室里走出来，眼圈发青，显然一夜没睡好的样子，坐到餐桌前。

阿姨小心翼翼地：太太，给您烤了面包，榨了鲜橙汁。鸡蛋也煎好了。

鲍雪懒洋洋地嗯了一声。

阿姨将早餐一样样端上。

鲍雪：先生昨天晚上几点回来的？

阿姨：半夜一点多。

鲍雪冷笑一声。看着眼前的食品，忽然发火了：大清早的，谁要喝果汁！你不知道我胃寒吗？

阿姨吓得不敢说话，急忙将橙汁往下端。

鲍雪一下没了胃口，她站了起来。电话响了，她没好气地拿起话筒。

鲍雪：喂？！……（她的声音柔和了）罗先生……好啊，是应该聚聚，我还没见过你太太呢。行，就今天晚上，我跟怀朴一起过来。

2. 豪华酒楼包房，内，黄昏

豪华的包房，从落地窗户可见外面流淌的黄浦江。

谢怀朴、鲍雪和罗二夫妇对坐边吃边谈。气氛很融洽。

罗二：贱内从香港来，说要见见我在内地的好朋友，我说，好朋友嘛只有谢先生谢太太啦……来，干杯。

鲍雪莞尔：罗先生真会说话。

罗太太妆容精致，打扮得很富贵但很舒服的样子，她微笑着：香港家里两个孩子都小，所以总是不能来上海照顾。多亏你们这些好朋友。谢太太，这是一点心意。

罗太太笑着递给鲍雪一个包装漂亮的盒子。

鲍雪打开一看，里面是一根白金挂着钻石坠子的项链。

鲍雪：罗太太，这……

罗太太：去东京度假的时候买的，日本的东西就是做工好、样子新。谢太太别嫌弃，留着送小辈也好。

鲍雪看看谢怀朴，笑着：那就谢谢了。

罗二：改日我还想请严总一起出来吃饭。她对我好像有误会，总是不大客气的样子。

谢怀朴：严沁婷这人不过是面上很冷。

鲍雪微笑着：不过，严总最近家事忙，恐怕没时间出来应酬。她刚刚承认收养多年的养女是亲生女。

罗二和罗太太都有些吃惊。

谢怀朴脸色一变，用眼睛斜了一下鲍雪，示意她闭嘴。

鲍雪根本不理睬谢怀朴的眼色：最离奇的是，据严沁婷自己说，这孩子的生父是她离婚的丈夫。我怎么也想不明白，要真这样有什么见不得人的，至于隐瞒十几年？

罗二大为吃惊。

谢怀朴极为不满。

但两人随即克制住了，面上都没有表现出来。镇定地继续喝酒吃菜。

谢怀朴客气地：罗太太适应上海的气候吗？

罗太太：还可以。我们想把孩子接来上学，这样也好全家团聚。

罗二：是想看住我，怕我包二奶。

罗太太坦然地：男人哪里看得住，我是怕你公事忙，天天煲汤给你滋补啦。

谢怀朴：罗先生福气好。

罗太太：谢太太温柔又贤惠，我看还是谢先生福气好。

鲍雪和谢怀朴似乎有无限恩爱地对视一笑。

3. 谢怀朴车上，内，夜

回家的车上，谢怀朴阴沉着脸，开着车，一言不发。

鲍雪笑眯眯地：你怎么不说话呀？

谢怀朴不语。

鲍雪：我知道你心里不爽，有火发出来吧？

谢怀朴还是不说话。

鲍雪继续挑衅：我不应该说你红颜知己的秘密。传来传去的多不高贵啊。

谢怀朴克制着：鲍雪！请你不要无理取闹。

鲍雪慢悠悠地：看看，心疼了吧？

谢怀朴被逼急了，一下踩了刹车。

几辆车不满地鸣笛呼啸而过。

谢怀朴瞪着鲍雪：你知道不知道，你太无聊了。你这样子就像个八卦的家庭妇女！

鲍雪却不生气，还是笑眯眯地：你的词汇真贫乏，简称八婆就行了嘛。

谢怀朴克制着深呼吸一口气，发动了车。

4. 罗二家客厅，内，夜

罗太太一边削水果，一边有些焦急地在跟罗二说话。

罗太太：老大和老三为争权打得天昏地暗水火不容，面上又想尽了办法在爹地面前表现。我看你还是回香港吧。

罗二冷笑着没说话。

罗太太：爹地要在内地扩展纸厂，我弟弟在东莞可以想办法跟政府合作，你把这事应承下来，也可以在爹地面前加分啊。

罗二：你这全是妇人之见！罗时音从小就不喜欢我，好像我不是他亲生的一样！不管我做得什么样，在利益分配上他会一直故意亏待！

罗太太很发愁。

罗二拍拍太太的肩膀：别急，我会想办法。

罗太太想起了什么：你们说的严沁婷，就是爹地包养过的那个……

罗二点头：是。

罗太太叹口气：她蛮惨的。

罗二：你先去冲凉。我打个电话。

罗太太走出。

罗二拨电话：喂？……听说严沁婷认了养女做亲女，你马上把她这个女儿的全部资料给我查清楚！明天一早就要！

5. 雪雁公司会议室，内，日

一次雪雁公司的例会。

谢怀朴：那就这样，严总，国乐电器的老总你帮我约一下，一起吃个饭。看他们能不能再给我们一点优惠。

严沁婷点头。

谢怀朴：还有什么事吗？……好，散会。

众人收拾东西准备走。谢怀朴跟一个股东边说话边走出去。

严沁婷犹豫片刻：……谢总！

谢怀朴有些犹疑地停了下来，回头。

严沁婷欲言又止。

边上的股东：谢总严总你们聊，我先走了。

谢怀朴：不用。我还有事跟你谈。（谢怀朴看看表）什么事？

看着谢怀朴有些紧张的样子，严沁婷顿时觉得自己受到了伤害。

严沁婷僵硬地：我想咨询一下，谢丹青出国留学找的哪家公司。

谢怀朴似乎松了口气：要送严安出国？这样吧，我等会把资料给你。

严沁婷淡淡地：不用这么麻烦了，你把公司名给我，我自己去查。

严沁婷说完，径直出了门。

谢怀朴似乎有些尴尬。

6. 严家客厅——厨房，内，黄昏

严沁婷推开家门，吴阿姨笑着迎上来。

吴阿姨：回来了？晚上我烧了腌笃鲜。安安爱吃。再炒什么菜？

严沁婷疲倦地：弄个新鲜的叶子菜就好。等会吃饭不用叫我，我头疼，先睡一会。

严沁婷走进了自己的卧室。

吴阿姨心疼地看着严沁婷的背影，嘟囔着：唉，作孽啊，吃力得要死。人家看着嘛都花好稻好的，有多少苦噢！

吴阿姨眼圈一红，开始擦眼泪。

背后，泪珠儿从自己房间里出来，看着她好笑。

泪珠儿挖苦地：吴阿姨，人家是天吃星，你是天哭星。

吴阿姨生气地：安安，做人不好这么没有良心的。你看看你妈妈，下班回来饭都吃不落就要睡觉，我跟你说啊，报纸上都写的，这些单身带小人的妈妈最容易生高血压！压力大，没人疼！你晓得哦？

泪珠儿：不是有你疼她吗？！

吴阿姨说不出话，气哼哼地走到一边擦书架等处。

泪珠儿低头想想，走到了厨房里。

泪珠儿笨手笨脚地开柜子，找出大米，倒在电饭锅里。

吴阿姨走进来警觉地：你做啥？

泪珠儿：你管我？

吴阿姨看着忽然笑了：哦，给你妈妈烧粥吃啊？难得你体贴一下你妈。这就对了！

泪珠儿嘴硬地：谁给她烧了，是我自己想喝粥！

吴阿姨：你自己要喝粥，养了你这么多年数我还不晓得你，什么时候你肯喝粥的……喏，米要先淘，烧粥不能放这么多米……哎，你别走啊，你要下楼就到对面超市买点酱菜，给你妈过过粥……

7. 严家餐厅，内，夜

严沁婷走出了卧室，换了一套休闲的衣服，脸上是重新化的精致的妆。

泪珠儿大大咧咧地跷着二郎腿，坐在餐桌对面看严沁婷娴雅地坐下。

吴阿姨笑嘻嘻地端上粥和菜：粥是安安烧的，酱黄瓜也是她去买的。

严沁婷似有些意外，停下来看着泪珠儿。

泪珠儿白吴阿姨一眼。

严沁婷很欣慰的样子，拿餐巾纸擦掉口红，然后小口喝粥。

泪珠儿：你累不累呀，在家里都一天化二十次妆。

严沁婷：习惯了。

泪珠儿：一个成天化妆的女人一辈子要用三百根口红。

严沁婷笑笑：安安，你想出国吗？

泪珠儿愣了片刻，嘴角浮起习惯的嘲笑：出国干吗？有病啊。

严沁婷耐心地：现在大学生不值钱，你不如毕业以后出国再拿个学位。

泪珠儿：然后回来当"海带"？

严沁婷："海带"？

泪珠儿："海龟"现在才不值钱呢，只能待在家里当"海带"！我可没兴趣去当二等公民，像谢丹青他们自以为有多高明呢，其实要多傻有多傻！

严沁婷：那，你对你的未来怎么考虑呢？

泪珠儿：拜托！别整这些词吓我，我心脏不好。哪想得了那么远？暑假到了，我倒是想找家公司打工。

严沁婷不以为然：何必呢，你应该趁着假期好好补习一下英语。

泪珠儿：我一中国人，老补英语干吗。

严沁婷：多掌握几门语言总是不吃亏的。

泪珠儿：我掌握的不少啦，普通话，上海话，还会说扬州话。

严沁婷不悦：你别嬉皮笑脸。

泪珠儿冷笑。

严沁婷看着泪珠儿的表情，笑笑，转换了话题：你刚才说什么，三百根口红，怎么会有那么多。

泪珠儿不领情：严女士，你该怎么对我就怎么对我，不用看我脸色转换频道，咱们的关系本来就脆弱，你再这样，大家就太累了！

泪珠儿起身，回了自己房间。

严沁婷被噎住了。

8. 严家门厅，内，晨

吴阿姨在敲泪珠儿的房门：好起来了，迟到了！

砰的一声，门开了，泪珠儿一边胡乱套着衣服一边发牢骚。

泪珠儿：靠！又要迟到了！

吴阿姨：吃点东西再走。

泪珠儿在嘴里塞口面包，就往门外冲。又转回来，从玄关的柜子里找出滚轴溜冰鞋。

吴阿姨吃惊：不行！路上车多，不安全！

泪珠儿跟没听见一样，把门一带。

吴阿姨：小姐啊，不得了了，安安踩溜冰鞋上学了，要出事体的！

严沁婷急忙追出，泪珠儿已经没影了。

严沁婷焦急地冲进房间，拿着车钥匙就往外走。

9. 街道，外，晨

泪珠儿得意洋洋在街上滑着，手机响，她用耳机听。

泪珠儿：巴男啊，你到啦？我也快了，我在街上溜着哪，别恶心我了，你才青春美少女呢……

路边一辆停着的宝马车里，坐着罗二。他做了个手势，司机开始不紧不慢地跟着泪珠儿。

泪珠儿想拐弯，宝马车却从后面开来，泪珠儿急忙闪避，一个不稳，狠狠摔在了地上。

罗二急忙下车。

泪珠儿怒道：怎么开车的？你有病啊？

罗二连连道歉：对不起小姐，有没有摔痛？我送你去医院。

司机：罗总，上午的会……

罗二皱眉：打个电话说我迟到一会。先送这位小姐去医院！

泪珠儿看罗二态度不错，也就自己解了溜冰鞋，起来活动了一下。

泪珠儿：算了。以后开车小心点！下一次可不见得能撞上我这样宽宏大量的人了！

罗二笑了：小姐好幽默。您要去哪里？上我的车吧？

身后，严沁婷的车赶到，她跳下车，看到眼前的情况有些吃惊。

严沁婷焦急地：安安，伤了哪里没有？

泪珠儿：没事。

罗二风度很好地：严总？哎呀，大水冲了龙王庙，没想到撞了你的女公子，幸好无大碍。真是对不起。我看还是去医院检查一下吧？

严沁婷淡淡地：不用了。

严沁婷指指车门，泪珠儿上了车。

10. 车上，内，晨

车上，泪珠儿好奇地：那人谁啊？香港人吧。一口国语怪怪的。

严沁婷很无所谓地：天美的总经理。

泪珠儿：啊，原来是竞争对手啊。人家可比你有风度多了，你怎么老是公私不分，那么酷的样子。

严沁婷不说话。

11. 泪珠儿所在班级教室，内，日

老师没来，同学纷纷在说话，基本上是在互相问落实了什么实习单位。寄了多少简历。

泪珠儿一副无所谓落落寡合的样子，戴着耳机在听音乐。

一男生：严安。你到哪里实习啊？

泪珠儿没听见。

泪珠儿宿舍女生甲酸溜溜地：人家是富家女，不用像我们这么找工作的。

这句话泪珠儿听见了，她一把拽下耳机，瞪着女生甲。

女生甲有些瑟缩，嘟囔了一句什么。

泪珠儿狠狠地：大声点，我没听明白。

同学们纷纷回头，还好老师走进了教室。

老师：今天起放暑假了，成绩单都看见了吧，大家抓紧时间落实实习单位，需要介绍信的，散了以后到我办公室来。哦，香港的天美电器公司需要一名我们专业的学生，等会要来挑人……

同学们很受鼓舞的样子，交头接耳起来，都跃跃欲试的样子。

一男生：外企啊。（对女生甲）你成绩最好，一定挑你的。

泪珠儿不屑地重新戴上了MP3。

门开了，老师热情地走上前，走进教室的是罗二。

泪珠儿看见罗二，罗二也一眼看见了泪珠儿。

片刻之后，两人都笑了。

罗二对老师指了指泪珠儿。

泪珠儿拽掉耳机，在同学们或羡慕或嫉妒的目光中走了过去。路过女生甲面前，泪珠儿还故意回头看看她。

女生甲气得脸色发白。

12. 严家，内，夜

严沁婷敲泪珠儿的门。

泪珠儿（话外音）：干吗？

严沁婷：你的信。

泪珠儿一把拉开门，居然穿着一套套裙。

严沁婷很意外地看着她。

泪珠儿看看信封，有些紧张地撕开，顿时欢呼起来。

泪珠儿兴奋地：搞定！

严沁婷：这套衣服我给你买了两年了，你还是第一次穿，不过，很好看。

泪珠儿：拜托，别提多难看了，我是没办法。（她扬扬手里的信封）通知来了，我明天起要上班了，不穿得正规招人笑话！

严沁婷愣住了：上班？去哪里上班？

泪珠儿兴奋地：天美啊！

严沁婷大吃一惊！

泪珠儿：天美的空调可是面对欧美市场，能到这样的外企性质的公司打工，我们班那帮小女人都气疯了！

严沁婷脸色铁青，心里一阵阵翻腾。

泪珠儿还在兴奋中：其实我就是苦于缺少实践经验！能有这机会，真是老天助我！（泪珠儿对着镜子做了个鬼脸，得意地嘻哈着）哈哈哈，严安，你也有今天！

严沁婷定定神：安安，我觉得你还是不要去。

泪珠儿一怔：为什么？

严沁婷：罗二这个人人品不好，非常难缠……

泪珠儿：不会吧？我觉得罗总看起来洒脱不羁，平易近人，完全不像传闻中港商那样色眯眯的。

严沁婷：你怎么知道？知人知面还不知心，何况你能知道他多少？

泪珠儿不开心了：我又不是天姿国色，不是天下男人都要占我便宜吧？

严沁婷一怔：我不是这个意思。

泪珠儿嘲讽地：那，你怕他培训我当你们雪雁的内奸？

严沁婷：我也不是这个意思。

泪珠儿火了：那你是什么意思？！

严沁婷：……安安，你还小，你不知道……

泪珠儿大叫：你又来这一套，我再小也过十八了，你表面上好像对我宽容，实际老干涉我的自由！你虚伪！

严沁婷也火了：我是在关心你！

泪珠儿冷笑：关心我？有你这么关心的吗？不管我交男朋友还是找工作，你都是一副看不上的样子，好像我丢了你多大的人似的！

严沁婷：我从来没这么说过！

泪珠儿：别假惺惺地不承认了，你就是这么想的！

严沁婷：可你也确实老是闯祸，你没给我相信你的理由！

泪珠儿脸色刷地白了，一字一顿地：你什么意思？说我住院的事？

严沁婷愣住，无奈地：安安，你相信我，我的出发点都是为了你，如果你真要实习，你可以到雪雁啊。

泪珠儿冷笑：你从前不是不愿意我去雪雁吗？

严沁婷：我现在改变主意了，你可以做你想做的任何事情。

泪珠儿冷笑着：我现在想做的就是去天美打工！我还告诉你，除非你把我锁在家里，不然我是去定了！你休想再干涉我！

泪珠儿狠狠将门在严沁婷面前关上。

严沁婷脸色惨白。

13. 严家，内，晨

清晨，泪珠儿已经收拾好自己，穿好了套裙，头发也破天荒地梳得挺平整，正把玄关的鞋柜翻得乱七八糟，在一堆球鞋和平底鞋里找不到一双和套裙相配的鞋。

吴阿姨无奈地在一边看着：别翻啦，你平时都是男孩的打扮嘛，找不到的……小姐，你起来了？

泪珠儿回头，看见严沁婷站在楼梯上看着自己。

严沁婷对吴阿姨：帮我热上牛奶吧。

吴阿姨答应着离去。

泪珠儿索性挑衅地随便蹬上一双灰秃秃的球鞋。伸手就要拉门。

严沁婷：安安！

泪珠儿回头瞪着她：干吗？

严沁婷上前，递给她一个鞋盒。

泪珠儿接过，打开一看，里面是双流行的淑女鞋，还有一双相配的长筒袜。

泪珠儿愣住。

严沁婷又递上创可贴：新鞋会挤脚，疼了就贴上。你穿不惯高跟鞋，当心崴脚。

泪珠儿慢慢接过，心里慢慢涌上感动。她看看母亲，欲言又止。

严沁婷避开女儿的眼神。

泪珠儿低头穿上了鞋，正合脚。

泪珠儿耸肩：样子真难看，不过，颜色还行。

14. 严家露台，内，晨

严沁婷怔怔看着楼下女儿离去的身影，长长叹息了一声，心中百味杂陈。

15. 天美公司办公室，内，晨

公司的一间办公室，打了许多隔断，还没有人，泪珠儿十分来劲，在办公室里打扫，忙个不停。

罗二：早上好！

泪珠儿：早上好，罗总。

罗二欣赏地看看泪珠儿：你这么打扮很漂亮。

泪珠儿不好意思地笑笑：秘书小姐说，让我在这里办公。

罗二：以后你不用做这些杂事，公司有清洁工。你是我好不容易请来的大学生，要做相称的工作才是。

泪珠儿：是。

罗二：你先做一份详细的市场调查报告，以确定天美下一批产品针对的受众。看看是不是有可能向年轻人市场开拓？

泪珠儿：是啊，其实我们不妨把空调也弄得时尚一些，年轻人不喜欢一成不变。

罗二赞赏地：嗯，果真虎母无犬女。你母亲算是我的老朋友了，你跟她长得很像。

泪珠儿一怔，嘴硬地：可我觉得一点都不像。

罗二：怎么不像，连你们喜欢的衣服品牌都一样。沁婷当年在香港工作时，也最喜欢这个品牌。

泪珠儿十分奇怪：香港？她在香港工作过？

罗二好像还是不经意地：她工作过三年。我们就是那时认识的，她跟我家很熟。

泪珠儿愣住了。

罗二意味深长地：怎么，你不知道？哦。那我多言了。可能她并不希望你知道。（罗二笑笑）开工吧。

泪珠儿更为疑惑。目送着罗二离去。

16. 雪雁公司财务部，内，日

严沁婷走进财务部，看见师晓梁又在查账。

财务：严总。

严沁婷将一叠子报表给她：你整理一下。

埋头工作的师晓梁抬头，注意到了严沁婷，微笑着招呼。

严沁婷也微笑回应。

师晓梁：严总来得正好，你来看看，这笔账目写得不够清楚，你能回忆起是什么用途吗？

严沁婷态度平和地看看：应该是一笔公关费用。你稍等，我核实一下。

严沁婷起身找一本资料。她忽然觉得头晕，眼前的东西都旋转起来……她一个趔趄，还好扶住了书架，没有摔倒。

师晓梁一个箭步上前，急忙将她扶在沙发上躺下。

师晓梁：沁婷！你怎么样？

师晓梁看见桌子上的咖啡，急忙冲了一杯，连放几块方糖，端到严沁婷面前。

严沁婷的主观视角，师晓梁的脸渐渐清晰。

严沁婷清醒了一些，连声地：不要紧，只是最近比较累，加上早上没胃口，没吃什么东西，低血糖的缘故。

师晓梁将咖啡端在她嘴边，看她喝下去。看着严沁婷苍白的脸容，心里有些难受。

严沁婷抬头，见自己和师晓梁隔得很近，心底也有些微妙。

严沁婷想开玩笑调节气氛：糖加得太多了，这是我喝过的最甜的咖啡。

师晓梁深深地看着她：看来你很缺糖。身体和生活都这样。

严沁婷一愣。

谢怀朴从门外推门进来，他一眼看见两人很亲近的样子，不由一愣。

师晓梁和严沁婷也有些尴尬。严沁婷想起身，师晓梁将她按住。

师晓梁：你还是躺着。（对谢怀朴）严总身体不舒服。

严沁婷：没关系，老毛病。

谢怀朴得体地关照：就不必撑着了，回家休息休息吧，也别开车了，让司机送你。

严沁婷的目光跟他短暂接触，谢怀朴马上掉转了目光。

师晓梁似有所悟地看着眼前的两人。

17. 严家，内，黄昏

菜已经端上，严沁婷不安地翻看着报纸等泪珠儿。

吴阿姨：小姐，菜都凉了，你先吃吧。

严沁婷担忧地：安安一直没来过电话？

吴阿姨：没有。

严沁婷焦虑地走进卧室，拨电话。

话筒里传来接通的长声，但迟迟不见泪珠儿接听。

严沁婷十分紧张，焦虑地又拨号。

严沁婷：喂？一剑……安安到现在都没回家。罗二一定告诉她我在香港的事了……（严沁婷有些神经质地）她一定恨死我了，她一定又出走了。

邵一剑（话外音）：喂，你又抓狂啦？瞎着急什么呀，第一，罗二不至于这么无聊，第二，不管罗二说什么也是一面之词，你可以狡辩嘛。

严沁婷松了口气：你说，没那么严重？

邵一剑：当然没那么严重。

严沁婷感激地：一剑，有句话很肉麻，可我真的很爱你。

邵一剑（话外音）：少来少来。放心吧，泪珠儿不会太轻信。不过……既然泪珠儿这么较真，有些事情就告诉她也好。

严沁婷愣了片刻，挂上电话，陷入了沉思。

18. 地铁商城，内，夜

乱哄哄的地铁商城，泪珠儿不耐烦地跟巴男走在一起。

巴男絮叨着：你掉着脸干吗呀？你说下班以后让我陪你，我把饭局都推了，就为看你这脸啊？

泪珠儿没好气地：我有话跟你说，你把我领这里来干吗？

巴男：看你这人，你有你安排，我也有我安排，咱们俩凑凑呗。

泪珠儿：滚。

巴男：别来劲啊，你穿这衣服像个大妈，又难看又没品位。我都没嫌弃你呢。再说了，你实习的事也不告诉我，还是问了几个同学才知道的。我都没生你的气呢。

泪珠儿越走越慢：不走了，我脚疼。

巴男死活拉着泪珠儿：谁让你穿这种鞋的。再走几步，就前头！到了到了。看见了吧？

一家名为"八八刺客"的文身店。

泪珠儿：你到这儿干吗？打耳钉还不够疼啊？

巴男得意地露出胳膊：看见没有，我要在上面文上你的名字，表示我对你忠贞的爱。

泪珠儿哭笑不得地看着巴男。

巴男起劲地：被我感动了吧？来，献个吻。

泪珠儿恨恨地：你有神经病！

泪珠儿掉头就走，巴男只好追在后面。

巴男：你脚不疼啦？……

19. 严家门口，外，夜

巴男送泪珠儿回到了家门口。泪珠儿拿钥匙开门。

泪珠儿：拜。

巴男嘟囔着：这么冷淡。你不是有话跟我说吗？

泪珠儿没好气地：懒得说了。

巴男：唉，女人真是麻烦。来，亲一个吧。

泪珠儿一把将巴男推开。

巴男生气了：你真推啊？

泪珠儿倔强地看着他。

巴男想想，又上前：这回我温柔点……

泪珠儿：滚吧你。

巴男悻悻地：眼前有我这样一个酷男，你还没有兴趣。严安，晚上好好反省一下你自己是不是同性恋。

20. 严家，内，夜

泪珠儿走进家门。

严沁婷从餐桌前站起来。桌子上是没动过的饭菜。

严沁婷：回来了？

泪珠儿：你等我吃饭？弄得那么煽情。

严沁婷没说话，自己默默拿起饭碗，往嘴里拨饭。

泪珠儿：热热吧。干吗吃凉的。

严沁婷：上班第一天，感觉怎么样？

泪珠儿：还行。

泪珠儿转身准备进自己房间。

严沁婷：我又帮你挑了两套衣服，在你床上放着。搭配着换换。

泪珠儿站住了：还是买的这个牌子？

严沁婷：是啊，这牌子做工好。我也经常穿。

泪珠儿：你在香港的时候就开始穿？

严沁婷一怔，抬眼看着泪珠儿。

泪珠儿：怎么从来不说你在香港的事啊？待过三年可不算短。

严沁婷不动声色：当然是不方便说起。

泪珠儿：有什么不方便？

严沁婷淡然：怎么，罗二跟你说的？现在说当然问题不大了，可那会去香港是有商业机密在里面，弄一些空调制造的技术回来。所以我跟谁都不提。

泪珠儿狐疑地看着她。忽然一笑：你还当过间谍？

严沁婷：商场如战场，万事皆有可能。

泪珠儿紧盯着严沁婷的眼睛：是吗？

严沁婷：当然。

严沁婷镇定地坐回桌子前，接着吃饭。

泪珠儿转身进了自己房间。

听见门响，严沁婷紧绷的神经一下放松，她疲倦地揉着太阳穴，毫无食欲地将碗筷放下了。

21. 天美泪珠儿办公室，内，黄昏

窗外的天色已经暗了，别的员工都走得差不多了，泪珠儿还在电脑前忙着打字。

罗二走了进来：严安。

泪珠儿：罗总。

罗二：这么晚了还不收工？早些回去啦，今天晚上有台风过境。

泪珠儿：我再加加班，今天就可以把报告写出来了。

罗二满意地点头：嗯。我没看走眼，素质不错。

泪珠儿笑笑。看着罗二转身走向门口，欲言又止。

泪珠儿终于鼓足勇气：罗总！

罗二回头：什么事？

泪珠儿：……我……我想问问您，既然您很早就认识我母亲，您是不是也认识我的父亲呢？他叫伍云斌。

罗二没说话。

泪珠儿期待地：我父母，他们是同事，所以您可能都认识吧？

罗二还是没说话。

泪珠儿的倔劲上来了：您到底认识不认识？总有个答案吧。

罗二意味深长地看看她：答案？世界上什么东西都有答案吗？好多事情，恐怕只能靠自己才知道答案吧。

罗二笑笑离去。

22. 咖啡店，内，夜

泪珠儿忧虑重重地用小勺搅着咖啡。

师晓梁对面而坐。

泪珠儿：反正，我直觉上觉得她在香港工作那三年有问题，这么多年，我从来就没听她说过一个跟香港有关的字！

师晓梁耐心地听着：你们平时的交流本来就少嘛。

泪珠儿固执地：交流再少，她的经历我还是基本知道。可在香港的几年，就一点痕迹都没留下！这里面要不是有问题都见鬼了。

师晓梁：那你想怎么样？

泪珠儿：我想你再帮帮我。我打探不到，只有你能。

师晓梁沉默了。

泪珠儿执拗地：师叔叔，您一定要答应我。

师晓梁叹息了一声：你知道吗？前几天我在雪雁公司看见你妈妈昏倒在办公室里。

泪珠儿愣了片刻：她有点低血糖，容易昏。

师晓梁：泪珠儿，其实我觉得你在感情上有点自私。你对你母亲的关心实在是太少了。

泪珠儿不满地：那是为什么造成的呢？

师晓梁沉重地：你母亲的心里背着很沉很沉的包袱，她实在是太累了。

泪珠儿：你不帮我就算了。

泪珠儿把咖啡一饮而尽，站起来就走。

师晓梁：你给我坐下！（他一把将泪珠儿拽在椅子上）跟你说了多少次了，别那么爱冲动。

泪珠儿拧着脖子。

师晓梁叹口气：谁都有自己的伤口，何必要逼人家撕开呢？你又何必把一切都打听得那么清楚，糊涂一点不好吗？

泪珠儿愣愣地看着他：我也想糊涂啊，我也想就全相信她，把自己的日子过得单纯点。有时候白天也真做到了，可夜里，我怎么都睡不着，好像总有个声音在催着我弄清楚这一切……师叔叔，一个人连自己的来路都不清楚，又怎么才能活得像个正常人？……她是我在这个世界上唯一的亲人，可我真的不敢相信她……这到底是为什么呀？

泪珠儿的眼圈红了，她低下了头。

师晓梁无语，半晌：好吧，我答应你。

23. 严家，内，夜

墙上的钟指着十二点。

严沁婷焦急地在房间里走来走去，等着泪珠儿。

吴阿姨走出：小姐，你先睡吧。我等着好啦。

严沁婷焦虑地：早上她几点走的？

吴阿姨：反正我六点起来买小菜，她就已经不见了。

严沁婷：昨天她跟你说了什么吗？

吴阿姨：没，这小囡最近又不声不响，老吓人的。

严沁婷脸色很难看。

24. 大商场里咖啡吧，内，日

罗二太太拎着几个包走进咖啡吧歇脚。

角落处，严沁婷一直在注意着她，她站起来，冲她微笑着。

罗太太也注意到严沁婷，笑着摘下了墨镜。

罗太太：严小姐？这么巧？

严沁婷：罗太太。一起坐吧？

两人一起坐下，互相打量。

罗太太：十几年没见，你样子没有变啊，还是那么漂亮。

严沁婷：哪里，我老多了。罗太太才是真的没变。我还是经常听人说起罗家几个儿媳妇，就是你风度最好，最有大家闺秀的气度。

罗太太笑：严小姐还是那么会说话。

严沁婷：下星期慈善晚会的 Party 和罗先生一起去吗？

罗太太：就是来挑衣裳的啦。

严沁婷：听说潘夫人要穿旗袍的。

罗太太：哎呀，那可更愁了，没有两个月功夫，哪里会有合身的旗袍？

严沁婷笑笑：真巧，我刚刚去取订做的一件旗袍，我记得我们穿一个号码的衣服，罗太太不嫌弃的话，就先拿去穿吧。

严沁婷从包里拿出一件名贵旗袍，递给罗太太。

严沁婷：是王记的老师傅手工缝制的。我还有一件，你先拿去救急。

罗太太很感动：可是……

严沁婷笑：当年我一件礼服都没有，没少穿你的。

罗太太：那，多谢了。

严沁婷：要不要我陪你去吃些点心？隔壁的上海小点是最有名的，好多香港人会专程坐飞机来吃呢。

罗太太情感颇复杂：严小姐……你不比我们，是要上班的人，时间很宝贵，何必陪我。

严沁婷：没关系，一样要吃饭。或者我们去吃西餐，淮海路上有一家店牛扒做得很地道。

罗太太轻声说：……我知道你是为你女儿的事。

严沁婷不说话了。

罗太太：……其实，我劝过我先生的。

严沁婷半晌才淡淡地：谁没有父母儿女，做事何必太绝。

25. 罗二家，内，夜

餐桌边，几盆精美的菜，罗二心情很好地倒着红酒。

罗太太走进来。

罗二递给太太一杯酒：来，我可是至少有十几年没下厨烧菜了。

罗太太：你这么开心？是抓到老爷子什么把柄了吧。

罗二笑着：知夫莫若妻，（罗二喝了一口酒）我基本上可以确定，老爷子有私生女。

罗太太：你打算用这个当撒手锏逼老爷子交权？

罗二：聪明。老爷子人之老矣，对一些社会头衔名望之类格外看重。我就打他的七寸！他在争取政协的一个名分，这个当口，他可不敢弄出个私生女丑闻来！

罗二得意地将酒一饮而尽。

罗太太：你做得太狠太绝了。

罗二愣了愣：这么多年，他把我当亲儿子看吗？他对我有多狠有多绝？

罗太太：可你其实并没有证据不是吗？你这么做，不仅仅是家里的事，你还会毁掉严小姐的家。

罗二盯着太太：严沁婷找你了？

罗太太：……

罗二怒：我有没有跟你说过，不要管我生意上的事情？

罗太太：我们做生意，要做信义，做声誉，我不想你用卑鄙手段达到目的！

罗二大怒：闭嘴！你马上回香港，不要再插手我的事！

罗二摔下筷子，走开。

罗太太忧虑叹息。

罗二又折了回来：我告诉你，严沁婷对此事这么紧张，其中必有问题！除非她说出她女儿的生父到底是谁。否则，我绝对不放过！

26. 天美总经理办公室外——内，日

办公室外，秘书小姐一路追着往里走的严沁婷。

秘书：小姐，没有预约不可以进去……

严沁婷根本没看她，给她一张名片。

小姐惊讶地：雪雁公司的严沁婷？您请进，请进。

严沁婷径直走进去。

罗二站了起来：严小姐？贵客贵客。有失远迎。

严沁婷淡淡地：不必这么客气，你做了那么多，不就是想我来找你吗？

罗二笑着为她倒茶：来，喝茶，我父亲最爱喝的冻顶乌龙。

严沁婷冷笑：我不爱喝茶。

罗二意味深长地：可我父亲赞赏过你的茶道。

严沁婷一下就被激怒了，眼光如刀一般看向罗二。

罗二坚持着对视了片刻，打起了哈哈：严小姐，我知道你是为严安的事来的，我想，我有用人的自由吧？

严沁婷：如果你仅仅是欣赏我女儿的能力才录用她，我感谢你。可你不是，你是想利用她。

罗二微笑着：我是商人。

严沁婷冷冷地：那好，你的条件？

罗二沉吟半晌：其实，我只不过想弄清楚一件跟你跟我都有关的事情。严安的身世。

严沁婷抑制着怒火：这是我的家事。请你不要干涉！

罗二：可严安也很想知道啊。

严沁婷怒不可遏地站了起来：虽然我们是对手，而且我们之间有很不愉快的过去，但我始终敬你是个人物。看来，我高估你了。你是个不折不扣的无耻卑鄙的小人！我警告你，离严安远一点！

严沁婷傲然离去。

罗二冷笑着。

27. 泪珠儿办公室，内，黄昏

罗二的秘书捧着一堆文件走向泪珠儿的办公桌前。

秘书：严安。罗总要你下班以后等等，公司有重要应酬。

泪珠儿：我也参加？

秘书：是啊。

泪珠儿很高兴，拨电话。

泪珠儿：喂？吴阿姨……啊你啊，你今天下班这么早。我不回家吃晚饭了，跟罗总有事。

28. 严家，内，黄昏

严沁婷呆呆地拿着听筒，听着里面已经挂断的声音。

严沁婷将电话挂上，神经质地在房间里走来走去。

29. 春季空调订货会现场，内，日

大幅的标牌：春季空调订货会。

雪雁和天美的标牌下，分别站着严沁婷和罗二为主的销售管理人员。

罗二的背后，泪珠儿积极地散发着资料。不时过来向罗二汇报什么，完全是助手的身份。

严沁婷脸上并没有任何提示性表情。

罗二淡然微笑着。

客户纷至而来，销售人员忙碌起来。

罗二趁势走向严沁婷，微笑着：严安很能干。

严沁婷冷眼看着他。

罗二仍然微笑：我想提拔她做我的副手。下个月，我带她回香港总公司。

严沁婷脸上没表情，手却在微微颤抖。

罗二笑笑，转身欲走。

严沁婷：站住。

罗二回头。

严沁婷：你究竟要怎么样才放手？

罗二：我没有做错什么，为什么要放手？

两人的眼神针锋相对。

泪珠儿急急跑来：罗总……

泪珠儿看见眼前的场面，怔住了。

严沁婷不再说话，转身回了雪雁的展台。

罗二耸耸肩。

泪珠儿的目光充满了怀疑。

30. 严家露台，内，夜

严沁婷坐在露台上的藤椅上，看着远处的天空，郁闷地给自己点了一根香烟，没抽上一口就咳嗽起来。

身后听到泪珠儿的声音：你这么抽不对。

泪珠儿走上前，拿过严沁婷的烟叼在自己嘴里，深深地呼吸了一口，再喷了出来。

泪珠儿：看见了吗，应该从肺里过。

严沁婷吃惊地看着她。

泪珠儿把烟还给严沁婷。

严沁婷的口气里带了谴责：你抽多久了，这么熟练？

泪珠儿耸耸肩：每个人其实都有不为人知的一面，我偶尔抽抽也并不上瘾，你不用这么防贼似的看着我。何况现在抽烟的都算是好孩子，闹心的都在吸摇头丸哪。

严沁婷只好叹息一声，苦笑着：那我还应该感谢你的懂事了。

泪珠儿：我想跟你谈谈。

严沁婷：你不是正在跟我谈吗？

泪珠儿看着她：我想知道，你究竟为什么不愿意我在天美工作？

严沁婷冷冷地：我不想回答这个问题。

泪珠儿：我知道你为什么不回答，是因为罗总知道你的过去。你在香港的三年，一定有不可告人的秘密。

严沁婷眼睛里渐渐充满了怒气。

泪珠儿：你答应过我，要告诉我我爸爸的一切。我希望你现在就告诉我，你在香港究竟是做什么？当初爸爸同意你去香港吗？你在香港的时候，跟他联系了吗？

严沁婷怒：住嘴！我不许你用这种审问的口气跟我说话！

泪珠儿冷笑着：我不是说到你的痛处了吧？

母女在夜色里冷冷对峙着。

严沁婷随即克制住自己：天晚了，早点休息吧。我已经把真相都告诉过你，相信不相信是你自己的事。

严沁婷转身离去。背转身的脸上，严沁婷似乎下了一个大的决心。

泪珠儿冷冷看着严沁婷的背影。

31. 天美总经理办公室，内，日

罗二的手下急急忙忙跑了进来：罗总！

罗二不满地：什么事这么着急！

手下：国乐电器城说，我们公司的货他们不收！

罗二火了：什么？

手下：都是雪雁那个姓严的女人搞的鬼！他们跟国乐的老总关系好！罗总，怎么办？眼看旺季要开始了，拖一天货，我们就要损失几十万啊！

罗二气坏了：给律师楼打电话。我要起诉他们！

手下：是。

手下往外走，罗二脸色阴沉地叫住了他。

罗二：等等。我直接找严沁婷。

手下起劲地：罗总，直接告严沁婷就是了！还找她干什么？

罗二怒：人头猪脑！等找到律师，起诉，再判决，我们公司就垮了！

32. 泪珠儿办公室，内，日

泪珠儿在电脑前认真工作着，罗二走了进来。

泪珠儿：罗总。

罗二看着她，脸色阴晴不定。

罗二：严安，你到财务那儿去领工资。明天你就不用来了。

泪珠儿愣住了！片刻之后，她追了出去。

泪珠儿：罗总，为什么？我做错了什么？

罗二大步离去。

罗二手下：小姐，别问啦，你老妈有权有势，我们得罪不起！

泪珠儿脸色惨白！

33. 街道，外，日

泪珠儿不顾一切地在狂奔。

34. 严家，内，黄昏

砰的一声，门被踢开，怒极的泪珠儿站在门口！

吴阿姨吓了一跳。

泪珠儿完全失去了控制：严沁婷！你给我出来！

吴阿姨吓坏了。

严沁婷缓缓从楼梯上走了下来。

泪珠儿：严沁婷，你这个女人是不是变态啊？我跟你究竟有什么仇？你要一而再再而三地折磨我？！

严沁婷：安安……

泪珠儿大叫着：你别叫我！以前我是恨你，我讨厌你，现在我看不起你！

严沁婷痛苦地看着女儿。

泪珠儿的眼光像狼一样。她狠狠地摔上门，冲了出去。

35. 街道，外，夜

泪珠儿一个人站在街道上，路灯下长长的影子，显得无比寂寞。

一阵摩托车的轰鸣声，巴男开车过来。

巴男：喂，又离家出走啦……你怎么啦？

泪珠儿满脸的泪水。

巴男呆呆地看着她。

泪珠儿用袖子擦了一把眼泪，坐到了巴男身后。

泪珠儿：走！

巴男：去哪儿啊？

泪珠儿：海边！

巴男发动了摩托，车驰骋而去。

36. 海边，外，夜

寂静的夜，除开海水拍打堤岸，什么声音都没有，海边空无一人。

泪珠儿郁闷地冲着大海狂叫。

跟在身后，被海风吹得直哆嗦的巴男直皱眉头：泪珠儿，你怎么跟头狼似的！

泪珠儿发泄完，一屁股坐下，给自己和巴男点烟。

巴男：回去吧，太冷了！

泪珠儿不说话。

巴男：住我那里去？

泪珠儿瞪他一眼。

巴男：干吗你，你以为我想占你便宜啊？我是看你无家可归同情你！

泪珠儿干巴巴地：我住回去。

巴男：你不是烦她吗？

泪珠儿：我就要在她眼前晃着！我想好了，我要去当天美的推销员。她越不让我干什么，我就越要干什么。我要气死她。

巴男：拜托啦，你一个企业管理的大学生，干点什么不好。

泪珠儿：严沁婷当初就是当一名普通推销员，一步步走到今天，她不就是看不上我吗？我也要从零开始，要比她做得更大，把她 PASS 掉！我最不怕的就是吃苦，我要让天下看不起我的人看到我的实力！

（本集完）

第十二集

1. 国乐电器城，内，日

热闹的国乐电器城，雪雁空调挂着大幅标语，正在举办促销会，有一个主持人正在主持节目，几个美女在现场赠送礼物，吸引了大家的注意。

天美空调的摊位前，一片冷清。

一角，泪珠儿穿着印有"天美空调"标志的销售工作服走来，身后跟着几个身穿太空服，戴着魔镜，背着电幕的人。

一个戴着小眼镜愁眉苦脸的男销售员小李跟在泪珠儿身后唠叨：能有用吗？能有用吗？

泪珠儿：那你说怎么办？就看着雪雁这么嚣张？

小李：人家雪雁管销售的老总是严沁婷哎，人称空调界的戴安娜，我们搞不过人家的。

泪珠儿白了他一眼，对太空人：很简单，哪儿人多，你们就到哪儿走。让人家看你们电幕上的天美广告。

太空人在人多的地方走来走去，很多人开始好奇地跟着他们，看着太空人背上的东西。

一时，从雪雁摊位前分了不少人过来。向天美柜台走来。

小李惊喜地：咦，咦，来了！快！喇叭！喇叭！

小李手忙脚乱地从柜台下找喇叭，却按错了开关，喇叭里传来单调的电子音乐。小李急了，慌乱地一通乱按，却怎么也按不掉音乐。

泪珠儿灵机一动，跳到凳子上冲太空人们做手势，示意他们看自己，一边跳起了简单的霹雳舞。

几个太空人跟着音乐整齐而笨拙地跳起了舞。

围观的人群更多了，发出了阵阵笑声。

泪珠儿拿过喇叭：跟着太空人的脚步，可以到达天美太空城。天美采用目前世界上最先进的直流变频技术，可以避免对电网产生的冲击，并且比一般空调节电 30% 以上……

一个人掏出钱：我订一台一匹半的。

又一个人掏出钱：不错，我也订一台两匹的！

小李喜笑颜开：好！好！大家不要急，一个个来！

不远处的手机柜台前，正挑选手机的谢丹青抬头，一眼看见了站在高处宣传的泪珠儿，怔了一怔，笑了。

谢丹青走到天美柜台前。

泪珠儿宣传完，从凳子上跳下来。看着人群，面有得色。

谢丹青：严安！

泪珠儿一回头，脸色先是一惊，然后又装得很冷漠：是你啊。

谢丹青：你挺能干的嘛。

泪珠儿戒备地看着谢丹青。

谢丹青：我是说真的。

泪珠儿：我还不是耍小聪明，胆子大，嗓门大。

谢丹青：做到这些就是能干。

泪珠儿态度缓和了一点：你不是要去英国吗，怎么还不走？

谢丹青也一愣。

泪珠儿敏感地：不想说就不说，我没逼你。

谢丹青：告诉你也没什么，我爸爸妈妈老是吵架，我有点不放心……

泪珠儿：你可真够操心的。

谢丹青不语。

泪珠儿：你来买什么？

谢丹青：母亲节到了，我想挑一个手机送给妈妈，你给你妈妈准备什么礼物？

泪珠儿嘴角出现习惯的嘲讽：母亲节？我们家从来不过这些乱七八糟的节。

谢丹青又被噎了一下：那，你忙，我走了。

看着谢丹青的背影，泪珠儿愣了片刻，追了过去。

泪珠儿：我帮你看看吧。

2. 国乐电器城手机销售处，内，日

泪珠儿和丹青趴在柜台上，正仔细研究着两款手机。

泪珠儿：这两款都还行。满酷的。

丹青：这款性能和那款差不多，可多一个游戏功能，就贵了，我妈妈不玩游戏，还是那款比较好。

泪珠儿讽刺地：都是你爹妈的钱，差个几百不算什么吧！

丹青：这钱是我自己打工赚的，师傅，就拿这个手机吧！（丹青将手伸出来，给泪珠儿看）你看，我在修车行做了一个暑假，这里的茧子还没下去呢！

泪珠儿：这的伤口是怎么回事？

丹青：那天没支好千斤顶，车掉下来砸的，还好车没完全掉下来，要不我就不能站在这里跟你讨论手机了。

泪珠儿看着丹青，目光明显温和多了。

泪珠儿：原来谢公子也要勤工俭学啊。

丹青笑了：在你眼里，我就是个花花公子吧？所以你总不愿意搭理我。

泪珠儿也笑了：你知道就好。

丹青：严安，说真的，我一直觉得你是个特别的人。

泪珠儿的脸一下就红了，为了掩饰，很凶地：轮得着你说三道四吗？

丹青：下周虹口体育馆有场申花的比赛，一起去看？

泪珠儿眼珠一转：藏蕾也喜欢看足球？

丹青：她不喜欢，不去，你去吗？

泪珠儿心里高兴了，却又故意显得更加冷：好啊，不过到时候要看我有没有时间。

3. 国乐电器城天美空调销售处，内，黄昏

泪珠儿从口袋里掏出几张一百元，分发给那几个太空人。

小李啧啧赞叹：舍得从自己口袋里拿钱的推销员我可是没见过。

泪珠儿：钱，就是阿堵物，世界上最没用的东西！

小李：有气质，有气质！严安，我发现你比严沁婷还厉害。咦，真巧，你们都姓严。是不是只有姓严才能干好这一行。

泪珠儿：哪那么多废话。

小李：哎，你男朋友很帅的。

泪珠儿脸上出现了一丝很淡的羞涩：别胡说，我没男朋友。

4. 公车，内，夜

泪珠儿坐在公车上，一直看着窗外的流光溢彩的街道。连她自己都不知道，她脸上一直带着淡淡的微笑。

一个老太太上车，站到泪珠儿身边。

泪珠儿赶忙站起来：您坐这里。

老太太：谢谢！

泪珠儿脸上依然带着温和的笑：不客气。

5. 谢家客厅，内，夜

客厅沙发上，鲍雪正在恹恹地翻看着一本杂志，翻了几下又打开电视，拿着遥控器翻台看。

外间响起关门的声音。

鲍雪走到外间，只见谢怀朴正在换鞋脱衣服。

鲍雪冷眼看着谢怀朴：哎呀，走错了门吧。

谢怀朴没有搭理鲍雪，换好衣服径直走进去。

鲍雪走到厨房：阿姨，怀朴回来了，加一个清蒸鲈鱼。

忽然又响起了关门声，随即清澈的一声。

丹青：妈，我回来了！

鲍雪赶紧迎出去，丹青已经脱鞋进来了。

鲍雪立刻一脸笑意：怎么也不穿鞋啊，当心冻着！

丹青：想赶紧看见妈妈啊，爸，你今天这么早？

谢怀朴眼神带了疼爱：让阿姨把鲈鱼红烧。

鲍雪：对对对，丹青爱吃红烧的。（鲍雪无限爱意地看着丹青）藏蕾怎么不来？

丹青：我们又不是联体婴儿，爱情也需要距离！

门铃响了，丹青开门，藏蕾走进来。

藏蕾：阿姨好，叔叔好！

丹青大叫一声，做晕倒状：真不给我面子，我正跟妈吹牛呢！

藏蕾：敢说我坏话！

鲍雪笑逐颜开：蕾蕾今天真漂亮。

藏蕾：谢谢阿姨，我是今天漂亮，你是天天都漂亮。

阿姨从厨房里出来：开饭了！

鲍雪：好久没有这么热闹了，像过年似的！

大家拉凳子，搬桌子，一一入座。

丹青从包里掏出手机：妈妈，这是我送给你的母亲节礼物！

鲍雪一怔，接过礼物。

丹青：我还有感言呢！妈妈，你给了我生命，就给了我一切。

鲍雪笑着看着丹青，眼眶湿润了。

谢怀朴咳嗽了一声：对你妈这么好，我可吃醋了。

丹青很男人地拍拍父亲的肩膀。

鲍雪拆开包装。

鲍雪：真好看！蕾蕾，你说呢？

藏蕾：恩，很小巧，设计又很大方，丹青挑得不错哎！

丹青笑着：其实我也不懂，是严安帮我挑的。

鲍雪和藏蕾、谢怀朴三人听见"严安"两字，脸色都起了变化。

藏蕾更是脸色一沉。

唯有丹青不在意地拿起筷子，给妈妈和藏蕾夹菜。

丹青：好久没吃过红烧鲈鱼了，妈、蕾蕾，尝尝怎么样！

藏蕾有点生硬地：我不喜欢吃鲈鱼。

丹青奇怪地：你不是一直喜欢吃吗？

鲍雪看出藏蕾的情绪：蕾蕾，不喜欢鲈鱼就吃别的菜吧！

藏蕾勉强一笑：阿姨，我自己来。

6. 大街，外，夜

夜色中的街道宁静美丽，丹青和藏蕾一起走着。两人过马路，丹青很自然地伸手去拉藏蕾的手，藏蕾一躲。

丹青一愣：你怎么了？

藏蕾闷闷地：没怎么。你别送了。

丹青：为什么？

藏蕾：不为什么，我想一个人待着。

丹青：是不是和你爸妈闹别扭了？

藏蕾：没有。

丹青扶住藏蕾的肩膀。藏蕾一挣。

丹青：那就是我有什么事做得不对了？

藏蕾不说话。

丹青：你一定要坦率地告诉我，如果现在你我都做不到开诚布公，那以后怎么办？

藏蕾摇头，眼眶红了：丹青，我总觉得你这些天一直很疏远我。

丹青摸不着头脑：没有啊。

藏蕾继续摇头，眼泪掉了下来，抽泣着：你要是不愿意和我在一起，不用当着叔叔阿姨的面说和别的女孩出去的事情。

丹青哭笑不得：我怎么会不愿意和你在一起呢，我也没和别的女孩出去啊！

藏蕾：你刚才还说，那个手机是和严安一起买的。

丹青：你说严安？严安也算是女孩？

藏蕾：她怎么不是？

丹青笑起来：也是，她也是女孩。不过你想想，我和她认识这么长时间了，要好早就好了，她这个人上学的时候性格就很怪，我和她是超级绝缘体！

藏蕾：万一有了导电的机会呢。

丹青：绝对不可能！

藏蕾：可人的感情自己有时都是模糊的，别人反而看得清楚。

丹青：别瞎想了，我和严安是绝对不可能，再说她都和巴男那样了……

丹青刚说完此话，便意识到失言，立刻闭嘴。

藏蕾：他们怎么了？

丹青：没怎么。

藏蕾：到底怎么了嘛？

丹青：真的没什么。

藏蕾一把抓住丹青的胳膊：丹青，你有什么事连我都不能信任吗？

丹青：可这是别人的事啊。

藏蕾生气地：那就更说明你心里有鬼。

藏蕾甩开丹青，大步走向前。

丹青无奈地追上去：那你可千万别说出去，严安前一阵因为宫外孕住院，差点死了。

藏蕾脸上忍不住地好奇：宫外孕？天哪！

7. 谢家，内，夜

谢怀朴正在看报纸，鲍雪在看电视。

谢怀朴的手机响起，谢怀朴看了一眼手机号码，放下报纸，走到阳台上接电话。

鲍雪姿势没动，但眼睛已经随着谢怀朴过去了，耳朵也竖了起来。

谢怀朴的电话声隐约地传来。

谢怀朴：嗯，好，对……我在家，好，回头再说，你好好休息！

谢怀朴挂上电话走进来，鲍雪看了一眼谢怀朴。

谢怀朴：我累了，先睡了。

鲍雪冷笑一声：是啊，等完红颜知己的电话，也该睡了！

谢怀朴冷冷地看了一眼鲍雪，想走进卧室。

鲍雪：谢怀朴，我告诉你，在外面你跟严沁婷爱干吗就干吗，在家你不许听她的电话！

谢怀朴：你不要无理取闹！

鲍雪：对，我无理取闹！我是泼妇！你是圣人！可我知道你，表面上都是仁义道德，其实你满脑子男盗女娼！

谢丹青走了进来，一看见这个情景，立刻心里明白了。

鲍雪看见丹青，哭了起来。

谢丹青：妈，你别哭了。爸，你去给妈倒杯水。

谢怀朴忍住气，给鲍雪倒水。

谢丹青扶着母亲坐下。

鲍雪抽泣着：丹青，我这辈子全部的希望都在你身上了，你一定要给妈好好争气！

丹青：妈，你放心，我肯定争气。

谢怀朴把水拿来，鲍雪就是不接。

丹青只好接过来：妈……

鲍雪哭泣着：丹青，你答应妈，和藏蕾赶紧出国，不要看见这摊烂事和这个烂家。躲得越远越好！

丹青无奈地拍着母亲的肩膀：好，好！

丹青和父亲对视一眼。

谢怀朴无奈地摇摇头。

8. 谢家书房，内，夜

谢怀朴闷闷地翻着书，丹青轻轻走进。

丹青：妈睡了。

谢怀朴苦恼地看着儿子：你妈最近闹得厉害。

丹青：她身体太差了，晚上老是失眠，白天肯定情绪很坏。爸，你多体谅妈妈，她虽然闹，可我觉得她是因为在意你，有时候，你能多在家陪陪她，她的情绪就明显好多了。

谢怀朴没说话。

丹青：说实话，你们这么吵，我在国外也不放心啊。

谢怀朴温言：你出国的事要紧，不要为我们再拖下去了，爸答应你，尽量多陪陪你妈。

丹青点头。

9. 国乐电器城，内，日

熙熙攘攘的电器城，藏蕾也在人群里。

泪珠儿在天美空调处促销，她正大声吆喝着。

藏蕾看见了泪珠儿，走过去。

藏蕾：严安。

泪珠儿看见藏蕾，一愣。

泪珠儿：买东西？

藏蕾热情地：是啊，我和丹青要出国了，想买个数码相机，国内比国外便宜。我看你半天了，你好能干啊！

泪珠儿淡然：对，今天我很忙。

藏蕾：丹青也真是的，你这么忙，昨天他还来捣乱，他这个人啊，就是像小孩子一样，喜欢凑热闹，我们在一起他也这样，你越忙他越来捣乱，昨天给你添麻烦了吧！

泪珠儿听出藏蕾的言外之意，脸色很是难看：小事。

藏蕾：看你累得，脸色好白啊！以前我总是觉得你特别孤傲，不过丹青跟我说了，你也挺不容易的，听说你小时候一直独来独往，最心疼的东西是一双鞋，没有鞋带，就用铁丝穿着，还听说你小时候被人误会偷了手表，就是因为你以前拿过一次东西……走到今天这步，你付出的比我们都要多，你很不容易，我很佩服你的。

泪珠儿的脸色更加难看了。眼睛也开始冒火。

这时小李走了过来。

小李：严安，快过来，有个顾客来说空调给装错了。

藏蕾：你先忙，我走了，再见！

泪珠儿被小李拖过去。

一个男顾客正拿着空调单子，气愤地说个不停。

顾客：你们怎么回事啊？我再三地说，两间房间虽然一样大，但是东边一间太阳不好，要装 1.5P，南卧室嘛太阳好，东暖夏凉，所以装 1.2P 的也够了，你们倒好，装反了，你们讲哪能办？

泪珠儿回头问小李：怎么回事？

小李小声地：工人装空调的时候，装错了。

泪珠儿：对不起，我们马上再派工人重新装一遍。

顾客：装一遍就好了？一看你们这些人就知道根本不懂的，空调刚装上就换位置，氟利昂受损懂不懂？

泪珠儿阴沉着脸：那你说怎么办？我是再送你两台空调，还是给你磕头道歉？

顾客：哎呀，你这个小姑娘讲话难听来兮……

小李一把拉住泪珠儿，给泪珠儿使眼色：对不起，对不起……

泪珠儿愤怒地走开。

10. 国乐电器城门口，外，日

泪珠儿郁郁走出电器城，站在仓库门口。

泪珠儿刚想点一根烟，看仓库的老头走过来。

老头：这里不好吸烟的。

泪珠儿愤愤将烟掐灭，手机响。

泪珠儿：喂……

11. 学校，外，日

丹青拿着手机正在打。

丹青：喂，严安，我已经买好了下周申花的票，我怎么给你？

12. 国乐电器门口，外，日

泪珠儿彻底崩溃了：谢丹青，你不是东西！我告诉你，要是想拿我寻开心就找错人了，我太知道你几斤几两了，你不过是个无情无义，被女孩子惯坏的公子哥！滚！去死！

泪珠儿挂上电话，眼泪簌簌下落。

旁边的仓库管理老头看了一眼泪珠儿，泪珠儿用像狼一样的眼回看了老头一眼，老头一个哆嗦。

13. 学校，外，日

丹青拿着电话，紧皱双眉，一脸愕然。

14. 严家，内，夜

吴阿姨哼着越剧将一碗菜端上桌子。

门狠狠地一摔，泪珠儿一脸愤怒地走进来。

吴阿姨：回来啦？

泪珠儿皱着眉头往沙发上一坐，将音响打开，房间里立刻充满重金属摇滚乐。

吴阿姨皱着眉头，看见泪珠儿一脑门官司的样子，识趣地不说话。

电话铃声响起来。

泪珠儿一动不动，吴阿姨看看泪珠儿，接电话。

吴阿姨扯着嗓子：喂！喂！大声点，我听不清……

泪珠儿忽然将音响一关，吴阿姨扯着嗓子的声音传来，又吓人又滑稽。

吴阿姨尴尬地将声音压低，将电话递给泪珠儿：严小姐的电话，找你。

泪珠儿怒气冲冲地：喂！

严沁婷（画外）：我晚上有点事，回来可能很晚，你们先吃饭吧。

泪珠儿挑衅地：随便！不过我也不饿，我刚从天美下班回来，中午刚聚了餐！是罗总请客！

15. 办公室，内，夜

严沁婷的心情明显不好，她沉默着，将电话挂上了。

16. 酒吧，内，夜

幽静的酒吧，到处都是低语的人们。

严沁婷和邵一剑对坐。

严沁婷：我现在只能求在天美的朋友，不要让泪珠儿进入公司高层，我不要泪珠儿跟罗二有任何形式的接触！

邵一剑摇头：你那女儿倔得像驴一样。你越让她离开天美她就越来劲。

严沁婷：我知道……可我没别的办法。我不想再把伤口撕开，我在香港的那段时间，除开得到你这个朋友外，剩下的都是耻辱。

邵一剑：我理解。

严沁婷激动地：不，你不理解！谁都不能理解……那真像一场可怕的噩梦……我不想再和罗家的人有任何形式的牵连！

邵一剑看着严沁婷没有笑容苍白的脸：我想起来我们在香港认识的时候，你总是哭。那时候我就觉得，你命真苦。

严沁婷强笑：那时候还能哭哭，可我现在连眼泪都没了。

邵一剑：沁婷……

严沁婷疲倦地揉着太阳穴：这些天我的压力越来越大，我总觉得眼前的平静是短暂的，是风暴之前的宁静，一旦风暴袭来，一切都要摧毁了……

邵一剑：不，你别那么悲观。

严沁婷：我现在晚上整夜都睡不着，有时候偷偷走到泪珠儿的床边，她睡觉的样子好乖啊，好像十几年前那个等妈妈来接自己的小孩子，我好害怕她忽然醒来，只要一醒来，她就又重新变成那个小魔鬼，单眼皮盯人死死的，眼睛像狼一样……

严沁婷痛苦得全身颤栗。

一剑叹气：沁婷，想开点吧！周末我陪你去郊外散散心，再纠缠这些事情，我怕你会疯……

严沁婷长叹。

17. 罗二车里，内，日

罗二坐在车里，车经过挂满各种广告横幅的国乐电器城。

罗二：这里很热闹嘛。

司机：这是生意最好的电器城，听说这两天咱们的空调在全市就这家店卖得最灵光哦！

　　罗二：哦，停车，我去看看。

18. 国乐电器城，内，日

　　罗二走进电器城，走向天美空调销售处。他看见了正在跟顾客非常耐心介绍空调的泪珠儿。

　　泪珠儿也看见了罗二，两人都十分惊讶。

　　泪珠儿：罗总！您怎么来了？

　　罗二吃惊地：这些天是你一直在这里？

　　泪珠儿点头。

　　罗二：你过来一下。

　　罗二带着泪珠儿走到促销台一边。

　　罗二：你还想回到我办公室工作吗？

　　泪珠儿：我还能回去吗？

　　罗二：当然，不过你要先答应我一个条件。这一切必须瞒着你妈妈，严沁婷。

　　泪珠儿沉默着。

　　罗二：在哪里工作，现在都看你的决定了……

　　泪珠儿打断罗二的话：好，我答应。

　　罗二：明天八点半，你到我办公室来。

　　泪珠儿：是，罗总。

　　罗二离开，泪珠儿回到柜台，她陷入了沉思中，小李凑了上前。

　　小李激动地喋喋不休：怎么？要调到公司了？你太厉害了，你的命运出现转机了！你马上就乌鸦变凤凰了，让我告诉你，从销售员成为职员，赢得老板注意，进了公司，接下来晋升，最后成为女强人！

　　泪珠儿：你以为是电视剧啊？

　　小李点头：只要努力工作，只有想不到的，没有做不到的，你现在是我的偶像，我也要向你学习，（挥动拳头）加油！好好工作！

　　泪珠儿哭笑不得。

19. 雪雁办公室，内，日

　　严沁婷拿着一份文件，敲门进谢怀朴办公室。

　　谢怀朴埋头签着文件：进！

严沁婷：谢总，请签字。

严沁婷放下文件，深深地看了谢怀朴一眼，走了出去。

谢怀朴抬头，拿过文件，打开第一页。

上面贴着一张便笺：最近心情不好，能否黄昏在老地方见？

谢怀朴看着便笺，沉吟片刻，撕掉。

20. 轮渡上，外，黄昏

下班的人群拥挤匆忙，唯有严沁婷一人默默地站在轮渡码头，撑着伞，看着漫天烟雨。

21. 雪雁大楼前，外，黄昏

谢怀朴在等车，车缓缓开来，谢怀朴敲敲车窗。

车窗摇下，司机探头。

司机：怎么？谢总？

谢怀朴：你先回去吧，今天我自己开车。

22. 黄浦江边码头，外，黄昏

谢怀朴的车开向黄浦江码头。

23. 车里，内，黄昏

谢怀朴的手机响。

谢怀朴接听：喂……

鲍雪（画外音）：怀朴，晚上藏蕾父母约咱们一起吃饭，商量丹青和蕾蕾出国的事情，你一定要来，要不然太不礼貌了。

谢怀朴的眉头一皱。

鲍雪（画外音）：你听见没有？

谢怀朴：我听见了。

鲍雪（画外音）：七点，快点来，不要迟到太长时间。

谢怀朴无奈地叹气：知道了。

24. 黄浦江码头，外，黄昏

谢怀朴的车在江边调头。

25. **轮渡码头，外，黄昏**

严沁婷还在一片凄冷的烟雨中等待。

手机响了，一条短信。

手机屏幕上，简单的几个字：我来不了，谢。

雨水打在严沁婷脸上，她眼睛里似有无数烟雾……

26. **法式餐厅，内，夜**

优雅的餐厅，静静的音乐。

谢怀朴走进包房，藏家夫妻和藏蕾、鲍雪和丹青已经在等着了。

丹青一眼看见谢怀朴：爸！

谢怀朴：不好意思，来晚了。

藏院长：来了就好，来，怀朴，今天为丹青和蕾蕾送行，我还带了一瓶藏了很多年的人头马……

鲍雪制止地：老藏……

藏院长：我知道，怀朴有胃病，已经好多年不喝酒了。他意思意思就行了。

谢怀朴看了一眼鲍雪：今天我高兴，破例喝一杯！人生得意须尽欢！

藏院长：今天我也好好喝上几杯，儿女成材，前途无限！这是我们当父母最大的幸福了！

藏院长给谢怀朴斟酒，两人举杯一饮而尽。

丹青看着父亲和藏院长，站了起来：爸爸，我敬你一杯！

丹青斟酒，自己先一饮而尽。

丹青：爸，你教育我崇尚第一，我才有了极强的竞争意识，你让我学会抑止个人情感，我才会在许多事情面前保持超然的态度，你教我做人要有高尚的情操，我才懂得了爱人。伯父，伯母，妈妈，你们放心吧，我会在英国好好学习，照顾好藏蕾，毕业后回来好好孝顺你们！

藏蕾也站起来：爸爸妈妈，叔叔阿姨，你们放心吧！我们会好好学习的！

父母们看着这一双儿女，一时间，眼眶都有些发热。

谢怀朴无比欣慰地看着儿子，和丹青碰杯，喝完杯中酒。

丹青：爸妈，伯父伯母，时间不早了，我们还要去朋友家参加一个送别派对，先走了！

鲍雪：完了先送蕾蕾回家！

丹青：放心！

藏蕾：爸妈，叔叔阿姨再见！

丹青和藏蕾起身离去。

谢怀朴和藏院长欣慰地看着一双儿女。

藏院长：怀朴啊，你养了一个多么优秀的儿子啊！

谢怀朴谦虚地：像蕾蕾这样的女孩，现在才难得呢！

27. 谢家，内，夜

夜已深，灯火阑珊。

客厅里，鲍雪和谢怀朴都已经换上了睡衣，他们倚在沙发上，翻看着丹青小时候的相册，气氛是难得的温馨。

鲍雪指着相册，幸福地笑：我最喜欢这张照片，你喂他喝水时，他小嘴翘翘的，好像小鸭子。

谢怀朴：那时他才两岁，唉，这是他小学二年级那次春游吧。

鲍雪：对，就是那次，他把书包弄丢了。

谢怀朴：结果他回来告诉你，你没说他，第二天给他买齐了一个书包的东西，还有教材，那以后，他再也没丢过任何东西。

鲍雪：他从小就对自己要求严格，你看，这是中学领市三好学生奖状那次的照片吧。

谢怀朴：那天你穿的这条大红色连衣裙真好看，怎么后来不记得你穿过？

鲍雪温情地看着丈夫：也许下一次穿，是参加丹青和蕾蕾的婚礼吧。

谢怀朴看着鲍雪：真快啊，不知不觉，我们都老了，丹青也从一个胖胖的小东西成为一个男子汉了！

鲍雪不由将头靠在谢怀朴的肩膀上：怀朴，我不知道你是不是真的爱过我，可我知道你是真的爱着丹青。

谢怀朴：是啊，这辈子有了丹青，我永远不后悔。

鲍雪温情而又期待地看着丈夫，谢怀朴也被鲍雪的目光所打动了，鲍雪伸手去摸谢怀朴的脸。

谢怀朴却下意识一躲，用手抓住妻子的手，身子向后靠了一下。

谢怀朴：我有点累了，你也早点回房休息吧！

谢怀朴起身，往自己的卧室走去。

鲍雪看着谢怀朴的背影，目光渐渐充满了怨恨。

28. 送别晚会，内，夜—黎明

一栋小型别墅里，放着摇滚乐，丹青和藏蕾站在中间向大家一一敬酒。

藏蕾：我们虽然去英国了，但你们可不能忘了我们，要经常和我们联系啊！

丹青：藏蕾说出了我的想法，我就不啰嗦了，干！

同学甲：我怎么觉得你们俩今天像是结婚一样呢！

藏蕾嗔怪地：小东，你别胡说！

同学乙：我也这么觉得！多恩爱啊！

藏蕾：丹青，你看他们在说什么呢！

丹青作出一副很凶的样子冲着同学走过去：你，不许胡说！（忽然语调一转，很温和地）可以在心里想，不要说出来嘛！

大家笑。

镜头摇，外面是一轮皎洁的月亮。

月亮渐渐西沉了。

别墅里，还在放着轻柔的音乐，沙发上，歪歪斜斜地躺着几个睡着了的同学，藏蕾也睡着了。

丹青还在和一个男生小声聊天。

丹青的手机响了起来，铃声格外刺耳。

丹青：喂……

鲍雪（画外音）急切地：丹青，你马上回来！

丹青：妈，怎么了？

鲍雪（画外音）带着哭腔：你爸出事了……

29. 别墅外街道，外，黎明

丹青和藏蕾急切地打车，出租车快速停下，两人钻进出租车。

丹青：师傅，医院！快！

30. 医院走廊，内，日

丹青和藏蕾跑着进医院。

31. 医院急诊室，内，日

丹青跑进走廊，坐在手术室外面的鲍雪闻声站起来。

一看见儿子，鲍雪便哭出了声。

鲍雪：你爸爸昨天真不应该喝那么多酒，昨天他太高兴了，本来胃病好长时间不犯了，没想到……他半夜晕倒在他卧室的卫生间，我又不知道……

丹青和藏蕾扶着母亲，又看看急诊室的门：那他现在怎么样了？

鲍雪：不知道……他还在抢救呢！

一个医生从急救室里冲了出来。

医生冲着鲍雪：病人已经休克了，南方医院的血怎么还没有送到？

藏蕾：怎么，这个医院里没有血库吗？

医生：你母亲信不过我们的血库，不过说实话，我也不敢保证绝对不会出什么问题，现在输血而染上肝炎和艾滋病也不是新闻。

鲍雪：藏院长亲自派人到血站了，说可靠的血缘马上就能到，可是……

丹青：输我的吧，我记得妈妈是 O 型，那我一定跟爸爸一样！AB 型！

鲍雪急了：你不行，你马上就要出国了！别添乱！

丹青：这有什么关系，我年轻，身体又好。

藏蕾：我不知道我的血型，如果合适，就输我的，鲍阿姨你总该放心了吧！

鲍雪：你也不行，你平时就贫血！补还来不及呢！

医生回头冲着一个小护士：事不容缓，来不及了，小胡，你带这两个年轻人去血库！

32. 血库，内，日

丹青和藏蕾随着小护士，急匆匆地走进血库，丹青撸起袖子就要输血。

时办公室里电话响起。

小护士：喂！知道了，好，好！

小护士放下电话：王大夫的电话，他说不用验血了。

藏蕾奇怪地：怎么？

丹青立刻就明白了，他脸色阴沉，掉头就冲出血库。

33. 急救室外，内，日

丹青冲母亲大叫着：妈，你到底怎么回事？我不是不相信藏院长会派人送血来，可爸现在危在旦夕，也许就差一两分钟，万一出了什么事，到时候后悔都来不及！我们会一辈子活在这件事的阴影里！

鲍雪脸色苍白，一言不发。

丹青狂吼着：妈，我知道你爱我，但爱是有限度的，输血根本不会影响人的健康，这是谁都知道的常识！你这样做太过分了！我简直怀疑你是不是和爸爸有仇！

藏蕾拉住丹青：丹青，你冷静一点！

丹青咆哮：我没法冷静，现在每分每秒爸爸都有可能离我而去，可我却帮不了他！

一名护士从里面又一次冲出。

护士：王大夫，病人深度昏迷！

王大夫正准备进急救室，丹青疯子一样上前拉住王大夫：大夫，输我的血！

大夫拍拍丹青的后背：刚才又通了一次电话，血马上就送到了！

丹青怒火万丈地回头，冲着鲍雪：我爸要是有个三长两短，我这辈子永远永远不会原谅你！

鲍雪脸色惨白。

严沁婷带着甜蜜和几个股东从走廊一头匆匆赶到。

股东甲：谢总怎么样了？

甜蜜尖声地：什么？血还没有到？

严沁婷脸色苍白，眼神里无比焦虑。她果断地冲医生伸出手臂：大夫，输我的！我和谢总一样，都是 B 型！

甜蜜和股东乙也急忙地：我也是 B 型！

鲍雪狠狠地看了一眼严沁婷，可严沁婷丝毫没有感觉。

丹青：谢谢你们，可我爸爸是 AB 型！

鲍雪声音颤抖着：你们谁都不要添乱了，血库的血就到了！

严沁婷不容置疑地冲着丹青：当年我们在南京推销，我生病就是你爸给我输的血，是 B 型！

丹青一愣，他惊奇地看着鲍雪。

鲍雪扶着椅子的背慢慢站起，她的脸色在日光灯下显得格外苍白，她惨笑着冲着严沁婷：你是故意报复我吗？

严沁婷：报复你？

丹青警觉地：妈，你刚才说什么？

鲍雪喃喃：丹青，其实你是 AB，你爸爸是 B，我是 O 型，对，你不是我们的亲生儿子。

丹青惊呆，半晌，冷笑一声：开什么玩笑。

鲍雪努力地看了一眼丹青，身体一软，滑倒了下去。

大夫：赶紧抢救！

护士冲过来，扶住鲍雪，藏蕾和甜蜜等人帮着护士，把鲍雪抬进了诊疗室。

刚才拥挤的走廊上，只剩下怔怔站着的丹青和严沁婷。

宁静中忽然又响起烦杂的脚步，藏院长带着血赶到了，他们跑过严沁婷，把她撞得踉跄了一下。

医生出来接血，藏院长也进了急诊室，大家忙成一团，进了急诊室，走廊又空剩下站在一边的丹青和严沁婷，好像没人注意到他们俩一样。

严沁婷看着丹青，她走上前将手放在丹青肩上，嘴微张，想说点什么，却什么都没说出来。

丹青脸色惨白，眼神空洞地站在原地。

34. 医院谢怀朴病床前，内，日

阳光照在谢怀朴的病床上，鲍雪坐在床前哭泣。

谢怀朴一言不发，脸色苍白。

鲍雪哭泣：怀朴，我不能失去儿子，我从来没有想到过这一切会发生，我太害怕了，我怕他忽然放下一张纸条离家出走，我害怕他永远不回来！

谢怀朴疲倦地闭上了眼睛：别想了，丹青不会那么做的。

鲍雪：可我还是害怕啊！

谢怀朴：事情已经这样……你害怕又有什么用……（谢怀朴拍拍鲍雪的手背）先回家吧，啊？

鲍雪流着泪默默点头。

护工走进，摇着床，扶着谢怀朴坐起来，给谢怀朴垫上一个枕头在背后。

护工：你儿子真是孝顺啊，他已经好几个晚上没睡了，白天还给你擦身，这个儿子你算是养着了！

谢怀朴和鲍雪对视，心情复杂。

35. 谢家，内，夜

丹青打开门，走进房间，客厅一片漆黑，他打开灯。

鲍雪在黑暗中独坐在沙发上，一看见丹青，鲍雪的眼圈就红了。

丹青愣了一下，慢慢地坐到母亲身边。

鲍雪哭着：丹青，你会离开妈妈吗？你答应我，你永远也不要离开，好吗？

丹青忧伤地：妈，我永远不会离开你的。

鲍雪看着丹青，紧紧抱住了儿子。

鲍雪抽泣着：二十年前，我不能生孩子，又很希望有个孩子，所以和你爸爸一起去了福利院……你一出生就父母双亡，我看着你……你小时候的眼睛和现在一样，乌黑乌黑的，我认定你是我的儿子。这些年来，我从来没有觉得你不是我亲生的，你就是我怀胎十月生下的孩子，你身上有着我的呼吸，流着我的血液，是你帮助妈妈有了一个真正的家，给妈妈带来了无数的快乐……

鲍雪哭泣得说不下去了。

丹青抚摸着妈妈的脸，眼眶也湿润了：妈，我不会离开你，如果再一次选择，我还是愿意做你们的儿子……

36. 谢家丹青卧室，内，夜

黑暗的房间里，谢丹青睁着双眼，怔怔地盯着天花板。

谢丹青爬起来，他打开灯，拿起一本书看，可看得出来，他还在发呆。

谢丹青放下书，穿上衣服，在房间里来回踱步。

37. 谢怀朴病房，内，日

丹青提着一壶开水从外面走进来。

丹青低声地：爸爸。

谢怀朴：快回去准备行李吧，我已经好多了。

丹青冷冷地：难道出国比你的身体还重要吗？你先吃药，午饭给你订好了，我让阿姨炖了一个鸡汤，一会就送过来！

谢怀朴情感复杂地看着他：丹青……（谢怀朴审视着他）你好像几夜之间长大了很多……

丹青没说话。

38. 学校，外，日

谢丹青无精打采地和藏蕾在操场上坐着。谢丹青拿出一包烟，刚想点上，就被藏蕾抢去。

　　藏蕾：我知道你难受，可也不许抽烟！

　　谢丹青茫然地看着远方：一到晚上，我就好像被抽空了，内心深处有个遥远的声音，隐隐在呼唤我，可我不知道那是什么，以前熟悉的东西都觉得很陌生，而黑暗深处好像隐藏着什么平时感受不到的东西……

　　藏蕾：丹青，你想得太多了，你以前的生活其实和现在是一样的，再说，跟谁长大谁就是父母，这有什么伤心的呢？

　　谢丹青苦笑着：这种感觉你不会理解的。

　　藏蕾用力拖谢丹青站了起来。

　　藏蕾：丹青，我可不喜欢你这个样子，你要振作起来！

　　丹青默默地看着藏蕾。

39. 健身俱乐部，内，日

　　丹青在疯狂地跑步，健身，挥汗如雨。

40. 健身俱乐部外，外，日

　　丹青洗得干干净净，从俱乐部里走出来。

　　一直等在外面的严沁婷迎了过去：丹青。

　　丹青意外地：严阿姨！

41. 茶坊，内，日

　　丹青和严沁婷对坐。

　　严沁婷恳切地：丹青，今天我来找你，是来向你道歉的。那天在医院，我……我真的不知道这件事……你能原谅我吗？

　　丹青礼貌地：严阿姨，这不怪你，其实这件事是瞒不过的，就算那天不知道，迟早我也要知道的。

　　严沁婷：可也应该在一个适当的时候说出来，而不是让我在那时说出来……

　　丹青：真相已经存在，谁说出来都不再重要。

　　严沁婷：我还是觉得十分抱歉，鲍总的情绪起伏很大，都晕倒了。

　　丹青：严阿姨，你千万不要往心里去，我妈妈一向神经衰弱，她的反应有点强烈。

严沁婷感动地：我理解你妈妈的感受，我自己也是母亲……她爱你胜过自己的生命，丹青，你不会离开他们吧？

丹青：你放心，我当然不会。

严沁婷感慨万分：你是个好孩子，你父母有你这样的一个孩子真幸福啊！

丹青理解地：严安只是性格太反叛。她对你一定也有感情。

严沁婷：……母亲对孩子的付出永远是无私的，可泪珠儿总是不理解我。

丹青：我跟泪珠儿的区别，也许只在于我被收养的时候不懂事，而她已经懂事了，所以她戴着有色眼镜看你，爱很容易被理解成恨。

严沁婷心里一阵难受，又很感动地看着丹青：谢谢你还安慰我……虽然你只是个孩子，可我从心里尊重你，丹青！

42. 严家，内，夜

严沁婷和泪珠儿坐在餐桌前吃饭，两人都一声不吭。

泪珠儿的手机响了，泪珠儿接听。

巴男（话外音）：我，你知道谢丹青的事情了吗？

泪珠儿脸色一沉：谢丹青？他的事情和我有什么关系？

巴男（话外音）：你知道吗？他其实也是他父母的养子！

泪珠儿一怔，严沁婷也听到了，两人对视一眼。

泪珠儿不耐烦地：靠！你烦不烦啊，这么点烂事情也跑来跟我说啊，超级八公！

巴男气愤（话外音）：严安，我发誓，如果我再理你，我巴男就不是人！

泪珠儿挂上电话，冷笑一声：哼！谢丹青。从来一副天之骄子的德性，好像人人都得仰视他，不也照样是个弃儿。活该！

严沁婷：你这么说太过分了！

泪珠儿挑衅地：那我请问你，我应该怎么说？

严沁婷语塞。

泪珠儿继续挑衅：你当然站着说话不腰疼，还能帮着同情同情他，可我就不明白了，凭什么我从小遭受的一切他都没遭受？

严沁婷愤怒地：你遭受什么了？

泪珠儿冷笑不已：那你说呢？是人过的日子吗？

严沁婷简直有些歇斯底里：我真想不通，我究竟怎么虐待了你？为什么一说起你的童年你就这么苦大愁深？

泪珠儿把筷子一摔，转身离去。

严沁婷辛酸地看着泪珠儿的背影。

43. 天美写字楼门口，外，日

泪珠儿从写字楼里走出来。

丹青一眼看见泪珠儿：严安！

泪珠儿愣了片刻，冷冷地：干什么？

丹青犹豫了一会，艰难地：我有点事情需要你帮忙。

泪珠儿带着敌意看着丹青。

丹青心事复杂地看着泪珠儿，两人对视良久。

丹青：……我想知道我亲生父母是谁。

泪珠儿：他们怎么说？

丹青：说是去世了。

泪珠儿冷笑：骗子。都是骗子。

丹青：他们不会骗我。我相信我父母。我只想知道我亲生父母长什么样，干什么的。

泪珠儿冷笑一声，转身就走。

丹青不知所措地看着她。

泪珠儿停下：走啊。你不是要知道真相吗？！

丹青急忙跟上。

44. 酒吧，内，夜

音乐喧嚣，灯光黑暗的酒吧，挤满了老外和年轻人。

泪珠儿在里面费劲穿梭着。

一个熟人看见泪珠儿：严安，一个人来的？

泪珠儿：你看见巴男了吗？

熟人嘴一努：喏，不就在那边吗？

酒吧一角，一个穿着暴露的太妹正在缠着巴男。

太妹撒娇地：反正你一个人闲着没事，就陪我跳个舞嘛！

巴男：我怎么闲着了，这么一大瓶酒要喝完，我忙得要死！

泪珠儿走过来：巴男！

巴男看见泪珠儿走过来，忽然一把搂住那个太妹，嘴贴在太妹的脸上。

泪珠儿看见巴男的动作，转身就走。

巴男一边亲太妹，一边得意地看着泪珠儿，发现泪珠儿转身离去，赶紧放开太妹，追了出去。

太妹在后面叫：巴男！你改名叫王八蛋算了！

巴男兴奋地追上泪珠儿：你一看见我就跑，是不是吃醋了？

泪珠儿哭笑不得地看着巴男。

巴男得意地：我就知道，你还是在意我的！

泪珠儿：你最近忙吗？

巴男：有什么事情？我肯定做得到！

泪珠儿：你忙不忙啊？

巴男：你说有事我还能忙啊，不忙！说吧！

泪珠儿：其实你要不愿意就算了！

巴男：你今天说话干吗吞吞吐吐的，肯定是吃醋了，她一个小太妹怎么可以跟你比啊，放心，你在我心里永远都是 NO.1！说吧，你只要开口，我巴男就没有做不到的！

泪珠儿笑了一下：好吧，你能帮我和谢丹青一个忙吗？

巴男的脸色一沉：谢丹青？

泪珠儿：我就知道你不愿意，算了！

泪珠儿转身就要走。

巴男一把拉住泪珠儿：我又没说不愿意，你走什么啊？

45. 福利院，外，黄昏

黄昏，巴男和一帮手下小混混，以及泪珠儿和谢丹青翻墙到福利院的一栋楼前。

楼上的招牌：资料室。

巴男使了一个眼色。

小混混甲：你干吗撞我啊，混蛋！

小混混乙：你骂谁，敢到老子门前耍威风！

小混混甲、乙两人在门前打起来。

看门老头闻声走出来：喂，你们怎么进来的？走走走！要打架到别的地方去打！

小混混甲：老子打架爱在哪里就在哪里，你管个头啊！

看门老头：没错，你爱在哪里都行，就是不要在福利院门口！

小混混乙走上前，推了老头一下：老不死的，管闲事！

老头气愤地：你还敢打人！来人啊！

保安闻讯赶来了，一片混乱。

丹青愣愣地看着这个场面，泪珠儿拉了丹青一下，使了一个眼色，拽着木木的丹青遛了进去。

46. 资料室，内，黄昏

泪珠儿熟门熟路地在拥挤的资料室穿来穿去。

丹青呆若木鸡地看着泪珠儿。

泪珠儿熟练地翻着资料：这边的资料是 2000 年前的，2000 年后他们开始使用电脑管理，这里的是九十年代的，封面有毛主席语录的是七十年代的。

泪珠儿扔出一本厚厚的本子：这是八二年的记录，喏，找吧！

丹青和泪珠儿头靠着头，一起翻看着。

丹青急切地翻看着资料。

泪珠儿偶尔瞟一眼丹青，她的眼睛里闪烁出几分感情，很快又被冷漠掩盖。

丹青疲倦地合上资料。疑惑地摇摇头：奇怪，我翻了三遍了，就是没有我的记录！

泪珠儿：跟你说了，他们都是骗子。你还不信。真相都被他们存心隐瞒了！

丹青喃喃地：隐瞒了？为什么？

泪珠儿冷冷看了一眼丹青忧伤的眼神：时间不早了，走吧！

47. 谢家，内，夜

鲍雪、谢怀朴正在客厅里和藏蕾一起给丹青准备行李。

谢怀朴往大箱子放东西，藏蕾在纸条上划勾。

藏蕾：筷子，盆，锅……

鲍雪：对了，还有感冒药！我去拿！

门开了，谢丹青走了进来。

藏蕾：丹青！

鲍雪：怎么刚回来？

丹青淡淡地看了一眼东西，不语，坐下。

谢怀朴：机票已经订好了，五天后直飞伦敦。

丹青深深地吸了一口气：爸，妈，藏蕾，我不愿意去英国了，我想要留下。

众人脸色一变。

鲍雪：你开什么玩笑？

丹青：妈，你了解我，我没有开玩笑，我是认真的。

藏蕾气愤地：丹青！

丹青：蕾蕾，我说出来的决定，就是我深思过的，你们不用劝我了。

藏蕾看着丹青，哭了起来：你的决定？你考虑过我的感受没有？

鲍雪搂住藏蕾：蕾蕾，先别哭，丹青，你不要太任性！

丹青：如果我伤害到你们，我也很抱歉，可我决心已下，我不想走了！

谢怀朴：丹青，爸爸是从来不愿意勉强你的，但你已经是大人了，就应该对自己的言行负责！

丹青毫不退让地：不管是谁，都无法改变我的决定，爸，妈，蕾蕾，对不起。

谢怀朴：丹青，你不要冲动。年轻时的冲动可能会改写你的一生。

丹青：我愿意为冲动付出代价。

谢怀朴和丹青对视。

谢怀朴：究竟是为什么？

丹青冷冷地：你们为什么骗我？为什么福利院没有我的记录？

谢怀朴一惊：你去过福利院了？

藏蕾气愤地：是不是严安带你去的？

丹青：我查了我出生那年所有的资料，我究竟是在哪里被遗弃的？我的亲生父母还活着吗？

谢怀朴大怒：你！你！这是谁给你的权利？

丹青：我想一个人是有权知道自己的身世的！

鲍雪带着泪扑了过来：怀朴，你不要冲孩子叫！

丹青：妈，我是不会离开家的，但我必须知道自己是谁，我是从哪里来的！

鲍雪忧伤又怜爱地看着丹青：可知道这些又有什么意义呢？

丹青沉默地看了一眼鲍雪。

丹青悲怆地：也许一切都是没有意义的，可既然开始，我再也不能回到原来的生活里去了！

（本集完）

图书在版编目(CIP)数据

何晴影视剧作选/何晴著. —上海:上海人民出
版社,2016
　ISBN 978-7-208-14056-1

　Ⅰ.①何… Ⅱ.①何… Ⅲ.①电视文学剧本-作品集
-中国-当代②电影文学剧本-作品集-中国-当代
Ⅳ.①I235

中国版本图书馆 CIP 数据核字(2016)第 216719 号

责任编辑　张晓玲
装帧设计　范昊如
电脑制作　极坐标工作室

何晴影视剧作选

何　晴　著

世 纪 出 版 集 团

上 海 人 民 出 版 社 出版

(200001　上海福建中路 193 号　www.ewen.co)

世纪出版集团发行中心发行　　常熟市新骅印刷有限公司印刷
开本 720×1000　1/16　印张 35.5　字数 607,000
2016 年 8 月第 1 版　2016 年 8 月第 1 次印刷
ISBN 978-7-208-14056-1/J·458

定价 88.00 元